国家出版基金项目
NATIONAL PUBLICATION FOUNDATION

"十四五"时期国家重点出版物出版规划项目
国家社会科学基金重大招标项目

总主编 蒋承勇

19世纪西方文学思潮研究

第二卷 现实主义

蒋承勇 著

北京大学出版社
PEKING UNIVERSITY PRESS

图书在版编目(CIP)数据

19 世纪西方文学思潮研究 . 第二卷 , 现实主义 / 蒋承勇著 ; 蒋承勇总主编 . —北京 : 北京大学出版社 , 2022.9
ISBN 978-7-301-30143-2

Ⅰ.① 1… Ⅱ.①蒋… Ⅲ.①现实主义 – 文艺思潮 – 研究 – 西方国家 – 19 世纪 Ⅳ.① I109.9

中国版本图书馆 CIP 数据核字 (2022) 第 060693 号

书　　　名	19 世纪西方文学思潮研究（第二卷）现实主义 19 SHIJI XIFANG WENXUE SICHAO YANJIU（DI-ER JUAN）XIANSHI ZHUYI
著作责任者	蒋承勇　著　蒋承勇　总主编
责 任 编 辑	李　哲
标 准 书 号	ISBN 978-7-301-30143-2
出 版 发 行	北京大学出版社
地　　　址	北京市海淀区成府路 205 号　100871
网　　　址	http://www.pup.cn　新浪微博：@北京大学出版社
电 子 信 箱	liz@pup.cn
电　　　话	邮购部 010-62752015　发行部 010-62750672　编辑部 010-62759634
印 刷 者	涿州市星河印刷有限公司
经 销 者	新华书店
	720 毫米 × 1020 毫米　16 开本　37.75 印张　670 千字 2022 年 9 月第 1 版　2022 年 9 月第 1 次印刷
定　　　价	168.00 元

未经许可，不得以任何方式复制或抄袭本书之部分或全部内容。
版权所有，侵权必究
举报电话：010-62752024　电子信箱：fd@pup.pku.edu.cn
图书如有印装质量问题，请与出版部联系，电话：010-62756370

总　序

与本土文学的演进相比,现代西方文学的展开明显呈现出"思潮""运动"的形态与持续"革新""革命"的特征。工业革命以降,浪漫主义、现实主义、自然主义、唯美主义、象征主义、颓废主义,一直到20世纪现代主义诸流派烟花般缤纷绽放,一系列文学思潮和运动在交叉与交替中奔腾向前,令人眼花缭乱、目不暇接。先锋作家以激进的革命姿态挑衅流行的大众趣味与过时的文学传统,以运动的形式为独创性的文学变革开辟道路,这些愈发成为西方现代文学展开的基本方式。在之前的文艺复兴及古典主义那里,这种情形虽曾有过最初的预演,但总体来看,在前工业革命的悠闲岁月中,文学演进的"革命""运动"形态远未以如此普遍、激烈的方式进行。

毫无疑问,文学思潮乃19世纪开始的现代西方文学展开中的一条红线;而对19世纪西方文学诸思潮的系统研究与全面阐发,不惟有助于达成对19世纪西方文学的准确理解,而且对深入把握20世纪西方现代主义与后现代主义思潮亦有重大裨益。从外国文学学科体系、学术体系和话语体系建设的角度看,研究西方文学思潮,是研究西方文学史、西方文论史乃至西方思想文化史所不可或缺的基础工程和重点工程,这也正是本项目研究的一个根本的动机和核心追求。

一、文学思潮研究与比较文学

所谓"文学思潮",是指在特定历史时期社会文化思潮影响下形成的具有某种共同思想倾向、艺术追求和广泛影响的文学潮流。一般情况下,主要可以从四个层面来对某一文学思潮进行观察和界定:其一,往往凝结为哲学世界观的特定社会文化思潮(其核心是关于人的观念),此乃该文学思潮产生、发展的深层文化逻辑(文学是人学)。其二,完整、独特的诗学系统,此乃该文学思潮的理论表达。其三,文学流派与文学社团的大量涌现,并往往以文学"运动"的形式推进文学的发展,此乃该文学思潮在作家生态层面的现象显现。其四,新的文本实验和技巧创新,乃该文学思潮推进文学创作发展的最终成果展示。

通常,文学史的研究往往会面临相互勾连的三个层面的基本问题:作品研究、作家研究和思潮研究。其中,文学思潮研究是"史"和"论"的结合,同时又与作家、作品的研究密切相关;"史"的梳理与论证以作家作品为基础和个案,"论"的展开与提炼以作家作品为依据和归宿。因此,文学思潮研究是文学史研究中带有基础性、理论性、宏观性与综合性的系统工程。"基础性"意味着文学思潮的研究为作家、作品和文学现象的研究提供基本的坐标和指向,赋予文学史的研究以系统的目标指向和整体的纲领统摄;"理论性"意味着通过文学思潮的研究有可能对作家作品和文学史现象的研究在理论概括与抽象提炼后上升到文学理论和美学理论的层面;"宏观性"意味着文学思潮的研究虽然离不开具体的作家作品,但又不拘泥于作家作品,而是从"源"与"流"的角度梳理文学史演变与发展的渊源关系和流变方式及路径、影响,使文学史研究具有宏阔的视野;"综合性"研究意味着文学思潮的研究是作家作品、文学批评、文学理论、美学史、思想史乃至整个文化史等多个领域的研究集成。"如果文学史不应满足于继续充当传记、书目、选集以及散漫杂乱感情用事的批评的平庸而又奇怪的混合物,那么,文学史就必须研究文学的整个进程。只有通过探讨各个时期的顺序、习俗和规范的产生、统治和解体的状况,才能做到这一点。"[①]与个案化的作家、作品研究相比,以"基础性""理论性""宏观性"与"综合性"见长的西方文学思潮研究,在西方文学史研究中显然处于最高的阶位。作为西方文学史研究的中枢,西方文学思潮研究毋庸置疑的难度,很大程度上已然彰显了其重大学术意义。"批评家和文学史家都确信,虽然古典主义、浪漫主义和现实主义这类宽泛的描述性术语内涵丰富、含混,但它们却是有价值且不可或缺的。把作家、作品、主题或体裁描

---

① R.韦勒克:《文学史上浪漫主义的概念》,裘小龙、杨德友译,见R.韦勒克:《文学思潮和文学运动的概念》,刘象愚选编,北京:中国社会科学出版社,1989年,第186—187页。

述为古典主义或浪漫主义或现实主义的,就是在运用一个个有效的参照标准并由此展开进一步的考察和讨论。"[①]正因为如此,在西方学界,文学思潮研究历来是屯集研究力量最多的文学史研究的主战场,其研究成果亦可谓车载斗量、汗牛充栋。

19世纪工业革命的推进与世界统一市场的拓展,使得西方资本主义的精神产品与物质产品同时开启了全球化的旅程;现代交通与传媒技术的革命性提升使得世界越来越成为一个相互联结的村落,各民族文化间的碰撞与融汇冲决了地理空间与权力疆域的诸多限制而蓬勃展开。纵观19世纪西方文学史不难发现,浪漫主义、现实主义等西方现代诸思潮产生后通常都会迅速蔓延至多个国家、民族和地区——新文化运动前后,国门洞开后的中国文坛上就充斥着源自西方的浪漫主义、现实主义等文学思潮的嘈杂之声;寻声觅踪还可见出,日本文坛接受西方现代思潮的时间更早、程度更深。在全球化的流播过程中,原产于西方的浪漫主义、现实主义等诸现代文学思潮自动加持了"跨语言""跨民族""跨国家""跨文化"的特征。换言之,浪漫主义、现实主义等西方现代文学思潮在传播过程中被赋予了实实在在的"世界文学"属性与特征。这意味着对西方现代文学思潮的研究,在方法论上必然与"比较文学"难脱干系——不仅要"跨学科",而且要"跨文化(语言、民族、国别)"。

事实上,很大程度上正是基于19世纪西方文学思潮"跨语言""跨民族""跨国家""跨文化"之全球性传播的历史进程,"比较文学"这种文学研究的新范式(后来发展为新学科)才应运而生。客观上来说,没有文化的差异性和他者性,就没有可比性;有了民族的与文化的差异性的存在,才有了异质文学的存在,文学研究者才可以在"世界文学"的大花园中采集不同的样本,通过跨民族、跨文化的比较研究,去追寻异质文学存在的奥秘,并深化对人类文学发展规律的研究。主观上而论,正是19世纪西方现代文学思潮国际性传播与变异这一现象的存在,才激活了文学研究者对民族文学和文化差异性审视的自觉,"比较文学"之"比较"研究的意识由此凸显,"比较文学"之"比较"研究的方法也就应运而生。

比较文学可以通过异质文化背景下的文学研究,促进异质文化之间的互相理解、对话、交流、借鉴与认同。因此,比较文学不仅以异质文化视

[①] Donald Pizer, *Realism and Naturalism in Nineteenth-Century American Literature*, Carbondale: Southern Illinois University Press, 1984, p.1.

野为研究的前提,而且以异质文化的互认、互补为终极目标,它有助于异质文化间的交流,使之在互认、互鉴的基础上达成互补与共存,使人类文学与文化处于普适性与多元化的良性生存状态。比较文学的这种本质属性,决定了它与"世界文学"存在着一种天然耦合的关系:比较文学之跨文化研究的结果必然具有超越文化、超越民族的世界性意义;"世界文学"的研究必然离不开跨文化、跨民族的比较以及比较基础上的归纳和演绎,进而辨析、阐发异质文学的差异性、同一性和人类文学之可通约性。由于西方现代文学思潮与生俱来就是一种国际化和世界性的文学现象,因此,西方文学思潮的研究天然地需要比较文学与"世界文学"的方法与理念;换言之,西方文学思潮的研究必然同时隶属于西方文学史研究和比较文学的范畴。

较早对欧洲19世纪文学思潮进行系统研究的当推丹麦文学史家、文学批评家格奥尔格·勃兰兑斯(Gerog Brandes)。其六卷本皇皇巨著《十九世纪文学主流》(*Main Currents in Nineteenth Century Literature*)虽然没有出现"文学思潮""文学流派"之类的概念(这种概念是后人概括出来的),但就其以文学"主流"(main currents)为研究主体这一事实而论,便足以说明这种研究实属"思潮研究"的范畴。同时,对19世纪流行于欧洲各国的浪漫主义思潮,勃兰兑斯在《十九世纪文学主流》中区分不同国家、民族和文化背景做了系统的"比较"辨析,既阐发各自的民族特质又探寻共同的观念基质,其研究理念与方法堪称"比较文学"的范例。但就像在全书中只字未提文学"思潮"而只有"主流"一样,勃兰兑斯在《十九世纪文学主流》中也并未提到"比较文学"这个术语。不过,该书开篇的引言中反复提到了作为方法的"比较研究"。他称,要深入理解19世纪欧洲文学中存在着的"某些主要作家集团和运动","只有对欧洲文学作一番比较研究"[①];"在进行这样的研究时,我打算同时对法国、德国和英国文学中最重要运动的发展过程加以描述。这样的比较研究有两个好处,一是把外国文学摆到我们跟前,便于我们吸收,一是把我们自己的文学摆到一定的距离,使我们对它获得符合实际的认识。离眼睛太近和太远的东西都看不真切"[②]。在勃兰兑斯的"比较研究"中,既包括了本国(丹麦)之外不同国家(法国、德国和英国等)文学之间的比较,也包括了它们与本国文

---

① 勃兰兑斯:《十九世纪文学主流》(第一分册·流亡文学),张道真译,北京:人民文学出版社,1997年,第1页。

② 同上。

学的比较。按照我们今天的"比较文学"概念来看,这属于典型的"跨语言""跨民族""跨国家""跨文化"的比较研究。就此而言,作为西方浪漫主义思潮研究的经典文献,《十九世纪文学主流》实可归于西方最早的比较文学著述之列,而勃兰兑斯也因此成为西方最早致力于比较文学研究实践并获得重大成功的文学史家和文学理论家。

日本文学理论家厨川白村的《文艺思潮论》(1914),是日本乃至亚洲最早系统阐发西方文学思潮的著作。在谈到该书写作的初衷时,厨川白村称该书旨在突破传统文学史研究中广泛存在的那种缺乏"系统的组织的机制"①的现象:"讲到西洋文艺研究,则其第一步,当先说明近世一切文艺所要求的历史的发展。即奔流于文艺根底的思潮,其源系来自何处,到了今日经过了怎样的变迁,现代文艺的主潮当加以怎样的历史解释。关于这一点,我想竭力地加以首尾一贯的、综合的说明:这便是本书的目的。"②正是出于这种追根溯源、系统思维的研究理念,他认为既往"许多的文学史和美术史"研究,"徒将著名的作品及作家,依着年代的顺序,罗列叙述","单说这作品有味、那作品美妙等不着边际的话"。③ 而这样的研究,在他看来就是缺乏"系统的组织的机制"。稍作比较当不难见出——厨川白村的这种理念恰好与勃兰兑斯"英雄所见略同"。作为一种文学史研究,勃兰兑斯的《十九世纪文学主流》既有个别国家、个别作家作品的局部研究,更有作家群体和多国文学现象的比较研究,因而能够从个别上升到群体与一般、从特殊性上升到普遍性,显示出研究的"系统的组织的机制"。勃兰兑斯在《十九世纪文学主流》的引言中曾有如下生动而精辟的表述:

> 一本书,如果单纯从美学的观点看,只看作是一件艺术品,那么它就是一个独自存在的完备的整体,和周围的世界没有任何联系。但是如果从历史的观点看,尽管一本书是一件完美、完整的艺术品,它却只是从无边无际的一张网上剪下来的一小块。从美学上考虑,它的内容,它创作的主导思想,本身就足以说明问题,无须把作者和创作环境当作一个组成部分来加以考察,而从历史的角度考虑,这本书却透露了作者的思想特点,就像"果"反映了"因"一样……要了解

---

① 厨川白村:《文艺思潮论》,樊从予译,上海:商务印书馆,1924年,第2页。
② 同上书,第3页。
③ 同上书,第2页。

作者的思想特点,又必须对影响他发展的知识界和他周围的气氛有所了解。这些互相影响、互相阐释的思想界杰出人物形成了一些自然的集团。①

在这段文字中,勃兰兑斯把文学史比作"一张网",把一部作品比作从网上剪下来的"一小块"。这"一小块"只有放到"一张网"中——特定阶段的文学史网络、文学思潮历史境遇以及互相影响的文学"集团"中——做比照研究,才可以透析出这个作家或作品之与众不同的个性特质、创新贡献和历史地位。若这种比照仅仅限于国别文学史之内,那或许只不过仅是一种比较的研究方法;而像《十九世纪文学主流》这样从某种国际的视野出发进行"跨语言""跨民族""跨国家""跨文化"的比较研究时,这就拥有了厨川白村所说的"系统的组织的机制",而进入了比较文学研究乃至"世界文学"研究的层面。在这部不可多得的鸿篇巨制中,勃兰兑斯从整体与局部相贯通的理念出发,用比较文学的方法把作家、作品和国别的文学现象,视作特定历史阶段之时代精神的局部,并把它们放在文学思潮发展的国际性网络中予以比较分析与研究,从而揭示出其间的共性与个性。比如,他把欧洲的浪漫主义文学思潮"分作六个不同的文学集团","把它们看作是构成大戏的六个场景","是一个带有戏剧的形式与特征的历史运动"。② 第一个场景是卢梭启发下的法国流亡文学;第二个场景是德国天主教性质的浪漫派;第三个场景是法国王政复辟后拉马丁和雨果等作家;第四个场景是英国的拜伦及其同时代的诗人们;第五个场景是七月革命前不久的法国浪漫派,主要是马奈、雨果、拉马丁、缪塞、乔治·桑等;第六个场景是青年德意志的作家海涅、波内尔,以及同时代的部分法国作家。勃兰兑斯通过对不同国家、不同团体的浪漫派作家和作品在时代的、精神的、历史的、空间的诸多方面的纵横交错的比较分析,揭示了不同文学集团(场景)的盛衰流变和个性特征。的确,仅仅凭借一部宏伟的《十九世纪文学主流》,勃兰兑斯就足以承当"比较文学领域最早和卓有成就的开拓者"之盛名。

1948年,法国著名的比较文学学者保罗·梵·第根(Paul Van Tieghem)之《欧洲文学中的浪漫主义》,则是从更广泛的范围来研究浪漫

---

① 勃兰兑斯:《十九世纪文学主流》(第一分册·流亡文学),张道真译,北京:人民文学出版社,1997年,第2页。

② 同上书,第3页。

主义文学思潮,涉及的国家不仅有德国、英国、法国,更有西班牙、葡萄牙、荷兰与匈牙利诸国;与勃兰兑斯相比,这显然构成了一种更自觉、更彻底的比较文学。另外,意大利著名比较文学学者马里奥·普拉兹(Mario Praz)之经典著作《浪漫派的痛苦》(1933),从性爱及与之相关的文学颓废等视角比较分析了欧洲不同国家的浪漫主义文学。美国比较文学巨擘亨利·雷马克(Henry H. H. Remak)在《西欧浪漫主义的定义和范围》一文中,详细地比较了西欧不同国家浪漫主义文学思潮产生和发展的特点,辨析了浪漫主义观念在欧洲主要国家的异同。"浪漫主义怎样首先在德国形成思潮,施勒格尔兄弟怎样首先提出浪漫主义是进步的、有机的、可塑的概念,以与保守的、机械的、平面的古典主义相区别,浪漫主义的概念如何传入英、法诸国,而后形成一个全欧性的运动"[1];不同国家和文化背景下的"现实主义"有着怎样的内涵与外延,诸国各自不同的现实主义又如何有着相通的美学底蕴[2]……同样是基于比较文学的理念与方法,比较文学"美国学派"的领袖人物R. 韦勒克(René Wellek)在其系列论文中对浪漫主义、现实主义和象征主义等西方现代文学思潮的阐发给人留下了更为深刻的印象。毫无疑问,韦勒克等人这种在"比较文学"理念与方法指导下紧扣"文学思潮"所展开的文学史研究,其所达到的理论与历史高度,是通常仅限于国别的作家作品研究难以企及的。

　　本土学界"重写文学史"的讨论早已归于沉寂,但"重写文学史"的实践却一直都在路上。各种集体"编撰"出来的西方文学史著作或者外国文学史教材,大都呈现为作家列传和作品介绍,对文学历史的展开,既缺乏生动真实的描述,又缺乏有说服力的深度阐释;同时,用偏于狭隘的文学史观所推演出来的观念去简单地论定作家、作品,也是这种文学史著作或教材的常见做法。此等情形长期、普遍地存在,可以用文学(史)研究中文学思潮研究这一综合性层面的缺席来解释。换言之,如何突破文学史写作中的"瓶颈",始终是摆在我们面前没有得到解决的重大课题;而实实在在、脚踏实地、切实有效的现代西方文学思潮研究当然也就成了高高矗立在当代学人面前的一个既带有总体性,又带有突破性的重大学术工程。如上所述,就西方现代文学而论,有效的文学史研究的确很难脱离对文学

---

[1] 刘象愚:《〈文学思潮和文学运动的概念〉前言》,见R. 韦勒克:《文学思潮和文学运动的概念》,刘象愚选编,北京:中国社会科学出版社,1989年,第8页。
[2] R.韦勒克:《文学研究中现实主义的概念》,高建为译,见R. 韦勒克:《文学思潮和文学运动的概念》,刘象愚选编,北京:中国社会科学出版社,1989年,第214—250页。

思潮的研究,而文学思潮的研究又必然离不开系统的理念与综合的方法;作为在综合中所展开的系统研究,文学思潮研究必然要在"跨语言""跨民族""跨国家""跨文化"等诸层面展开。一言以蔽之,这意味着本课题组对19世纪西方文学思潮所进行的研究,天然地属于"比较文学"与"世界文学"的范畴。由是,我们才坚持认为:本课题研究不仅有助于推进西方文学史的研究,而且也有益于"比较文学与世界文学"学科话语体系的建设;不仅对我们把握19世纪西方文学有"纲举目张"的牵引作用,同时也是西方文论史、西方美学史、西方思想史乃至西方文化史研究中不可或缺的基础工程。本课题研究作为"国家社科基金重大项目",其重大的理论价值与现实意义大抵端赖于此。

二、国内外 19 世纪西方文学思潮研究撮要

20世纪伊始,19世纪西方文学思潮主要经由日本和西欧两个途径被介绍引进到中国,对本土文坛产生巨大冲击。西方文学思潮在中国的传播,不仅是新文化运动得以展开的重要动力源泉之一,而且直接催生了五四新文学革命。浪漫主义、现实主义、自然主义、象征主义等西方19世纪诸思潮同时在中国文坛缤纷绽放;一时间的热闹纷繁过后,主体"选择"的问题很快便摆到了本土学界与文坛面前。由是,崇奉浪漫主义的"创造社"、信奉古典主义的"学衡派"、认同现实主义的"文学研究会"等开始混战。以"浪漫主义首领"郭沫若在1925年突然倒戈全面批判浪漫主义并皈依"写实主义"为标志,20年代中后期,"写实主义"/现实主义在中国学界与文坛的独尊地位逐渐获得确立。

1949年以后,中国在文艺政策与文学理论方面追随苏联。西方浪漫主义、自然主义、象征主义、唯美主义、颓废派等文学观念或文学倾向持续遭到严厉批判;与此同时,昔日的"写实主义",在理论形态上亦演变成为"社会主义现实主义"或与"革命浪漫主义"结合在一起的"革命现实主义"。是时,本土评论界对现实主义和自然主义做出了严格区分。

改革开放之后,"现实主义至上论"遭遇持续的论争;对浪漫主义、自然主义、象征主义、唯美主义、颓废派文学的研究与评价慢慢地开始复归学术常态。但旧的"现实主义至上论"尚未远去,新的理论泡沫又开始肆虐。20世纪90年代以来,现代主义、后现代主义等文学观念以及解构主义、"后殖民主义"等文化观念风起云涌,一时间成为新的学术风尚。这在很大程度上延宕乃至阻断了学界对19世纪西方诸文学思潮研究的

深入。

为什么浪漫主义、自然主义等西方文学思潮,明明在20世纪初同时进入中国,且当时本土学界与文坛也张开双臂在一派喧嚣声中欢迎它们的到来,可最终都没能真正在中国生根、开花、结果？这一方面与本土的文学传统干系重大,但更重要的却可能与其在中国传播的历史语境相关涉。

20世纪初,中国正处于从千年专制统治向现代社会迈进的十字路口,颠覆传统文化、传播现代观念从而改造国民性的启蒙任务十分迫切。五四一代觉醒的知识分子无法回避的这一历史使命,决定了他们在面对一股脑儿涌入的西方文化—文学思潮观念时,本能地会率先选取—接受文化层面的启蒙主义与文学层面的"写实主义"。只有写实,才能揭穿千年"瞒"与"骗"的文化黑幕,而后才有达成"启蒙"的可能。质言之,本土根深蒂固的传统实用主义文学观与急于达成"启蒙""救亡"的使命担当,在特定的社会情势下一拍即合,使得五四一代中国学人很快就在学理层面屏蔽了浪漫主义、自然主义、象征主义、唯美主义以及颓废派文学的观念与倾向。20年代中期,浪漫主义热潮开始消退。原来狂呼"个人"、高叫"自由"的激进派诗人纷纷放弃浪漫主义,"几年前,'浪漫'是一个好名字,现在它的意义却只剩下了讽刺与诅咒"[①]。在这之中,创造社的转变最具代表性。自1925年开始,郭沫若非但突然停止关于"个性""自我""自由"的狂热鼓噪,而且来了一个180度的大转弯——要与浪漫主义这种资产阶级的反动文艺斩断联系,"对于个人主义和自由主义要根本铲除,对于反革命的浪漫主义文艺也要采取一种彻底反抗的态度"[②]。在他看来,现在需要的文艺乃是社会主义和现实主义的文学,也即革命现实主义文学。所以,在《创造十年》中做总结时他才会说:"文学研究会和创造社并没有什么根本的不同,所谓人生派与艺术派都只是斗争上使用的幌子。"[③]借鉴苏联学者法狄耶夫的见解,瞿秋白在《革命的浪漫谛克》(1932)等文章中亦声称浪漫主义乃新兴文学(即革命现实主义文学)的障碍,必须予以

[①] 朱自清:《那里走》,《朱自清全集》(第四卷),南京:江苏教育出版社,1990年,第231页。
[②] 郭沫若:《革命与文学》,郭沫若著作编辑出版委员会编:《郭沫若全集》(文学编·第十六卷),北京:人民文学出版社,1989年,第43页。
[③] 郭沫若:《创造十年》,郭沫若著作编辑出版委员会编:《郭沫若全集》(文学编·第十二卷),北京:人民文学出版社,1992年,第140页。

铲除。①

"浪漫派高度推崇个人价值,个体主义乃浪漫主义的突出特征。"②"浪漫主义所推崇的个体理念,乃是个人之独特性、创造性与自我实现的综合。"③西方浪漫主义以个体为价值依托,革命浪漫主义则以集体为价值旨归;前者的最高价值是"自由",后者的根本关切为"革命"。因此,表面上对西方浪漫主义有所保留的蒋光慈说得很透彻:"革命文学应当是反个人主义的文学,它的主人翁应当是群众,而不是个人;它的倾向应当是集体主义,而不是个人主义……"④创造社成员何畏在1926年发表的《个人主义艺术的灭亡》⑤一文中,对浪漫主义中的个人主义价值立场亦进行了同样的申斥与批判。要而言之,基于启蒙救亡的历史使命与本民族文学—文化传统的双重制约,五四一代文人作家在面对浪漫主义、自然主义等现代西方思潮观念时,往往很难接受其内里所涵纳的时代文化精神及其所衍生出来的现代艺术神韵,而最终选取—接受的大都是外在技术层面的技巧手法。郑伯奇在谈到本土的所谓浪漫主义文学时则称,西方浪漫主义那种悠闲的、自由的、追怀古代的情致,在我们的作家中是少有的,因为我们面临的时代背景不同。"我们所有的只是民族危亡、社会崩溃的苦痛自觉和反抗争斗的精神。我们只有喊叫,只有哀愁,只有呻吟,只有冷嘲热骂。所以我们新文学运动的初期,不产生与西洋各国19世纪(相类)的浪漫主义,而是20世纪的中国特有的抒情主义。"⑥

纵观19世纪西方诸文学思潮在中国一百多年的传播与接受过程,我们发现:本土学界对浪漫主义等19世纪西方文学思潮在学理认知上始终存在系统的重大误判或误读;较之西方学界,我们对它的研究也严重滞后。

在西方学界,对19世纪西方文学思潮的研究始终是西方文学研究的焦点。一百多年来,这种研究总体上有如下突出特点:

---

① 瞿秋白:《革命的浪漫谛克》,《瞿秋白文集》(文学编·第一卷),北京:人民文学出版社,1985年,第459页。
② Jacques Barzun, *Classic, Romantic and Modern*, London: Secker & Warburg, 1962, p.6.
③ Steven Lukes, *Individualism*, Oxford: Basil Blackwell, 1973, p.17.
④ 蒋光慈:《关于革命文学》,转引自中国社会科学院文学研究所现代文学研究室编:《"革命文学"论争资料选编》(上),北京:人民文学出版社,1981年,第144页。
⑤ 何畏:《个人主义艺术的灭亡》,转引自饶鸿兢、陈颂声、李伟江等编:《创造社资料》(上),福州:福建人民出版社,1985年,第135—138页。
⑥ 郑伯奇:《〈寒灰集〉批评》,《洪水》1927年总第33卷,第47页。

第一，浪漫主义、现实主义、自然主义、象征主义等西方文学思潮均是以激烈的"反传统""先锋"姿态确立自身的历史地位的；这意味着任何一个思潮在其展开的历史过程中总是处于前有堵截、后有追兵的逻辑链条上。拿浪漫主义来说，在19世纪初叶确立自身的过程中，它遭遇到了被其颠覆的古典主义的顽强抵抗（欧那尼之战堪称经典案例），稍后它又受到自然主义与象征主义几乎同时对其所发起的攻击。思潮之争的核心在于观念之争，不同思潮之间观念上的质疑、驳难、攻讦，便汇成了大量文学思潮研究中不得不注意的第一批具有特殊属性的学术文献，如自然主义文学领袖左拉在《戏剧中的自然主义》《实验小说论》等长篇论文中对浪漫主义的批判与攻击，就不仅是研究自然主义的重要文献，同时也是研究浪漫主义的重要文献。

第二，19世纪西方诸文学思潮观念上激烈的"反传统"姿态与艺术上诸多突破成规的"先锋性""实验"，决定了其在较长的历史时间区段上，都要遭受与传统关系更为密切的学界人士的质疑与否定。拿左拉来说，在其诸多今天看来已是经典的自然主义小说发表很长时间之后，在其领导的法国自然主义文学运动已经蔓延到很多国家之后，人们依然可以发现正统学界的权威人士在著作或论文中对他的否定与攻击，如学院派批评家布吕纳介（Ferdinand Brunetière）、勒梅特尔（Jules Lemaître）以及文学史家朗松（Gustave Lanson）均对其一直持全然否定或基本否定的态度。

第三，一百多年来，除信奉马克思主义的文学批评家（从梅林、弗雷维勒一直到后来的卢卡奇与苏俄的卢那察尔斯基等）延续了对浪漫主义、自然主义、象征主义（巴尔扎克式现实主义除外的几乎所有文学思潮）几乎是前后一贯的否定态度，西方学界对19世纪西方诸文学思潮的研究普遍经历了理论范式的转换及其所带来的价值评判的转变。以自然主义研究为例，19世纪末、20世纪初，学者们更多采用的是社会历史批评或文化/道德批评的立场，因而对自然主义持否定态度的较多。但20世纪中后期，随着自然主义研究的深入，越来越多的学者采用符号学、语言学、神话学、精神分析以及比较文学等新的批评理论或方法，从神话、象征和隐喻等新的角度研究左拉等自然主义作家的作品，例如罗杰·里波尔（Roger Ripoll）的《左拉作品中的现实与神话》（1981）、伊夫·谢弗勒尔（Yves Chevrel）的《论自然主义》（1982）、克洛德·塞梭（Claude Seassau）的《埃米尔·左拉：象征的现实主义》（1989）等。应该指出的是，当代这种学术含量甚高的评论,基本上都是肯定左拉等自然主义作家的艺术成就,对自然主义文学思潮及其历史地位同样予以积极、正面的评价。

第四,纵观一百多年来西方学人的19世纪西方文学思潮研究,当可发现浪漫主义研究在19世纪西方诸文学思潮研究中始终处于中心地位。这种状况与浪漫主义在西方文学史上的地位是相匹配的。作为向主导西方文学两千多年的"摹仿说"发起第一波冲击的文学运动,作为开启了西方现代文学的文学思潮,浪漫主义文学革命的历史地位堪与社会经济领域的工业革命、社会政治领域的法国大革命以及社会文化领域的康德哲学革命相媲美。相形之下,现实主义的研究则显得平淡、沉寂、落寞许多;而这种状况又与国内的研究状况构成了鲜明的对比与巨大的反差。

三、本套丛书研究的视角与路径

本套丛书从哲学、美学、神学、人类学、社会学、政治学、叙事学等角度对19世纪西方文学思潮进行跨学科的反思性研究,沿着文本现象、创作方法、诗学观念和文化逻辑的内在线路对浪漫主义、现实主义、自然主义、象征主义、唯美主义、颓废派等作全方位扫描,而且对它们之间的纵向关系(如浪漫主义与自然主义、浪漫主义与象征主义等)、横向关联(如浪漫主义与唯美主义、浪漫主义与颓废派以及自然主义、象征主义、唯美主义、颓废派四者之间)以及它们与20世纪现代主义的关系进行全面的比较辨析。在融通文学史与诗学史、批评史与思想史的基础上,本套丛书力求从整体上对19世纪西方文学思潮的基本面貌与内在逻辑做出新的系统阐释。具体的研究视角与路径大致如下:

(一)"人学逻辑"的视角与路径

文学是人学。西方文学因其潜在之"人学"传统的延续性及其与思潮流派的深度关联性,它的发展史是一条绵延不绝的河流,而不是被时间、时代割裂的碎片,所以,从"人学"路线和思潮流派的更迭演变入手研究与阐释西方文学,深度把握西方文学发展的深层动因,就切中了西方文学的精神本质,而这恰恰是本土以往的西方文学研究所缺乏或做得不够深入的。不过,文学对人的认识与表现是一个漫长的发展历程。就19世纪西方文化对人之本质的阐发而言,个人自由在康德—费希特—谢林前后相续的诗化哲学中已被提到空前高度。康德声称作为主体的个人是自由的,个人永远是目的而不是工具,个人的创造精神能动地为自然界立法。

既不是理性主义的绝对理性,也不是黑格尔的世界精神,浪漫派的最高存在是具体存在的个人;所有的范畴都出自个人的心灵,因而唯一重要的东西就是个体的自由,而精神自由无疑乃这一自由中的首要命题,主观性因此成为浪漫主义的基本特征。浪漫派尊崇自我的自由意志;而作为"不可言状的个体",自我在拥有着一份不可通约、不可度量与不可让渡的自由的同时,注定了只能是孤独的。当激进的自由意志成为浪漫主义的核心内容,"世纪病"的忧郁症候便在文学中蔓延开来。古典主义致力于传播理性主义的共同理念,乃是一种社会人的"人学"表达,浪漫主义则强调对个人情感、心理的发掘,确立了一种个体"人学"的新文学;关于自我发现和自我成长的教育小说出现,由此一种延续到当代的浪漫派文体应运而生。局外人、厌世者、怪人在古典主义那里通常会受到嘲笑,而在浪漫主义那里则得到肯定乃至赞美;人群中的孤独这一现代人的命运在浪漫派这里第一次得到正面表达,个人与社会、精英与庸众的冲突从此成了西方现代文学的重要主题。

无论是古希腊普罗米修斯与雅典娜协同造人的美妙传说,还是《圣经》中上帝造人的故事;无论是形而上学家笛卡尔对人之本质的探讨,还是启蒙学派对人所进行的那种理性的"辩证"推演,人始终被定义为一种灵肉分裂、承载着二元对立观念的存在。历史进入19世纪,从浪漫派理论家F. 施勒格尔到自然主义的重要理论奠基者丹纳以及唯意志论者叔本华、尼采,他们都开始倾向于将人之"精神"视为其肉身所开的"花朵",将人的"灵魂"看作其肉身的产物。而这在很大程度上要归功于19世纪中叶科学的长足进展逐渐对灵肉二元论——尤其是长时间一直处于主导地位的"唯灵论"——所达成的实质性突破。1860年前后,"考古学、人类古生物学和达尔文主义的转型学说在此时都结合起来,并且似乎都表达同一个信息:人和人类社会可被证明是古老的;人的史前历史很可能要重新书写;人是一种动物,因此可能与其他生物一样,受到相同的转化力量的作用……对人的本质以及人类历史的意义进行重新评价的时机已经成熟"①。在这种历史文化语境下,借助比较解剖学所成功揭示出来的人的动物特征,生理学以及与之相关的遗传学、病理学以及实验心理学等学科纷纷破土而出。在19世纪之前,生理学与生物学实际上是同义词。19

---

① 威廉·科尔曼:《19世纪的生物学和人学》,严晴燕译,上海:复旦大学出版社,2000年,第111页。

世纪中后期,随着生理学家思考的首要问题从对生命本质的定义转移到对生命现象的关注上来,在细胞学说与能量守恒学说的洞照之下,实验生理学的出现彻底改变了生理学学科设置的模糊状态,生理学长时间的沉滞状态也因此得到了彻底改观。与生理学的迅速发展相呼应,西方学界对遗传问题的研究兴趣也日益高涨。在1860年至1900年期间,关于遗传的各种理论学说纷纷出笼(而由此衍生出的基因理论更是成了20世纪科学领域中的显学)。生理学对人展开研究的基本出发点就是人的动物属性。生理学上的诸多重大发现(含假说),有力地拓进了人对自身的认识,产生了广泛的社会—文化反响:血肉、神经、能量、本能等对人进行描述的生理学术语迅速成为人们耳熟能详的语汇,一种新型的现代"人学"在生理学发现的大力推动下得以迅速形成。

  无论如何,大范围发生在19世纪中后期的这种关于人之灵魂与肉体关系的新见解,意味着西方思想家对人的认识发生了非同寻常的变化。在哲学上弭平唯物主义和唯心主义二元对立的思想立场的同时,实证主义者和唯意志论者分别从"现象"和"存在"的角度切近人之"生命"本身,建构了各具特色的灵肉融合的"人学"一元论。这种灵肉融合的"人学"一元论,作为现代西方文化的核心,对现代西方文学合乎逻辑地释放出了巨大的精神影响。可以毫不夸张地说,与现代西方文化中所有"革命性"变革一样,现代西方文学中的所有"革命性"变革,均直接起源于这一根本性的"人学"转折。文学是"人学",这首先意味着文学是对个体感性生命的关照和关怀;而作为现代"人学"的基础学科,实验生理学恰恰以体现为肉体的个体感性生命为研究对象。这种内在的契合,使得总会对"人学"上的进展最先做出敏感反应的西方文学,在19世纪中后期对现代生理学所带来的"人学"发现做出了非同寻常的强烈反应,而这正是自然主义文学运动得以萌发的重要契机。对"人"的重新发现或重新解释,不仅为自然主义文学克服传统文学中严重的"唯灵论"与"理念化"弊病直接提供了强大动力,而且大大拓进了文学对"人"表现的深度和广度。如果说传统西方作家经常给读者提供一些高出于他们的非凡人物,那么,自然主义作家经常为读者描绘的却大都是一些委顿猥琐的凡人。理性模糊了,意志消退了,品格低下了,主动性力量也很少存在:在很多情况下,人只不过是本能的载体、遗传的产儿和环境的奴隶。命运的巨手将人抛入这些机体、机制、境遇的齿轮系统之中,人被摇撼、挤压、撕扯,直至粉碎。显然,与精神相关的人的完整个性不再存在;所有的人都成了碎片。"在巴尔扎克的时代允许人向上爬——踹在竞争者的肩上或跨过他们的尸体——的努力,现在只够他们过半饥半饱的贫困日子。旧式的生存斗争的性质改变了,与此同时,人的本性也改变了,变得更卑劣、更猥琐了。"[①]另外,与传统文学中的心理描写相比,自然主义作家不但关注人物心理活动与行为活动的关系,而且更加强调为这种或那种心理活动找出内在的生命—生理根源,并且尤其善于刻意发掘人物心灵活动的肉体根源。由此,传统作家那里普遍存在的"灵肉二元论"便被置换为"灵肉一体论",传统作家普遍重视的所谓灵与肉的冲突也就开始越发表现为灵与肉的协同或统一。这在西方文学史上,明显是一种迄今为止尚未得到公正评价的重大文学进展;而正是这一进展,使自然主义成了传统文学向"意识流小说"所代表的20世纪现代主义文学之心理叙事过渡的最宽阔、坚实的桥梁。

(二)"审美现代性"的视角与路径

正如克罗齐在《美学纲要》中所分析的那样,关于艺术的依存性和独立性,关于艺术自治或他治的争论不是别的,就是询问艺术究竟存在不存在;如果存在,那么艺术究竟是什么。艺术的独立性问题,显然是一个既关乎艺术价值论又关乎艺术本体论的重大问题。从作为伦理学附庸的地位中解脱出来,是19世纪西方文学发展过程中的主要任务;唯美主义之最基本的艺术立场或文学观点就是坚持艺术的独立性。今人往往将这种"独立性"所涵纳的"审美自律"与"艺术本位"称为"审美现代性"。

作为总体艺术观念形态的唯美主义,其形成过程复杂而又漫长:其基本的话语范式奠基于18世纪末德国的古典哲学——尤其是康德的美学理论,其最初的文学表达形成于19世纪初叶欧洲的浪漫主义作家,其普及性传播的高潮则在19世纪后期英国颓废派作家那里达成。唯美主义艺术观念之形成和发展在时空上的这种巨大跨度,向人们提示了其本身的复杂性。

由于种种社会—文化方面的原因,在19世纪,作家与社会的关系总体来看处于一种紧张的关系状态,作家们普遍憎恨自己所生活于其中的时代。他们以敏锐的目光看到了社会存在的问题和其中隐藏与酝酿着的危机,看到了社会生活的混乱与人生的荒谬,看到了精神价值的沦丧与个性的迷失,看到了繁荣底下的腐败与庄严仪式中藏掖着的虚假……由此,

---

① 拉法格:《左拉的〈金钱〉》,见朱雯等编选:《文学中的自然主义》,上海:上海文艺出版社,1992年,第341页。

他们中的一些人开始愤怒,愤怒控制了他们,愤怒使他们变得激烈而又沉痛,恣肆而又严峻,充满挑衅而又同时充满热情;他们感到自己有责任把看到的真相暴露在光天化日之下。而同时,另一些人则开始绝望,因为他们看破了黑暗中的一切秘密却唯独没有看到任何出路;在一个神学信仰日益淡出的科学与民主时代,艺术因此成了一种被他们紧紧抓在手里的宗教的替代品。"唯美主义的艺术观念源于最杰出的作家对于当时的文化与社会所产生的厌恶感,当厌恶与茫然交织在一起时,就会驱使作家更加逃避一切时代问题。"① 在最早明确提出唯美主义"为艺术而艺术"口号的19世纪的法国,实际上存在三种唯美主义的基本文学样态,这就是浪漫主义的唯美主义(戈蒂耶为代表)、象征主义的唯美主义(波德莱尔为代表)和自然主义的唯美主义(福楼拜为代表)。而在19世纪后期英国那些被称为唯美主义者的各式人物中,既有将"为艺术而艺术"这一主张推向极端的王尔德,也有虽然反对艺术活动的功利性但却又公然坚持艺术之社会—道德价值的罗斯金——如果前两者分别代表该时期英国唯美主义的右翼和左翼,则瓦尔特·佩特的主张大致处于左翼和右翼的中间。

基于某种坚实的哲学—人学信念,浪漫主义、自然主义和象征主义都是19世纪在诗学、创作方法、实际创作诸方面有着系统建构和独特建树的文学思潮。相比之下,作为一种仅仅在诗学某个侧面有所发挥的理论形态,唯美主义自身并不具备构成一个文学思潮的诸多具体要素。质言之,唯美主义只是在特定历史语境中应时而生的一种一般意义上的文学观念形态。这种文学观念形态因为是"一般意义上的",所以其牵涉面必然很广。就此而言,我们可以将19世纪中叶以降几乎所有反传统的"先锋"作家——不管是自然主义者,还是象征主义者,还是后来的超现实主义者、表现主义者等——都称为广义上的唯美主义者。"唯美主义"这个概念的无所不包,本身就已经意味着它实际上只是一个"中空的"概念——一个缺乏具体的作家团体、缺乏独特的技巧方法、缺乏独立的诗学系统、缺乏确定的哲学根底支撑对其实存做出明确界定的概念,是一个从纯粹美学概念演化出来的具有普泛意义的文学理论概念。所有的唯美主义者——即使那些最著名的、激进的唯美主义人物也不例外——都有其

---

① 埃里希·奥尔巴赫:《摹仿论——西方文学中所描绘的现实》,吴麟绶、周新建、高艳婷译,天津:百花文艺出版社,2002年,第564页。

自身具体的归属，戈蒂耶是浪漫主义者，福楼拜是自然主义者，波德莱尔是象征主义者……而王尔德则是公认的颓废派的代表人物。

自然主义旗帜鲜明地反对所有形而上学、意识形态观念体系对文学的统摄和控制，反对文学沦为现实政治、道德、宗教的工具。这表明，在捍卫文学作为艺术的独立性方面，与象征主义作家一样，自然主义作家与唯美主义者是站在一起的。但如果深入考察，人们将很快发现：在文学作为艺术的独立性问题上，自然主义作家所持守的立场与戈蒂耶、王尔德等人所代表的那种极端唯美主义主张又存在着重大的分歧。极端唯美主义者在一种反传统"功利论"的激进、狂躁冲动中皈依了"为艺术而艺术"（甚至是"为艺术而生活"）的信仰，自然主义作家却大都在坚持艺术独立性的同时主张"为人生而艺术"。两者的区别在于，前者在一种矫枉过正的情绪中将文学作为艺术的"独立性"推向了绝对，后者却保持了应有的分寸。这就有：在文学与社会、文学与大众的关系问题上，不同于同时代极端唯美主义者的那种遗世独立，自然主义作家大都明确声称——文学不但要面向大众，而且应责无旁贷地承担起自己的社会责任和历史使命。另外，极端唯美主义主张"艺术自律"，反对"教化"，但却并不反对传统审美的"愉悦"效应；自然主义者却通过开启"震惊"有效克服了极端唯美主义者普遍具有的那种浮泛与轻飘，使其文学反叛以更大的力度和深度体现出更为恢宏的文化视野和文化气象。就思维逻辑而言，极端唯美主义者都是一些持有二元对立思维模式的绝对主义者。

（三）"观念"聚焦与"关系"辨析

历史是断裂的碎片还是绵延的河流？对此问题的回答直接关涉"文学史观"乃至一般历史观的科学与否。毋庸讳言，国内学界在文学史乃至一般历史的撰写中，长期存在着严重的反科学倾向——一味强调"斗争"而看不到"扬弃"，延续的历史常常被描述为碎裂的断片。比如，就西方文学史而言，20世纪现代主义与19世纪现实主义是断裂的，现实主义与浪漫主义是断裂的，浪漫主义与古典主义是断裂的，古典主义与文艺复兴是断裂的，文艺复兴与中世纪是断裂的，中世纪与古希腊罗马时期是断裂的等。这样的理解脱离与割裂了西方文学发展的传统，也就远离了其赖以存在与发展的土壤，其根本原因是没有把握住西方文学中人文传统与思潮流派深度关联的本原性元素。其实，正如彼得·巴里所说："人性永恒不变，同样的情感和境遇在历史上一次次重现。因此，延续对于文学的意义远大于革新。"①当然,这样说并非无视创新的重要性,而是强调在看到创新的同时不可忽视文学史延续性和本原性成分与因素的稳定性存在。正是从这种意义上说,西方文学因其潜在之人文传统的延续性及其与思潮流派的深度关联性,它的发展史才是一条绵延不绝的河流,而不是被时间、时代割裂的碎片。

本套丛书研究的主要问题是19世纪西方文学思潮,具体说来,就是19世纪西方文学发展过程中相对独立地存在的各个文学思潮与文学运动——浪漫主义、现实主义、自然主义、唯美主义、象征主义和颓废派文学。我们将每一个文学思潮作为本项目的一卷来研究,在每一卷研究过程中力求准确把握历史现象之基础,达成对19世纪西方文学思潮历史演进之内在逻辑与外在动力的全方位阐释。内在逻辑的阐释力求站在时代的哲学—美学观念进展上,而外在动力的溯源则必须落实于当时经济领域里急剧推进的工业革命大潮、政治领域里迅猛发展的民主化浪潮以及社会领域里的城市化的崛起。每个文学思潮研究的基本内容大致包括(但不限于)文本构成特征的描述、方法论层面的新主张或新特色的分析、诗学观念的阐释以及文化逻辑的追溯等。总体说来,本项目的研究大致属于"观念史"的范畴。文学思潮研究作为一种对文学观念进行梳理、辨识与阐释的宏观把握,在问题与内容的设定上显然不同于一般的作家研究、作品研究、文论研究和文化研究,但它同时又包含着以上诸"研究",理论性、宏观性和综合性乃其突出特点;而对"观念"的聚焦与思辨,无疑乃是文学思潮研究的核心与灵魂。

如前所述,文学思潮是指在特定历史时期社会—文化思潮影响下形成的具有某种共同美学倾向、艺术追求和广泛影响的文学思想潮流。根据19世纪的时间设定与文学思潮概念的内涵规定,本项目"19世纪西方文学思潮研究"共以六卷来构成总体研究框架,这六卷的研究内容分别是:"19世纪西方浪漫主义研究""19世纪西方现实主义研究""19世纪西方自然主义研究""19世纪西方唯美主义研究""19世纪西方象征主义研究"和"19世纪西方颓废主义研究"。各卷相对独立,但相互之间又有割不断的内在逻辑关系,这种逻辑关系均由19世纪西方文学思潮真实的历史存在所规定。比如,在19世纪的历史框架之内,浪漫主义与现实主义

---

① 彼得·巴里:《理论入门:文学与文化理论导论》,杨建国译,南京:南京大学出版社,2014年,第18页。

既有对立又有传承关系;自然主义或象征主义与浪漫主义的关系,均为前后相续的递进关系;而自然主义与象征主义作为同生并起的 19 世纪后期的文学思潮,互相之间乃是一种并列的关系;而唯美主义和颓废派文学作为同时肇始于浪漫主义又同时在自然主义、象征主义之中弥漫流播的文学观念或创作倾向,它们之间存在一种交叉关系,且互相之间在很大程度上存在着一种共生关系——正因为如此,才有了所谓"唯美颓废派"的表述(事实上,如同两个孪生子虽为孪生也的确关系密切,但两个人并非同一人——唯美主义与颓废派虽密切相关,但两者并非一回事)。这种对交叉和勾连关系的系统剖析,不惟对"历史是断裂的碎片还是绵延的河流"这一重要的文学史观问题做出了有力的回应,而且也再次彰显了本套丛书的"跨文化""跨领域""跨学科"系统阐释之"比较文学"研究的学术理念。

目 录

引 言 "说不尽"的"现实主义" …………………………………… 1

第一章 现代现实主义：渊源与缘由 ………………………… 44
  第一节 "从摹仿现实主义"到"现代现实主义" ……………… 45
  第二节 工业革命与现代现实主义 …………………………… 52
  第三节 社会转型、价值观念演变与现代现实主义 ………… 56
  第四节 科学精神与现代现实主义 …………………………… 59
  第五节 印刷技术、图书市场与现代现实主义小说 ………… 67
  第六节 现代现实主义与"现代性" …………………………… 76
  第七节 现代现实主义与浪漫主义：矛盾中的勾连 ………… 88

第二章 现代现实主义文学谱系 ……………………………… 101
  第一节 法国现代现实主义 …………………………………… 102
  第二节 英国现代现实主义 …………………………………… 118
  第三节 俄国现代现实主义 …………………………………… 143
  第四节 德国及北欧现代现实主义 …………………………… 169
  第五节 美国现代现实主义 …………………………………… 182

第三章　科学理性与现代现实主义"求真"精神…………………… 195
- 第一节　"科学的世纪"与"小说的世纪"………………………… 196
- 第二节　西方"小说"及其"真实"观念之嬗变…………………… 200
- 第三节　科学精神对"求真"意识的催化………………………… 210
- 第四节　类比方法与"求真"精神的彰显………………………… 215
- 第五节　现代现实主义"求真"之历史新刻度…………………… 227
- 第六节　现代现实主义"求真"之偏狭与迷失…………………… 236

第四章　实证理性与现代现实主义"写实"传统………………… 249
- 第一节　"实证"与"写实"………………………………………… 250
- 第二节　"写实"与"主义"………………………………………… 260
- 第三节　"写实"传统与马恩文艺思想…………………………… 275
- 第四节　"写实"与"真实"………………………………………… 288
- 第五节　"镜"→"灯"→"屏"：颠覆抑或融合？………………… 293
- 第六节　"写实"传统的当代价值………………………………… 300

第五章　实用理性与现代现实主义之"社会功能"……………… 306
- 第一节　实用理性与文学社会功能……………………………… 307
- 第二节　"社会功能"说考论——从古希腊到18世纪………… 310
- 第三节　"非功利"之功利性：浪漫主义对现代现实主义的
  精神传递………………………………………………… 320
- 第四节　现代现实主义与文学之社会功能……………………… 328
- 第五节　"功利性"之言说：从现代现实主义到现代主义……… 353

第六章　理性书写与现代现实主义的审美禀赋………………… 369
- 第一节　人物塑造："环境—性格型"典型及其他……………… 371
- 第二节　情节结构：事理逻辑与线型结构及其他……………… 397
- 第三节　叙述方法：从叙"事"、叙"情"到叙"心"……………… 434

第七章　理性传统与西方文学 ······ 469
第一节　"理性"源流之考辨:从古希腊至18世纪 ······ 471
第二节　古典主义与文学理性主义 ······ 476
第三节　启蒙理性与启蒙文学 ······ 479
第四节　感性的"浪漫"与理性的"写实" ······ 488
第五节　自然主义与理性的淡出 ······ 491
第六节　现代主义文学与非理性人本意识 ······ 497
第七节　理性之变奏 ······ 504

第八章　现代现实主义与文学理性精神 ······ 511
第一节　在理性与感性的天平上 ······ 512
第二节　追寻新的理性 ······ 518
第三节　文学不能没有理性 ······ 521

余　论　"无边"的"现实主义" ······ 525
参考文献 ······ 538
主要人物、术语、作品中外文对照表 ······ 553
后　记 ······ 577

引 言
"说不尽"的"现实主义"

19世纪西方现实主义是世界文学史上的一种重要文学思潮和文学现象。五四前后,19世纪西方现实主义开始在我国传播。百余年来,由于受中国特有的文化期待视野和社会历史情势的影响,在诸多外来的文学思潮流派中,现实主义是在我国本土文学与文化领域传播最为深入而广泛的,但同时也是争议最多、内涵最具复杂性与多变性的文学思潮。事实上,正如德国著名戏剧家和戏剧理论家贝尔托·布莱希特(Bertolt Brecht)说:"现实主义不仅是文学的问题;它还是一个重大政治、哲学和实践问题,必须作为一项关乎人类普遍利益的问题加以研究和阐释。"[①]因此,当19世纪西方现实主义文学思潮进入中国百余年之际,我们有必要对其在本土被接受、传播与研究的历史作深入的梳理,以便更准确而透彻地认识与把握其本原性内涵与本质特征。

一、"现实主义"问题言说的语境与背景

近四十年来,西方现代主义[②]倾向的文学对我国文学产生了深远影响。这种现代派文学的"先锋性"及其对传统文学尤其是19世纪现实主义文学的反叛性,使许多人一度认为现实主义传统的文学已经"过时",西

---

① Matthew Beaumont,"Introduction: Reclaiming Realism", in Matthew Beaumont ed., *Adventures in Realism*, Oxford: Blackwell, 2007, p.1.
② 关于20世纪西方现代主义文学思潮,国内外学界有将其分为"现代主义"与"后现代主义"的,也有将两者视为同一种文学思潮的,认为后者是前者的延续。笔者认为,虽然现代主义与后现代主义是有差异的,但总体上是一种流行于20世纪的非理性文学思潮,因此,在本著作中,笔者为了论述之方便,将它们合称为"现代主义",有时也用"现代派"指称。

方 19 世纪现实主义文学对我们已没有多少借鉴价值,现实主义创作方法自然也属"陈旧"和被"淘汰"之列。然而,事实上西方 19 世纪现实主义文学的"写实"精神与真实性品格及其在作品中展示的现实关怀与历史呈现风格,已深深地融入人类文学并成为其本质属性之一,是人类文学之生命活力的重要源泉,也是马克思主义文艺思想的重要来源,具有艺术魅力与价值之永久性与永恒性。从这种意义上说,现实主义并没有过时且永远不会"过时"。不过,我们却不能因此而无视文学研究和创作实践中依旧存在的轻视现实主义的客观事实。

历史发展到今天,我们无疑不应否认现代主义倾向的文学对人类文学的创新与贡献。但是,当我们已经与之拉开了相当的时间距离时——同样,我们与 19 世纪现实主义文学也拉开了更远的距离——再回望这一道道渐行渐远的文学风景线,我们是否在看到了现代派"实验性"创新之绮丽多姿的同时,也更清晰地看到了它的"反传统"在相当程度上的过激性、局限性以及"创新"的有限性? 比如,现代派文学不同程度上存在的过于抽象的表现方式、过于凌乱的意识流动、过于放纵的情绪宣泄、过于错乱的时空交替、过于晦涩的语义表达、过度低迷的心志隐喻、过度解构的历史虚空、过度游戏化的娱乐至上,等等。对此,我们当然可以认定它们有创新的意义与价值,但是断不能以为它们就是人类文学发展的终极之"样板"。文学史的发展,不存在割裂传统基础上的纯粹"创新"与"先进",而永远只是继承传统基础上的创新性发展与延续。其实,西方的不少作家与理论家对现代派的某些过激口号及某些极端化的实践也早有批评。英国作家、文论家艾莉丝·默多克(Iris Murdoch)就反对现代派小说因过度追求形式实验所致的内容的"枯燥"和晦涩的"荒诞",并呼唤一种新写实的小说[①]。英国批评家雷蒙·塔里斯(Raymond Tallis)对"反现实主义"的现代派作家的评价是:"有许多反现实主义作家,他们的作品毫无价值,只不过含有一些被头脑发昏的批评家大大高估的新奇理念,他们听到的想法比他们能理解或想得透的要多得多。"[②]英国文学批评家雷蒙德·威廉姆斯(Raymond Williams)则呼唤新型现实主义文学的出现。[③] 而

---

① Iris Murdoch, *Existentialists and Mystics: Writings and Philosophy and Literature*, London: Chatto & Windus Ltd., 1995, pp. 291—292.

② Raymond Tallis, *In Defense of Realism*, London: Edward Arnold, 1988, p. 214.

③ Raymond Williams, "Realism and Contemporary Novel", in *20th Century Literary Criticism*, pp. 584—585.

且,也有的西方批评家还宣称现代派倾向的文学"实际上也都是一种新的现实主义形式"①。英国批评家雷蒙德·塔里斯就认为,"法国超现实主义与'直接行为'相结合,进行丑闻写作,宣称诗歌和小说要与街头、沙龙、剧院和小酒馆中的无政府主义行为相联系,旨在惊忧和恐吓那些非超现实派,唤醒他们可能成为超现实者"②,这种"超现实主义终究成为了匆匆过客"③,因为,它是有根本缺陷的:其"文学活动与责任之间是相分离的,陷于一种纯粹和徒劳的游戏"④。雷蒙德·塔里斯的观点当然不能代表对超现实主义文学评价的全部,更不能说超现实主义文学是毫无成就的,但至少指出了其客观存在的某些问题——其实西方现代派倾向的文学之实际情形也大致如此。诸如此类的"一家之言"虽都有可能"各执一端",因而不足以作为全面否定现代主义文学的依据,但也足以说明现代派倾向的文学并不是美玉无瑕,更不是人类文学发展的终极典范,它和现实主义或其他性质的文学一样有优长也有瑕疵。我国批评家对本土文坛上的某些"先锋文学"也一直有批评之声:"这样的小说样式越来越被请入象牙塔里去了,已成了远离大众的一道历史风景"⑤;某些"所谓'个人化'写作,偏离社会生活的主潮……过多地注重于感性和体验的私语性,而淡忘了文学所应有的对世界的观照和对人类精神的弘扬"⑥。这也从我国文学实践的角度说明了现代派倾向的文学或者"先锋文学"的缺陷是客观存在的。可见,从国内外文学发展的客观实际看,现代派这种"非现实主义"的文学并没有终结现实主义⑦;"现实主义照样有广阔的前景"⑧。"将反现实主义视为一系列的失常而不予理会将是一个错误。但如果把反现实主义看成在某种程度上取代了现实主义,就像一劳永逸地表明现实主义事业是一个让小说发展起来的天真烂漫的阶段,那么同样是一个

---

① Rachel Bowlby,"Foreword", in Matthew Beaumont ed., *Adventures in Realism*. Oxford: Blackwell Publishing Ltd., 2007, p. xv.

② Raymond Taillis, *In Defence of Realism*, London: Edward Arnold,1988,p. 104.

③ Ibid.,p. 106.

④ Ibid.,p. 108.

⑤ 谈歌:《小说应该是野生的》,《文艺报》1997 年 6 月 12 日。

⑥ 杜彩、王强:《论 20 世纪 90 年代的"新现实主义"文艺思潮》,《文艺理论与批评》2007 年第 4 期。

⑦ Raymond Taillis, *In Defence of Realism*, London: Edward Arnold, 1988, p. 186.

⑧ 路遥:《早晨从中午开始——〈平凡的世界〉创作随笔》,参见张德祥:《现实主义当代流变史》,北京:社会科学文献出版社,1997 年,第 290 页。

错误。"①

其实，如果说，现代派倾向的文学特别有助于展示并且确实也展示了20世纪两次世界大战前后人们空前迷惘、恐惧、悲观的生存环境下真实的内心世界，因此这种艺术手法与人文观念对特定时期人的精神与心理的表达不无真实性和创新价值的话，那么，当今天的我们亦已和那段梦魇般的历史拉开了时间距离的时候——虽然人类仍然面临着新的威胁与恐惧，"网络化－信息化"的当下人类难免有别样的焦虑、迷惘与惶恐——我们的文学创作是否有必要依然过于偏好那个时期的这种实验性"先锋文学"，用表现那个特定生存环境下人的梦魇与恐惧的方法持续地去表现当下和未来网络时代人的精神与心理境遇呢？尤其要考虑的是，这种文学的审美观念、人文观念与表现方法是否属于最合乎本土之文化传统、国人之审美期待以及当今与未来我国之社会及文化情势呢？这样说，丝毫不意味着我们不应该继续传承这种文学中存在的普遍适用或有普遍意义之审美资源与养料，拒斥将其融入我们当下及未来的文学创作和研究之中。同理，我们也没有理由拒斥经典现实主义文学所同样拥有的普遍适用之审美资源与养料，并将其融入我们的文学创作与研究。我们倒是应该反省一下，一段时期里在摆脱了所谓的"现实主义独尊"的历史性狭隘之后，我们是否也同样陷入了"现代派独尊"的又一种历史性狭隘，并且至今不同程度地依然存在着以这种狭隘的思维看待并指认现实主义的所谓"陈旧""过时"，因而不无偏见地继续冷落乃至试图封存这份珍贵的文学遗产呢？对马克思、恩格斯当年关于现实主义文学的著名论断，我们是否也仅仅将其"尊之高阁"而极少再予深度研究和阐释了呢？

当然，精神性文化遗产的传承与渗透，实际上是不以人的主观意志为转移的，是凭借无形而潜在的方式进行着的，因此上述种种顾虑与疑问一定程度上显得多余。比如，现实主义传统在我国新时期文学中事实上从来没有间断过，并且通过许多优秀作家的坚守进而取得了斐然成就。但是，承认这种不可触摸的传承与渗透之不同程度的客观存在，看到现实主义倾向作家的某些成就，并不意味着我们可以因此忽视乃至无视实际上存在的观念上、态度上和实践行为上（包括创作与研究）对现实主义传统的轻视、漠视甚至有意无意的贬低，从而导致的我国文坛在不同历史时段上存在的现实主义文学之低迷以及对19世纪现实主义文学研究的漠视

---

① Raymond Taillis, *In Defence of Realism*, London: Edward Arnold, 1988, p. 215.

与冷落。"我们当下的文学,表现更多的是支流、暗流等。譬如日常的、世俗的琐碎生活,譬如情感的、内心的精神困境等等,所谓'小时代''小人物'。而处于社会中心的那些重大事件、改革、实践等,我们却无力把握,难以表现;社会进程中的深层矛盾、人性道德中的重要变异,我们总是视而不见,或浅尝辄止。这不能不说是目前现实主义文学的严重匮乏所致。"[①]应该说,从四十余年来我国当代文学发展的实际情况看,现实主义或者写实主义倾向的文学在不同阶段我国文坛上还是具有举足轻重之地位、作用和意义的,但是,每逢这种倾向的文学淡出和弱化时,均不同程度上导致了这个阶段文学发展势头之低迷以及方向的迷惘。从世界文学史的角度看,现实主义虽然曾经被贬低和"矮化",但是,"现实主义的曾有的发展被奥尔巴赫恰当地称之为一种强劲的民主化力量,其根深叶茂堪比圣经和荷马史诗,后来又被卢卡奇坚决捍卫和弘扬。因此,一些不当的评价一旦被纠正,一旦这种模式的不足也被消除,一旦认识和意识形态问题与某些被加之的不实之词被澄清,那么现实主义依然是文学艺术重要甚至是必不可少的模式"[②]。而在欧美当代文坛上,"现实主义小说是非常富有生命力的。尽管现实主义似乎已经在很大程度上失去了实验的制高点,但是不少高水准的现实主义小说,依旧继续被创作和阅读。现实主义继续受到人们的欣赏——若把主要文学奖项的颁发作为评判标准的话,绝大多数入围布克奖(the Booker Prize)的小说都是现实主义的"[③]。因此,深入探讨19世纪现实主义文学传统的特质与内涵,尤其是深入考究其"写实""真实性"传统的历史渊源、时代嬗变与当代价值,揭示其依旧的艺术魅力与经久的生命力,显然是十分必要和具有重大学术价值与文学创作之实践价值的。

还值得我们注意的是,百余年来,20世纪西方文坛中居于文学实验之制高点上叱咤风云的是现代派文学思潮。这种文学思潮是建立在尼采振聋发聩的"上帝死了"一语之后的非理性主义哲学基础上的,"非理性"成为其本质特征之一。由此,学界通常称西方文学史上由现代派文学主导的

[①] 段崇轩等:《变则通、通则久——关于"现实主义文学40年"的思考》,《文艺报》2018年7月6日第2版。

[②] George Levine. " Literary Realism Reconsidered: 'The World in its length and breadth'", in Matthew Beaumont ed., *Adventures in Realism*. Oxford: Blackwell, 2007, p. 14.

[③] Raymond Taillis. *In Defence of Realism*. London: Edward Arnold, 1988, pp. 1—2.

20世纪,相比于以前——主要是19世纪——是一个"断裂的世纪"①。这种观点迄今为止依然是被普遍接受的。19世纪西方文坛上虽然有浪漫主义、现实主义、自然主义、象征主义、唯美主义、颓废派等多种文学思潮的风起云涌、波澜壮阔,各自都成就非凡,而且有的还为20世纪现代派文学鸣锣开道并为之打下了坚实的基础,但是,其中声势最浩大、成就最辉煌的便是张扬理性精神的现实主义(批判现实主义)文学思潮,而它恰恰又是20世纪现代派文学的"反传统"之锋芒所指的主要鹄的。因此,20世纪西方文学与传统的"断裂",也集中地表现在这个世纪之现代派倾向文学的鼎盛、现实主义倾向文学的式微以及理性精神在文学与文化中的弱化上。

耐人寻味的是,大约四十余年前,我国文坛上普遍被人们接受和认同的批评性言语——"反对现实主义独尊","现实主义已过时",使现实主义和现实主义倾向的文学式微,似乎追随现实主义是文学观念上的幼稚、陈旧乃至错误,历史上所有的现实主义文学似乎也根本没有之前所说的那么"成就辉煌"因而不值得借鉴、传承与研究。于是,此后相当长的时期内,文坛上风靡一时的是现代派文学和用现代派理念和方法创作的"先锋文学"。正如当年路遥不无抱怨地所说的那样:"许多评论家不惜互相重复而歌颂一些轻浮之作,但对认真努力的作家常常不屑一顾。他们一听'现实主义'几个字就连读一读小说的兴趣都没有了。"②这种对现实主义的冷漠不仅在当年是客观存在的,而且影响持久而广泛。今天,我们无疑要看到先锋文学和现代主义倾向的文学本身所取得的成就及其实验性探索为文学带来的经验积累和深刻影响,但是,我们是否也应该反思一下:如果说"现实主义独尊"无论在过去、现在和未来都是有其偏颇的,那么我们反对"现实主义独尊",是否也应警惕"现代派独尊"?何况,曾经被我们"独尊"的"现实主义""究竟有多少真正的现实主义?"我们是否实际上曾经或者依然不同程度地"缺乏(真正的)现实主义"③?于是我们是否也可以这样说:反现实主义的现代派文学"并不意味着现实主义(包括现实主义小说)的终结,而相反它是另一种现实主义的先驱,一种因反现实主义的批判而变得更加复杂的现实主义"④。由此,我们是否需要进一步深入

---

① 易丹:《断裂的世纪:论西方现代文学精神》,成都:四川大学出版社,1992年,第317页。
② 厚夫:《路遥传》,北京:人民文学出版社,2015年,第295页。
③ 同上。
④ Raymond Taillis, *In Defence of Realism*, London: Edward Arnold, 1988, p. 215.

思考:应该怎么看待经典现实主义？19世纪现实主义文学的"理性"精神和"写实"传统到底有什么历史价值和当代意义？理性精神的缺乏和写实精神的淡出对文学与文化的发展到底有没有负面影响呢？值得言说的问题还有许多。就此而论,讨论现实主义问题,我们自然也就进入了一种多元而复杂的理论语境,而且也必须在一个宽阔而富有历史纵深感的背景下观照与透析现实主义问题。

二、"小说界革命":现实主义在中国传播的前因

20世纪初我国新文化运动前后,现实主义与自然主义被混淆在一起,以"写实主义"的名义被介绍到我国,因为,这两种文学思潮都以"写实"为根本追求与特征。陈独秀、胡适、周作人、茅盾等通常被认为是"写实主义"在中国的最早传播者。不过,我们在追溯西方现实主义在中国的传播历史时,除了要关注以"现实主义""写实主义"的名义直接介绍与引进的作品,还应该关注此前以"写实"文学的名义在我国文学界传播的各种文学现象,因为这是西方现实主义文学思潮之中国本土接受和传播之先声抑或"前因"。就此而论,我们讨论的起点必须前移至晚清时期。

中国是一个"诗的国度","诗"和"文"历来被尊为文坛之正宗,而小说这种文体直到晚清时期还仍处于正统"文学"之边缘,写小说被认为是文人很不光彩的一件事。但是,事实上晚清时期由于中国社会的变化和人们审美趣味的转换,特别是应和了这种变化的出版印刷业的发展和报刊消费市场的拓展,小说的流行和普及获得了物质上的支持和传播空间上的拓展。1900年,康有为就在《闻菽园居士欲为政变说部以速之》中说:"我游上海考书肆,群书何者销流多？经史不如八股盛,八股无如小说何。"[1]这说明我国的小说在20世纪初已经开始广泛流行。根据阿英在20世纪50年代的《晚清小说戏曲目录》中披露,五四运动前的20世纪初,国人自己创作的小说计478种,国外翻译进来的小说629种,合计1107种。而根据日本学者尊本照雄于20世纪90年代出版的《新编清末民初小说目录》统计,20世纪初我国的创作小说7466种,翻译小说2545种,合计10011种。[2] 这两个不同的统计各自涵盖的年限有所不同,但可以看出20世纪初我国的小说流行之广。不过,晚清时期刚刚兴起的小

---

[1] 康有为:《闻菽园居士欲为政变说部诗以速之》,见陈平原等编:《20世纪中国小说理论资料》（第一卷）,北京:北京大学出版社,1997年,第511页。

[2] 参见郭延礼:《中西文化碰撞与近代文学》,济南:山东教育出版社,1999年,第525页。

说,虽然数量甚众,但在文坛尚未占据相当的位置,这不仅仅因为重诗文轻小说的中国传统观念,同时也因为此时的小说确实品位普遍不高,多为抓人眼球、取悦读者而作,通常描写一些诲淫诲盗、荒诞离奇的故事,情趣低靡、粗制滥造者多。正如1900年康有为所言:

> 观今之小说文学者如何?呜呼!吾安忍言!吾安忍言!其什九则诲盗诲淫,或则尖酸轻薄无取义之游戏文也,于以煽诱举国青年子弟,使其桀黠者濡染于险诐鈎距作奸犯科,而摹拟某种侦探小说中之一节目。其柔靡者浸淫于目成魂与逾墙钻穴,而自比于某种艳情小说之主人者。于是其思想习于污贱龌龊,其行习于邪曲放荡,其言习于诡随尖刻,近十年来,社会风气,一落千丈,何一非所谓新小说者阶之厉?①

可见,当时的小说从写作动机和表现内容上看,确实没有传统诗文的文雅优美,无论从"文以载道""兴观群怨""讽怨谏刺"等哪一方面看,都可斥其为"不登大雅之堂"的消遣之物。但是,这样一种文学文体却适时而生,在民间风靡一时,其造成的结果正如梁启超所说的"社会风气,一落千丈"。在他看来,小说在当时简直就是"伤风败俗",它导致世风日下,人心不古。"在梁启超看来,中国人的思想,如宰相思想、才子佳人思想、江湖盗贼思想、妖巫狐鬼思想,都直接或间接来源于小说的势力;中国国民的性格,如迷信风水鬼神,追求功利,轻弃信义,诡诈凉薄,沉溺声色,喜好结拜等,都是小说的缘故。"②梁启超所说的中国旧小说和晚近出现的流行小说对社会风气的败坏,固然多少有些言过其实,但在此特别值得我们注意的是,他看到了小说的流行所造成的对世风人心的强大作用,也就是他所谓的小说对社会的强大的"效力"③,不过,此时他看到的是一种反向效力(一如今天常说的"负能量")。正因为如此,不久后梁启超怀着改造社会、革故鼎新的雄心壮志,反其道而行之,力图让小说的反向效力转化成正向效力,因而把小说当成了改造旧中国的重要思想武器,并竭力主张革新小

---

① 郭绍虞主编:《中国历代文论选》(第四册),上海:上海古籍出版社,1980年,第35页。
② 何光水:《儒家文化与晚清新小说的兴起——以梁启超小说功用观为中心考察》,武汉:湖北人民出版社,2013年,第86页。
③ 梁启超在《论小说与群治之关系》中,将小说通过对人的心灵审美功能("势力")进而实现社会政治作用的功能称为"效力"。小说的"势力"是蕴含于文本中的未发之力,而小说的"效力"是通过文本及读者的阅读所产生的对世道人心的实际作用。"势力"是"效力"的前因,"效力"是"势力"的后果。

说，努力开创新小说的繁荣局面。极为典型的是，他于1902年在《论小说与群治之关系》中提出了"小说界革命"之口号，其间充分表达了他革新小说的勃勃雄心以及关于小说社会功用的见解与观念。梁启超提出：

> 欲新一国之民，不可不新一国之小说，故欲新道德，必新小说；欲新宗教，必新小说；欲新政治，必新小说；欲新风俗，必新小说；欲新学艺，必新小说；乃至欲新人心，欲新人格，必新小说。①

此前，梁启超看到的是小说对民风堕落的恶劣作用和反向效力，现在他反过来看到了小说可能拥有的强大的正面社会作用——既然品质低劣的流行小说对中国社会之群治腐败是一个总根源，那么只要改变小说的品质，就可以使其化腐朽为神奇，成为革新社会的有力武器和有效工具。在《论小说与群治之关系》中，梁启超就有"小说有不可思议之力支配人道""小说为文学之上乘"的观点，提出"欲改良群治，必自小说界革命始；欲新民，必自新小说始"②，明确表达了通过"小说界革命"使小说之"效力"从反向变为正向的理想。这篇著名的论文全面论述了小说的社会政治作用、道德教化作用、艺术审美作用以及小说在文学中的地位等，特别强调了其对改造国民、改造社会的重要价值，从政治的角度充分阐述了小说与社会政治及文化启蒙的关系，高度肯定了小说对"群治"的作用。此文是当时"小说界革命"的理论纲领，也是20世纪初我国"文学启蒙"的第一篇宣言。

客观地说，梁启超对小说之于"群治"作用的理解，与曾经阐述的关于小说与群治腐败之关系一样，固然都有主观意愿性的夸大，但是不管怎么说，他的论文预示了小说将成为文坛之主角，成为文化启蒙和社会改造的重要载体的客观趋势——事实上此文也有效地起到了为小说取代诗文而造势的作用。可以说，中国社会发展到这个时候，人们对小说之功能的自觉认识，既是晚清以来小说这种新兴文学体裁发展的必然，也是社会发展对文学社会功能的迫切需求之必然。也是基于这样一种背景，在梁启超等人的倡导及推动下，小说的地位也确实有了在较短时期内陡然提升的可能——实际上此后不久，小说在我国终于从丑小鸭变成了白天鹅，成了五四前后文坛的主角，创作小说和研究小说蔚然成风——其间虽然还有其他许多因素和环节促成了小说地位的这种重大改变。不过，笔者在此

---

① 梁启超：《论小说与群治之关系》，见郭绍虞主编：《中国历代文论选》（第四册），上海：上海古籍出版社，1980年，第207页。

② 陈平原等编：《20世纪中国小说理论资料》（第一卷），北京：北京大学出版社，1997年，第50页。

特别要说的是:梁启超高度强调了小说的社会政治功能,空前地张扬了文学的"写实"精神,从而让这个时期的文学既接续了中国"文以载道"的传统文学功能观,也呼应了西方写实传统的现实主义文学在中国文坛的"频频示好",从而为接下来在特定的时期内西方现实主义文学(小说)在中国的广泛接受与传播做好了文学观念、文学理论和文学实践的有效准备;或者说,梁启超的"小说界革命"潜在和前瞻地呼唤着西方现实主义文学在中国的生根、发芽——因为,现实主义文学(小说)是西方文学史上最具现实精神和社会"效力"的文学样式。这也为19世纪现实主义文学进入中国后其社会功能被高度关注和充分发掘乃至不断扩大种下了前因。此时,梁启超虽然没有明确提及西方的"现实主义文学思潮"这样的字眼,但他把小说明确归结为"理想派"和"写实派"两类,其依据是前者主要使读者超越经验、超越现实、超越自我,倾向于理想和虚幻;后者则倾向于教化人心、切入现实、认识自我与社会。"就发展来看,梁启超引进了西方批评术语'理想派'和'写实派'来表述小说移入的'二体',使他的小说观具有现代特色,从而使中国近代文论开始融入世界文论的潮流之中。"① 从对"小说界革命"的总体目标追求看,梁启超无疑更主张有利于改良"群治"和塑造"新民"的"写实派"小说,其间既表现出他对"文以载道""经世致用"等中国传统的文学功能观的接续,又体现了对西方现代实用理性和文学写实精神的接纳,就字面而言,"写实派"是写实主义、现实主义的近义词。② 因此可以说,梁启超关于"小说界革命"的号召及其理论阐述和影响,实际上就是五四新文化运动"文学革命"的先声,其间蕴含了五四新文学的精神内核;或者说,由于五四新文化运动对外来文学与文化的接受,必然且必须是一种基于国情和本土传统审美心理期待的选择性接受,因此,他的"小说界革命"的精神内核必定会在五四"文学革命"中得到充分的传承和光大。事实上,对文学之"写实"精神和社会功能的突出强调和追求,不仅是五四新文学的核心价值理念,还是此后中国现代文学长时期内的主导价值观,更是19世纪西方现实主义文学思潮之中国接受与传播之前奏抑或前因。

---

① 何光水:《儒家文化与晚清新小说的兴起——以梁启超小说功用观为中心考察》,武汉:湖北人民出版社,2013年,第92页。
② 梁启超早期的"政治小说"观念和后起的塑造"新民"的思想,都源自西方的文化思想。

三、现实主义何以"一枝独秀"?

20世纪之交,梁启超在中国文化界倡导"小说界革命",力图通过小说推动社会改革。至于欧洲,早在19世纪初就开始进入"小说的世纪";19世纪西方文学主潮现实主义(包括自然主义)的繁荣是以小说的兴盛与成熟为标志的,这比中国早了差不多一个世纪。晚清时期我国知识界人士对域外小说的译介,无疑也是催化20世纪中国小说兴起的重要因素。西方19世纪现实主义文学(小说)的基本特征是反映现实生活,再现历史风貌,具有强烈的社会批判精神和人道情怀,具有很高的社会认识价值和道德训谕价值。正是这种富于理性精神和社会功能的文学思潮和文学体裁,投合了五四前后的中国社会之需要,尤其是契合了梁启超"小说界革命"对发挥文学之社会功能的急切诉求——这种诉求虽由梁启超表达出来,但这不是一种个人的心声,而是发至此时中国社会群体的心声。因此,随着五四新文化运动的兴起和"文学革命"的推进,更多有识之士进一步倡导文学的社会功用,倡导写实文学和"为人生的文学",借以促进社会变革,这就达成了文化与文学跨界传播、交流过程中内因与外因的相向推进的壮观的历史景象。

五四新文化运动前后,19世纪西方文学思潮经由日本和欧洲等途径被介绍引进到中国,对本土文坛产生巨大冲击。不过,从接受主体的角度看,本土的社会需要、文化心理期待和审美趣味等,对不同的外来文学思潮不可能投之以一视同仁、照单全收的态度。因此,在实际的传播过程中,各种思潮流派进入中国的时间先后是次要的,而本土之主体性接受期待和主观选择显得格外重要。面对诸多外来的文学思潮,本土作家和学者的主体性选择作用很快就开始决定各种思潮在中国的传播命运,于是,写实传统的现实主义和自然主义很快成了五四前后中国学界和文坛重点关注的对象。

1915年,陈独秀作为最早翻译介绍西方文学思潮的学者之一,在《现代欧洲文艺史谭》中明显青睐富于写实精神的现实主义(自然主义)。陈独秀从进化论和实用理性的角度分析评价西方文学发展史,认为富有科学精神的写实派文学是当今时代文学中的生力军。他说:"欧洲文艺思想之变迁,由古典主义(classicism)一变而为理想主义(romanticism),此在十八九世纪之交。……十九世纪之末,科学大兴,宇宙人生之真相日益暴露,所谓赤裸时代,所谓揭开假面时代,喧传欧土,自古相传之旧道德、旧思想、旧制度,一切破坏。文学艺术亦顺此流,由理想主义,再变而为写实主义(realism),更进而为自然主义(naturalism)。"①面对诸多的西方文学思潮,比照中国社会与文化之情势,陈独秀认为:"吾国之文艺,尤当在古典主义理想主义时代,今当趋向写实主义……庶足挽今日浮华颓败之恶风。"②而他之所以崇尚"写实主义",是因为它对"自古相传之旧道德、旧思想、旧制度"最具"破坏"精神,最符合他提倡的"国人而欲脱蒙昧时代,羞为浅化之民也,则急起直追,当以科学与人权并重"③的思想。他让文学与科学、民主一起成为变革愚昧时代和社会的武器。到了1917年,他又借声援胡适《文学改良刍议》之机发表《文学革命论》一文,提出了文学革命的"三大主义",即"曰推倒雕琢的、阿谀的贵族文学,建设平易的、抒情的国民文学;曰推倒陈腐的、铺张的古典文学,建设新鲜的、立诚的写实文学;曰推倒迂晦的、艰涩的山林文学,建设明瞭的、通俗的社会文学"④。可见,陈独秀高度肯定、重视具有写实和批判精神的现实主义文学的态度十分鲜明,他的这种体现五四文学革命的主张,为现实主义在中国文坛的立足并生根打下了坚实的基础。

五四时期另外两位重要人物胡适和周作人,对现实主义文学之中国接受与传播也有重要作用。关于新文学的倡导,胡适侧重于建立一种"活的文学",其发表于1917年的著名论文《文学改良刍议》,提出了"白话文学论"和"历史的文学观念论"。胡适提出的文学改良的"八事"总体倾向上也是写实主义的,他认为"唯实写今日社会之情状"的文学才可谓是真正的文学。他强调文学应当描写"工厂之男女,人力车夫,内地农家,各处大商贩及小店铺,一切病苦情形",还有关于"家庭惨变、婚姻痛苦,女子之位置,教育之不适宜"等各种社会现状,还强调在具体的描写方法上要"注重实地的考察和个人的经验,以及周密的想象"。⑤ 不过,相比之下,侧重于建立"人的文学"的周作人,对现实主义的倾向更直接而明显。周作人于1918年发表了著名论文《人的文学》,提出了新文学在思想内容上要以人道主义为本的主张,主张新文学应该是"人的文学",而反对"非人的文

---

① 陈独秀:《现代欧洲文艺史谭》,《青年杂志》第1卷,见贾植芳、陈思和主编:《中外文学关系史资料汇编》(下册),桂林:广西师范大学出版社,2004年,第709—712页。
② 陈独秀:《陈独秀文选》,林文光编选,成都:四川文艺出版社,2009年,第175—177页。
③ 陈独秀:《敬告青年》,《青年杂志》第1卷第1号(1915年9月)。
④ 陈独秀:《文学革命论》,《新青年》第2卷第6期(1917年2月)。
⑤ 胡适:《建设的文学革命论》,见赵家璧主编:《中国新文学大系·建设理论集》,上海:良友图书公司,1935年,第136页。

学"。周作人倡导西方19世纪的人道主义,"人的文学"就是"用这人道主义为本,对于人生诸问题,加以记录研究的文字"①。这种文学又分为两类,"(一)是正面的,写这两项生活,或人间上达的可能性;(二)是侧面的,写人的平常生活,或非人的生活,都很可以供研究之用。这类著作,分量最多,也最重要。因为我们可以因此明白人生实在的情状,与理想生活比较出差异与改善的方法"②。这"正面"的一种显然是指西方表达理想为主的浪漫主义文学;后一种"侧面"的则是指写实的现实主义文学。而且,他认为后一种为"最多"也"最重要",因为这种文学描写的是人的"平常生活",包括"非人的生活",可供人们对现实人生状况展开研究,从而认识"人生实在的情状",与理想的生活展开比较,让人们辨别现实与理想之人生的差距,在认识人生的基础上进而寻找"改善"人生的"方法",以冀让人们"看见了世界的人类,养成人的道德,实现人的生活"。③ 与"人的文学"的倡导相呼应,稍后他在《平民的文学》一文中,又提出用通俗的白话写"普遍的思想与事实",以"真挚的文体,记真挚的思想与事实"。这种"以真实为主"的"平民的文学"之主张④,其关注和描写现实人生的思想进一步从另外一个角度得以彰显。以是观之,周作人认为"中国文学中,人的文学本来极少。从儒教道教出来的文章,几乎都不合格"。⑤ 所以他和梁启超一样,认为中国的旧文学也都是毁坏世道人心的,那些关于神仙鬼怪、黑幕强盗、才子佳人的文学,"全是妨碍人性的生长、人类的平和的东西,统统应该排斥"⑥。因此,周作人关于"人的文学"和"平民的文学"的主张,对梁启超、陈独秀的文学思想有所传承与弘扬,但又显得更平和开阔,更倾向于文学对人性的熏染、对人生的改善,而不是过于功利地强调社会变革、政治宣传与道德训诫。⑦ 因此,五四时期周作人的文学观念更贴近文学之本质,更贴近西欧具有浓郁人道色彩的现实主义,也与胡适的

---

① 周作人:《艺术与生活》,北京:北京十月文艺出版社,2011年,第14页。
② 同上书,第13—14页。
③ 同上书,第19页。
④ 同上书,第4—6页。
⑤ 同上书,第14页。
⑥ 同上书,第15页。
⑦ 周作人虽然倡导文学描写现实人生的"人的文学"和"平民的文学",但是他并不主张文学功利性地服务于一种意识形态,也不赞同把文学仅仅作为道德教训的工具。他强调的是文学在审美愉悦中实现思想与道德的熏陶,认为离开了审美性和艺术性就不成其为文学。他曾经说:"文学是用美妙的形式,将作者独特的思想和感情传达出来,使看的人能因而得到愉快的一种东西。"(见周作人:《中国新文学的源流》,北京:人文书店,1932年,第103页。)

新文学观念有相当程度的契合。周作人"人的文学"和"平民的文学"的思想,不仅是五四时期新文学的核心观念,还为日后现实主义文学的接受与传播起了重要作用。

可以说,五四新文化运动初期,虽然对多种西方文学思潮都有不同程度的介绍与引进,并形成了本土一些相应的文学社团和流派。但是,出于反对贵族化的中国"古典主义"文学和有害世道人心的旧文学,"以挽今日浮华颓败之恶风"①之现实的需要,新文化运动的先驱者们很快就相对聚焦于接受与传播19世纪西方现实主义文学。崇奉浪漫主义的"创造社"、信奉古典主义的"学衡派"、认同现实主义的"文学研究会"等经过短时期的论战,以"浪漫主义首领"郭沫若在1925年的转向"写实主义"为标志,20年代中后期,"写实主义"/"现实主义"在中国学界成为介绍与研究的主要对象。其中,文学研究会为现实主义在中国本土的传播与接受起到了关键而深远的作用,在此,我们有必要着重对其关于现实主义的理解与推介的情况作更深入的分析。

五四新文化运动高潮过后,新文学阵营内部分化为以文学研究会为核心的"人生派"和以创造社为代表的"艺术派"两种文学倾向。1921年1月,以文学研究会的成立为标志,倾向于现实主义的"为人生而艺术"的文学派别形成。"人生派"的代表人物茅盾,早在1920年他就借《小说月报》这一园地开始推广西欧的写实文学。同年1月,他在《小说月报》的"小说新潮"栏发表栏目宣言:"新思想是欲借新文艺去替他宣传鼓吹的,所以一时间便觉得中国翻译的小说实在都'不合时代'。……中国现在要介绍新派小说,应该先从写实派、自然派介绍起。本栏的宗旨也就在此。"②茅盾作此"宣言",目的是以外国的写实派文学为榜样,推动本土文学创作的写实主义风气。同年9月,《小说月报》刊发第12卷的号外《俄国文学研究》,在中国现代文学史上首次批量译介俄国文学,其中有果戈理、高尔基、屠格涅夫、安德烈耶夫等作家的写实风格的作品。1922年,茅盾又在《小说月报》开辟"自然主义论战"③专题,以解答读者来信的方式推介写实、自然派文学的精神。除了推介以外,茅盾还撰写文章与著作阐述自己的现实主义文学理论主张。1920年初,他在《文学与人生》中强调文学为人生,认为"文学是人生的反映",也就是"人们怎样生活,社会怎

---

① 陈独秀:《陈独秀文选》,林文光编选,成都:四川文艺出版社,2009年,第175—177页。
② 记者(茅盾):《"小说新潮"栏目宣言》,《小说月报》第11卷第1号(1920年1月)。
③ 茅盾:《通信·自然主义论战》,《小说月报》第13卷第5号(1922年5月)。

样情形,文学就把那种种反映出来"①。他通过考察西方文学史的发展,认为当今人类最进步的文学是写实主义的文学,西方文学思潮的演变,"无非欲使文学更能表现当代全体人类的生活,更能宣泄当代全体人类的情感,更能声诉当代全体人类的苦痛与期望,更能代替全体人类向不可知的命运作奋抗与呼吁"②。在浪漫派与写实派倾向的文学之间,他明显倾向写实派,并对那种"蹈入空想和教训"③的文学表示了批评的态度。在《什么是文学》一文中,他批评了把文学作为游戏、消遣之物的观点,认为文学应该讲究社会价值;新文学更应该反映人生、有社会价值,描写必须"忠实"于生活,"描写社会黑暗,用分析的方法来解决问题"。④ 总体上看,茅盾是通过推介自然主义文学⑤来表达现实主义(写实主义)文学观念的,这实际上就是对欧洲现实主义文学思潮的接纳和传播。不过,也许是由于对中国传统审美趣味和价值判断的谙熟,茅盾对自然主义关于生物的"人"的描写保持了相当的距离,认为自然主义"专在人间看出兽性"的那种描写,"中国人看了容易受病"⑥。他强调文学反映现实人生和为人生,这与周作人"人的文学"的主张一脉相承,也体现了"人生派"的核心要义。但是,茅盾不是停留于一般的为人生的口号上,而是在具体创作方法上竭力倡导文学描写的细致与真实,甚至是把科学的原理用于文学创作,这一方面是欧洲19世纪现实主义和自然主义"写实"精神的中国式接受与传播,另一方面也表现出作家兼理论家的茅盾对文学本质的理解的准确性和全面性。即便是涉及文学对社会的揭露与批判,茅盾也没有离开文学审美的立场而一味地跌入文学功利主义的偏执之中,没有把文学的社会功能夸大为社会革命与现实政治的"工具"。1922年他在《自然主义与中国现代小说》一文中就批评当时文学创作中出现的不重视细节描写的"记账式"叙述,批评"过于认定小说是宣传某种思想的工具,凭空想象出些人事来迁就他的本意"⑦。茅盾所理解和接纳的现实主义(写实

---

① 茅盾:《文学与人生》,《茅盾文集》(第十一卷),北京:人民文学出版社,1961年,第91页。
② 郎损(茅盾):《新文学研究者的责任与努力》,《小说月报》第12卷第2号(1921年2月)。
③ 李之常:《自然主义的中国文学论》,上海《时事新报·文学旬刊》第46、47期(1922年8月)。
④ 茅盾:《什么是文学》,《茅盾文集》(第十一卷),北京:人民文学出版社,1961年,第191页。
⑤ 其实,20世纪初乃至后来相当长的时期内,国外学界也多有将现实主义和自然主义笼统称为写实主义(现实主义)的现象。如日本岛村抱月的《文学上的自然主义》就把自然主义囊括在现实主义门下,陈望道将此文译成中文后,我国当时的学界对此也颇有效仿。
⑥ 《周作人致沈雁冰》,见《小说月报》第13卷第6号(1922年6月)。
⑦ 茅盾:《自然主义与中国现代小说》,《小说月报》第13卷第7号(1922年7月)。

主义),起码在"写实"精神上是比较符合欧洲现实主义之本色的,虽然,这种文学思潮的内涵极其丰富,但仅就他理解和接纳的内容而言,总体上未曾过于夸大、扭曲或者偏执。从本土现实主义文学的创作与理论发展角度看,茅盾所起的作用是积极而显著的,也是不可或缺的。

如果说20世纪20年代初茅盾为代表的学界人士对现实主义的理解、接纳和传播是混淆了与自然主义之区别的话——不过其在根本上都属于写实传统的现实主义的范畴——那么,差不多在同一时期里,鲁迅对现实主义文学的理解和推介则又是另一种情形,他倾向于俄罗斯现实主义。20世纪20年代前期,鲁迅一边从事文学创作,一边译介和阐述文学理论。鲁迅文学观念之理论来源当然不仅仅是西方的现实主义。他对中国文学做过深入的梳理和研究,出版过中国最早的小说发展史著作《中国小说史略》,对"瞒和骗"的文学表示了极力的反对,而强调文学应正视现实人生,描写现实生活。而且,他认为新文学应该有新的"载道"的内容,那就是承担"思想革命"、重塑国民灵魂的"有所为"之责任。他在《文艺与政治的歧途》一文中指出,真正的文艺或者真正的"革命文学",始终是"不安于现状的",因此,"文艺和革命原不是相反的,两者之间,倒有不安于现状的同一"。① 因为,只有不安于现状者才会想到起来革命,同样的道理,文学家对现实有不满,希望变革现实,于是就用文艺作品表达思想,"文艺催促社会进化使它渐渐分离;文艺虽使社会分离,社会这样才进步起来"。② 也就是说,文学家创作的目的,是通过促进社会变革来推动社会不断进步。这是一种不满于现实社会的文艺,它在过去的中国基本上没有——有的只是如鲁迅指出的"瞒和骗"的文学③,而这种"不满意现状的文艺,直到十九世纪以后的(欧洲)才兴起"。④ 联系到外国的文学,鲁迅显然是在竭力推介具有写实和批判精神的现实主义文学:

> 十九世纪以后的文艺,和十八世纪以前的文艺大不相同。十八世纪的英国小说,它的目的就在供给太太小姐们的消遣,所讲的都是愉快风趣的话。十九世纪的后半世纪,完全变成和人生问题发生关

---

① 鲁迅:《文艺与政治的歧途》,《鲁迅全集》(第七卷),北京:人民文学出版社,1998年,第113页。
② 同上书,第114页。
③ 当然,应该说中国古代也不是只有"瞒"和"骗"的文学。这不是本著作要论述的话题。
④ 鲁迅:《文艺与政治的歧途》,《鲁迅全集》(第七卷),北京:人民文学出版社,1998年,第113页。

系。我们看了,总觉得十二分的不舒服,可是我们还得气也不透底地看下去。这是因为以前的文艺,好像写别一个社会,我们只要欣赏;现在的文艺,就在写我们自己的社会,连我们自己也写进去;在小说里可以发现社会,也可以发现我们自己;以前的文艺,如隔岸观火,没有什么切身关系;现在的文艺,连自己也烧在这里面,自己一定深深感觉到;一旦自己感觉到,一定要参加到社会去!①

在此,鲁迅高度推崇欧洲现实主义文学,认为它不仅仅是供人饭后茶余的消遣,而是能够让人通过文学作品认识现实的社会、认识现实社会中的他人和自己,这样的文学才是他认为应该推崇也是他自己致力于创作的新文学。而且,这种新文学的作者,自己必须直面现实人生,且有变革社会的热切希冀,有需要呐喊的来自切身感受的心声。所以他觉得,从创作的角度看:"我以为文艺大概由于现在生活的感受,亲身所感到的,便影印到文艺中去。"②在这种意义上,正如高尔基所说,他本人之所以写作,是因为苦难的生活让他感受多得不能不写作;也是在这种意义上,文学创作就是鲁迅所十分喜欢的日本文艺理论家厨川白村所说的"苦闷的象征"③;同样是在这个意义上,"文艺家的话其实还是社会的话"④。鲁迅的文学观念,有来自中国古典文学传统,有取自日本文学的传统,更多的是欧洲现实主义尤其是俄国文学传统;他的文学思想,同梁启超、陈独秀、周作人等新文化运动先驱者们有许多吻合之处,但是作为医生出身的鲁迅,他更注重发掘民族文化和国民精神的"病根",而且对描写之真实的追求达到了无情和冷峻的地步。当然这除了和他喜好的日本现实主义讽刺作家夏目漱石的小说和理论家厨川白村的文艺心理学理论有关系之外,还和他接受了果戈理、托尔斯泰、契诃夫和高尔基等俄国批判现实主义作家的影响有关。

总体上看,五四新文化运动的十年左右时间内,19世纪西方现实主义文学在中国被接纳和传播势头强劲。不过,原本在西方历时性生成的诸多文学思潮流派,在我国的传播过程中却不可能按照时间先后依次有

---

① 鲁迅:《文艺与政治的歧途》,《鲁迅全集》(第七卷),北京:人民文学出版社,1998年,第118页。
② 同上书,第115页。
③ 厨川白村这方面的理论著作名为《苦闷的象征》,从心理学的角度研究文学创作之奥秘。
④ 鲁迅:《文艺与政治的歧途》,《鲁迅全集》(第七卷),北京:人民文学出版社,1998年,第116页。

序地进入本土,而差不多是以共时方式整体性地被介绍和接纳的。面对五花八门、令人眼花缭乱的诸多西方文学思潮,文学文化界同人在应接不暇之余,最终选择和接纳什么,是因人、因时势之需要而异的,其间,现实主义则是最明显地因其本身内涵同中国传统文化、审美趣味和当下社会情势的有相对较高的契合度而被"待遇从优",并得以"一枝独秀"。

四、文学功利性追求与现实主义"变体"

如上所述,在1917—1927年这10年的时间里,我国文学界接纳与传播外来文学思潮相对比较集中的对象是19世纪西方现实主义,涉及的最主要国家是俄国和法国,且以俄国为甚。对此现象我国学界以往给予了一定的关注。比如,王嘉良认为,"五四时期,中国知识分子对现实主义的译介和接受更注重的是一种现实主义精神,而不是现实主义的创作方法,当时的文学作者大都反对一种'纯粹的'现实主义,而强调表现思想的重要性。所以,更能引起大家共鸣的是俄罗斯的'为人生'的文学,而某种程度上,大家故意忽视了法国现实主义作家津津乐道的冷静、客观的创作方法。这和中国知识分子强烈的启蒙心态有关。"[1]王嘉良指出了五四时期我国学界对俄罗斯现实主义的格外青睐这个现象,但是对其中原因及其造成的后续影响之分析尚显表面和简单,因此仍有必要作深入研究。

"根据《新文学大系·史料索引》不完全统计,1917—1927年共出版外国文学译著225种,总集或选集38种,单行本187种,其中俄国65种,法国31种。"[2]从代表性的作家来看,鲁迅对西方现实主义文学思潮的接受来自俄国,他通过日本学界对现实主义接受之渠道间接地接纳了许多俄国现实主义文学的思想与艺术养料。茅盾虽然一开始对法国现实主义(自然主义)推崇有加(这源于他对法国式现实主义之科学化的真实、精细的描写风格有某种喜好,并特别想借此"医中国现代创作的毛病","纠正新文学凌空蹈虚、不切实际之病",为现实主义在中国的健康发展提供借鉴的样板),但是,他对俄国式写实主义同样推崇,并且在理论阐发上更倾向于俄国。他于1921年1月执掌《小说月报》之后,先是推出"法国文学研究"专号,接着于1921年9月推出"俄国文学研究"号外,其中的论文部分有《俄国文学的启源时代》《十九世纪俄国文学的背景》《近代俄罗斯文

---

[1] 王嘉良:《现代中国文学思潮史论》(上),上海:上海文艺出版社,2011年,第68页。
[2] 同上书,第67页。

学底主潮》等总论性、理论性文章,另有果戈理、托尔斯泰、屠格涅夫、陀思妥耶夫斯基等作家的传记,此外还有果戈理、列维托夫、屠格涅夫、高尔基、契诃夫、安德烈耶夫、陀思妥耶夫斯基、索洛古勃、库普林、普希金等作家的翻译作品。同年10月该报又推出了"被损害民族的文学"专号,这个专号的文章大都是鲁迅、周作人和茅盾三个人翻译的。此外,这个时期的《小说月报》还经常刊发俄罗斯、东欧的文学译作。至于周作人,早在1909年他和鲁迅合作出版《域外小说集》,主要的作家就是俄罗斯和东北欧的。可见,五四时期我国文坛和学界对俄罗斯和东北欧被损害民族的有写实精神和反抗精神的文学有一种特殊的接受喜好,也有力推进了我国本土批判性、写实性文学的发展,对中国式现实主义文学思潮的形成和发展起到了积极作用;或者说,五四时期中国式的现实主义的骨子里,铭刻着俄罗斯文化的印记。

众所周知,19世纪西方现实主义文学思潮生发于西欧各国,然后传播到世界各地,因此,最具本原性特征的现实主义文学应该在西欧而非其他任何一个被传播的国家或区域。那么,为什么五四时期乃至后来相当长的时期里,我国文学与文化界虽然也接纳西欧的现实主义文学,但同时又对俄罗斯及东北欧,尤其是俄罗斯文学特别青睐呢?其间有何文化缘由?这是一个值得细究的文学跨文化交流与传播的话题。

19世纪现实主义作为一种文学思潮,虽然起源于法国和西欧,但是,作为国际性文学思潮的流行,则是在整个欧洲和北美,或曰"西方"主要国家和地区。笔者以为,从政治、经济的角度讲,"西方"主要指西欧和北美洲的美国、加拿大以及大洋洲的澳大利亚等资本主义国家。但是,文化意义上的"西方",主要指以古希腊－罗马文化和希伯来－基督教文化为渊源的区域,大致上包括欧洲、美洲、大洋洲和西亚、北非部分地区,其中心是欧美。正是在这个意义上,"西方文化"指的就是以古希腊－罗马和希伯来－基督教文化为价值核心的文化体系;古希腊－罗马文学和希伯来－基督教文学被称为是西方文学的两大源头,也称"两希"传统。文学以文化为土壤,并且是文化的一部分,因此,"西方文学思潮"就是西方文化体系内相关国家的文学,且主要是欧美地区的文学思潮。那么,19世纪西方现实主义就是欧美地区的一种写实传统的文学思潮,就此而论,俄罗斯和东北欧地区也是19世纪现实主义文学思潮的发源地——在宽泛意义上可以这么认为。不过,依笔者看,在宽泛意义上作如此归类,并不妨碍我们从文化差异性和跨文化比较的角度辨析"西方"不同国家和民族之文化和文学的差异性,尤其是辨析俄罗斯(包括东欧国家)现实主义与西欧国家现实主义文学之差异性及其在中国的再传播过程中的"变体"特征与新质属性。

当我们看到了俄罗斯现实主义文学是后发于西欧而且明显有别于西欧现实主义,进而把俄国(包括东北欧乃至日本等)现实主义看作是西欧本原性现实主义的一种最初的"变体"的时候,也许就可以窥见我国文坛和学界在五四时期乃至后来长时期里青睐俄国现实主义的缘由之一斑,那就是,俄罗斯现实主义文学中那种比西欧现实主义文学更加鲜明的启蒙理性(这在西欧主要是18世纪启蒙时代的思想)、战斗的民主主义思想、强烈的社会变革及批判意识等等,这些都呼应了当时中国本土的社会情势,投合了我国有识之士对精神疗救、开启民智、文化更新、摆脱蒙昧、政治变革、社会转型等的诉求,因此,它对中国本土有一种特别的文化与政治的亲和力,这就是两个民族之间文化"情结"建构的内与外、主观与客观的原因。由于俄国作家之创作"社会的政治的动机"十分强烈,把文学当作"社会的、政治的幸福之利器",并以其为"革命之先声"①,所以,新文学的倡导者李大钊就倾向于接受与传播俄国现实主义文学。此外,我们也不妨来听听鲁迅的解释。在谈到怎样做起小说来的时候他说,当时"也不是自己想创作,注重的倒是介绍,在翻译,而尤其注重于短篇,特别是被压迫的民族中的作者的作品。因为那时正盛行排满论,有些青年,都引那叫喊和反抗的作者同调的"。"因为所求的作品是叫喊和反抗,势必至于倾向了东欧,因此所看的俄国、波兰以及巴尔干诸小国作家的东西特别多。"②"至于后来'为什么'做小说罢,我仍抱着十多年前的'启蒙主义',以为必须是'为人生',而且要改良这人生。我深恶先前的称小说为'闲书',而且将'为艺术而艺术',看作不过是'消闲'的新形式的别号。所以我的取材,多采自病态社会的不幸的人们中,意思是在揭出病苦,引起疗救的注意。"③鲁迅称赞"俄国文学是我们的导师和朋友。因为从那里面,看见了被压迫者的善良的灵魂、辛酸、挣扎"④。他还说:"俄国的文学,从尼古拉斯二世时候以来,就是'为人生'的,无论它的主意是在探究,或在

---

① 李大钊:《俄罗斯文学与革命》,《人民文学》1979年第5期。(说明:该文此时为首次发表)
② 鲁迅:《我怎么做起小说来》,《鲁迅全集》(第四卷),北京:人民文学出版社,1998年,第511页。
③ 同上书,第512页。
④ 鲁迅:《祝中俄文字之交》,《鲁迅全集》(第四卷),北京:人民文学出版社,1998年,第460页。

解决,或者堕入神秘,沦于颓唐,而其主流还是一个:为人生。"①其实,茅盾、周作人等也基本上都是出于这样的目的倾向于接受和传播俄国现实主义文学的。茅盾虽然一开始着力介绍法国等西欧现实主义文学,但后来尤为关注并介绍俄罗斯现实主义文学。1941年,他在《现实主义的路》一文中指出:"五四以后,外国的现实主义作品对于中国文坛产生最大影响的是俄国的批判现实主义文学。"②他本人后来之所以力推俄国现实主义文学,是因为俄国当时"处于全球最专制之政府之下,逼迫之烈,有如炉火,平日所见,社会之恶现象,所忍受者,切肤之痛苦。故其发为文学,沉痛恳挚;于人生之究竟,看得极为透彻"③。茅盾不仅看到了俄国社会与当时中国社会的相似性,也看到了俄国现实主义对社会的批判与揭露之深刻以及描写之"沉痛恳挚",这正是他所期待和追求的我国的新文学,这种新文学与传统的中国文学是完全不一样的——那就是像俄国文学一样立足现实世界,追寻人生的意义。正如他后来回忆时所说,当时"恐怕也有不少像我这样,从魏晋小品、齐梁辞赋的梦游世界里伸出头来,睁圆了眼睛大吃一惊,是读到了苦苦追求人生意义的俄罗斯文学"④。而在五四时期的周作人看来,"俄国在十九世纪,同别国一样受着欧洲文艺思想的潮流,只因有特别的背景在那里自然造成了一种无派别的人生的文学"⑤。"十九世纪的俄国正是光明与黑暗冲突的时期,改革与反动交互进行。"⑥恰恰由于"中国的特别国情与西欧相异,与俄国却多相同的地方,所以我们相信中国将来的新兴文学当然的又自然的也是社会的、人生的文学。"⑦俄国当时的"特别国情"和特别的文学背景有许多与中国相似,所以对"中国的创造或研究新文学的人,可以得到一个大的教训(即借鉴,引者注)"⑧。总之,正是由于俄国现实主义文学拥有相比于西欧现实主义更适于中国新文学发展与建设的特质,所以不仅五四前后我国文坛与学界对其给予了特别的青睐,而且,后来我国文学-文化界也长期给予

---

① 鲁迅:《〈竖琴〉前记》,《鲁迅全集》(第四卷),北京:人民文学出版社,1998年,第432页。
② 茅盾:《现实主义的路》,《新蜀报》1941年1月30日。
③ 茅盾:《托尔斯泰与今日之俄罗斯》,《学生杂志》第6卷第4—6号(1919年4月)。
④ 茅盾:《契诃夫的世界意义》,《世界文学》1960年第1期。
⑤ 周作人:《文学上的俄国与中国》,见《艺术与生活》,北京:北京十月文艺出版社,2011年,第73页。
⑥ 同上书,第74页。
⑦ 同上书,第78页。
⑧ 同上。

青睐,以至于对接踵而至的苏联文学也情有独钟,其缘由是相通的——因为俄罗斯现实主义的固有特质与传统其实也延续到了其后继者苏联文学之中。由此观之,如果俄罗斯现实主义在一定程度上是西欧现实主义文学的变体,那么,我国五四时期倡导和传播的现实主义,既是西欧现实主义的变体,更是俄国现实主义的变体,或者是两者的交融形成的新的变体。在这种意义上,我国五四现实主义文学是一种欧洲"变体"形式的文学思潮、一种创作方法和文学批评,也是一种写实传统的审美观与价值观。

值得注意的是,无论是西欧的还是俄罗斯的现实主义文学,都特别强调文学的社会功能,而俄罗斯现实主义则在这一点上高强度体现而显示出自己作为"变体"的个性特征。由于现实社会情势之需要,我国五四新文学在成长过程中将"为人生"当作自己文学追求的主流价值观,而对"为艺术而艺术"、视文学为"消遣""娱乐"的非功利文学观认同者寡。文学研究会"人生派"的文学追求集中于对现实主义文学的倡导上,因此,他们的文学创作与理论倡导也就成了这个时期我国接受与传播19世纪西方现实主义文学思潮的主渠道。可见,我国五四时期以文学研究会为主导的对现实主义文学的接受,是明显具有社会功利性倾向的,这也决定了我国对现实主义,特别是俄国现实主义的理解、接受与传播也突出了社会功利性——突出了其政治理念、社会批判与变革意识。当然,在当时的情况下,强调文学的社会功利性,凸显现实主义之社会批判精神和变革意识,也是我国本土文化传统和当时社会情势本身使然,因此这有其历史的、文化的必然性与现实的合理性、正确性。不过,由此来整个地涵盖19世纪西方现实主义文学思潮之特征与内涵,又显得狭隘和片面。正是这种"片面"与"狭隘",为此后19世纪现实主义在我国本土的继续深入接受、研究、传播与发展埋下了隐形的障碍。

五、从功利性到"工具"论

循着上述的逻辑思路,再来看20世纪20年代后期至30年代我国文坛的关于现实主义的接受、传播和研究,我们发现此时不再有五四时期的那种热情与执著,西欧的现实主义更加难以为国人所接纳与传播;"现实主义"的旗号依旧高高飘扬,而其内涵却已然与五四时期的现实主义大相径庭。

20世纪20年代至30年代,冯乃超、钱杏邨、蒋光慈、李初梨等关于

"革命文学""新写实主义"/"无产阶级写实主义"概念的提出,标志着我国的文学观念开始偏离五四时期的为人生的现实主义主流;或者说,"革命文学"口号的提出,使对文学现实主义的追求,在社会客观情势和文坛新思潮的作用下,把五四时期关于文学"为人生"基础上的社会功利因素作了非文学性的放大,这实际上背离了五四现实主义"为人生"之根本宗旨,把文学当作致力于反映革命斗争的现实、服务政治革命的宣传"工具"。1928年,后期创造社和太阳社成员倡导无产阶级(普罗列塔利亚)文学,主张抛弃五四时期被它们认为"落后"了的现实主义文学传统。冯乃超在《艺术与社会生活》一文中,对过往"艺术派"和"人生派"的文学观念都作了否定性批判。他认为,"艺术派"的观念使文学脱离现实,无视人生的痛苦与社会的矛盾;"人生派"的观念宣扬资产阶级人道主义和"人性论",与无产阶级思想背道而驰。在此基础上,他阐明了自己的主张:"艺术是人类意识的发达、社会构成的变革的手段",这一观点的理论基础是"严正的革命理论和科学的人生观"[1]。从这样的理论出发,他认为当时的中国新文学是一文不值的,"现在中国文坛的情况,堕落到无聊与沉滞的深渊,有革命文学的议论的嚣张,而无科学的理论的基础,及新人生观和世界观的建设,毕竟问题依然作问题存在,总不能给一个解决。为什么呢?他们把问题拘束在艺术的分野之内,不把文艺的根本的性质与川流不息地变化的社会生活的关系分析起来,求他们的解答"[2]。冯乃超他们理解的"社会生活"偏狭于革命与政治的生活。所以在他们看来,五四时期现实主义作家们都是脱离"生活"的,茅盾、鲁迅等的现实主义创作与理论主张都不过是"堕落"与"沉滞"的过时"旧货"。实际上这些"革命罗曼蒂克"和"革命文学家"缺乏并轻视的恰恰是现实主义本质意义上的对"生活"的理解。正如李初梨和钱杏邨所说:"文学,是生活意志的表现。"[3]"超越时代的这一点精神就是时代作家的唯一生命!"[4]钱杏邨还说:"普罗列塔利亚作家所要描写的'现实'……绝不是像那旧的写实主义,像茅盾所主张的,仅只是'描写'现实,'暴露'黑暗与丑恶;而是要把'现实'扬弃一下,把那动的、力学的、向前的'现实'提取出来,作为描写的题材。"[5]"意志"和超越时代

---

[1] 冯乃超:《艺术与社会生活》,《文化批判》创刊号(1928年1月)。
[2] 同上。
[3] 李初梨:《怎样地建设革命文学》,《文化批判》第2号(1928年2月)。
[4] 钱杏邨:《死去了的阿Q时代》,《太阳月刊》第3号(1928年3月)。
[5] 钱杏邨:《中国新文学中的几个具体的问题》,《拓荒者》创刊号(1930年1月)。

的"精神"以及"提取出来"的"现实",都意味着与真正的现实生活的疏离。这些作家一味地强调无产阶级的意识和意志,而不注重生活实践和经验,这和现实主义精神几乎风马牛不相及。他们在创作实践上不提倡写作家熟悉的生活,而是写理想与想象中的革命斗争生活。蒋光慈在《现在中国文学与社会生活》中说:"我们的时代是黑暗与革命斗争的时代,是革命极高涨的时代,我们的作家应是这个时代的表现者。"①他认为不去表现这种革命生活的作家就是落后于时代的"瞎子"和"聋子"。茅盾对"革命文学家"关于生活的狭隘理解表达了自己的看法,他认为生活是多方面的,革命文艺也是多方面的,"革命文学"不应该进入"一条单调仄窄的路";"我们不能说,惟有描写第四阶级生活的文学才是革命文学,犹之我们不能说只有农工群众的生活才是现代生活。"②所以,鲁迅也以其一贯的讽刺口吻回应"革命文学家"们说,"近来的革命文学家往往特别特别畏惧黑暗,掩藏黑暗","欢迎喜鹊,憎厌枭鸣,只捡一点吉祥之兆来陶醉自己,于是就算超越了时代",其实是"不敢正视社会现象"罢了。如此说来,"革命文学家"们所谓的"超越时代",实际上就是脱离时代。鲁迅又不无讥讽地说:"恭喜英雄,你前去罢,被遗弃了的现实的时代,在后面恭送你的行旌。"③

关于"革命文学"的争论,从学术术语及其表面内容看,似乎无关现实主义问题,其实不然。从其间关于"现实"与"生活"的理解以及如何描写现实与生活的态度上看,"革命文学家"们几乎全盘否定了鲁迅、茅盾的现实主义传统,这对日后我国的现实主义文学发展起到了反向影响,因此,这实际上关乎对西方现实主义和我国五四现实主义精神与传统的理解、接受与评价、传播,也关涉我国未来现实主义乃至整个文学事业的发展方向的问题。历史地看,"革命文学家"不仅狭隘地理解了"现实"与"生活",而且在文学观念上夸大了文学的社会功能和功利价值,把文学当作宣传的工具,而且还表现出了"左倾"思想和宗派意识以及文学批评方法上的粗暴作风。1929年,"革命文学"的倡导者们为摆脱"革命文学"的创作实践所面临之困境,又提出了"新写实主义"/"无产阶级写实主义"(普罗列塔利亚写实主义)的文学主张,这似乎是对原先"革命文学论"对狭隘理解现实与生活的一种自我纠偏。但是,新写实主义的倡导者们对现实主义

---

① 蒋光慈:《现代中国文学与社会生活》,《太阳月刊》创刊号(1928年1月)。
② 方璧(茅盾):《欢迎〈太阳〉》,《文学周报》第5卷第23期(1928年1月)。
③ 鲁迅:《太平歌诀》,《鲁迅全集》(第四卷),北京:人民文学出版社,1998年,第103—104页。

的历史演变及其精神内质缺乏深入准确的理解与把握,而且其文学观念在根本上依然基于"宣传"与"工具"的范畴。比如他们当中理论素养较好的钱杏邨,把五四现实主义简单地称为"静的现实主义",把他们倡导的新写实主义称为"动的现实主义"①,也即能够写革命的发展与胜利的现实主义。可见,他们的新写实主义最终无法摆脱宣传工具的"宿命"。对这样的文学"高论",鲁迅一直对之抱有清醒的头脑,他说:"一切文艺固是宣传,而一切宣传并非全是文艺,这正如一切花皆有颜色(我将白也算作色),而凡颜色未必都是花一样。革命之所以于口号、标语、布告、电报、教科书……之外,要用文艺者,就因为它是文艺。"②今天看来,鲁迅在20世纪20年代末就在提醒国人不要把文艺仅作为宣传的工具了。然而,历史的发展还真是"不以人的意志为转移的",虽然鲁迅、茅盾等当时如此努力地坚持本源性的现实主义,但由于时代与社会等原因,他们的努力都无法在根本上阻止这种"工具"理论的传播与影响;这对现实主义在本土的深入接受与传播来说无疑是一种逆行。不仅如此,后来一段时间的发展更不尽如人意。

六、从"工具论"到"两结合"

20世纪30年代末至40年代,随着左翼文学运动和民族救亡运动及国内战争的风云变幻,文学与政治的关系较之五四时期变得尤为难分难解,文学的政治内容和社会功利性被大力张扬,现实主义文学也因其与生俱来的鲜明的社会批判和政治历史属性而在这特殊背景下顺着凸显其"工具性"功能。左翼文学激进主义在特定的社会情势下使文学与政治的联系更为密切,这就为即将登场的新形态的现实主义——"社会主义现实主义"以及"革命的现实主义"作了政治与思想基础之铺垫。首先,相对谙熟苏联文学与政治的周扬及时地传播了社会主义现实主义创作方法。1933年11月,周扬在《现代》杂志第4期第1卷上发表《关于"社会主义的现实主义"与革命的浪漫主义》一文,这是中国学人第一次正式介绍与倡导"社会主义现实主义"。这"是当时文坛上的一件大事,标志着苏联社会主义现实主义汇入并左右中国现代文学主潮"③,也预示着左翼文学思想沿着新的路线向前发展,更预示着俄苏现实主义和社会主义现实主义将

---

① 钱杏邨:《中国新文学中的几个具体的问题》,《拓荒者》创刊号(1930年1月)。
② 鲁迅:《文艺与革命》,《鲁迅全集》(第四卷),北京:人民文学出版社,1998年,第84页。
③ 温儒敏:《中国现代文学批评史》,北京:北京大学出版社,2005年,第144页。

成为外来现实主义在中国传播与接受的主流,而西欧的本源性现实主义的接受与传播以及五四现实主义传统的延续在相当程度上进入式微状态。1938年,雷石榆在《创作方法上的两个问题——关于写实主义与浪漫主义》一文中明确将写实主义分为自然主义的写实主义和社会主义的写实主义:前者着重客观现实之真实,如实地、摄影机似的记录那现实,或解剖现实,巴尔扎克、莫泊桑、托尔斯泰等作家莫不如是;后者不单真实地表现现实,而且更积极地、更科学地透视现实的本质,因此现实的多样性、矛盾性、关联性、个别性、活动性以及发展的必然性得到充分揭示。① 此后,欧洲现实主义在中国的传播与发展便基本上循着"社会主义的写实主义"的主渠道一路高歌。

中华人民共和国成立后不久,茅盾就在《略谈革命的现实主义》一文中提出:"社会主义的现实主义的创作方法和我们目前对于文艺创作的要求也是吻合的。"②1950年,他在《目前创作上的一些问题》一文中又说:"最进步的创作方法,是社会主义现实主义的创作方法。基本要点之一就是旧现实主义(即批判的现实主义)结合革命的浪漫主义。而在人物描写上所表现的革命浪漫主义的'手法',如用通俗的话来说,那就是人物性格容许理想化。"③20世纪50年代,针对冯雪峰(《中国文学从古典现实主义到社会主义现实主义的发展的一个轮廓》)和茅盾(《夜读偶记》)认为现实主义在中国源远流长且一直居于主流地位的观点,同时也是基于"现实主义"的标签在杜甫等中国古典文学家头上飞舞的状况,对中国古典文学中是否存在现实主义文学,本土学界曾经存在过持续的争论。但总体来看,基于冯、茅二人的政治势头,这场争论事实上并没能够有效展开。

20世纪50年代后期,在"百花齐放,百家争鸣"和批判教条主义的背景下,秦兆阳发表了《现实主义——广阔的道路》一文,对"社会主义现实主义"提出疑问。他特别强调正确处理好文学艺术与政治的关系,反对简单地把文艺当作某种概念的传声筒。他认为"追求生活的真实和艺术的真实"是现实主义的一个最基本的大前提。现实主义的一切其他的具体原则都应该以这一前提为依据。"现实主义文学的思想性和倾向性,是生存于它的真实性和艺术性的血肉之中的。"秦兆阳说,如果"社会主义精

---

① 雷石榆:《创作方法上的两个问题——关于写实主义和浪漫主义》,《救亡日报》1938年1月14日。
② 茅盾:《略谈革命的现实主义》,《文艺报》第1卷第4期(1949年10月)。
③ 茅盾:《目前创作上的一些问题》,《文艺报》1950年第9期。

神"是"艺术描写的真实性和历史具体性"之外硬加到作品中去的某种抽象的观念,这无异于否定客观真实的重要性,让客观真实去服从抽象的、固定的、主观的东西,使文学作品脱离客观真实,变为某种政治概念的传声筒。他认为,从现实主义的内容特点上将两个时代的文学划出一条绝对的界线是困难的。他提出了一个替代的概念"社会主义时代的现实主义"①。周勃在《论现实主义及其在社会主义时代的发展》、刘绍棠在《现实主义在社会主义时代的发展》中表达了与秦兆阳相近的见解。

稍后,与反右派斗争密切相关的政治批判浪潮旋即呼啸而来。1957年9月1日《人民日报》发表题为《为保卫社会主义文艺路线而斗争》的社论,谴责"右派分子"企图在提倡艺术真实性的旗号下"暴露社会生活阴暗面"的险恶用心。姚文元在《社会主义现实主义文学是无产阶级革命时代的新文学——同何直、周勃辩论》中断言,我国文学理论中出现了一种修正主义思潮:"这种修正主义思潮强调现实主义的中心是'写真实',强调社会主义现实主义同过去的现实主义没有方法上的不同,因此不能成为一个独立的流派;强调现实主义方法对艺术的决定作用,而把作家的思想同创作方法完全割裂开来,以为有了艺术性就一定会有思想性。"②从40年代前后就开始流行的"社会主义现实主义"(周扬、夏征农、邵荃麟、林默涵等的推介与传播),经过不断地论争,逐渐在60年代前后演变成为与"革命浪漫主义"相结合的"革命现实主义"。

七、现实主义"变体"的案例剖析

历史地看,中国的"社会主义现实主义"实际上是苏联社会主义现实主义的一种"翻版"或者"变体"。作为一种创作方法,社会主义现实主义于20世纪30年代初经过一段时间的论争后,最终于1934年在苏联第一次作家代表大会通过的作家协会章程中正式提出并被宣布为苏联文学的创作方法,其含义是:"社会主义现实主义,作为苏联文学与苏联文学批评的基本方法,要求艺术家从现实的革命发展中真实地、历史具体地去描写现实;同时,艺术描写的真实性和历史具体性必须与用社会主义精神从思想上改造和教育劳动人民的任务结合起来。社会主义现实主义保证艺术创作有特殊的可能性去发挥创造的主动性,去选择各种各样的形式、风

---

① 秦兆阳:《现实主义——广阔的道路》,《人民文学》1956年9月号。
② 姚文元:《社会主义现实主义文学是无产阶级革命时代的新文学——同何直、周勃辩论》,《人民文学》1957年第9期。

格和体裁。"①在苏联,社会主义现实主义一般被认为形成于20世纪初,也就是俄国1905年革命之后,其标志是高尔基的《母亲》和《底层》的创作开始。社会主义现实主义自诞生起,也一直在反复的讨论中不断摆脱"庸俗化的教条主义"的"狭隘性"内容,以"广泛的真实性"和"开放的美学体系"、现实生活发展的"没有止境"②等新内容不断丰富其内涵。社会主义现实主义之确立的根本目的是:社会主义苏联的文学必须体现社会主义思想并为无产阶级和广大劳动人民服务;而在创作理念与方法上,又汲取了包括高尔基在内的俄罗斯现实主义、西欧现实主义的"写实"精神与传统。因此,笔者认为,苏联的社会主义现实主义无疑是19世纪现实主义的一种"变体",而且,因其影响广泛而久远,实际上"已经成了国际的文学现象"③。所以,从国际传播与影响的角度看,它实际上已不仅仅只是一种文学创作方法与文学批评方法,还是一种新的现实主义文学思潮或者流派。苏联社会主义现实主义本身作为一种"变体"的新的现实主义文学思潮,中国是受其影响最大的国家。它一问世,就得以在中国接受与传播;苏联文学也在社会主义现实主义旗帜下从20世纪30年代开始至新中国成立后的五六十年代,一直是我国文学创作、研究、学习、效仿和借鉴的主体。

　　如前所述,我国文学界从20世纪30年代初就直接借用苏联的"社会主义现实主义",并尊其为我国新文学的方法与方向;苏联文学及其"社会主义现实主义"之精神,有效地促成了我国现当代文学之灵魂的铸就。就像五四时期我国文学界特别青睐俄罗斯现实主义文学一样,这种延续下来的俄罗斯"情结",此时成了催发对苏联文学特别喜好的"酵素";或者说,俄罗斯现实主义文学的某些特质,延续到了苏联文学之中,这也是我国文学界对其深感亲切因而对其爱惜有加的深层原因之一。所以苏联文学尤其是社会主义现实主义的观念,无形地渗透在了我国无产阶级和社会主义形态的文学与理论之中。在此,有一个具体的典型案例,特别值得深度分析阐发,那就是20世纪40年代毛泽东《在延安文艺座谈会上的讲话》(1942,以下简称《讲话》)的发表和后来的影响,以及《讲话》与中国"社会主义现实主义"文学的关系问题。

---

① 中国大百科全书出版社编辑部编:《中国大百科全书·外国文学(II)》,北京·上海:中国大百科全书出版社,1982年,第909页。
② 同上书,第911—912页。
③ 同上书,第912页。

毛泽东的《讲话》并没有明确提出将"社会主义现实主义"作为解放区文艺创作的基本方法,但是,他根据当时的国情,强调文艺为广大人民大众服务,首先为"工农兵"服务的基本宗旨与大方向,不仅在相当程度上呼应了苏联的"社会主义现实主义"——事实上《讲话》本身也已经接受了苏联社会主义现实主义的影响——而且也催化或者促进了苏联社会主义现实主义在中国的接受与传播,并使我国现实主义文学从理论到创作步入了一个新境界。文艺为人民大众服务,首先为工农兵服务,这固然有特殊年代较强的政治功利色彩,但其历史与现实之必然性与合理性也是不容置疑。因为,就文学之本质而言,政治性与功利性也是其题中应有之义,"艺术中的政治倾向是合法的,不仅仅因为艺术创造直接与实际生活相关,还因为艺术从来不仅仅描绘而总是同时力图劝导,它从来不仅仅表达,而总是要对某人说话并从一个特定的社会立场反映现实以便让这一立场被欣赏"①。这么说,当然不意味着我们赞同文学的功利主义和"工具化"。历史地看,毛泽东强调的文学方向和宗旨,其精神实质承续了五四现实主义"为人生"之文学精髓,也契合了当时社会情势对文学之社会功能的期待。因为,"为人生"的核心是启迪民智、披露社会黑暗以及国民之精神病疴,救民众、民族与国家于水深火热之中。在20世纪三四十年代,救亡和启蒙都是家国与民众之安危所系,文艺为人民大众、为工农兵的功能与价值追求,也是新形势下的一种"为人生"精神之体现,也是"人的文学"和"平民的文学"的一种体现。至于毛泽东强调作家与现实生活的关系、文学反映现实生活,本身也不乏现实主义的"写实"与"求真"之精神,而且,《讲话》针对国统区和抗日根据地的实际情况,强调"一切危害人民群众的黑暗势力必须暴露之,一切人民群众的革命斗争必须歌颂之"②。应该说,《讲话》所倡导的文艺创作与批评方法,总体上与苏联的社会主义现实主义原则比较接近,也接续着五四时期的现实主义之传统。《讲话》发表之后,其精神基本上贯穿了20世纪30年代到70年代末从解放区到新中国成立后的我国现当代文学。从文学跨文化传播的角度看,这段历史也可以说是中国文学界对苏联社会主义现实主义之接受、传播与实践的历程,中国的"社会主义现实主义"和"革命现实主义"文学是苏联社会主义现实主义的变体,同时也属于19世纪西方现实主义的变体,

---

① Arnold Hauser,"propaganda, ideology and art", In Istvan Meszaros ed., *Aspects of history and Class Consciousness*, London: Routledge & Kegan Paul, 1971, p.131.
② 毛泽东:《在延安文艺座谈会上的讲话》,《解放日报》1943年10月19日。

而《讲话》是这种"变体"之核心精神的特殊形态的显现。而且,《讲话》又是对马克思、恩格斯关于现实主义之论断的一种接受与传播,是马克思主义文艺思想的一种中国式展示。

如上所述,苏联的"社会主义现实主义"是俄罗斯现实主义的一种"变体",那么,这种"变体"了的"现实主义"在具有强烈的社会功利性这一点上放大性地传承了俄国现实主义的社会政治功能,与此同时又把原有的强烈的社会批判性内涵予以挤兑,于是,其本质上由于拥有了过多的超越文学自身本质属性的意识形态内容而演变出鲜明的政治宣传之特征,政治理想色彩浓郁,社会批判功能削弱。至于我国把苏联的"社会主义现实主义"加以改造后推出的与"革命浪漫主义"相结合的"革命现实主义",则更是现实主义的变体的"变体"。

当然,我们在看到苏联传统的"社会主义现实主义"作为现实主义之"变体"形态在这一历史时期的我国文坛以主流姿态传播的同时,也要看到别种现实主义形态的文学以另外的方式在我国文坛和学界的传播,其中特别值得注意的是以胡风为代表的张扬"主观战斗精神"的现实主义之传播,这是一个颇具影响但又未曾得以广泛传播的现实主义之变体的案例。

胡风的现实主义很大程度上是鲁迅现实主义精神在新历史阶段的一种延续与发展。胡风早年与鲁迅过从甚密,他们都深受俄罗斯现实主义与日本厨川白村等作家、文艺理论家的影响。他自己说曾经"读了两本没头没脑地把我淹没了的书:托尔斯泰的《复活》和厨川白村的《苦闷的象征》"①。这个例子对胡风来说具有典型意义:他深受托尔斯泰和厨川白村影响,除了关注文学与现实社会之关系以及文学的社会功用之外,同时又特别关注文学艺术本身之特质与功能以及人的精神与灵魂;他反对仅仅"把文艺当作一般的社会现象"②而忽视其本身之特质与功能、单纯地用社会学和阶级论看待文学的观念。显然,胡风是我国现当代文学中较早抵制文学领域里的庸俗社会学倾向的理论家。他追求人生与艺术的"拥合",推崇高尔基的"真实地肯定人底价值"的"反映现实,并不奴从现实"③,张扬一种具有强烈的批判性和"主观战斗精神"的现实主义——"主观精神和客观真理结合或融合,就产生了新文艺的战斗的生命,我们

---

① 胡风:《置身在为民主斗争里面》,《希望》创刊号(1945年1月)。
② 胡风:《胡风回忆录》,北京:人民文学出版社,1997年,第35页。
③ 胡风:《M. 高尔基断片》,《现实文学》第2期(1936年8月)。

把那种叫做现实主义"①。胡风的这种"变体"的现实主义和当时普遍流行的社会主义现实主义显然有重大区别,不过他并没有反对社会主义现实主义,只不过对之有自己独特的理解而已:

> 社会主义现实主义,因为是现实主义以今天的现实为基础所达到的最高峰,它被提出的时候要求能反映任何生活,能够反映任何历史时代;是体现了最高原则的概念,所以是一个最广泛的概念。它要担负起全历史范围的斗争。写历史的皇帝将相的小说(《彼得大帝》等)的,写资产阶级的(《布雷曹夫》等)的,写知识分子(《克里姆·萨姆金的一生》)的,写神话故事(《宝石花》等)的,都是社会主义现实主义的作品。判定了没有写"工农兵群众生活"就不是"新现实主义",那就等于锁住了它,使它不能斗争。②

胡风对"现实"和"生活"的理解显得更加宽泛而深刻,不像当时和后来相当长时期内我国学界许多人理解得那么狭隘而浮泛。他认为"处处有生活,文学应该反映任何生活"③,因此其描写对象也不仅仅局限于"工农兵群众"。至于他强调的文学的人民性,文学的主观战斗精神,文学表现血肉人生、揭露奴役人民的反动势力、反映人民的斗争意志等等,这些都鲜明地标举出他所理解、接纳和倡导的现实主义之独特性——继承了鲁迅的现实主义传统,又有西欧的、俄罗斯现实主义的本原属性,是一种在当时别具特色的"现实主义"。也正因为如此,他这种现实主义理论在当时显得有些"异类",于是也就显得曲高和寡,并且后来还因此导致了遭受政治冲击乃至迫害。当然其间还有别的原因。但是,在19世纪现实主义文学思潮在中国的接受与传播史中,胡风对现实主义的倡导和传播是不可抹去的浓墨重彩之一笔。

另外,无论从创作实践和理论研究角度看,从20世纪30年代到70年代末,我国文学理论与文学创作中的现实主义精神既不完全来自西方19世纪现实主义,也不完全来自苏联的社会主义现实主义,因为中国古代的传统文学中原本就有丰富的写实精神的艺术资源,19世纪这个时段之外的外国文学也有多种多样写实传统可资借鉴。所以,即便在文学理

---

① 胡风:《现实主义在今天》,《时事新报》1944年1月1日。
② 胡风:《关于解放以来的文艺实践情况的报告》(即"三十万言书"),《新文学史料》1988年第4期。
③ 胡风:《理想主义者时代的回忆》,《文学》1934年周年特辑《我与文学》。

论与观念混乱、现实主义观念迷失的情况下,在我国具体的文学创作实践中,写实精神与传统依旧绵延不绝,体现现实主义精神的文学作品也依然有一席之地,虽然真正现实主义的精品为数不多。

八、"回归"?"独尊"?"过时"?

"文化大革命"结束以后,"社会主义现实主义"以及"两结合"的"革命现实主义"虽在一段时期内仍保持政治与理论正确的主导地位,但这种经过特殊年代极左思想浸濡的"创作方法",实际上到后来已成了一个与创作实践相脱节的空洞口号。在70年代末至80年代前期中国出现了关于现实主义的大讨论,这种讨论与文学创作中充满写实精神与人道情怀的"伤痕文学"的兴起几近同步,理论创新与创作实践两相呼应,表达了对"恢复写实主义传统"[1]的强烈期待。这一波的讨论焦点集中在三个层面:第一,何谓现实主义?大致有五种代表性的观点。其一曰:现实主义是一种创造精神[2];其二曰:现实主义作为文学的基本法则,是衡量一切文学现象的总尺度[3];其三曰:现实主义是一种文学思潮或美学思潮[4];其四曰:现实主义是一种创作方法或美学原则[5];其五曰:现实主义是一个文艺流派。[6] 这些讨论对恢复现实主义的传统表现出了高度的热情,也说明"现实主义传统的恢复反映了历史的必然要求"[7]。第二,现实主义的内涵是固定的还是开放的?其外延是有限度的还是无边的?大致有两种代表性的观点。其一曰,现实主义有确定的内涵,因而其外延是有限度的[8];其二则称:现实主义作为一切艺术的总尺度,内涵在不断发展之中,外延是无边的[9]。这方面的讨论意味着学界对以往"现实主

---

[1] 姚鹤鸣:《理性的追踪——新时期文学批评论纲》,南京:江苏教育出版社,1998年,第42页。
[2] 於可训:《重新认识现实主义》,《人民日报》1988年9月13日。
[3] 何满子:《现实主义是一切文学的总尺度》,《学术月刊》1988年第12期。
[4] 李洁非等:《现实主义概念》,《文学自由谈》1986年第2期;周来祥:《现实主义在当代中国》,《文艺报》1988年10月15日。
[5] 王愚:《现实主义的变化与界定》,《文艺报》1988年3月5日;朱立元:《关于现实主义问题的断想》,《文汇报》1989年3月3日。
[6] 曾镇南:《关于现实主义的学习、思考和论辩》,《北京文学》1986年第10期;刘纲纪:《现实主义的重新认识》,《人民日报》1989年1月17日。
[7] 何西来:《新时期文学思潮论》,南京:江苏文艺出版社,1985年,第7页。
[8] 张德林:《关于现实主义创作美学特征的再思考》,《文学评论》1988年第6期。
[9] 张炯:《新时期文学的革命现实主义》,《红旗》1986年第20期;《狄其骢的"冲击和命运"》,《文史哲》1988年第3期。

义"理解上的不满足,表现出力图对我国以往各种名目的"现实主义"的拓展、突破的内在企求。第三,"社会主义现实主义"是否过时因而应予否定?杨春时等认为其作为政治化的口号应该否定[①];陈辽等人则认为其作为正确的创作方法不应该否定[②]。刘纲纪等人则持中庸态度——对之肯定中有否定,否定中有肯定。社会主义现实主义作为一种政治色彩较浓的特殊的"现实主义",在此时它的讨论多少还有些谨小慎微,但是,对其工具性、口号性特征以及一定程度上对现实主义的扭曲,学界普遍表现出了批评态度。总之,20世纪70年代末、80年代前期关于现实主义的诸多讨论人们各抒己见、歧义纷呈,表达了各自对现实主义的不同理解,并都致力于摆脱"左倾"思潮盛行时期强加在现实主义头上的种种似是而非的说法,让现实主义恢复其本来面目。这种努力无论在理论建设还是文学创作实践上都有明显的成效。以往学界普遍认为现实主义在此时得以"回归",这种说法不无道理。

但是,随着我国改革开放步伐的迈进,70年代末、80年代初文学界在为现实主义的"回归"而庆幸之际,西方"现代派"文学也悄然迈进了我们的文学大花园。于是,经过小心翼翼的探索性传播与借鉴,特别是80年代中后期经过"'现代派'还是'现代化'"的大讨论后,现代派终于酿就了在我国传播之热潮。一时间,无论是作品翻译、理论研究还是文学创作,现代派或"先锋文学"都成了一种时髦的追求,现代派几乎成了文学与文化上"现代化"的别称。在这现代派热潮滚滚而来的态势下,刚刚有所"回归"且被特殊年代之政治飓风颠卷得惊魂未定的"现实主义",瞬间又变得有些灰头土脸、满面尴尬,而且在现代派的时髦热潮中很快被认为"过时"。即使是90年代的"新现实主义",它标志着写实主义传统的文学在新的历史条件下的新发展,也"超越了现实主义与现代主义的既有范畴,开拓了新的方向,代表了新的价值取向"[③],但也没有构成压倒现代派倾向之态势。真所谓风水轮流转,假如现实主义果真像学界常说的那样曾经有过被"独尊"的话,那么,此时被"独尊"的已不是它,而是现代派。不过,笔者对此一直有一个疑问:五四时期曾经出现过现实主义的"一枝独秀",但这显然还远非所谓的"独尊",只能说在当时诸多的流派呈现中有

---

① 杨春时:《"社会主义现实主义"再思考》,《文艺报》1989年1月12日。
② 陈辽:《"社会主义现实主义"再认识》,《文艺报》1989年3月3日。
③ 王干:《近期小说的后现实主义倾向》,见许志英、丁帆主编:《中国新时期小说主潮》(上卷),北京:人民文学出版社,2002年,第439页。

"木秀于林"之态势。因为在五四时期,经过本土学人和作家们的选择性接受,新文学中现实主义处于相对主流的地位,故而可谓是"一枝独秀"。但是,其他诸多非现实主义的文学思潮和流派也仅仅是相对淡出而已,未曾也不可能被强制性退出文坛,因此各种支流或者派别的文学样式继续存在着,象征主义、唯美主义等思潮流派也依然被"小众化"地接受与传播。再者,在当时的社会情势和政治形势下,新文学对现实主义的主动而热情的接受与传播,也主要集中在五四新文化运动前后的十余年时间里,此后到20世纪70年代末,现实主义本身也一直处于不断地被争议性讨论和"变体"的过程中。若此,现实主义在我国文坛和学界到底什么时候享有过"独尊"的待遇?若一定要说有,那么,"独尊"的是什么"现实主义"?——"社会主义现实主义"?"革命现实主义"?因此,在笔者看来,确切地说,真正本原性现实主义其实从来未曾被我国文坛和学界"独尊",如果说有被"独尊"的"现实主义",也只不过是一个被抽空了现实主义本质内涵的空洞、扭曲的"现实主义"口号而已,或者说是一种非现实主义的"现实主义"。因此,现实主义其实从来未曾被我国文坛和学界"独尊";现实主义"独尊"的说法是一个似是而非的伪命题,至少是一种很不符合客观事实的判断,并且,其间对现实主义不无藐视、嘲讽之意。在这种文化语境里,现实主义差不多是在代极左思想受过,一定程度上成了一个"出气筒"。因此,戴在现实主义头上的这顶高高的"独尊"的帽子不是它原本也未曾有过的荣耀,而只不过是一种不堪承受之负担。因此,如果说现实主义"独尊"的说法表达了对一段时期内被扭曲了的所谓"现实主义"的不满,那么这种不满的心理是真实的和可以理解的;而如果用其来描述一种客观存在的历史事实,那是不客观的。澄清这一点,也有利于我们对19世纪现实主义在学理和本原意义上展开研究,使之在本土得以更深入地被接受和传播,有利于我们摆正对现实主义或者其他任何什么"主义"的评判态度,还有利于本土特色之现实主义文学的健康发展。

其实,如前所述,若一定要说文学上有过什么"独尊"的"主义",我倒是觉得,20世纪80年代的西方现代派倒是曾经被我国文坛和学界"独尊"得相对比较纯粹。因为,事实上那段时间里现代派崛起得相当迅捷,接受与传播得也相当广泛深入,研究和摹仿现代派进行文学创作,一时间成了一种既高雅又前卫的文化时尚。在那种文化氛围里,似乎学界或文坛人士不看或者看不懂或者不会谈现代派文学,则立马有可能被认为是"悖时"或"落后"。20世纪80年代我国对现代派的接受和传播,当然也有其历史必然性与合理性,其对本土文学与文化发展的转型和建设之历史功绩是不可否认的。但是,一段时间里对其过分的膜拜甚至某种程度上近乎予以"独尊",现在看来,这不仅仅是当时文学和文化上求新求异求变心理的反映,也真可谓是我们自身文化心理不成熟、不自信的一种表现,而与此同时对现实主义的夸大化的贬抑和排斥,自然也是过激的和不公允的。那情景可谓是"沉舟侧畔千帆过,病树前头万木春",现实主义还没有坐暖"回归"的板凳,却几乎在一夜间惨遭冷遇,大有中国社会常见的"墙倒众人推"之见怪不怪的势利现象。呜呼,现实主义!谁让它曾经被享有"独尊"的空头待遇呢?当现实主义被现代派"过时"且一定程度上也被"边缘化"之际——实际上现实主义和现代主义两者并非必然构成冲突的,相反是可以互补而且后来也不同程度地实现了互补的①——有人若仍然在褒奖现实主义或者坚持现实主义风格的创作,也马上可能会被认为是观念"落后"或者思想"陈旧"。正如路遥于 1988 年评价国内文坛之文学观念时一针见血地指出的那样:"许多评论家不惜互相重复歌颂一些轻浮之作(指现代派倾向的'先锋文学',笔者注,下同),但对认真努力的作家(指坚持现实主义倾向的作家)常常不屑一顾。他们一听'现实主义'几个字就连读一读的兴趣都没有了。""尽管我们群起而反对'现实主义',但我国当代文学究竟有过多少真正的现实主义?我们过去的所谓现实主义,大都是虚假的现实主义。"②确实,现代派盛行时期我国文坛和学界对现实主义的态度是有几分简单乃至粗暴的,此后较长一段时期内对现实主义的评价自然也是不够客观的。甚至可以说,时至今日,在我们的国内主流话语一再地呼唤并倡导和张扬现实主义的情况下,本土的文化集体无意识之深处似乎对它有一种莫名的排斥和抵触,或者说是本能地将它与"工具""口号"联系起来,于是有意无意中投之以轻视或蔑视。这既说明了由于本土的历史原因,人们对现实主义有太多太深的误解,对现实主义附加了太多文学艺术之外的有关意识形态方面的承载,也说明了百余年来西方现实主义在中国的接受与研究还没有扎实而牢固的根基,对其本原性内涵与特质的理解、发掘和传播尚远远不够深入。就此而论,现实主义在我国文学创作和理论研究上不仅谈不上"过时",也谈不上真正意

---

① 蒋承勇:《19 世纪现实主义"写实"传统及其当代价值》,《中国社会科学》2019 年第 2 期,第 168—169 页。
② 路遥:《致蔡葵的信(1988 年 12 月)》,见厚夫:《路遥传》,北京:人民文学出版社,2015 年,第 295 页。

义上的深度的"回归"。实际上我们一直还缺乏严格的和真正意义上的现实主义理论与创作实践,真正现实主义的文学一直尚未在我国文坛做强做大,有世界影响的现实主义精品力作为数甚少。因此,我们依然需要呼唤现实主义,当然我们也依然不排斥现代主义和后现代主义;我们需要自信和相对成熟意义上的对它们的公允、客观的评价,以及理解基础上的接受、传播与借鉴。在此种意义上,现实主义在我国没有"过时"。

九、平静中的厚重:现实主义研究在西方

从以上对我国现实主义之本土接受与传播历史的回顾与论析中可以看到,关于它的研究与讨论,远远超出了学术本身,而承载了过于沉重的意识形态内容。这一方面赋予了现实主义研究的与众不同的地位,另一方面又使这种研究与传播由于与现实政治离得太近而变得曲折坎坷,失去了学术园地应有的冷静与客观,而且许多研究成果也缺失了学术本身的价值。相对于浪漫主义或自然主义的研究,欧美学界对现代现实主义的研究一直显得较为平静;虽然它也遭到了现代派的攻击,也有关于"过时""陈旧""不合时宜"之类的说法,但对其肯定和坚持者也为数众多,有关的论争总体上也都是学理性的,意识形态的色彩较淡。这与我国学界在20世纪百余年的时间里不断爆出关于现实主义的论战,构成了鲜明对比。西方学界的现实主义研究不仅总体上不存在过于意识形态化的乃至政治化的现象,而且,相比于浪漫主义等其他19世纪文学思潮,反而显得相对受冷落,长期以来并没有成为西方学界的研究热点。但是,现实主义毕竟是一个源远流长影响深远的文学思潮、创作方法、批评方法,在文学研究中也就总是绕不开它,尤其是涉及传统与创新、现实主义与现代主义的关系等问题时,常常引发学人与作家们无尽的言说,相关的理论思考或讨论也是从未间断,因此,研究成果也为数甚众,而且颇具突破性与厚重度,出现了一些重要的理论文献,这与我国的现状有明显的差异。当然,其中也出现了一些意识形态色彩较浓的理论文献,如匈牙利著名的马克思主义文学理论家卢卡奇(Georg Lukács)的《欧洲现实主义研究》、法国马克思主义理论家、批评家罗杰·加洛蒂(Roger Garaudy)的《论无边的现实主义》。更倾向于作为学术问题思考的理论文献则首推德国著名学者埃里希·奥尔巴赫(Erich Auerbach)的经典之作《摹仿论:西方文学中现实的再现》、G. J. 贝克(George J. Becker)编的《现代现实主义文学文献集》等。在此,笔者有重点、分层次地予以评析。

在与现代主义论战时，匈牙利著名的马克思主义文学理论家卢卡奇，因其所处的特定社会背景，其理论主张相对特殊地被赋予了较浓的意识形态色彩。出于捍卫现实主义之纯洁性目的，他从文学社会学，特别是马克思主义的观点与方法出发研究现实主义，可谓成果丰富，也在欧洲学界别树一帜。"他从唯物主义的反映论出发，确定文学是现实生活的反映；在反映同一现实的前提下，文学艺术与科学、哲学是彼此独立、价值相等的两个不同的认识现实的领域。"①他的《欧洲现实主义研究》是关于现实主义问题研究的代表作。他把现实主义置于文学理论之正宗的地位，认为真正的艺术必然是现实主义的；现实主义是伟大的，它是任何伟大的文学艺术作品的基础。他还认为："文艺在正常发展的情况下总是与现实主义的风格和创作方法联系在一起的，只有在相对落后的情况下艺术才会离开现实主义……只有继承19世纪的文学艺术传统，尤其是从巴尔扎克到托尔斯泰的伟大作品所形成的传统，文学艺术才能够真正为民主和社会主义服务。"②卢卡奇对现实主义的研究是有意识形态特征的，也基于此，他不无倾向性地用现实主义既有成就与规范去衡量现代主义文学，否定现代主义。他从捍卫"伟大的现实主义"的地位出发，非常坚决地否定表现主义等先锋派文学。在他看来，文学艺术要揭示社会历史发展的总体趋势和规律，"伟大的现实主义所描写的不是一种直接可见的事物，而是在客观上更加重要的持续的现实倾向，即人物与现实的各种关系、丰富的多样性之中的那些持久的东西。除此之外，它还刻画一种在刻画时仍处于萌芽状态、其所有主观和客观特点在社会和人物方面还未展开的发展倾向。掌握和刻画这样一个潜在的潮流，乃是真正的先锋们在文学方面所要承担的伟大历史使命"③。卢卡奇对现实主义的研究与传播所作出的贡献是显赫的，但是他对现实主义之文学史地位的排他性高度肯定，使现实主义本身显得缺乏开放性，这当然不是现实主义本身的特质，而恰恰是卢卡奇现实主义观之保守性的体现。

与卢卡奇显得保守的现实主义观构成鲜明对照的是另外一位法国的马克思主义社会活动家和文学批评家罗杰·加洛蒂，他的《论无边的现实

---

① 中国大百科全书编辑部编：《中国大百科全书·外国文学》(Ⅰ)，北京·上海：中国大百科全书出版社，1982年，第620页。
② 朱立元、张德兴等：《二十世纪美学》(上)，北京：北京师范大学出版社，2013年，第633页。
③ 卢卡契(即卢卡奇，下统称"卢卡奇")：《卢卡契文学论文集》(二)，北京：中国社会科学出版社，1981年，第22页。

主义》于20世纪60年代出版后,曾在一定范围再次引发关于现实主义问题的论争。路易·阿拉贡把该书的出版"看成是一件大事"[①],并为之作序。加洛蒂在《论无边的现实主义》一书中坚持"真正的艺术必然是现实主义的"观点,乍一看,这个观点与卢卡奇"伟大的属于现实主义"颇为相像,其实不然,他们两人的现实主义观可谓是南辕北辙。该书的论说对象是毕加索、卡夫卡等现代主义艺术家;而"现实主义"这个概念主要是作为"创作方法"——且是一种进步的、革命的因而也是最好的、无与伦比的创作方法——来使用的。在加洛蒂那里,"现实主义"在很大程度上是与"革命的艺术"乃至"艺术"本身画等号的。在他看来,毕加索、卡夫卡这样的艺术大师,虽不符合巴尔扎克、托尔斯泰、高尔基那样的现实主义标准,但他们以自己非常独特的方式"反映了既定时代里人和世界的关系",同样是"真实和伟大的",因而也就不应该"把他们排斥于现实主义亦即艺术之外"[②]。因此,他主张用无限扩大现实主义语义疆域——直到这个概念"无边"到能够容纳各种新的艺术经验——的方法来捍卫现实主义。在加洛蒂看来,"一切真正的艺术品都表现人在世界上存在的一种形式"[③],那么,似乎"表现人在世界上存在的"形式的作品都是现实主义,正如他自己所说,"没有非现实主义的";"现实主义的定义是从作品出发,而不是在作品产生之前确定的。"[④]于是,现实主义文学思潮产生之后问世的作品完全有资格归入"现实主义"之列,这不过是取决于怎么定义"现实主义"而已。他说:

> 从斯丹达尔和巴尔扎克、库尔贝和列宾、托尔斯泰和马丁·杜·加尔、高尔基和马雅可夫斯基的作品里,可以得出一种伟大的现实主义的标准。但是如果卡夫卡、圣琼·佩斯或者毕加索的作品不符合这些标准,我们怎么办?应该把他们排斥于现实主义亦即艺术之外吗?还是相反,应该开放和扩大现实主义的定义,根据这些当代特有的作品,赋予现实主义以新的尺度,从而使我们能够把这一切新的贡献同过去的遗产融为一体?

---

① 阿拉贡:《〈论无边的现实主义〉序言》,见罗杰·加洛蒂:《论无边的现实主义》,吴岳添译,上海:上海文艺出版社,1986年,第8页。
② 罗杰·加洛蒂:《论无边的现实主义》,吴岳添译,上海:上海文艺出版社,1986年,第167页。
③ 同上书,第167页。
④ 同上。

我毫不犹豫地走了第二条路。①

所以,加洛蒂反卢卡奇之道而行之,采取了一种全开放的态度评价现实主义。他和卢卡奇的根本不同在于:他打破现实主义固有的规范边界,赋予现实主义以新的标准和尺度,从而把毕加索、卡夫卡等现代主义的作品,统统都搜罗到现实主义的门下。在这方面,阿拉贡在为加洛蒂作的《论无边的现实主义》的序言中,明显地支持了加洛蒂的观点,并批评显得保守的卢卡奇的现实主义观是"教条主义",认为卢卡奇"抛弃一切不是表现'现实'的东西,是阉割和缩小现实主义"②。不过,当加洛蒂以自己的逻辑去无边地扩大现实主义,以至于使现实主义的"大箩筐"无所不包的时候,事实上几乎也就取消了现实主义的既有规范,进而取消了现实主义本身。显然,一味地固守和无限地扩大,对现实主义的评价都有其不切实际之处。

与以上两位批评家构成鲜明对比的是德国当代批评家、理论家奥尔巴赫。他的著名的《摹仿论:西方文学中现实的再现》一书,是当代现实主义发展史研究的扛鼎之作,在西方学界有着广泛的影响,并被译为多种文字在许多国家出版。韦勒克、伊格尔顿、萨义德等诸多学者对《摹仿论:西方文学中现实的再现》均大加赞赏,称其为"最伟大的学术著作之一"。全书凡20章,以"西方文学中的现实主义描写"为经,以"文体分用/文体混用"的批评理论为纬,以重要文学经典文本的细致分析为基本方法,以点带面地勾勒了西方文学几千年的发展历程——从荷马到普鲁斯特、詹姆斯·乔伊斯等,堪称一部别出心裁的西方现实主义文学发展史。

不过,《摹仿论:西方文学中现实的再现》不是一部枯燥的文学史。从体例上看,奥尔巴赫先是摘抄一段原文文本,树立论述的靶子,然后再以深厚的语文学和细读的功夫以点带面辐射出去,与同时期的或历代文本进行比较,往往能得出让人为之惊叹的观点。他总是有能力毫不扭捏造作地从单个文本开始,加以清新饱满的详细解释,避免做出只不过是大而无当的或任意独断的联系,而是在一个若隐若现的景象上编织出丰富的图案。他依次重新认识和解释作品,并且,以他平易的方式,演示一个粗

---

① 罗杰·加洛蒂:《论无边的现实主义》,吴岳添译,上海:上海文艺出版社,1986年,第167—168页。

② 罗杰·加洛蒂:《〈论无边的现实主义〉序言》,见《论无边的现实主义》,吴岳添译,上海:上海文艺出版社,1986年,第14页。

糙的现实如何进入语言和新的生命的转变过程。在这个过程中,奥尔巴赫似乎是一位对"主义"术语毫无兴趣的人,他不去下定义,不去定规则。虽说《摹仿论:西方文学中现实的再现》描述的是以"摹仿说"为内核的西方现实主义传统,但书中奥尔巴赫并没详细或是精确地界定什么是现实主义。在他的表述中,从荷马到现代主义的普鲁斯特和詹姆斯·乔伊斯——更不用说19世纪后期的自然主义者左拉,这些经典作家似乎都是现实主义者;而西方文学的发展,很大程度上只不过是作家体察和再现生活世界的视角、手法有所不同。他总是回到文本,回到作家用来表现现实的风格手段。在谈到伍尔夫的《到灯塔去》时,他写道:"有的作家找到了他们自己的叙述方法……他们中人人都用自己的方法找到离开外部现实的路径,这样做的目的是给现实作更多样、更涉及本质的解释。"[1]显然,对奥尔巴赫来说,现实主义的焦点是人生活的现实性与真实性,其所强调的是文学通过摹仿的艺术,让人类跳出一个不切实际的、非现实的二维空间或是哲学抽象概念,再将其推到自己真正生活的历史范围里。

对奥尔巴赫来说,法国的司汤达和巴尔扎克是19世纪"现实主义的创始人"[2],他们两人都以当时的政治和社会状况为小说的背景。在他看来,司汤达和巴尔扎克的现实主义要高过雨果和福楼拜;但他高度评价左拉——"是为数很少的几位能研究出自己时代的问题的作家"。"我们越能拉远了看他那个时代和那个时代的问题,那左拉的声望就越大——越变越大的原因是左拉是最后一位伟大的法国现实主义者了。"[3]

奥尔巴赫的《摹仿论:西方文学中现实的再现》旨在颠覆西方古典文学"文体分用"的美学原则(其从高级到低级依次为:崇高的悲剧文体、中等的讽刺文体、低级的喜剧文体),在其笔下西方现实主义文学的传统和脉络里,"文体混用"乃突出特点。很大程度上,他就是沿着这一线索从荷马开始循着西方文学发展史一路剖析,直至20世纪的乔伊斯和普鲁斯特那里。《摹仿论:西方文学中现实的再现》对现实主义研究的最大启发在于:现实主义乃西方的伟大文学传统,所以现实主义并不是一个有着"时期性"的文学思潮概念,而是一个内涵不断变化因而是一个开放的概念,其变化的核心是"写实"方法的与时俱进,因社会生活和人的生存状态的

---

[1] Erich Auerbach, *Mimesis*: *The Representation of Reality in Western Literature*, Princeton and Oxford: Princeton University Press, 2003, p. 545.
[2] Ibid., p. 468.
[3] Ibid., p. 515.

变化而变化,因作家价值观、审美观的变化而变化,但是,现实主义的核心内核乃肇始于柏拉图与亚里斯多德的"摹仿说"。

G. J. 贝克编的《现代现实主义文学文献集》①按讨论的主题分为三大部分。第一部分总标题为"现实主义的驱动力",收录了福楼拜的"论现实主义"、龚古尔兄弟的"真实的小说"、乔治·艾略特的"论现实主义"等14篇文章。第二部分是"自然主义的战场",收录了左拉的"实验小说论""戏剧中的自然主义"以及三篇论述《卢贡-马卡尔家族》小说的论文,另外辑有于斯曼的"左拉与《小酒店》"、亨利·詹姆斯的"论《娜娜》"、埃德蒙·德·龚古尔的"现实主义的标准"等19篇文章。第三部分题为"二十世纪的修正与评估",共收录恩格斯的"社会主义者的现实主义"、普鲁斯特的"论现实主义的虚假性"、亨利·詹姆斯的"埃米尔·左拉"等13篇文章。

乔治·列威尼(George Levine)主编的《再现与现实主义:与现实主义相关的科学、文学、文化问题论文集》(*Realism and Representation: Essays on the Problem of Realism in Relation to Science, Literature, and Culture*)②根据所讨论的主题的不同,分为五个部分。第一部分为"导言",标题为"寻找真实:科学与文化中的认识论",包含着对该论文集主题的简要介绍。第二部分总标题是"认识论:科学与现实",由南希·凯瑟琳·海尔斯的"有约束的结构主义:定位再现戏剧中的科学探究"和保罗·蒙哥马利·丘奇兰德的"真实的问题与概念性空间的无限"两篇文章组成。第三部分由巴斯蒂安·科内利斯·范·弗拉森和吉尔·希格曼合写的"科学与艺术中的解释"、佩斯利·利文斯顿的"现实主义缘何重要?文学知识与科学的哲学"等七篇文章组成。第四部分是有关"现代主义与文学现实主义"这一话题的探讨,包含三篇文章:吉莉恩·比尔的"波浪理论与文学现代主义的兴起"、伊丽莎白·迪兹·厄马斯的"后现代时代的现实主义危机"、布鲁斯·罗宾斯的"现代主义与文学现实主义:回应"。第五部分题名为"文化中的科学:再现",由三篇研究文章构成。

马特·博蒙特(Matthew Beaumont)主编的《现实主义的冒险》(*Adventures in Realism*)③是于2003年编选的一部论文集,主要关注文

---

① George J. Becker ed., *Documents of Modern Literary Realism*, Princeton: Princeton University Press,1963.
② George Levine ed., *Realism and Representation: Essays on the Problem of Realism in Relation to Science, Literature, and Culture*, Madison:The University of Wisconsin Press,1993.
③ Matthew Beaumont ed., *Adventures in Realism*, Oxford:Blackwell Publishing Ltd., 2007.

学现实主义的问题,旁及哲学和心理学现实主义。共收录15篇论文,其作者不乏欧美权威的学者。文集中的文章讨论到的问题有:现实主义小说中的综合、现实主义小说中的空间、现实主义和现代主义的关系、社会主义现实主义等。文集中颇具启发性的观点有:现实主义并不是形式、故事甚至文体的典范,它只是想接触独特的、偶然的现实;现实主义的综合尽管有历史的独特性,但在19世纪末它无法维持下去了;现实主义是"一种美学、有时甚至是社会和政治的学说"①,"现实主义的任务之一就是不断拓展读者接受社会和人物可信度的意愿,而这之前从未成为严肃小说所考虑的主题"②。

哈利·莱文(Harry Levin)的《虚构的真实:对五位法国现实主义小说家的研究》(The Gates of Horn: A Study of Five French Realists)③书名中的"the gates of horn"出自《荷马史诗·奥德修纪》,喻意"应验的梦兆",这里引申翻译为"虚构的真实"。本书的主旨是研究司汤达、巴尔扎克、福楼拜、左拉、普鲁斯特五位现实主义作家在作品中构筑的"虚构的真实"。在进入对这五位作家的分析之前,作者专设"浪漫与现实主义"一章,包括了"真实与虚构""第三种身份""反浪漫""象牙之门""从普里阿摩斯到皮罗托""现实主义的背景""现实主义的王朝"七个小节。而在分析完五位作家之后,作者又设一章,标题为"现实主义与现实"。包括三个小节:"从本质到存在""平庸的画布""走向神话"。

弗雷德里克·詹姆逊(Fredric Jameson)是有世界影响的马克思主义文艺理论家,他于2013年出版的《现实主义的自相矛盾》(The Antinomies of Realism)④延续了他作为思想家的批判力量。本书包括两个部分,其一是"现实主义的自相矛盾",主要涉及现实主义小说的文体和作家研究,其二是"物质的逻辑",包括"战争与再现""现实主义与天意"等论文。该书认为现实主义和现代主义的对立,包含着一种历史叙述,很难简化成结构或者风格上的对立。当现实主义小说寻找到新的主观经验时,破神秘化就转变成陌生化。现实主义在叙述的冲动,在情感或者身体

---

① Simon Dentith, "Realist Synthesis in the Nineteenth-Century Novel: 'That unity which lies in the selection of our keenest consciousness'", in Matthew Beaumont ed., *Adventures in Realism*. Oxford: Blackwell, 2007, p. 39.

② Ibid., p. 40.

③ Harry Levin, *The Gates of Horn: A Study of Five French Realists*, New York: Oxford University Press, 1963.

④ Fredric Jameson, *The Antinomies of Realism*, London: Verso, 2015.

的感受上,存在着双重的资源。

总之,西方学界对现实主义的研究虽然没有我国学界那么高度关注又歧义纷呈,反倒显得平静与平和,但研究的学术本原性和厚重度,却远远超出我国,可资借鉴的文献也远远不止是以上这些,而且,这些研究成果也都足以说明,现实主义无论作为文学思潮、创作方法、批评方法还是一种文学价值观念和文学精神,都蕴藏着有待于深入发掘与传播、借鉴之学术资源,其经典价值始终是与时俱进并取之不尽的。

在当今"网络化－信息化"时代,"回归经典"和"重估经典",不应该仅仅是一种呼唤和号召,而同时应该是一种实际行动。既然现实主义并没有"过时",那么,对其研究也就不应该停留在"过去时",而应处在"进行时"状态。对19世纪现实主义这份并没有穷尽的厚重的文学资源,我们必须予以足够的重视。在文学创作层面,现实主义在21世纪之交的我国文坛又悄然兴起,尤其是近几年,对文学现实主义呼唤之声尤甚。但是,作为一个重要的研究课题或者研究领域,理论的研究和阐释明显落后于十余年来文学创作之实践。显然,这种状态是不合时宜的,因为这既不利于该领域的学术发展,也未能形成与现实主义文学创作实践的呼应。客观地说,19世纪西方现实主义无论作为文学思潮还是创作方法抑或批评方法,对我国当下和未来的文学创作与学术研究都是不可或缺的。笔者以为,追溯百余年来现实主义在我国本土的接受、传播以及国外学界研究的历史可见,我们对其理解与把握迄今为止依旧是表面而偏狭的,尚有诸多方面的内容有待于我们去作深入的研究与发掘,即便是对我们格外熟悉的现实主义之社会功能与政治价值的研究也有待重新阐发和论证。只有这样,我们才能在更全面地认识19世纪现实主义本质内涵的基础上,对我们以往过于功利主义的接纳与传播展开反思,让处于"过时"和"边缘"状态的19世纪现实主义文学研究转而进入"进行时"并获得应有的地位。

第一章
现代现实主义：渊源与缘由

巴尔扎克和司汤达是现代现实主义的创始人。

——埃里希·奥尔巴赫

现实主义是一个重大的现代突破。它使人们得以通过小说来理解处在无休止的动荡之中的社会。小说对个体的关注，尤其是对个体心理的关注，反映了新的中产阶级的兴起。

——索尔·贝娄

启蒙精神似乎笑到了最后。不可遏制的现代化发生了。识字普及、交通方式改善、科技创新步伐加快、人口快速增长、城市化加速、公共领域拓宽——这些只是一部分正在进步的力量，它们联合起来，推进了一股可持续的世俗、物质进步。

——蒂莫西·C. W. 布莱宁

现代性的历史就是社会存在与其文化关系愈加紧张的历史。现代存在迫使它的文化反对自身。这种不和谐正是现代性所需要的和谐。

——齐格蒙特·鲍曼

在世界文学史上，"现实主义"是一个使用频率极高、面目多变、内涵丰富而复杂的文学术语，它可以指称一种文学思潮、文学观念、创作方法、写作精神、批评标准和原则、艺术价值观等。不过，"事实上由于19世纪的原因，问题一直很令人困惑，这是一个充满矛盾但又形势绝佳的时期，各种流派、运动可用当下的术语来说'文化大生产'（cultural fissiparation），在文学上出现了后来被称为'现实主义'的一场明显的有意识的运动"①。显然,"现实主义"首先被界定为一种流行于特定历史时期的文学"运动"或者文学思潮,这是有历史依据的,也已为学界所公认。本著作所研究的"现实主义",主要就是指西方19世纪这一特定时期有其历史属性和质的规定性的文学思潮。虽然,在全书的行文中无法避开与诸如创作方法、批评标准、文学观念等其他各种指称的关联,但整个研究聚焦点是作为文学思潮的19世纪现实主义。为了凸显其时代的和历史的规定性及其本原性内涵,以示与其他各种名目繁多的关涉"现实主义"之变体、文学流派的区别,——特别是将它与传统的摹仿现实主义、18世纪"现实主义小说"等文学现象区别开来,——笔者在论述中特将19世纪西方现实主义文学思潮称为"现代现实主义",从而突出强调、关注与阐释其"现代"属性与特征。应该说,在此,"现代"这一修饰词并不是笔者主观随意的强加,也不是巧立名目的标新立异,而是有历史与学理之依据的,是从"现代性"角度为这一文学思潮的研究提供一种新的视角与观念,同时也是对其作一种质的限定、特征的提炼与强调,从而有助于本原性地深度把握19世纪现实主义文学思潮与文学观念演变之历史渊源及其生成之社会的、文化的和文学的缘由。

第一节　"从摹仿现实主义"到"现代现实主义"

众所周知,巴尔扎克和司汤达是19世纪西方现实主义文学思潮的奠基人,然而,巴尔扎克与司汤达、狄更斯、萨克雷以及果戈理等较早时期的现实主义作家,都不曾用"现实主义"这一名词来标明自己属于这个新型的文学流派。勒内·韦勒克在《文学研究中现实主义的概念》一文中,追溯了现实主义术语在欧美各国的发生史,认为是1798年和1800年,"大约是席勒和弗里德里希·施勒格尔第一次把这个术语应用到文学上来"②的。而在法国,"现实主义"一词"于1826年被首次使用于法语,不久

---

① J. A. Cuddon ed., *A Dictionary of Literary Terms and Literary Theory* (5th edition), Malden and Oxford: Wiley-Blackwell, 2013, p.591.
② 勒内·韦勒克:《批评的诸种概念》,罗钢、王馨钵、杨德友译,上海:上海人民出版社,2015年,第214页。

被广泛使用"①。法国语言学家、文学史家大卫-萨瓦让在其《法国语言史》(Histoire de la Langue et de la Litterature Francaise)一书中认为,1826年的法国报纸上就出现了"现实主义"这一术语。他引用了当时报纸上的一段文字,"现在出现了一个日益盛行的文学流派,其宗旨不是忠实地摹仿艺术杰作,而是忠实地摹写大自然慷慨地赐予我们的大千世界,可以把这个流派叫做现实主义;这种真实的文学非常可能成为十九世纪居于统治地位的文学"②。这段文字点出了作为新的文学现象的"现实主义"已开始从古典主义的摹仿古代"艺术杰作"转向"摹写大自然"这一关键性特征,预告了"现实主义"这一新文学"流派"(实际上是一种文学思潮)的呼之欲出,说明了在19世纪20年代中期,作为文学思潮的现实主义事实上已经开始滥觞。不过,这只是在报纸上一般性地指称这种新的文学发展趋势和倾向,人们还没有十分正式地从学术的角度对这种亦已崭露头角的文学思潮予以正式界定。而作为指称一种文学思潮和"描写方法"的"现实主义"概念的正式使用,则与19世纪50年代中期法国画家库尔贝特(Courbet)、小说家尚夫勒里(Champfleury)和评论家杜朗蒂(Duranty)有关。50年代,围绕着库尔贝特的绘画展开了一场大论战,尚夫勒里把这些论战文章集结起来,于"1857年出版了一部题为《现实主义》的论文集",同年,杜朗蒂也编辑出版了一份名为《现实主义》的杂志。③ 韦勒克指出,在这些论战、文集和杂志中,"一个明确的文学纲领被制订出来了……艺术应当是现实世界的真实再现,因此作家应当通过细致的观察和小心的分析研究当代的生活与风习,作家在这样做的时候应当是冷静的、客观的、不偏不倚的。这样,过去被广泛地用来说明一切忠实地再现自然的文学术语(现实主义),现在变成了与特定作家相联系的一个团体或一个运动的口号。人们普遍认为,梅里美、司汤达、巴尔扎克、蒙尼埃(Monnier)以及夏尔·德·贝尔纳(Charles de Bernard)等人是现实主义的先驱"④。韦勒克的研究结果和美国学者巴里什(Phillip J. Barrish)的考据基本相符:"在19世纪50年代初期,法国第一次把'现实

---

① Rachel Bowlby,"Foreword", in Matthew Beaumont ed., *Adventures in Realism*. Oxford: Blackwell,2007,p. xii.

② 程代熙:《再论现实主义的源流》,《北方论丛》1981年第3期,第5页。

③ 勒内·韦勒克:《批评的诸种概念》,罗钢、王馨钵、杨德友译,上海:上海人民出版社,2015年,第215页。

④ 同上书,第215页。

主义'一词当作美学术语,用来评析古斯塔夫·库尔贝特的美术作品。""法国文学评论家在采用了艺术批评中的'现实主义'术语后,立刻用它来形容与库尔贝特同时代人的作品。"①在英国,"现实主义"一词的出现要比法国晚得多,"直至1880年代后期乔治·莫尔(George Moore)和乔治·吉辛(George Gissing)出现之前,就不曾有过一个叫做现实主义的运动"。② 不过,"早在1851年,萨克雷便被偶然地称为'现实主义派的主要代表'。"③这说明,作为一种文学思潮,英国的现实主义也是后来被人"追认"的,尽管在萨克雷时期,这种文学思潮已经开始。"美国的情况与英国极为相似;1864年,亨利·詹姆斯推荐'著名的现实主义体系'(明显地指法国)给学术界同行哈里特·普雷斯特小姐(Miss Harriet Prescoutt)学习……1886年以后,宣传性的现实主义方始成为一种运动。"④"而在德国根本不存在一个自觉的现实主义运动,尽管这个术语偶尔也被采用。"⑤当然,德国的现实主义文学无疑是存在的,只是显得十分松散,不太像一种文学思潮。俄国的情形就大不一样了,现实主义显然是以一种文学思潮的形态出现的。在俄国,"'现实主义'这一术语最先由批评家帕维尔·安年科夫(Pavel Annenkov)在《当代》杂志(1849年第1期)的一篇文章中所使用,到1860年代成为标准术语。"⑥但是,我国学者程代熙认为,"在俄国第一个把'现实主义'这个词语运用到文艺领域里来的,是文艺评论家皮沙烈夫。他在《现实主义者》这篇论文里对现实主义文学作出了他的解释"⑦。高尔基后来称19世纪欧洲的现实主义为"批判现实主义"⑧,很长时期内,这一称谓在我国倒是使用甚广。就19世纪沙皇俄国时期的现代现实主义文学思潮而言,由于其社会－文化背景的特殊性,其社会批判性和政治变革意识特别强,用"批判现实主义"来指称也名副其实。但总

---

① Phillip J. Barrish, *The Cambridge Introduction to American Literary Realism*, New York: Cambridge University Press, p. 23.

② 勒内·韦勒克:《批评的诸种概念》,罗钢、王馨钵、杨德友译,上海:上海人民出版社,2015年,第216页。

③ 同上。

④ 同上书,第217页。

⑤ 同上。

⑥ Victor Terras, "The Realist Tradition", in Malcolm V. Jones, Robin Feuer Miller eds., *The Cambridge Companion to the Classic Russian Novel*, Cambridge: Cambridge University Press, 1998, p. 190.

⑦ 程代熙:《马克思主义与美学中的现实主义》,上海:上海文艺出版社,1983年,第137页。

⑧ 高尔基:《论文学》,孟昌、曹葆华、戈宝权译,人民文学出版社,1957年,第337页。

体来看,在文学思潮层面,19世纪俄罗斯现实主义文学一直是以模仿追随西欧(尤其法国)文坛风尚为主流,它自然也只是19世纪西方现实主义文学谱系中的一部分。

大致说来,"现实主义"的概念在19世纪20年代中期到60年代之间不断流行开来,这也是"现实主义"从写作方法到文学思潮的演变过程,也可以说是作为一种文学思潮的"现实主义"从产生走向繁盛的过程。在这个过程中,诸多使用"现实主义"一词的人,既有持赞同观点者,也有持反对观点者。比如,在评论库尔贝特的现实主义画作《石匠》时,"沙龙文人和那班极力追求所谓'高雅'题材和'美'的意境的艺术家,对库尔贝特的《石匠》就嗤之以鼻。据说,有人在看了这幅画时,骂了一句'现实主义的货色'"[①]。这是对新兴的现实主义方法持否定态度的一种表达。另外,法国文艺评论家古斯达夫·布兰森也曾经在1835年的《现代评论》杂志上发文挖苦现实主义。他说现实主义现在成了"挂在城堡入口大门上的徽章、写在旗帜上的口号、服装的颜色,连受人尊敬的男爵都另眼相待"。"当时法国的美术评论界,认为现实主义的画就是女仆式地复写现实,根本不顾美与不美,有无诗情画意。"[②]显然,法国的"现实主义"在19世纪30年代中期开始的时候是被文艺界多有诟病的。到了19世纪中期,对"现实主义"持肯定态度的声音也日渐增强。"美术家吴舍在其一八四六年问世的《佛来米荷兰画史》里对现实主义的介绍就较为客观。他的看法基本上是这样两点:一是现实主义的文艺家着重对生活的观察,严格恪守真实,不凭主观想象的'神驰';二是说现实主义文艺家多从社会底层去选取题材,并且往往描写生活中的丑的现象。"[③]特别是尚夫勒里,他在1857年出版的自己的论文集《现实主义》中充分肯定现实主义,他认为,"现实主义在于准确地、充分地、真实地再现作家所生活的那个社会的环境及时代,因此,对这个学派的考察可以得到读书界的理智、兴趣、精神上的各种需要的证实,此外,这个学派完全摒弃了形形色色的瞒与骗……这种对现实的再现应尽可能地显得更加鲜明、一目了然,而且包罗万象"[④]。通过不断的论争,同时也是因为现实主义创作的不断发展,现实主义文学思潮的正面主导地位逐步得以确立。可见,"现实主义文艺思潮在当时的法国

---

① 程代熙:《再论现实主义的源流》,《北方论丛》1981年第3期,第6页。
② 同上。
③ 同上。
④ 同上。

文坛上起过相当激进的作用"①,在其地位被确立与巩固之前,论争是十分激烈的。"非常明显,法国的这场论争或者说战斗不久就在其他国家产生了反响。"②无独有偶,萌芽时期的俄国现实主义不仅被反对者指称为"自然派"(一个贬义词),而且于19世纪40年代中后期崭露头角时也备受批评与围攻;经过别林斯基等人的奋力捍卫,"自然派"才于50、60年代得以正名,转而成为褒义的俄国现实主义文学思潮的代名词。以上所述都表明,在法国与俄国,19世纪现实主义文学思潮在形成的初期都因其具有显著乃至强烈的先锋性特质而饱受争议,这也意味着该文学思潮拥有与生俱来的反传统的现代性禀赋。至于未曾出现如此激烈论争的英国、德国和美国等区域的现实主义,由于都主要是受法国影响而产生与兴起的,因而其反传统的先锋性、现代性特征与特质也同样明显存在。

因此,虽然从历史发展和文学传播的眼光看,"现实主义"的概念在不同时期和不同的国家和区域,其所蕴含的内涵有一定的差异,但作为一种文学思潮,19世纪西方现实主义显然不同于19世纪以前基于"摹仿说"理论而具有写实倾向的"现实主义"文学。如果说此前这种"摹仿说"传统的"现实主义"可以被称为"摹仿现实主义"③或"古典现实主义"④的话,那么,19世纪现实主义则可被称为"现代现实主义",并且,正是这种具有"现代"属性的现实主义标志着19世纪乃至整个近代西方文学的高度繁荣。无可否认,巴尔扎克等19世纪现实主义作家在19世纪中叶的确创造出了许多堪称经典的文学作品,一时间促成了作为新的文学思潮的现实主义之勃兴与辉煌,他们的创作与差不多同时代的浪漫主义文学表现出了迥然之异,这在一定程度上是对主情的、幻想的浪漫主义文学的一种反拨。不过,他们的艺术成就却不应该简单地归之于传统的"摹仿现实主义"或"古典现实主义"回归或简单复兴。因为,事实上,已然处在现代文学区段上的19世纪西方现实主义,在其文学特质上已明显不同于传统的"摹仿现实主义"。作为现代现实主义代表人物的司汤达与巴尔扎克等,不管是从文学观念还是从创作风格上来说,都完全无法用

---

① 程代熙:《再论现实主义的源流》,《北方论丛》1981年第3期,第7页。
② 勒内·韦勒克:《批评的诸种概念》,罗钢、王馨钵、杨德友译,上海:上海人民出版社,2015年,第215页。
③ 利里安·R. 弗斯特、彼特·N. 斯克爱英:《自然主义》,任庆平译,北京:昆仑出版社,1989年,第5页。
④ M. A. R. Habib, *Literary Criticism from Plato to the Present: An Introduction*, Oxford: Wiley-Blackwell, 2005, p. 474.

传统的"摹仿现实主义"的尺子来度量;他们的创作作为19世纪特定时代的现实主义文学,虽然在"写实"的层面上承袭了旧的"摹仿现实主义"或"古典现实主义"的基本精神与方法,但同时却又在更多的层面上以其"现代"属性达成了对"摹仿现实主义"传统的超越乃至颠覆。左拉在当时就认为,巴尔扎克之所以创造出了其"不朽的光荣",就是因为"他创建了现代小说,因为他是最先带来并运用真实感的作家之一,这种真实感使他展现了整整一个世界"。① 有鉴于此,埃里希·奥尔巴赫等一些理论家、文学史家常常把19世纪现实主义文学称之为"现代现实主义"。奥尔巴赫在其重要理论著作《摹仿论:西方文学中现实的再现》(Mimesis: The Representation of Reality in Western Literature)一书中,就把这种"同特定时期之政治、社会、经济关系特别紧密、更为重要、更有意识也更为具体"②的19世纪现实主义文学思潮称为是一种与浪漫主义相对而言的"现代现实主义(modern realism)"③,从而与19世纪以前及其以后那些名目繁多的"现实主义"或其他写实倾向的文学有所区别。奥尔巴赫在讨论到司汤达和巴尔扎克时认为,西方文学史上"现代现实主义意识的第一次出现"④是在司汤达的创作之中;他还认为,巴尔扎克"与司汤达都是现代现实主义的创始人"⑤。

确实,作为文学思潮的19世纪西方现实主义,无疑是一个历史的概念,有其特定的时代特质和历史规定性,笔者在本著作中进行深入讨论的正是这种"特质"与"规定性"意义上的现实主义文学思潮,而奥尔巴赫的"现代现实主义"概念,恰恰也是根据这种"特质"和"规定性"对作为文学思潮的19世纪现实主义所做的一种历史框定,有其合理性和准确性,国外学界对其作如此指称的学者和评论家也不乏其人。著名的小说史家伊恩·瓦特(Ian Watt)在《小说的兴起》中说,与18世纪的"现实主义小说"不同,19世纪的"现代现实主义产生于这样一种学术立场,即个人通过自

---

① 左拉:《论小说》,朱雯等编选:《文学中的自然主义》,上海:上海文艺出版社,1992年,第210页。

② Erich Auerbach, *Mimesis: The Representation of Reality in Western Literature*, Princeton and Oxford: Princeton University Press, 2003, p.458.

③ Ibid., p.474.

④ Ibid., p.459.

⑤ Ibid., p.468.

己的知觉发现真实——这发端于笛卡尔和洛克的哲学"[1]。美国文学理论家哈比布（M. A. R. Habib）也在其《文学批评史：从柏拉图到现在》（*A History of Literary Criticism：From Plato to the Present*，1988）中，把19世纪现实主义称为"现代现实主义"，而把此前的"现实主义"称为"古典现实主义"[2]。美国的文学史家菲利普·J.巴里谢站在美国文学发展的角度认为，"作为一个自觉的美学运动，现代现实主义始于欧洲"。[3] 美国著名比较文学学者马泰·卡林内斯库（Matei Calinescu）认为，现代现实主义的先驱者司汤达称自己为"浪漫派"，但他所理解的浪漫派是"一种当代生活意识，一种最直接意义上的现代性意识。在这方面上他也许是欧洲重要作家中的第一人"。这意味着司汤达的"'浪漫'和'现代'之间的同义性"[4]，也就是"现实主义"与"现代"的同义性。所以，司汤达实际上"是一个他自己所说的'浪漫派'意义上的'浪漫派'，惟其如此……他常常也是公开反对浪漫派的，而与后来被称为'现实主义'的他的终身文学信条保持一致。在司汤达那里，文学现代性观念所涉及的某些显著悖论已然出现。最突出的一个是，从传统的束缚中解放出来后，作家应该努力给予他的同时代人一种他们似乎尚未准备好去享受、也许甚至是不配享受的快乐"。[5] 卡林内斯库比较充分地论证了司汤达所代表的现实主义文学的"现代性"特征。

显而易见，从体现西方文学传统创作理念与方法之"摹仿现实主义"或者"古典现实主义"，再到作为19世纪具有时代特质与历史规定性的文学思潮的"现代现实主义"，这不仅仅是一种外在名称的变换，而更有其内涵与外延的演变与拓展。特别是其"现代性"（modernity）属性的生成，一方面有文学史自身演变的内在原因，而另一方面，在根本上则取决于19世纪处于大变革状态的西方社会的政治、经济和文化等诸多因素。对此，我们有必要作进一步的深度分析与阐释。

---

[1] Ian Watt, *The Rise of the Novel：Studies in Defoe，Rechardson and Fielding*，Berkeley and Los Angeles：University of California Press，1967. p，12.

[2] M. A. R. Habib, *Literary Criticism from Plato to the Present*，Oxford：Wiley-Blackwell.，2005，p. 474.

[3] Phillip J. Barrish, *The Cambridge Introduction to American Literary Realism*. New York：Cambridge University Press，2011. p. 23.

[4] 马泰·卡林内斯库：《现代性的五副面孔》，顾爱彬、李瑞华译，北京：商务印书馆，2002年，第45页。

[5] 同上书，第47页。

第二节　工业革命与现代现实主义

显然,法国批评家查尔斯-奥古斯汀·圣-伯夫(Charles-Augustin Sainte-Beuve)称19世纪现实主义是"工业文学"①,这个定义十分贴切,它从一个层面赋予了现代现实主义以"现代性"特征与属性。因为,现代现实主义确实可以说是欧洲资本主义社会发展和工业革命的产物,现代现实主义无可避免、与生俱来地拥有资本主义现代化本身所拥有的特质,从而与此前的写实倾向的文学在文学背景与生成之外因上体现出了天壤之别,"现代性"也便是那个时代烙在19世纪现实主义这一文学躯体上的特有印记。

19世纪上半叶,欧洲在政治、经济、社会等各个领域都发生了剧变,加快了现代化进程的步伐。拿破仑于1814年退位,"1815年之后世界在许多方面在发生变化。各国的疆界被重新划定,欧洲人观察世界的方式也在改变着。在生产和运输中,蒸汽动力逐步取代了人力和畜力。人们参考被取代的劳动方式,用'马力'等单位来衡量机器的能量。新技术改变了旧价值观,劳动改变了世界,新世界的定义便出现了。以前固定不变的、高高在上的贵族阶层受到了挑战,开始变得混乱不堪。西方知识分子努力去研究新时代,定位他们在新时代中的价值"②。1830年法国爆发"七月革命",从此,法国资产阶级取得了统治地位;1832年英国实行议会改革,英国资产阶级的统治地位得到了进一步巩固。这两大政治事件,是西欧资本主义制度确立的标志。欧洲各国在英、法资本主义势力的激发和影响下,相继经历了从封建制度向资本主义制度的历史性过渡,实现了从传统社会向现代社会的转型,作为一种"写实"倾向的文学思潮——现代现实主义——也就应运而生。

美国批评家彼得·布鲁克斯(Peter Brooks)指出,19世纪"是一个工业革命、社会革命和政治革命的时代。我认为任何现实主义写作的确定

---

① Peter Brooks, *Realist Vision*, New Haven and London: Yale University Press, 2005, p.14.

② 马克·凯什岚斯基、帕特里克·吉尔里、帕特里夏·奥布赖恩:《西方文明史:延续不断的遗产》(第五版),孟广林等译,北京:中国人民大学出版社,2014年,第468页。

性特征之一就是愿意面对这些问题"①。所谓的"这些问题",是指资本主义工业革命、社会革命和政治革命带来的复杂的现实矛盾和社会问题。资本主义是和机械化大生产相关联的,或者说,工业革命和工业化奠定了资本主义的社会基础,是工业革命的成果推动了欧洲社会由封建主义向资本主义的转型。工业革命有赖于科学技术的成就,而正是18、19世纪欧洲人在科学技术上的辉煌成就,助推了欧洲的工业革命,加快了现代生产方式的形成,也推进着新的文学样式的形成。"现代生产方式的形成,会以一种直接和实际的方式改变着19世纪的文学,推动它朝向法国批评家查尔斯-奥古斯汀·圣-伯夫所谓的'工业化文学'的发展。"②从西欧资本主义发展较快的国家来看,19世纪现代现实主义文学就是工业化时代的文学,在题材、思想观念、审美趣味和表现方法等诸多方面与农耕时代的传统欧洲文学都有明显的不同,也是其现代性的一种表现。

　　18世纪中叶,英国率先开展工业革命,"其他欧洲国家也都跟了上来。整个欧洲都在热切地关注着'英国奇迹'……欧洲的官员、企业家,甚至一些国家元首都去参观英国的工厂和矿场……许多欧洲国家开始进行经济转型,并步入经济持续增长的时期"③。工业化加快了欧洲的城市化进程和生存方式的变革,因此,"大多数人也不必在土地上辛勤地劳动来赚取每天的粮食。制造业取代农业成为人类的主要生产活动"④。"工业化对经济生活产生了深远的影响,不过,其作用不止于此。探索新市场将会引发对大陆的征服;煤炭和钢铁生产力的解放,将导致人类首次的军备竞赛。"⑤也就是说,工业革命和资本主义化之后,人的生活方式变了,但社会新矛盾、新问题大量增加,启蒙理想所追求的自由、平等、博爱的理想并没有因为社会财富的增长和社会结构形态的变化而变得更加现实,甚至恰恰相反:

　　　　对许多人来说,这种背离传统的做法导致了巨大的忧伤;而对于其他人来说,这是一个脱胎换骨的好机会。原来是一个垂直的一体化社会,领主、管家、自耕农、手工业者和奴仆都相互依赖地生活在一

---

① Peter Brooks, *Realist Vision*, New Haven and London: Yale University Press, 2005, p.13.
② Ibid., p.14.
③ 马克·凯什岚斯基、帕特里克·吉尔里、帕特里夏·奥布赖恩:《西方文明史:延续不断的遗产》(第五版),孟广林等译,北京:中国人民大学出版社,2014年,第454页。
④ 同上书,第458页。
⑤ 同上书,第458页。

起。这种社会现在却被各阶级相互隔离的社会所代替。到了19世纪中叶,资产阶级和工人阶级开始形成,并开始冲突。中产阶级开始离开市中心,在郊区建造房子来养育孩子,与原来的大家庭不再有往来。在人口压力、公共卫生条件缺乏、私人投资短缺等影响下,城市的条件不断恶化。不同社会阶层缺乏交流,这对每个阶层改善生活质量的努力都产生了深远的影响。劳动人民的领导者着力反对利润、贪婪和冷漠,而资本家则着力抵制酗酒、懒惰和无知。在这两大阵营之间,几乎没有什么中间地带。①

19世纪前期,西方文明发展的悖谬,集中地表现在科学发展、财富增长、物质富裕但是贫富悬殊扩大、人与人之间的矛盾加剧上,表现在对大多数人而言的自由与平等、公平与正义的相对倒退上。在这种意义上,这是一个极为令人失望的时代:

> 随着19世纪欧洲社会财富的膨胀,那些挣扎在失业和饥馑之间、身处社会边缘地带的人群同样也在增多。19世纪前半叶,所有的西方社会都受困于济贫问题。爱尔兰大饥荒正是其中最显著的例子。……虽然在拿破仑战争后,欧洲国家的边界以构建稳定秩序为目的进行了重新划定,但是农民和工人的经济窘境仍然从内部困扰和破坏着欧洲社会。19世纪前半叶新兴的思想体系努力地应对重组的国家和社会所带来的挑战。但是社会不公的存在,使得1815年到1850年之间民众的抗议活动和革命此起彼伏,这些运动继而推翻了许多欧洲国家的政府。②

社会的矛盾与动荡,使欧洲人的政治意识增强,参与社会活动和斗争的机会提高了,个人与社会的不稳定性增加。1848年革命以及接下来的一些事件,都激励着社会成员参与到政治活动中。保守主义和激进主义有相似之处,两者在政治中都是新现实主义。如果政府想维系下去的话,便不敢忽视经济危机和生活动乱。革命者也认识到,国家会动用武力镇压他们。政府在暴力镇压民族主义、社会主义、共和主义和自由主义的时候,也显得力不从心。于是,组织、争论和疏通成了新的政治技巧,并且超越了各个阶层——从中产阶级到农民阶级——围绕着一般的政治事件展

---

① 马克·凯什岚斯基、帕特里克·吉尔里、帕特里夏·奥布赖恩:《西方文明史:延续不断的遗产》(第五版),孟广林等译,北京:中国人民大学出版社,2014年,第454页。
② 同上书,第461页。

开。从这个方面说,1848年在现代政治文化的形成过程中是一个重要的转折点。①

　　1850年以后到19世纪下半叶,欧洲社会的种种矛盾仍然处于持续恶化的境地。1848年革命之后,政府的镇压使欧洲激进运动暂趋于平静,但是,镇压无法真正使社会归于和谐稳定,更无法促进经济的增长与繁荣,无法推进社会文明程度的提高。"欧洲的领导者们意识到有必要进行改革来建立充满活力和竞争力的国家。1850年以后,三种不同的社会和政治改革的模式在法国、英国和俄国发展起来。所有三种改革的趋向都发生在统一的民族国家。在思想意识上,这三种社会彼此几乎没有共同点,但是却都反映了热衷于进步的一种国家作用的意识以及完成这种职责的责任感。"②在1850至1871年之间,"成功的政治家利用结盟来谋求符合国家利益的外交。他们同时也是乐意用暴力来增加国家利益的现实主义者。法兰西、大不列颠和俄罗斯等既有的民族国家几乎各不相同,但在致力于国家进步、追寻国家权力的巩固和探索政治改革的不同途径方面有所一致"。③政治领域不断发生着变革,社会领域的物质形态和知识界也在发生着不断的变化。不同的思想家也从不同的角度研究人类社会,出现了许多不同的思想流派。到了19世纪末,社会政治、经济和文化的变化速度进一步加快。欧洲人普遍感到了这些变革和新思想对人类生存的威胁,社会动荡在加剧。"1871年到1914年,帝国主义也发展到了顶峰。强大的西方国家为了占有殖民地领土而相互竞争。"④"焦虑不安是19世纪思想的几乎一切方面的共同点。如果我们要探究其原因,那么我们就必须回顾紧接在它之前的那个时代。席卷欧洲的革命风暴冲击了一切政治和社会制度的基础。这个风暴也从一切方面影响了我们的观念和思想。因此,我们提及的这个时期正确地被称为革命的世纪。"⑤从社会政治变革的角度看,欧洲的19世纪前期和中期,可谓是"革命的世纪"。这正是现代现实主义赖以生成与发展的社会政治和经济文化的土壤,现代现实主义文学作品也都从不同角度表现了这种社会状况,这种文学之

---

① 马克·凯什岚斯基、帕特里克·吉尔里、帕特里夏·奥布赖恩:《西方文明史:延续不断的遗产》(第五版),孟广林等译,北京:中国人民大学出版社,2014年,第482页。
② 同上书,第493页。
③ 同上书,第487页。
④ 同上书,第521页。
⑤ 约翰·西奥多·梅尔茨:《十九世纪欧洲思想史》(第一卷),周昌忠译,北京:商务印书馆,2016年,第69—70页。

强烈的社会批判意识和政治变革意识,无疑与"革命的世纪"的氛围息息相关,其"现代"属性也从一个角度得以显现。

由此可见,工业革命加速推进所积累起来的诸多社会问题与社会矛盾,在19世纪中叶既然能够促成高度现代性的马克思主义的诞生并广为传播,对文学家的文学创作当然也会释放出巨大的召唤效应。现代现实主义文学是西欧资本主义制度确立和发展时期的文学,它见证并反映了欧洲社会的现代化进程——在科学技术的助推下,工业革命蓬勃开展,欧洲社会实现了从传统的农业社会向现代工业社会的转型,在政治、经济、文化和心理等各个方面都取得了现代化的丰硕成果,同时也出现了史无前例的社会矛盾和弊病。现代资本主义的优长与弊端都是文学家思考与表现的内容与对象。如果说,19世纪浪漫主义作家是从现代性的一个面相——审美现代性——去反抗现代资本主义的弊端的话,那么现代现实主义作家则侧重于从现代性的另一面相——社会现代性——去关注和反抗资本主义现代化带来的负面效应①,通过文学创作探究社会制度对人带来的维护,并致力于批判社会的不平等现象。从某种意义上说,没有工业革命及其创造的欧洲现代社会的发展,就没有19世纪现实主义文学思潮,这一文学思潮也不可能具有这种鲜明的"现代性"特征与特质。

第三节 社会转型、价值观念演变与现代现实主义

工业革命的成果既推动了欧洲社会由封建主义向资本主义的过渡,又改变着欧洲社会的结构形态和人的生存方式与价值观念。在欧洲,"十九世纪的精神生活比以前任何时代的精神生活都要复杂"②。资本主义制度形成后,欧洲社会中人的生存处境发生了重大变化,人对自身的认识也不断深化。资本主义新的政治经济制度打碎了原有的社会结构,改变了人与人之间的关系。在资本主义条件下,人不再是万物的尺度,"商人之间的激烈竞争毫无道德限度,就像资本家对工人剥削一样"③。在强烈的竞争观念支配下,物欲的无限膨胀使人们想尽办法超过他人,每个人都为自己的利益和自己的成功而奋斗,因而,"人不再是自身的目的,人成了

---

① 关于"现代性"的双重面相,详见本章第六节"现代现实主义与'现代性'"。
② 罗素:《西方哲学史》(下卷),马元德译,北京:商务印书馆,1997年,第263页。
③ 埃利希·弗洛姆:《健全的社会》,欧阳谦译,北京:中国文联出版公司,1988年,第84页。

他人的工具";"人被人所利用,表现了作为资本主义制度基础的价值体系"。① 所以,在资本主义制度下,"人的群体关系恶化,个人从家长式的专制及等级制度中'摆脱'出来,却付出了放弃群体联系这个代价。人们的相互关系失去了道德义务感和情感特征,从而变得靠单一的经济利益来维持。所有的人际关系都基于物质利益"。② 尤其是,"19 世纪也标志着金钱交易关系的出现,它可能构成所有社会关系的基石或代表了所有社会关系。如果旧制度的财富主要是由土地所有权——封建的、贵族化的财产和身份模式——来表现和加强,它将会被金钱既让人获得解放又让人感到恐惧的方式取代。你继承了土地,你赚取了金钱:金钱交易的出现依循了从继承而来的身份(inherited identity)向努力获得的身份(achieved identity)的过渡。后者是自我造就者、投机者、资本家、赌徒——或贫穷的天才——所有在 19 世纪的小说中令人熟悉人物们的身份"。③

而且,19 世纪的科学走向了前所未有的繁荣,它不仅给人类创造了极大的财富,形成人们对它的热烈追求,更重要的是,科学使人们确立了新的世界观、人生观和价值观。人们认为有了科学,人可以做一切上帝能做的事,人们把科学当作上帝来崇拜,实际上,科学成了上帝,人把上帝给驱逐了,而自己则走到了上帝的位置上。另一方面,在人类不再需要上帝之后,上帝也抛却人寰撒手离开了。所以,如果说"上帝死了"的话,那也正如尼采所说的,他是被人杀死的。而且,尼采在 19 世纪末报告了上帝之死的消息,这不是一种预告,而是一种对"已死"之事实的报告。19 世纪就已经是一个上帝退隐的时代。于是,个性自由、自由竞争,某种程度上意味着人可以"想干什么就干什么"了。"追求私利和自由竞争创造了空前的西方物质文明"④,但"自由竞争"原则的道德光环严重摧毁的恰恰是传统的道德原则。一个在道德领域里上帝退隐的时代,必定是一个恶欲横行的时代。这就是 19 世纪自由资本主义时代,这是一个上帝远离人世的时代! 这个向来靠天堂、地狱、上帝等制约人的行为、扼制人的恶欲冲动的西方社会,一旦既有的道德规约逐渐丧失,那将是一个什么样的情形? 这是一个"他人成为自己的地狱"的社会。由此,我们又要引出一个发人深思的问题:启蒙运动昌明了人的理性,繁荣了科学,激活了人的个

---

① 埃利希·弗洛姆:《健全的社会》,欧阳谦译,北京:中国文联出版公司,1988 年,第 93 页。
② 艾恺:《世界范围内的反现代化思潮》,张信译,贵阳:贵州人民出版社,1991 年,第 76 页。
③ Peter Brooks, *Realist Vision*, New Haven and London: Yale University Press, 2005, p.14.
④ 梁鹤年:《西方文明的文化基因》,北京:生活·读书·新知三联书店,2014 年,第 229 页。

性,改变了社会结构,这无疑是文明的演进,然而,当科学在思想领域里动摇了上帝在人们心目中的地位时,当被物欲激活了的人的个性为了个体生存而无视上帝的规约时,当科学给人以力量和自信进而成了人们崇拜的上帝,而这个上帝又对世俗中的人在道德上无动于衷也无能为力时,人到底是趋善还是趋恶的呢?人们还应该一个劲儿地倡导个性自由与解放吗?

显然,科学的发展、资本主义的发展、物质财富的丰裕等等,一方面标志着社会的进步和人类文明的向前发展,它给人带来了一定程度的自由、解放和生活的丰富性,而另一方面又使人与人、人与社会、人与物之间的关系恶化;新的文明给人带来了新的束缚,尤其是物对人的束缚,使人的自由在一定程度或某种层面上得而复失。资本主义的财富创造提升了人对财富的占有欲和支配欲,"自由竞争"原则为人与人之间的"搏斗"戴上了合理的道德光环。于是,"万物之灵的人类终于悟出了他的兽性;这个兽性原来就是物质'文明'的所赖"[1]。正是在这种历史背景下,人对自身的处境、命运与前途的思考也不断深化。现实告诉人们:启蒙主义者的"民主""自由""平等"与"博爱"并不存在,他们描绘的"理性王国"只不过是肥皂泡而已;浪漫主义者那脱离现实的"理想"也不过是画饼充饥。人们不得不用冷静的眼光来看待现实的社会并思考人的命运,客观冷静地分析与解剖现实的社会心理和风气随之形成。正是在这种心理和风气影响下,写实性与批判性很强的现代现实主义文学思潮就发展得风生水起。

总之,19世纪中叶的西方现代资本主义社会这个庞然大物的到来,开启了"上帝之死"的文化新进程,一个动荡不安的多元文化语境对19世纪中叶西方文学创作的发展与繁荣显然是一个"福音"——因为文学的发展与变革需要以文化的革新与转型为土壤与背景。现代现实主义作家对从启蒙运动乃至文艺复兴开始的现代资本主义价值观念投之以反思与批判,这在人文观念上与浪漫主义和世纪末文学思潮乃至20世纪现代主义思潮有深度的一致性。所不同的是浪漫主义等文学思潮主张以感性的解放反抗资本主义的现代化,而现代现实主义依然以人的理性主体性为基点,抗拒外在于人的现代物质文明对人的压迫和异化,维护人的自由与尊严,企求人性的和谐与复归,由此体现了对现代性另一种追求。因此,在

---

[1] 梁鹤年:《西方文明的文化基因》,北京:生活·读书·新知三联书店,2014年,第287—288页。

文化和人文性层面看，现代现实主义和浪漫主义乃至现代主义都有某种程度的血缘联系，对资本主义现代化和现代文明都持有反思和反叛的态度与立场，都有对"上帝之死"的忧虑与恐惧，这体现了同一性质的"文化征候"。其实，"19世纪自由资本主义与20世纪垄断资本主义在本质上的同一性，决定了从属于这两个时代的文化在本质上的同一性和延续性；现代文化是在19世纪自由资本主义时代完成原始积累，而在20世纪垄断资本主义时期得到盛行的，因而，现代文化基因在19世纪批判现实主义文学中的存在是必然的"[1]。

第四节 科学精神与现代现实主义

"19世纪可以恰当地被称为科学的世纪。"[2]当然，自然科学的发展及其对社会和人的影响是有一个漫长过程的。但是，从科学发展史的角度看，"同以往所有时期相比，1830到1914年这段时期，标志着科学发展的顶峰"[3]。而从影响的角度看，"一直到十八世纪将近末尾时为止，和科学学说相对而言的科学技术对人的见解没有重大影响。而随着工业主义的兴起，技术才开始影响了人们的思想"[4]。随着科学与技术影响的日益扩大和深入，科学精神、科学理性逐步成为19世纪西方文化的最突出特征，崇尚科学和理性也成了19世纪的一种时代风尚。正是在这个史无前例的"科学的世纪"里，科学与理性以及这种特定的时代风尚，促成了写实倾向的现代现实主义文学思潮在欧洲的盛行。

当然，19世纪科学的快速发展，是以18世纪的科学建树和前期铺垫为基础的。文艺复兴开始，西方的自然科学就开始不断发展并日益加速。由是，18世纪启蒙运动的力量原本也基于科学成就和科学思维，在很大程度上是科学昌明了文化和思想，于是才谈得上"启蒙"——使人从宗教信仰的古老世界观中解放了出来。物理学之耗散结构理论的创立者伊里

---

[1] 蒋承勇：《十九世纪现实主义文学的现代阐释》，北京：中国社会科学出版社，2010年，第21页。
[2] 约翰·西奥多·梅尔茨：《十九世纪欧洲思想史》（第一卷），周昌忠译，北京：商务印书馆，2016年，第89页。
[3] 爱德华·麦克诺尔·伯恩斯、菲利普·李·拉尔夫：《世界文明史》（第三卷），罗经国、赵树潇、邹一民、朱传贤译，北京：商务印书馆，1995年，第282页。
[4] 罗素：《西方哲学史》（下册），马元德译，北京：商务印书馆，1997年，第273页。

亚·普里戈金(Ilya Prigogine)说:"对于进步思想的最有力的支持就是知识的积累。……让我们回想一下十八世纪末和十九世纪初的那些惊人的发现:关于热、电、磁和光学的理论。毫不奇怪,十八世纪就已清楚形成的科学进步的思想统治了十九世纪。"① 历经启蒙时代,伴随着科学进步和人类知识的增长,"宗教不断放弃了长期以来反对科学的那种不可一世的专横态度"②,科学也开始不断深入人心。在欧洲,"对于教士以及他们讲解的关于一个个神秘莫测的宇宙故事,人们曾经非常崇敬,但是现在,这些崇敬中的很大一部分已经转向天文学家、地质学家、医生和工程师"③。历史进步的观念又随着科学的发展而不断成为人们关于社会发展的基本理念。实际的情况是,"对于文化的演进,一种常见的看法是,宗教代表着人类发展的原始阶段,注定要被一个更加开明的科学时代所取代"④。在20世纪之前,这个"时代"就是19世纪!相对于18世纪,19世纪的"'科学'再次呈现出一种形而上学的意义,这种意义远比聚集成科学的那些专业之事更加伟大和有条理。现在,'科学'成了社会自然进步所指向的目的或目标"⑤。"因此在19世纪,社会声望和权力从宗教转向了科学。"⑥ 而且,科学的成就不仅增强了人类对自我力量的信心与对社会进步的乐观态度,并且使人的个体意识和理性精神得以进一步凸显和强化,尤其重要的是改变了人们的世界观和价值观,改变了人们观察、认识和研究世界的理念与方法,从而改变了整个时代和社会的风尚。"科学不仅大大影响我们的思想,而且还以其应用改变了我们生活在其中的世界的外貌。"⑦ 正如英国著名的科学史家 W. C. 丹皮尔(W. C. Dampier)所说:

> 如果我们有正当理由把十九世纪看作是科学时代的开始的话,那么,原因并不仅仅在于,甚至主要不在于,我们对自然的认识在十

---

① 伊里亚·普里戈金等:《从混沌到有序——人与自然的新对话》,曾庆宏、沈小峰译,上海:上海译文出版社,1987年,第118页。
② John William Draper, *History of the Conflict between Religion and Science*, New York: D. Appleton, 1875, p.367.
③ A. W. Benn, *A History of English Rationalism in the Nineteenth Century*, London: Longmans, Green, 1906, vol. 1, p.198.
④ 彼得·哈里森:《科学与宗教的领地》,张卜天译,北京:商务印书馆,2016年,第257—258页。
⑤ 同上书,第258页。
⑥ 同上书,第289页。
⑦ 约翰·西奥多·梅尔茨:《十九世纪欧洲思想史》(第一卷),周昌忠译,北京:商务印书馆,2016年,第76页。

九世纪中有了迅速发展。……在最近一百年或一百五十年里(指19世纪初到20世纪中叶,引者注),人们对自然的宇宙的整个观念改变了,因为我们认识到人类与其周围的世界,一样服从相同的物理定律与过程,不能与世界分割开来考虑,而观察、归纳、演绎与实验的科学方法,不但可应用于纯科学原来的题材,而且人类思想与行为的各个不同领域里差不多都可应用。……总之,科学过去是躲在经验技术的隐蔽角落辛勤工作,当它走到前面而且高举火炬的时候,科学时代就已经开始了。①

这里,丹皮尔指出,19世纪的"科学时代",不仅仅是说科学取得了空前重大而迅速的发展,科学的理念与方法也越出了自身的领域,"在理论思想与行为的各个不同领域"的广泛运用,使科学成为一种普泛的文化现象流行于欧洲社会,改变着人们的世界观、价值观和方法论,并对人文社会科学和文学艺术都产生重大的影响。这是我们特别需要高度关注和认真分析与探究的。

著名科学家埃尔温·薛定谔(Erwin Schrödinger)说过:"整个科学是与人类文化紧密相关联的……科学发现,哪怕是那些在当时是最先进的、深奥的和难于掌握的发现,离开了它们在文化中的前因后果也都是毫无意义的。"②因此普里戈金指出,科学就是在整个社会关系中找到自己,比如,"时间的再发现既有科学内部的历史根源,又有社会关系中的根源";由于科学的发展,"整个人文学科今天正处于变迁的时期"③。"一个多世纪以来,科学活动的部分在其周围的文化空间内已增长到如此的程度,以致它好像正在代替整个文化本身。"④而"随着我们的文化本身变得更加具有科学性,艺术家的创作方法也可能变得更加具有理性和更加接近科学……在许多领域,艺术家从科学,特别是从形式的材料和技术那里得到了大量的帮助"⑤。科学与文化的融合固然是不可抗拒的趋势,但是,文学艺术到底在多大的程度上接纳科学才有助于自身发展与生存,而不至

---

① W.C.丹皮尔:《科学史及其与哲学和宗教的关系》,李珩译,桂林:广西师范大学出版社,2001年,第175—176页。
② 伊里亚·普里戈金等:《从混沌到有序》,曾庆宏、沈小峰译,上海:上海译文出版社,1987年,第53页。
③ 同上书,第53页。
④ 同上书,第65页。
⑤ 托马斯·门罗:《走向科学的美学》,石天曙、滕守尧译,北京:中国文联出版公司,1985年,第493页。

于被科学"异化"进而伤及自身,这当然是一个值得研究的问题。但是在19世纪科学主义之风势头强劲的情况下,这样的问题是来不及深入思考和研究的,即便去思考此类问题,也有可能被认为是不合时宜的。而且,相对于某一时段而言,"有创造性才华的艺术家和哲学家都是文明的开拓者,远远地走在科学的前面,探索文明进步的新道路"①。这里暂且不论文学家能否果真走在"科学的前面"或者在什么意义上理解"前面"这个词的内涵,但至少说明文学家也会借助科学去思考和探索不属于科学家或者科学家无法涉足之领域的有关人类文明发展的问题——事实上"科学家永远不可能解决艺术家的全部问题"②,因为这是专属于文学家自己关于文明与进步的探索。那么,反观19世纪这个特殊的年代我们可以发现,科学对整个欧洲乃至人类社会产生的变化是前所未有的,科学与时代风尚及文学艺术的关系之密切与影响之深刻,是一种无可否认的事实。法国史学家、作家欧内斯特·勒南在《科学的未来》(1848—1849)中深刻阐述了新的科学精神对文学的重要意义:

> 科学揭示给我们的现实世界,比想象力创作的奇幻世界要优越得多。……如果说虚构的奇迹经常是诗歌的必需品,那么,自然的奇迹,一旦在其全部光泽中露面,就将组成崇高一千倍的诗歌,这诗歌将是诗歌本身,同时是科学和哲学。③

勒南同时在书信中进一步表达说,"除了科学,万物皆空","艺术本身也让人感到空洞了"④。因此,19世纪的文学——特别是现实主义文学——在科学的影响、渗透和鼓舞下,无疑有了自己的新气象。所以,我们分析、研究19世纪的这种写实倾向的"现代现实主义"文学,不仅必须深究科学对其产生与发展的根本性影响,还必须研究受科学影响后的其他人文社会科学。

从这个意义上看,尽管韦勒克在他所处的那个时代就宣称文学社会学的创始人之一、法国著名的文学批评家丹纳(又译"泰纳",H. Taine)的"种族""环境"和"时代"影响文学的理论已经遭到"冷遇"——事实上,他

---

① 托马斯·门罗:《走向科学的美学》,石天曙、滕守尧译,北京:中国文联出版公司,1985年,第493页。
② 同上书,第493页。
③ 转引自达米安·格兰特:《现实主义》,周发祥译,北京:昆仑出版社,1989年,第45页。
④ 同上。

本人对丹纳之于文学社会学所做出的贡献还是给予了很高评价的——但是时至今日,虽然丹纳的理论有其局限性,然而,我们在研究现代现实主义文学思潮时如果不了解和参考他的理论,那无疑在研究的学科和学术视野上是大有缺憾的。因为,事实上"丹纳在19世纪发挥着科学和文学之间的中间人角色。丹纳认为人类行为有三大主要决定因素:遗传、环境和历史决定的社会条件"。① 而且,韦勒克自己也说,"文学作为某一社会文化的一部分,只能发生在某一社会的环境中";"社会环境似乎决定了人们认识某些审美评价的可能性"。② 而当时"社会环境"的一个突出的乃至本质的特征就是科学主义的盛行以及科学对人的思维的主宰。丹纳曾经"给自己提出的任务是:要在文学和艺术中重新找出统治自然界的决定论;精神世界就像物质世界一样,也服从因果律……在长时间内他曾是法国和外国精英的导师"③。"孔德的理论被丹纳应用到文学领域,特别是他的《英国文学史》(*Histoire de la littérature anglaise*,1863—64)和《新批评与历史文集》(*Nouveaux essais de critique et dhistoire*,1865)等著作。"④实际上,丹纳的理论与现代现实主义文学几乎是在共同的时代风尚中诞生的,同时他的理论又深深地影响了现代现实主义文学之特质的形成;而且,在方法论上,丹纳的理论与当时的现代现实主义文学相仿——他是运用自然科学的观察与实验的方法来展开他的文学社会学研究与批评的。正如美学家李斯托威尔(William Francis Hare Listowel)所说:"近代艺术科学论的先驱是丹纳(H. Taine),他的美学,不是关于美的哲学,而是关于艺术的哲学。和19世纪形而上学家们的演绎方法相反,他也是经验的、历史的和比较的方法的奠基者。这种方法是自然科学所特有的。"⑤尤其是,他和巴尔扎克等现代现实主义大师一样,运用类比的

---

① Sally Ledger,"Naturalism:'Dirt and horror pure and simple'",in Matthew Bealonont ed.,*Adventures in Realism*,Oxford:Blackwell,2007,p.70.
② 勒内·韦勒克、奥斯汀·沃伦:《文学原理》,刘象愚、邢培明、陈圣生、李哲明译,杭州:浙江人民出版社,2017年,第95页。
③ 保罗·梵·第根:《文艺复兴以来的欧美文学史》,谢钟浞译,北京:人民出版社,2015年,第274—275页。
④ J. A. Cuddon ed.,*A Dictionary of Literary Terms and Literary Theory*(5th edition),Malden and Oxford:Wiley-Blackwell,2013,p.591.
⑤ 李斯托威尔:《近代美学史评述》,蒋孔阳译,见李醒尘主编:《十九世纪西方美学史》(德国卷),上海:复旦大学出版社,1990年,第92页。

方法研究文学和美学，认为"美学本身便是一种植物学"①。丹纳提到的"种族""环境"和"时代"这些深深影响了现代现实主义文学的概念就是基于人、社会与植物、动物、环境的类比，他在这种类比中考察文学的发展与演变，探讨文学与美学的本质特征。他认为美学、文学的研究就应该和自然科学的研究一样，以大量具体的经验事实为前提，由个别上升到一般，从具体中推演出普遍性，打破传统的形而上的理论思辨的美学与文学研究，体现了科学时代美学研究的现代转型——科学化、实证化②。暂且不说这种理论的科学合理性达到了何种高度，笔者认为其研究理念与方法与那个科学的时代有密切联系，与现代现实主义作家们在认识世界与文学创作的理念与方法上基本一致。可以说，这种理论既深度地影响了那个时代写实倾向的现代现实主义文学，而且在一定程度上也是对同时代文学创作实践的一种批评、研究与总结。为此，我们不妨从丹纳的视角去还原现代现实主义文学思潮产生的"时代"及其"风尚"。丹纳说：

> 的确，有一种"精神的"气候，就是风俗习惯与时代精神，和自然界的气候起着同样的作用。严格说来，精神气候并不产生艺术家；我们先有天才和高手，像先有植物的种子一样。在同一国家的两个不同时代，有才能的人和平庸的人数目很可能相同……必须有某种精神气候，某种才干才能发展；否则就流产。因此，气候改变，才干的种类也随之而变；倘若气候变成相反，才干的种类也变成相反。精神气候仿佛在各种才干中作着"选择"，只允许几类才干发展而多多少少排斥别的。由于这个作用，你才看到某些时代某些国家的艺术宗派，忽而发展理想的精神，忽而发展写实的精神，有时以素描为主，有时以色彩为主。时代的趋向始终占统治地位。企图向别的方向发展的才干会发觉此路不通；群众思想和社会风气的压力，给艺术家定下一条发展的路，不是压制艺术家，就是逼他改弦易辙。③

在丹纳的"种族""环境"和"时代"三个概念中，"种族"和"环境"是相对稳定不变的，而"时代"既是指文学外部的社会精神状况，也是指文学内部的

---

① 蒋孔阳主编：《十九世纪西方美学名著选》(英法美卷)，上海：复旦大学出版社，1990年，第11页。
② 李斯托威尔：《近代美学史评述》，蒋孔阳译，见李醒尘主编：《十九世纪西方美学史》(德国卷)，上海：复旦大学出版社，1990年，第420页。
③ 丹纳：《艺术哲学》，傅雷译，北京：人民文学出版社，1988年，第34—35页。

传统,这两者都是历史的概念,是变动不居的,会使不同国家的文学"忽而发展理想的精神"(如浪漫主义),"忽而发展写实的精神"(如现实主义),并产生不同的"艺术宗派"(如文学思潮的更迭)。因此,正如韦勒克所说:"时代表示的是一个时期的统一精神,或一种文艺传统的压力。时代的主要作用在于借以提醒人们,历史属于动态,而环境属于静态。"①当我们今天认为"现实主义"是一个再平凡乃至俗套不过的名称时,殊不知,它在19世纪作为一种独立的文学思潮而出现时,正如法国批评家爱德蒙·杜朗蒂(Edmond Duranty)所说:"这个可怕的术语'现实主义'是它所代表的流派的颠覆者。'现实主义'是荒谬的,因为现实主义标示着个人性的坦率而完美的表达;成规、模仿以及任何流派正是它所反对的东西。"②我们称19世纪现实主义为"现代现实主义",因为它是专属于19世纪科学精神弥漫的特定文化环境的文学,其科学理性、科学思维和"求真"意识便是这种"现代性"的重要性标志之一。可以说,此前任何时期的西方文学都未曾拥有如此强烈的科学精神和"求真"意识及其由此带来的文学-小说文本的独特样式。所以,韦勒克说,现实主义完全不同于浪漫主义和此前其他的文学样式:

> 它排斥了作品中那些异想天开的、神仙鬼怪式的、隐喻的和象征的、高度风格化的、纯抽象和装饰性的东西,它意味着我们摒弃神话、童话的世界。它还意味着拒绝接受完全不可能的、纯偶然的和极不寻常的事件和情节,因为尽管各地和作家个人的情况千差万别,"现实"在当时显然已经有了明确的含义,它代表着十九世纪科学的、井然有序的世界,一个因果关系分明的世界,一个没有奇迹和超验王国的世界,即使作家可以保留一种个人的宗教信念。"现实"(reality)这一术语同时也是一个包容性的术语:丑恶的、令人厌恶的、低贱的事物都是艺术的合法题材。像性和濒死时的极端痛苦这一类过去一直被禁忌的主题(爱情和死亡则是被允许的)现在完全可以进入艺术的殿堂。③

---

① 雷纳·韦勒克:《近代文学批评史》(第四卷),杨自伍译,上海:上海译文出版社,2009年,第45页。
② 转引自达米安·格兰特:《现实主义》,周发祥译,北京:昆仑出版社,1989年,第29页。
③ R.韦勒克:《文学研究中现实主义的概念》,高建为译,见刘象愚编:《文学思潮和文学运动的概念》,北京:中国社会科学出版社,1989年,第235页。

显然,如自然科学那样的"研究"与"写实"的追求,使现代现实主义作家的创作观念既不同于17世纪古典主义作家——这一点与浪漫主义文学站在了一起,但也不同于19世纪初的浪漫主义作家——现代现实主义的作品所表现的题材既不是古典主义的古代英雄和宫廷生活,也不是浪漫主义式充满抒情与想象的理想世界和异国他乡,而是当下的现实生活,是真实的普通人和平凡世界。在现代现实主义作家笔下,现实世界具有不加粉饰的真实性、本原性和有序性,其中包括了以往的文学观念所认为的"丑陋"而缺乏"崇高"的生活,体现出一种赤裸裸的"事实"。这种文学理念、文学叙述方法和审美趣味是超乎往常的,既和浪漫主义文学一样反叛古典主义,因而在这一个层面上与浪漫主义一起拥有了"现代性"禀赋,但又在另外的层面上不同于浪漫主义,从而在"现代性"的取向上拉开了差距。① 为此,韦勒克又说,"司汤达和巴尔扎克代表的严肃的现实主义的出现就成了一种相当突然的现象"。② 可以说,现代现实主义文学带来了西方文学史上崭新的文学观念、文学叙述方式和小说文本样式,其先锋性是无可置疑的和具有深远之文学史价值与意义的。

由此可见,19世纪自然科学成就对人产生了强有力的鼓舞,于是科学精神对社会科学产生了普遍的渗透,催发了作家通过文学创作去"分析"与"研究"社会和人的生存状况的浓厚兴趣,强化了西方文学与文论史上"摹仿说"意义上的"写实"精神。不过,19世纪现实主义文学的这种"写实",与传统"摹仿现实主义"或"古典现实主义"的"写实"在内涵与创作实践上是迥然不同的。17世纪古典主义文学和19世纪现代现实主义文学都是崇尚理性的文学,所以,后者又被称为"新古典主义文学"。但必须注意的是,虽然在崇尚理性这一点上,19世纪现实主义与传统的"摹仿现实主义"或"古典现实主义"有内在的联系,然而,"摹仿现实主义"的理性精神侧重于形而上学意义上的古典理性主义精神,偏重抽象的思辨性与先验性;而19世纪现实主义文学的理性精神则在此基础上更多接受了科学精神的影响,强调经验主义的实证理性,从而引发了其文学创作理念中明显的科学研究指向和科学实验精神;对社会与人的分析、研究以及整个的艺术创作思维中所透出的智性的和实证的精神,在又一层面上凸显了19世纪现实主义文学之现代性和先锋性特征。因此可以说,19世纪

---

① 详见本章第六节:"现代现实主义与'现代性'"。
② R.韦勒克:《文学研究中现实主义的概念》,高建为译,见刘象愚编:《文学思潮和文学运动的概念》,北京:中国社会科学出版社,1989年,第235页。

现代现实主义之思维和审美的范式与文学表现方法与技巧等方面,与传统的"摹仿现实主义"和其他写实倾向的文学是有迥然之异的。

第五节　印刷技术、图书市场与现代现实主义小说

现代现实主义的成就主要体现在小说这种叙事性文体上,或者说,19世纪中期写实倾向的小说,代表着现代现实主义文学的兴盛,也标志着西方文学史上小说的成熟与繁荣。19世纪现实主义小说这种相对趋于成熟的叙事性文体,本身也是西方文学之现代属性的一种表征;也就是说,趋于成熟的现代现实主义小说从文体的角度体现了西方文学的现代性特征,而这同当时在科学技术引领下印刷技术、传播媒介和图书市场的现代化发展息息相关。"19世纪初,许多西欧城市有了专司出版的商人,他们与印刷商、插图画家和其他有关职业生产人员订立分包合同,完成书籍和其他印刷品的物质生产,然后向专业图书零售商销售成品。英国抓住了产业发展所带来的好处,是率先实现书业结构转变的国家之一。"[①]因而在此时"我们开始可以看到在新技术的驱动下,印刷品作为盈利的商品进入了公共领域"[②]。

无论哪位作家,其文学创作要被人们所熟知和认可,都离不开作品的传播。文学的生成与传播需要媒介的承载,而媒介是十分宽泛的,不同时期的文学传播方式也是不一样的。从古代的口口相传到文字的抄写流传,再到印刷品的出现,乃至现在的电子网络传播,媒介与传播方式的变化无疑促进了文学艺术的发展与演变。如果说莎士比亚的成名是仰仗于当时为上至女王下至广大市民所喜爱的戏剧舞台,从而使戏剧这一舞台艺术成为那个时代之文学艺术的弄潮儿的话,那么19世纪作家的成功,则与当时工业革命带来的书报印刷技术革新促成的出版、印刷业快速发展密切相关。"文化工业化生产的革命,使得拜伦这样的作家能够迅速地将他们的作品从手稿变成为印刷品,同时越来越快的交通网络,使他们的文字能够比以往任何时候都更远更快地跨越地理边界。"[③]现代现实主义长篇小说的快速发展,无疑得益于当时文化工业化生产的"革命"。"文学

---

① 戴维·芬克尔斯坦等:《书史导论》,何朝晖译,北京:商务印书馆,2012年,第147页。
② 同上书,第148页。
③ 同上。

作品以文字、纸张和印刷品为中心",但是,以往我们的研究,"书籍的重要性却很少被纳入对现实主义文学的认真的研究与辨析之中"。[①] 为此,笔者在本著作中专辟一节,分析现代现实主义文学的发展与印刷技术、传播媒介、图书市场发展之关系,借以探究这种文学,尤其是现代现实主义小说所蕴含的不同于此前之西方传统文学的现代性特质。

一、报纸、期刊与小说

现代报纸与期刊是印刷技术革新的产物,它对小说的传播与繁荣起到了重要的媒介作用。"现代报纸"是指有固定名称,面向公众定期、连续发行的,以刊载新闻和评论为主,通常散页印刷,不装订、没有封面的纸质出版物。报纸的诞生,最早要追溯到中国战国时期(也有人说是西汉),当时的人们把官府用以抄发皇帝谕旨和臣僚奏议等文件及有关政治情况的刊物,称为《邸报》。11世纪左右(中国北宋时期)中国毕昇发明的活字印刷术,流传到欧洲,大大促进了印刷品的数量,也丰富了印刷品的种类。大约是在1450年,欧洲最早开始使用活字印刷术印报纸,那时的报纸并非天天出版,只是在有新的消息时才临时刊印。1609年,德国人索恩出版了《艾维苏事务报》,每周出版一次,这是世界上最早定期出版的报纸。不久,报纸便在欧洲流行起来,消息报道的来源一般都依赖于联系广泛的商人。1650年德国人蒂莫特里茨出版了日报,虽然只坚持发行了三个月左右,但这是世界上第一份日报。17、18世纪,欧洲各国的资产阶级革命如火如荼,以报道新闻事件为主的报纸也由此在欧洲各国相继发行,并被越来越多的人们喜爱和接受。工业革命促进了社会生产力的飞速发展,从而将报业带入了一个新的时期——以普通民众为读者对象的时期。相对于封建社会时期的贵族化、"小众化",资产阶级革命时期的报刊具有了"大众化"的倾向。由于报纸售价低廉,内容也日渐迎合下层民众的口味,读者范围不断扩大。当然,这一时期的"大众化"只是初具形态而已。19世纪下半叶到20世纪初,报纸真正实现了从"小众"到"大众"的质的飞跃,报纸的发行量直线上升,由过去的几万份增加到十几万份、几十万份乃至上百万份;读者的范围也不断扩大,由过去的政界、工商界等上层人士扩大到中下层人士,它宣告了"大众传媒"时代的到来。"小说借在期刊

[①] Estber Leslic, "Interrupted Dialogues of Realism and Modernism: 'The fact of new forms of life, already born and active' ", in Matthew Beaumont ed., *Adventures in Realism*, Oxford: Blackwell, 2007, p.139.

报纸上连载触及了大众读者。读者通过一个个故事了解了他们现代生活的'真实'。"①

以查尔斯·狄更斯(Charles Dickens)为例,他 15 岁踏入社会,第一份给他带来收入的工作是在一家律师事务所做小伙计。20 岁时狄更斯成为下议院的采访记者,正式进入了报界,从此与报纸结下不解之缘。他长期从事记者和编辑的工作,先后为《议会之镜报》《真实太阳报》《时世晨报》《时世晚报》等报纸工作。1846 年 1 月 21 日他创办《每日新闻》,自任主编,出版十七期后请辞;1850 年他创办杂志《家常话》;1859 年又创办《一年四季》。不仅如此,他的早期文学作品几乎都是以报刊的分期连载方式与读者见面的。他的成名作《匹克威克外传》就是极具商业头脑的出版商威廉·霍尔(William Hall)于 1831 年创办的刊物《新体育杂志》(*New Sporting Magazine*)上连载的。该刊"最初几期的销量很惨淡,每期大概只卖了 400 份。但是,九月期开始出现的新人物——山姆·维勒(Sam Weller)在读者中间引起了巨大反响。山姆原是伦敦东区一家旅馆的擦鞋匠,后来成了匹克威克先生(Mr. Pickwick)的仆人。伴随山姆诙谐幽默的独白,杂志得到频繁的加印,销量一路飙升至 4 万份"②。小说《匹克威克外传》和作者狄更斯也声名大振。这种小说在印刷的物质形式上也是非同往常的新形态。有评论家在 1836 年指出,"这单纯就是本杂志,其内容就只有一篇文章"。六个月后就是"一系列按月出版的小册子"或者说"是一种按月生产的热销的娱乐方式"。③此外,这部新文学作品看上去并不像小说,因为它按月出版,这种出版方式在当时只适用于廉价翻印本。对此,另一位评论家谈到,"这样的出版策划无疑是打破常规的,要对此类创作进行归门别类也就不那么容易了"④。1837 年 10 月的《评论季刊》(*Quarterly Review*)就明确提到,"该作者的受欢迎程度是近年来最引人注目的文化现象之一"⑤。"这部作品的作者就是很快在英语国家

---

① 马克·凯什岚斯基、帕特里克·吉尔里、帕特里夏·奥布赖恩:《西方文明史:延续不断的遗产》(第五版),孟广林等译,北京:中国人民大学出版社,2014 年,第 498 页。
② James Eli Adams, *A History of Victorian Literature*, Chichester: Wiley-Blackwell, 2009, p. 56.
③ Kathryn Chittick, *Dickens and the 1830s*, Cambridge: Cambridge University Press, 1990, pp. 65—75.
④ Philip Collins, *Dickens: The Critical Heritage*, London: Routledge & Kegan Paul, 1971, p. 57.
⑤ Kathryn Chittick, *Dickens and the 1830s*, Cambridge: Cambridge University Press, 1990, p. 88.

中家喻户晓的24岁的法院书记员——查尔斯·狄更斯。"①其实在此之前,狄更斯早就以笔名博兹(Boz)在其他报刊发表连载小说。就这样,"19世纪上半叶由连载小说开路,通俗小说打开市场,进入极盛时期,而狄更斯则是它的无冕之王。"②"狄更斯创新式的长篇小说连载写作方法、特有的狄式幽默风格、浓厚的人道主义精神、对人类新世界的敏锐观察等,对欧美国家的作家的文学创作产生了深远的影响。"③狄更斯生前在美国的地位似乎远比本国要高,在美国曾掀起过"狄更斯热","据说当《老古玩店》在英国报刊上连载时,美国读者甚至跑到码头去等着看轮船运来的报纸,迫不及待地想看小说人物的命运,追问'小耐儿还活着吗?'而他的《荒凉山庄》首先是在美国《哈泼氏新月刊》(*Harper's New Monthly Magazine*)上连载,后来在英国成书出版"④。在那个时代,连载小说这种形式有其独特的阅读魅力。"电台和电视里播放的现代肥皂剧可以抓住听众和观众的想象,让他们相信剧中人物是真实的,是他们生活的一部分,同样,狄更斯(的连载小说)也创造出一系列人物,让人欲罢不能。"⑤可以说,是报纸对小说的连载成就了狄更斯;同时也可以说,是连载小说这种新颖的叙事文学样式,改变了文学阅读与传播方式,活跃了图书市场。狄更斯的巨大成功革新了小说的形式,也为出版和阅读带来了新的活力。"狄更斯创造性地运用并发展了长篇连载形式,把创作直接面向当代人的日常生活,使高雅的小说成为大众化的艺术形式。"⑥

当然,连载小说并不仅仅流行于19世纪前期的英国。事实上,"连载通俗小说几乎成为19世纪一些发达国家的普遍现象,在法国便有欧仁·苏、雨果和大仲马等迷住一代读者的小说作者。"⑦在英国的影响下,法国19世纪前期的期刊、报纸的增长也是十分引人注目的。在法国,"正是1830年代,报纸开始大幅降低订阅价格,并通过付费广告弥补了收入的

---

① James Eli Adams, *A History of Victorian Literature*, Chichester: Wiley-Blackwell, 2009, p.56.

② 朱虹:《市场上的作家——另一个狄更斯》,《外国文学评论》1989年第4期。

③ 蒋承勇等:《外国文学经典生成与传播研究》(第五卷),北京:北京大学出版社,2019年,第176页。

④ 同上书,第175页。

⑤ 玛格丽特·威尔斯:《读书为上:五百年图书发现史》,康慨译,杭州:浙江大学出版社,2016年,第307页。

⑥ 蒋承勇等:《外国文学经典生成与传播研究》(第五卷),北京:北京大学出版社,2019年,第176页。

⑦ 朱虹:《市场上的作家——另一个狄更斯》,《外国文学评论》1989年第4期。

损失。而且,为了创造一个大大增加的订阅量,在头版既登载事实也登载小说——创造了连载小说"①。"在1865年,用新的旋转式印刷机,《小小报》(Le Petit Journal)定价为1苏,印出了256000份,到1886年达到了100万份。1914年,巴黎每天售出500万份报纸。"②1836年,报纸的业主开始做广告,降低了封面价格,开始连载小说,"未完待续"(La suite au prochain numéro)的小说形式,大大提高了报纸的发行量。可以说,以章节连载形式发表的小说(rotnans feuilletons)主导了法国19世纪40年代的小说市场,"之后几乎所有的各种类型的小说都是以连载的形式发表的。1848年后,一些杂志只印刷小说,而大多数小说都是首先以定期性的零碎形式出现的(分册和后来更大规模的分册),经常有插图,这种创作形式在1870年后成为小说家的主要出路"③。与狄更斯等英国作家相仿,法国的巴尔扎克、福楼拜都曾经在报纸杂志发表连载小说。当时的巴尔扎克在这方面的"主要对手欧仁·苏要比他更娴熟,获利更多"。④ "他将《交际花兴衰记》的最后两部分作为连载刊登在《新闻报》上,那毫无疑问就是为了与非常流行和成功的欧仁·苏相竞争。"⑤在19世纪的法国文学史上,"正是大众传播新闻业和连载小说的时代的到来,开创了如评论家圣-伯夫所说的'工业文学'"⑥。在俄国,契诃夫一开始也是因为给报刊连续撰写幽默作品而成名的。在他成名之后,当时俄国发行量最大的报纸《新时代》(Novoe Vremya)的主编苏沃林(Suvorin),精明地看到了契诃夫的潜力,便邀请其为他的报纸撰稿,"他甚至专为契诃夫辟出一份文学副刊,每周出版一次"⑦。在美国,从19世纪30年代开始,"大众刊物的沃土,各种各样的读物自由发表,实现了保守、专制的欧洲闻所未闻的繁荣……报纸和期刊实现了内容多样化,它们竞相为读者提供更为广泛、多样的信息,以满足读者日益提高的品位和鉴赏力。以往地方出版业主要迎合读者兴起提供即时的信息,此时也开始刊登文学评

---

① Alison Finch, "Reality and its Representation in the Nineteenth-century Novel", in Timothy Urwin ed., *The Cambridge Companion to the French Novel: from 1800 to the Present*, Cambridge: Cambridge University Press, 1997, p. 74.

② Ibid., p. 74.

③ Ibid., p. 74.

④ Peter Brooks, *Realist Vision*, New Haven and London: Yale University Press, 2005, p. 31.

⑤ Ibid., p. 38.

⑥ Ibid., p. 31.

⑦ 德·斯·米尔斯基:《俄国文学史》(下卷),刘文飞译,北京:人民出版社,2013年,第82页。

论、学术论文、戏剧和音乐评论、小说连载等。实际上，那个时代的许多著名小说都是首先在日报、周刊或者月刊上发表的。"①在19世纪，很多美国人爱看杂志上的小说，其中一个主要动机便是社交，因为这些人渴望进入一个圈子……整个19世纪，阅读这类杂志小说，就是鼓励读者把自己看作一个大社群里的一员，与其他的读者以及杂志编辑和作者同声共气。②

总体上看，"连载小说可允许报纸急剧地减少征订率［当时没有单期销售（no single-issue sales）］，却三倍四倍地增加它们的发行量。借着这种崭新的形式，成功的小说家们学会了将夸张的戏剧性情节分割到小片段中，留下扣人心弦的结尾，最后是神圣的一句：'明天继续'（La suite à demain）。连载小说只不过是其工业转型期最为绚丽的文学实例，与蒸汽熨烫机、便宜纸张、书商和收费图书馆的发展息息相关。作家们现在可以靠着出售他们的作品来生活——有时候是成功做到了——而不是靠着贵族和皇家的赞助人过活。人们开始有了在高端文化和大众市场之间令人不安的关系，因为小说模糊不清而徘徊不定：作为一种社会性的流变形式，或者是在阅读人数扩张的时代里普受欢迎，或者朝着日益异化的艺术风味提升，或者是在罕见的情况下对整个的人口都有吸引力"③。因此，报纸业从"小众"到"大众"的民间化之路，恰恰是小说从贵族走向民众之路。比如，狄更斯的小说非常适合大众阅读，就连那些没有受过教育的人都能读。读者们对新一期作品的期待与讨论大大地丰富了公众的体验，并渐渐成为人们日常生活的一部分。④于是，"连载的方式促使小说阅读愈发成为一种社会体验"⑤，文学阅读——尤其是小说阅读，在报刊连载这种新的小说发布方式的推动下，迅速成为普通大众的基本文化生活方式。报刊业在新时代对现代现实主义文学的传播、繁荣与对经典的"淘洗"起到了媒介作用，而连载小说本身也就是现代化的产物。

---

  ① 史蒂文·罗杰·费希尔：《阅读的历史》，李瑞林、贺莺、杨晓华译，北京：商务印书馆，2015年，第264—265页。

  ② Patricia Okker, *Social Stories: The Magazine Novel in Nineteenth-Century America*, Charlottesville: University of Virginia Press, 2003, p. 16.

  ③ Peter Brooks, *Realist Vision*, New Haven and London: Yale University Press, 2005, pp. 14—15.

  ④ Robert L. Patten, *Charles Dickens and His Publishers*, Oxford: Clarendon Press, 1978, p. 60.

  ⑤ James Eli Adams, *A History of Victorian Literature*, Chichester: Wiley-Blackwell, 2009, p. 65.

二、图书出版市场与小说

19世纪初印刷技术的革新,有力促进了图书出版业与图书市场的发展。从英国的情况来看,1476年威廉·卡克斯顿(William Caxton)在威斯敏斯特市(Westminster)建立了第一家印刷厂,从此现代印刷术被正式引入英国。之后的一百多年,英国各地陆续出现了一些不定期的新闻印刷品,内容上通常是对某些重大事件进行报道。"1814年库尼格蒸汽印刷机开始应用于英国","库尼格蒸汽印刷机是一种蒸汽动力的滚筒印刷机,英国日报《泰晤士报》老板秘密安装了这种机器。它一小时能印出1000页,于1814年11月29日首次投入使用。""事实证明,蒸汽动力印刷和造纸技术的进步,对印刷交流成为文化互动与解释的核心起到了重要作用。""这种成功鼓励了印刷业在境外进行技术扩张,自1830年代以来,英国经验在大西洋彼岸和其他欧洲国家被复制"①,从而给整个欧洲的印刷业带来了翻天覆地的变化。欧洲"19世纪的出版业实现了不少创新(首先在英国,后又在其他地方)……书籍在公众心目中的形象由此转变,从此不再是高不可及的艺术品,而是一件普通的日常生活用品"。② 18世纪50年代,英国的出版物大约有100种,到了18世纪90年代,平均数量急剧增长到370种;19世纪20年代,又增加到500种,到19世纪50年代则有2600种③。与传统的精致高价的出版物相比,市场上出现了一种廉价的定期再版丛书方式的印刷品。这种丛书大量印刷,每册只卖6便士。小说以定期连载的方式出现在这些廉价的小册子上。"为了保证资金流通,出版商开始以低价分期发行超现作品。例如,1836年至1837年,查尔斯·狄更斯的名著《匹克威克外传》中,彼此相关的每一个故事均采取单行本的形式以1先令的价格售出。而这是当时狄更斯爱好者阅读其作品的唯一途径。"④廉价小册子的出版形式,可以使多个层次的人都买到图书,这使小说的阅读人数显著增加,促进了阅读的普及和小说的发展。此前,连续性出版物的高额固定成本只能够让少数受欢迎的小说家获得

---

① 戴维·芬克尔斯坦等:《书史导论》,何朝晖译,北京:商务印书馆,2012年,第148—149页。
② 史蒂文·罗杰·费希尔:《阅读的历史》,李瑞林、贺莺、杨晓华译,北京:商务印书馆,2015年,第256页。
③ 雷蒙·威廉斯:《出版业和大众文化:历史的透视》,见陆扬、王毅选编:《大众文化研究》,上海:上海三联书店,2001年,第109—110页。
④ 史蒂文·罗杰·费希尔:《阅读的历史》,李瑞林、贺莺、杨晓华译,北京:商务印书馆,2015年,第257页。

出版的机会。但是现在售价1先令一期的新式小说已经成为中产阶级的一种热门阅读方式,因此扩大了销量也增加了作者与出版商的收益。这样的出版形式也为广告提供一个现成渠道,将小说带入新兴的商品文化之中。此外,印刷规模的扩大以及收益的增加使作者与出版商之间新型复杂的法律约定成为必需。①"阅读的普及,尤其在这方面本来落后的民族中,大大地扩展了作家的影响范围。作家的数量激增。他们的活动领域也扩大:历史、旅游、政治、艺术、科学、社会学,都向文学敞开了新疆土。文化人的社会地位和重要性也已提高很多。"②作家数量、社会地位和社会影响力的提高,又反过来促进了文学,尤其是小说的发展。"19世纪上半叶是英国小说的黄金时期,小说数量之多达到空前。根据一种统计,1820年出版新小说26种,1850年增至100种,而到1864年竟增至300种了。另一种统计,数字更加惊人:1800年以前年最高产量为40种,1822年增至600种,而到世纪中期竟达2600种之多。"③图书出版方式的更新,促进了图书市场的发展。"18世纪以来,传统小说的出版形式是三卷本,定价一个半吉尼,属奢侈品,普通市民可望不可即。19世纪初,租赁小说的图书馆在城市广泛设立,对普及小说起了重要作用。"④19世纪初,法国在书籍出版方面也发生了巨大变化。"在1812年到1814年之间,每年出版四五千本书,这个数字在接下来的三十年里上升到七八千,在1855年到1914年之间稳定在十二万或十三万。1830年,当一个体力劳动者一天挣3法郎时,一个八开纸的册子卖750法郎。1838年,木匠以三法郎转变成十二开的书。到了1880年代,竞争使这个数字进一步下降,销售13苏(65分)的书在十年内成为了标准。"⑤"19世纪小说的兴盛与过去有所不同。这时形成了现代意义上的图书市场。作家(生产者)—出版者—读者(买主)都是这个市场上的不同环节。"⑥在美国,1800年以

---

① Robert L. Patten, *Charles Dickens and His Publishers*, Oxford: Clarendon Press, 1978, pp. 55—60.
② 保罗·梵·第根:《文艺复兴以来的欧美文学史》,谢钟滟译,北京:人民出版社,2015年,第186页。
③ 朱虹:《市场上的作家——另一个狄更斯》,《外国文学评论》1989年第4期。
④ 同上。
⑤ Alison Finch, "Reality and its Representation in the Nineteenth-century Novel", in Timothy Urwin ed., *The Cambridge Companion to the French Novel: From 1800 to the Present*, Cambridge: Cambridge University Press, 1997, p. 74.
⑥ 朱虹:《市场上的作家——另一个狄更斯》,《外国文学评论》1989年第4期。

后,新种类的书大量出现,小说在出版物中占的比例大大地超过了宗教读物,美国和欧洲都是如此。[①] 小说的普及,以至于在我们今天看来是经典作家的一些小说家,在当时恰恰是空前受欢迎因而拥有广泛市场的小说家,于是被称为是"通俗作家"。"狄更斯、巴尔扎克、雨果和左拉都是通俗小说作家,都从导致畅销作家崛起的新发展中获益:小说读者巨大增长,廉价出版的小说的市场扩大,以及登载连载小说的期刊兴起。"[②]

显而易见,印刷技术的更新,加速了出版业和图书市场的发展,同时促进了小说产量的剧增,也促进了小说阅读的普及和读者群体结构的变化。这意味着小说作为一种文学形式逐步走向了大众。"大众是促使所有现今面对艺术作品的惯常态度获得新生的母体。量变到质变,极其广泛的大众的参与就勾起了对艺术参与方式的变化。"[③]于是,就英国而言,"小说对于维多利亚时代就如戏剧对于伊丽莎白时代和电视对于今日一样重要"[④]。"十九世纪的英国,由于印刷工业化、经济增长、人口流动和教育发展,具备阅读能力的人越来越多,雅与俗的界限不得不重新划定。"[⑤]

三、结语

19世纪的小说是借助于新技术背景下报刊与图书出版业等大众传媒新渠道的拓宽得以繁荣的;现代现实主义文学,尤其是现代现实主义的小说,则是在新传播媒介的助推下蓬勃发展起来的。还值得注意的是,新的印刷技术、传播媒介与图书市场促进了小说特别是长篇小说的发展与成熟;现代现实主义以叙事文学为主,小说的繁荣与成熟,也恰恰标志着19世纪现实主义文学思潮之兴盛。在特定的社会政治与文化氛围中,现代现实主义作家都企图通过文学创作去研究与分析社会,社会也要求文学真实地反映生活,并回答时代和生活提出的一系列问题。就此而论,叙事性小说比抒情性诗歌具有更显著的生存与发展优势。现代现实主义的

---

① David D. Hall, *Culture of Print: Essays in the History of the Book*, Amherst, MA: University of Massachusetts Press, 1996, p.75.

② Alison Finch, "Reality and its Representation in the Nineteenth-century Novel", in Timothy Urwin ed., *The Cambridge Companion to the French Novel: From 1800 to the Present*, Cambridge: Cambridge University Press, 1997, p.36.

③ 瓦尔特·本雅明:《艺术社会学三论》,王涌译,南京:南京大学出版社,2017年,第89页。

④ 戴维·罗伯兹:《英国史:1688年至今》,鲁光桓译,广州:中山大学出版社,1990年,第293页。

⑤ 戴联斌:《从书籍史到阅读史》,北京:新星出版社,2017年,第159页。

长篇小说通常都是广泛概括和分析现实生活的社会小说,它往往在科学意识和历史意识指导下,综合地反映整个时代、社会各阶层的生活风俗,真实地展现错综复杂的历史事件和社会画面。巴尔扎克、托尔斯泰、狄更斯等堪称这方面的典范,他们的创作使小说的叙事艺术、情节结构和人物描写等多方面都趋向于成熟,从而使19世纪现实主义小说以前所未有的辉煌成就占据这一时期文坛的中心位置,并且也彰显了现代现实主义文学思潮的波澜壮阔。

可见,科学技术的成就与工业化带来了传播媒介的革新,促进了现实主义小说的发展与成熟,"正是在1830年代,报纸开始大幅降低订阅价格,并通过付费广告弥补了收入的损失。而且,为了创造一个大大增加的订阅量,在头版既登载事实也登载小说——创造了连载小说……正是大众传播新闻业和连载小说的时代的到来开创了评论家圣-伯夫所说的'工业文学'"[①],也就是一种"现代"特征的文学。其实,小说特别是长篇小说的兴盛与成熟本身也是19世纪现实主义文学之现代属性的一种表征。这种文学描写下层民众的生活为主,而正是这种来自当下现实生活的文学作品,表达着具有现代艺术和审美趣味的内容,从而又赢得了普通民众的喜爱与关注。这本身就是一种具有现代特征的文化大众化趋向。

第六节 现代现实主义与"现代性"

从本章上述几节的论述可见,"现代现实主义"中的"现代"一词,显然不仅仅是语义学意义上的一个时间概念,还有其更重要的"现代性"这样的内在含义,而正是这种内在含义又赋予特定时代的"现实主义"以社会的、人文的和审美的特有内涵。众所周知,"现代性"是一个含义丰富而复杂的概念。不过,本著既然把19世纪现实主义文学思潮称为"现代现实主义",在现实主义之前冠之以"现代"一词,笔者就不能不从具体论述和阐释的需要出发,表达自己关于"现代性"的理解与立场,从而赋予19世纪现实主义文学之"现代"和"现代性"以恰当的含义,同时也是在本章前面几节论述的基础上,对现代现实主义生成的"渊源"与"缘由"再予理论性阐释和归纳。

---

① Peter Brooks, *Realist Vision*, New Haven and London: Yale University Press, 2005, p. 31.

一、"现代""现代化""现代性"与现代现实主义

在英文中,"现代"(modern)、"现代化"(modernization)、"现代性"(modernity)以及"现代主义"(modernism)等词都有互相关联性。作为一个时间性概念,"现代"一词在西方历史中也不是十分清晰的。也就是说,"现代"很难具体从何年何月至何年何月确切地划定,而通常是一个大致时代的区间划分。不过,从历史学角度说,"现代"一般是指西方社会继古典时代和中世纪之后的又一个重要时期,是指文艺复兴以来,尤其是 18 世纪启蒙运动以来的历史。[①] 从中世纪以后、文艺复兴开始到启蒙运动再到 19 世纪资本主义社会的确立,可以说是西方现代社会成形、发展的历史,资本主义社会本身就是现代化推进的硕果。对此,美国当代学界关于现代性问题研究的著名学者马泰·卡林内斯库在《现代性的五副面孔》的一段话,可资参考:

> 有令人信服的证据表明,西方历史的三时代划分——古代、中世纪和现代——始于文艺复兴早期。较这种分期本身更有意思的是对这三个时期所做的价值判断,它们分别用光明与黑暗、白天与夜晚、清醒与睡眠的比喻来表示。古典时代和灿烂的光明联系在一起,中世纪成为浑如长夜、埋没无闻的"黑暗时代",现代则被想象为从黑暗中脱身而出的时代,一个觉醒与"复兴"、预示着光明未来的时代。[②]

这里,卡林内斯库认为西方文明史的"现代"发端于文艺复兴,而且,"现代"并不仅仅是语义上的时间性概念,更重要的是其间蕴含的"价值判断"和历史内涵:一个觉醒与复兴、预示着光明未来的时代,这意味着对古代和中世纪在思维方式和社会结构形态等方面的全面革新。于是,"现代"社会就是"人类从诞生以来在经济制度、知识观念的体系和个体—群体心理结构及其相关的文化体制方面的全面重新构建。这个现代社会实际上是一个非稳定性的历史发展过程,至今仍然不能说这个过程已经完成"[③]。

---

① Michael Payneed, *A Dictionary of Culture and Critical Theory*, Oxford: Blackwell, 1996, pp. 346—347.

② 马泰·卡林内斯库:《现代性的五副面孔》,顾爱彬、李瑞华译,北京:商务印书馆,2002 年,第 25—26 页。

③ Jutrgen Habermas, *The Philosophical Discourse of Modernity*, Cambridge: Polity, 1987, p. 7.

"现代"除了时间概念之外所拥有的这种历史内涵和价值判断,就演化出"现代性"和"现代化"等相关性概念。"正如各种现代欧洲语言的主要历史词典告诉我们的,'现代化'这个词确立于20世纪的第一个十年。"也就是说"现代化"作为一个词是从19世纪发展过来的,然后在20世纪初得以普遍使用,并且一直延续到今天。显而易见,"现代化"的含义是在现代社会的发展进程中逐步被赋予的,而由于现代化是一个渐进而漫长的历史过程,因此其含义也是十分含混的。概而言之,"现代化就是跟上时代,就是给予某物(一幢建筑,一处室内布景)一种新的或现代的外表,或是采纳一种更现代的观点"①。"随着时间的推移,'现代'主要指的是'新',更重要的是,它指的是'求新意志'——基于对传统的彻底批判来进行革新和提高的计划,以及以一种较过去更严格更有效的方式来满足审美需要的雄心。"②"就文化而言,现代化冲动往往更关心知识时尚(尽管它可能会愤怒地谴责它们),而不太关心科学或认识论问题(尽管表面上它可能会关心)。"不过,"真正的现代化在任何领域都是与创造性(解决现存问题的首创方式、想象、发明等)相关联的,它排除了模仿,或至多给予它一种外围角色"。③ 总体而论,西方社会进入现代阶段后的发展进程,就是现代化的过程;现代化是与现代社会的"进步"相同步的,虽然对于"进步"的理解也是很复杂的。显然,"现代化"是对西方社会一个全局性、全方位革新的一种描述与概括,它包括了经济、科技、政治、宗教、思想、文化变革的方方面面,现代化的结果是西方社会从传统到现代的转型。至于"现代性",它与现代化有关联,但是其内涵还要复杂得多。"现代性"之内涵也是在现代社会的发展进程中逐渐得以生成并日益丰富和繁杂化的,也就是说,"现代性"是在现代化过程中逐步获得的,而且其内涵还存在着一种自我悖论与矛盾。

"在围绕着'现代'概念的语义星丛中,最重要的成员无疑是较晚近才形成的'现代性'一词。……现代性广义地意味着成为现代(being modern),也就是适应现时及其无可置疑的'新颖性'(newness),这个词从十七世纪在英语中流行,将近十八世纪结束时霍勒斯·沃波尔首次将它用在美学语境中";而"在法国,根据主要的法语历史词典,'现代性'

---

① 马泰·卡林内斯库:《现代性的五副面孔》,顾爱彬、李瑞华译,北京:商务印书馆,2002年,第351页。
② 同上书,第2页。
③ 同上书,第360页。

(modernite)只是在十九世纪前半期才被使用"。① 不过总体而言,"现代性并不属于历史学家在编年史中按照某种规约而划分的某个界限分明的、可以打上相对精确日期的时期","现代性的含义是一种发展过程"②。而作为一个问题,对现代性的探讨历史悠久,有的人认为可以追溯到启蒙时期,有的人认为可以追溯到文艺复兴乃至中世纪。但是有一点可以肯定,现代性问题研究的不断被人关注,与社会现代化发展及其各种矛盾与弊端的相继凸显密切相关。著名社会学家杰拉德·德兰蒂(Gerard Delanty)在20世纪后期就指出:

> 自八十年代初期以来,现代性的观念已经成为社会科学家和政治学家所关注的核心问题之一,它构成了一个有关社会、文化和政治理论探索的框架。当然,这并不新鲜,因为现代性是自启蒙运动以来在社会和政治思想中最重要的问题之一。换言之,现代性的观念总是为许多思想家反思他们时代的文化特性和社会变化方向,提供了一个思想上的或历史性的参照系。这也许表明,现代性的动机既包含了一个文化观念——亦即启蒙的规划,又包含了一个有特点的文明复杂结构,是欧洲—西方社会现代化的过程。更具体地看,我们可以说是现代性导致了一个文化规划和社会规划。③

由于"现代性"是在现代化过程中生成和演化的,而现代化本身在时间内涵上的宽泛性和延展性,也就导致"现代性"一词在内涵上的包容性和繁杂性。斯图尔特·豪尔(Stuart Hall)认为,现代性可以有以下四个层面的内容:第一,从政治层面看,是世俗政体与现代民族国家的确立;第二,从经济层面看,是私有制基础上的资本积累和市场经济的形成;第三,从社会层面看,是劳动和性别分工体系的形成;第四,从文化层面看,是宗教的衰落与世俗物质文化的兴起。④ 豪尔对现代性的表述似乎比较全面,但他还是在侧重于强调社会性与理性层面内容的过程中,忽视或者淡化了现代性在精神、观念、文化和审美方面的内容,而后者恰恰是现代性主

---

① 马泰·卡林内斯库:《现代性的五副面孔》,顾爱彬、李瑞华译,北京:商务印书馆,2002年,第337—338页。
② 瓦岱:《文学与现代性》,田庆生译,北京:北京大学出版社,2001年,第2—3页。
③ Gerard Delanty, *Social Theory in a Changing World: Conceptions of Modernity*, Cambridge:Polity,1999,p.1.
④ Stuart Hall, Bram Gieben eds., *The Formations of Modernity*, Cambridge:Polity,1992, p.6.

体内涵和构成现代性之内在张力的不可或缺的一个"他者"。马泰·卡林内斯库则从另外的角度对现代性作了表述,他认为,"现代性概念显示出了容纳任何一种对现时及其意义的哲学解释的能力,无论这种解释是美学、道德、科学、技术的,还是更广义的历史—社会的,也无论它是积极的(现代性是好的、合乎愿望的)还是消极的(现代性是创伤或'悲剧'性的,必须被忘记和或被超越)。"① 这里,关于现代性的"积极"和"消极"之说,只是对现代化的两种不同的价值判断,并不意味着"积极"的就是正确的和进步的,而"消极"的就是错误的和"落后"的乃至"反动"的。但是,现代性内部彼此对立的双重面相及由此而生的对抗性张力,就是笔者所说的现代性本身内存的一种自我悖论:西方现代化进程中存在着相反相成、同体耦合的两种"现代性"。用卡林内斯库的说法就是,现代性研究中存在着"两种剧烈冲突的现代性":

> 一方面是社会领域的现代性,源于工业与科学革命,以及资本主义在西欧的胜利;另一方面是本质上属于论战式的美学现代性,它的起源可追溯到波德莱尔。……实际上在研究社会—历史问题的所有科学中,都可以表明这种两种现代性的深深的分裂——一个是理性主义的,另一个若非公然非理性主义的,也是强烈批评理性主义的;一个富有信心和乐观主义的,另一个是深刻怀疑并致力于对信心和乐观主义进行非神秘化的;一个是世界主义的,一个是排他主义或民族主义的。②

英国社会学家德兰蒂的观点与之类似,不过他更加强调现代性的文化内涵:

> 现代性既是一个文化的概念,也是一个哲学的概念,还是一种关于现代社会的更为宽泛的表述。现代性的观念看来是把握了社会转变的某种感悟,它不只是单纯的关于制度或文化方面的表述,还是量方面的结合。因此,许多研究者都强调现代性的内在自我悖反因素,或者是某种文化上的批判、道德学习和自我转变的倾向。③

---

① 马泰·卡林内斯库:《现代性的五副面孔》,顾爱彬、李瑞华译,北京:商务印书馆,2002年,第341页。

② 同上书,第343页。

③ Gerard Delanty, *Social Theory in a Changing World: Conceptions of Modernity*, Cambridge:Polity,1999,p. 2.

英国另外一位社会学家拉什也认为现代性内涵有两个不同的层面：

> 现代性有两种范式而不是一种，其一是从科学的假设出发，包括伽利略、霍布斯、笛卡尔、洛克、启蒙运动、(成熟的)马克思、库布西埃、社会学实证主义、分析哲学和哈贝马斯。另一种现代性则是美学的，它在巴洛克艺术和某些德国风景画中曾露过面，在19世纪的浪漫主义运动和美学现代主义中，它作为对前一种现代性的批评出现时风头甚健。如果我们从社会学家的角度出发，把自反性理解为一种范式的自我反思的话，那么，19世纪晚期的文学现代主义和艺术现代主义则是现代性真正具有自反性的首例。在前二三十年的后传统社会之前，自反性现代性的第一个实例是通过美学出现的。第二种现代性是对第一种现代性的反思，且是作为对第一种现代性的反射作用而产生的，其世系包括浪漫主义运动、青年黑格尔、波德莱尔、齐美尔、超现实主义、本雅明、阿多诺、海德格尔、舒茨、伽达默尔、福柯、德里达以及(当代社会科学中的)鲍曼。①

此外，国外诸多学者也作出过类似的表述：

> 韦伯指出了现代化过程中不可避免的目的理性与价值理性的对立；哈贝马斯把这一冲突描述为社会系统、经济系统与其文化系统之间价值上的对立。贝尔则形象地比喻企业家的经济冲动与艺术家的文化冲动之间的碰撞；卡林内斯库认为存在着社会现代化与审美现代性之间的对抗；鲍曼指出现代性的和谐就是文化与其社会现实之间的紧张；维尔默则径直把这一冲突概括为启蒙现代性与浪漫现代性的对峙。②

可见，由于认识的角度和表达方式不尽相同，不同的研究者心目中有着关于"现代性"的不同内涵，因此，"现代性"作为一个概念，其自身内涵的复杂性与矛盾性是明显存在的，而且几乎也为学界所公认。事实上，现代性内涵的这种对立、交互与悖谬，恰恰是西方现代社会发展之内在矛盾的表现，比如，现代化的"进步"的结果对人类的生存与发展、对人性的自由与解放，既可能是积极的和正面的，也有可能是消极的和反面的，于是现代性便拥有了最基本的两副面相。

---

① 贝克、吉登斯、拉什：《自反性现代化》，赵文书译，北京：商务印书馆，2001年，第268页。
② 周宪：《审美现代性批判》，北京：商务印书馆，2005年，"导言"第5页。

不过，从西方社会的现代化发展角度看，现代性内涵的两副面相或双重矛盾，表面看是对立的双方——社会现代性（或称启蒙现代性）与审美现代性（或者叫"文化现代性"），而在其内在本质与哲学的意义上，它们恰恰是西方现代化社会发展之一体两翼，它们共同以"相反而相成"之张力促进和保障了人的生存与发展以及西方文明的演进。从西方文明进程和现代性生成的角度看，社会现代性相对先于审美现代性而出现，后者恰恰是出于对前者的反叛而生成与发展起来的，因此它们互为对立面而又相反相成。从文艺复兴开始经由启蒙运动、工业革命再到19世纪资本主义社会的确立，理性与科学促进了西方现代社会的快速发展，资本主义社会形态的形成与壮大，正是现代化所表现的根本性表征，体现的是理性主义、功利主义、乐观主义与进步和发展等等方面的"社会现代性"内涵。"在此意义上，现代性只是一个用来表述更新与革新相结合这种观念的词。"[1]因此，作为"现代性"之一翼的"社会现代性"，实际上也"即资产阶级现代性概念，我们可以说它大体上延续了现代观念史早期阶段的那些杰出传统。'进步'的学说，相信科学技术造福于人类的可能性，对时间的关切（可测度的时间，一种可以买卖从而像任何其他商品一样具有可计算价格的时间），对理性的崇拜，在抽象人文主义框架中得到界定的自由理想，还有实用主义和崇拜行动与成功的定向——所有这些都以各种不同程度联系着迈向现代的斗争，并在中产阶级建立的胜利文明中作为核心价值观念保有活力、得到弘扬"[2]。

从文学的角度看，西方社会的现代化进程是现代现实主义成长的土壤，也是这种文学集中描述和展示的社会历史，惟其如此，现代现实主义正是圣-伯夫所说的19世纪的"工业文学"[3]，也惟其如此，现代现实主义赋予"现代"之称，因为其间无可否认地体现了"社会现代性"之内涵。它表征了19世纪西方社会在理性与科学催化下现代文明急剧壮大以及现代资本主义社会的快速发展，体现了以理性主义、功利主义、乐观主义以及进步和发展等内容为主的"社会现代性"面相。比如，在维多利亚时期的英国，"艺术染上了强烈的道德色彩。艺术所关心的是进步，是普遍的

---

[1] 马泰·卡林内斯库：《现代性的五副面孔》，顾爱彬、李瑞华译，北京：商务印书馆，2002年，第361页。

[2] 同上书，第48页。

[3] Peter Brooks, *Realist Vision*, New Haven and London: Yale University Press, 2005, p. 14.

繁荣。社会问题、经济问题和宗教问题的意义都至关重要……对维多利亚时代的英国来说,'为艺术而艺术'的思想纯粹是外国货色。艺术居然可以和道德准则对立,居然可以毫无理由地脱离道德准则,这似乎是彻头彻尾的无法无天,因为感官的感受与耽迷感官的放纵之间只有危险的毫厘之差"①。特别值得指出的是自然科学的成果和科学理性精神对现代现实主义文学生成的直接作用。18世纪末、19世纪初欧洲自然科学的巨大成就不仅给西方社会的快速发展注入了活力,而且也促使人们的世界观、价值观发生了根本性的变化;对文学艺术来说,科学成就给作家和艺术家以极大的精神鼓舞,科学精神和科学理念拓展了他们的艺术视野,尤其是科学理性的渗透,改变了他们认识世界和观察人生以及艺术思维的方式,现代现实主义就是在这种背景下产生的张扬科学理性精神的文学思潮。虽然,现代现实主义文学思潮的生成与流行有其更多的缘由和前提条件,但是,科学精神、科学理性是影响这种文学思潮并赋予其本质特征的最重要因素。"跟科学家一样,现实主义作家为他们作品中的客观性而感到自豪"②,"支持现实主义潮流的是一种对自然科学的积极信仰"③。这意味着现代现实主义作家普遍为自然科学的成就所鼓舞,并从中汲取思想、理念与方法之精髓以滋养自身的创作,可以说,此前任何时期的西方文学都未曾拥有现代现实主义文学这种强烈的科学精神和"求真"意识及其由此带来的文学文本的独特样式。如此等等,现代现实主义可以说是现代科学在此时西方文学中结出的重要果实,这也集中体现出现代现实主义在"现代性"取向上对"社会现代性"一翼的格外倚重。

二、现代现实主义之"社会现代性"的双重取向

不过,再深入一步追问时可以发现,现代现实主义文学虽然体现了现代性之一翼的"社会现代性"的某些内涵,但这绝不意味着这种文学对西方现代化进程中的"进步"都报以乐观与肯定的态度。事实上恰恰相反,现代现实主义的大部分作家对这种"现代化"是持有反思、怀疑和批判态度的,因此,这种文学又被称为"批判现实主义"。这一称谓虽然不全面,但也指涉了现代现实主义之"现代性"的某个层面——对资本主义工业文

---

① 威廉·冈特:《美的历险》,肖聿译,南京:江苏教育出版社,2005年,第16页。
② Phillip J. Barrish, *The Cambridge Introduction to American Literary Realism*. New York: Cambridge University Press, 2011. p. 4.
③ 蒂莫西·C. W. 布莱宁:《浪漫主义革命》,袁子奇译,北京:中信出版社,2017年,第208页。

明和现代化的反思、怀疑与诘难,这正是亨利·列斐伏尔(Henry Lefebvre)指出的现代性本身所拥有的精神性和文化性"反思"与"批判"的秉性。他指出:"我们把现代性理解为一个反思过程的开始,一个对批判和自我批判某种程度进步的尝试,一种对知识的渴求。"[①]精神、文化的反思是现代性的本质特征之一,这一层面的内容超越了"社会现代性"范畴,而且指涉了"审美现代性"(或文化现代性)。若此,现代现实主义在指涉了社会现代性内涵的同时,也指涉了现代性的另一面相:文化现代性(审美现代性)——现代现实主义从文化的角度对现代资本主义现代化展开了反思性批判。这不仅说明了现代现实主义之现代性内涵的双重性,也说明了现代性本身的内在对立性、交互性和现代性自身的悖谬。其实,现代性内涵的这种对立性与交互性及其内在的悖谬,所关涉的恰恰是人的主体性内涵的双重结构——理性主体性和感性主体性。

从现代性的另一面相或另一翼看,审美现代性(或文化现代性)也是资本主义现代化发展的产物,但同时又是现代化和社会现代性的反叛者。从文艺复兴到启蒙运动,西方社会张扬了科学与理性,从而终结了中世纪以宗教信仰为内核的世界观,促进了社会的发展,其"革命"和"进步"的效应无可否认。但是,历史的事实证明,这种"社会现代性"之价值体系的绝对真理性与合理性也是值得怀疑的。尤其是到了18世纪末19世纪初,社会现代性与现代化在展示其"发展""进步""创新"之成果的同时,也表现出了利弊参半、自相矛盾的一面,从而体现出文明演进的悖谬性和社会现代化发展的矛盾性。资本主义的物质文明制约了人的个性发展;城市的发展制约了人的自由;工业文明销蚀了人的自然天性;科学理性沦为工具理性,而工具理性排斥了人的智慧和灵性,并造就了新的迷信——由科学崇拜导致了对科学的迷信,从而巩固了有违人性的社会秩序甚至法西斯秩序,于是理性在客观效果上也就走向了自己的反面而表现出了非理性。在这种情况下,"怀疑"作为人之理性的一种天赋的思辨力,便对这种社会现代性本身及其"成果"展开了反思与诘问,这同时也正是人的理性主体性功能的一种表现;随之,同样以现代化和现代社会为生存之母体和土壤的现代性之另外一翼——审美现代性(文化现代性)——便应运而生,这恰恰是人的感性主体性之被激活。比如,在启蒙运动高歌"进步"的大合唱中,卢梭则从人的感性和情感自由的角度对现代文明和"现代化"

---

① Henry Lefebvre: *Introduction to Modernity*, London: Verso, 1995, pp. 1-2.

之合理性发出了异样的诘问之音。卢梭一方面看到了科学理性给社会带来的巨大发展,另一方面又怀疑这个变化、发展和进步了的世界,怀疑文明对于人类的真正的作用。他在小说《爱弥儿》中指出:"出自造物主之手的东西,都是好的,而一到人手里,就完全变坏了。"①此语非常经典而深刻地道出了卢梭对文明与进步的理解:文明割断了人与"自然"(天然的人性)的联系,进步和成就不过是人自己感受到的幻觉和虚饰而已。"卢梭是大量当代文化和自我探索的哲学的起点,也是使自主的自由成为德性的关键这一信条的起点。他是现代文化转向更深刻的内在深度性和激进自律的出发点。"②卢梭的这种对文明与进步的怀疑与诘问,其内涵便是审美现代性(文化现代性)的滥觞。这种审美现代性"厌恶中产阶级的价值标准,并通过极其多样的手段来表达这种厌恶,从反叛、无政府、天启主义直到自我流放。因此,较之它那些积极抱负(它们往往各不相同),更能表明文化现代性(即审美现代性,引者注)的是它对资产阶级现代性的公开拒斥,以及它强烈的否定激情。"③也就是说,面对现代化带来的与"进步""乐观"相反的种种负面效应,现代性的另外一翼——审美现代性(文化现代性)之应运而生,是符合人之感性现代性之特质的。这从表面上看是对西方社会现代化的大肆抨击乃至否定,实则是对现代化之发展道路的另一种追求和指引,是站在哲学的高度对人的自由与发展的一种捍卫与庇护——这和现代现实主义在另一层面上达成了相向与契合。"在十九世纪初,浪漫的非理性主义者们在拒绝进步主义和启蒙运动的哲学乐观主义的同时,仍然信奉一种宽泛设想的现代理想。"④从文学的角度看,18世纪末、19世纪初的浪漫主义就是在这种反抗工业文明、排斥科学与理性、崇尚个性自由强烈愿望的文学思潮,总体上它张扬的是不同于现代现实主义文学的现代性理念——即审美现代性理念。浪漫主义"用一种焕然一新的现代观念完全否定了古典主义的既有规范",于是,"现代人(moderns)最终在诗歌领域里得以确立,现代性的时代也就真正开始

---

① 卢梭:《爱弥儿》,李平沤译,北京:商务印书馆,1978年,第5页。
② 查尔斯·泰勒:《自我的根源:现代认同的形成》,韩震等译,南京:译林出版社,2001年,第559页。
③ 马泰·卡林内斯库:《现代性的五副面孔》,顾爱彬、李瑞华译,北京:商务印书馆,2002年,第48页。
④ 同上书,第39页。

了"。① 正是浪漫主义的这种别具内涵的审美现代性,后来"导致先锋派产生的现代性"。②"那些以极端审美主义为特征的运动,如松散的'为艺术而艺术'团体,或后来的颓废主义与象征主义,当它们被看做反对正在扩散的中产阶级现代性及其庸俗世界观、功利主义成见、中庸随俗性格与低劣趣味的激烈论战行动时,能够得到最好的理解。"③ 19 世纪浪漫主义文学和后来强调"艺术自律"的"世纪末"文学直至 20 世纪的现代主义文学,也都是在资本主义现代化进程中生成与发展起来的,但是,它们更多是资本主义现代文明的反叛者。正是在这种意义上,就浪漫主义文学思潮而言,它被认为是西方历史上"'现代性'(modernity)的第一次自我批判"。因为,"浪漫派那一代人实在无法忍受不断加剧的整个世界对神的亵渎,无法忍受越来越多的机械式的说明,无法忍受生活诗的丧失"。④ 正是在这种文化的和审美的理路上,20 世纪的现代主义文学思潮是 19 世纪浪漫主义和世纪末诸流派的后继者,它也就被称为"新浪漫主义"。

审美现代性看起来似乎仅仅是艺术上对资本主义社会现状的反抗,其实,在根本上它是从文化或者文明进程的角度对现代资本主义社会展开了深度的批判。正因为如此,浪漫主义的这种审美现代性也可以称为"文化现代性"。"现代性的历史就是社会存在与其文化之间的紧张对峙的历史。现代存在迫使它的文化站在自己的对立面。这种不和谐恰恰正是现代性所需要的和谐。"⑤ 也就是说,浪漫主义文学思潮是在追求和呼唤一种更富有人性意味、更重视人的感性世界和非理性本质的价值观和世界观,希冀现代化的发展不至于或者减轻对人性的异化,这在根本上依然是对人性与人的尊严的捍卫,其间表达了另一种现代性理念,另一种价值观、文化观和世界观。正是在这种层面上,浪漫主义和现代现实主义的现代性有其某种程度的一致性。现代现实主义虽然是在反叛浪漫主义的旗帜下发展起来的,但是在现代性理念的趋向上,两者既有矛盾与错位,也有统一与对位。一方面,现代现实主义正向接纳了近现代科学精神和科学理性影响;另一方面,又对现代资本主义工业文明与科学理性带来的

---

① Ernst Behler,*Irony and Discourse of Modernity*,Cambridge:Cambridge University Press,1993,p.40.
② 马泰·卡林内斯库:《现代性的五副面孔》,顾爱彬、李瑞华译,北京:商务印书馆,2002 年,第 48 页。
③ 同上书,第 51 页。
④ 刘小枫:《诗化哲学》,济南:山东文艺出版社,1986 年,第 5—6 页。
⑤ Zygmunt Bauman,*Modernity and Ambivalence*,Cambridge:Polity,1991,p.10.

结果报之以浪漫主义式的反思与批判。——不过,就总体而言,现代现实主义更侧重于从科学、理性、平等、博爱的现代性理念批判资本主义现代化过程中的种种矛盾和弊端,或者说更多的是从理性层面抨击和揭露现代化的负面效应,捍卫人的尊严和人性的和谐,所张扬的更多是人的理性主体性或理性本质;而浪漫主义则是更侧重于从个体、自我、自由等现代性理念批判资本主义现代化过程中的矛盾与弊病,侧重于从感性、非理性、非功利性的角度揭示和抨击现代文明对人性的异化,捍卫人的尊严和人性的和谐,所张扬的得更多的是感性主体性或感性本质。

显然,现代现实主义和浪漫主义同属于"现代性"范畴,只不过在现代性的两副面相中各有侧重且既有交叉、对位,又有错位与背反;尤其是,现代现实主义对西方现代社会现代化之负面效应表现出了深度反思与强烈批判,让我们真切地窥见其在"社会现代性"内涵上的双重取向:既植根于传统理性的土壤并张扬科学理性,一定程度上接纳现代文明的"进步""功利"与"乐观",又反思和批判由理性与现代文明导致的结果,反抗理性与现代文明对人的异化。正是在这种双重取向的基点上,现代现实主义和浪漫主义达成了文化精神上的勾连,体现出两者对科学理性和资本主义现代文明几乎共同投之的抗拒和批判的态度——虽然这种批判的角度和内涵以及文化旨归仍然存在差异,——因此,这两种文学思潮其实在一定程度上都具有社会批判与文化批判之特性与功能,说明现代现实主义的"'批判'并非仅仅是社会批判,而且是文化批判"①。由此可以说,现代现实主义和浪漫主义是"现代性"这棵大树上的两个枝杈,它们分别代表了作为人的主体性的两个侧面——理性主体和感性主体;而正是现代现实主义之"社会现代性"内涵的双重取向,又把现代现实主义和浪漫主义这"两个枝杈"联结在了一起,并达成了这两大文学思潮之"现代性"内涵在"社会现代性"和"审美现代性"两副面相上的耦合关系。就此而论,现代现实主义和浪漫主义文学思潮都是西方社会现代化进程的产物,共同具有"现代性"内涵,而从文化哲学层面上看,这体现了人的理性主体与感性主体之对立又互补形态在现代现实主义与浪漫主义文学中的客观存在,也说明现代现实主义和浪漫主义两大文学思潮在相互反叛中又存在深度的内在勾连。关于这种内在勾连,是本著下一节要讨论的问题。

---

① 蒋承勇:《十九世纪现实主义的现代阐释》,北京:中国社会科学出版社,2010年,第17页。

第七节　现代现实主义与浪漫主义:矛盾中的勾连

显然,作为两大文学思潮,"现实主义"与"浪漫主义"并非天然地属于两种截然不同的文化与审美之范畴,我们不能习惯性地将两者分裂甚至扩大两者的差异,而无视两者在相反中有相成、对立中有依存、反叛中有勾连的深层关系。为此,我们有必要更深入地阐释与辨析这种内在"勾连",从而更深度地洞悉现代现实主义之"现代性"禀赋。

一、现代现实主义对浪漫主义文学观念的承续与光大

"对真实的(real)和现实的(realistic)之类语词的运用清楚地暗示出现实主义文学的对立面,诸如不真实的、非现实性的、幻想性的、不大可能的、想象中的以及梦境中的等等。"[1]这里所说的"对立面"即为浪漫主义。19世纪现代现实主义强调"真实"与"现实",与追求"幻想"与"想象"的浪漫主义在文学观念上形成了对立与反叛。就此而论,现代现实主义的首要对立面是浪漫主义,前者也确实是在反叛后者的过程中发展壮大起来的。因此,以往学界常常因此把19世纪现实主义与追求现代性的浪漫主义割裂开来甚至对立起来,把前者看成西方文学传统的因袭者和捍卫者,而与"现代性"无缘。然而,正如上一节已经提到的,在"现代性"问题上,这两大文学思潮之间又存在着相反相成和矛盾中的勾连关系,它们同属于"现代性"范畴。其实,这种"勾连"也是文学史内在演变之规律所致,这反过来又说明了现代现实主义的"现代性"内涵,虽然倚重于"社会现代性",但也不仅仅取向于"社会现代性"之一翼,同时也不无"审美现代性"之禀赋。

现代现实主义作为一种文学思潮,为什么会在19世纪浪漫主义文学之后出现并成为主潮?对此,以往学界普遍认为现实主义是在反对浪漫主义的过程中产生的,因而两者是截然分裂的。这种说法无疑显得过于简单。其实,巴尔扎克等现代现实主义作家在浪漫主义渐趋降温的19世纪中后期创造出惊人的艺术成就,并不能简单地认定为是反叛浪漫主义的结果。事实上,作为现代现实主义代表人物的司汤达与巴尔扎克,他们

---

[1] J. A. Cuddon ed., *A Dictionary of Literary Terms and Literary Theory* (5th edition), Malden and Oxford:Wiley-Blackwell,2013,p.591.

身上既有浪漫主义的痕迹,又不同于一般浪漫主义的作家。基于此种状况,有的文学史家干脆将19世纪西方现实主义唤作"浪漫写实主义";这种"浪漫写实主义",作为一种"现代现实主义"①,虽然在"写实"的层面上承袭了"摹仿现实主义"文学传统,但却又在更多的层面上以其"现代性"元素构成了对"摹仿现实主义"文学传统的颠覆。现代现实主义固然是打着矫正浪漫主义步入极端后走向"虚幻性"的旗号出场的,但它也借鉴了19世纪浪漫主义文学的艺术经验,如社会—历史题材处理上的风俗画风格、心理描写的技巧以及描摹大自然时的细致入微等。勃兰兑斯在其《十九世纪文学主流》中说,现实主义小说的代表巴尔扎克明显直接受惠于浪漫派的历史小说,他认为"巴尔扎克的想象力奔放不羁"②,他是一个"性格奔放而富饶、生机勃勃的人"③,"巴尔扎克早期的文学典范""是瓦尔特·司各特爵士"④;巴尔扎克受浪漫主义历史小说奠基人司各特的"强烈的诱惑","他希望紧步司各特的后尘走下去,而又不致仅仅成为一个模仿者。他相信自己在浪漫主义的描写艺术方面完全可以和司各特匹敌媲美。"⑤不仅如此,巴尔扎克还"力图要超越瓦尔特·司各特,创作出一部汇集自己所有小说,且能展示19世纪法国社会整个生活面貌的皇皇巨著"。⑥ 巴尔扎克是按照德国浪漫派中的志异小说家霍夫曼的风格写出了《高老头》等离奇传说的。⑦ 总之,勃兰兑斯认为,"虽然巴尔扎克的才智是现代化的,他却够称一个浪漫主义者"。⑧文学理论家韦勒克也认为,巴尔扎克虽然算不上是浪漫主义者,"但是,使他受到启发的是一种类型奇特的浪漫主义的玄学、物理学或者唯能论,以及它关于补偿、极论、液体等等的所谓原理"。⑨ 巴尔扎克"无疑持有他称之为'魔幻说'的有机自

---

① 西方有很多评论家用此概念指称19世纪西方现实主义,如奥尔巴赫、斯特林伯格、G.J.贝克等。

② 勃兰兑斯:《十九世纪文学主流》(第五分册·法国的浪漫派),李宗杰译,北京:人民文学出版社,1997年,第234页。

③ 同上书,第237页。

④ 同上书,第198页。

⑤ 同上书,第58页。

⑥ Erich Auerbach, *Mimesis: The Representation of Reality in Western Literature*, Princeton and Oxford: Princeton University Press, 2003, p.477.

⑦ 勃兰兑斯:《十九世纪文学主流》(第五分册·法国的浪漫派),李宗杰译,北京:人民文学出版社,1997年,第23页。

⑧ 同上书,第234页。

⑨ R.韦勒克:《文学史上浪漫主义的概念》,裴小龙、杨德友译,见刘象愚编:《文学思潮和文学运动的概念》,北京:中国社会科学出版社,1989年,第159页。

然观……他沉溺、着迷于各种各样的巫术、催眠术、脑相学;凡此种种,都是主张'自然的统一性的'。和其他浪漫主义者一样,巴尔扎克有一种关于直觉的理论,为此他使用了一个奇特的术语'独特性',将其与本能和抽象区别开来"。① 与勃兰兑斯和韦勒克的说法相似,奥尔巴赫也认为巴尔扎克的创作受浪漫派的影响,特别是在历史主义风俗画式的环境描写方面,巴尔扎克有"一种与浪漫主义十分相似的精神气质,一开始就会让人强烈而敏感地意识到与过去时代的环境与风格的统一性"②。奥尔巴赫还认为:"与浪漫派对空间和整体环境的理解相比,浪漫派的另一种倾向对现代现实主义的发展也做出了很大贡献,这就是……文体混用。"③巴尔扎克喜欢"去感悟冥冥之中的神秘力量,而且用戏剧式的方法表现出来"。他"总是把每一个生活中不管怎么普普通通的纠纷事件,都不无夸张地描述为天大的不幸,把每一种欲望都描写成不平凡的激情;随时会把一个不走运的人描述为英雄或者圣人;假如是一个女人,就将其誉为天使或者圣母;对每一个精力旺盛的坏蛋,乃至每一个险恶之徒都进行妖魔化的描写。于是,可怜的高里奥老头就成了'基督式的父亲'"。④ 这些都表现出巴尔扎克创作之浓郁的浪漫派气息。戴维·莫尔斯(David Morse)在讨论浪漫主义与社会小说、哥特小说、历史小说以及艺术家小说时,具体分析了浪漫主义的社会小说对稍后的现实主义小说产生的重大影响,说明了现实主义和浪漫主义并不是简单的谁取代谁的双向分裂,而是你中有我我中有你的互相包容。⑤ 在俄国,"现实主义的小说家,也不时地运用浪漫主义的反讽手法,即,把观点从客观陈述转向自我意识的沉思。普希金在《叶甫盖尼·奥涅金》、果戈理在《死魂灵》、陀思妥耶夫斯基在《卡拉马佐夫兄弟》中都创作出反讽性的叙述者,他们既属于自身所描述的世界,又显得超然其外"⑥。这些都说明现代现实主义与浪漫主义在文

---

① R. 韦勒克:《文学史上浪漫主义的概念》,裘小龙、杨德友译,见刘象愚编:《文学思潮和文学运动的概念》,北京:中国社会科学出版社,1989年,第158—159页。

② Erich Auerbach, *Mimesis: The Representation of Reality in Western Literature*, Princeton and Oxford: Princeton University Press, 2003, p.473.

③ Ibid., pp.473—474.

④ Ibid., p.482.

⑤ David Morse, *Romanticism: A Structural Analysis*, London: Macmillan, 1982, pp.221—227.

⑥ Victor Terras, "The Realist Tradition", in Malcolm V. Jones, Robin Feuer Miller eds., *The Cambridge Companion to the classic Russian Novel*, Cambridge: Cambridge University Press, 1998, p.192.

学观念与表现方法上并不是截然割裂的。尤其值得注意的是,现代现实主义文学传承了浪漫主义的某些具有现代性禀赋和反传统特性的审美观念。

也许人们会普遍认为,现代现实主义文学注重描写平凡的人与事,并由此延伸到为社会底层民众代言,揭露社会的黑暗面,这是现代现实主义这一文学现象与生俱来之本质特征,而且也正是此前的浪漫主义文学所不具备的。其实,这种文学触角、价值理念与审美趣味,可导源于浪漫主义文学,而现代现实主义作家则将其传承并发扬光大。"浪漫主义不仅代表了对古典价值观的拒绝,还是对它们的逆转。普通平凡而微不足道的人和事成了美和有价值的艺术题材的源泉,不再局限于对神和英雄的开发使用。就像在革命的意识形态中一样,在艺术中伟大的东西被废黜了,而低微的则被高举。被认为不适合于高雅艺术的,现在有了特权,特别是日常生活、当代历史、丑陋者和怪诞者。"①雨果在《〈克伦威尔〉前言》中通过"艺术对照原则"强调了"卑微"乃至"丑陋"的东西在文学艺术中的审美价值。他认为,在生活中,丑与美并存,畸形与优雅并存,怪诞与崇高、邪恶与良善、光明与黑暗并存;文学是对生活的摹仿,既然生活本身体现了这种美丑对照原则,那么艺术也同样应该是这样的。对雨果来说,这种对照原则体现了其与古典主义的"统一简约"原则相对立的现代精神。他的小说创作抛弃了古典主义的崇高、庄严、理性化的审美原则,大量描写了被古典主义视为卑微的和"丑"的人与事物,让崇高与怪诞形成鲜明的对照。雨果"十分鲜明地突出崇高与怪诞或者强调其他道德或美学上的差异,从而形成对立的双方"。这种描写方式不可能达到再现人类生活的目的——这不是浪漫主义者的雨果所极力追求的艺术目的——但是"雨果的这种描写表现力极强,很有一种震撼人心的艺术效果"②。在《巴黎圣母院》中,社会底层的流浪人成了正面描写的对象,尤其是畸形驼背而出身低微的主人公加西莫多,代表了丑陋中的美:在所有这些畸形中,有一种强大的活力、敏捷和勇气;对于永恒的规则来说,这是一个奇怪的例外。根据此规则,力量像美丽一样来自和谐。"卑微的"内涵包括了所有以前

---

① Michele Hannsh, "Romanticism: Art, Literature, and History", in William Burgwinkle, Nicholas Hammond, Emma Wilson eds., *The Cambridge History of French Literature*, Cambridge: Cambridge University Press, 2011, p. 455.

② Erich Auerbach, *Mimesis: The Representation of Reality in Western Literature*, Princeton and Oxford: Princeton University Press, 2003, p. 468.

被认为是边缘和不值得代表的一切：市民、妇女、农民、罪犯和妓女，这些都被认为是历史的代理人以及文学和艺术的主体。雨果的这种文学观念被现代现实主义作家所广为接纳并弘扬。和浪漫主义一样，"现实主义摒弃了古典主义认为存在着一种高贵的题材的假定；打破了古典主义的风格层次理论和它固有的社会排外主义"①。"以严肃的态度描写现实的日常生活，既把社会底层的普通民众作为表现人的生存状态的突出对象，又在历史发展的大背景中描写平凡的人与事，这便是现代现实主义的基本原则"②。这方面，现实主义承续并光大了浪漫主义的审美趣味和价值观念。

司汤达《红与黑》的主人公于连虽不无古典主义式的"英雄"气质，但他同时是实实在在的出身低微的一介普通平民。小说反复描述的是这个人物的平民处境及由此而生的卑微与高贵的矛盾心理。于连的生活环境和人生境遇，体现了"当代"普通人的当下生活的真实状况——包括维利叶尔城的庸俗气、他父兄的自私自利、贝尚松神学院的阴暗与压抑。司汤达笔下的人物虽有不少王公贵族和达官贵人，但他们身上基本上已失去了古典主义式的高贵与优雅，而且主人公往往是平民或者在精神心理上同情和转向平民的"贵族"，也即精神与情感上的"平民"——《红与黑》中的德·瑞纳市长夫人和木尔侯爵的女儿马特尔，在精神和情感上都"爱"着出身低微的于连；《巴马修道院》中将军的女儿对拿破仑手下的低级军官法布里斯一往情深；《法妮娜·法尼尼》中的贵族小姐法妮娜义无反顾地爱上了被当局追捕的烧炭党人彼得罗；《阿尔芒斯》中的贵族子弟奥克塔夫讨厌贵族的头衔，蔑视贵族中的"名门闺秀"，对出身寒门、贫穷孤独的阿尔芒斯情有独钟……在司汤达的小说中，虽然激荡着古典主义的"英雄气概"，但作者刻意表达的每每是普通平民的思想与情感，出身低微的平民成了真正的主人公。狄更斯描写的主要对象是城市平民，尤其是低层市民，孤儿、流浪汉每每成为小说的主人公。狄更斯小说"关注的多是些社会底层人物"③，对"弱势群体如何挣扎在生存边缘的问题尤其重

---

① 勒内·韦勒克：《批评的诸种概念》，罗钢、王馨钵、杨德友译，上海：上海人民出版社，2015年，第238页。
② Erich Auerbach, *Mimesis: The Representation of Reality in Western Literature*, Princeton and Oxford: Princeton University Press, 2003, p.491.
③ James Eli Adams, *A History of Victorian Literature*, Chichester: Wiley-Blackwell, 2009, p.57.

视……并聚焦某个个体的堕落过程"[1]。与之相仿,俄国的陀思妥耶夫斯基倾心于描写生活在阴暗社会底层的"小人物",擅长于发掘灵魂的痛苦、不安与焦虑,展示扭曲、病态和畸形而卑微的心灵世界。在陀思妥耶夫斯基的小说世界里,古典主义式的"英雄气概"与崇高感更是荡然无存。

如果说,浪漫主义者的雨果强调美丑并存、善恶与共的话,那么现代现实主义作家则在此基础上有了更多的引申,他们对人性之丑与恶的研究与揭示,有着更执著的偏好。巴尔扎克与同时代的司汤达不同,也许在他看来,精神上最高贵的还是鲍赛昂夫人这样的贵族,而生活在贫民窟里的人的灵魂几乎都是"潮湿"得"发霉"了的卑贱者。不过,巴尔扎克真正关注并致力于发掘的是那些"发霉"的灵魂和被金钱腐蚀了的人性的畸形以及由此滋生的"恶"。因此可以说,鲍赛昂夫人要坚守的所谓贵族式典雅的"爱情",高老头要坚守的温情脉脉的血缘亲情之"爱",以及拉斯蒂涅开始要坚守的年轻人的正直善良,在巴尔扎克的作品中实际上都只不过是即将消失在人性畸形之无尽黑暗中的余光而已,发霉的灵魂和人性的恶,是他的小说的真正"主人公"。于是,他的小说所展示的自然也就是这个资本主义化了的现代社会中一幕幕的人生悲剧。巴尔扎克不会像古典主义者高乃依等作家那样,在描写一个人物时,"开手便把他的英雄人物摆了出来。这些人物想做英雄,便成了英雄;这不需要其他的因素,有他们的意志就已足够。"[2]巴尔扎克关注的是"丑"与"恶","在他看来,无所谓肮脏的东西……纯粹与美好不能打动他的心……如果你是个雅人,最好不要去翻他的书,他的书里是按照东西的实相加以描写的,就是说,很丑恶,他的描写是赤裸裸的,不加掩饰也不加美化……他拿出来给人看的全是放大了的残疾、病态和巨大的怪物"[3]。巴尔扎克的这种"审丑"观念,相比于雨果对丑与恶的洞察是有过之而无不及的——雨果是用丑去衬托出美、用恶衬托出善,借此力图让人相信美和善的永恒与力量,这就是雨果式浪漫主义的人道情怀;巴尔扎克则恰恰相反,他希冀的是让人们看到恶与丑的不可抗拒性。正是巴尔扎克对人性恶的高度关注与深刻洞察,使他的小说令人惊叹地揭示了被金钱腐蚀与毒化后社会的

---

[1] James Eli Adams, *A History of Victorian Literature*, Chichester: Wiley-Blackwell, 2009, p.58.

[2] 泰纳:《巴尔扎克论》,鲍文蔚译,见《外国文学教学参考资料》(第四册),福州:福建人民出版社,1981年,第233页。

[3] 同上书,第225页。

"遍地的腐化堕落":

> 在煊红的光亮下,无数扬眉怒目、狰狞可怕的人形被强烈地烘托出来,比真的面貌还要神气,有活力,有生气;在这人群里蠕动着一片肮脏的人形甲虫、爬行的土灰虫、丑恶的蜈蚣、有毒的蜘蛛,它们生长在腐败的物质里,到处爬行、钻、咬、啃。在这些东西的上面,则是一片光怪陆离的幻景,由金钱、科学、艺术、光荣和权力所缔造成功的梦境,一场广阔无垠、惊心动魄的噩梦。①

也许巴尔扎克的描写不无浪漫式的夸张,——因为他原本就与浪漫主义有着千丝万缕的联系,——或者正如安德烈·莫洛亚所说:"这种夸张手法使巴尔扎克接近于浪漫派。不过浪漫派热衷于塑造奇形怪状的事物而毫不顾及真实性,巴尔扎克则力图通过真实可信的细节使之不脱离人间。"②巴尔扎克用真挚而深刻的笔触所描绘的那个时代和社会的"恶之花",让我们看到了此前的西方文学中极少有的人性的真实,其间透出了独特而奇异的审"丑"意味。巴尔扎克小说美学之审"丑"趣味,昭示的恰恰是反传统的审美现代性取向。

较之于巴尔扎克和司汤达,福楼拜描写生活的态度和笔触显得那么冷峻而平淡。福楼拜不去发现什么"英雄"与"崇高",而总是"以冷静、理智的眼光把事实分析解剖后,看出世间充满虚伪和愚蠢,因而憎恶现实生活,对周围处之以冷淡的态度"③。他"所看到的往往是事物相反的一面,看到孩童,脑中立刻浮现老人;看到摇篮便想到墓场;面对大夫不由得联想到他的骸骨;看到幸福,则引发我的悲思;看到悲伤的事情,则产生事不关己的心情"④。而恰恰因此,他为我们展示了生活中令人窒息的"平庸""乏味"。他认为自己写《包法利夫人》,不是因为热爱生活,而是因为对生活的"憎恶之念",于是小说中"描写了不少令人作呕的丑恶事实"⑤。福楼拜现实的审"丑"几乎是在波澜不惊的从容、冷静中展开,比巴尔扎克显得更客观、真实,因而福楼拜也便成了更远离了"浪漫"的现实主义者。在此,笔者又不禁联想到俄国早期现代现实

---

① 泰纳:《巴尔扎克论》,鲍文蔚译,见《外国文学教学参考资料》(第四册),福州:福建人民出版社,1981年,第235页。
② 安德烈·莫洛亚:《巴尔扎克传》,艾珉、俞芷倩译,杭州:浙江文艺出版社,1998年,第504页。
③ 厨川白村:《西洋近代文艺思潮》,陈晓南译,台北:志文出版社,1979年,第141页。
④ 同上书,第142页。
⑤ 厨川白村:《西洋近代文艺思潮》,陈晓南译,台北:志文出版社,1979年,第142页。

主义作家果戈理的作品。

作为俄国现代现实主义文学的奠基人,果戈理在他的长篇小说《死魂灵》中细致地描写泼留希金等五个地主精神与灵魂的迂腐、庸俗、空洞与麻木,展示了一幅衰败、萧条得令人恐惧的社会图画。而正是在这样的描写中,果戈理把以前俄国文学中未曾有过的现实生活作为细节和素材引入文学,使庸俗丑陋的东西成为文学作品展示的对象,与美和崇高齐聚一堂,抑或在庸俗和崇高的背后曲折地表现美和崇高,从而破除了俄国文学中既有的禁忌,具有开创性的现代意义。恰恰是沿着这样一条路线,陀思妥耶夫斯基不仅大肆描绘贫困潦倒、身份卑微的"穷人",而且特别聚焦于人的灵魂深处的畸形、变态与丑陋。陀思妥耶夫斯总是把人生存的那个世界写得那么阴暗、凄冷、怪诞和恐怖,而且这几乎成了他小说的一种基调。因此,阅读他的小说,人们会有一种沉重的压抑感。《死屋手记》用冷峻的笔调描绘了漆黑、阴冷的人间地狱。"死屋"是监狱的真实写照,更是人间世界的一幅象征性图画。"死屋"可以说是陀氏小说中描写的人间世界的一个总体构架。在这总体框架之外,又有许许多多格局相仿、基调类似的"死屋"的变体。在《罪与罚》中,让人感到害怕的是"奇形怪状的房子";下等公寓里忽明忽暗昏惨惨的油灯;高利贷老太婆那"又精明又恶毒"的"在黑暗中闪闪发光的小眼睛";小酒馆里"脸带醉意""迷迷糊糊"哼着胡说八道的小曲的小市民;圣洁而忧愁的妓女;投河自尽的女工……这重重叠叠、扑朔迷离的意象化形象,构成了似真似幻的"半疯的城市"。与此相仿,在《被侮辱与被损害的》中,破败肮脏、阴暗发霉的贫民窟,僻陋冷落的小巷和角落,无人照看的流浪儿,被欺骗的妇女,被遗弃的老人,卑劣的纨绔……这比比皆是的阴冷悲凉的景象,构成了人性失落的迷乱世界。类似的亦真亦幻的图画,几乎出现在陀氏的每一部小说中,使读者感到凄然、压抑和恐惧。这就是陀思妥耶夫斯基的小说世界,这是心灵化、幻觉化的艺术世界。他对生活中那些变态的和扭曲的心灵的体察就特别敏锐,他的小说中也就有许许多多关于变态扭曲的灵魂的描述。陀思妥耶夫斯基的小说也正是在这样的"审丑"路线上,更具有现代性指向,后来也就备受20世纪现代主义倾向作家的青睐。

总之,浪漫主义的新文学观念和审美取向,是在对古典主义和传统文学的对抗中形成和发展的,这种富有审美现代性禀赋的文学观念和审美取向在当时具有明显的反传统的先锋特性,而这种审美现代性传统也被现代现实主义所接续并在某种程度上得以弘扬与光大。就此而论,"浪漫"和"现实"两个术语互有相关性。因为,"浪漫"这一术语是首先具有这种所谓的"包容性"内涵的,这些原本被"禁忌"的题材、主题和审美取向,是浪漫派冲破古典主义的禁锢后出现的,在很大程度上,现代现实主义作家只不过是接纳了浪漫派与古典主义斗争的"胜利果实"并使之进一步开花结果、传承光大而已。所以,现代现实主义在文学观念上对浪漫主义的传承与弘扬,既说明了这两种不无对立性的文学思潮并非绝然割裂,而是有某种程度的关联性,同时也说明现代现实主义在文学观念上与浪漫主义有共同的现代性特质,在某种程度上,它们同属于审美现代性范畴。

二、现代现实主义与浪漫主义之"自由"观的勾连与差异

从文化的角度看,人是文化的动物;人的文化属性决定了人永远要沿着文化的桥梁超度到更文明与自由的境界,所以,人永远要追随文化。但人的自然本性又决定了他们接受文化与文明,就得经受文化之"炼狱"对其磨砺,蜕其原始的野性向文明人提升;人走向文明的过程,首先是接受文化与文明洗礼的过程。然而,人的潜在的自由之欲望总是对文化与文明的制约表现出强烈的反叛。浪漫主义是西方近现代史上典型的具有反传统文化倾向的社会思潮和文学思潮。在西方文学史上,没有哪个时代的作家像浪漫派一样如此全面地关注自由问题,也没有哪个时代的诗人像浪漫派那样写下过为数如此之多的关于自由的热情颂歌,雨果正因此宣称,浪漫主义只不过是"文学领域里的自由主义"。作为一种文学思潮,浪漫主义因其内在的"自由"之核心理念,焕发出与传统西方文学绝然不同的现代性气质,也因其"自由"之奔放的张力,成为西方近现代文学发展过程中最伟大的一场"文学革命"和"文学运动"。

浪漫主义文学思潮的先驱者卢梭,其有关文化与文明对人性之悖逆的分析是十分深刻的。他认为,人是生而自由的,人的本性是天然善良、纯朴的,但是,文化与文明——包括社会政治制度——却使人性走向堕落,因而,人所有的不幸,都源自科学、宗教、道德、文学和艺术等构建起来的文化与文明。卢梭认为一个赤条条来到人间、尚未受文化熏染的人要比文明人高尚得多,因而他倡导"返回自然","返回原始蛮荒时代"。卢梭主要从伦理道德的角度分析文化对于人性的善与恶。他所谈的文化对人性的制约,主要是文化对人的善良天性和人的自然情感的腐蚀与扼制。但在他的理论影响下出现的浪漫主义文学所要抒发的奔放的自然情感,

却充溢着强烈的个性自由精神。

浪漫主义不仅是对启蒙思想的继承,也是对启蒙思想的反动。与启蒙运动标准化、简单化的机械论相反,浪漫主义的基本特征是生成性、多样性的有机论,即欣赏并追求独特和个别而不是普遍和一般。浪漫派反启蒙运动的思想立场使其在"平等"与"自由"两个选项中更强调自由。启蒙学派曾以理性的怀疑精神与批判精神消解了官方神学的文化专制,但最终却因丧失了对自身的质疑与批判又建立了唯理主义的话语霸权。浪漫派反对理性主义,因为在他们看来只有人的感性生命才是自由最实在可靠的载体与源泉,而经由理性对必然性认识所达成的自由在本质上却是对自由的取消。启蒙思想家倡导一元论的、抽象的群体自由,且往往从社会公正、群体秩序、政治正义的层面将自由归诸以平等、民主为主题的社会政治运动,因而它在本质上是一种倾向于革命的哲学;浪漫主义则更关注活生生的个体的人之自由,尤其是精神自由,且将这种自由本身界定为终极价值。个人自由在康德、费希特、谢林前后相续的诗化哲学中已被提到空前高度,且康德等人均重视通过审美来达成自由。康德声称作为主体的个人是自由的,个人永远是目的而不是工具,个人的创造精神能动地为自然界立法;在让艺术成为独立领域这一点上,康德美学为浪漫派开启了大门。

作为西方文明史上第一次对传统文化的反叛,浪漫主义运动反对工业文明;在其拯救被机器喧嚣所淹没了的人之内在灵性的悲壮努力中,被束缚在整体中成为"零件"或"断片"的人之自由得以开敞。浪漫派以自然的、有机的、生命的和"动态的(dynamic)"为名,对所有机械的、人工的或建造的事物表现出深深的敌意。他们怀念昔日人与自然的和谐,把大自然奉为神秘崇拜的对象,他们带着忧郁和绝望,审视着机械化和工业化进程以及现代社会对环境的征服。他们把资本主义工厂视为人间炼狱,不是因为工人们受到了剥削,而是因为被机器奴役,他们把工人看作被诅咒的灵魂。① 浪漫派蔑视以快乐主义的"幸福追求"为目标之粗鄙平庸的物质主义伦理,指斥从洛克(John Locke)到边沁(Jeremy Bentham)的功利主义价值观以及人与人之间冷冰冰的金钱关系。"浪漫派痛苦地意识到人与人之间关系的异化、昔日"有机的"和社群生活形式的毁灭、个体在利

---

① Michael Lowy, "The Current of Critical Irrealism: 'A moonlit enchanted night'", in Matthew Beaumont ed., *Adventures in Realism*, Oxford: Blackwell, 2007, p.199.

己主义自我中的孤独,这些困境共同构筑了一个以城市生活为中心的资本主义文明的重要维度。"①对工业文明和城市文明的否定,使浪漫派作家倾向于到大自然或远古异域寻求灵魂的宁静和自由。"浪漫主义针对资本主义—工业主义现代性的反叛并不总是对整个体系构成挑战,而是对体系中那些不近人情的和特别令人生厌的某些特征做出的反应。"②对法国大革命以集体狂热扼杀个人自由的反思,强化了个体自由在浪漫派价值观念中的核心地位。法国大革命既是启蒙理念正面价值的总释放,也是其负面效应的大暴露。因此,认定大革命是浪漫主义的直接产物未免失之武断,因为18世纪后期英国感伤主义、德国狂飙突进运动以及法国卢梭等人的创作早已在文学内部透出了浪漫主义自由精神突破古典主义理性戒律的先声。但大革命所招致的对启蒙主义之政治理性的反思与清算,直接导出了19世纪初叶的自由主义文化风潮,这对浪漫主义文学思潮的集聚和勃兴无疑起到了关键作用。

伴随着美学从关于真与善的科学中剥离出来,浪漫派成功地确立了"艺术自由"的观念。艺术自由大大解放了艺术家的创造力,浪漫主义因此注定演进成为一场最深刻的文学革命。以影响他人并为他者服务为目的追求文学的社会功能,这是西方多少世纪以来文学艺术的决定性特征;而戈蒂耶(Théophile Gautier)等浪漫派作家却将诗与雄辩术区别开来,标举艺术的自足地位,倡导为艺术而艺术和文学的非功利性。戈蒂耶在《〈莫班小姐〉序言》中说:"真正美的东西是毫无用处的,所有有用的东西都是丑陋的,因为它是某种需要的代名词,而人的需要都是那么肮脏,那么令人恶心,就像他可怜、怯懦的本性一样。一所房屋最有用的地方就是它的卫生间。"③浪漫派制造了诗人被冷酷无情的社会和庸众所毁灭的悲情传说;将艺术自由发挥到极致的唯美主义作家群的出现,标志着纯文学与通俗文学、精英文化与大众文化的分裂在浪漫主义时代已初现端倪,也标志着文学社会功能的式微。浪漫主义思潮的出现和普遍流行,对西方文学与文化而言是一场空前的思想文化"革命",具有鲜明而强烈的现代性特征。

---

① Michael Lowy, "The Current of Critical Irrealism: 'A moonlit enchanted night'", in Matthew Beaumont ed., *Adventures in Realism*, Oxford: Blackwell, 2007, p. 199.

② Ibid., p. 197.

③ 泰奥菲尔·戈蒂耶:《莫班小姐》,黄胜强、许铭原译,北京:中国社会科学出版社,2013年,第20页。

正是浪漫主义文学革命所带来的对传统文学成规的冲击,为 19 世纪中期的现代现实主义提供了超越传统文化的现代文化观念;或者说,19 世纪现代现实主义作家已然处在一个弥漫着"革命"意识和反传统精神的现代化社会历史环境之中,他们的精神气质也与浪漫主义者息息相通,无非是在"革命"与"反叛"之现代性内涵的取向上各有不同而已,因而他们可以说是同属于现代文明的追随者和创造者。比如说,浪漫派对工业文明和现代文明的反叛,在现代现实主义文学中则表现为对资本主义社会矛盾、人的异化的揭露与批判上,具有很强的社会批判功能(参见本书第五章第三节"'非功利性'之功利性:浪漫主义对现代现实主义的精神传递"),其间表现了对西方社会和文明之"现代化"进程的抵御和反抗。在对"自由"的信奉与追求上,后者对前者有传承性,从而达成了双方在"自由"精神层面的相互勾连——两者都反抗功利性、物质性、机械化和整一化的工业文明,维护个体的人的身心自由,因而"自由"恰恰是浪漫主义和现代现实主义共同的心声。所以,事实上,现代现实主义文学思潮"在很大程度上与更为广阔的浪漫主义思潮密不可分;它对现代工业社会的批判态度常常启发于浪漫主义反叛的本质特征(characteristic topoi)"。①不过,相较而言,浪漫主义的反叛更趋向于从感性的层面对个体的人的精神与情感自由的维护与追求;现代现实主义则侧重于从理性的层面展开对人和社会的审视与对现实问题的追问与批判,维护人在社会和政治层面的自由、平等与人的尊严,就此而论,启蒙思想家的平等与博爱的精神,在现代现实主义这里得到了进一步的彰显,也正是在这种意义上,现代现实主义对自由与平等的追求及其在创作中的表现,与马克思、恩格斯对资本主义社会的批判精神以及在此基础上对人的自由的呼唤,达成了密切的联系,因此现代现实主义也更加被马克思和恩格斯所青睐。

当然,浪漫主义和现代现实主义在"自由"的追求上有不同取向和侧重,同样也并不意味着互相的绝然割裂,而是在有所侧重中又互相勾连,其实它们各自代表了这一时期西方文学之现代性表现的两个面相,犹如一个硬币的正反两面。正因为如此,19 世纪现代现实主义虽然有反叛浪漫主义的一面,但同时又是浪漫主义文学内部以"先锋"姿态成长起来的

---

① Michael Lowy, "The Current of Critical Irrealism: 'A moonlit enchanted night'", in Matthew Beaumont ed., *Adventures in Realism*, Oxford: Blackwell, 2007, p. 200.

另一种新的文学思潮,后者在传承中超越乃至否定了浪漫主义[①],并于19世纪中后期主宰了欧洲文坛。所以,勃兰兑斯称19世纪现实主义为"浪漫现实主义",这里的"浪漫"便意味着"现代性"属性。因此,19世纪现代现实主义文学无疑也就不同于之前早已有之的作为理念、创作方法和文学价值观的"摹仿现实主义",而是一种具有先锋性的"现代现实主义"文学思潮。正如保罗·梵·第根(Paul Van Tieghem)所说,虽然现实主义超越了浪漫主义,但是,"并非毁灭它的业绩;在加强它和使它更精确的同时,现实主义在许多方面继续着它的作用"[②]。而恰恰是现代现实主义对浪漫主义的继承,又从另一个角度证明了19世纪现实主义的"现代"属性;现代性是19世纪现实主义文学思潮与浪漫主义两者的共同属性,19世纪现实主义也就是一种具有现代倾向和现代精神的"现代现实主义"。

---

① 保罗·梵·第根:《文艺复兴以来的欧美文学史》,谢钟浞译,北京:人民出版社,2015年,第264页。

② 同上。

第二章
现代现实主义文学谱系

> 面对一个到处上演着庸俗、现实、丑恶和卑劣的变态的时代,巴尔扎克的态度与司汤达相似:以严肃甚至悲剧的手法,真实地再现普通人的内心世界。这是自古典主义审美观流行以降从未出现过的事情。即使在此之前,也不是以这种具体的、历史限定的和针对人的社会自我辩解的方式展开的。
>
> ——埃里希·奥尔巴赫

> 摹仿说经历了超过20个世纪的演变,由于历时过久,以至于终究冲动全消。这种现实上的疲惫,使得在19世纪初,一切条件都对它不利,无论是在唯心论的哲学里或浪漫主义的艺术中,情形一概如此;不过,到了19世纪中叶,情形就正如蜡烛在将熄之前,火焰又重新突然闪亮那样,艺术家们又重新注重艺术对于现实的依赖。不过,他们像这样做的时候,使用的是一组不同的术语和概念上的匹配,还有一套不同的推论。
>
> ——瓦迪斯瓦夫·塔塔尔凯维奇

> 从巴尔扎克到司汤达、托尔斯泰、普鲁斯特这些欧洲伟大的现实主义者,他们虽然惯于大量的细节描绘,但其伟大却并不来自反映表面的现实世界,而是因为他们展露了社会结构,重现其中那些满怀生活激情的人物。
>
> ——莫里斯·迪克斯坦

现代现实主义作为一种文学思潮,于19世纪30年代首先在西欧的法国、英国等地兴起,以后波及俄国、北欧和美国等地,成为19世纪西方文学的主流,也是近现代西方文学的高峰。不过,19世纪的现代现实主义虽然是一个国际性的文学思潮,但是,由于不同时期、不同国家的政治经济、历史文化、民族传统等状况各个不同,其产生的时间、发展的路径、拥有的特性与特征、取得的成就与影响等,都是各有差异的。正是这种差异性的存在,使这一文学思潮的结构谱系不至于是铁板一块的单调与刻板,而是同中有异、和而不同、丰富多彩。笔者在本章中将在梳理西方主要国家的现代现实主义文学思潮生成与演变历程的基础上,追根溯源,力图描述19世纪西方各国现代现实主义在整个文学思潮谱系中的异同,还原文学史"现场",展示各自的特质,也为后续各章节对其展开深度的研究与阐发提供历史依据、素材支撑和话语背景。

第一节　法国现代现实主义

欧洲现代现实主义文学思潮于19世纪30年代首先发源于法国。无论从思想上还是从艺术上来说,法国现代现实主义都在整个欧美发挥了最重要的影响;在19世纪中叶,它揭开了欧洲现实主义,尤其是长篇小说快速发展的序幕。[①]

19世纪二三十年代的法国社会动荡不安,政治上经历了复辟与反复辟的斗争。"从1789年直到1830年、1848年(和1851年)、1871年,贯穿法国历史的革命使法国社会成为小说家特别感兴趣的领域:变化和连续性、秩序和冒险的斗争,都被强有力地标识出来。每场动荡都是一个观察历史的平台。"[②]1830年的法国"七月革命",无论对法国还是欧洲,都是一个标志性的政治事件。"1829年欧洲农业歉收,接下来的冬天带来了寒冷、饥饿和愁苦。困苦的生活引发社会上的抗议。当社会动荡和人们长久以来的政治要求发生交汇时,便轻易触发了整个欧洲的革命。"[③]"在法国,19世纪20年代是一个政治分歧不断加剧的时期。""1830年7月的最后一天,发生了自发的起义,巴黎工人纷纷走上街头。由于所有法国人都

[①] 保罗·梵·第根:《文艺复兴以来的欧美文学史》,谢钟浤译,北京:人民出版社,2015年,第267页。

[②] Peter Brooks, *Realist Vision*, New Haven and London: Yale University Press, 2005, p.22.

[③] 马克·凯什岚斯基、帕特里克·吉尔里、帕特里夏·奥布赖恩:《西方文明史:延续不断的遗产》(第五版),孟广林等译,北京:中国人民大学出版社,2014年,第473页。

在抱怨生活成本升高、商人囤积居奇、苛捐杂税层出不穷和工资降低,因此,巴黎工人的革命迅速蔓延到城镇和乡村。在'光荣的三天'中,复辟的波旁王朝被推翻了,查理十世逃到了英国。"①1830年法国的"七月革命",标志着法国资本主义的确立。"也许正因为现代的法国历史可以用各种政权的兴起和推翻来很好地划分为不同的阶段,这恰好也给那些有志于成为同时代"社会的历史学家"的小说家们一个特别值得感谢的机遇。比如,巴尔扎克和左拉创作的主要作品都是在结束他们所写的时代的一场革命之后。作家从中获得了一种有价值的视角,使他们能够看到一个时代的整体。这使他们思考这样一个明显的问题:法兰西到底属于谁?"②法国现代现实主义文学思潮就是在这种新旧交替、动荡不安的社会历史背景中诞生的。也正因为如此,19世纪法国现代现实主义文学明显地以描写封建贵族与新兴资产阶级的矛盾以及资产阶级内部矛盾为主,在表现出对现实的强烈的批判性和揭露性的同时,也流露了对封建时代的某种程度的依恋之情。这种依恋,不是简单恋旧乃至崇尚复古,而是在面对新兴的资本主义社会时表现的抵触的和矛盾的心绪,对曾经拥有的人性的美好、宗法式社会曾有的温情与和谐的追怀——比如,巴尔扎克通过鲍赛昂夫人和高老头等象征性人物形象,"寄托了他对人性复归的一丝希望",表达了在"遍地腐化堕落"的环境里依然存在的"对人性善的呼唤与眷恋"③。这也是法国现代现实主义文学在整个西方现代现实主义文学谱系中表现的一个突出特点。

  法国不是欧洲工业革命的先驱国家,但是,19世纪法国社会的崇尚自然科学之风最盛。巴黎科学院为科学的发展与繁荣做出了重要贡献。早在17、18世纪,法国的科学研究之风就领欧洲之先。"培根的依靠许多人的合作来促进知识和研究的计划,在古老的法兰西科学院比在伦敦皇家学会得到更彻底的实现。"④"在18世纪的法国,科学是时髦的东西,或许比说科学是普及的东西,更为正确。但是,科学是通过伟大的巴黎学派的影响而普及开来的。……在法国,科学才达致最完善的表

---

  ① 马克·凯什岚斯基、帕特里克·吉尔里、帕特里夏·奥布赖恩:《西方文明史:延续不断的遗产》(第五版),孟广林等译,北京:中国人民大学出版社,2014年,第474页。
  ② Peter Brooks, *Realist Vision*, New Haven and London: Yale University Press, 2005, p.13.
  ③ 蒋承勇:《十九世纪现实主义文学的现代阐释》,北京:中国社会科学出版社,2010年,第62页。
  ④ 约翰·西奥多·梅尔茨:《十九世纪欧洲思想史》(第一卷),周昌忠译,北京:商务印书馆,2016年,第84页。

达形式。……只有在法国,科学首先处于文学精神的影响之下,然后才处于功利主义的影响之下。正是科学的影响导致这种状况。"① 到了19世纪前期,"几乎一切现代科学都已经在法国奠定基础;其中许多科学已受严格数学处理支配。在那儿,各门科学已经非常普及"②。在19世纪的"前三分之一里从巴黎发出的科学之光照亮了整个欧洲"。③ 总之,在关于科学的普及、教育和研究方面,"法国长期居于领先地位"。④ 因此,"在本世纪(即19世纪)的头几十年里,科学精神的故乡是法国。因为,尽管它不是在那里诞生的,但它在那里得到哺育,长大成熟而充满活力"。⑤ 正是法国的这种对科学的崇尚、科学的高度普及以及科学精神的深入人心,其19世纪的文化思想与文学才都与科学结下了特别密切的关系。科学已经是人们公认的19世纪欧洲进步的动因,"生活、也许还有文学艺术每个门类的种种重大变化以及当代的种种重大发明和冲突都由科学引起"。因此,如果要考察一下现代科学思想与科学精神对文学的作用和影响到底有多大的话,那么,"那个时代,没有一个国家的文学可以同法国相比"⑥。况且,早在18世纪,在优雅的法国文学中就已经"带上了现代科学思想的深刻烙印"⑦;而到了19世纪,科学促成了法国现代现实主义文学思潮的形成。韦勒克认为,法国"现实主义"的含义于19世纪50年代在尚夫勒里的论文集《现实主义》和杜朗蒂的杂志《现实主义》等的阐发下,"一个确定的文学信条形成了,它包含以下几个简明的观念:艺术应该忠实地描写这个真实的世界,因此,它应该通过精微的观察和仔细的辨析来研究当代的生活和风俗。它应该不动感情地、非个人地、客观地表现现实。从前一直被广泛运用于对自然的忠实表现的这个术语现在就同一批特定的作家联系起来,并被作为一个团体或一个运动的口号"。⑧ 在法国,正是这种有别于其他国家的崇尚科学精神的文化氛围,熏陶出了巴尔

---

① 约翰·西奥多·梅尔茨:《十九世纪欧洲思想史》(第一卷),周昌忠译,北京:商务印书馆,2016年,第92页。
② 同上书,第68页。
③ 同上书,第56页。
④ 同上书,第92页。
⑤ 同上书,第134页。
⑥ 同上书,第92页。
⑦ 同上书,第122页。
⑧ R.韦勒克:《文学研究中现实主义的概念》,高建为译,见刘象愚编:《文学思潮和文学运动的概念》,北京:中国社会科学出版社,1989年,第220—221页。

扎克、福楼拜、左拉等一批精于文学之科学化"研究""分析"与"写实"风格的作家。巴尔扎克就是用动物学、解剖学等自然科学方法去从事文学创作的,正是动物学的"统一图案说"帮他构建了《人间喜剧》的社会结构图,正是科学思维的启发使他形成了把文学创作看成是对社会、人及其历史的研究这样一种写实主义艺术理念。左拉几乎在相同的文化思想路线上追随着巴尔扎克且又做出了独特的贡献。福楼拜则借用医学科学的方法,更冷静细致地解剖人的心灵。因此,在整个西方现代现实主义文学谱系中,法国现代现实主义不仅最早生成,而且就这种文学与科学精神、理性精神之关系而言,也是最密切的。法国作家开创的这种文学的"写实"和"真实性"禀赋,广泛影响了欧洲其他国家的文学,从而形成了声势浩大的19世纪西方现代现实主义文学思潮。

在法国,司汤达和巴尔扎克乃现代现实主义文学思潮的奠基人。司汤达(Stendhal,原名 Henri Beyle)的小说独特的政治学视角与卓越的心理分析对后世产生了巨大影响。司汤达生于法国格勒诺布城的一个律师家庭。他7岁时母亲去世,童年生活变得黯淡无光。他爱恋母亲的聪颖和智慧,憎恨父亲的保守、冷酷和贪财,父子间一直互有敌意。之后,司汤达和外祖父一起生活,并从他那里接受了启蒙思想和文学艺术的熏陶。1799年,17岁的司汤达来到巴黎,在拿破仑军中任职。1800年5月,他随拿破仑部队抵达意大利米兰,不久被任命为龙骑兵少尉。1802年,他辞去军职回到巴黎,专心研读爱尔维修、孔狄亚克、卡巴尼斯和卢梭等启蒙思想家和拉伯雷、蒙田等人文主义者的著作。1806年他重返部队,随拿破仑进入柏林。1812年,他以军需官身份随拿破仑军队参与俄国战役。拿破仑帝国覆亡后,他看到自己在复辟王朝中前途无望,就去了米兰,开始了他的艺术生涯。

1814年开始,他发表了《海顿、莫扎特和梅达斯泰斯的生平》(1814)、《意大利绘画史》(1817)和《罗马、那不勒斯、佛罗伦萨》(1817)等作品。这些作品常常涉及政治问题,表现出对封建复辟王朝的不满,还主张把艺术当作科学来研究,表现了崇尚科学的时代精神。"在《意大利绘画史》(1817)中,司汤达就'古代的美的理想'和'现代的美的理想'作了初步的对比……司汤达把自己成为浪漫派"[①],但是,"他常常也是公开反浪漫派

---

① 马泰·卡林内斯库:《现代性的五副面孔》,顾爱彬、李瑞华译,北京:商务印书馆,2002年,第45页。

的,而与后来被称做'现实主义'的他的终身文学信条保持着一致。1822年,他发表了研究爱情心理的著作《情爱论》(又译《论爱情》),第一次展示了他的心理分析的才能。在这部著作中,他把爱情分为'激情的爱''趣味的爱''虚荣的爱'和'肉欲的爱'四种,并高度肯定了'激情的爱',这部著作作为以后他在小说中描写爱情故事奠定了理论基础"。在1821—1825年间,他参与了浪漫主义与古典主义的论战,发表了文艺论集《拉辛与莎士比亚》(1823—1825)。众所周知,"现实主义是反对古典主义、浪漫主义和为艺术而艺术的主张的。"① 但是,在司汤达这里,他的这部论文集在浪漫主义的旗号下提出了现实主义的美学原则,是19世纪现实主义文学的第一部理论著作。"最早的是司汤达的小册子里的《拉辛与莎士比亚》(Racine et Shakespeare,1823—1825)和雨果的《克伦威尔》(Cromwell,1827)的前言。这些表面上讨论的是戏剧,但也告诉我们很多关于十九世纪的小说。"② 司汤达在《拉辛与莎士比亚》中高度肯定了"浪漫主义"(即现实主义)与现代社会的密切关系:"浪漫主义是向世界各国人民呈现文学作品的艺术。在他们当前的做法和信仰状态下,这些文学作品可能会给予他们最可能多的乐趣";"古典主义……向他们介绍的那些文学作品则是给予他们的曾祖父们尽可能多的乐趣"③。司汤达强调的是用当下的思想与观念描写现实的生活,这样的作品能为当下的人们带来乐趣,而不是为"曾祖父们"带来乐趣,后者是一种僵死的、过时的文学。司汤达认为,文学应随时代而变化,新文学的任务不是模仿古人,而是反映当代人的生活,因此要真实地描写现实,让社会看看自己的"印记";历史上一切伟大的作家都是自己时代的"浪漫主义者",因为他们都以天才之笔写出了自己时代的风貌。这部理论著作有力地推动了法国现实主义文学的发展。"在19世纪20年代,司汤达正在刻意建立新的文学形式和政治上的可变因素之间的联系。"④1827年,司汤达发表了第一部长篇小说《阿尔芒

---

① J. A. Cuddon ed. , *A Dictionary of Literary Terms and Literary Theory* (5th edition), Malden and Oxford: Wiley-Blackwell, 2013, p. 591.

② Alison Finch, "Reality and its Representation in the Nineteenth-century Novel", in Timothy Urwin ed. , *The Cambridge Companion to the French Novel: From 1800 to the Present*, Cambridge: Cambridge University Press, 1997, p. 38.

③ Stendhal, P. Martion ed. , *Racine et Shakespeare*, Paris: Champion, 1925, vol. I, p. 39.

④ Alison Finch, "Reality and its Representation in the Nineteenth-century Novel", in Timothy Urwin ed. , *The Cambridge Companion to the French Novel: From 1800 to the Present*, Cambridge: Cambridge University Press, 1997, p. 38.

斯》。小说通过对奥克塔夫和阿尔芒斯这一对贵族青年的爱情悲剧的描写，既细致地展示了男女主人公爱情心理的演绎过程，又真实地反映了复辟时期法国贵族的生活风貌，展露了心理描写的高超技艺，为以后《红与黑》的创作打下了坚实的基础。

1830年，长篇小说《红与黑》发表，司汤达在这部作品中践行了现实主义创作原则，它标志着法国现代现实主义文学的形成。《红与黑》的题材来自1827年《法庭公报》上登载的一桩刑事案。小说通过波旁王朝复辟时期平民青年于连个人奋斗的经历，反映了19世纪20年代后期法国社会的风貌，它是一部具有深刻政治内容的小说。小说突出地表现了王政复辟时期法国社会的黑暗，揭示了当时尖锐的阶级关系与紧张的政治空气。正如美国著名文学理论家弗雷德里克·詹姆逊所说："日常生活与伟大的历史事件——通常是政治的而非经济的——之间的交叉点是现实主义小说新历史性的标志之一。"[1]小说在平民"英雄"于连形象的描写中，透出了18世纪启蒙主义者自由、平等的政治诉求，表达了一种启蒙现代性精神。"较之于大部分后来的现实主义作品，司汤达式的卓越的现实主义小说的人物更近似于传统的高大、勇武的气度——相比于巴尔扎克的笔下的人物，于连·索黑尔更像'英雄'，更不必说福楼拜笔下的人物了。"[2]

1831年，司汤达为生活所迫，出任教皇管辖下的意大利一个海滨小城的领事，直到他去世。1834—1835年，他创作长篇小说《吕西安·娄凡》（又译《红与白》），但未完成，小说批判了七月王朝的统治。此后，他又通过口述创作了著名的长篇小说《巴马修道院》（1839），完成这部作品，仅用了52天时间。司汤达的《巴马修道院》对19世纪早期的意大利进行了描写，当时的意大利正陷于政治反动的封建体制和法国大革命及帝国军队可能带来的解放之中。人类生活的动机在这种叙述中不可避免地与他们所呈现的社会状态联系在一起，但这种社会状态本身是人们以政治的方式构想的。[3]小说集中地通过对主人公法布里斯的"自由的热情""激情的爱"同现实环境的矛盾冲突的描写，展现出复辟时期意大利的社会风

---

[1] Fredric Jameson,"A Note on Literary Realism in Conclusion", in Mattew Beaumont ed., *Adventures in Realism*, Oxford: Blackwell, 2007 Led., p.264.

[2] Erich Auerbach, *Mimesis: The Representation of Reality in Western Literature*, Princeton and Oxford: Princeton University Press, 2003, p.466.

[3] Simon Dentith, "Realist Synthesis in the Nineteenth-Century Novel: 'That unity which lies in the selection of our keenest consciousness'", in Matthew Beaumont ed., *Adventures in Realism*, Oxford: Blackwell, 2007, p.45.

尚，特别是政治风尚，曲折地表现了现代启蒙思想，同时也揭示了男女主人公在激情、欲望和理想驱动下躁动不安而又丰富多彩、富有生命力度的心灵世界。小说的情节曲折动人，富于戏剧性，从而在结构艺术上超越了作者以前的作品。1839年，司汤达还出版了中短篇小说集《意大利遗事》，它汇集了1828年以来创作的中短篇作品，这些小说集中描写的是"激情的爱"与社会现实的矛盾，表现出作者对"力"与"热情"的赞美。其中《瓦尼娜·瓦尼尼》（1829）最为著名。1842年3月23日，司汤达在巴黎因中风去世。按照他的遗嘱，他的墓碑上刻着："亨利·贝尔，米兰人，写作过，恋爱过，生活过。"

司汤达深受当时弥漫于社会的革命精神和英雄主义热情的熏陶和激励。他在政治上倾向于法国大革命，崇拜拿破仑，对封建势力有一种本能的反感，自由、平等是他一生追求的政治理想。他的作品总是在浓重的政治氛围中展开尖锐的矛盾冲突，表现出强烈的政治激情和启蒙现代性精神。从政治的角度反映时代风貌，成了司汤达创作的一大特色。司汤达特别注重通过表现人的内心世界反映社会风尚和时代精神，总是以冷静机智的头脑去剖析人物心灵深处的奥秘，去寻找常人见不到的内在世界的东西；他仿佛在做实验，把人物放在各种环境中从而揭示人物心灵世界之颤动，努力发掘人的内在真实天性。这种内倾性的创作取向，以后经由托尔斯泰、陀思妥耶夫斯基等一系列作家的创作延伸到20世纪的西方文学。司汤达在推动心理小说和现代小说的发展方面做出了重大贡献。

奥诺雷·德·巴尔扎克（Honoré Balzac）是19世纪法国现实主义文学的首要代表，也是世界公认的杰出小说家。他和列夫·托尔斯泰的创作构成了19世纪西方现实主义文学的两个高峰。总体而言，巴尔扎克的思想是矛盾复杂的。在哲学上，他主要是一个朴素的唯物论者。他深受实证哲学以及动物学、解剖学等自然科学的影响，认为世间一切都是运动的，大自然是一个密不可分的整体，一切事物都是互相联系的。这是他走上现代现实主义创作道路的思想基础。但巴尔扎克也接受了神秘主义唯灵论的影响，相信骨相学、占卜术、催眠术等。他接受古典经济学家的观点，主张自由贸易，反对金融贵族所鼓励的金融投机和金钱无限权力，希望法国也有个强大的"工业波拿巴"，并学习英国发展工商业；他清醒地认识到经济对社会发展的制约作用以及物质环境对人的影响。在政治上，他从中、小资产阶级立场出发看待社会问题，不满于七月王朝金融资产阶级统治下的社会现实，但他又幻想建立君主立宪制，实行强权政治。他参加过保皇党，对贵族阶级充满同情，但又不是一个正统的保皇派。在宗教思想上，巴尔扎克不信神，而且还抨击过基督教，但他同时又幻想用宗教来抑制人的情欲，克服道德堕落的社会弊端。巴尔扎克对日益走向资本主义现代化的法国社会，在思想上是矛盾的：既对资产阶级和资本主义的发展不无肯定，又对这种现代化的结果表示忧虑和怀疑，这就是他在现代性观念上的两重性，这也造成了他的作品内容的矛盾性。

　　巴尔扎克于1799年5月20日出生于法国西部的图尔市。他的祖父是农民，父亲是在1789年法国大革命后发迹的暴发户。1812—1814年全家迁居巴黎。在大学期间，他醉心于文学，常常自己到附近的索尔博那学院去听文学和哲学课。在此期间，他接受了唯物主义思想。1819年大学毕业后，巴尔扎克违抗父母之命，放弃当律师的美好前途，执意要去当作家。巴黎对年轻的巴尔扎克来说是新鲜事物，也是他生活和创作的背景。"他于1814年在那里开始学习法律，却从来没有操业过，反而喜欢在阁楼里写小说，同时他又实践各种运气不佳的快速致富方案，追求各种的快速计划，包括迅速破产的印刷和出版业务。"① 在日后的创作生涯中，巴黎如同一个让他发狂的恋人，激发着他的创作热情，也给他提供了源源不断的创作灵感和素材。"在巴尔扎克以前，没有一个小说家让这座城市如此隐约而又鲜活，而且他还给狄更斯的伦敦和费奥多尔·陀思妥耶夫斯基的圣彼得堡提供了模式：城市如迷宫，能否在总体的环境中幸存下来取决于你阅读标识的能力，穿透外表，雄心壮志者走出'石膏之谷'（拉斯蒂涅开始其巴黎职业的地方）搬到漂亮的街区。"② 从这几位现实主义作家的创作可以看出，美国批评家彼得·布鲁克斯的话是不无道理的："现实主义如果不是有关城市的，就什么也不是：在某种重要的方面看，它最具特点的就是有关城市的，城市就是现代生活的新的总背景。"③ 巴尔扎克的小说如果没有了巴黎，那是不可思议的；对现代城市的描写，是巴尔扎克小说现代性特征之一，而且这也影响了一代欧美作家。

　　1829到1848年是巴尔扎克创作《人间喜剧》的时期，也是他文学事业的全盛时期。1829年，其第一部以"巴尔扎克"署名的小说《朱安党人》（又译《舒昂党人》）出版，它是巴尔扎克的成名作，也是《人间喜剧》的第一

---

① Peter Brooks, *Realist Vision*, New Haven and London: Yale University Press, 2005, p. 22.
② Ibid., pp. 22—23.
③ Ibid., p. 131.

部作品。小说尽管尚带有早期浪漫主义作品的痕迹，但作者已开始走上了描绘时代风俗的现实主义道路，此后写的《高布赛克》(1830)、《苏城舞会》(1831)、《夏倍上校》(1832)等一系列作品，都发展了这种现实主义的倾向。1833年，其长篇小说《欧也妮·葛朗台》发表，标志着他现实主义风格的成熟。1834年发表的《高老头》是巴尔扎克的代表作。另外，巴尔扎克比较重要的作品还有《乡村医生》(1833)、《对于绝对的探讨》(1834)、《幽谷百合》(1836)、《塞查·皮罗多盛衰记》(1837)、《古物陈列室》(1836—1839)、《幻灭》(1843)、《农民》(1844)、《贝姨》(1846)、《邦斯舅舅》(1847)等。其中《幻灭》是巴尔扎克的又一代表性作品，美国著名的比较文学学者彼得·布鲁克斯认为，"《幻灭》(Illusions perdues)——《丢失的幻觉》(Lost Illusions)，从它的标题开始，就是19世纪的开创性小说"[1]。巴尔扎克让我们明白，小说主人公吕西安的状态代表了年轻一代的"寻欢作乐者"：有才能的年轻人将其才华浪费在吃喝上，并凶猛地挥霍才智。[2]

在从事《人间喜剧》创作近20年的时间里，巴尔扎克以超人的毅力与才智完成了91部小说。其间，巴尔扎克常常在写到手发麻、眼流泪时才停下来休息，喝一杯浓咖啡后复又投入工作。正是这种夜以继日超负荷的劳作，才换来了"比岁月还要多"的作品，但同时也过早地耗尽了他的生命。1847年，他已开始感到身心交瘁。1850年，巴尔扎克在乌克兰和已有近20年通信交往的韩斯迦夫人结婚，此后不久就重病不起，于8月18日与世长辞。

《人间喜剧》是世界文学史上的一座丰碑，它包含了巴尔扎克从1829年到1848年创作的90多部作品，代表了巴尔扎克文学创作的辉煌成就。一般认为，巴尔扎克以"人间喜剧"来命名自己的小说总集，是受了但丁《神曲》的影响。《神曲》意为"神圣的喜剧"，它从构思到题材，都包含了许多宗教的内容。巴尔扎克的小说写的是真实的现实生活，因而相应地被称为"人间"的喜剧。巴尔扎克以"喜剧"命名其小说所写的那些"人间悲剧"，实则是一种讽刺。事实上，巴尔扎克重点描写的是金钱腐蚀下人性的堕落，主人公大都是金钱的牺牲品，并不具备真正意义上的悲剧人物的崇高美。就此而论，他出于对当时社会现实的嘲弄与批判用"喜剧"来命名自己的作品，倒也符合逻辑。

---

[1] Peter Brooks, *Realist Vision*, New Haven and London: Yale University Press, 2005, p. 23.
[2] Ibid., p. 34.

《人间喜剧》有90多部作品,2400多个人物,为了使这么多的"部件"组成一个有机的整体,巴尔扎克使用了两种方法。第一种方法是分类整理法。巴尔扎克将《人间喜剧》分为三类:"风俗研究""哲学研究""分析研究"。其中"风俗研究"主要描写法国当代社会风貌,内涵最为丰富,包括的小说也最多,它成了《人间喜剧》的主体部分。在这一部分里,作者根据作品反映生活的侧重点,又划分为六个场景:(一)"私人生活场景",代表作有《高利贷者》《夏倍上校》和《高老头》;(二)"外省生活场景",代表作有《欧也妮·葛朗台》《幻灭》;(三)"巴黎生活场景",代表作有《纽沁根银行》《贝姨》;(四)"政治生活场景",代表作有《一件恐怖时代之轶事》;(五)"军事生活场景",代表作有《朱安党人》;(六)"乡村生活场景",代表作有《农民》《乡村医生》。第二种方法是"人物再现法"。作者让同一人物在几部作品中出现,每部作品中只表现这个人物的某一段或某一侧面的生活,几部作品合在一起就完成了对这一人物生活史的描写,构成一个完整形象。在巴尔扎克的《人间喜剧》中,有460多个人物是重复出现的,分散在75部小说中,有些重要人物出现达二三十次之多。通过再现人物的足迹,整个小说反映的生活被贯穿起来,构成社会整体。

《高老头》是巴尔扎克的优秀作品之一。就思想内容而言,它展示了《人间喜剧》的中心图画;在艺术上,它标志着巴尔扎克现实主义风格的成熟。在《人间喜剧》中,正是从《高老头》开始,巴尔扎克开始使用人物再现法。小说主要写高老头和他的女儿的故事以及拉斯蒂涅的故事。高老头和女儿们的故事揭示了人与人之间的赤裸裸的金钱关系。"高老头和他的女儿们的关系是一种双重剥削的关系——他希望爱能交换金钱,她们接受金钱而不付出爱——因此,这是一种清晰的历史背景。"[①]小说以"高老头"命名,但又以拉斯蒂涅的经历和见闻贯穿全书,这个人物在情节结构中起穿针引线的作用,成了小说的主人公。小说通过高老头的悲剧和拉斯蒂涅走向堕落的故事,形象地反映了资产阶级和资本主义发展的历史进程,深刻地揭示出金钱腐蚀人的灵魂、毁灭人的天然情感、破坏既有的人与人之间正常关系的严峻事实,象征性地表现了人类历史进程中文明进步与人性异化的悖谬现象,也表现了巴尔扎克在现代性思想方面的矛盾。在《人间喜剧》中多次出场的拉斯蒂涅是一个资产阶级野心家形

---

① Alison Finch,"Reality and its Representation in the Nineteenth-century Novel",in Timothy Urwin ed. ,*The Cambridge Companion to the French Novel*:*From 1800 to the Present*,Cambridge: Cambridge University Press,1997,p. 42.

象,《高老头》这部小说所展示的正是这个人物野心家性格形成的过程。美国批评家弗雷德里克·詹姆逊称《高老头》《红与黑》这样的作品为现实主义的"教育小说"(Bildungsroman),这意味着人物性格是在现实环境的"教育"下发展变化的。"教育小说中的年轻人充当了中产阶级社会探索新可能性的工具和某种记录仪,就像建立一个实验室,让他们性格的那些可能性得以在我们眼前展现出来。于是,这样的主角就不是一种新的社会类型,而是新社会中提供新的现实主义叙述方式的一个循环空间。"[1]

《人间喜剧》是一部"百科全书"式的作品,它是法国文学史上规模空前、内容丰富的现实主义杰作,是一部包罗万象的社会风俗史,体现了"巴尔扎克式"现实主义的基本特点。

由外到内、广阔而深刻地反映生活,是巴尔扎克式现代现实主义的重要特色。巴尔扎克把文学作为研究社会的手段,主张真实地再现现实,强调艺术描写与现实生活的契合和对位关系。由是,他在文学创作上为自己设立的目标首先是再现时代风俗史,做法国社会的"书记员"。较之同时代的现实主义作家,巴尔扎克特别擅长于研究与把握事物的外部特征,对社会外部形态广阔而真实的描绘,是巴尔扎克现实主义的一大特色。但是,巴尔扎克同时也关心人的精神与心灵世界,只是,他对人的研究不像司汤达、托尔斯泰那样直接深入人的内心世界,而往往从描写其所处环境和外部形态开始;他更注重于研究人的心灵怎样在社会外部物质形态的刺激影响下产生惊人的变化,尤其是金钱时代人的灵魂怎样在金钱的催化下引起奇妙的"裂变"。巴尔扎克是在对丰富复杂的人和"生态环境"的描写中展开对人的情欲的实验与解剖的,因而,他常常在小说中不厌其烦地描写人物住所的里里外外,细致地记录人物的言行举止、音容笑貌乃至鼻梁的高低、嘴唇的宽厚等等。他反映生活的起点是社会外部形态,而归结点是人的内部心灵;他企图记录法国社会的真实历史,而在自觉不自觉中披露了拜金主义时代"隐藏在金钱珠宝下"的人的灵魂的丑恶。所以,真实的社会外部形态是巴尔扎克小说所呈现的艺术世界的第一层面,金钱时代人的情感—心理状态是第二层面;第一层面因第二层面的存在显示其艺术的、本质的真实,而在第一层面的"外壳"内包藏的是更为广阔

---

[1] Fredric Jameson," A Note on Literary Realism in Conclusion", in Mattew Beaumont ed. , *Adventures in Realism*, Oxford: Blackwell, 2007, p.263.

和躁动不安的精神宇宙。巴尔扎克既是19世纪上半期的法国社会的"书记员",又是金钱时代人类灵魂的发掘者。"巴尔扎克和司汤达都对历史的独特性有敏锐的认识;由于阶级和金钱被认为是法国后革命的关键问题,两位作家都以前所未有的复杂性,展示了阶级和金钱在他们塑造的人物生活中所发挥的作用。"①

揭示人物性格对环境的依存关系,塑造"典型环境中的典型人物",这是巴尔扎克现实主义的又一特点。19世纪现实主义作家普遍重视人物与环境的关系,刻画典型环境中的典型人物是他们共同遵循的一条基本原则。但是,不同的作家对这一原则的理解与实践各不相同。受动物学理论的影响,巴尔扎克常常把人类社会和自然世界相比拟,认为决定人的精神世界差异的是环境。在他的小说中,对人的生存环境的描写拥有极为重要的地位,无论是物质环境还是社会环境,对人的性格都起着决定性的作用。他笔下的主人公,几乎始终处于物质环境和社会环境的重重包围之中。他们与环境有搏斗,但又无法超越环境,而往往是被环境所战胜、改造和重塑。事实上,他们与环境搏斗的过程,在终极意义上成了向环境学习并顺应环境的过程,性格的形成、发展与演变依赖于、受制于环境,甚至是环境的直接引申。《高老头》中的拉斯蒂涅来到巴黎后,一开始就对环境的诱惑失去抗衡能力,在环境的刺激下,他一步步走向了堕落;《幻灭》中的吕西安经不住环境的诱惑而出卖灵魂。他们的性格是环境的产物。巴尔扎克对人与环境之关系的理解是缺乏辩证法思想的,但这也体现着他对物欲横流、人被普遍"物化"的现实世界的洞察与理解,有其深刻性的一面。正是在这种理念牵引下,巴尔扎克小说对物质环境的描写具有一种"物性"特质。在他看来,文学作品中的物体作为附件代表了用于人类自我定义的物质世界,正如他"在《人间喜剧》的'前言'中说的,家具是人类用来'代表他们的习俗'的。在这种理解中,事物的重要性在于它们的再现性价值,在于它们会告诉获取并使用它们作为他自我呈现的一部分的那个人是怎样的"。② 对物质环境的精细描写,是巴尔扎克式现实主义风格的一种重要体现。

---

① Alison Finch,"Reality and its Representation in the Nineteenth-century Novel", in Timothy Urwin ed. ,*The Cambridge Companion to the French Novel*:*From 1800 to the Present*,Cambridge:Cambridge University Press,1997,p. 42.

② Peter Brooks, *Realist Vision*, New Haven and London: Yale University Press, 2005, p. 26.

巴尔扎克开创了西方小说新的结构模式。19世纪以前西方小说的结构，基本上采用"流浪汉小说"的结构模式，以单一线索纵向直线型演进为特色，通过一条纵向线索贯穿一个个独立的小故事，来反映生活的流程。巴尔扎克小说的结构模式则不同，它通过众多情节线索的有机交织，形成纵横交错的情节网络，立体地展示生活的横断面。这是一种网状结构的新模式。例如，《欧也妮·葛朗台》就写了欧也妮的故事、老葛朗台的故事、查理的故事、拿侬的故事、蓬风所长的故事、克罗旭的故事等，其中又以欧也妮和老葛朗台的故事为中心，其余的情节都和两条中心线交织在一起，展现索漠城横向的生活面貌。纵横交错的情节构成了主人公生活于其中的复杂的人物关系，从而也展现出人物与环境的依存关系，这就为塑造"典型环境中的典型人物"提供了条件。欧也妮和老葛朗台的鲜明形象就是在这种复杂关系中塑造出来的。巴尔扎克小说的这种网状结构模式，既有助于反映日益复杂的社会生活，也有助于描写多元复杂的人物性格，合乎时代对小说发展提出的要求。因此，这种结构模式在巴尔扎克之后被广泛采用，这也标志着西方小说在结构上的发展与成熟。

普罗斯佩尔·梅里美（Prosper Mérimée）是一位具有浪漫主义艺术品格的现实主义作家，他创作诗歌、戏剧和历史小说，但主要以中短篇小说赢得文学史上的地位。他喜欢写异国题材，塑造纯朴真诚而又彪悍粗犷的人物，体现出反现代文明的批判性主题。他的小说在冷峻的叙述中蕴含着激情，比较著名的作品有《达芒戈》（1829）、《高龙巴》（1840）和《嘉尔曼》（1845）。其代表作《嘉尔曼》塑造了个性鲜明的女性形象嘉尔曼。她真诚坦率而又放荡不羁，蔑视所有法律和道德的规范，表现出对个性自由的绝对追求。小说以女主人公的"绝对自由"否定了资本主义文明，但"绝对自由"也毁灭了嘉尔曼自己。梅里美的小说通过"自由"的观念表达了与浪漫主义文学十分贴近的现代性思想。

从50年代起，法国现代现实主义更强调科学精神，表现出客观冷峻的叙述风格。这种风格的倡导者和代表人物是居斯塔夫·福楼拜（Gustave Flaubert），他是法国19世纪后期现代现实主义的重要代表。"如果说巴尔扎克和司汤达经常被赋予法国现实主义小说的奠基人物的地位，那么在1857年《包法利夫人》出版后，福楼拜则经常被称为他所处时代的现实主义团体的领袖。"① 莫泊桑曾声言福楼拜生活在世界的旁边而不是其中。这表达的是福楼拜小说创作的与众不同的叙事风格。作为杰出的观察家和文学界公认的叙事艺术大师,福楼拜摒弃浪漫派的抒情与幻想,以冷静而无动于衷的"零度风格"著称于世,而这种"零度风格"的达成则直接来自其"非个人化"的叙事策略。"福楼拜对现实着迷般的忠诚正是对他周遭蔓延的浪漫主义进行回应的表现。仙女、王子、死亡之马、摆脱生理性身体束缚的不朽的灵魂、人类靠高贵的情绪驱动的齐柏林飞艇都被置于一边,让位于普通生活和普通的人。拒绝异域情调和未必确实之物导致的一个必然后果就是更愿意关注现实世界,去描绘月光下一片卷心菜地的样子。"②《包法利夫人》(1857)是福楼拜的代表作,"这部小说被视为伟大的现实主义作品(后来又被当作伟大的自然主义作品)"。③ 小说主人公爱玛对爱情的追求,更多的是把情人幻想成心目中一个理想的恋爱对象,她被幻想支配着,一直到死去的那一刻。爱玛的自杀,源自爱情梦想的幻灭。这种幻灭及其所带来的毁灭不仅与爱玛相关,更与某种神秘古奥的人性本质相关;就此而言,爱玛的悲剧很可能也是所有人的悲剧。小说中爱玛的悲剧似乎在昭示人的某种充满荒诞的生存境遇:生活给了人们做梦的权利,却又同时剥夺了人们实现梦想的自由;生活是荒诞的,一切挣扎的终点均是徒劳;爱情是滑稽的,终极而言只不过是"臀与心的揉混"。正是基于这样的逻辑,西方不少评论家将《包法利夫人》的主题解读为"虚无"。而现实中的福楼拜的确是一位虚无主义者,他曾断言虚无乃是最高的真实。在这部小说中,福楼拜字斟句酌惜墨如金,其小说创作的语言艺术达到了登峰造极的地步。

此后的几年,福楼拜转向古代题材作品的创作,这就有了书写古代迦太基社会矛盾和惨烈战争的英雄传奇《萨朗波》(1862)。小说以公元前3世纪迦太基雇佣军的一次兵变为中心情节,将爱情和战争完美地交织在一起,极富异域色彩和抒情气息。尽管是历史题材,但该书在细节的精雕细刻方面丝毫不逊色于《包法利夫人》。为了达成描写的真实和准确,作者翻查的书籍文献多达1500卷。以写历史小说著称的大仲马自叹弗如,

---

① William Burgwinkle et al. eds. *The Cambridge History of French Literature*, Cambridge: Cambridge University Press, 2011, p. 467.
② Raymond Tallis, *In Defence of Realism*, London: Edward Arnold, 1988, p. 191.
③ J. A. Cuddon ed., *A Dictionary of Literary Terms and Literary Theory* (5th edition), Malden and Oxford: Wiley-Blackwell, 2013, p. 592.

声言福楼拜为了打造一个抽屉,居然刨光了一座森林。1869 年,福楼拜的第三部长篇小说《情感教育》出版。该书副标题为"一个青年的故事",再次将笔触探向了当代人的生活。主人公弗雷德利克·莫罗从青年到中年,事业无恒心,恋爱无结果,朝秦暮楚,意志薄弱,优柔寡断,一事无成。人生虚无这一作品的主调,使《情感教育》通篇响彻着叔本华悲观哲学的旋律。或许还是因为触动了现实社会中某些隐秘、敏感的神经,该书面世后未见好评;20 世纪初叶,始有目光深邃的批评家真正见出其非凡的艺术价值。《圣安东尼的诱惑》(1874)是一部以古代宗教圣徒为主人公的重要作品。该书的初稿完成于 1848 年,1874 年作者做了较大幅度的修改后定稿。在葱郁蓬勃的爱欲诱惑与沙漠中圣者那清冷的精神苦修之间,蕴含着几乎令人晕眩的巨大艺术张力,充满着深奥迷人的哲学─神学玄想,这使得这部用梦幻剧形式写成的奇书秉有温柔、恐怖、神秘、绮丽的独特艺术风格。在生命的最后时段,病痛缠身的福楼拜仍坚持创作。后期作品主要是短篇小说,以 1877 年印行的《三故事》为代表。

  作为现代现实主义作家,福楼拜以在文学中表现普通的场景和琐碎的对话为己任,把平庸写好,并确保其外观、节奏、言语的真实与优美。[1] "福楼拜是一位现实主义者,他运用某些技巧以实现他想要的忠于现实的目标。"[2] 福楼拜不仅强调观察事物的科学、冷静和缜密,还要求在描绘事物时做到科学、客观、冷静。他反对浪漫主义式的情感宣泄。福楼拜说:"我们不应该利用艺术发泄我们的情感,因为艺术是一个自身完备的天地,仿佛一颗星星,用不着支柱。我们必须脱离一切刹那的因果,然后越少感受对象,我们反而容易如实表现它永久的普遍的性质,天才或许不是别的,是叫对象来感觉的官能。物役于人,不是人役于物。艺术家表现激情,然而是描写的,属于一种再现的作用,具有形体的美丽,否则容易流于艺术娼妓化,甚至情绪娼妓化。"[3] 所以福楼拜主张客观地呈示自然,认为作家在描写庞杂的事物时,必须用画幅显示自然的形体。"展览,然而不是教诲。必须绘成图画,指明自然之为自然;同时图画又要完备,是好是

---

[1] Phillip J. Barrish, *The Cambridge Introduction to American Literary Realism*, New York: Cambridge University Press, p. 23.
[2] Raymond Tallis, *In Defence of Realism*, London: Edward Arnold, 1988, p. 195.
[3] 转引自李健吾:《福楼拜评传》,长沙:湖南人民出版社,1980 年,第 398 页。

歹全画出来。"①福楼拜在创作中积极地实践了这种美学主张。他的小说通常都从人物的视角叙述故事和描写事件,在对世界的洞察能力和观察视野方面,叙述者与小说中的人物是平起平坐的,而且,作者对人物和事件从不作任何抛头露面的直接评议,一切都按生活本身的样子"如眼所见"地呈示出来。

阿尔封斯·都德(Alphonse Daudet)是法国19世纪后期的一位带有自然主义倾向的现代现实主义小说家。他富于同情心,善于忠实地描写物质现象和人物的心灵世界,在他的作品中,真实与幻想、无情的揭露与诗情画意、严肃与幽默、讽刺与同情等因素往往和谐地结合在一起。《小东西》(1868)是其长篇小说代表作。在这部带有自传性的作品中,作者描写了孤独的少年爱洒特在冷酷自私的环境中饱受欺凌的不幸遭遇,在冷静的叙述中隐藏着含蓄的讽刺与批判,对人物的内心感受表现得十分细致。都德的短篇小说享有更高的声誉。以描写普法战争为主的短篇小说集《月曜日的故事》(1872)中,就有《最后一课》和《柏林之围》这样的世界性名篇。

基·德·莫泊桑(Henri René Albert Guy de Maupassant)生于诺曼底一个破落的贵族家庭,1870年普法战争爆发后应征入伍,战后在海军部和教育部当了十几年的小职员。在福楼拜的指点下,莫泊桑开始练笔。1880年莫泊桑发表了中篇小说《羊脂球》,一举成名。莫泊桑的写作生涯只有短短的十年,却发表了六部长篇小说和三百多篇中短篇小说,其中以短篇小说成就最高。普法战争是莫泊桑短篇小说创作的一个重要题材,其中最有名的是《羊脂球》,同属于这一题材的还有《两个朋友》(1883)、《菲菲小姐》(1882)等。对小职员生活的描写是莫泊桑短篇小说的另一个重要内容,如《一家人》(1881)、《我的叔叔于勒》(1883)、《项链》(1884)等。家乡诺曼底的风土人情也是莫泊桑偏爱的题材,如《泰利埃公馆》(1881)、《皮埃罗》(1882)、《绳子》(1883)等。莫泊桑一共写有六部长篇小说,其中以《一生》(1883)、《漂亮朋友》(1885)最为出名。莫泊桑的写作风格逼真、自然,他以敏锐冷峻的观察力,细致生动地刻画了一个个鲜明的形象。他

---

① 《福楼拜致乔治·桑书》,转引自李健吾:《福楼拜评传》,长沙:湖南人民出版社,1980年,第389页。

用词准确、惜墨如金，善于以平淡的情节塑造人物，以真实的细节凸现性格，使小说既有反映现实的思想内容，又是引人入胜的艺术精品，因而具有极强的艺术感染力。

第二节　英国现代现实主义

英国现代现实主义文学思潮的兴起晚于法国，而且是在法国的影响下成长起来的。韦勒克认为，在1880年之前，英国"就不曾有过一个叫做现实主义的运动。"①但是，韦勒克这么说，并不等于英国在19世纪80年代以前不存在现实主义的文学思潮，而只能说明英国现代现实主义出现得晚一些，并且也像法国的现实主义一样也是事后被"追认"的；而且，英国现实主义特别与法国不同是，一开始并没有激烈的理论上的论争，它是在法国现实主义文学以及本土的18世纪现实主义倾向的小说影响下悄然而成的，现实主义创作倾向的作家群体在英国也显得比较松散。不过，就国际性文学思潮发生、演变与传播之整体性角度看，英国的现代现实主义显然是欧洲现代现实主义文学浪潮中的另一波，至于在产生与兴起的时间上，英国现代现实主义于19世纪30年代开始出现，也仅仅是稍晚于法国而已。英国是工业革命和资本主义在欧洲发展最早的国家，因其国情之特殊性，英国现代现实主义文学在整个西方现代现实主义文学谱系中有其鲜明的特点。

欧洲的工业革命首先开始于英国。通过圈地运动和海外贸易所积累的丰厚资本，全社会弥漫的以追求财富为核心的进取精神，为英国工业革命在金钱、社会文化和心理方面做了充分的准备。数百年来科技发明和改进的成果积累，使18世纪80年代迎来了瓦特蒸汽机在动力上的历史性突破，由此推动纺织业、采矿业等生产行业以及交通等各行各业的发展。英国率先跨入"工业民族"的行列，在物质财富的生产方面突飞猛进。

英国在欧洲最早实行了政治变革，为西方资本主义推行民主制度树立了榜样。但是，1688年的"光荣革命"只是完成了君主专制向寡头统治的转化，多数人仍然被排除在政治权利之外。从18世纪末起，建立民主

---

① 勒内·韦勒克：《批评的诸种概念》，罗钢、王馨钵、杨德友译，上海：上海人民出版社，2015版，第216页。

制成为英国新的历史任务,因工业革命而壮大的工业阶级向土地阶级要求分享政权。在法国革命影响下,英国资产阶级民主运动在18世纪最后10年开展得如火如荼。著名的民主思想家葛德文(William Godwin)与维护传统的伯克(Edmund Burke)展开了激烈论战,他与潘恩(Thomas Paine)等人热烈拥护法国革命所体现出的民主民权思想,在民主派乃至工人中都有很大影响。以"伦敦通讯会"(1792年成立)为代表的英国第一批工人阶级政治组织出现。中下层人民联合起来,一场声势浩大的群众性议会改革运动在英国迅速兴起。

在欧洲,"19世纪是英国的天下,但欧美也开始跟上。自由竞争、弱肉强食引发出严重的贫富不均和社会不安"①。英国19世纪现代现实主义文学的发展、繁荣,恰逢英国历史上著名的"维多利亚时期"。1837年,维多利亚女王登基,在位63年。在此期间,尤其是19世纪70年代之前,大英帝国经历了财富急剧增长、国家版图不断扩张的黄金时期。到19世纪三四十年代,英国已经完成了工业革命,建立了纺织、冶金、煤炭、机器制造和交通运输五大部门。到1850年左右,世界半数的棉花由英国加工,英国的生铁和煤炭产量在世界上一马当先,英国的机器畅销许多国家,英国制造的船只驶往各个国家。工业的发展,海上霸权的确立,让英国奠定了在世界经济上的霸权地位。英国庞大的船队将工业产品运往世界各地倾销,还在国外兴建铁路,大举投资。快速发展的"铁路时代""对英国资本家来说是正逢其时,他们把这种好光景看成是天然的规律,而且还认为这种好光景会长盛不衰"②。一时间,英国不仅成为"世界的工厂",而且是世界范围的船主、商家和银行家,财富源源不断地流入国内。1851年,维多利亚女王主持了伦敦第一次世界博览会的开幕式。设在海德公园内玻璃大厦中的博览会,以一万三千多件新科技展品彰显了英国工业革命的成就。从60年代起,英国又加紧开拓、掠夺殖民地,开辟新的财源和市场。

在英国的19世纪,工业革命与政治革命是相伴相生的。1832年终获通过的议会改革法案,带来了英国社会重大的政治变化。男性公民的选举权扩大了;早已衰败但仍由贵族控制的"腐败选区"所占据的议席,让位给了新兴城区。工商业资产阶级在国家政权上日益取得重要地位,他

---

① 梁鹤年:《西方文明的文化基因》,北京:生活·读书·新知三联书店,2014年,第428页。
② A. L. Morton, *A People's History of England*, London: Lawrence & Wishart, 1979, pp. 398—406.

们利用自己政治上的权利实行有利于资本主义发展的政治改革和经济措施。1846年,旨在保护土地所有者利益、限制进口的谷物法被废止。自由贸易政策使英国经济出现了前所未有的繁荣。

维多利亚时期是英国兴旺发达的时代,也是矛盾丛生的时代。作为欧洲工业革命的先驱国家,工业革命带来了巨大的财富,激发了人的创造力,但工业化和城市化的迅猛进程也带来了新的社会问题。在人口稠密的工业区,贫困、肮脏、疾病、失业、恶劣的工作和居住条件恶性地爆发出来。严重的贫富两极分化,将社会分成互相陌生、互相敌对的"两个民族",加剧了社会的不平等现象。根据资产阶级经济学家托马斯·马尔萨斯(Thomas Robert Malthus)的人口理论和大卫·李嘉图(David Ricardo)的"铁的工资法则"学说,议会在1834年通过了新的济贫法,将原本作为救济组织的济贫院变成了对贫穷者进行惩罚的机构,激化了阶级矛盾,成为30年代末全国性的"宪章运动"兴起的原因之一。工人阶级公开向资产阶级提出了一系列经济上和政治上的要求,把获得选举权看作是获得阶级解放的保证。经历了十多年的奋斗,加上19世纪60年代重新兴起的群众运动的影响,工人阶级迫使有产者承认,他们是不容忽视的新的民主力量。英国议会在1867年和1884年通过第二次和第三次议会改革法,使劳工阶级获得选举权。

维多利亚时代的英国还是一个充满争议和困惑、经历信仰危机的时代。"1850年代唯物论、自然科学勃兴,英国文学自然也受到它的影响。"[①]19世纪中期地质学、天文学、生物学等自然科学方面的一系列发现,对当时的社会思想产生了巨大冲击。影响力最大的就是达尔文的生物进化理论。它使宗教传统的创世说受到挑战,人们被迫重新认识自己在生物界的地位。斯宾塞(Herbert Spencer)、赫胥黎(Thomas Henry Huxley)等人的各种社会进化理论应运而生。源自德国的对《圣经》的科学化研究,也动摇了宗教权威的根基,形成对传统信仰和道德观念的冲击。于是,英国国教的凝聚力逐步削弱,新的教派不断问世。知识界的"牛津运动"竭力主张振兴传统、权威的体制化宗教,从而导致了注重仪式的"高教派"以及天主教影响的抬头。涵盖国教中的"低教派"以及非国教的各种派别的"福音派"(泛指只承认《圣经》的权威、轻礼仪重信仰的新教派),则吸引了小生产者,在社会中下层产生深远影响。

---

① 厨川白村:《西洋近代文艺思潮》,陈晓南译,台北:志文出版社,1979年,第126页。

维多利亚中期的英国社会努力将正在裂变的思想体系凝聚起来。在经济上大获全胜的中产阶级，建立起新的、统一的道德规范、价值观念体系。"所谓的'维多利亚精神'，实质上就是新的按工业阶级的形象塑造出来的绅士精神。"①从等级社会中打拼出来的中产阶级，为自己建立了自我奋斗、自我塑造的美好形象。务实的中产阶级推崇的价值观念——勤奋、节俭、自助，与源于清教的"福音"教的主张——反对纵欲、讲求实际、注重责任、信奉节俭和勤奋等，和谐地结合在一起。维多利亚女王提倡道德和秩序，她的宫廷不同于前摄政时期的放荡奢华风气，充满中产阶级的味道。她的家庭是秩序井然、相亲相爱的中产阶级家庭的缩影，她把自身尽力塑造成了一个反映中产阶级妇女道德诚实、忠于家庭的美德的公开形象。反映中产阶级价值观念和社会态度的"维多利亚精神"，尽管其中不乏虚伪、自满、对人性的压抑，也受到过质疑和反抗，但仍成为社会的共同规范。这时期的文学与这种精神发生了千丝万缕的联系。

由于英国是欧洲资本主义发展最早最快的国家，资本主义早期的社会矛盾在这个国家表现得格外充分和典型，因此，英国19世纪现实主义文学思潮之特点明显有别于法国：较多地表现了劳资矛盾以及"小人物"的悲惨命运和苦难生活，从描写下层平民特别是城市平民的角度对资本主义的弊病给予批评，对现代化进程中的"进步"和"发展"既表现出"乐观"精神，更表现了忧虑与反思，人道主义和改良主义色彩特别浓。"由于占统治地位的习俗，也由于幽默以及某种民族理想主义，现实主义在英国文学中是有节制的；只是到了19世纪最后十年，才出现了从法国借鉴的不可缓和的、悲观主义的形式。"②这显然和这一时期资本主义在英国的"欣欣向荣"的发展有密切关系。

强烈的社会责任感、批判意识和道德感是维多利亚时期英国现代现实主义文学的总体特点。这种倾向来自社会现实和哲学、美学思潮的共同影响。英国思想家和散文家托马斯·卡莱尔（Thomas Carlyle）对社会财富分配的不公进行批判的社会观，对维多利亚早期和中期的一批重要作家如盖斯凯尔夫人、金斯利、里德等的社会倾向产生了至关重要的影响。在美学方面，这一时期最有影响的是罗斯金（John Ruskin），他认为艺术不能脱离社会，强调艺术家的道德感。马修·阿诺德（Matthew

---

① 钱乘旦、陈晓律：《英国文化模式溯源》，上海：上海社会科学院出版社，2003年，第307页。
② 保罗·梵·第根：《文艺复兴以来的欧美文学史》，谢钟浑译，北京：人民出版社，2015年，第267页。

Arnold)的评论在维多利亚时代首屈一指,他认为文学的内容必须具有真实性与严肃性,肯定诗的道德意义和教育意义;他强调文学应该是一种"对人生的批评"(criticism of life),具有社会道德的作用,有朝一日文学"有可能取代宗教和哲学"①的地位。这种文学批评理论与观念对这个时期的小说创作风格无疑是会产生影响的。

虽然都以"写实"为特征,但英国的现代现实主义文学显然不同于强调客观冷静、具有显著的科学主义倾向的法国现实主义。受清教主义传统影响的英国小说家重视文学的道德教诲作用,很难接受自然主义的客观超然的创作态度和对人的自然本性作直接呈现的写法。例如,狄更斯和萨克雷的小说在描写真实的程度上互有差别,但对性爱的描写均采用回避或隐晦的态度。即使在维多利亚晚期,与法国自然主义没有直接关系,也并不赞同法国"实验小说"主张的哈代,因为创作中有对"生理现实"坦率真实的描写,有违维多利亚时期的道德观,仍遭受强烈的谴责。因此,在西方现代现实主义文学谱系中,英国现代现实主义文学有突出的时代特性与民族特性。

19世纪英国现代现实主义文学思潮产生于30年代,到40、50年代走向繁荣。在这一阶段里,产生了马克思所称赞的"一派出色的小说家"②,他们是狄更斯、萨克雷、夏洛蒂·勃朗特、盖斯凯尔夫人等。狄更斯是英国现代现实主义文学的杰出代表,他的作品描写了19世纪上半期英国社会的广阔图景,是当时拥有广泛读者的著名小说家。在英国,"19世纪30年代的人们通常更积极地看到,这是一个萌动和令人激动的季节,而非一个平静的季节,这是一段富有成果的混合实验和向新形式和主题过渡的时期,而狄更斯当然是主要的范例。"③

查尔斯·狄更斯(Charles John Huffam Dickens)是英国著名的小说家,也是19世纪欧洲现代现实主义文学的杰出代表之一。狄更斯1812年2月7日出生于英国南部朴次茅斯海港波特西镇。由于家庭破产欠债,11岁的狄更斯不得不离开学校,进入一家鞋油作坊当童工。15岁时,

---

① Matthew Arnold,"The Study of Poetry", in Lionel Trilling., *The Portable Matthew Arnold*. New York:The Viking Press,1963, p. 300.

② 马克思:《一八五四年八月一日〈纽约论坛〉上的论文》,见《马克思恩格斯论艺术》(2),北京:人民文学出版社,1963年,第402页。

③ David Paroissien, *A Companion to Charles Dickens*, Chichester:Wiley-Blackwell, 2008, p. 456.

他进入一家律师事务所务工,1831年成为一名新闻记者。1834年,他署名"博兹"的一篇速写故事被报纸刊发,极大地激发了狄更斯文学创作的热情。1836年,他将自己陆续发表的一些幽默速写故事编为《博兹特写集》出版。1837年,长篇小说《匹克威克外传》发表,其对匹克威克及其仆人山姆·韦勒的幽默描写,获得读者热烈欢迎,狄更斯一举成名,并由此开始了其职业作家的生涯。

1833—1841年为狄更斯小说创作的早期阶段。"从狄更斯最早期的作品就可以看出,他的写作充满人性并且关注的多是些社会底层人物。"①除《博兹特写集》和《匹克威克外传》外,这一时期他还出版了《奥立佛·退斯特》(又译《雾都孤儿》,1838)、《尼古拉斯·尼克尔贝》(1839)、《老古玩店》(1841)、《巴纳比·拉奇》(1841)四部长篇小说。"狄更斯的早期小说虽反映了社会分化问题,但并未给予这些分化问题以足够重视,并未揭露其对社会进步的威胁。"②"在早期小说中,狄更斯总是在美与善、丑与恶之间保持着一种简单的平衡"③,"恶与丑也总是相伴而行"。④《奥立佛·退斯特》中的同名主人公是在根据新济贫法所设立的济贫院里出生并长大的一个孩子,先是被送到棺材铺当学徒,后因受不了非人的虐待出逃到伦敦,却又落入窃贼集团之手。最后,他得到一位好心肠的有产者的帮助,继承了一笔遗产,从此过上了幸福的生活。小说谴责虐待儿童的济贫院,并揭示了伦敦贫民窟的黑暗生活。《尼古拉斯·尼克尔贝》通过教员尼古拉斯·尼克尔贝的痛苦经历,揭露了英国教育制度的虚伪。《老古玩店》是狄更斯这一时期最重要的长篇小说。屈兰特老汉在伦敦的小街上开了一家古玩店,生意惨淡,生活困苦。他把一切不幸归咎于"命运不济";为了改变命运,他参与赌博,不想却落入高利贷者奎尔普的圈套,反而将古玩店输掉了。被逐出店门的他和小孙女耐儿流落街头,后为躲债而逃离伦敦去了偏远的乡村,最终祖孙俩先后在苦难中死去。小说中对温柔善良的小耐儿形象的成功塑造,赢得了众多读者的极大同情。作品最后虽然以奎尔普的失足落水而死给人以恶有恶报的些许安慰,但整部小说基调悲怆。

1842—1848年为狄更斯小说创作的中期阶段。1842年,狄更斯访问

---

① David Paroissien, *A Companion to Charles Dickens*, Chichester: Wiley-Blackwell, 2008, p.57.
② Ibid.
③ Juliet McMaster, *Dickens The Designer*, London: Macmillan, 1987, p.4.
④ Ibid., p.5.

了美国。美国的现实使他大为失望,这体现在其美国见闻集《游美札记》(1842)中。在翌年发表的长篇小说《马丁·朱述尔维特》中,小说家进一步对美国社会的拜金主义进行批判。1844年以后,狄更斯与家人一起侨居瑞士、法国和意大利等地。在此前后,他创作了《圣诞故事集》(1843—1848),包括《圣诞欢歌》《生命的战斗》《炉边蟋蟀》等,集中表现了其人道主义的博爱思想。其中最著名的《圣诞欢歌》(1843)写一个吝啬的老商人史克罗奇在圣诞前夜让他的雇工一直工作到最后一分钟,于是夜里有三个幽灵带他周游全市,让他看到穷苦人家的善意、黑心肠人的下场。他由是洗心革面皈依宗教,变为慷慨仁爱的人。《董贝父子》(1848)是狄更斯旅居巴黎期间创作的长篇小说,也是他这一时期的代表作品。主人公董贝是个从事海外贸易的商人,其生活原则是利润和金钱。儿子保罗由于得不到家庭的温暖,早年夭折。女儿不能继承他的事业,不能给他带来利益,董贝先生对她冷酷无情。他的续妻因为不能忍受他的骄横专制而与人私奔。最后,失去了金钱财产和社会地位的董贝先生,被自己遗弃的女儿的温情感化,重新找到了幸福。"在《董贝父子》中,狄更斯主要通过隐喻的手法努力联系上层社会和底层社会,把富有的新娘和象征着单身边缘女性的妓女联系到一起。"①

19世纪50年代前后是狄更斯创作丰收的时期。《大卫·科波菲尔》(1850)是其这一时期写下的一部带有半自传性质的小说。小说以大卫的苦难经历,表达了对英国社会问题的普遍关注:金钱的腐蚀作用、孤儿的悲惨命运、寄宿学校虐待儿童的现状、童工的痛苦境遇等。小说描写了以老保姆辟果提为代表的仁爱善良的下层人民,体现了对高尚、真诚、仁慈美德的颂扬。《荒凉山庄》(1853)是一部色调阴沉、寓意深刻的作品。"《荒凉山庄》的一个推动力是反映城市贫困人民生活状况,小说相关描述往往令人震惊。"②小说描写了一桩拖延了20年之久的遗产诉讼案,仅诉讼费就把一对青年男女所应继承的遗产全部花光。小说嘲讽了英国的议会政治、政治制度,暴露了保守党和自由党争权夺利的丑态。"《荒凉山庄》中,狄更斯大胆使用了一种创新结构,即在一个故事中出现两个叙述者,把社会上层和社会下层完全交织在一起。"③《艰难时世》(1854)是狄

---

① James Eli Adams, *A History of Victorian Literature*, Chichester: Wiley-Blackwell, 2009, p.146.
② Ibid.
③ Ibid.

更斯最重要的社会小说之一。这部小说的创作基于狄更斯对普勒斯顿纺织工人大罢工的观察。它"对于现代工业的描述远比盖斯凯尔夫人的作品要阴郁得多"。① 小说围绕工业中心焦煤镇上的两大资本巨头葛雷梗和庞得贝展开。葛雷梗是资本家,同时也是议员兼教育家,他评价事物的准绳是资产阶级功利主义哲学。基于这种哲学,他强行将女儿露易莎嫁给年龄比其大30岁的资本家庞德贝,导致女儿在痛苦中精神崩溃。在其唯利是图教导下长大的儿子成了银行盗贼,逃往海外,葛雷梗将罪行嫁祸于纺织工人斯梯芬并导致其死亡。纱厂厂主庞得贝是掌握整个市镇经济命脉的大资本家,他最喜欢的是工厂冒的烟,工厂里工人像牛马一样劳作却还是无法养活自己。小说透露出作者不赞成以革命手段解决劳资矛盾的改良思想。"《艰难时世》的世界中,野心化身为机械的日常生活、麻木的情感,以及残暴的统治。这部作品对边沁主义的合理性进行了嘲讽。"②《小杜丽》(1857)中的同名女主人公因父亲长期被关在马夏西债务监狱,在狱中诞生、成长,被称为马夏西的孩子。小杜丽心地善良,她温顺地侍候父亲,靠缝纫得来的微薄报酬资助她的姐姐和哥哥离开马夏西监狱。在亚瑟的帮助下,杜丽一家终于脱离了马夏西监狱。后亚瑟因与人合资受骗而破产,也被关进马夏西监狱。小杜丽闻讯后赶到狱中悉心照顾他,最后两人成婚。狄更斯在小说中成功地杜撰了一个其工作原则就是"想法子不干事"的"繁文缛节局",它是英国官僚政治机构的缩影。

历史小说《双城记》(1859)被认为是狄更斯创作中思想、艺术成就最高的作品之一。《双城记》故事发生在巴黎和伦敦两大城市。19世纪中叶,英国社会贫富悬殊日盛,贫困受压者不满与反抗情绪急增。作为一个反对一切暴力的博爱主义者,狄更斯唯恐英国爆发革命,为此写下了以法国大革命为题材的历史小说《双城记》作为殷鉴。小说的第二卷、第三卷集中描写了埃弗瑞蒙特侯爵及其家族的罪恶。埃弗瑞蒙特兄弟身上体现着法国革命前反动贵族阶级的典型特征——骄奢淫逸、专横残暴、冷酷傲慢。他们利用贵族的特权胡作非为,视人命如草芥,任意奸淫妇女,杀害和监押无辜。埃弗瑞蒙特兄弟的马车轧死了小孩,他们只觉得是"一点讨厌的震撼",抛下一个金币便欲扬长而去。有人把这金币扔回马车,他们

---

① James Eli Adams, *A History of Victorian Literature*, Chichester: Wiley-Blackwell, 2009, p. 153.

② Ibid.

就气势汹汹地扬言"要把你们从世界上统统消灭"。① 人民群众在这种封建专制的压迫下极度贫穷:"在成人和儿童的脸上都刻着新鲜的和陈旧的饥饿标记,饥饿到处横行";"除了刑典和武器外,并没有任何表示繁荣的事物"。农民只有两种命运——被饿死或囚禁在牢狱里。总之,小说从多种角度形象地反映了18世纪法国贵族统治阶级对第三等级平民大众在政治、经济、人身、精神上的疯狂压迫。在这些描写中,狄更斯恰如其分地揭示了法国贵族统治阶级所制造的那种"没有美德的恐怖",从而阐明:封建阶级残暴压迫所造成的民众的饥饿、贫困和死亡,乃是革命爆发的根源。

小说描写更多的是复仇者的反抗,也即革命本身。狄更斯分两层展开这方面的描写,一层是城市暴动,一层是乡镇暴动。前者的描写,作者总是用海水、人的海洋、人声的波涛以形容其声势浩大、势不可挡。后者的描写,作者着重描写了火——府邸起火、万家点燃的灯火等,以显示星星之火顷刻燎原之势。这两层描写,寓意颇深,皆在说明:水也好、火也好,都和人的感情不相容;革命的浪潮和烈火,达到顶峰,就会泛滥成灾,一发而不可收拾。事实也正如此,人们可以看到,德发日太太挥刀杀人毫不留情;市政大院里愤怒的民众磨刀霍霍,杀气腾腾;革命法庭将无辜者判处死刑是非难辨;大街上囚车隆隆,刑场上断头机嚓嚓作响,惨不忍睹。这一切都是那样阴森可怖、野蛮凶残、缺乏理性。但是,作者在自序中明确声明,这些情况"宛如确实全部都是我亲身所遭所受的一样"。②

法国大革命本身是一种复杂的历史现象。这样一场规模宏大、波及深远、剧烈空前的群众性革命运动,出现种种偏颇谬误是不足为怪的。何况,它作为反封建的资产阶级革命,其性质本身就决定了处于社会最底层的城乡劳动者,虽对革命怀有巨大的热情和献身精神,但在文化、思想、政治上的偏狭与局限也必然使其带有极大的狂热性和盲动性。狄更斯写他们外表上粗俗鄙陋,缺乏教养,也写他们复仇时不怕牺牲,对革命事业忠贞执着;写他们在和平生活中令人怜悯,也写他们在革命中令人惧怕。在这样的描写中,德发日太太乃是其着笔最多的人物。她自幼深怀家破人亡之恨,日夜等待复仇之日的到来;苦大仇深的她天生具有革命性,在革命中也就合乎逻辑地成了一员悍将。她没有受过文化教育和政治教育,再加上生性强悍固执感情用事,在革命高潮那万众鼎沸的时候,她丧

---

① 狄更斯:《双城记》,张玲、张扬译,上海:上海译文出版社,1989年,第143页。
② 狄更斯:《〈双城记〉作者序言》,见《双城记》,张玲、张扬译,上海:上海译文出版社,1989年,第1页。

失理性,成为不分青红皂白的复仇者和野蛮疯狂的嗜杀者。通过这一形象,狄更斯揭示了一种非人的人性,体现了残酷的复仇和暴力。小说仿佛在告诉读者:民众因遭受野蛮压迫而奋起反抗固然有其天然的正义性,然而因仇恨而起的暴力嗜杀本身却因其非理性而远离了革命的正义性——盲目和麻木地杀人,除了制造暴力恐怖,并无法消除邪恶,反而会加剧人与人的仇恨,进而使人的行为更趋邪恶。

狄更斯在小说中作如此描写,关键的不是对革命过失的批评,而是道德上的善恶评判。从他的人道主义道德立场来看,既然人性本善,行恶者是良知的一时迷误,则不能在肉体上毁灭之,而应经由"道德感化"使其人性之善得彰。至于恶行的承受者,即使一时遭到邪恶势力的迫害,也不应以暴抗暴,而应以"仁爱"去化解仇恨。马奈特医生曾无辜被投入巴士底狱 18 年,出狱后对仇敌的后代达奈非但不计旧恶,还为营救他而四处奔走并蒙受指责。他最终将女儿露茜许配给达奈,表现出宽大与仁爱的高贵情怀。英国律师卡屯深爱着露茜,但出现了貌似被革命者追杀的贵族后代达奈,他宁愿为了成全达奈和露茜的婚姻幸福而代其上断头台。通过马奈特医生、露茜、卡屯等人物形象,狄更斯表达了以爱化解仇恨,以牺牲自己求得人与人之间和谐的道德理想。质言之,狄更斯的博爱哲学,既否定了贵族统治者的为非作歹的邪恶行为,也批评了革命者暴力复仇的过激与恐怖。基于小说着重表达的是那种博爱情怀,作者对历史上法国大革命的暴力作了善意的批评。

《双城记》具有史诗般磅礴的气势,体现现实主义的创作风格。为了如实地描写法国大革命,狄更斯阅读了大量原始材料,所以关于法国大革命的描写十分真实具体。小说以波澜壮阔的法国大革命为背景,描写"无数赤裸的胳膊在空中摇动着,人们挤着、喊着、跳跃着,抢着不知谁分发的火枪、铁条、木棍、长矛等,呐喊声似乎要淹没整个法兰西"!这种壮观的场面描写在小说中屡有出现,为英国文学所罕见。

《远大前程》(1861)中的主人公匹普是个孤儿,由姐姐抚养长大,他受雇于地主郝薇香家,与地主的养女艾丝黛拉相爱,一心想成为上等人。他在无意中搭救的一个逃犯在国外发财致富,为报恩要送他去伦敦接受上等教育,并让他继承一笔遗产。正当他满怀希望之际,艾丝黛拉却另嫁他人,而遗产也因逃犯就擒而被没收,匹普只好前往海外谋生。后来,回国的匹普与艾丝黛拉再次相逢,此时她的丈夫已死,饱经忧患的一对情人终成眷属。小说批判了人们对上流社会的迷恋,探索了在这种迷恋中人性的善恶,强调人要正直、诚实地生活。

19世纪60年代,狄更斯的小说创作与其人生一样进入了最后的阶段。由于辛勤的写作损伤了健康,更因与妻子的长期不睦,狄更斯的心情愈来愈沮丧。他以近乎绝望的心情完成了其最后一部长篇小说《我们共同的朋友》(1865)。小说围绕遗产和人性的善恶而展开。1869年,狄更斯开始创作一部戏剧性很强的侦探小说《爱德温·德鲁特》,但作品刚刚过半,作家即罹患脑溢血,于1870年6月9日去世。

19世纪是英国工业化和城市化快速发展的时期,从城市的维度表现人的生存状态,是狄更斯小说的独特视角,因此,在很大程度上,狄更斯的小说是一种城市小说。狄更斯是地道的伦敦人,他在伦敦生活了40余年。1866年他曾经不无自豪地宣称:"在伦敦几百万人中,没有谁比我更加了解伦敦。"①正如批评家米勒所指出的:"世界是人类得以生存的万物总体。对狄更斯而言,这个'总体'的具体代表就是庞大的现代化商业城市……狄更斯迷恋着城市,尤其是伦敦。"②可以说,在19世纪,很少有英国作家能够像狄更斯那样精确而细致地描绘工业化和城市化时期人的丰富而复杂的城市体验。通过城市生活的描写,揭示资本主义城市化、工业化过程中的社会矛盾,就成了狄更斯小说的一大特征。狄更斯的城市小说"表达了独特的城市经验"③,因此,可以说"狄更斯是最早界定城市特殊生活环境的最伟大的小说家之一"④。无怪乎,史蒂文·马库斯在《恩格斯、曼彻斯特和工人阶级的状况》中指出:"只有成熟的狄更斯才能与恩格斯相媲美乃至超越恩格斯对工业化时期的城市的描写,并且展示出对鲜活的主体的直接而具有创造性的把握。"⑤

正是在这种城市视角中,狄更斯的创作描写了为数众多的中下层社会小人物的悲苦,反映了维多利亚盛世年代英国社会的阴暗画面,表达了

---

① Philip Collins, *Dickens: Interview and Recollections*, Vol. II, London: Macmillan, 1989, p. 326.

② J. Hillis Miller, *Charles Dickens: The World of His Novels*, London: Oxford University Press, 1958, p. xv.

③ Raymond Williams, *The English Novel: From Dickens to Lawrence*, New York and London: Oxford University Press, 1970, pp. 31—32.

④ J. Hillis Miller, *Charles Dickens: The World of His Novels*, London: Oxford University Press, 1958, p. 293.

⑤ Steven Marcus, *Engels, Manchester and the Working Class*, New York: Random House, 1974, p. 142.

对资本主义现代化过程的反思与批判,同时也成功刻画了许多资产者的形象。"狄更斯对社会发展所带来的得与失,以及弱势群体如何挣扎在生存边缘的问题尤其关注。清拆贫民窟以及相关的社会'进步'会造成大规模的文化位移现象,之后就会为叙述某个故事提供参照;或者聚焦某个个体的堕落过程。"① 就小说所反映的社会生活面的广阔性而言,狄更斯乃英国文学史上自莎士比亚以来最卓越的作家。狄更斯在文学观念上主张客观真实地再现生活。"我并没有创造它",狄更斯在告诉福斯特他想象中的视觉过程时说,"真的不曾创造,只不过是看到它,然后记录它"。② 显然,"仅仅使用文字就能传达视觉意象,现代文学理论家有关于此的论述常常让我们疑惑不解"③,狄更斯以此强调自己小说创作的客观性。不过,事实上,"狄更斯的艺术就像画家的作品,相信看到的即为真实"。④ 正因为如此,狄更斯善于惟妙惟肖地刻画人物的外在肖像,"狄更斯具有让人物可视化的非凡能力"⑤,"忽略狄更斯作品中的外貌描写,等同于忽略人物角色的核心"。⑥ 不过,这并不意味着狄更斯仅仅是一个擅长于外在描写的作家,事实上,他一生致力于探索外在视觉和内在精神之间的联系。"相比大多数作家,狄更斯认为,视觉信号值得信赖,能够更真实地传达人物的精髓,至少对于那些懂得如何阅读的人而言是如此。"所以狄更斯对人物的描写能够从外到内,探视其心灵世界。正如乔治·亨利·刘易斯所说,狄更斯是小说家中的典范,因为他总是关注"外表与内心结构间的微妙联系"。⑦ 也像斯蒂芬·茨威格所说:"他(狄更斯)的心理是从视觉开始的,他通过观察外在而得知人物的性格。"⑧ 狄更斯擅长妙趣横生的幽默、细致入微的心理分析,尤其善于运用夸张的手法突出人物形象的某些特征,达成现实主义描写与浪漫主义气氛的有机结合。他的小说具有很强的故事性和戏剧性,通俗易懂,雅俗共赏。"现实主义小说,从这个

---

① James Eli Adams, *A History of Victorian Literature*, Chichester: Wiley-Blackwell, 2009, p. 58.
② John Forster, *The Life of Charles Dickens*, London: Cecil Palmer, 1928, p. 720.
③ Juliet McMaster, *Dickens The Designer*, London: Macmillan, 1987, p. 3.
④ Ibid., p. 3.
⑤ Ibid., p. xiii.
⑥ Ibid., p. 4.
⑦ George Henry Lewes, "The Novels of Jane Austen", *Blackwood's Magazine*, No. 86, July 1859, p. 106.
⑧ Stefan Zweig, *Three Masters: Balzac, Dickens, Dostoevsky*, trans. Eden and Cedar Paul, London: Allen and Unwin, 1920, p. 77.

宽泛的意义上说,并不总是彻头彻尾的'现实主义'。它们通常包含情节剧、传奇或仅仅是夸张的或象征主义的作品,这些作品要求读者在阅读时采用不同的方式理解。"①这方面在狄更斯的小说中表现得相当明显,比如,他的"《奥立佛·退斯特》,这部小说以最不可思议的巧合为前提,大部分以情节剧和哥特式风格写就。然而,狄更斯也极力去证明小说的真实性,将没有经验的读者带入完全不熟悉的伦敦街区,进入一个强调他们正被带入的世界真实性的段落之中。像这样的小说要求读者能够快捷转换模式,因而能够自信地适应文本不同章节呈现自己的方式"。②

威廉·梅克皮斯·萨克雷(William Makepeace Thackeray)是19世纪英国早期现代现实主义文学的代表,他是一位讽刺作家,他认为道德训诫是作家的重要职责。萨克雷善于描写上等社会中人与人之间风雅而又虚伪的关系。他的作品忠实于生活,细腻地刻画人的情绪状态,并以生动风趣的叙述、描写、对话及评论吸引读者,情节丰富而生动。他的代表作《名利场》(1848)以19世纪20年代的英国社会为背景,主要描写两个生活态度截然不同的妇女的命运,一个是穷画匠的女儿蓓基·夏泼,另一个是有钱人家的小姐爱米丽亚。小说着重描写的是不择手段的女冒险家蓓基·夏泼的形象。她冷酷而自私,利用一切关系往上爬,迎合上流社会的道德标准,为达目的不择手段,是一个十足的野心家。小说通过这个人物写出了资本主义金钱社会是一个冷酷自私、趋炎附势、尔虞我诈、弱肉强食的名利场,写出了上层社会那些貌似风雅的绅士们伪善、卑劣的精神世界。小说的现实主义深度一方面表现为英国文学史上史无前例的对妇女行为和心理之丰富复杂性的生动描绘,另一方面表现为通过蓓基·夏泼在资产阶级虚伪、自私、追名逐利、强取豪夺的环境中走向堕落和伪善的过程的叙写,显示了环境与人物的交互作用。小说的副标题"没有主人公的小说",正好说明了在这个被金钱权势挤压下的名利场中正面人物丧失、金钱才是真正的主人公的社会现实。小说夹叙夹议,风格幽默而哀婉。《纽克姆一家》(1855)也是萨克雷的重要作品。萨克雷勤于写作,他的作品集多达二十多卷,有书评、政论、美术评论、游记、歌谣等等,但主要

---

① Simon Dentith, "Realist Synthesis in the Nineteenth-Century Novel: 'That unity which lies in the selection of our keenest consciousness'", in Matthew Beaumont ed., *Adventures in Realism*, Oxford: Blackwell, 2007, p.35.

② Ibid., p.35.

贡献是在小说方面。他的文笔诙谐、嘲讽辛辣,他把自己称为"讽刺的道德家"。在那个时代,虽然读者们喜欢女人纯洁善良、男人道德高尚、坏人无恶不作、故事让人又哭又笑①,但萨克雷却不愿意迎合读者,而是别具一格地把善恶融人物于一身,从而更具有生活的真实性和人性的真实性。所以,当时人们评论他笔下的人物既不是妖魔也不是天使,是活生生的人②;他刻意追求真实平易,力求客观,学习菲尔丁写出好坏兼具的真实人性,也宣传仁爱理想,只是采用了暗示的方式。他凭借"贺拉斯式的严谨与强有力的现实讽喻达到了一种高雅的品位,并且赢得了最严厉的批评家们的尊敬"。③ 尽管他在小说中流露出怀疑主义的情绪,但他不是个悲观厌世者。他写的名利场并非全无人情味,都宾、亨利·埃斯蒙德、纽可姆上校身上都体现了"理想绅士"的美德和精神。他与狄更斯一样,属于关注现实、重视道德劝诫的维多利亚时期的小说家代表。

勃朗特姐妹的小说在当时英国文坛十分引人注目。夏洛蒂·勃朗特(Charlotte Brontë)的《简·爱》塑造了简·爱这个追求心灵自由和人格独立、具有反抗精神的知识妇女形象。如果说蓓基·夏泼对金钱世界人的异化现象表现为顺向接受的话,那么,简·爱则表现为逆向反抗。简·爱出身低微,长得也不漂亮,但她聪明、倔强,特别是她有纯洁的心灵、高尚人格和丰富的内心世界。她那种不肯依附于金钱和权势的独立精神,与当时追逐金钱权势的社会风气形成鲜明对照。小说富有理想的色彩。《简·爱》是一部影响深远的小说。在早期杂志期刊中,有不少关于《简·爱》的评论。1848 年,一位匿名评论家写道,"革命之年"(1848)发现,《简·爱》的"每一页都燃烧着道德上的雅各宾主义"④。"不公平"是对当时社会现状和权力的反思结果。对《简·爱》的反应表明,保守的英国中产阶级从这部小说的话语中感受到了某种革命的火药味。《简·爱》的早期评论主要集中于简·爱的反抗意识。因此,人们认为《简·爱》很适合用作舞台情节剧的素材,因为正如当时评论家所说,"情节剧的独白总是

---

① G. H. Ellis, *Thackeray*, New York: Haskell House, 1971, p. 88

② William Henry Hudson, *A Short History of English Literature in the Nineteenth Century*. London: G. Bell and Sons., 1927, p. 231.

③ David Masson, *British Novelists and Their Styles: Being a Critical Sketch of the History of British Prose Fiction*. London: Folcroft Library Edition, 1977, p. 88.

④ Miriam Allott, *Charlotte Bronte*, London: Macmillan, 1974, p. 90.

充满了激进民主的调子";在情节剧中,"传统需要的真实与道德标准统统受到了质疑"①。《简·爱》刚一出版,其舞台情节剧本便出现了。这些舞台情节剧从本质上是一种浪漫情绪的表达,但是基于原作的思想和英国社会现实,融入了更为强烈的现实主义因素。此外,《简·爱》还通过对同时代小说家的影响,延续着自己的生命。奥利芬特夫人(Mrs Oliphant)在1855年写的评论中认为,《简·爱》不仅影响了读者,也影响了同时代的女性小说家。这些女性小说家的作品,像《简·爱》那样,对爱情和婚姻问题给予了高度关注,表达的思想或多或少与《简·爱》相似。不过奥利芬特②夫人更关注的是简·爱对现存爱情与婚姻的态度的影响,认为作者将她描写成一个有害于"和谐社会"的危险的小人物。她评论道:"这样一个冲动莽撞的小鬼冲入我们的秩序井然的世界,闯过了它的边界,公然蔑视它的原则。最令人恐慌的现代革命已经随着《简·爱》的入侵而到来。"③尽管简·爱在人看来举止端庄,但是读者还是不难看出她那颗求变的不安灵魂。奥利芬特夫人注意到,在夏洛蒂同时代不少女性小说家持有和夏洛蒂相同或相似的看法,她们的作品都重复着与《简·爱》相似的主题,在作品中的人物身上多少都能看到简·爱的影子。根据谢利·福斯特(Shirley Foster)在《维多利亚女性小说:婚姻、自由和个人》(*Victorian Women's Fiction: Marriage, Freedom and the Individual*,1985)中的统计,在《简·爱》出版前,类似《简·爱》主题的女性小说只有三部,但是在《简·爱》出版之后,猛增到50多部。《简·爱》的影响显而易见。1850年11月16日发表在《雅典娜神庙》杂志上的一篇评论朱丽叶·卡万纳(Julia Kavanagh)的小说《娜塔莉》(*Nathalie*,1850)的文章中说:"无论这个世界如何看待简·爱或罗切斯特夫人,对于这个女人,人们吵来吵去,好像她是一个实际存在的女人。无论她是被当成无耻地扰乱我们社会制度的人还是被当成具有'顽强意志'的经典人物,我们只能认为,夏洛蒂·勃朗特笔下的简·爱就是'娜塔莉'的先人。"④除了朱丽叶·卡万纳的《娜塔莉》外,受《简·爱》影响的女作家作品还有黛娜·木洛克·可雷克(Dinah Mulock Craik)的《奥利弗》(*Olive*,1850)、伊丽莎

---

① Miriam Allott ed. *Charlotte Bronte's Jane Eyre and Villette*, London: Macmillan,1973,p. 57.
② Ibid.,p. 57.
③ Margaret Oliphant,"Modern Novels—great and small", *Blackwood's Magazine* 77 (May 1855),p. 557.
④ *Athenaeum*,16. 11. 1850,p. 1184.

白·巴雷特·布朗宁(Elizabeth Barrett Browning)的《奥罗拉·雷》(*Aurora Leigh*,1857)、爱玛·沃波埃(Emma Warboise)的《桑尼克罗夫特府》(*Thorneycroft Hall*,1865)。这些女性作家的作品似乎都是夏洛蒂·勃朗特的《简·爱》的演绎本,有意无意地在张扬着《简·爱》这面大旗。也有批评家指出:"夏洛蒂·勃朗特的写作不够平衡,道德乌托邦式的小说夹杂着传奇、情节剧和哥特式风格,其中不可思议的不合情理巧合以及精神上的亲和力支配着情节。然而她比简·奥斯汀也要更加深刻地具有现实主义特色,原因在于在她的文本里呈现和再现了多得多的人类生活:极端的沮丧、激情和孤独感。"[1]

艾米莉·勃朗特(Emily Jane Brontë)的《呼啸山庄》(1847),主要描写18世纪末英国北部约克郡偏僻地区弃儿出身的希斯克利夫被恩肖家收养后的辛酸生活。希斯克利夫倾心爱着恩肖之女凯瑟琳,但遭到了家庭的排斥和歧视。凯瑟琳之后嫁给了阔少爷林顿,希斯克利夫蓄意对这两个家庭施行报复,并一直延续到第二代。小说情节离奇,富有戏剧性,对人物的压抑情感与心理描写得淋漓尽致。《呼啸山庄》的多义性与它的叙述方式有很大关系。小说用第一人称叙述,但采用了两个层次的叙述结构。第一个叙述者是外来的房客洛克伍德,他闯入了相对封闭的山庄世界,对奇异的人物举动和复杂、紧张的人物关系产生好奇。夜宿山庄的见闻和梦魇,增强了悬念。第二个叙述者是女管家耐莉,她随凯瑟琳从呼啸山庄进入画眉山庄,熟谙两个家族的沉浮变故和人物之间的情感纠葛。她作为一个介入者和见证人,以倒叙方式讲述往事,充当具有权威的全知叙述人。洛克伍德成为耐莉所述故事的接受者。之后洛克伍德再次走访呼啸山庄,补充耐莉没有叙述完的故事。两个叙述者的世俗态度和男女主人公的反世俗态度形成鲜明反差。当事人凯瑟琳的日记、伊莎贝拉的信件,提供了新的叙事角度和观点。作者不直接参与叙述,以避免个人感情的直接渗入。多层次的叙述手法,将对故事的直接描写转向了间接叙述,避免了直接主观评价的武断,从而造成了读者与小说人物的距离感,有助于表现人物的复杂性,有助于造成扑朔迷离的气氛,有利于复杂的审美效果的产生。叙述事件的顺序上,小说借用戏剧性的表现手法,叙述从中间开始,故事情节同时向过去和未来发展,造成悬念刚结束、高潮就到

---

[1] Simon Dentith, "Realist Synthesis in the Nineteenth-Century Novel:'That unity which lies in the selection of our keenest consciousness'", in Matthew Beaumont ed., *Adventures in Realism*, Oxford:Blackwell,2007,pp.38—39.

来的强烈效果。

盖斯凯尔夫人(Elizabeth Gaskell)是与勃朗特姐妹同时代的女作家,其代表作《玛丽·巴顿》(1848)是欧洲文学史上最早触及劳资矛盾的小说。它从侧面反映了英国的宪章运动。书中描写了经济萧条时期工人与资本家的矛盾冲突。作者同情工人的不幸,但又用基督教的方式解决劳资双方的冲突,在各自悔悟了之后互相宽恕,互相谅解,重新合作。

从19世纪70年代开始,英国逐步进入垄断资本主义阶段。英国19世纪后期现代现实主义文学中代表性的作家有艾略特、哈代、萧伯纳、高尔斯华绥。乔治·艾略特(George Eliot)是维多利亚中后期以博学多思著称的女性学者,其小说也因此别具风格,偏重道德伦理方面的题材,以深刻的哲思和细腻的心理描写为特征,被视为19世纪英国小说最有成就的代表作家之一。"乔治·艾略特的现实主义是谦卑、苦行,甚至是遁世,这些都大大激发了读者的同情心",她"对现实主义的使用证明了她把这一主题作为一种道德教育方式"。① 乔治·艾略特的本名叫玛丽·安·伊文斯(Mary Ann Evans),出生于英格兰中部沃克郡的阿波里庄园。她内心仍充满宗教情感。她接受了孔德实证主义的"人类宗教"———一种以"人道"代替上帝,"以爱为原则,秩序为基础,进步为目的"的宗教观。对艾略特来说,"所有的一切都被她的深深地植根于其中的人类之爱所统摄"。② 中篇小说《阿莫斯·巴顿牧师的不幸》(1856)是艾略特的处女作,她以男性笔名"乔治·艾略特"署名,这也成为她以后一直使用的笔名。这篇小说与《吉尔菲尔先生的恋爱史》《珍妮特的忏悔》构成了《教区生活场景》(*Scenes of Clerical Life*)一书,在1858年出版。在最初的文学尝试中,艾略特已表现出对道德和心理的关注、挖掘。"在乔治·艾略特的作品中,特别是她早期的小说里,她有能力在卑鄙的、粗俗的、令人厌恶的主题中找到价值,并把它们作为现实主义的标志。"③艾略特以早年家乡生活为素材,以真实而细腻的笔触,描绘平凡人物,肯定了存在于古老农

---

① James Eli Adams, *A History of Victorian Literature*, Chichester: Wiley-Blackwell, 2009, p.189.
② Lettice Cooper, *George Eliot*, London: Longmans, Green & Co., 1951, pp.33—34.
③ James Eli Adams, *A History of Victorian Literature*, Chichester: Wiley-Blackwell, 2009, p.189.

村的生活方式中有价值的伦理观念。此后,她的小说创作重点逐渐从情结描写转向了对日常生活的展现①,写实性更加明显。"艾略特的早期小说不能算是'社会问题'小说……不过她对现实主义的褒扬与这一观念相吻合,因为它让小说成为可以'改造世界'的工具。"②

1859年,40岁的艾略特发表了她的第一部长篇小说《亚当·比德》。小说展示了18、19世纪之交英国北部乡村生活,在恬静的田园牧歌中有着悲剧音调。木匠亚当·比德爱上了农家女海蒂,而爱慕虚荣的海蒂被庄园主的孙子、军官亚瑟诱骗。怀孕的海蒂在寻找亚瑟的途中分娩并弃婴,犯下死罪,经悔过的亚瑟搭救得以特赦。海蒂、亚瑟和亚当都在此磨难中面临道德责任的考验。虔诚的女传教士黛娜代表着同情、爱、责任心等品格,亚当最后与她结了婚。小说展开个人欲望和道德责任之间的一系列冲突,表现出普通乡村社会环境中真诚的道德情感和高尚的道德情操。在叙述过程中,艾略特模仿菲尔丁的写法,常常插入议论,同时还模仿菲尔丁,让并没有介入情节的作者型叙述者与小说人物直接交流。"《亚当·比德》也证明了在艾略特的小说中弥漫着一种广泛的世俗化力量,一种华兹华斯式的浪漫主义。"因为,"和华兹华斯一样,艾略特在很大程度上把人性置于乡村生活中"③。《弗洛斯河上的磨坊》(1860)中带有作者自传成分的麦琪兄妹的故事,构成情节的中心。麦琪家与威克姆家为争夺弗洛斯河畔的磨坊结下世仇,麦琪却对威克姆的儿子菲利普产生好感。哥哥汤姆出于家庭荣誉观念,粗暴地干涉妹妹的感情生活。麦琪与表妹的未婚夫斯蒂芬的交往招来村里人们的非议,使得汤姆对她偏见更深,将她逐出家门。在弗洛斯泛滥的洪水中,麦琪冒死去救哥哥,"兄妹拥抱着被洪流卷走,永不分离;一刹那重温幼时旧梦,他们手拉手欢游于雏菊盛开的田野"。艾略特用十分细腻的笔触描绘了汤姆和麦琪兄妹俩的成长经历和关系变化。兄妹俩的矛盾源于误会,但根本上则是由于性格与精神境界的差异。汤姆朴实果断但偏狭守旧;麦琪敏感多情,在社会重重规范的压抑下深感痛苦。使她最终自我克制与牺牲的力量,并非来自宗教道德标准,而是来自她对亲情的呵护和内在的道德感,即她自己所说的"许多回忆、种种感情以及对完美德行的渴望"。艾略特着力刻画人

---

① Lettice Cooper, *George Eliot*, London: Longmans, Green & Co., 1951, p.15.
② James Eli Adams, *A History of Victorian Literature*, Chichester: Wiley-Blackwell, 2009, pp.191—192.
③ Ibid., p.190.

物的心理反应和行为动机,细腻而不琐碎。但小说的结局处理,被看作虚幻化的败笔,一直招致评论家的批评。《织工马南》(1861)是艾略特小说中最短但也是备受推崇的作品。小说描写了爱的力量,具有寓言的性质。织工马南是个"生活堪作楷模,信仰又很虔诚的青年",却被好友诬告偷窃。小镇上的教徒们通过抽神鉴定了他的罪,马南失去了清白的声誉、未婚妻和对人的信任。他流落他乡,15 年来只以把玩辛勤积攒的钱币为乐。积蓄被盗的沉重打击,使他万念俱灰。收养弃儿埃比后,他重又感受到人生的爱与温暖。畸形的人际关系和迷信的宗教摧毁了马南的精神世界,人与人之间真诚的爱却使他重获新生。作者在写给出版商的信中说:"它是要——或者说是存心要——强调说明人与人之间纯洁的、正常的关系具有治愈精神创伤的力量……"艾略特通过马南的再生表达了她反对形式主义宗教、赞赏人文宗教的思想。无论写"死而复生"的马南,还是自私懦弱、永远也卸不下心理重负的地主少爷高德弗雷,艾略特都深入人物内心世界,显示出对人物心理的洞察和表现力,为自己的作品赢来了"心理现实主义"的称号。在她看来,"'现实主义'不只是为了让小说看起来可信,更为了表现人物心灵深处的真实,以及人物所激发出来的真切感"。[1] 正是在这一点上,她认为狄更斯是不成功的,尽管他"在对小镇人外在特质描写"上保持真实,"但是他几乎从不把这种真实从幽默和外在运用到感情和悲剧上。所以狄更斯在艺术真实性上还差了一些"[2]。

艾略特前期的小说具有浓郁的乡村气息,写的是古代回音未散、而新时代的声音尚未侵袭的乡村,取材于自己在故乡成长时的见闻与经历,生动而真实地展现了英国乡村平凡的生活和普通的人。小说主题涉及宗教与人性、道德与情感的矛盾复杂关系,注重对人物心理活动和精神状态的描写。《罗慕拉》(1863)是艾略特转向后期创作的一个标志。在访问佛罗伦萨之后,艾略特写了这部取材 15 世纪意大利宗教改革时期的历史小说,沿袭了她小说中利己主义与利他主义对比的道德主题,但题材范围明显扩大。此后,她的小说题材范围由主要描写个人经历和乡村生活,转向反映当代重大历史、政治、社会事件,矛盾纠葛复杂,较简单的单线发展的情节转为多线索的、较复杂的情节结构。《费利克斯·霍尔特》(1866)是作者唯一的一部以英国政治为题材的小说。小说通过洛姆郡的工业城镇

---

[1] James Eli Adams, *A History of Victorian Literature*, Chichester: Wiley-Blackwell, 2009, p. 189.

[2] George Eliot, *Essays of George Eliot*, New York: Columbia University Press, 1963, p. 271.

特贝的议员选举,反映19世纪30年代议会改革时期的社会与民俗,对劳资矛盾表现出与狄更斯相似的立场,承认工人改善处境要求的合理性,但反对暴力斗争。一般认为写政治小说并非乔治·艾略特之所长。1871—1872年,艾略特的长篇小说《米德尔玛契》分卷出版。这部小说是艾略特创作后期乃至她整个创作生涯的代表作,被批评界一致推为英国小说的杰作。小说副标题是"外省生活研究"。艾略特以英国议会改革时期为背景,虚构了一个典型的外省小城米德尔玛契,以两个富有理想的青年——少女多萝西亚和青年医生利德盖特——各自的灾难性婚姻与理想破灭的故事为情节中心线索,交织了许多次要人物的生活故事,如费瑟斯通遗嘱的风波、银行家布尔斯特罗德的人生沉浮等,勾勒出英国地方生活的画面,涉及社会变迁、宗教、婚姻等诸多话题。艾略特最后一部小说《丹尼尔·狄隆达》(1876)的主人公丹尼尔·狄隆达,以英国首相本杰明·狄斯雷利为原型——像他一样出生于英国上层社会的犹太人家庭并获得事业上的成功,而最终丹尼尔·狄隆达决定放弃优越的生活环境,投身于犹太复国运动。另一线索是格温多琳的婚姻悲剧。或许是主人公形象的理念性太强,读者对小说的反应冷淡。

艾略特在小说理论方面颇有贡献。在《亚当·比德》里,她在"故事暂停"一章中集中阐释了她的现实主义文学创作观。她坚持客观写实的创作态度,认为自己的主要创作意图,只是将男女人物和所发生的事情,按照他们反映在自我意识中的情况老老实实地写出来。这面镜子当然不是没有缺点的,所以反映出的形象往往会有点歪曲和模糊。可是她觉得应该力求精确地将反映在自己意识中的一切呈现在你们面前,如同自己在见证席上发誓讲述亲眼见的事物一样。她毫不踌躇地把眼睛从那些乘云的天使身上挪开,把普通人作为取材对象,在这些描绘平凡单调的家庭生活真实性情况的图画里找到乐趣,发现其中感情上共鸣的泉源。与当时现实主义小说家重视客观反映外部世界相比,她偏重探索人的精神世界,深切而细腻地表现出人类的感情就跟滋润大地的伟大的河流一般,它的美不从身外来,而只是以滚滚滔滔之势流着,流着流着,本身就产生了美。作为学者型作家的创作,艾略特的小说具有思辨的风格,小说中常有大段的议论,但并不让人感到厌烦。她对人物的思想动机、行为和效果的分析都有可靠的心理和社会依据,文笔精炼透辟。她的小说有"心理小说"之称,在心理描写方面精细,所用的心理分析的方法有助于透视人物的行为动机,有助于道德主题的深化,对现代作家颇有影响。但有时她心理分析方法使用过多，也会损害小说的生动性。

乔治·艾略特的创作标志着英国小说进入了一个新阶段。她以严肃的道德感、深刻的睿智和细致的心理描写，使小说从娱乐性的文学形式上升到融社会认识、道德探究、心理剖析和艺术想象为一体的高级艺术。她无愧于"英国最杰出的小说家之一"的美誉。"她的杰作大多以英国乡村为框架，主人公是非常普通的人，她敏感地、同情地观察他们的感情、他们生活的卑微，戏剧是刚劲而真实的艺术，她则转向对灵魂问题进行描述，常常以悲哀感人，却由于滥用抽象概念以及文体上某些不灵活而有时显得累赘。她的成就属于欧洲范围。"[①]

托马斯·哈代（Thomas Hardy）是19世纪晚期英国最重要的现代现实主义作家，也是20世纪英国第一位重要诗人。由于他一生跨越了两个世纪，在英国文学史上好比是一座桥梁，起着沟通现实主义与现代主义的作用。哈代一生总共发表长篇小说14部，短篇小说集4部。他把自己的小说分为三类："罗曼史和幻想小说"包括《一双蓝眼睛》(1873)、《号兵长》(1880)、《塔上的两个人》(1882)、《心爱的》(1892—1897)等；"机敏和经验小说"包括《计出无奈》(1871)、《爱塞尔贝姐的婚姻》(1876)、《一个冷淡的女人》(1881)、《晚餐及其他故事》(1913)等；"性格与环境小说"包括《绿荫下》(1872)、《远离尘嚣》(1874)、《还乡》(1878)、《卡斯特桥市长》(1866)、《林地居民》(1887)、《德伯家的苔丝》(1891)、《无名的裘德》(1896)等。这些小说以生动的艺术形象记叙19世纪英国南部农村社会的历史变迁以及农民生活发生的巨大变化，揭示英国宗法制农村社会向现代资本主义社会演变的过程。它们在主题思想、人物形象和结构技巧方面都具有内在的逻辑性，呈现出阶段发展的特点。进入20世纪后，哈代在诗歌创作上取得了重要成就，他用诗抒发情感，回顾历史，探索哲学，成为当时英国最重要的诗人。哈代共出版8部诗集，最具代表性的当数《威塞克斯诗集》(1898)。另外，他还著有史诗剧《列王》(1904—1908)。

《德伯家的苔丝》是哈代的代表作。小说以资本主义发展给英国偏远农村的小农经济带来深重灾难为背景，描写苔丝的悲剧。当时，资本主义的经营方式已在农村开始出现，作品所描写的老板克里克的牛奶场和富

---

① 保罗·梵·第根：《文艺复兴以来的欧美文学史》，谢钟浞译，北京：人民出版社，2015年，第332页。

农葛露卑的农场,就是这种资本主义生产方式的体现。资本主义经济侵入农村导致小农经济破产,苔丝的家庭,就遇到了生存的难题。苔丝为生活所迫,不得不去德伯家做女工,因而遭到了亚雷的奸污。以后,她又为了一家人的生计,不得不答应亚雷的非分要求,被迫与他同居。从这个意义上看,苔丝的悲剧是社会转型带来的,是时代的悲剧;小说通过苔丝的悲剧,展示了资本主义侵入农村后给普通人带来的不幸命运。

亚雷这个人物是社会恶势力和社会恶德败行的代表,是苔丝悲剧的罪魁祸首。他凭借家庭的金钱、权势称霸乡里。他设下圈套,毁坏了苔丝少女的贞洁和一生的幸福。他损人利己,不择手段去满足自己的欲望。尽管后来他在老牧师的帮助下一度改邪归正,然而几十年的恶习并未根除。当他再度遇见苔丝后,邪念再生。苔丝看透了这个穿着道袍的牧师的灵魂:

> 像你这种人本来都是拿我这样的人开心作乐的……你作完了乐,开够了心,就又说你悟了道了,预备死后再到天堂上去享乐,天下的便宜都让你占去了。

苔丝一针见血地揭穿了亚雷皈依宗教的虚伪,亚雷的行为本身也表明了作者对宗教力量的怀疑。亚雷为了控制苔丝,甚至用金钱和权势的力量,使苔丝一家处于无处安身的境地。苔丝两度落入亚雷之手,无不和他的引诱、威胁、逼迫有关。可以说,苔丝是亚雷所代表的强权与暴力的受害者;亚雷对苔丝的压迫表现为人身的迫害。

如果说,亚雷对苔丝的压迫主要是物质和肉体上的,那么,克莱对苔丝的压迫则表现为心灵和精神上的。克莱是一个具有自由思想的知识分子。这类人在当时的历史条件下具有进步性。如克莱能不顾家庭、社会、宗教舆论的压力,违背父亲的意旨,不去当牧师,不愿为上帝服务,自由地选择了自己的前途;他厌恶城市文明生活,来到农民中间,和他们一起劳动;他违背传统观念,愿意和农村的姑娘苔丝结婚。这些都表现出他进步思想的一面。但是克莱对旧传统价值观念和生活方式的反叛是有限的,他的思想与传统观念仍有着千丝万缕的联系。他爱苔丝,更多的是考虑苔丝很适合于以后自己做了种植园主之后,当他的好管家。虽然,他也喜欢苔丝,但他和苔丝的结合,更多的是建立在利己主义的算计上。所以,当苔丝向他坦白地吐露她与亚雷的往事后,尽管他自己也有同样的经历,却对苔丝缺乏起码的同情和谅解,表现出自私和冷酷。他还认为:一个男人可以为所欲为,一个女子则一经失身,不管事实是怎么造成的,就是一个坏女人。这些都表明,他判断一个女人是否纯洁,用的是迂腐的、传统的道德观念,其间表现出他为人的虚伪性。他曾唤起了苔丝对美好生活的憧憬,他又无情地把苔丝推向了精神痛苦的深渊。这种精神上的打击,对苔丝来讲是致命的。从前她不曾屈服于金钱,不曾屈服于亚雷的权势暴力,后来却被克莱的这种精神打击所摧毁,使她失掉了生活的信心,绝望而痛苦地再次投入亚雷的怀抱。可见,伪善的社会道德是导致苔丝悲剧的又一原因。苔丝的悲剧是一个社会的悲剧。作者对苔丝赋予深深的同情。小说的副题是"一个纯洁的女人",表明了作者同情女主人公的人道主义立场,同时也是对社会道德的一个挑战。

哈代的思想深受古希腊命运悲剧的影响。他在描写苔丝的悲剧时,是用宿命论的观点来解释的。他认为,天道是与人类为敌的;它神秘莫测,操纵着人类的命运,是人类一切不幸和苦难的根源。他一方面写人面对厄运的抗争,另一方面又写命运不可违。在哈代的笔下,苔丝的苦难和不幸是命中注定的,她可以抗拒,但终归摆脱不了命运的安排。苔丝的一生悲剧就很好地诠释了哈代的这种悲剧观念。在作者看来,苔丝既是社会的牺牲品,同时也是命运的牺牲品,反抗是枉然的,因而最终无法逃脱悲剧的结局。作者在小说中常常发出悲观主义的慨叹,流露出浓厚的宿命情绪。这体现了哈代对现代社会中人的命运的理解,实际上也是当时的一种社会思潮和时代心态。但是,苔丝作为一个女性文学形象,她一方面有面对"命运"时的无奈与悲观,比如她认为自己的"失身"是无辜的,但同时又觉得自己在"命运"面前是有罪的,应该受到惩罚。她对克莱说:"你给我的惩罚,本来是我应当得的。"所以,她在情绪上常常有顺从命运的一面,把人生的苦难都看作是命运安排的,因而时时陷入悲观之中。不过另一方面,苔丝又有面对生活磨难时的坚韧。从她一生的行动轨迹来看,其间不乏"俄狄浦斯式"的行动意识与抗争精神。虽然她常常有面对命运的无奈与悲观情绪,但即使是她的默默的"认命",也表现了她骨子里的坚韧与倔强。当一连串的来自"命运"的打击莫名其妙地降临到她身上时,她坚强地承受着;面对环境对她作为"坏女人"的排斥与冷漠包围她时,她没有丧失生活的希望;她对来自亚雷的引诱与威逼虽有无奈中的屈从,但心底里总是默默地抗拒着。尤其是,她对亚雷的恶俗与虚伪,有着发自内心的厌恶、抵制和排斥,所以才有最后杀死亚雷的奋力反抗之举,这也可以说是她对"命运"的强烈的抗争,对人格尊严的奋力维护。小说也因此在悲剧的渲染中透出了人的抗争的张力。如果从女性主义的观点看,苔丝的行动无疑是对男权社会的反抗和对女性独立人格的维护与呼唤。总之,在小说的这些描写中,我们不仅可以看到作者哈代对苔丝的肯定与同情,也可以看到他对"命运"本身的矛盾态度,尤其是对现实社会的强烈批判精神。

哈代是19世纪继狄更斯之后最伟大的英国现代现实主义小说家。他的小说最为人们关注的首先是其悲剧力量,弗吉尼亚·伍尔夫称哈代是"英国小说家中的最伟大的悲剧大师"[①]。他小说的乡土气息、渗透传统民俗文化内容的地方色彩也深为人们所称道。而他在叙事技巧、人物塑造和语言文体方面的探索和创新,诸如充满巧合的情节结构、与民间故事有渊源关系的人物形象、方言俚语的使用,也引起人们的研究兴趣。尤其是在人物性格和环境之关系的描写上,其创作既体现了巴尔扎克式的人物与环境的密切联系,同时又彰显了人物对环境的抗拒而产生的张力;人物性格不是被动地适应环境或被环境推动而发展,而是在性格与环境的强烈的冲突中个性毁灭,显示人在环境面前的软弱无力,从而使作品弥漫着悲剧和"宿命"的色彩。哈代笔下的爱顿荒原的狂暴、荒凉、粗犷,象征着环境对人的命运的支配乃至捉弄,它们不仅是故事发生的背景和人物生活的环境,而且也象征性地成为主宰人物悲剧性命运的重要因素。这种象征隐喻手法是20世纪现代派小说"意蕴—象征"叙述模式的先导。作为一位站在两个世纪交叉点上的作家,哈代有着严肃而深邃的哲思,在传统的现实主义小说形式里注入了现代的意识,十分明显地攻击了维多利亚时代安逸的人生观,表现出不同于维多利亚前中期作家的强烈危机感。哈代是在思想方面对20世纪英国现代小说影响最大的维多利亚小说家。

19世纪的后30年,英国文坛出现了一大批小说家、诗人和剧作家,其中在70年代就成名的作家除了哈代之外还有梅瑞迪斯(George Meredith)、巴特勒(Samuel Butler)。1879年,梅瑞迪斯发表《利己主义者》确立了其在文坛上的地位。其他小说还有《哈里·里奇曼历险记》(1871)、《喜剧人的悲剧》(1880)、《十字路口的戴安娜》(1885)、《奇特的婚姻》(1895)等等。塞缪尔·巴特勒有两部传世作品:《埃瑞璜》(1872)、《众

---

① 转引自陈焘宇:《哈代创作论集》,北京:中国社会科学出版社,1992年,第217页。

生之路》(1903)。讽刺性作品《埃瑞璜》是 19 世纪乌托邦小说的杰作,标题"埃瑞璜"是英语词"乌有乡"的倒写,那里的一切都是颠倒的,好坏对错全都相反,作家用这种手法讽刺了政治与社会各个方面的弊端和恶俗。小说《众生之路》带有浓厚的自传色彩,描写了宗教、道德、教育和家庭的许多思想规范实际上束缚了年青一代的成长。

萧伯纳(乔治·伯纳·萧,George Bernard Shaw)是英国现代现实主义剧作家。1884 年他和韦伯夫妇成立费边社,发表了一系列费边主义的文章,提出用渐进的改良来改变资本主义制度,反对暴力革命。1900 年之前,萧伯纳发表过三个戏剧集:《不愉快的戏剧》《愉快的戏剧》《为清教徒写的戏剧》。《不愉快的戏剧》包括三个剧本,其中《鳏夫的房产》和《华伦夫人的职业》较为出名。虽然萧伯纳的戏剧在欧洲其他国家的舞台上早就颇受欢迎,但真正使他在伦敦舞台上一举成名的还是 1904 年在宫廷剧场上演的《英国佬的另一个岛》。之后,萧伯纳的名声大振,在 1904 年至 1907 年间,宫廷剧场的 988 场演出中 701 场是关于萧伯纳的戏剧,共涉及他的十一个剧本。1914 年,《皮革马利翁》在伦敦上演,大受欢迎,连续演出了 118 场。在此之后,萧伯纳又写出了一系列好剧作,如《伤心之家》《圣女贞德》(1923)、《苹果车》(1929)等等。萧伯纳对现代英国戏剧有很大的贡献,1925 年因"作品具有理想主义和人道精神,其令人激励的讽刺往往蕴涵着独特的诗意之美"获得诺贝尔文学奖。

约翰·高尔斯华绥(John Galsworthy)是 19 世纪后期英国现代现实主义小说的代表作家。1906 年,高尔斯华绥出版了长篇小说《有产业的人》,从而确立了他在英国文坛上的地位。高尔斯华绥最重要的作品是《福尔赛世家》三部曲,包括《有产业的人》《进退维谷》《出让》。《福尔赛世家》通过对一个资产阶级家族兴亡史的描写,反映了 19 世纪 80 年代至 20 世纪 20 年代英国资产阶级走向堕落和腐朽的历史。高尔斯华绥的其他重要作品是《现代喜剧》三部曲,包括《白猿》《银匙》《天鹅曲》。高尔斯华绥的作品在风格上师承法国作家福楼拜和莫泊桑,采用客观、冷静的创作方法,描写细致入微。1932 年,他因"描述的卓越艺术,这种艺术在《福尔赛世家》中达到高峰"而获得诺贝尔文学奖。

第三节　俄国现代现实主义

俄国现代现实主义文学形成于19世纪30至40年代,50至60年代不断发展,70至80年代达到鼎盛,到20世纪初逐渐发生转向。俄国的资本主义发展大大落后于西欧。19世纪上半期,当西欧资本主义已巩固和发展的时候,俄国尚处在沙皇专制统治下的封建农奴制社会,资本主义还处于萌芽阶段。在这种社会背景下产生的俄国现代现实主义文学,始终与俄国的民主解放运动紧密关联,其批判锋芒直指封建农奴制及其残余,并表现出推翻封建制度的政治要求;至世纪末叶,其对资本主义的批判才逐渐加强。因此,俄国现代现实主义文学具有很强的革命性、战斗性和民主性倾向。文学体裁上,"在俄罗斯,长篇小说家造成这个时期的光荣"[1]。就小说形式的发展而言,"和西方小说家类似,俄国小说家利用小说的开放形式在文本中插入离题的文章、日记、柏拉图式对话、传奇、轶事、牧歌、抒情诗和描述性段落以及其他类型的材料"[2]。在表现内容和表现方式上,"俄国现实主义感兴趣的是对普通人、对社会问题以及底层民众生活的关切"[3],还表现出明显的"社会的和实证的倾向"[4],"俄国现实主义意味着一种倡导文学涉及真实生活的信念"[5]。"展示现实生活事实中的启示性原则是俄国现实主义的中心特征……和众多西方同行一样,俄国现实主义者也不仅描述世界,而且有志于理解与解释世界。"[6]此外非常有特色的是,俄国现代现实主义的形成与发展始终得到了文学批评和美学理论的有力支持,文学批评、理论阐发与文学创作互相辉映,相

---

[1] 保罗·梵·第根:《文艺复兴以来的欧美文学史》,谢钟浞译,北京:人民出版社,2015年,第268页。

[2] Victor Terras, "The Realist Tradition", in Malcolm V. Jones, Robin Feuer Miller eds., *The Cambridge Companion to the Classic Russian Novel*, Cambridge: Cambridge University Press, 1998, p.192.

[3] Ibid., p.190.

[4] 保罗·梵·第根:《文艺复兴以来的欧美文学史》,谢钟浞译,北京:人民出版社,2015年,第268页。

[5] Victor Terras, "The Realist Tradition", in Malcolm V. Jones, Robin Feuer Miller eds., *The Cambridge Companion to the Classic Russian Novel*, Cambridge: Cambridge University Press, 1998, p.190.

[6] Ibid., p.191.

得益彰。这种批评、争论使得文学在俄国公众中具有很强的思想传播效应。

18世纪末、19世纪初的俄罗斯还处在农奴制社会,资本主义尚处于萌芽阶段,在政治经济上远远落后于英、法等西欧国家,文化上的现代性发展也属于西欧国家的启蒙阶段。19世纪初期,在欧洲诸多列强中,只有俄国依然是农奴制国家。俄国的农奴只能依附于土地,而且要为租种土地缴纳高额税款和服劳役。看到农民的不断抗议,俄国社会中进步的民主主义者把俄国农奴制的惨状与美国奴隶制的暴行进行比照,揭露农奴制的野蛮和不道德,从而把公众的注意力引向了农奴的悲惨处境上,也使沙皇政府逐步意识到了俄国社会的潜在危机以及相对于西欧的落后。废除农奴制的改革终于在19世纪中期的俄国展开。1861年3月,沙皇亚历山大二世签署了解放农奴的赦令,"这个赦令使5200万农奴获得自由"①。与此同时,"沙皇引入了一系列'伟大的改革',如解放农奴、建立地方议会(地方自治会zemstvos)、重组司法制度、组建现代化军队"。"废除农奴制扩大了官僚集团和财政基础"②,俄国社会的民主化程度远远低于西欧。"俄国的改革和英国相比有很大的不同。俄国是一个未经宗教改革的专制独裁国家。在俄国,沙皇握有绝对的权力。俄国没有议会,没有宪法,它的臣民没有公民自由。俄国的统治者依靠官僚机构和警察暴力进行统治。"③因此,农奴制改革后的俄国相比于西欧,依然是一个封建专制国家,受西欧革命思想影响的革命民主主义者,依旧激烈抨击现存的制度,号召民众起来革命,推翻沙皇统治。比如,"车尔尼雪夫斯基力主自下而上地反对沙皇统治和农奴制,著文揭露沙皇'解放农奴'的欺骗性和虚伪性。19世纪60年代初,在革命转变的疾风暴雨期,车尔尼雪夫斯基更多地投入了革命实践活动,因此,他成了反动势力的眼中钉,有人骂他是'该死的社会主义者'"④。但是,车尔尼雪夫斯基等反抗沙皇专制的民主主义者最终遭到沙皇政府的公开审判和镇压,"他们为自己的平民主义信仰付出了高昂的代价"⑤。车尔尼雪夫斯基被沙皇政府判处终生流放

---

① 马克·凯什岚斯基、帕特里克·吉尔里、帕特里夏·奥布赖恩:《西方文明史:延续不断的遗产》(第五版),孟广林等译,北京:中国人民大学出版社,2014年,第495页。
② 同上书,第495页。
③ 同上书,第495页。
④ 张玉能、陆杨、张德兴等:《十九世纪美学》,北京:北京师范大学出版社,2014年,第285页。
⑤ 马克·凯什岚斯基、帕特里克·吉尔里、帕特里夏·奥布赖恩:《西方文明史:延续不断的遗产》(第五版),孟广林等译,北京:中国人民大学出版社,2014年,第496页。

西伯利亚。俄国在 19 世纪提供了不同于西欧的改革模式,和英国一样,避免了革命的发生,但是,"政治现代化在俄国没有完成"①;俄国的改革结果和英国也就大不一样:沙皇俄国始终处在民众的抗议和革命的声浪之中,社会经济、政治和工业化发展相对迟缓,思想文化上的专制与反专制也处于强烈的冲撞之中。这种充满张力的社会情势,赋予了俄国 19 世纪现代现实主义不同于西欧现实主义的某种特性和特质——强烈的思想性和政治批判性,大力张扬了文学的社会功能。

从文学的渊源关系或生成谱系角度看,俄罗斯 19 世纪的浪漫主义和现代现实主义都是在西欧的启迪和影响下发展起来的。美国比较文学家维克多·特拉斯指出:

> 俄国现实主义小说如西方现实主义小说一样是从既有的文类中成长起来的,而且常常以后者为依托。果戈理(Gogol)的《死魂灵》(*Dead Souls*,1842)就形式而言是一部流浪汉小说。陀思妥耶夫斯基(Dostoevskii)的《穷人》(*Poor Folk*,1846)运用了书信体小说的感伤主义的形式。他另一部作品《双重人格》(*The Double*,1846)则可视为一部"现实"版的哥特式小说。莱蒙托夫(Lermontov)的《当代英雄》(*A Hero of Our Time*,1840)和托尔斯泰(Tolstoi)的《哥萨克人》(1863)"实现"了 1830 年代经亚历山大·别斯图热夫·马林斯基(Aleksandr Bestuzhev-Marlinskii)之手广为流传的异国情调小说。托尔斯泰的《安娜·卡列尼娜》(*Anna Karenina*,1877)则源自家庭小说传统。现实主义还植根于讽刺传统、政治宣传册以及生理学纲要等。②

确实,19 世纪的"俄国文学在与西欧文学传统的辩证关系(或对话)中获得了声望","俄国作家一直把西方传统放在心上,使其与俄国传统相交织"。③ "社会各阶层受过教育的俄国人不仅继承了西方的文化传统,与欧洲和北美的知识分子共享这个文化传统,也继承了自身独特的文化和

---

① 马克·凯什岚斯基、帕特里克·吉尔里、帕特里夏·奥布赖恩:《西方文明史:延续不断的遗产》(第五版),孟广林等译,北京:中国人民大学出版社,2014 年,第 496 页。
② Victor Terras,"The Realist Tradition", in Malcolm V. Jones, Robin Feuer Miller eds.,*The Cambridge Companion to the Classic Russian Novel*, Cambridge: Cambridge University Press, 1998, p. 190.
③ Malcolm V. Jones, Introduction to *The Cambridge Companion to the Classic Russian Novel*, Cambridge: Cambridge University Press, 1998, p. 1.

历史根源。"①有鉴于此,俄国的现代现实主义文学自然与西欧的现实主义文学有渊源关系。"俄国现实主义与西方现实主义一样,把它理解成对浪漫主义的反动也颇为恰当,它力图指涉世俗现实(巴尔扎克的actualite)主题,摒弃了浪漫主义的幻想、逃入虚构的过去以及感伤主义对美德的抽象性表述。"②我国现代作家和批评家茅盾也指出,当时"俄国是文化后进国家,在文艺上,它把西欧各国在数世纪中发展着的文艺思潮于短时间一下子输入了进去的"③。尤其是,由于俄国的现实国情所致,俄国的有识之士都希望借西欧之"先进"思想改造社会,他们的改良、变革或革命意识十分强烈。因此,他们在接纳西欧现实主义和浪漫主义时,原本也都是从俄国本土当下之需要出发的,选择性地接纳并改造外来的现实主义和浪漫主义。比如,他们在接纳西欧浪漫主义的抒情性和主观性、接纳现实主义的写实性和真实性本质性内涵的同时,又有所放大地接纳和传播这两种文学思潮的社会批判性和政治性内涵,因此,俄国的浪漫主义和现实主义都具有强烈的社会批判精神和政治变革意识。

　　由于俄国社会制度和政治生态特殊性,19世纪俄国现代现实主义文学的政治变革的激情与文化变革意识要明显强于西欧现代现实主义文学。俄国现代现实主义文学的倡导者别林斯基、车尔尼雪夫斯基和杜勃罗留波夫(他们在我国被合称为"别车杜"),他们都是充满战斗精神与政治激情的批评家和作家。"自别林斯基起,文学应当描绘真实生活的观念便被视为理所当然之物。"④19世纪前期,在小说家果戈理的早期作品发表后,别林斯基就以《论俄国中篇小说和果戈理君的中篇小说》(1835)等评论文章,对果戈理创作中直面现实的批判精神予以阐发和维护。尔后,当他读到果戈理《死魂灵》第一部的手稿时,敏锐地发现这是难得的揭露俄国农奴制社会之丑恶的讽刺史诗,随即帮助果戈理将作品出版。《死魂灵》的公开问世,犹如在当时沙皇统治下的俄国社会投下了威力惊人的炸

---

① Malcolm V. Jones, Introduction to *The Cambridge Companion to the Classic Russian Novel*, Cambridge: Cambridge University Press, 1998, p. 1.
② Victor Terras, "The Realist Tradition", in Malcolm V. Jones, Robin Feuer Miller eds., *The Cambridge Companion to the Classic Russian Novel*, Cambridge: Cambridge University Press, 1998, p. 190.
③ 茅盾:《西洋文学通论》,北京:书目文献出版社,1985年,第46页。
④ Victor Terras, "The Realist Tradition", in Malcolm V. Jones, Robin Feuer Miller eds., *The Cambridge Companion to the Classic Russian Novel*, Cambridge: Cambridge University Press, 1998, p. 190.

弹。整个文坛对这部小说异见纷呈,作品也激起了反对派对果戈理的猛烈围攻。此时,别林斯基几乎是单枪匹马,冒着枪林弹雨,挺身为处于孤立无援和茫然恐慌中的果戈理辩护。他以《一八四六年俄国文学一瞥》(1847)、《一八四七年俄国文学一瞥》(1848)等一系列论文,在理论上阐发和捍卫了果戈理的现实主义传统。① 别林斯基的系列评论,不仅把论战对方用来攻击、贬低果戈理的"自然派"概念正面阐发为新型的俄国现代现实主义文学流派,而且明确指出了果戈理"自然派"(及现实主义)就是未来俄国文学发展的正确方向,进而把赫尔岑、涅克拉索夫、屠格涅夫、陀思妥耶夫斯基等大批作家团结在"自然派"旗帜下。从此,俄国许多写实倾向的作家都沿着这个传统进行创作,从而促成了19世纪俄国现实主义文学的繁荣。别林斯基、车尔尼雪夫斯基和杜勃罗留波夫生活的19世纪俄国正处在沙皇统治下的落后而腐朽的农奴制社会,此时,欧洲的启蒙主义思想也正影响着一大批俄国知识分子,他们以不同的方式推进着俄国社会的思想启蒙与民主改革。"别车杜"对启蒙思想有着宗教般的虔诚与迷恋,他们把弘扬启蒙思想同解放农奴、拯救苦难者、拯救俄罗斯命运的实际行动结合在一起。启蒙理性和民主主义思想让他们直面现实的苦难与罪恶,并力图以文学和文学批评为解剖刀,撕开隐藏在虚华现实背后的丑恶与黑暗,其间寄寓着他们启蒙式的文学的和政治的理想,而且,他们以满腔的热情为这种理想而呕心沥血。他们影响力巨大而深远的文学批评和创作改变了俄国文学创作和文学批评的走向,而且还改变了一个民族思想发展的走向,具有强烈的社会感召、思想引领和精神启蒙的作用。他们把西欧现代现实主义文学思潮的社会批判精神发扬到了极致,这实际上意味着对西欧现代现实主义的一种改造,或者说,俄罗斯现代现实主义文学以其强烈的政治激情、民主主义精神和启蒙理性在欧洲现实主义文学中独树一帜,并由此而在19世纪和20世纪俄罗斯文学史、苏联文学史乃至现当代中国文学史上都具有深远影响。我们甚至可以说,俄罗斯现代现实主义文学以其独有的风格丰富和发展了西欧现代现实主义,前者是后者的"变体"。

俄国的现代现实主义产生于19世纪30年代。亚历山大·谢尔盖耶维奇·普希金(Aleksandr Pushkin)的创作中就出现了现实主义的倾向,

---

① 蒋承勇:《作家与批评家的"恩怨"》,《浙江社会科学》2019年第1期,第150—151页。

所以,他也被称为俄国19世纪现实主义文学的创始人。但是,他又是俄国浪漫主义文学的杰出代表。这说明俄国的现代现实主义也是从浪漫主义发展而来的。他的代表作《叶甫盖尼·奥涅金》(1833)是一部具有浪漫主义色彩的现实主义作品,是公认的俄罗斯文学的典范之作。《叶甫盖尼·奥涅金》是一部诗体小说,它通常被认为是普希金在现实主义创作方面的代表。小说主要描写圣彼得堡和莫斯科上层社会以及外省庄园当代生活,它展示了一个稳固的社会,人物主要为贵族阶层的典型,农奴则在叙述中处于边缘,小说特别对农奴制的残酷事实的描写是毫不掩饰的。从现实主义文学的角度看,小说前所未有地真实展现了俄国农奴制时期的社会生活。"正如别林斯基所言,《叶甫盖尼·奥涅金》是一部俄国生活的百科全书,正是因为它描述的贵族生活。我们从中得知一位年轻绅士的教育状况、阅读习惯、在城乡的日常生活等。小说中有对剧作、芭蕾舞、舞会和家庭聚会的生动描绘,还暗示出外省庄园的生活具有彼得堡上层社会缺乏的某种蓬勃生气。"[①]主人公奥涅金被别林斯基称为俄罗斯文学史上第一个"多余人"形象。普希金是深受西欧启蒙思想和浪漫主义思潮影响的俄罗斯作家,这也充分反映在了他的创作中。小说主人公奥涅金身上无疑有"拜伦式英雄"的"影子"。但是,在沉重的俄罗斯文化土壤里成长起来的普希金们,是不可能有西欧的卢梭、拜伦们那种思想启蒙和个性追求的恣肆与狂放的。所以,俄罗斯文学中"多余人"形象的个性自由的追求难免显得矛盾、柔弱,逊色于其思想的深度与张力、情感的热烈与奔放以及行为的果敢与狂放不羁。米哈伊尔·尤里耶维奇·莱蒙托夫(Mikhai Lermontov)的创作发展了普希金的现实主义传统,为俄国现实主义文学的发展作出了贡献。当然他的诗歌创作浪漫主义的风格十分明显。他的长篇小说"《当代英雄》(1840)是俄国首部现实主义的主题小说。主人公的名字毕巧林(Pechorin 源自俄罗斯北部的伯朝拉[Pechora]河),这暗示出他有意作奥涅金(得名于俄罗斯北部另一条河流奥列加[Onega]河的传承人。他被设置为没落的一代中的一员,坚强、能干但没有生活目标,如别林斯基很快明确指出的,他是俄国另一类'多余人'"[②]

---

① Victor Terras,"The Realist Tradition",in Malcolm V. Jones,Robin Feuer Miller eds., *The Cambridge Companion to the Classic Russian Novel*, Cambridge:Cambridge University Press,1998,p.194.

② Ibid.

40年代,尼古拉·瓦西里耶维奇·果戈理(Nikolay Vasilievich Gogol)继承并发展了普希金和莱蒙托夫开创的现代现实主义传统,确立了俄国文学史上的"自然派"——俄国现代现实主义。果戈理早期的短篇小说《狂人日记》《外套》继承和发扬了普希金描写"小人物"的传统。喜剧《钦差大臣》(1836)运用夸张的手法表现社会冲突。长篇小说《死魂灵》是其代表作。"《死魂灵》以现实主义小说的一颗'创作明珠'而著称于世。"[1]小说描绘的是一幅俄国农奴制社会的讽刺画,塑造了玛尼洛夫、科罗蟠契加、罗士特莱夫、梭巴开维支、泼留希金五个个性鲜明的地主形象。投机家乞乞科夫则是一个具有新兴资产阶级特征的人物形象,小说随着他购买死魂灵的情节的发展,重点刻画了地主的群形象。在五个地主中,泼留希金是重点,他与莎士比亚《威尼斯商人》中的夏洛克、莫里哀《吝啬鬼》中的阿巴公、巴尔扎克《欧也妮·葛朗台》中的葛朗台并称为世界文学史上四大吝啬鬼形象。特别需要指出的是,果戈理小说的人物塑造和环境描写的理念,受到了巴尔扎克的深深影响。

《死魂灵》对守财奴泼留希金的贪婪与吝啬,着重通过对他"只进不出"的聚财行为的描写予以真切地表现。泼留希金积聚财富的一个显著特点是:无休无止地囤积财物,贪得无厌,凡属是物品,他都要拿回家藏起来,而且只"进"不出。他的"进"的方法有:拾、找、搜、偷、抢、赖等。他平时走路,那小眼睛总是打量着路,企图找到点什么。一块旧鞋底,一片破衣裳,一个铁钉,一角碎瓦都要拾起来,放到家里那一堆破烂中存放起来。因此,平时人家一看到他在路上寻找东西时就说:"我们的渔翁又在捞鱼了"。如果有个骑兵路过那儿,一当发现他的马掉了马掌,那么这个马掌早已安安稳稳地躺在泼留希金家的仓库里了。如果某个妇女因为疏忽将水桶忘在井边,泼留希金看到后,就会提起水桶飞快地往家里跑。要是当场拦住他,他会乖乖地放下,要是已经被他拿回家放在仓库里,那就没办法了。你去问他要,他会向上天发誓,请上帝作证说,"我绝对没拿",还会讲出这水桶是什么样子的,他是如何拥有它的,甚至会说是他的爷爷传下来的。可见,为了囤积财物,泼留希金是偷、抢、赖等样样都来。如果说他的财物什么时候曾经"出"过,那倒也有一次:他的小外甥难得到他家来玩,泼留希金曾非常慷慨地把躺在桌子上不知什么时候捡来的纽扣送给

---

[1] Victor Terras, "The Realist Tradition", in Malcolm V. Jones, Robin Feuer Miller eds. , *The Cambridge Companion to the Classic Russian Novel*, Cambridge:Cambridge University Press,1998, p.191.

外甥当玩具。泼留希金家中财物堆积如山,即便是几代人也吃用不完,但他仍是感到不满足,依旧一个劲儿地囤积,致使家里的财物都霉烂变质,造成了极大的浪费。他的那些面粉硬得像石头一样,只好用斧头劈下来;成匹的布发霉了,手指头一碰就变成了灰;稻谷成堆,却都已腐烂。所以,泼留希金是一个贪婪的聚财者,同时又是一个迂腐的浪费者,敛财和毁财、外表的勤俭与实质上的贪婪,喜剧式地统一在他身上,集中衬托出了他贪婪、吝啬中的迂腐。

相较而言,泼留希金相较世界文学史上另外三大吝啬鬼形象的不同之处,正是他的迂腐。在这方面,果戈理继承了巴尔扎克的理念与传统,以物质环境的细致描写和逼真的肖像描写,深入披露其灵魂的腐朽。巴尔扎克认为人是环境的产物,他往往通过对物质环境的细致描绘揭示人物的内在"欲念"和性格特质,并且通常在物质环境的细致描写之后紧接着人物肖像的描写。《欧也妮·葛朗台》,以腐朽的楼梯、陈旧的家具、昏暗的烛光等来表现葛朗台的贪婪与阴险;《高老头》通过酸腐的伏盖公寓的描写展示生活于其间的主人及房客们灵魂的庸俗、狭隘与迂腐。果戈理在《死魂灵》中发扬了巴尔扎克的传统。首先是庄园环境描写:庄园和住房的衰败与荒凉。身为财主,泼留希金的庄园却到处散发着衰败与荒凉,没有任何生机。他的农奴居住的屋子里,那木材是虫蛀的,好多屋顶都开着"天窗",有的则是千疮百孔,像筛子一样通透,四周墙壁是透风敞亮的。泼留希金自己的房子则也像"一个衰老的病人",四周围着又低又破的篱笆,墙壁和门上长满了青苔,一打开门,里面会透出一股冷气,简直像一个地窖。室内到处是乱七八糟地堆放着各种各样破破烂烂的旧东西,如干枯了的鹅毛笔、发黄了的牙刷、杯子里浮着苍蝇的红酒,还有沾满灰尘的破木铲、旧鞋跟等等。这些描写笔触细腻逼真,从这衰败、荒凉而杂乱的景象中,读者可以看出房子主人的酸腐、平庸。其次是人物肖像的描写:衣着不男不女,神情猥琐颓靡。泼留希金的衣服像女人的家常衫子;头上戴的像是村妇的帽子。以至于乞乞科夫刚刚见到他时,看了好久,仍然错将他当作这个园子的女管家。泼留希金的神态是猥琐颓靡的:他是一个瘦削的老头,有一双小眼睛,"在浓眉下转来转去,恰如两只小老鼠,把它的尖嘴巴钻出黑暗的洞来,立起耳朵,动着胡须,看看是否有猫或者顽皮的孩子,猜疑地嗅着空气"。"要知道他的睡衣是什么底子,只是白费力气,袖子和领头都龌龊得油光发亮,好像做长筒靴的皮料,背后还拖着两片衣裙,……上面还露着些棉花团。脖上围着一种莫名其妙的东西,是旧袜子、是腰带还是绷带呢？不能断定。但绝不是围巾。"泼留希金着装打扮俨然是一个街头乞丐。总之，果戈理以漫画式的神来之笔，描写泼留希金死寂的生活环境以及令人鄙夷的外貌，逼真地勾画出了这个人物病态、庸俗的灵魂。果戈理的这些描写，酷似巴尔扎克小说的风格。"果戈理的作品人物都是普通人，他们由于各种怪异夸张的性格表现而被归入不同类型。"①

其实，小说中五个地主形象虽然个性迥异，但其精神的迂腐、空洞和平庸是他们的共同特点，由此，小说告诉人们，这些地主都是徒有躯壳的"活尸"和"寄生虫"。比如，乞乞科夫拜访的第一个地主玛尼洛夫，他精神空虚，生性懒惰，书房里放着一本打开的书，看了两年才看到十四页。他平时也不理农事，只是沉湎于不着边际的胡思乱想中。对待客人，他从来都是彬彬有礼。当乞乞科夫来到他家时，他俩在谁先进门的问题上推让了半天，两人谁都不肯先进门，最后只好折中一下：两人侧着身子，一同跨进门槛。他是一个庸俗无聊、懒惰而空虚的地主形象。此外，女地主科罗皤契加是一个愚昧、迟钝而又多疑的守财奴；罗士特莱夫是道德堕落的无赖；梭巴开维支是贪婪、残忍的农奴主和狡猾的生意人的合二为一的形象。小说如此细致地描写泼留希金等五个地主精神与灵魂的迂腐、庸俗、空洞与麻木，意在揭示他们身上的寄生性与腐朽性以及由此带来的社会与民族危害性。小说题目"死魂灵"，一方面指已经死去了的农奴，另一方面更是指那些活着的地主们，因为这些人虽然活着，但灵魂早已麻木腐朽，他们才是真正的"死魂灵"。然而，他们在生活中却以"社会主人"的身份一个个以傲慢的姿态存在着。就凭这些活着的"死魂灵"，怎么能支撑得住俄国这个农奴制社会的大厦呢？这就是小说在逼真而又漫画式的描绘中透出的令人恐惧、窒息甚至毛骨悚然的东西，也是作为俄国民主主义批评家的别林斯基，在看了《死魂灵》手稿后就敏锐地发现的俄国现实主义因素：直面现实、正视苦难、揭露丑恶，"把生活表现得赤裸裸到令人害怕的程度，把全部可怕的丑恶和全部庄严的美一起揭发出来"②，借以惊醒沉睡中的俄罗斯。《死魂灵》是针对俄国社会中精神严重缺失的一声

---

① Victor Terras,"The Realist Tradition", in Malcolm V. Jones, Robin Feuer Miller eds. , *The Cambridge Companion to the Classic Russian Novel*, Cambridge:Cambridge University Press,1998, p. 195.

② 别林斯基：《别林斯基选集》（第一卷），满涛译，上海：上海译文出版社，1979年，第154页。

呐喊……是对俄国社会罪恶悲苦真相的一种强化。"①这就是果戈理的遵循自然之真实的现实主义创作所达到的艺术效果,《死魂灵》也因此奠定了其在俄国现代现实主义文学中的地位。

果戈理不像处在资本主义快速发展时期的西欧现代现实主义作家那样,致力于对资本主义现代化进程中的矛盾和弊病,而是侧重于批判封建农奴制时期社会的衰朽和人的精神的蒙昧,因此更多地体现了启蒙思想和启蒙现代性中的理性批判精神。果戈理对人物的观察极为细致入微,他以漫画的夸张,简洁地描绘出人物的主要特征,揭示人的灵魂的真实——特别是人的心灵深处低俗、平庸、迂腐、委琐等丑陋的一面。果戈理开创了与西欧现代现实主义绝然不同的俄国现代现实主义的风格。

五六十年代俄国现代现实主义文学大踏步向前发展,出现了一大批卓有成就的作家。亚历山大罗维奇·伊万诺维奇·冈察洛夫(Alexander Ivanovich Goncharov)是19世纪俄国重要的现实主义作家,他的小说反映了这一时期俄国社会的变化,他的"《奥勃洛莫夫》(1859)是一部表现时代精神的小说,一部真正的时代小说(Zeitroman)"②。作品中的奥勃洛莫夫是俄国文学史上最后一个"多余人"形象。奥勃洛莫夫是一个受过良好教育、头脑聪明的贵族青年,但他优柔寡断,好空想而懒惰成性,没有从事实际活动的能力。他总是整天躺在床上或沙发里昏睡,甚至做梦也在睡觉,最后在睡梦中死去。这个人物身上表现出来的懒惰、优柔寡断、好空想的特点,被称为"奥勃洛莫夫性格"。"奥勃洛莫夫……象征着旧式的土地贵族已经终结,将会被奥勃洛莫夫具有一半德国人血统的朋友斯托尔兹(Stolz)所代表的新兴企业家阶层所取代。"③

伊凡·谢尔盖耶维奇·屠格涅夫(Ivan Sergeyevich Turgenev)在60年代创作的小说《父与子》等作品中塑造了带有"新人"形象特征的平民知识分子的形象,这些形象表现了"多余人"向"新人"的转变过程,却不是典型的"新人"形象。"屠格涅夫宣称,他笔下的人物包括巴扎洛夫都是基于

---

① Victor Terras,"The Realist Tradition",in Malcolm V. Jones,Robin Feuer Miller eds. ,*The Cambridge Companion to the Classic Russian Novel*, Cambridge:Cambridge University Press,1998, p. 195.
② Ibid. , p. 195.
③ Ibid. , p. 196.

个人观察所得,他的小说情节也都随人物而发展而并非出于对想象力的发挥。"①他观察生活敏锐而细致,善于把握瞬息变化中的内心世界和自然景色;其小说通常以爱情故事来构建情节的主体,结构严谨,引人入胜。他的"小说几乎没有与主要情节和中心主题无关的内容。即便一些描述性段落,包括出色的自然风光,也是为了创造某种氛围而作"②。他在50至70年代创作的《罗亭》(1856)、《贵族之家》(1859)、《前夜》(1860)、《父与子》(1862)、《烟》(1867)和《处女地》(1877)等,被称为俄国生活的"艺术编年史"。代表作《父与子》通过父子两代人的冲突,表现了民主主义对贵族自由主义的胜利。主人公巴扎洛夫是一个勇于否定旧制度而又对新生活缺乏了解的平民知识分子形象,具有"新人"的特点。小说语言简洁、朴实、清新而富有抒情性。

尼古拉·加夫里洛维奇·车尔尼雪夫斯基(Nikolay Gavrilovich Chernyshevsky)是革命民主主义者、文学批评家和作家。车尔尼雪夫斯基的思想在根本上属于欧洲启蒙运动的范畴,他的创作对当时的俄国社会所产生的感召力,主要基于这种张扬理性的现代启蒙精神。他的长篇小说《怎么办?》(1863)是一部社会政治小说,副标题为"新人的故事"。正是这部小说塑造了拉赫美托夫等"新人"的形象。他们崇尚理性,道德高尚,信仰坚定,意志顽强,有献身精神。他们反抗封建农奴制,摈弃贵族阶级的道德观念,在精神上和人民群众息息相通。作者借"新人"形象表达了革命民主主义者反农奴制的政治主张,具有强烈的政论色彩,对当时的俄国解放运动特别是青年一代产生了重大影响。车尔尼雪夫斯基还写了《艺术与现实的审美关系》(1855)等一系列美学和文学评论文章,阐述了其唯物主义美学思想。在这方面,杜勃罗留波夫的贡献也是卓越的,他的著名论文有《什么是奥勃洛莫夫性格》(1859)、《黑暗王国中的一线光明》(1860)以及《真正的白天何时到来》(1860)等。车尔尼雪夫斯基和杜勃罗留波夫的这些富有战斗性、思想犀利的美学和文学论文,维护了普希金、果戈理和别林斯基开创的现代现实主义传统,推动了俄国现代现实主义文学的蓬勃发展。车尔尼雪夫斯基提出的"美是生活"的重要命题,是俄

---

① Victor Terras,"The Realist Tradition",in Malcolm V. Jones,Robin Feuer Miller eds. ,*The Cambridge Companion to the Classic Russian Novel*,Cambridge:Cambridge University Press,1998, p.196.

② Ibid. ,p.197.

国现代现实主义文学理论的哲学和美学的基础。他在《艺术与现实的审美关系》中说:"美是生活;任何事物,凡是我们在那里面看得见依照我们的理解应当如此的生活,那就是美的;任何东西,凡是显示出生活或使我们想起生活的,那就是美的。"①车尔尼雪夫斯基"美是生活"的命题以及由此展开的美学与文学理论论述,不仅从认识论的角度阐释了美的现实客观性,而且也从反映论的角度阐释了文学对现实的能动的再现关系,他的"再现说"超越了传统的"摹仿说",同时也正因为这方面的原因,他的现代性思想与后来具有审美现代性倾向的陀思妥耶夫斯基等现代现实主义作家拉开了距离。杜勃罗留波夫对文学"人民性"的倡导,赋予俄国现代现实主义以鲜明的民主主义特色。他强调,文学要"表现人民的生活,人民的愿望"②。他认为,俄国文学发展的历程就是"文学怎样和人民与现实逐步接近起来"的过程③。显然,在杜勃罗留波夫看来,人民性与现实主义是高度统一的;人民性的渗透程度与现实主义深度与广度是密切相关的。"人民性"原则的提出,标志俄国文学理论的新发展;"人民"意识的凸显,体现了杜勃罗留波夫之现实主义文学观念较之西欧现实主义文学观念的提升与超越。俄国的现代现实主义文学也因其突出的人民性体现了"现代性"特征。

亚历山大·尼古拉耶维奇·奥斯特洛夫斯基(Alexader Nikolaevich Octrovsky)是俄国戏剧家,被称为"俄罗斯民族戏剧之父"。他的著名戏剧《大雷雨》(1860)塑造了卡杰琳娜这一俄罗斯文学中十分动人的妇女形象。她热爱自由、勇敢争取生活权利的性格,与黑暗的封建宗法制社会的道德观念形成了尖锐的矛盾冲突,她的悲剧是对"黑暗王国"的控诉与抗议。"奥斯特洛夫斯基观察俄国生活的广度、力度和多样性近乎无穷。他是俄国作家中最不主观的一位。他或许是一个让心理分析师深感绝望的对象。他的人物绝对不是作者自我的投射。"④"他的任务即用现实的元

---

① 车尔尼雪夫斯基:《艺术与现实的审美关系》,周扬译,北京:人民文学出版社,1979年,第6页。
② 杜勃罗留波夫:《杜勃罗留波夫选集》(第二卷),辛未艾译,上海:上海译文出版社,1959年,第187页。
③ 同上书,第200页。
④ 德·斯·米尔斯基:《俄国文学史》(下卷),刘文飞译,北京:人民出版社,2013年,第325—326页。

素构建戏剧,戏剧亦如他所见之现实。"①

19时期后期俄国现代现实主义文学达到了鼎盛阶段。费奥多尔·米哈伊洛维奇·陀思妥耶夫斯基(Theodore Miklovich Dostoyevsk)在19世纪中期成名之后,于19世纪后期产生了更大的影响。他是19世纪俄国杰出的现实主义作家,其创作对20世纪西方现代主义文学有深远影响。"俄国小说的想象世界似乎在空间和时间上无止境地延伸,同时又能够集中关注个体灵魂的内心世界最微妙的活动。"②这种特点在陀思妥耶夫斯基和托尔斯泰的创作中表现得尤为明显。陀思妥耶夫斯基于1821年11月11日出生在莫斯科一个普通医官家庭。阴暗的卧室、凄苦的病人以及漫长冬夜中母亲讲述的恐怖故事,构成了其难以忘怀的童年记忆。1834年,他被父亲送到彼得堡的军事工程学校学习。1843年大学毕业后,在彼得堡工程部制图局供职,一年后辞去了工作。此后,贫困,尤其是彼得堡贫民窟穷人的贫困生活,成了他重要的人生体验。1846年,陀思妥耶夫斯基发表处女作《穷人》并一举成名。之后发表的《双重人格》(1846)、《女房东》(1847)、《白夜》(1848)等中篇小说,使他成了在俄罗斯颇具影响的青年作家。《穷人》描写公务员杰符什金与孤女瓦莲卡之间由同情而相爱、由相爱而分离的悲剧故事。作品深化了普希金和果戈理开创的描写"小人物"的传统,不仅充分描写底层穷人在俄国社会的转型期所遭受的灾难,而且致力于展现他们善良而又软弱、敢于自我牺牲而又自卑自贱的复杂内心世界。小说发表后,受到包括别林斯基在内的革命民主主义评论家的高度赞扬。《双重人格》描写小公务员高略德金不甘于被欺辱被嘲弄的现实,于是在心里幻现出一个面貌相同、性格迥异的小高略德金。他对小高略德金既害怕又向往,在困惑矛盾的内心世界找不到出路,最后疯狂。这种具有双重人格的人物形象在作家后来的创作中一再出现。

1847年,陀思妥耶夫斯基参加了激进政治团体彼得拉舍夫斯基小组。1849年4月被捕;同年12月,被判处死刑。当行刑队的士兵举枪瞄准时,沙皇颁发了"从宽处理"的特赦令,陀思妥耶夫斯基被改判为服苦役。1850—1859年,近10年的西伯利亚苦役和流放生活摧残了他的肉体,加重了其心底固有的消极情绪,更加上长期与俄国现实社会和革命运

---

① 德·斯·米尔斯基:《俄国文学史》(下卷),刘文飞译,北京:人民出版社,2013年,第326页。
② Malcolm V. Jones, Introduction to *The Cambridge Companion to the Classic Russian Novel*, Cambridge: Cambridge University Press, 1998, p. 4.

动隔绝,陀思妥耶夫斯基的思想发生了急剧的变化,逐渐形成了系统的"土壤派"理论:认为革命民主主义者的无神论观点及暴力革命主张脱离了俄罗斯民众的文化心理与民族性格,声称俄国不具有宣传革命和进行革命的"土壤",转而主张通过爱和宽恕的基督教精神来净化人的灵魂,并以此缓解阶级对立,达成社会改造。1860年,陀思妥耶夫斯基回到彼得堡,旋即在其与哥哥一起创办的杂志上宣传"土壤派"理论,参与政治文化论争,并很快相继发表了《被侮辱与被损害的》(1861)、《死屋手记》(1862)、《地下室手记》(1864)等作品。长篇小说《被侮辱与被损害的》是描写"小人物"命运的又一力作。《死屋手记》是长篇见闻录式的作品,再现了沙俄监狱的野蛮残暴,探讨了犯罪的社会根源,挖掘了人性的奥秘。《地下室手记》由内心充满了病态的自卑但又喜欢剖析自己的地下室人以第一人称的方式叙述,主要由两部分组成:第一部分是地下室人的长篇独白,内容探讨了自由意志、人的非理性、历史的非理性等哲学议题;第二部分是地下室人追溯自己的一段往事,以及他与一名妓女丽莎相识的经过。与革命民主主义者车尔尼雪夫斯基的《怎么办?》进行论战,乃该作的直接创作动机。《地下室手记》虽然篇幅不长,但却是陀思妥耶夫斯基一生创作过程中的一个重要转折点:与之前的《穷人》《被侮辱与被损害的》《死屋手记》等充满了人道主义同情的作品相比,此书历来被视为存在主义的先声,哲学意味更浓,更富于思辨性;其中所表达的非理性主义思想,不仅直接影响到尼采等很多后来的存在主义哲学家,也预示了其本人后来诸多重要作品的思想艺术走向。

1866年,陀思妥耶夫斯基的第一部社会哲理小说《罪与罚》出版后,其创作进入辉煌的巅峰期,《罪与罚》是他的代表作之一。小说讲述的是在彼得堡学法律的大学生拉斯柯尔尼科夫,因为家境贫寒而不得不放弃学业,谋杀了一个邪恶的做典当生意的老太婆,并误杀了老太婆的妹妹——一个善良虔诚的宗教徒。后来,他为杀人特别是为误杀老太婆的妹妹而备受内心的折磨,投案自首后被判流放西伯利亚。小说结束时暗示他将幡然悔悟,开始新的生活,用受苦受难来赎罪。

19世纪六七十年代的俄国,旧的封建农奴制度迅速瓦解,新的资本主义势力以十分野蛮的方式急遽发展,普通民众不仅没有摆脱旧的封建势力的残酷剥削,反而因资本主义滋生的弊病而受到双重压迫。《罪与罚》以震撼人心的描写展现了彼得堡下层人民生活的可怕困境。在贫民窟里,居住着形形色色被生活逼得走投无路的人们。大学生拉斯柯尔尼科夫居住在贫民公寓的顶楼,缴不起学费又无力付房租,由于衣衫褴褛,想当家庭教师也无人聘请,只好靠母亲的养老金和妹妹当家庭教师的薪金度日。小公务员马尔美拉托夫无端失业,一家人生计无着,长女索尼亚被迫出去出卖肉体来维持全家人的生活。马尔美拉托夫整日借酒浇愁,在一次醉酒后被马车碾过,横死街头。他的妻子半疯半傻并患了肺结核,带着饥肠辘辘的孩子们沿街乞讨,最后吐血而死。那些纯情少女或被逼为娼,靠出卖肉体养活家人,或变相卖身,嫁给中年绅士,或在街头被人灌醉,成为男子掌中玩物,满目尽是凄凉悲惨的景象。小说工笔描绘出彼得堡暗无天日、阴森可怖的贫民窟以及"被侮辱与被损害"的人们濒于绝境的苦难,从而强有力地说明这个贫困、混乱的社会正是滋生罪恶的温床。

拉斯柯尔尼科夫是一个复杂的人物形象。他纯洁善良、富有同情心,头脑清醒、善于思考,但是,却被贫穷压得"喘不过气来"。当他得知妹妹为了帮助自己,决定嫁给讼棍卢仁时,心潮更是激荡难平。不过,这种生计的艰难还不是他走向深渊的主要原因。现实的生存困境迫使他思考,使他发现了现实社会弱肉强食的生存法则和极端利己主义的人生哲学——只有那些毫无人性的家伙才能靠着卑鄙无耻的手段当上统治者。他根据现实的生存法则得出了自己的结论:所有的人被分成"平凡的"和"不平凡的"两种,即"超人"和"凡人";"凡人"必须俯首帖耳,唯命是从,没有犯法的权利,"超人"有权利从事各种犯罪行为,归根结底就是因为他们是"不平凡的人"。拉斯柯尔尼科夫屈从了他的理论并付诸实际行动,杀害了放高利贷的老太婆及其妹妹丽扎韦塔。但这并没有给他带来惊喜,反而带造成了他无止境的心理上的折磨,因为他从本质上并没有丧失人性。隐藏在他所有恐慌背后的是其基于人性对自己理论的怀疑,这又导致了他对自己的行为——杀死放高利贷者阿廖娜和丽扎韦塔——的怀疑。这些怀疑一经确认也就否定了自己。拉斯柯尔尼科夫内心深处无法泯灭的人性与其理性思维中的现实生存法则构成了内心矛盾的主要方面。他在犯罪前把自己跟资本主义社会的领袖联系在一起,犯罪后,他知道自己不是那种材料造成的,自己根本不是什么"超人",而是罪人。他之所以不能成为自己的统治者,并不是因为他太软弱,而是因为他的天性。他最后之所以自首,是因为他——不是用理智,而是凭他的整个天性——不再相信他的残忍的理论。这里,人的心灵力量、人的良知终于突破了这种残忍的食人理论的重压,获得了胜利。在西伯利亚,拉斯柯尔尼科夫最后获得了新生。

索尼亚在《罪与罚》中是一个理想化的形象。她具备了陀思妥耶夫斯基认为一个人必须具有的所有美德：信仰、忍耐、无私、奉献等等。索尼亚是人类苦难的象征。她自觉地为人类受苦，同时对人类怀着基督的爱。

陀思妥耶夫斯基的长篇小说通常是一种独特的社会哲理小说。他的作品不仅深刻地揭露了尖锐的社会矛盾，而且也反映了这个时代的思想冲突。作家把这些矛盾和冲突提到哲学的高度加以解释和进行艺术描写，使作品具有极大的思想容量。高度概括的社会哲学问题，包括作家为反对"虚无主义"所宣扬的基督顺从与忍耐的思想倾向，与情节融为一体构成了小说的基础，并决定了作品中人物形象体系和情节发展的走向。在《罪与罚》中，作者所提出的社会哲学问题体现在主人公拉斯柯尔尼科夫的"理论"之中，这种"理论"又与这个人物的整个形象浑然一体：他的行为既出于他的生活境遇和性格气质，又符合他的"理论"主张。这注定了他的反叛是个人主义和无政府主义的。另一方面，陀思妥耶夫斯基又把拉斯柯尔尼科夫的"理论"与革命民主派所谓的"虚无主义"联系起来，从而否定了革命暴力，鼓吹人不应该反抗，而应该靠着心灵和宗教信仰而生。索尼亚用基督的爱拯救了拉斯柯尔尼科夫，使他的灵魂获得新生，这一形象体现着作者关于宽恕、和解的理想。

陀思妥耶夫斯基的小说体现着"哲理小说"的倾向，但绝不是一般的哲理小说。一般的哲理小说，如18世纪启蒙思想家的哲理小说，其基本特征是用小说的形式来表达哲学的理念，理念化所带来的僵硬严重伤害了小说的艺术品质。在陀思妥耶夫斯基笔下，是混沌复杂的"人"之"思想"在流淌而非清晰简单的哲学"理念"之"推演"在展开。作为混沌复杂的人的"思想"，随着生命境遇的不断展开，在与其他各种思想的争论所构成的"对话"中不断向着未知生成，无有穷期。显然，这种"思想"与其说是哲学，倒不如说更是生命本身。对理性极权主义或唯理论的质疑与否定，使陀思妥耶夫斯基更认同有机论而非机械论，更认同相对主义而非绝对论，更认同多元共生非一元独大，更认同向着未知不断生成的"不确定性"而非"确定性"。这种思想取向不但厘清了其与18世纪启蒙哲学家的界限，更使其创造出了独特的"复调小说"。

19世纪后期，陀思妥耶夫斯基的《白痴》(1868)、《群魔》(1871)、《少年》(1875)和《卡拉马佐夫兄弟》(1880)等思想艺术品质一流的重要作品相继问世。《卡拉马佐夫兄弟》是陀思妥耶夫斯基最后一部长篇小说，充分表现了作家后期的思想矛盾和创作特点，被认为是作家思想发展与艺术探索的总结。小说描写卡拉马佐夫家父子、兄弟之间围绕金钱和情欲展开的争夺。他们互相仇视、勾心斗角、矛盾重重,最后发生弑父惨剧。这个家庭成员之间的复杂关系是农奴制改革后资本主义迅速发展所带来的人与人之间畸形关系的缩影,反映出社会生活的混乱和不合理。而这个家庭所共有的"卡拉马佐夫性格"——卑鄙无耻、贪婪自私、野蛮残暴、放荡堕落等卑劣品质,则是病态社会的产物。"小说情节将家族传奇、地方史志、高度的戏剧性和谋杀悬疑结合在一起,但整个行动还在合理的范围之内。"① 而这些都导致了这部小说在结构方面与现实主义小说的面目迥异。

巴赫金在研究《罪与罚》《卡拉马佐夫兄弟》等陀思妥耶夫斯基的小说时,针对其创作特点,提出了"复调小说"的理论表述。这种"复调"的叙述方式打破了欧洲小说传统的叙述与结构模式。正如巴赫金所说,陀思妥耶夫斯基的小说"创造了复调世界,突破基本上属于独白型(单旋律)的已经定型的欧洲小说模式"②。所谓"复调小说",是指在陀思妥耶夫斯基的小说中,每一种思想的声音都享有自己不被其他思想的声音吞没的存在权利,众多思想形成了多声部的复调合唱。对此,巴赫金自己的阐释是:

> 有着众多的各自独立而不想融合的声音和意识,由具有充分价值的不同声音组成的复调——这确实是陀思妥耶夫斯基长篇小说的基本特点。在他的作品里,不是众多性格和命运构成一个统一的客观世界,在作者统一的意识支配下层层展开;这里恰是众多的地位平等的意识连同它们各自的世界,结合在某个统一的事件之中,而互相间不发生融合。陀思妥耶夫斯基笔下的主要人物,在艺术家的创作构思中,便的确不仅仅是作者议论所表现出来的客体,而且也是直抒己见的主体。因此,主人公的议论,在这里绝不只限于普通的刻画性格和展开情节的实际功能(即为描写实际生活所需要);与此同时,主人公议论在这里也不是作者本人思想立场和表现(例如拜伦那样)。主人公的意识,在这里被当作是另一个人的意识,即他人的意识;可

---

① Victor Terras, "The Realist Tradition", in Malcolm V. Jones, Robin Feuer Miller eds., *The Cambridge Companion to the Classic Russian Novel*, Cambridge: Cambridge University Press, 1998, p. 199.
② 巴赫金:《陀思妥耶夫斯基诗学问题》,见《巴赫金全集》(第五卷),白春仁等译,石家庄:河北教育出版社,1998年,第6页。

同时他却并不对象化,不囿于自身,不变成作者意识的单纯客体。①

也就是说,陀思妥耶夫斯基的"复调",不仅体现为多种声音的和谐共存,更体现为作者与小说人物的思想声音之间(如《群魔》中作者与主人公斯塔夫罗金)、人物与人物的思想声音之间(如《卡拉马佐夫兄弟》中伊凡与阿廖沙)、同一人物不同方向的思想声音(如《罪与罚》中的拉斯柯尔尼科夫)之间存在着没完没了的相互争论和对话,而所有思想的声音就在这种对话所展示出来的冲突和竞争中不断生成,呈现出永恒的流动性、未完成性。

陀思妥耶夫斯基的小说,对俄国由封建农奴制向资本主义转变时期社会矛盾和危机的描写极其深刻,具有现代现实主义文学的典型特征。但他又独具慧眼,把文学创作视为研究人的灵魂和展示这种研究的舞台,认为文学"应该描写一切人类灵魂的底蕴",这也就是其所谓"虚幻的现实主义"或"心理现实主义"。而正是这种独特的现实主义,使其通向了后来的现代主义。其小说非但明显体现了西方小说"向内转"的趋势,而且在对人物潜意识心理的发掘与变态意识活动的描摹方面,明显使西方的叙事艺术达到了一个新的境界。正因为如此,陀思妥耶夫斯基的创作才对20世纪现代主义作家产生了极为深远的影响。

尼·谢德林(N. Shehedrin)是米哈伊尔·叶夫格拉福维奇·萨尔蒂科夫(Michael Evgrafovich Saltykov)的笔名,1847 至 1848 年,谢德林发表了中篇小说《矛盾》和《一件错综复杂的事件》,因后一篇作品矛头针对沙皇政权而被流放至维亚特卡达 8 年之久。1856 年谢德林回到彼得堡后,根据自己流放期间的见闻写成了《外省散记》,发表后立即引起反响,受到车尔尼雪夫斯基的赞赏。1863 年,他参加《现代人》和《祖国纪事》两个刊物的编辑工作。涅克拉索夫去世后,他曾继任《祖国纪事》的主编,直到 1884 年该刊被查禁为止。这期间也是他创作的全盛时期,他创作的主要作品有《一个城市的历史》(1870)、《塔什干的老爷们》(1872)、《金玉良言》(1876)等。谢德林晚年转向短篇小说和札记的创作,比较著名的作品是《童话集》(1886)和《生活琐事》(1887)。谢德林的两部代表作是杰出的讽刺小说《一个城市的历史》和《戈洛夫廖夫老爷们》(1880)。

---

① 巴赫金:《陀思妥耶夫斯基诗学问题》,见《巴赫金全集》(第五卷),白春仁等译,石家庄:河北教育出版社,1998 年,第 4—5 页。

尼古拉·阿列克塞耶维奇·涅克拉索夫（Nikolay Alexeyevich Nikrasov）生于乌克兰波多里斯克省一个军官家庭，1838 年被送入彼得堡军事学校，因违背父命到彼得堡大学旁听，失去经济支持，开始了长期的贫困生活。1840 年涅克拉索夫出版第一本诗集《幻想与声音》，大多模仿之作，受到批评，后一度放弃写诗。1845 年涅克拉索夫创作了《彼得堡的角落》和《在旅途中》，被别林斯基预言为"将在文学上发生影响"的人。1847 年涅克拉索夫接办《现代人》杂志，该杂志于 1866 年被查封。这一阶段涅克拉索夫创作了《秘密》(1847)、《未收割的田地》(1854)、《被遗忘的乡村》(1855)、《诗人与公民》(1856)、《叶廖穆什卡之歌》(1859)等著名诗歌。1876 年他发表代表作《谁在俄罗斯能过好日子》，这是一首叙事长诗。通过描写偶然相遇的七个农民寻求"谁在俄罗斯能过好日子？"这个问题的答案，再现了 1861 年农奴制改革后的俄国现实，表明当时俄国是一个没有幸福的地方，而只有那些为人民利益而奋斗、献身的人才是幸福的。1868 年涅克拉索夫与谢德林、叶利谢耶夫合办了《祖国纪事》杂志，该杂志成为 70 年代进步文艺的园地。涅克拉索夫主张文学要为时代的伟大目标服务。他的诗歌紧密结合俄国的解放运动，充满爱国精神和公民责任感，许多诗篇忠实描绘了贫苦下层人民和俄罗斯农民的生活和情感，被称为"人民诗人"。

列夫·托尔斯泰（Lev Tolstoi）在这一时期把俄国现实主义文学推向了高峰。托尔斯泰是 19 世纪俄国现实主义作家的代表，也是公认的世界上最杰出的小说家之一。

1828 年 9 月 9 日，托尔斯泰出生于莫斯科以南约 160 公里的图拉省克拉皮县亚斯纳雅·波良纳的一个伯爵世家。2 岁时母亲去世，9 岁时父亲去世，以后在姑母的监护下长大。童年家庭生活的不幸使其养成了沉思默想的个性，在幼年时他就开始了对人与上帝之类问题的追问。早年，他在家庭中接受的是贵族式的启蒙教育，1844 年进喀山大学东方语文系，次年转到法律系。在大学期间，他感兴趣的是文学与道德哲学，广泛阅读了这方面的著作。正是在这个时候，他接受了卢梭思想的深刻影响。1847 年，由于对学校教育的不满，他自动退学回到自己的世袭庄园。在这里，他一面有计划地自学各种学科的知识，一面亲理农事，并企图通过改革以缓解农民与地主的关系，但这种改革却因得不到农民的理解而告失败。在灰心失望的情况下，他在莫斯科上流社会过了一段懒散、荒唐的生活，同时也在心烦意乱、焦虑不安中思索着道德上自我完善的问题。1851年他随兄到高加索服军役，在高加索的6年生活中，他曾在克里米亚参加保卫塞瓦斯托波尔的战争，并担任炮兵连连长。在军务之余，他大量阅读文学作品和历史著作，并开始了文学创作。在《现代人》杂志上发表的《童年》(1852)、《少年》(1854)等小说，使其声名鹊起。1856年，他退伍回到庄园再次推行农事改革，但又以失败告终。

《童年》《少年》和《青年》(1857)是其自传体小说，这组三部曲通过对贵族出身的尼古林卡的思想与感情变化的描写，揭示了一个青年人的成长及其同周围环境的关系，反映出他努力寻找自己生活使命的历史。托尔斯泰把主人公逐步发现世界和认识自身的历史作为三部曲内在的结构线索，深刻而细致地展现了主人公感情和心理世界的千变万化，表现出道德探索和心理分析的创作倾向。《塞瓦斯托波尔故事》(1855—1856)是反映克里米亚战争的短篇小说集，它不仅表现出作者对战争生活的深刻理解，而且还在发扬了三部曲道德和心理探索特点的基础上，显示出史诗式的叙事风格，初步展露出以后《战争与和平》中的创作才情。自传性的短篇小说《一个地主的早晨》(1856)首次表现了作者对农民问题的探索。主人公聂赫留道夫是一个探索者形象，他身上反映了当时托尔斯泰思想的主要特征。

在农事改革失败后的1857年，托尔斯泰带着苦闷矛盾的心情到德国、法国和瑞士考察。他在综合了这次旅行感受的基础上，写出了短篇小说《琉森》(1857)。50年代末，托尔斯泰与革命民主派在农奴制和艺术观问题上发生分歧。1859年他与《现代人》杂志分离后，从彼得堡回到故乡的庄园，在家乡创办学校，把教育视为社会改良的重要途径。1863年，他的中篇小说《哥萨克》发表。主人公奥列宁是一个自传性的精神探索者形象，作者通过他表达了自己对俄国社会问题和贵族出路问题的苦苦探索。小说表现出托尔斯泰史诗性风格的发展，为创作《战争与和平》作了准备。1863年至1869年，他潜心创作的长篇历史小说《战争与和平》，乃其三大代表作之一。小说着重通过对安德烈·包尔康斯基、彼埃尔·别祖霍夫和娜塔莎·罗斯托娃这三个中心人物的描写，回答贵族的命运与前途的问题。小说表现俄罗斯民族同拿破仑侵略者、俄国社会制度同人民意愿间的矛盾，肯定了俄国人民在战争中的伟大历史作用。他努力写人民的历史，把卫国战争写成是正义之战，高度赞扬了人民群众高涨的爱国热情和乐观主义精神。在历史事变中描写人是《战争与和平》的一条基本的创作原则,也是使小说产生宏伟的史诗风格的重要原因。《战争与和平》不仅描写了强大的不同性质的生活激流,展现了历史和社会的运动,而且也展示了各种人物的心理发展和他们的内心生活激流,同时还揭示了内心生活激流与外部生活激流之间的联系;作品的心理描写技巧不仅表现在对个人内心世界的刻画上,而且也表现在对人民群众群体心理的描写中。丰富繁杂的材料和为数众多的人物在作品中都得到了妥善的安排,小说以其宏伟的构思、气势磅礴的叙述和卓越的艺术描写被公认为世界长篇杰作之一。但小说不少章节中在阐述历史和道德哲学观点时,过于冗长的议论破坏了小说结构的和谐性。

托尔斯泰1873年到1877年间创作的《安娜·卡列尼娜》流露出危机感和悲观情调,主人公们的内心矛盾往往得不到解决,有时还造成灾难,充满了悲剧成分。《安娜·卡列尼娜》是托尔斯泰的代表作之一。小说主要由两条线索构成。一条写安娜·卡列尼娜和渥伦斯基之间的爱情纠葛,展现了彼得堡上流社会、沙皇政府官场的生活;另一条写列文的精神探索以及他与吉提的家庭生活,展现了宗法制农村的生活图画。

托尔斯泰在这部小说中关心的是家庭问题,但家庭的冲突是与时代的矛盾、社会生活的激流密切联系的,主人公的生活历史被纳入时代的框架之内,单个人物及其愿望、渴求、欢乐和痛苦是时代与社会生活激流的一部分。作者在描写现实生活时强调了习以为常、故步自封的社会关系对人的沉重的压制,这种压制使人的个性和生命发展受到了严重阻碍。小说以史诗性的笔调描写了资本主义冲击下俄国社会生活和人的内心世界的躁动不安,展现了"一切都翻了个身,一切都刚刚开始安排"的时代的特点。小说的悲剧气氛、死亡意识、焦灼不安的人物心态,正是人物同环境发生激烈冲突的产物。这种焦虑不安的气氛正是"一切都混乱了"的社会的特点,也是处于"阿尔扎玛斯的恐怖"之中的托尔斯泰自身精神状态的艺术外化。"《安娜·卡列尼娜》是一部描绘动荡年代人们生活的时代小说(Zeitroman):土地贵族的消亡、资本主义的兴起、俄国的农业危机、上层社会家庭结构的混乱等,所有这些均以一种倒叙的方式展开,这比按时间顺序的平铺直叙更具优势。安娜·卡列尼娜的悲剧人生和康斯坦丁·列文的中年危机,就体现在这部名副其实的俄国生活的百科全书之中。"[①]

[①] Victor Terras, "The Realist Tradition", in Malcolm V. Jones, Robin Feuer Miller eds., *The Cambridge Companion to the Classic Russian Novel*, Cambridge: Cambridge University Press, 1998, p.198.

托尔斯泰对主人公安娜的态度是矛盾的。他一方面认为安娜的追求合乎自然人性，是合理的，另一方面，从宗教伦理道德观来看，安娜又是缺乏理性的，她对爱情生活的追求有放纵情欲的成分。所以，在小说中作者对安娜既同情又谴责。他没有让安娜完全服从"灵魂"准则的要求，去屈从卡列宁和那个上流社会，而是同情安娜的遭遇，不无肯定地描写她自我意识的觉醒以及对自由爱情的追求；但另一面又让安娜带着犯罪的痛苦走向死亡。"申冤在我，我必报应。""我"就是作者一贯探索的那个永恒的道德原则，是维护人类生存与发展的善与人道。安娜的追求尽管有合乎善与人道的一面，但离善与人道的最高形式——爱他人，为他人而活着——还有相当的距离。这就是作者对安娜态度矛盾的根本原因。

《安娜·卡列尼娜》的艺术魅力与其出色的心理描写密切相关，人物的心理描写是整个作品艺术描写的重要组成部分。第一，小说注重描述人物心理运动、变化的过程，体现出"心灵辩证法"的主要特点。精神探索型的人物列文的心理过程是沿着两条路线发展的：对社会问题特别是农民问题的探索和对个人幸福、生命意义的探索。在农事改革上，他经历了理想的追求到失败后的悲观；在个人生活上，他经历了爱情上的迷恋、挫折、失望到婚后的欢乐、焦虑、猜忌、痛苦，最后在宗教中找到了心灵的宁静。他的心理运动是伴随着精神探索的历程有层次地展开的。小说对安娜的心理过程的描写，则侧重于展示其情感与心理矛盾的多重性和复杂性。她一方面厌恶丈夫，另一方面又时有内疚与负罪感产生；一方面憎恨伪善的上流社会，另一方面又依恋这种生活条件；一方面不顾一切地追求爱情，另一方面又感到恐惧不安。作者把她内心的爱与恨、希望与绝望、欢乐与痛苦、信任与猜疑、坚定与软弱等矛盾而复杂的情感与心理流变详尽地描述出来，从而使这一形象具有无穷的艺术感染力。除了对人物一生的心理运动过程的描述之外，小说中还有许多对人物瞬间心理变化过程的描述。这类描写往往准确、深刻地披露了特定情境中人物的心理变化过程。例如，小说在写到列文第一次向吉提求婚时，关于吉提内心变化的那段文字，是十分精彩的。在列文到来之前，吉提欢喜地等待着，外表的平静、从容、优雅显示了内心的镇静。当仆役通报说列文到了时，她却顿时脸色苍白，内心惊恐万状，以至于想逃开。因为她虽喜欢列文，但更喜欢渥伦斯基，因而她必须拒绝来求婚的列文，但这又使她感到内疚与痛苦。见到列文后，她又恢复了内心的平静，因为她已决定拒绝列文，但她的目光中又流露出希望列文饶恕的内心祈求。吉提在见到列文前后这短暂时间内的心理流程,是多层次的,作者对人物内心变化的把握十分准确。第二,小说善于通过描写人物的外部特征来揭示其内心世界,一个笑言,一个眼神和动作,都成了传达心灵世界的媒介。作者认为,人的感情的本能和非言语的流露,往往比通常语言表达的感情更为真实。因为语言常常对各种感受进行预先的"修正",而人的脸孔、眼睛所揭示的都是处于直接的、自然的发展中的情感与心理。这种直接的、自然发展中的情感与心理是作者热衷于捕捉的。安娜具有被压抑的生命意识,灵魂深处才蕴蓄着荡漾的激情,时不时地通过无言的外在形态流露出来,使她富有超群的风韵与魅力。小说第一部第十八章中写到安娜与渥伦斯基在车厢门口打了一个照面,两人不约而同地回过头来看对方。接着,作者从渥伦斯基的视角描写了安娜。这段描写中,作者重点抓住了安娜的脸部表情和眼神,发掘出女主人公潜在的心灵世界。"被压抑的生气"正是安娜悲剧性格的内在本原,这种生气与来自外部环境的压制力构成她内心的矛盾冲突,丰富的情感被理智的铁门锁闭着,但无意中又在"眼睛的闪光"、脸上的"微笑"中泄漏了出来。安娜形象的美主要导源于她那丰富的情感与心理世界,这种描写也常见诸其他人物身上。第三,小说通过内心话语的描写直接展示人物的内心世界。托尔斯泰之前的作家描写人物的内心话语往往是条理化、程式化和规范化了的,具有连贯性和逻辑性,而托尔斯泰描写的内心话语则常常表现出不规则、间断跳跃和随机的特点,使所揭示的心理内容更真实、自然和深刻。小说对自杀前安娜的内心话语的描写是这方面的典型例子。这段内心独白先写安娜死的念头,接着是回忆她和渥伦斯基的争执,然后拉回到眼前的面包店,随之又联想到水和薄烤饼,再接着是回忆她17岁时和姑母一起去修道院的情景,随后又想象渥伦斯基在看到她的信时的情景,突然,那难闻的油漆味又使她回到现实中来。作者把人物的视觉、嗅觉、听觉等不同的感觉因素同想象、记忆、意志过程等知觉因素以及悔恨、羞愧、恐惧、痛苦、希望等情感交混在一起,心理流变呈现出时空交错、非规则、非理性的特征。这段内心话语把处于生与死的恐惧中的安娜那复杂而混乱的情感与心理内容真实地展现了出来。

  70年代末80年代初,在剧烈的社会变革的冲击下,托尔斯泰的内心矛盾更趋尖锐。他的思想在《忏悔录》(1879—1880)、《我的信仰是什么?》(1882—1884)、《那么我们应该怎么办?》(1886)等论文中得到了阐述。

  80—90年代,托尔斯泰创作了许多小说、戏剧、民间故事、传说、寓言、政论和艺术论文等。主要有:剧本《黑暗的势力》(1886)、《教育的果实》(1890)、《活尸》(1911),中短篇小说《伊凡·伊里奇之死》(1886)、《克莱采奏鸣曲》(1887—1889)、《哈吉·穆特拉》(1896—1904)、《舞会之后》(1911)、《谢尔盖神父》(1912)等以及长篇小说《复活》(1889—1899)。《复活》是他晚年思想与艺术探索的结晶。托尔斯泰在这部小说中把人的精神复活看作社会根本转变的起点,这种思想集中地通过对男女主人公精神复活过程的描写表现出来。

《复活》在题材的广泛性、内容的深刻性和丰富性以及心理描写技巧的多样性方面,又一次呈现了史诗的风格。此外,小说还突出地表现出作者讽刺的才能。这部作品的强烈的批判性和深刻的揭露性,常常是在对一定的生活方式、人的行为和社会制度的讽刺性描写中表现出来的,这是一部讽刺性的社会小说和心理小说。

托尔斯泰晚年致力于"平民化"工作,生活简朴,希望放弃私有财产和贵族特权。但其平民化思想与贵族家庭的生活常发生矛盾冲突。连家里人也无法理解和接受他的思想,他在极度苦闷与矛盾中于1910年离家出走,途中得了肺炎,11月20日一代文学大师和文化巨人病逝于阿斯塔波火车站,终年82岁。

托尔斯泰认为人身上存在着灵魂与肉体的矛盾,他把物质的、肉体的欲望同利己主义联系起来,主张人应该让灵魂主宰肉体从而走向道德自我完善。他认为私有财产是诱发人的私欲、滋生人类恶的外在根据,主张彻底铲除私有财产制度。他通过文学创作对现存的制度和现实生活中一切虚伪、荒谬与不人道、不道德的东西进行了无情的、毁灭性的揭露和批判。托尔斯泰高度重视人、尊重人、同情人,对人及其内在的力量,对人类崇高的精神品质始终给予高度信赖。他的创作总是显示出对人类生存的无比真诚,即使在悲观中也永远富有崇高与乐观,因而始终富有人性的魅力。其作品的最深处,跳动着一颗正直无私、纯真善良的巨人之心。

托尔斯泰创作最突出的特点是全景式的史诗性叙事艺术。这种特点不仅表现在他的小说取材广泛,所包含的内容丰富多彩,叙述具有多层次性,还表现在他能真实地展现现实生活中人的内心世界的千变万化上。叙事的惊人广度和人物内心世界的深刻揭示,对社会恶的大胆暴露以及对崇高道德的追求,对那些应当成为社会生活之基础的真正合乎人道的原则的揭示,使托尔斯泰的小说既具有再现生活的广阔性和丰富性,又具有表现人的心灵世界的深刻性和真实性。他的作品既广泛描写了人的外在生活流,又表现了个体和群体的人的心理现象流,这使他的创作显得气势磅礴、博大精深。车尔尼雪夫斯基在评价托尔斯泰心理描写技巧时用"心灵辩证法"这一专门术语来概括。他认为:"托尔斯泰才华的特征在于他并不局限在揭示心理过程的结果:他感兴趣的是过程本身。那些难以捉摸的内心活动是异常迅速而且千变万化的,托尔斯泰伯爵却能巧妙自如地表现出来。""托尔斯泰伯爵在描写内在才华的新奇独创的特点也就在于此。"[①]"用特定的术语来表达,就是心灵的辩证法。"[②] 按照车尔尼雪夫斯基的看法,托尔斯泰习惯于通过描写心理变化过程展示人物的思想性格的演变;他最感兴趣的是人物的心理变化过程本身,是这种过程的形态和规律;他能描述出一些情感和心理,展示心理流动形态的多样性和内在联系。这是他"心灵辩证法"的基本内容。正是这种"心灵辩证法",集中体现了托尔斯泰小说对心理真实的刻意追求,体现了他作为俄国现代现实主义作家的"现代性"特质。

安东·巴普洛维奇·契诃夫(Anton Pavlovich Chekehov)于19世纪80年代登上文坛,他在中短篇小说和戏剧创作上取得了重大成就,是19世纪后期俄国现实主义文学的代表作家之一,同时也是世界闻名的短篇小说艺术大师和优秀的戏剧革新家。医科大学毕业后的契诃夫,一面行医一面从事文学创作。1880年3月,契诃夫在一本幽默杂志上首次发表作品,从此开始了长达二十余年的写作生涯。在其早期创作中,契诃夫继承了普希金、果戈理开创的写"小人物"的传统,同时注重人物精神心理的变化过程,运用抒情的笔调进行客观的叙述,基本形成其"抒情心理小说"的独特风格。早期作品内容主要集中在两个方面:一是揭露专制制度的恐怖,表现下层官吏的奴性心理,如《小公务员之死》(1883)、《变色龙》(1884)、《普里希别叶夫中士》(1885)等。二是描写下层劳动人民的悲惨生活和不幸命运,如《哀伤》(1885)、《苦恼》(1886)、《万卡》(1886)等。1886年至1892年,作家对生活的发掘更加深刻。中篇小说《草原》(1888)中对草原晚景的描写蕴含着深沉的思想意蕴。1892年发表的中篇小说《第六病室》所描写的阴森恐怖的"第六病室"乃沙皇俄国的缩影,作家不仅无情地揭露了专制制度的野蛮黑暗,还借拉京的形象宣布了托

---

① 车尔尼雪夫斯基:《列·尼·托尔斯泰的〈童年〉和〈少年〉和战争小说》,翁义钦译,见伍蠡甫主编:《西方文论选》(下卷),上海:上海译文出版社,1979年,第427页。
② 同上书,第426页。

尔斯泰主义的破产。1892年到1904年,是作家创作的繁荣时期。小说创作方面,作家继续揭示社会对人的压迫,如《农民》(1897)、《出诊》(1898)等。《姚内奇》(1898)、《醋栗》(1898)嘲讽了人在庸俗的环境中自私浅薄、心灵空虚的生存状态;1898年创作的短篇小说《套中人》以其对现实的深刻认识和精湛的艺术表现成为作家的代表作。小说主人公别里科夫是一所中学的希腊语教师,他性格怪僻,思想守旧,行为可悲又可笑。他惧怕生活中哪怕是极其微小的变动,凡是他认为脱离常规违反法令的事,都使他闷闷不乐。别里科夫是一个害怕一切新事物、极力维护现存制度的卫道士的典型形象,思想守旧、保守顽固、怯懦自私是他突出的性格特征。

在戏剧创作方面,契诃夫完成了堪称"20世纪现代戏剧的开端"的四部代表作:《海鸥》(1896)、《万尼亚舅舅》(1897)、《三姐妹》(1901)和《樱桃园》(1903)。它们大多描写理想与现实的矛盾,反映革命高潮前夕一部分知识分子的苦闷和追求。其中《樱桃园》无论从思想性和艺术性上看,都具有总结性意义。"樱桃园"本身就是一个巨大的艺术象征,它的主人的变换和它被"别墅楼"取代,象征着贵族阶级的没落和资产阶级的兴起。契诃夫作为剧作家的世界性地位,是从20世纪60年代开始得到承认的。他在戏剧方面的革新体现在,真正的戏剧动作不是在外部生活而是在内部生活,即在人的心灵中;戏剧的冲突不再是"人与人的冲突"的模式,而是"人与环境的冲突"。他天才般地预见到了20世纪现代人的人生困惑,就此而论,生活在19世纪的契诃夫,就其对人和世界的认识而言,变成了一位20世纪的作家。

契诃夫短篇小说创作的杰出成就得到世界文坛的公认,他以自己特有的小说叙事风格丰富了现代现实主义文学的"现代性"内涵。他提倡"客观地"叙述,主张作家应将鲜明的爱憎和贬抑、欢悦和痛苦融化在作品的形象体系中,由此创造了一种独特的抒情心理小说形式。他通常截取平凡的日常生活片段,借助精巧的艺术细节真实地刻画人物,揭示人物精神心理活动,从而展示深邃的思想底蕴。艺术上,契诃夫多采用夸张、幽默和讽刺等手法,形成了含蓄蕴藉的"含泪的笑"的独特风格。"契诃夫的艺术被称为心理艺术,但它与托尔斯泰、陀思妥耶夫斯基或马赛尔·普鲁斯特的心理艺术很不相同。在表现人与人之间无法逾越的隔膜和难以相互理解这一点上,无一位作家胜过契诃夫。"[①]"与司汤达等法国作家一

---

① 刘文飞:《俄国文学史》(下册),北京:人民文学出版社,2013年,第90页。

样,却与托尔斯泰、陀思妥耶夫斯基和普鲁斯特不同,契诃夫研究的是'普通人',作为种类的人。但与那些经典作家不同,却与普鲁斯特一样,他关心的是最微小细节,是灵魂的'鸡毛蒜皮'和'细枝末节'。司汤达诉诸心理的'整数',他跟踪心理生活有意识、有创造力的主线。契诃夫则关注意识之'微分',关注其无意识的、不由自主的、消融毁灭的次要力量。"① 特别值得一提的是,契诃夫小说具有音乐性。"在契诃夫的短篇小说里,人物更多时候是对音乐而不是视觉艺术作品进行反应。"② 莫斯基(D. S. Mirsky)曾在他的《俄国文学史》中表示,契诃夫短篇小说的结构"不是叙事结构,或许可以称之为音乐结构③。但这不是说他行文悦耳动听,因为事实并非如此。而是说,他结构故事的方法近似于音乐中采用的手法。他的短篇小说既流畅又准确"④。而且,这些小说的结尾有时具有音乐式的结尾。⑤ 比如,契诃夫的短篇小说《古塞夫》,其结尾描写小说标题人物古塞夫的死亡和海葬,具有强烈的音乐效果,展现了契诃夫最精彩的两种意象"现世性"(temporality)和"超然性"(transcendence)的对比。

第四节　德国及北欧现代现实主义

德国的现代现实主义文学不仅产生得晚,而且作家团体更加显得松

---

① 刘文飞:《俄国文学史》(下册),北京:人民文学出版社,2013年,第90页。

② Kerry McSweeney, *The Realist Short Story of the Powerful Glimpse : Chekhov to Carver*, Columbia: The University of South Carolina Press, 2007, p. 21.

③ 此外,还有其他评论家也强调了契诃夫短篇小说的音乐特质。例如,肖斯塔科维奇(Shostakovich)将契诃夫描述成"一位颇具音乐性的作家,但不是那种只会压头韵的作家……契诃夫的作品具有更深层次的音乐性。其作品的架构方式就如同音乐作品的组织方式"。他"确信,契诃夫是借用奏鸣曲的方式来结构《黑僧侣》,包含了前奏、第一主题和第二主题的呈现和发展等"。罗莎蒙德·巴特利特(Rosamund Bartlett)解释说,作为一种音乐结构,奏鸣曲形式"当然不能与奏鸣曲的具体某一首器乐形式相混淆。作曲家通常在奏鸣曲和交响曲的第一乐章使用,它……包含了不同曲调的主要主题和次要主题的呈示段,接着是发展和再现部,有时还有尾声……对比、再现和渴望终结是奏鸣曲的主要标志"。巴特利特认为,俄国作曲家对契诃夫的艺术技巧的洞见为解读其短篇小说提供了新的视角。她还在别的书中提到瓦格纳风格的主旋律和复杂联想模式是契诃夫音乐叙事技巧的其他音乐特质。在专著《契诃夫艺术:文体学分析》中,彼得·M. 比切利(Peter M. Bitsilli)探讨了《草原》和《在峡谷里》的音乐结构。契诃夫本人曾将他的短篇小说《幸福》称作是"类似交响乐的作品"。

④ D. S. Mirsky, *A History of Russian Literature*, London: Routledge, 1949, p. 362.

⑤ Kerry McSweeney, *The Realist Short Story of the Powerful Glimpse : Chekhov to Carver*, Columbia: The University of South Carolina Press, 2007, p. 21,

散。作为一种文学思潮,其声势和影响力明显不如法国和俄国,以至于韦勒克说:"在德国根本不存在一个自觉的现实主义运动,尽管这个术语偶尔也被采用。"[①]这说明现代现实主义在德国的流行更显得平淡而宽泛,"思潮"的特征显得比较弱。

德国是西欧资本主义发展较晚的国家。19世纪30年代,英国工业革命的浪潮开始席卷到整个德意志。首先,纺织工业展开工业革命,随后采煤、钢铁等重工业也迅速铺开。五六十年代是德意志大规模的工业化阶段,其中以采矿、冶金和机械制造为代表的重工业的发展尤为迅猛,随之而来的是商业和银行业的兴起。到1870年,德国在世界工业总产值中占了13.2%,超过了法国,跻身于欧洲先进资本主义国家的行列。工业革命的推进,也促进了政治制度的变革。在1871年之前,德国处于分裂状态。1848年的法国革命,在德意志产生了强烈的影响,民族主义和自由主义思想深入人心,统治阶层中的有识之士开始顺应历史潮流。各联邦国家中势力最强大的普鲁士进行了政治改革,于1851年建立了以保障容克贵族集团利益为宗旨的三级选举制。同时,为了缓和阶级矛盾,适应经济发展的需要,普鲁士开展了内部的农奴制改革,对外开展自由贸易,这为日后在德意志争霸并最终凭实力完成德国的统一奠定了基础。经过三次战争,普鲁士先后打败了奥地利和法国,为德国统一创造了条件。1871年1月18日,普鲁士国王威廉加冕成为德国皇帝,宣告了德意志第二帝国的成立。同年4月,新选出的国会通过了帝国宪法,德国完成了政治上的真正统一。

1848年的法国革命,不仅对德意志的社会、政治和经济产生了重大影响,而且对精神文化领域也产生了强烈影响。"简单地说,这种影响的具体体现就是,人们变得更加务实。德国的精神界开始走出从康德到黑格尔的脱离现实的哲学思辨,转而关注人在现实生活中的具体问题。""以往的理论和体系建构逐渐被形形色色支离破碎的经验材料和一种理性的因果关系思考方式所代替。其结果是,19世纪下半叶,在德国的精神领域,传统的唯心主义和浪漫主义思想,与施特劳斯和费尔巴哈的宗教批判、费尔巴哈和叔本华的世界观理论以及自然科学的方法和认识为基础的实证主义混杂在一起,形成了一种不同视角和趋势交织共存的纷杂混

---

① 勒内·韦勒克:《批评的诸种概念》,罗钢、王馨钵、杨德友译,上海:上海人民出版社,2015年,第217页。

乱局面。"①在这种"纷杂混乱"的思想精神氛围中,有一种倾向是对当时的文学影响十分大的,那就是推崇经验主义和实证主义,注重建立在具体的、客观的和物质的基础上的经验,以精确的自然科学的方法取代哲学思辨的方法,强调人的认识来源于感性的、直观的、对可验证的因果关系的观察。在19世纪下半叶,"实证主义成为德国思想领域影响越来越大的哲学流派,并成为现实主义和后期自然主义文学产生的直接思想基础之一"②。19世纪中叶开始,德国文学开始了从理念向现实的转换,也就是,从古典主义和浪漫主义的崇尚审美、观念和理想转向了适应现实的存在,放弃思辨的形而上学,重视经验感受的现实生活。德国的现代现实主义就是在这样的背景下产生的,这也就决定了德国现代现实主义格外贴近现实、关注民众的日常生活等特征。"德国反浪漫主义的运动(即现实主义运动,引者注)还重点关注大量普通民众以及当前的生活所需。"③这正是19世纪西方现代现实主义的本原性特质之一。德国现实主义作家普遍认为,文学对现实生活的反映是一种科学的"加工",但是,这种加工又必须是"选取具有诗意的生活瞬间,通过幽默,通过和解与美化,对现实进行艺术的表现"④。因此,德国的现代现实主义又可称为"诗意现实主义"(Der poetische Realisums)。这种诗意的现实主义既远离浪漫主义式的无边的主观想象,同时也与现实拉开距离——这意味着不是机械地描摹现实。这种现实主义是植根于现实又借助于作家想象与创造后,文学中的世界是对现实世界的重构,是对现实生活的艺术化的再现。正是德国的这种诗化现实主义,"使它区别于欧洲其他国家的现实主义文学。它不像法国和英国批判现实主义那样具有强烈的社会批判性……德国现实主义作家们虽然也对环境进行批判,也表现各种矛盾,但是,他们却不要求用政治手段解决社会问题,不要求社会变革"⑤。此外,德国的现代现实主义主要描写市民生活,主人公也往往是有产市民、知识市民和小市民阶层的人物。

---

① 任卫东、刘慧儒、范大灿:《德国文学史》(第三卷),南京:译林出版社,2007年,第398—399页。

② 同上书,第401页。

③ J. A. Cuddon ed., *A Dictionary of Literary Terms and Literary Theory* (5th edition), Malden and Oxford:Wiley-Blackwell,2013,p.591.

④ 任卫东、刘慧儒、范大灿:《德国文学史》(第三卷),南京:译林出版社,2007年,第407页。

⑤ 同上书,第409页。

普法战争结束后,德意志实现了统一,资本主义迅速发展,德国现代现实主义也得以逐步走向繁荣。德国早期现实主义文学以批判封建君主专制和诸侯割据为主,同时也批判自由资本主义时期社会的弊病。海涅(Heinrich Heine)是德国早期现实主义诗人。一般认为,海涅的创作分为三个时期:早期包括整个19世纪20年代,1830年七月革命后至1840年为第二个时期,1840年到他去世为第三个时期。他的诗歌创作主要有三大类,即抒情诗、政治诗和讽刺诗。从总体上说,他的早期创作以抒情诗为主,内容大多是抒写爱情的欢乐和痛苦,明显地带有浪漫主义色彩。但是,即便在早期,海涅的抒情诗也表现出与一般浪漫派诗人不同的个性与倾向,那就是他不像一般的浪漫派诗人那样往往以诗的美来掩盖现实生活的丑恶,或者沉湎于浪漫的梦境之中而逃避严酷的现实。相反,海涅的抒情诗常常是使用他所谓的"浪漫主义嘲讽"手法,使梦境破灭,而在梦境的废墟上,他让人分明看到现实生活的丑恶。这样反过来哀叹梦醒时的空虚和惆怅,艺术效果更胜于一般的浪漫主义抒情诗。海涅的中期和晚期创作以政治诗和讽刺诗为主。实际上,他的中、晚期创作是他早期创作的合理延伸,因为在他的早期创作中已经表现出了他对现实,尤其是对当时德国落后的政治现状的嘲讽和批判态度。海涅的政治诗有别于当时那些只有革命口号而无任何诗意的所谓"倾向诗",而是以诗意浓郁、内容新颖并符合时代精神见长,常常是用诗歌形式表现新的思想,把政治观点和美学思想有机地结合在一起,因此他的政治诗既有强烈的战斗性,又有高度的艺术性。譬如,著名的《西里西亚纺织工人之歌》(1844)就是这样一首政治诗。至于他的讽刺诗,大体有两类:一类是普通的讽刺诗,大多讽刺德国小市民的庸俗生活,如《阐明》和长诗《阿塔·特罗尔,一个仲夏夜的梦》等;一类是政治讽刺诗,大多是嘲讽和鞭笞当时的政界要人和德国政府的昏庸,如讽刺普鲁士国王威廉·弗里德里希四世的《中国皇帝》等。海涅的讽刺诗和他的政治诗一样,是政治与艺术的巧妙结合,可以说是19世纪德国讽刺艺术中的精品。当然,集海涅抒情和政治讽刺艺术于一身的,是他最著名的长诗《德国,一个冬天的童话》(1843)。这部长诗,是海涅一生创作的顶峰,也是一部标志着德国浪漫主义新发展,同时又预示着德国现代现实主义即将登台的里程碑式的著作。从艺术上讲,这首长诗的总特点是浪漫主义和现实主义的交融。这一点从长诗的题目就能看出:"德国"是现实的,"童话"是非现实的,用非现实的、具有浪漫主义幻想特点的"童话"来表现现实中的"德国",这就是全诗的要旨。因此,长诗的内容虽然具有严肃的政治性,但表现方式却不像宣传品那样给人以枯燥乏味之感,而是具有高度艺术性。

格奥尔格·毕希纳(Georg Büchner)是德国早期现代现实主义文学的重要作家,他的创作以戏剧为主。四幕历史剧《丹东之死》是毕希纳的代表作,该剧以法国大革命为背景,描写罗伯斯庇尔和丹东之间的矛盾冲突。丹东希望罗伯斯庇尔关心民众生活,放弃恐怖屠杀;罗伯斯庇尔则批评指责丹东腐化堕落,背叛革命。丹东最后走上断头台,而罗伯斯庇尔也最终脱离民众孤立无援。毕希纳借两位历史人物的矛盾冲突和结局引发关于革命的思考。全剧充满了深沉的悲观情绪,对主人公丹东异常不安的精神状态表现得十分细致。毕希纳被认为是20世纪表现主义戏剧的先驱。

19世纪40年代是德国历史上工人革命运动高涨时期,革命斗争中出现了许多工人诗人,格奥尔格·韦尔特(Georg Weerth)是德国工人运动中涌现出来的工人诗人代表。韦尔特深受马克思和恩格斯思想的影响,他的诗歌饱含着对无产阶级的苦难和不幸的深切同情,传达了劳动人民的心声,并号召他们起来斗争,展望光明的未来。他的诗有民歌风格,幽默、讽刺、夸张等手法交替使用,通俗易懂,富有感染力。《刚十八岁》(1845—1846)、《铸炮者》(1845)和《我愿做一名警察总监》(1848)等都是他的著名作品。组诗《兰卡郡之歌》以七首诗歌揭露资本家的残酷剥削,歌颂了工人阶级为争取解放的革命斗争。韦尔特除了创作诗歌之外还写了《社会生活和政治生活速写》(1843—1848)、《著名骑士施纳普汉斯基的生平事迹》(1849)等。戈特弗里德·凯勒(Gottfried Keller)是瑞士的德语作家。长篇小说《绿衣亨利》(1879—1880)是他的代表作。它描写主人公绿衣亨利在经历了种种曲折后返回故城,与人民相结合,受到了人们的尊重。小说反映了广阔的社会生活,具有浓郁的乡土气息。凯勒的中短篇小说创作也成就突出,著名的有《塞尔特维拉的人们》(1856)和《苏黎世中篇小说集》(1877)等。台奥多·冯塔纳(Theodor Fontane)是德国现代现实主义文学的杰出作家,也是德国现代现实主义文学中社会批判性最强的作家。他一生创作了20多部现实主义小说。冯塔纳于19世纪70年代才开始他的小说创作,但是也正是他这些作品,把德国现代现实主义文学带入了一个新时代。他把一切兴趣都集中在对当下德国社会生活的观察与描写之中。他认为,让事物本身说话便是最真实的艺术;现实主义文学应该以幽默讽刺的手法把生活中美的和丑的生活都予以表现。《艾菲·布里斯特》(1895)是冯塔纳最著名的长篇小说,也是他现实主义的代表作。小说写女主人公艾菲在容克庄园里长大,在17岁不谙世事的时候就由父母做主嫁给了一个比她大许多岁的官员。丈夫忙于官场事务,长期冷落艾菲。在孤独之中,艾菲结识了另外一个男人,并且和他发生了关系。六年后,丈夫在偶然中发现了她的情夫写给她的信件。为了维护自己的尊严和情面,丈夫提出了向她的情夫挑战,在决斗中把情夫打死了。她也被逐出了家门。艾菲的父母迫于社会的舆论压力,不敢收纳她。从此,艾菲过着孤独的生活,甚至连自己的女儿也瞧不起她,后来在贫病忧郁中悲惨地死去。小说通过女主人公艾菲的不幸遭遇,揭示了社会习俗和传统社会势力对人的制约与压迫。小说认为,每个社会成员都被罩在社会的大网之中,谁也没有能力冲破他的制约;社会的习俗和某种虚伪的道德,给人们造就了一出出悲剧。从这种意义上说,艾菲和她的丈夫都是社会习俗和某种虚伪道德的牺牲品。

19世纪北欧现代现实主义文学是在西欧的影响下发展起来的,它形成于四五十年代。1848年欧洲革命风暴对北欧国家产生了重大的影响。自19世纪中叶以来,北欧国家尤其是丹麦、瑞典和挪威的文学界思想十分活跃,文学家们在思考和寻求变革社会的道路。这一时期的代表作家有丹麦的安徒生、勃兰兑斯,挪威的易卜生、比昂松。

安徒生(Hans Christian Andersen)生于丹麦菲英岛欧登塞,父亲是一个鞋匠。1829年安徒生发表《阿尔格岛漫游记》,开始受到文坛重视,同年4月,安徒生又发表了轻喜剧《在尼古拉塔上的爱情》。1831至1833年,安徒生到德国和意大利旅行,回国后发表了诗集、游记和小说,其中以长篇小说《即兴诗人》(1835)最为出色。但使安徒生获得世界性声誉的,是他创作的童话作品。从1835到1873年,安徒生一共写了168篇童话和故事。安徒生的童话爱憎分明,热情歌颂劳动人民,赞美他们的善良和纯洁的优秀品德,无情地揭露和批判王宫贵族们的愚蠢、无能和贪婪。他的童话真实地反映了丹麦的社会现实,生活气息浓郁,又富有浪漫主义情调。1835年安徒生发表他的第一部童话集《讲给孩子们听的故事集》,里面收有《打火匣》《豌豆上的公主》等作品。之后安徒生又陆续出版了第二集、第三集童话,收入了《拇指姑娘》《皇帝的新装》《海的女儿》等。安徒生这一时期的作品大多活泼幽默,讴歌真善美,具有童稚般的天真。1845至1852年,安徒生的作品更加深沉坚实,真实地反映了当时丹麦的社会现实,表现了劳动人民的不幸遭遇。如《卖火柴的小女孩》《一个母亲的故事》等,安徒生把这一时期的童话作品称为"新的童话"。1852至1873年是安徒生创作的第三个时期,这个时期的作品实际上是现实主义的小说,只是在写法上保留了童话的某些特点,安徒生称之为"新的故事",主要作品有《柳树下的梦》《她是一个废物》《幸运的贝尔》等。安徒生或许不是一个传统的基督徒,但是他确实是一个笃信的基督徒。由于这个重要主题对于19世纪具有虔诚信仰的读者和评论者来说过于熟悉,常常在评论时被忽视。以他最著名的童话《海的女儿》为例。美国著名的文学评论家哈罗德·布鲁姆(Harold Bloom)认为,故事在人鱼化为泡沫的瞬间即可结束;安徒生意图将故事升华为悲喜剧,让人鱼从泡沫中上升,成为天空的女儿,三百年后将获得永恒的灵魂。但对于读者来讲,这个结尾"在艺术上是无效的"[①],完全无法冲淡故事的悲剧色彩,尤其是对儿童而言,遥远的天国不能对现世的牺牲带来真实的弥补。

格奥尔格·勃兰兑斯(Georg Brandes)是丹麦具有重要影响的文艺批评家。1872年至1875年勃兰兑斯在哥本哈根大学任教,纵论法国、德国、英国等国的文学流派和作家,后来他把这些演讲汇编成6卷本的《十九世纪文学主流》出版,包括《流亡文学》《德国的浪漫派》《法国的反动》《英国的自然主义》《法国浪漫派》和《青年德意志》。该书轰动了丹麦思想界,也受到教会的猛烈攻击,勃兰兑斯被迫到柏林寄居7年。1883年,勃兰兑斯重返丹麦,继续在哥本哈根大学任教。勃兰兑斯提出作家应该关心现实社会,要用现实主义手法进行创作,他十分推崇普希金、果戈理、托尔斯泰等俄国作家,1887年去俄国讲学,发表了《俄罗斯印象记》(1888)和《波兰印象记》(1888)。在晚年勃兰兑斯还发表了不少名人传记,如《歌德传》《伏尔泰传》《米开朗琪罗传》等等。勃兰兑斯以"他的巨大的文化修养、他敏锐的才智、他的清楚而又具体的风格,将他的影响扩大到斯堪的

[①] Harold Bloom, " 'Trust the Tale, Not the Teller': Hans Christian Andersen", Orbis Litterarum, p. 400.

纳维亚之外,并在20世纪初年,成为欧洲批评界的泰斗"①。

亨利克·易卜生(Henrik Ibsen)于1828年3月20日出生于挪威东南海岸斯基恩城。"钟爱现实主义的剧作家——易卜生是一位重要人物,他拒绝构思完美的戏剧,包括其机械式技巧与整体上平滑灵活的情节,他还拒绝夸张的艺术风格。"②易卜生8岁那年家庭破产。1844年初,15岁的易卜生独自一人外出去一家药店当学徒。易卜生的求知欲强烈,在繁重的劳动之余,阅读了大量古典文学作品,并开始学写诗。1850年,易卜生为报考大学来到首都奥斯陆,落榜后,即定居下来,结交了文艺界的一些有进步思想的朋友。1864年他离开了祖国,在意大利和德国住了26年多。在国外期间,他创作了10余部见解新颖、思想深刻的社会问题剧,提出了一系列当代社会的重大问题,艺术上也达到了炉火纯青的高度。1891年,63岁的易卜生载誉而归,在首都奥斯陆定居。1906年,易卜生在首都逝世,国王为他举行了国葬。"易卜生的影响巨大深远,特别是对萧伯纳(Shaw)、斯特林堡(Strindberg),以及随后20世纪整整一代的剧作家都有很大影响。"③

易卜生共写了25个剧本,"社会问题剧"代表了易卜生在戏剧创作上的最高成就。所谓"社会问题剧",是易卜生首创的一种戏剧形式,它以日常生活为素材,以探讨社会问题为宗旨,启发人们思考,引导人们起来改革社会弊病,把现实社会中与人们休戚相关的搬上舞台,把讨论问题带入了戏剧。易卜生的"社会问题剧"主要有《社会支柱》(1877)、《玩偶之家》(1879)、《群鬼》(1881)、《人民公敌》(1882)等。《社会支柱》批判了挪威的政治和社会生活。剧本开头,主人公博尼克以"模范公民""模范丈夫""模范家长""社会支柱"的面貌出现,但实际上他是把自己的幸福建立在别人的痛苦之上的大骗子、大恶棍,是一个极端自私的利己主义者。像这样的人竟被称为"社会支柱",显然,这个社会也是罪恶的大染缸。《人民公敌》在题材上和《社会支柱》很相似,主人公斯多克芒是个为人民消除公害的大好人,但反被说成是"人民公敌",而欺骗群众、唯利是图、危害社会的人

---

① 保罗·梵·第根:《文艺复兴以来的欧美文学史》,谢钟浤译,北京:人民出版社,2015年,第278页。

② J. A. Cuddon ed., *A Dictionary of Literary Terms and Literary Theory*, (5th edition), Malden, MA and Oxford, UK: Wiley-Blackwell, 2013, p. 593.

③ Ibid., p. 593.

却被欢呼"万岁"从而揭露社会道德的伪善。易卜生创作的后期,作品主要是象征主义戏剧,作品中现实主义成分减少,戏剧重心从社会批判转向对人生哲理和人之内心活动的探讨,作品具有浓郁的象征色彩。这一时期的主要作品有《野鸭》(1884)、《海上夫人》(1888)、《建筑师》(1892)、《小艾友夫》(1894)、《当我们死人醒来的时候》(1899)。其中《野鸭》为该时期最重要的作品。剧中的雅尔马在生活的泥潭里苟且偷生不思进取,像一只被打折了翅膀的野鸭一头扎在深水里忘却了飞翔。

易卜生从"视觉"理论与技术的角度创新了戏剧艺术。"在现实主义与现代视觉理论关系方面,易卜生代表了一个转折点。"[1]对视觉主观性的承认和对真理存在何处的关注,影响了易卜生的审美表现力,促使他以一种更加现实主义的文体风格写作。"在他所有现实主义作品中,易卜生既促进了我们客观地感知真相的能力,又使其复杂化。易卜生在他的剧作中对视觉的动态的、悖论性的现实呈现也许可以比作维多利亚时代早期的现实主义画家,例如上面所提及的拉斐尔前派画家威廉·霍尔曼·亨特和约翰·埃弗里特·米莱斯。易卜生的现实主义剧作也许带有罗斯金所称的'视觉现实主义'的特征,将视觉的立体镜式过程,看作是一种阐释行为,而不是对世界的简单记录。"[2]易卜生的现实主义戏剧激发观众不仅感知现实主义,而且就像相对主义者建构的那样,感知视觉和真相。

《玩偶之家》是"社会问题剧"的代表作之一。"《玩偶之家》于1879年在哥本哈根上演,许多戏剧学家和历史学家将该事件经典化,将其称作是现实主义的'滥觞'。"[3]剧情是由娜拉和海尔茂之间思想观念上的对立与冲突而展开的:娜拉真诚善良,海尔茂虚伪自私。海尔茂看起来似乎很爱娜拉,平日里对她满口的甜言蜜语。他说夫妻应当分挑重担,并且,他常常盼望有一件危险的事威胁娜拉,好让他拼着命,牺牲一切去救娜拉。但他发现了娜拉曾假签名借债后,不但没有挺身而出,反而怒骂娜拉是"道德败坏"的"下贱女人",因此不准娜拉有教育子女的权利。可见,他关心的只是自己的名誉和地位,他爱妻子不过是口是心非的玩意儿。相反,娜拉在父亲病重因而无法拿到他的签名的情况下,不得已冒充父亲的签名

---

[1] Amy Holzapfel, *Art, Vision, and Nineteenth-Century Realist Drama*, New York: Routledge, 2014. p.19.

[2] Ibid.

[3] Ibid.

借钱为丈夫治病;当伪造签名的事将败露时,她曾决定牺牲自己,甚至以自杀来保全丈夫的名誉。这些都表现出她的真诚与善良。

在"爱"的问题上,他们两人的观念也截然不同,一个虚伪,一个真诚。海尔茂看起来爱娜拉,但骨子里只是把她当作好看的"纸娃娃",是一个玩偶,没有自由的意志,一切要由他来支配。在他看来,妻子对丈夫只有责任,而没有任何权利,因此,在家庭生活中,娜拉是自己的私有财产和附属品;男女是不能享受平等权利的,女人可以为男人做出牺牲,而男人则不行。他曾直接对娜拉说:"男人不能为他爱的人牺牲自己的名誉。"相反,娜拉对丈夫的感情是真诚纯洁的。为了给丈夫治病而假签名借钱,突出反映了她对丈夫的体贴;当伪造签证的事将要败露时,她曾决定牺牲自己,甚至以自杀来保全丈夫的名誉。这些都表现出她的爱的真诚。娜拉和海尔茂的冲突展示了各自不同的思想境界和性格特征。如果说海尔茂代表了当时欧洲普遍的男权主义思想的话,那么,娜拉则代表了女性对独立人格与尊严的追求。

娜拉明白了自己在家庭中不过是个玩偶之后,就毅然出走了。娜拉的出走有什么深刻的意义呢?剧本通过娜拉与海尔茂之间矛盾冲突的描写,撕下了男权社会中温情脉脉的家庭关系的面纱,暴露了建立在男权统治基础上的夫妻关系的虚伪。该剧上演后,引起了社会的巨大反响。娜拉出走的进步意义在于:它向男权主义提出了公开挑战,向社会提出了妇女解放的问题。所以,以往评论界说《玩偶之家》是妇女解放的宣言书,易卜生也被誉为描写妇女解放、为妇女争取自由的戏剧的先驱,是不无道理的。正因如此,这个经典剧本对当时和后来一个时期西方社会的妇女解放运动起到了激发和推动的作用,并且其影响是世界性的。

五四时期,《玩偶之家》传入中国之后受到了广泛的欢迎,它几乎可以说是中国女性解放的"教科书",娜拉成了广大青年男女争取自由婚姻、个性解放的偶像。受此剧本启发,不少作家也创作了同类题材的文学作品。胡适模仿《玩偶之家》创作了表现男女平等、婚姻自由主题的《终身大事》;鲁迅则以该剧主人公为题发表了《娜拉走后怎样》的演讲,更深一层地探讨中国式的"妇女解放"的社会基础问题;他还以此为题材创作了短篇小说《伤逝》,提出了"娜拉现象"背后的社会问题。总之,《玩偶之家》作为"社会问题剧",在我国主要被理解为表现了家庭婚姻、男女平等、妇女解放问题的经典戏剧。在中国的文化与文学语境中,该剧无疑具有很强的反封建意义,而且,该剧所表达的妇女解放、男女平等的观念,几乎成为一种"母题",深深融入了我国的文化价值系统。

然而,易卜生自己对该剧的创作却别有一番心机。在该剧发表20年后的一次演讲中他说:"谢谢大家为我的健康举杯,但我的确不敢领受为妇女运动而自觉努力的盛誉。我甚至不明白什么是'妇女运动'。我只关心人类本身的事……我不过是一个诗人,却不是人们通常认为的社会思想家……就像许多其他问题,妇女的社会问题应当给予解决,但是那不是我创作的原始动机。我的创作的目的是描写人类。"① 在此,易卜生起码表达了两层意思:第一,《玩偶之家》的创作动机不是妇女解放、男女平等;第二,该剧讨论的根本问题是人类而不是男女平等之类的一般"社会问题"。虽然,研究一个作家及其作品时不能被作家自己的"一家之言"牵着鼻子走,但也不能不作参考,更为关键的是,要借此通过文本解读去证明其可靠性。

从《玩偶之家》深层意蕴看,该剧表达的是"人"的觉醒和人性解放的问题;换言之,娜拉不仅代表妇女,更代表生存于西方传统文化中的整体的"人"。男女平等、妇女解放,诉求的是男女人格尊严上的平等,指涉的主要是社会道德和制度问题,而"人"的觉醒和人性解放,不仅仅是社会道德和制度问题,更是社会赖以存在的文化根基问题。

剧本的开场是圣诞节前夕,海尔茂马上要升任银行经理了,他家里气氛格外热烈。从象征意义角度看,圣诞节意味着希望和新生;从剧情发展的角度看,主人公的精神与灵魂将迎来"受难"与"复活"——娜拉在痛感"玩偶"地位后的觉醒与反叛,这是剧本结局的深沉隐喻。剧中,海尔茂极力规劝准备离家出走的娜拉,而她说:"这些话现在我都不信了。现在我只信,首先我是一个人,跟你一样的一个人——至少我要学做一个人!"娜拉说的"我是一个人",当然包含了"女人也是人"的意思,同时也是指人类的意义上的"人"。从后一层意义上说,娜拉提出的不仅仅是男女平等、妇女解放的问题,还是指西方传统文化中人的自由与解放的问题。因为,剧本中海尔茂极力维护的不仅仅是传统的家庭婚姻的道德规范,还是那个社会赖以存在的传统文化体系,娜拉则是它的叛逆者。

在娜拉提出要出走时,海尔茂就搬出宗教和法律来逼迫娜拉就范,在他眼里,这一切都被视为是天经地义的。海尔茂认为,宗教能拯救人的灵魂,犯有过失的人就应当认罪,要"甘心受罪",也就是说,娜拉应该认罪并

---

① Henrik Ibsen, Evert Sprinchorn ed., *Letters and Speeches*, New York: Hill, 1964, p.232.

受罚。娜拉则提出反驳说:"不瞒你说,我真的不知道宗教是什么,'尽管'牧师告诉过我宗教是这个,宗教是那个。'实际上'牧师对我们说的那套话,我什么都不知道。""等我离开这儿一个人过日子的时候,我也要把宗教问题仔细想一想。我要仔细想想牧师告诉我的话究竟对不对,对我合用不合用。"这是她对宗教合理性的大胆质疑,其间隐含了尼采式关于传统文化死亡——"上帝死了"的意味。海尔茂认为,现实社会的法律是神圣的、合理的,他还用法律来威胁娜拉。娜拉则公开对这种法律提出抗议,认为它是"笨法律"。她说:"国家的法律跟我心里想的不一样,可是我不信那些法律是正确的。父亲病得快死了,法律却不许他为女儿给他省去烦恼。丈夫病得快要死了,法律不许他妻子想法子救他的性命!我不相信世界上有这种不讲理的法律。"

显然,上述讨论的问题已经远远超越了婚姻与家庭问题,而是这个社会赖以存在的文化对于人之合理性的问题,是人的自由与权利的问题。所以,娜拉反叛的不仅仅是家庭道德、婚姻规范和"男权主义",而且是西方社会的传统文化价值体系;她追求的不仅仅是女性的人身自由,还是"人"的精神自由、人性的解放。在这种意义上,娜拉的觉醒不只是妇女的觉醒,更是"人"的觉醒,海尔茂所代表的不仅仅是所谓的"男权社会"和"男权主义",还是传统的文化体系,并且他本人也是一个不自觉地受制于这种文化的非自由的人。因此,该剧讨论的问题也由一般家庭婚姻的"社会问题",上升为更具超前性、革命性的人性解放和"人"的觉醒的西方文化之普遍性问题。易卜生自己曾言,从早期开始,他创作的就是"关于人类和人类命运的作品",他认为基督教传统文化世界就像一艘行将沉没的船,拯救的唯一方法是文化自新,他的创作所揭示的就是西方传统文化所面临的这种危机。这是易卜生戏剧之"现代性"特征在文化哲学内涵上的表现。

在此,我们来看看这个剧本的结尾,请注意以下这段对话中多次出现的"奇迹"两个字:

  海尔茂:娜拉,难道我永远只是个陌生人?
  娜拉:(拿起手提包)托伐,那就要等奇迹中的奇迹发生了。
  海尔茂:什么叫奇迹中的奇迹?
  娜拉:那就是说,咱们俩都得改变到——喔,托伐,我现在不信世界上有奇迹了。
  海尔茂:可是我信。你说下去!咱们俩都得改变到什么样子——?

娜拉:改变到咱们在一块儿过日子真正像夫妻。再见。(她从门厅走出去。)

海尔茂:(倒在靠门的一张椅子里,双手蒙着脸)娜拉!娜拉!(四面望望,站起身来)屋子空了。她走了。(心里闪出一个新希望)啊!奇迹中的奇迹——

【楼下砰的一响传来关大门的声音】。①

海尔茂希望娜拉回心转意回归家庭。但是,就娜拉来说,对应剧本开场的圣诞节灵魂复活的隐喻,那么,"复活"了的娜拉是不可能回归的,除非发生"奇迹中的奇迹",但是现在的她根本不相信什么"奇迹"。所以,结尾最后那"砰的一响"的关门声,意味着海尔期待的"奇迹"不过是一种幻想。剧本结尾的潜在文本是一种象征隐喻,它表达了人对传统文化信仰的动摇以及人的个性意识的觉醒与"复活",而不仅仅是娜拉的女性意识的觉醒。这就是《玩偶之家》乃至易卜生的所有戏剧所表现的对传统话语体系的解构意义,以及对人与人关系重构的期待。此处那"砰"的一响的关门声,似乎回荡着另一个声音:"上帝死了",预告了一种新的现代文化和现代人的诞生。娜拉出走所告别的不仅仅是传统婚姻道德束缚下的旧家庭,更是那个疾病缠身的传统文化社会,娜拉的觉醒表达了易卜生对西方传统文化的反叛,揭示的是"人"的觉醒与解放的问题。这是易卜生"社会问题剧"之"问题"的文化哲学内涵和现代意蕴所在,也是"易卜生主义"的精髓之所在。"世界上最有力量的人是最孤独的人。"这是易卜生《人民公敌》中主人公的名言,其实这何尝又不是作者本人内心的真实写照?剧作家易卜生在文化哲学上的超越性、超前性,达到了哲学家尼采的反传统境界,在同时代人中,他们必然陷于精神和文化上的孤独之境。

因此,对《玩偶之家》的理解,仅仅停留在"社会问题剧"的"妇女解放"意义上,就无法真正理解"易卜生主义",也无法深度理解其中关于"人"的问题表达的现代意义。正是在这一点上,我国五四时期思想文化界对《玩偶之家》以及易卜生的整体接受是存在浅层化或误读的,由此而生的"妇女解放""个性自由"的追求显得空泛和不着边际,因此,实际效果正如鲁迅所说,娜拉出走之后不是堕落就是回来。即使是鲁迅《娜拉走后怎

---

① 易卜生:《易卜生戏剧选》,潘家洵译,北京:人民文学出版社,2013年,第195页。

办》以及短篇小说《伤逝》表达的关于妇女解放和社会经济、政治问题的深度反思,也没有与易卜生主义的深度意蕴相契合。不过,尽管如此,对于五四时期的中国来说,妇女解放的问题毕竟是一个不可回避的社会问题,因而《玩偶之家》和易卜生主义在现代中国所产生的积极意义与作用是不可磨灭的。

比昂斯滕·比昂松(Bjornstjerne Martinus Bjornson)出生于挪威北部克维尼的一个牧师家庭,大学毕业后到《每日晨报》《晚报》担任文学评论员和编辑。1857年比昂松担任挪威卑尔根国家剧院编导。比昂松的主要文学成就是戏剧,他一共写了21部剧本。比昂松早期的剧作都是根据挪威12世纪的历史创作的,属于浪漫主义,如《战役之间》(1857)、《西格尔特恶王》(1862)、《十字军骑士西格尔特》(1872)等。1873至1876年,比昂松到国外旅行,接受了达尔文学说,创作了几部重要的现实主义剧作,主要有《破产》(1874)、《国王》(1877)、《新制度》(1878)、《挑战的手套》(1883)等。其中以《破产》《挑战的手套》最为出名。《破产》写商人钱尔德在破产后苦苦挣扎,最终重振旗鼓事业兴旺发达的故事,揭露了资产阶级的贪婪本性。《挑战的手套》是一部描写爱情、婚姻、家庭的作品,揭示了资本主义社会妇女的屈辱地位。1883年比昂松发表象征主义戏剧《人力难及》,揭露了宗教狂热。1903年,比昂松因"他的高贵、宏伟和才华横溢的作品,往往以新颖的灵感和少有的赤诚之心著称"[①]而获得当年的诺贝尔文学奖。

第五节 美国现代现实主义

美国的现代现实主义的情况与英国极为相似,出现得更晚而且几乎不存在理论的论争。"美国的现实主义植根于15世纪以来的欧洲。其源头包括文艺复兴初期的写实主义绘画;更普遍的影响则来自具体的政治制度,尤其是1776年美国独立战争与1789年法国大革命;还包括日益强

[①] 毛信德主编:《诺贝尔文学奖颁奖词与获奖演说全集》,杭州:浙江工商大学出版社,2013年,第11页。

化的实证科学;以及历史性叙事的发展等。"①在美国内战(1861—1865)之后的几十年里,"现实主义文学成为美国文坛的一个显著特征,学者斯坦利·科金(Stanley Corkin)将这一时期称为'现代美国的诞生期'(the birth of the modern United States)"②。从传播的角度看,现实主义从欧洲到北美,空间距离之大,无疑是造成美国现代现实主义个性特征的重要原因之一,但美国资本主义发展的特殊性及美国文化的独特性,则是其中更重要的原因。在美国,"现实主义一定程度上是在回应美国文化中某些日益加速的社会经济变迁而得以发展的"③。美国现代现实主义的确以自己的方式和步调发展,它所对应的某些社会条件也是19世纪晚期美国所特有的。这些特定的美国条件包括内战的强大影响和长期未能解决的战后余波,以及战后大量移民的涌入,他们代表了空前广泛的民族和种族背景。④"总体而言,美国的现实主义更大程度上是由历史而非意识形态来定义的,就像在欧洲一样。工业发展正以空前的速度向前推进,随之而来的是一种新型的商业主义和城市前所未有的扩张,城市人口因来自欧洲的移民和来自南方的非裔美国人而膨胀。"⑤

虽然美国在1776年的7月4日作为一个正式国家诞生了,但在斯坦利·科金看来,"现代美国的特点,如经济结构、文化形态、社会和政治冲突以及日常生活模式等诸多方面,是在19世纪70至90年代初步形成的。在19世纪中叶,美国工业革命正如火如荼地开展着,但内战后的加速发展使美国从一个由不同'小岛社区'('island communities')组成的农业国家变成20世纪初的一个主要城市国家,这些城市有着极端的贫富

---

① Carol J. Singley, "American Literary Realism", in M. A. R. Habib eds., *The Cambridge History of Literary Criticism*, Vol. 6: *The Nineteenth Century*, Cambridge: Cambridge University Press, 2013, p. 331.

② Phillip J. Barrish, *The Cambridge Introduction to American Literary Realism*. New York: Cambridge University Press, 2011, p. 2.

③ Carol J. Singley, "American Literary Realism", in M. A. R. Habib ed., *The Cambridge History of Literary Criticism*, Vol. 6: *The Nineteenth Century*, Cambridge: Cambridge University Press, 2013, p. 331.

④ Phillip J. Barrish, The Cambridge Introduction to American Literary Realism. New York: Cambridge University Press, 2011, p. 23.

⑤ Carol J. Singley, "American Literary Realism", in M. A. R. Habib ed., *The Cambridge History of Literary Criticism*, Vol. 6: *The Nineteenth Century*, Cambridge: Cambridge University Press, 2013, p. 333.

差距,还有人口密集的贫民窟"①。南北战争结束后,美国资本主义发展迅速。南北战争是美国的第二次资产阶级革命,战争的结果是强有力地削弱了奴隶主势力,工业资产阶级全方位地取得了社会的领导权,从而在根本上扫除了美国资本主义发展的障碍。自1869年美国建立第一条横贯美洲大陆的铁路,到1885年,类似的铁路大动脉已经建成四条,大规模的铁路建设使得昔日荒凉的西部得到了开发。到世纪之交,传统意义上的西部边疆已经不复存在。西部的大开发,自由劳动力和国内市场的扩大,先进科学技术的应用,欧洲资本的大量输入和成千上万外国移民的涌入,都成为美国加速发展的因素。从南北战争后到19世纪末,仅仅经过了30年至40年时间,美国的工业生产能力就从世界第四一跃成为世界第一。随着边疆的消失和垄断资本主义的加剧,美国出现了历史上前所未有的政治腐败和道德水平下降,资本主义社会固有的矛盾也在美国表现得十分突出。马克·吐温称这个时期为"镀金时代"。"一些作家开始尝试小说创作,使其可以更紧密、更自觉地响应周围快速变化的世界,他们发端于美国的不同地区,但以文学之都波士顿和纽约为中心。这些现实主义作家试图对不断变化的社会进行理解并对此做出解释,同时他们又抵制它、赞美它、影响它,并从中获利,但最重要的是在作品中营造一个如亨利·詹姆斯(Henry James)所说的'现实的氛围'('the air of reality')。"②这一时期的美国文学出现了少有的繁荣局面,其中除了现实主义小说之外还有乡土小说、自然主义小说等等,都进一步推进了美国文学的发展。"美国现实主义作家尝试更精准地描绘各色各样的美国人,这与先前的文学样式不同,他们不仅仅关注来自中上阶层的白人公民,也把焦点放在那些处于政治上失去权利或社会边缘化的人身上,如新移民、有色人种以及城市和农村的贫困人口。"③美国作家的自我努力,使美国的现代现实主义文学呈现出自身的特点。正如美国批评家韦勒克所说,"现实主义理论很迟才从欧洲进入美国,不过在实践方面,地方色彩小说中仔细观察的作风、现实主义的技巧、西部幽默甚至感伤主义小说,早已

---

① Phillip J. Barrish, *The Cambridge Introduction to American Literary Realism*. New York: Cambridge University Press, 2011, p. 2.
② Ibid., p. 3.
③ Ibid.

盛行开来"①。因此,19世纪美国的现代现实主义既有欧洲的影响,也有本民族乡土文学的传统。南北战争既是美国资本主义经济发展的转折点,也是文学上的现代现实主义产生和发展的起点。可以说,美国现代现实主义文学是这场战争的直接产物。"美国的现实主义借鉴了欧洲模式,但也借助了南北战争后时代的历史和社会力量,包括政治腐败、西进运动、移民问题和奴隶制的遗存等,都促成了独特的文学形式和主题的建构。美国的现实主义作家不仅在编年史意义上进行记录和解释,而且还试图改变自己所处的迅速变化的社会的各个方面。"②此外,美国现代现实主义文学往往从民主主义理想出发批判资本主义的罪恶,反映劳动人民的不幸遭遇,追求自由与平等的理想,具有较强的民主性和人民性。卡罗尔·辛格利(Carol J. Singley)认为,美国的现代现实主义,"通俗地理解,它是一种普通的(average)日常性的文学,对世界的表现既不同于浪漫主义总是涂上一层玫瑰色,与自然主义的阴郁黑暗也不相同,而是以科学的客观性和摄影式的准确性清晰地呈现出来"③。"美国现实主义作家发展出一种兴趣,力图把所处的世界连同他们对19世纪末社会深刻变迁的体验记录下来。"④

19世纪50年代美国的废除黑奴文学中,已蕴含了现实主义因素。废除黑奴文学以反对美国南方的蓄奴制,反映黑人悲惨生活为主要内容。理查·希尔德烈斯(Richard Hildreth)的《白奴》(1836)和哈里叶特·比彻·斯托夫人(Harriet Beecher Stowe)的《汤姆大伯的小屋》(1852)是废奴文学的代表。《汤姆大伯的小屋》描写了逆来顺受的老黑奴汤姆的不幸命运,从而把南方蓄奴制的罪恶公之于天下。60年代末,美国的西部边疆出现了通俗易懂的"乡土小说",它以真实地描写该地区的风土民情而著称,是一种具有现实主义倾向的文学。布勒特·哈特的《咆哮营的幸运儿》(1870)是"乡土小说"的代表性作品之一。

---

① 雷纳·韦勒克:《近代文学批评史》(第四卷),杨自伍译,上海:上海译文出版社,2009年,第282页。
② Carol J. Singley, "American Literary Realism", in M. A. R. Habib ed., *The Cambridge History of Literary Criticism*, Vol. 6: *The Nineteenth Century*, Cambridge: Cambridge University Press, 2013, p. 339.
③ Ibid., p. 331.
④ Ibid., p. 333.

马克·吐温(Mark Twain)是美国现代现实主义文学的杰出作家。马克·吐温于1835年11月出生在美国密苏里州的佛罗里达小镇,全家后来又搬到汉尼巴尔。马克·吐温的父亲在那当治安法官,但是家庭经济一直都很窘迫。童年的马克·吐温喜欢搞恶作剧,常常去伯父的农庄过夏天,打猎。一个叫"丹尼尔叔叔"的黑奴为人真诚,富有同情心,一直照应他,这个黑奴经常在马克·吐温的作品中出现:他是"吉姆"的原型。马克·吐温还有个伙伴叫"汤姆·布莱肯希普",他自由放任,不服管教,但"所有人都羡慕他"。[①] 他还是"哈克贝利·费恩"的原型……少年的马克·吐温在父亲去世后,去报馆里当学徒,后来只身赴纽约、费城、华盛顿闯荡。1854年,19岁的马克·吐温回到了密西西比河,不久,又去了新奥尔良,给一个领港员当学徒。成为一名合格的领港员后,他在这个职位上工作了三年。1861年4月,美国南北战争爆发;6月,马克·吐温加入南方的军队,在军中做了一名少尉,但是不久就离开了。这年,他穷困潦倒的哥哥走了好运,当上了州长的秘书,于是,马克·吐温在这个州里寻找银矿。1862年,马克·吐温在内华达的《企业报》当新闻记者,开始使用"马克·吐温"(Mark Twain)的笔名。这个笔名是领港员的术语,意思是"水深两英寻",船可以顺利通过。1864年,因为参加非法决斗,马克·吐温被迫离开了内华达,到旧金山当记者。

1865年,短篇《卡拉维拉斯县驰名的跳蛙》使其一举成名。1869年,马克·吐温的《傻瓜国外旅行记》嘲笑欧洲的封建残余和宗教愚昧。1870年的《竞选州长》是一个讽刺美国选举制度的短篇。《百万英镑》(1870年)对金钱万能的社会现实以及势利庸俗的市民心理的批判和嘲讽初露了马克·吐温小说的一贯主题。《汤姆·索亚历险记》(1876)描述了主人公汤姆不满沉闷、庸俗的小镇生活,和好友哈克等一起逃离小镇追求传奇冒险生活的故事。

《哈克贝利·费恩历险记》(1876—1884)是马克·吐温用了近8年时间才完成的,无论从思想内容还是从艺术性方面来说,都堪称其最优秀的作品。故事发生在美国南北战争前的50年代,乃是《汤姆·索亚历险记》的继续和发展。马克·吐温生活的19世纪中后期的美国,南北战争、废奴运动、工业革命、移民大潮,这些重大历史事件都造成了美国社会的激变和不稳定,这是一个复杂、多变的年代。马克·吐温身上同时具有开拓

---

① 马克·吐温:《戏谑人生》,石平译,合肥:安徽人民出版社,2012年,第75页。

者的冒险精神和进取精神,以及远离现实的乌托邦情结,他的渴求自由的心性与那物化的、功利主义取向的美国现实社会格格不入。怀着内心的孤独与不安,他以幽默和讽刺见长的文学创作,对抗没有形成稳定价值观的美国社会,用沿河流浪的主题来疏远无法控制的社会,表达他对现实生活的复杂的心理感受以及关于人性自由的理想。《哈克贝利·费恩历险记》就是通过哈克的飘流和历险,表达摆脱现实社会价值观念对人的束缚、与现代文明拉开距离、追求人性的自由与舒展的思想主题。在《哈克贝利·费恩历险记》中我们可以看到,除了哈克、汤姆和吉姆之间纯粹的友情之外,其他的所有社会关系都属于不正常。作者通过集中描写主人公与这些社会关系的对立与冲突,否定了所谓"文明社会"的价值观,表达了对自由的价值理念的追求。

这种不正常的社会关系主要表现在哪些方面呢？首先是家庭关系的不正常。道格拉斯寡妇的温情让哈克感到拘束,与他的天性相悖;而父亲的粗暴和纠缠也让哈克无法忍受。其次是种族关系的不正常。故事发生在美国废奴宣言之前,黑奴可以像牲口一样买卖,没有任何人身自由,一旦逃跑便被通缉。小说中作为成年人的吉姆就是一个黑人奴隶,他因为不愿被当作牲口一样随意买卖而出逃,不惜千辛万苦争取作一个自由的人。哈克听从自己的良知的呼唤,不愿看到吉姆被人抓住,就冒险帮他逃亡。哈克和吉姆漂流的木筏,象征着冲破种族偏见的自由的新天地。再次是一般社会关系的不正常。在荒唐的社会观念下,人与人的关系是相互仇恨、相互欺骗,爱和同情难以被人理解和接受。格兰杰福特家族由于莫名其妙的怨仇,跟谢泼德逊家族相互仇杀,两败俱伤;骗子"国王"和"公爵"到处行骗,甚至冒充是死人的兄弟,妄想领取遗产;观看骗子低劣演出的民众,为了避免别人笑话,设法让别人也一起上当。密西西比河两岸是美国的中心地带,作者给我们展现的是一片停滞和衰败的景象,那里的社会生活落后、野蛮、粗俗,居民们贫困又愚昧,社会上的拜金主义盛行,人人贪得无厌,到处盗匪横行,江湖骗子四下流窜。相比之下,吉姆和哈克顺水而下的木筏,好比是一扇移动的窗户,展现岸上生活的荒谬和灰暗;也像是一个超越河边村镇的独立世界,那自由、舒展的生活与阴暗、无奈的岸上生活形成鲜明对照。社会关系的不正常,源于价值观念的悖逆人性,因而也是人性自由的障碍,更是对儿童自然天性的一种禁锢和压迫。马克·吐温接受了法国启蒙思想家卢梭提倡的"自然人"的观念,认为现代文明社会是对人性自由的束缚。《哈克贝利·费恩历险记》是哈克的成长史,也是摆脱文明的束缚、寻找自然人性的过程，也即哈克所说的"走邪道"。小说通过描写畸形的、不正常的种种社会关系，否定了当时美国"文明社会"的价值观念；通过主人公哈克对现实这种社会关系的不满与逃避，表达了对人性自由理想的追求。马克·吐温笔的两部"历险记"，塑造了智慧的"顽童"形象。

哈克贝利·费恩是马克·吐温塑造的最富野性的儿童形象。他"终日游荡，无法无天，又粗野又恶劣"，母亲们都怕他，但所有的孩子都佩服他。他的父亲不在小镇上，没人照顾他，他也乐于无拘无束，穿着破烂的衣裳，随便在台阶上或者哪个空桶里面过夜。他没有一般流浪儿童对家庭的渴望，虽然道格拉斯寡妇真心怜爱哈克，收养他当儿子，想给他"文明""正经"的生活，但这一切在哈克看来都是煎熬。他宁愿让父亲把哈克整天锁在森林小木屋里，喝醉酒后殴打他，也不想生活在道格拉斯寡妇家里。他内心并非完全没有当时的道德观，比如，他曾经为帮助黑奴逃跑而后悔过，"感到自己实在太卑劣、太糟糕了"，但是当他看到吉姆忠诚、怀着感恩之心的时候，又打消了自己的顾虑，全心全意帮助吉姆恢复自由。哈克无视普遍的道德观念，选择了一条最合乎他个性的道路，就像他说的："我已拿定主意再走邪道，反正走邪道我最内行。"但哈克并不是一个完全蔑视一切社会道德的人，他的野性也结合着真诚、善良的美德，这和他的自由的心性是一致的。当吉姆被号称"国王"和"公爵"的两个骗子卖掉后，哈克只身去费尔普斯家，一心想把吉姆救出来。当"国王"和"公爵"冒充农场主彼得的兄弟，骗取彼得儿女们的信任，拿到了六千金币的时候，被迫参与骗局的哈克不想让两个骗子阴谋得逞，于是趁黑夜到"公爵"的房间，把钱偷了出来，塞到彼得的棺材里面，并且找机会把实情告诉了彼得的女儿玛丽。哈克在小说中不仅是善恶的见证者，而且是个善恶的裁判；他天性中的善与现实社会观念熏染下人们行为中表现出来的恶，形成鲜明的对比。但哈克毕竟是一个才十三四岁的孩子，他身上有着这个年龄的人的灵气与狡黠。为了摆脱他的父亲，哈克将关住自己的小木屋布置成一个血案的现场，让人觉得自己被强盗杀死了，这样的话他就可以"高兴待在哪儿就待在哪儿了"。在杰克逊岛上时间长了，哈克想上岸消遣，于是在吉姆的帮助下，扮作了女孩，向岸上的一个中年女人探听消息。虽然哈克在细心的中年女人面前露出了马脚，但这一段富有童趣的描写，却给苍茫的大河漂流图景，增加了一道靓丽的花边，并且让这个智慧的"顽童"形象更加血肉丰满。

在冒险的结尾部分，马克·吐温又恢复了哈克的本性，他不再充当社会怪现状的亲历者和裁判者，而是重新展现了他作为"顽童"的狡黠精怪。

他先是趁费尔普斯太太错认自己为外甥汤姆而冒充他，又和赶来的真汤姆串通一气，扮成汤姆兄弟，住在费尔普斯先生家里。他们本来可以轻易地放出吉姆，但是在汤姆的谋划下，两人画蛇添足地设计出复杂的"越狱"行动，还谎称有强盗来劫人，结果弄巧成拙，使得汤姆误中弹而受伤。诸如此类的描写，生动自然地表现了少年儿童的自然纯真的天性。

总之，哈克贝利·费恩的性格是生动的、立体的，他纯真而兼具热情，野性但不失善良。他从小在没有关爱的环境中生长，但内心并无爱的缺失的阴暗心理，而是泛动着冒险和自由的冲动。他随遇而安，但遇到险难之时沉着勇敢。他身上有早期美国移民和西部开拓者精神中的顽强和热忱，在一定程度上，他是特定时期美国民族精神的缩影。

《哈克贝利·费恩历险记》是19世纪美国现代现实主义文学的奠基之作，小说对美国社会黑奴的生存状况、对一些家族之间的仇恨、私斗，对乡镇生活的众生相，都有清晰的描绘。但小说又不仅仅是现实主义的，还包含着理想主义的元素。马克·吐温往往要寻找现实表象深处更深的实质，因而比一般的现实主义者似乎更忠于真实。"国王"和"公爵"表演戏剧，愚弄观众，而观众居然都夸这戏好看，骗其他人也来上当，结果一连三天剧场爆满，这种情节是违背生活真实的，是一种人为的夸大。但是这种情节所暴露出来的人性的阴暗，却是真实的。它撇开对生活原模原样的模仿，而追求一种"可能性"的心理真实。成人的世界是文明的世界，但是，一定程度上也是自然人性失落的世界，尤其是在马克·吐温生活的那个年代的美国。《哈克贝利·费恩历险记》从儿童的心理视角，以幽默讽刺与抒情写实相结合的手法，对19世纪中后期美国所谓的文明世界提出了尖锐的批评，同时对纯真和自由人性表达了热切的呼唤。

80年代，马克·吐温写了《王子与贫儿》(1881)和《在亚瑟王朝廷里的康涅狄克州美国人》(1889)两部历史题材的长篇小说，揭露批判封建专制制度和教会罪恶。1891年，马克·吐温开始了长达九年半的国外旅居生活。这个时期的重要作品有《傻瓜威尔逊》(1893)和《败坏了哈德莱堡的人》(1900)。后者和短篇《百万英镑》类似，揭示金钱支配一切的威力。小说中的哈德莱堡是作家虚构的市镇，实际上是美国金钱世界的缩影。小说构思巧妙，结构严密，富有戏剧性。

马克·吐温的作品，深入刻画了镀金时代的宗教冲突和精神危机。在马克·吐温创作的鼎盛时期(1870—1900)，基督教受到前所未有的冲击。根据美国学者小哈罗德·K. 布什(Harold K. Bush Jr.)的观点，这些冲击包括:"达尔文进化论的冲击;对圣经观点的阐释和评断的普及;对无意识和心理学理论的兴趣;天文学的巨大进展;内战带来的悲痛和创伤,催生了在认识论上对上帝、天命和美国使命的怀疑;对几个有影响牧师的公开的异端审判。"① 19 世纪 70 年代和 80 年代,美国基督教所面临最主要的挑战来自德国的圣经高等评断和达尔文的进化论。马克·吐温的作品,在反映时代精神危机的同时,也映射了个人精神危机。"马克·吐温的许多作品,直接或间接地,回应了他所处时代的精神危机。"② 小哈罗德·布什认为,马克·吐温的宗教观极大地影响了他的创作,而这一点长期以来,一直受到学界的忽视。在马克·吐温成为一名成熟的作家之时,自然之法则和上帝之法则,二者之间出现了间隙。科技理性和宗教信仰之间出现了矛盾和冲突,这种冲突,在马克·吐温成长的历程中,早就埋下了伏笔。马克·吐温的宗教观,年轻时受到母亲的影响,结婚后则受到妻子的影响。需要指出的是,评论界多认为,马克·吐温在晚年变得悲观。事实上,马克·吐温并非晚年才变得悲伤和愤世嫉俗。在 1864 年秋到 1866 年 12 月之间,他被一种挥之不去的抑郁所笼罩,陷入深深的精神危机,并产生过自杀的念头。1865 年 10 月他在一封写给哥哥奥利安(Orion)的信中,流露出绝望与自杀的念头。

马克·吐温创作了一系列美国"镀金时代"的作品,不仅反映了新闻界的黑暗、民主政治的虚伪,也反映了金钱对人性腐蚀。如《田纳西的新闻界》反映新闻界的互相攻击不正之风,《百万英镑》描写金钱对人性的扭曲,《竞选州长》讲述了政治生活中的虚伪民主,《败坏了哈德莱堡的人》入木三分地刻画了金钱驱使下的人性丑态——《败坏了哈德莱堡的人》是马克·吐温最著名的中短篇小说之一。

马克·吐温所处的时代,是美国历史和文学史都发生重大变革的时代。马克·吐温在美国文学史上有十分特殊的地位。在他之前,美国作家难以脱离欧洲传统特别是英国文学的传统,都以英国文学为典范,模仿英国作家进行创作。浪漫主义时期的作家,如华盛顿·欧文等,在语言和题材上,都难以摆脱英国的影响。因此,真正意义上带有美国民族特色的文学,依然没有产生。美国作家所创作的作品,带着深深的欧洲传统的印记。而这一切,到了马克·吐温这里才有了质的改变。美国内战的结束,

---

① Harold K. Bush Jr., *Mark Twain and the Spiritual Crisis of His Age*. Alabama: The University of Alabama Press, 2007, p.3.
② Ibid., p.4.

随之而来的是美国资本主义工业化和城市化的飞速发展、西部边疆的开拓、移民的大量流入、美国文化身份的重新塑造以及19世纪末强大帝国的形成。马克·吐温把握了美国的时代脉搏,用文字记录了他所处的时代特征,其作品反映了不同时期的美国精神。相对于同时代或更早的美国作家,马克·吐温受欧洲作家影响最少,其作品也最具有民族特色。"马克·吐温在描写南北战争前南方生活的小说中,创造了一种复杂的现实主义形式,它将幽默和社会讽刺结合在一起。"①美国学者帕沃能·路易斯·帕林顿(Vernon Louis Parrington)对马克·吐温作出了极为经典的评价:"现在总算有一位地道的美国人——一位用自己的思维思考,用自己的眼睛观察,用自己的方言说话的土生土长的作家。所有欧洲的东西都被抛开,最后一点封建文化的残余也消失了,他既是地方的、西部的,但也是全美国的。"②美国文学史家多把1865—1910年列为美国文学的现实主义时期,这一时期,正好与马克·吐温的创作时间相吻合。马克·吐温的小说一方面历史性地承担了美国文学独立的重任,另一方面则掀起了现实主义小说发展的大潮。他的小说往往寻找表象之下更深的实质,因而比现实主义者似乎更忠于真实。③

威廉·狄恩·豪威尔斯(William Dean Howells)是美国现代现实主义小说的奠基人之一。"被誉为'美国文坛泰斗'的豪威尔斯,确立了1865至1914年间所盛行的现实主义这一文体风格的标准。"④由于在较长时间内担任着美国一流杂志《大西洋月刊》主编的位置,后来又担任美国文学艺术院的首任院长,豪威尔斯的名字从19世纪后期一直在美国文坛占据十分重要的地位。当然,他的小说创作对美国各个阶层的人产生过重要影响。作为文学编辑和文学评论家,他还培养过一大批文学人才。

---

① Carol J. Singley, "American Literary Realism", in M. A. R. Habib ed., *The Cambridge History of Literary Criticism*, Vol. 6: *The Nineteenth Century*, Cambridge: Cambridge University Press, 2013, p. 337.

② Vernon Louis Parrington, *Main Currents in American Thought*, Vol. 3, New York: Harcourt, 1930, p. 86.

③ Maurice Le Breton, "Mark Twain: An Appreciation", in Heary Nash Smith ed., *Mark Twain: A Collection of Critical Essays*, Englewood Cliffs: Prentice-Hall, 1963, p. 31.

④ Carol J. Singley, "American Literary Realism", in M. A. R. Habib ed., *The Cambridge History of Literary Criticism*, Vol. 6: *The Nineteenth Century*, Cambridge: Cambridge University Press, 2013, p. 331.

不过,从文学发展史的角度看,豪威尔斯是美国最早倡导现实主义并反对浪漫主义的作家,他"成功地为当时的美国系统阐述了一套现实主义理论"①。美国现代现实主义之所以在19世纪后期得以快速发展并占据文坛的主导地位,与豪威尔斯的倡导和推动分不开。豪威尔斯一生创作了40多部长篇小说,其中最重要的有《塞拉斯·拉帕姆的发迹》(1885)和《新财富的危害》(1890)。前者主要讨论资本主义社会的商业社会道德的问题,后者主要讨论整个资本主义社会制度的问题。由其立场所决定,他的小说没有马克·吐温那样的现实批判精神,他则被称为"温和现实主义"作家。他的小说描写细腻,语言典雅,对话生动而富有表现力,无疑为美国现实主义的创作实践作出了重要贡献。至于他的文学理论,不仅为美国现实主义的发展起到了引导和推动的作用,而且丰富和发展了美国的现实主义文学理论。因此,豪威尔斯是对美国现代现实主义文学做出特殊贡献的作家和理论家。

亨利·詹姆斯(Henry James)是美国现代现实主义小说家和小说理论家,在长达40余年的创作生涯中,亨利·詹姆斯先后出版过一百卷以上的作品,其中包括22部长篇小说、113篇短篇小说以及10多本文艺评论书籍。他的中长篇小说的代表作主要有:《黛丝·米勒》(1876)、《贵妇人的肖像》(1881)、《鸽翼》(1902)、《专使》(1903)和《金碗》(1904),代表性评论著作是《小说的艺术》(1884)。亨利·詹姆斯的小说关注两个重要问题。一是国际题材,即美国、美国人和欧洲、欧洲人之间的关系。二是无辜与腐蚀的对立,具体地说,就是天真单纯的美国人受到古老欧洲的世故与狡诈的腐蚀,如《黛丝·米勒》描写了一个天真的美国姑娘在欧洲的遭遇。但亨利·詹姆斯也批评了美国人缺乏文化修养、盲目自大的现象,这在《鸽翼》(1902)、《专使》(1903)、《金碗》(1904)等小说中有很突出的表现。亨利·詹姆斯是现代小说理论的开创者,"美国的现实主义文学形式深受亨利·詹姆斯的影响,他的批评理论和小说作品在20世纪比豪威尔斯的影响更大"②。亨利·詹姆斯认为人的心理是变化流动的无规则世

---

① 雷纳·韦勒克:《近代文学批评史》(第四卷),杨自伍译,上海:上海译文出版社,2009年,第283页。

② Carol J. Singley, "American Literary Realism", in M. A. R. Habib ed., *The Cambridge History of Literary Criticism*, Vol. 6: *The Nineteenth Century*, Cambridge: Cambridge University Press, 2013, p.338.

界,小说家的任务就是要把这种内在的世界通过文字形式表达出来,因此,他注重描述心理现实,表现心理世界。亨利·詹姆主张小说要反映现实生活的现实主义观念。他的一系列关于小说的评论以及为自己的小说而作的序言,后来都成了20世纪西方作家和理论家潜心钻研的理论经典。他的关于人的心理流动变化的理论,在第一次世界大战后的若干年里,为英国的意识流小说家詹姆斯·乔伊斯和弗吉尼亚·伍尔夫的意识流小说风格的创作提供了理论资源和依据。因此,亨利·詹姆被西方文坛奉为意识流小说的鼻祖。

弗兰克·诺里斯(Frank Norris)的《章鱼》(1901)描写铁路垄断资本主义对农村普通劳动者的压迫。斯蒂芬·克莱恩(Stephen Crane)的中篇小说《街头女郎梅季》(1893)描写美国大城市贫民窟的生活景象,小说有自然主义倾向;其另一部小说《红色英勇勋章》(1894)是一部反战小说。欧·亨利(O. Henry)是美国著名的短篇小说家。他善于通过描写"小人物"的不幸命运,揭示资本主义的不平与虚伪。在艺术上他的小说常常以"带泪的微笑"和辛酸的欢乐打动读者,善于构思一个出人意料的结局,这种写法被称为"欧·亨利笔法"。其代表性作品有《麦琪的礼物》《最后一片藤叶》《警察与赞美诗》《带家具出租的房间》等。

杰克·伦敦(Jack London)是19世纪后期美国重要的现代现实主义作家。他出身社会下层,从小体验了贫穷的滋味,以后靠个人奋斗成了名作家。他的小说主要描写挣扎在社会底层的人,赞美在恶劣的生存环境中勇敢、坚毅、积极进取的精神,对社会的黑暗作了深刻的揭露。他善于刻画人物性格,往往以人物的行动来表现主题。《荒野的呼唤》(1903)和《白牙》(1906)通过对动物的描写表现"弱肉强食,适者生存"的思想。《铁蹄》(1908)是一部政治幻想小说,它以爱薇丝和埃弗哈德的爱情的线索,描写了工人阶级对资产阶级的斗争,展示了工人阶级必胜的前景,其中也流露了尼采的"超人"思想。《马丁·伊登》(1909)是杰克·伦敦的代表作。小说写出身贫寒的马丁·伊登经过艰苦努力,终于成了著名作家,但成名之后感到理想幻灭,最后自杀身亡。马丁的悲剧说明,在资产阶级社会中,一切真正的思想、艺术、精神和创造力都将被无情地摧毁;在一个虚伪的拜金主义社会环境中,追求正直、真诚的过程就是理想破灭的过程。当然,小说中马丁的"超人"思想也是造成其悲剧的重要原因。杰克·伦敦是继马克·吐温之后的又一位杰出的美国现代现实主义作家。

　　总体而言,19世纪西方现代现实主义文学的发展可分为前后两个时期,并以时间为纵轴在欧美不同区域、不同国家形成一个风格各异的文学谱系。前期主要在法国、英国和德国,后期主要在俄国、北欧和美国等地。前期现代现实主义在浪漫主义的氛围中形成与发展,并传承了浪漫主义的某些现代性特征;后期现代现实主义文学弘扬了前一时期由司汤达、巴尔扎克、狄更斯等人开创的现实主义优良传统,并在实证主义哲学和自然主义文学等影响之下取得了新的成就,而在俄国,现代现实主义文学的社会批判性进一步彰显。与前期的现实主义作家相比,后期的许多作家关注现实干预生活的重点有所转移,他们越来越注意描写和揭示无产阶级与资产阶级之间的矛盾斗争,不仅同情劳动人民的悲惨遭遇,甚至赞扬他们的反抗斗争和革命精神。就艺术上讲,后期现实主义文学的"写实"的客观性更强,描绘更趋细腻,表现手法也更加多样,并且表现出更多探索人的内心世界和精神发展历程的倾向;受到其他文学流派的影响,后期现代现实主义文学反映生活的角度更加多样化,艺术视野更加宽广,艺术表现手段也更加丰富,更加灵活多变,从而以新的姿态跨入了20世纪。

第三章
科学理性与现代现实主义"求真"精神

  自然科学的发现证明,世界是可以探究的,可以理解的,可以掌控的,而且还可以改善的。

——蒂莫西·C.W.布莱宁

  小说家像经验科学家一样,从观察人们的行为方式开始,试图理解他们——这是现实主义理论的基础……现实主义文学可以被定义为尽可能客观地展现行动中的人类,尽可能不加以扭曲和进行人为操纵,从而使他们的动机和内在冲动可为读者所理解。

——门罗·C.比厄斯利

  在19世纪和20世纪的文学艺术中,现实主义的发展与社会科学和自然科学的发展紧密地联系起来,这是合乎规律的。先进的艺术愈来愈充满科学性,而科学又用艺术丰富了自己。

——米·贝京

  科学是大势所趋,我们被推入了物体与现实的严谨研究之中,身不由己。

——左拉

  "过去一百多年来,围绕'现实主义'以及哪些是现实性的、哪些是发展出来的理论讨论不休。但是我们几乎无法回避使用这一术语,特别是当我们要表述或指出文学作品具有逼真性,或者在某种程度上具备真实性——一般认为这是文学作品的本质,不管看起来它多具有幻想性或不可能性。"①既然"真实性"是一般文学的基本属性,而"求真"又是现代现实主义所竭力追求的创作之最高宗旨,我们就特别有必要对现代现实主义文学思潮的这种"求真"和"真实性"之成因及其内涵作深入的考察和细致的辨析。

从西方文明发展史的角度看,19世纪可以说是"科学的世纪"。经过17、18世纪的积淀和孕育,西方的自然科学在19世纪走向了空前的繁荣。科学的巨大成就不仅给西方社会的快速发展注入了活力,而且,也促使人们的世界观、价值观发生了根本性的变化。在某种意义上,现代现实主义就是现代科学在19世纪西方文学中结出的重要果实,尤其是现代现实主义关于文学之"求真"与"真实性"的理念,在根本上基于自然科学的求真精神与实验理性。

第一节 "科学的世纪"与"小说的世纪"

左拉(Émile Zola)在《戏剧中的自然主义》一文中说:"各个世纪的进步都必然体现在某一特定的文学门类之中。显然,十七世纪就是这样地体现在戏剧公式中的。我们的戏剧在那时就放射出无与伦比的光芒,使抒情诗歌和现实黯然失色。"而到了19世纪,"小说就成了文学之骄子……如果17世纪曾经是戏剧的世纪,那么,19世纪将是小说的世纪"②。确实,西方文学的19世纪是"小说的世纪",法国学者勒菲弗尔(Henri Lefebvre)说,19世纪"小说上升到如此高度,以至于其他体裁都相形见绌,而它变成了为广大群众所接受的唯一的艺术形式(如果这个词仍保留其确切意义的话),并且对许多人来说,文学就是小说"③。如果左拉和勒菲弗尔说的这种情况主要指西欧国家的话,那么在俄国,情况其实更甚。别林斯基在19世纪30年代就曾经对小说发表过更显高度的赞誉:

---

① J. A. Cuddon ed., *A Dictionary of Literary Terms and Literary Theory*, 5th edition, Malden, MA and Oxford, UK: Wiley-Blackwell, 2013, p. 591.
② 左拉:《戏剧中的自然主义》,见朱雯等编选:《文学中的自然主义》,上海:上海文艺出版社,1992年,第195页。
③ 亨利·勒菲弗尔:《狄德罗的思想和著作》,张本译,北京:商务印书馆,1985年,第140—141页。

今天,整个我们的文学都变成了长篇小说和中篇小说。颂诗、叙事长诗、故事诗、寓言,甚至所谓,或者更确切点说,此前所谓的浪漫主义长诗,泛滥过、淹没过我们文坛的普希金风格的长诗——这一切,现在都不过是给人提醒那快乐的早已逝去的遗物罢了。长篇小说打倒了一切,吞没了一切,而和它一同来到的中篇小说,却把这一切的痕迹也给铲平了……什么书最被人爱读和争购?长篇小说和中篇小说。什么书使文学家旦夕间致富,获得房产和田产?长篇小说和中篇小说。我们的一切文学家,有天赋的和没有天赋的,从最高的文学贵族直到旧货市场上骚扰不停的骑士们,写的是些什么书?长篇小说和中篇小说。真是怪事!可是这还没有完呢;什么书记述着人类生活、道德规律和哲学体系,总而言之,所有一切学问?长篇小说和中篇小说。[①]

造成小说如此之显赫局面的原因是什么呢?别林斯基的回答是:"原因在于时代精神,在于一种一般的、可以说是全世界的倾向。"[②]在19世纪,小说"能够通过叙述的方式——其他媒介无法做到——把广泛的社会、政治、哲学和宗教问题与个体的生存经验联系起来,进而促使人们在各种不同的层面对这些问题进行思考。通过发展叙述技巧,小说已证明能够同时在故事层面和现代理论所说的'理想作者'层面吸引读者的兴趣。"[③]其实,小说是时代的风向标,它的繁荣表征了社会的急剧变化——现代资本主义社会的快速发展。在欧美国家,小说在19世纪的繁荣确实是国际性的,因此,也有理由说,这种影响和推动小说发展的"时代精神"也必有其国际性。秘鲁当代作家略萨(Mario Vargas Llosa)说过:"小说是社会发生某种信仰危机时的艺术,社会需要信仰某种东西,原来那统一的、可信赖的、绝对的观念已经被一种出现裂痕的观念所替代,被一种对现世和来世的不断怀疑所替代……当宗教文化发生危机时,社会似乎要脱离束缚它的条条框框和观念并且变得混乱起来,这就为小说提供了大好时机。"[④]当我们说自然科学的成就促进了资本主义的快速发展,颠覆了西

[①] 别林斯基:《论俄国中篇小说和果戈理君的中篇小说》,《别林斯基选集》(第一卷),满涛译,上海:上海译文出版社,1979年,第145—146页。

[②] 同上书,第146页。

[③] Malcolm V. Jones, Introduction to *The Cambridge Companion to the Classic Russian Novel*, Cambridge: Cambridge University Press, 1998, p. 1.

[④] 略萨:《谎言中的真实》,赵德明译,昆明:云南人民出版社,1997年,第76页。

方人的传统世界观和价值观念时，我们还可以说欧洲小说正是在此时"应运而生"的；当我们说自然科学的成就有力促进了 19 世纪西方文学的发展与繁荣的时候，我们还可以说，这种繁荣主要是通过小说特别是长篇小说体现出来的。在这种意义上，19 世纪是西方文学史上小说成熟的时期，或者说是长篇小说的世纪。因此，我们讨论的科学思想与理性精神对 19 世纪文学的特殊作用，也自然聚焦于其对小说的作用以及特定"时代精神"对小说的作用上；这个时期小说的成熟，离不开资本主义社会环境的作用，也离不开自然科学这种时代精神的"催化"，或者说，19 世纪文学——主要是小说——总体风格的形成，同自然科学和西欧社会的时代风尚有十分密切的关系。因此，别林斯基所说的"时代精神"，虽然是比较笼统地指俄国当时社会变革的基本状态和文坛上以及读者中崇尚文学写实的风气，但我们同时可以认为，其间也隐含着本著作反复强调的自然科学和理性精神造就的西欧的时代风尚。因为尽管别林斯基没有明确地表达甚至没有这方面的自觉认识，而且俄国相比于西欧各国，自然科学的发展在当时是相对缓慢而落后的，但是，西欧国家对俄国的影响也是客观存在的。德国物理学家 W. 海森伯（Werner Karl Heisenberg）曾经指出："作为现代科学的一个部门的原子物理学，在我们这个时代，确实已渗透到迥然不同的文化传统（指不同文化传统的国家和民族，笔者注）中去了。……俄国的新思想方法既与十九世纪欧洲特殊的科学发展有关，也和出自俄国本身的其他完全不同的传统有关。"[1]并且，事实上，俄国的小说兴起于 19 世纪 20 年代，那是一个被别林斯基称为俄国"文学改革的时期"，"这文学改革是认识德国、英国和法国文学以及正确理解创作法则之后的结果"。[2] 所以，俄国当时的作家尽管不一定直接地运用本国自然科学的成果和方法进行文学创作，但是，西欧社会那种弥散着科学理念与理性意识的时代精神和资本主义的社会风尚，无疑也直接或间接地影响了"改革的时期"的俄国文学的"改革"，特别是俄国长篇小说和中篇小说的发展，并且在创作风格上也和西欧的现代现实主义小说达成总体上的相似性与一致性。"在俄罗斯，长篇小说家造成了这个时期的光荣。"[3]

---

[1] W. 海森伯:《物理学和哲学》，范岱年译，北京：商务印书馆，1984 年，第 124 页。
[2] 别林斯基:《论俄国中篇小说和果戈理君的中篇小说》，见《别林斯基选集》（第一卷），满涛译，上海：上海译文出版社，1979 年，第 161 页。
[3] 保罗·梵·第根:《文艺复兴以来欧美文学史》，谢钟浞译，北京：人民出版社，2015 年，第 268 页。

在自然科学的影响下,19世纪西方文学体现出了空前强烈的"求真"精神,这种"求真"精神成了19世纪现代现实主义文学的本质特征之一。从作家认识生活、表现生活的创作理念角度看,由于自然科学思维和研究方法的直接渗透,作家们对文学"求真"之追求,使他们常常像科学家那样去研究并认识生活、社会和人,力图客观地"再现"特定时代社会和生活的真实状况,使文学作品拥有历史的、社会的认识价值——当然这是一种审美的认识或者通过审美方式达到认识的目的。"现实主义的文学实践完全坚持人物活动的现实语境、历史和社会语境"[①];"现实主义总是将人物放在日常生活情境和名利场的生活中,并且喜欢写明显的日常性、谋生中遇到问题、与邻里的关系、所得所欲、家庭生活等题材。"[②]这种追求特别明显地表现在了小说创作中,因为,"十九世纪及其返回自然和需要精确调查研究的精神",使"小说就成了我们这个世纪极好的形式",它得以"同科学并肩前进"。[③]"19世纪小说所具有的新的因素,主要归因于它所处的历史环境——18世纪与19世纪之交剧烈变革的社会意识、工业革命、资产阶级的胜利(18世纪英国就已出现了其先声)、随之而来的新的历史感、人是一个社会的存在而不是一个面对上帝的道德的存在这样一种更为伟大得多的意识,以及对自然的解释从18世纪的自然神论、目的论和机械论世界观向19世纪科学决定论的更加反人性的和非理性的观点的转变。"[④]19世纪现代现实主义小说最突出的特征,"在于其再现那些比表层形式更加深刻的社会、历史和经济力量的能力"[⑤]。对许多作家来说,像科学家那样通过文学尤其是小说去客观、真实地研究社会和人,成了他们文学创作的一个基本的甚至是至高无上的出发点和目标。这种"求真"精神和创作理念使19世纪西方文学尤其是小说的特质与内涵发生了重大的变化,文学的社会学价值陡然提升——19世纪也恰是文学社会学的

---

① George Levine, "Literary Realism Reconsidered: 'The World in its length and breadth'", in Matthew Beaumant ed., *Adventures in Realism*, Oxford: Blackwell, 2007, p. 26.

② Ibid., p. 27.

③ 左拉:《戏剧中的自然主义》,见朱雯等编选:《文学中的自然主义》,上海:上海文艺出版社,1992年,第195页。

④ 勒内·韦勒克:《批评的诸种概念》,罗钢、王馨钵、杨德友译,上海:上海人民出版社,2015年,第238页。

⑤ Simon Dentith, "Realist Synthesis in the Nineteenth-Century Novel: 'That unity which lies in the selection of our keenest consciousness'", in Matthew Beaumont ed., *Adventures in Realism*. Oxford: Blackwell, 2007, p. 43.

形成和发展期,如斯达尔夫人、丹纳等是文学社会学的创始人。在此,我们需要略微追溯一下西方小说发展和演变的历史。

第二节　西方"小说"及其"真实"观念之嬗变

在西方文学史上,小说有其自身的文本发展、演变的模式[①]。米兰·昆德拉(Milan Kundera)曾说:"小说是欧洲的作品;是欧洲的发现,尽管这些发现是在不同的语言里进行的,但它属于整个欧洲。发现的连续不断(并非写出的作品的增加)造就了欧洲小说的历史。"[②]小说当然不仅仅是属于欧洲的,而是属于全世界的;欧美以外的东方国家,比如中国无疑也有自己的小说。因此,这里米兰·昆德拉的眼光不免显得狭隘或者有些"欧洲中心主义"了。不过,就欧洲小说的演变过程来说,他的话指出了欧洲小说之发展有其不同的语言文化背景,有语种、国别的多样性(或者区域的多样性)以及时间上的"连续不断"性,因此,即便在欧洲,关于"小说"之本质的解说也有其多样性、差异性和历史发展过程的阶段性。关于欧洲小说的起源,学术界通常是追溯到文艺复兴时期,但是也有追溯到古罗马尤尼斯·佩特罗尼乌斯(Aius Petronius)的《萨蒂利孔》和阿普列尤乌斯(Lucius Apleius)的《金驴记》的,这也意味着对"小说"概念理解的差异性。本著出于写作主题的需要,笔者不想对小说发展的具体历史展开过多论述,而仅就"小说"之词义和本质特征略作考辨。

西方文学中的"小说"一词,主要涉及 novel、fiction 和 roman 三个词,它们的界限很难划分。fiction 的原意为"虚构之事",也即人们编造出来的事,和 fact(事实)和 truth(真实)相对应,突出了其非真实性。作为文学术语,fiction 可以统称虚构文学,通常指称虚构小说。novel 是从意大利语的 novella 衍生出来的,原指"新颖小巧"的东西和"新闻性"故事等;它在英语中出现得比较晚一些,主要有 new(新的)、young(年轻的)和 fresh(新鲜的)等意思。在作为文学术语的发展过程中,novel 最初用来指短小的故事或故事集,后来又专门指称虚构的长篇小说,与之对应的 story 或 short story 则指称短篇小说。roman 一词是指中世纪的传奇

[①] Richard Kroll ed., *The English Novel*, vol. 1. 1700 to Fielding, London: Taylor & Francis, 1998, p. 6.

[②] 米兰·昆德拉:《小说的艺术》,孟湄译,北京:生活·读书·新知三联书店,1992年,第4页。

(romance),它往往是曲折离奇甚至怪诞魔幻的故事,也是一种虚构的文学,《小癞子》《堂·吉诃德》《巨人传》等等都有传奇故事(romance)的影子。"我们通常用的'小说'(novel)这个术语,直到18世纪末才真正被确认。"①总体而言,novel、fiction 和 roman 作为"小说"的统称,都有新奇、新颖、虚构等类似的意思,并且都是以散文来表达的,这有别于以前的诗体文学,也有别于历史故事、新闻报道和回忆录等写实性叙事文本,因此最初的小说之本质特征可以简要归结为叙事性和虚构性。

从叙事性角度看,小说除了与"传奇"有渊源关系外,与欧洲的史诗文学也有传承关系。华莱士·马丁(Wallace Martin)认为:"传奇与小说被证明为不是对立的,而是同一种潜在的冲动的表现。"②卡冈认为:"把史诗作为'长篇小说的原型',这是一个非常准确的定义。"③这里的"同一种潜在冲动"可以理解为对新奇事物的叙事的欲望以及好奇心得以满足的欲望,从创作者角度看,是对新奇事物的想象和虚构式编撰与表述,对欣赏者而言是对虚构故事的接纳并在相当程度上的信以为真,因此真实性无论对创作者和读者(听众)来说都有某种不可或缺性。相对于传奇,史诗的真实性程度显得更高。因为,在西方文学史上,史诗叙述的通常是一个集体——或民族、或种族、或部落等——在历史上曾经发生过的事,并且是一个不断被叙述——传唱、吟诵、编撰等——的过程,因而也是不断被创作和欣赏的。在这种意义上,无论创作者(传唱、吟诵者等)还是欣赏者(听众、读者等),都怀揣一种不可或缺的"信以为真"之心理,因此,史诗相比于传奇,真实性更强,史诗对小说之"真实性"特质的形成所产生的影响也尤为重要。就此而言,小说之本质特征除了叙事性、虚构性之外,真实性也是不可或缺的,因为,如果小说的故事叙述是被认为完全难以置信的那种所谓的"虚构"的话,也就失去了传播与存在的可能性。当然,传奇较之于小说,其叙述的内容虽然不是历史上曾经或可能发生过的事情,却是生活中可能发生过的,并且似乎是创作者个人体验过乃至经历过的。因此,在时间概念上,史诗更属于历史,传奇则偏于当下生活;史诗主要是群

---

① Ian Watt, *The Rise of the Novel*: *Studies in Defoe*, *Rechardson and Fielding*, London: Chatto and Windus, 1967, p. 10.
② 华莱士·马丁:《当代叙事学》,伍晓明译,北京:北京大学出版社,1990年,第39页。
③ 莫·卡冈:《艺术形态学》,凌继尧、金亚娜译,北京:生活·读书·新知三联书店,1986年,第401页。

体(集体)体验的积淀,"史诗就是一个民族的'传奇故事'"①,而传奇则偏重创作者个人体验。正如伊恩·瓦特(Ian Watt)所说:"小说的主要准则是相对于个人经验而言的真实,这种个人经验总是唯一的,因而也是新鲜的。这是小说被称为 novel 的由来。"②相比于史诗,"小说是最完美地反映个人主义和革新的重新定向的文学形式"③。也正如阿诺尔德·班奈特所说:"小说家是这样一种人:他看到了生活,并被它所激动而非要把自己的看法传达给别人不可,因而选择叙述性虚构文学作为发泄情感的最生动的媒介。"④所以,传奇和小说在个人化这一点上有更多的相似性,因此传奇对小说的当下性、现实性和个人化特性的形成也是有重要作用的。如果也可以把小说看成是近现代人的"传奇"的话,那么,这"传奇性"是以或多或少的事实为基础,以人们信以为真的现实生活故事为素材,以作家个人的真切感受为情感和心理前提的。

事实上,西方文学史上更趋成熟阶段的小说,总体上是以当下生活故事为题材来虚构情节与人物的,其内容的日常化和人物的平民化以及情感体验的个人化,比史诗文学更加明显。而史诗借由民族或部落集体对历史的真实体验赋予其真实性的,这对小说自身的发展来说,有助于其叙述之现实性的增强,也有助于小说内容真实感的增强。可见,欧洲社会的市民化发展,是对小说发展起了推进作用的,因为"文学叙事中的形式变化与经济社会转型紧密相连"⑤。因此从小说之真实性本质特征的历史传承看,正如黑格尔在《美学》中所言,小说是"近代社会的史诗",是"近代市民阶级的史诗"⑥,小说要表现的是散文化或"散文气味的现代情况"⑦,所以,"关于现代民族生活和社会生活,在史诗领域最有广阔天地的要算长度程度不同的各种小说"⑧。黑格尔从社会变迁的角度看文学形式的演变,高度肯定了小说在表达现代社会和现代人精神生活方面的独特作用,把它看成现代人的文学"史诗"。

---

① 黑格尔:《美学》(第三卷),朱光潜译,北京:商务印书馆,1981 年,第 108 页。
② 伊恩·瓦特:《现实主义与小说形式》,见《外国文学报道》1987 年第 6 期。
③ 同上。
④ 转引自徐岱:《小说形态学》,杭州:杭州大学出版社,1992 年,第 141—142 页。
⑤ George Levine, "Literary Realism Reconsidered: 'The world in its length and breadth'", *Adventures in Realism*. Oxford: Blackwell, 2007, p. 23.
⑥ 黑格尔:《美学》(第三卷),朱光潜译,北京:商务印书馆,1981 年,第 167 页。
⑦ 同上。
⑧ 同上。

无独有偶，俄国著名的文学评论家别林斯基也把小说看成"我们时代的长篇史诗"①。别林斯基无疑是受了黑格尔的影响，但是他通过一系列的论述，比黑格尔更深入地区分了史诗与小说的差别，从而更突出了小说尤其是长篇小说在现代文学与社会中的突出地位和重要作用。他不仅认为小说比史诗能够更灵活更广阔地表现生活，而且更为强调小说描写现实生活中普通的当代人。他认为，在小说里，"已经没有像神话中出现的英勇生活，没有高大的英雄形象，在这里行动着的不是群神"，相反，"生活是在人的身上表现出来的，凡人的心灵与灵魂的秘密、人的命运和民族生活的一切关系，对于长篇小说都是丰富的题材"。② 正因为如此，别林斯基认为小说的真实性和现实感比史诗更强。比如荷马史诗，读者在阅读中对其间的故事也许信以为真，但是，实际上荷马并不是史诗所描写的特洛伊战争的亲历者，对他来说那些神和英雄的活动也是遥远的过去而不是他的亲身经历。"如果他是目睹这一事件的人，他就不可能把它写成一部长诗。事件必须变成幼年民族的活泼而又华美的想象的诗意传说；事件的主人公看来好像是处在遥远的前景中，笼罩在过去的迷雾中，这样一来，就会把他们的自然身材扩展得非常高大，使他们穿上厚底靴，从头到脚沐浴荣誉的光辉，并且会使旁人看不到一切不匀称之处和平淡无奇的细节，可是，这些破绽在当时看来，是显而易见的。"③这就是史诗现实性和真实性的欠缺，即便读者还是信以为真。而现代小说描写的人和故事是作者亲历的，就不会犯史诗那样的毛病，因为它描写的是现代人的"生活的散文"④。这说明，如果说史诗有它赖以产生的时代和社会条件，那么"生活的散文"的现代社会恰恰是小说赖以生存与发展的条件。对此，文学理论家巴赫金曾经说，小说的发展"与现实生活的变化所起的直接作用不可分地交织在一起。正是现实生活中的变化对小说起着决定的作用，也决定了小说在该时期的统治地位"。另外，小说"能更深刻、更中肯、更敏锐、更迅速地反映现实本身的形成发展。只有自身处于形成之中，才能理解形成的过程。小说所以能成为现代文学发展这出戏剧里的主角，

---

① 别林斯基：《别林斯基选集》（第三卷），满涛译，上海：上海译文出版社，1979年，第48页。
② 同上书，第46页。
③ 同上书，第484页。
④ 同上。

正是因为它能最好地反映新世界发展的趋向"①。别林斯基比巴赫金更早看到了这一点,他说:"长篇小说更适合于诗情地表现生活……它的容量,它的界限是宽阔无边的……长篇小说的形式和条件,用来诗情地表现一个从其对社会生活的关系中所看到的人是更方便的,我以为它的异常的成功,它的无条件的支配权的秘密,便在这里。"②至于中篇小说,"是轻松的风俗素描、对于人和社会的尖刻的讽笑、灵魂的深刻的秘密以及激情的残酷的嬉戏。简短的和迅速的、轻松的和深刻的混杂在一起,它从一个对象飞到另一个对象,把生活压成碎块,从这本生活的大书里扯下几页。试把这些页张放在同一个装帧下面,这些页张会构成一部多么广阔的书,多么规模宏大的书,多么规模宏大的长篇小说……给这本书加上一个标题:'人与生活',该是多么合适啊!"③总之,在别林斯基看来,长篇小说和中篇小说都是当代人生活的再现,具有真实性和现实性。事实上,"在俄国现实主义小说的全盛期,小说存在的理由在于发现和传播社会、政治与心理学的真理。伟大的现实主义作家把他们的作品视为对人性与俄国社会的前沿性研究。的确如此,俄国现实主义小说在洞察心理和社会现象方面享有盛誉"④。

正是黑格尔和别林斯基等人的论述,把近代小说提升到了史诗曾有的文学高度,使小说在19世纪取代了史诗、诗歌和戏剧曾有的地位,从而成为文坛的主角(后来,像巴赫金这样的研究小说的理论家大有人在,当然这是20世纪小说地位巩固之后的事了)。当然,在相当长的时期内,实际上西方社会中依然有许多人对小说抱有成见,把它看成像以前的"传奇"一样不登大雅之堂的低下之作,甚至到了左拉的年代还有此类情况。为此,左拉说,"正经人都鄙视小说,把它扔给女流之辈,作为无聊的、有害身价的消遣。这种观点如今在外省和某些学院环境中依然存在",至于"在过去的修辞学里,小说被置于最低的地位"⑤。今天看来,这种对小说

---

① 巴赫金:《史诗与长篇小说》,见《巴赫金全集》(第三卷),白春仁译,石家庄:河北教育出版社,2009年,第501页。
② 别林斯基:《别林斯基选集》(第一卷),满涛译,上海:上海译文出版社,1979年,第159页。
③ 同上书,第160页。
④ Victor Terras, "The Realist Tradition", in Malcolm V. Jones, Robin Feuer Miller eds., *The Cambridge Companion to the Classic Russian Novel*, Cambridge: Cambridge University Press, 1998, p. 191.
⑤ 左拉:《文学中的自然主义》,见朱雯等编选:《文学中的自然主义》,上海:上海文艺出版社,1992年,第178页。

的成见只能说是狭隘的偏见,而且也阻止不了小说的发展和壮大,因为实际上小说在19世纪已经走向了文坛的中心。所以"事实上是,当代小说的杰作在关于人和自然方面所耗费的笔墨,要比哲学、历史和批评等严肃的作品来得更多"。① 黑格尔、别林斯基、巴赫金等对小说在美学和文学理论上的阐发,一方面使长期来处于西方文学边缘的小说从丑小鸭变成了白天鹅,另一方面,他们在关于小说与史诗及传奇之关系的辨析基础上,对小说的真实性和虚构性从理论上作了论证与规范,从而进一步奠定了小说之存在并拥有文坛之中心地位的理论合理性。尤其是,他们的论述和阐发表明,无论是史诗还是传奇,都从不同的渠道影响着小说这种体裁的发展,并强化了小说叙事性、虚构性和真实性等本质特征。

文艺复兴至17世纪,是西方小说的发端期,18世纪则是小说真正兴起和基本成型阶段。从文艺复兴至17世纪欧洲的叙事性文学中我们都可以看到,小说作为发端期的散文叙事文体,其基本特点是:创作多取材于圣经、神话故事和民间传说,也有的是取材于具有现实意义的历史题材,直接取材于现实生活的则较少。因此,17世纪及其以前的西方小说,尚不具备现代小说意义上的那种现实性或真实性尚显薄弱;道德说教的色彩比较浓厚,宗教寓言的形式占较大的比重;具有浓厚的宗教色彩,这与民众对宗教的热诚以及统治阶级对宗教现实意义的利用有关。作为叙事文学,此时的西方小说通常以一个人物为中心直线式展开情节,故事较单一,结构较简单。在人物形象的塑造上,此时作品中的形象都比较夸张,明显有传奇文学的虚构性,现实感和性格完整性不强。而且,由于小说这种形式相对于戏剧、史诗等作品拥有更多的读者,普及性更强,在其发展的早期,追求市场利益的现象也日渐明显,因此,投合市场需求、迎合低级趣味的作品也日渐增多。一些小说作者由于自身素质和艺术趣味低下,胡编乱造的现象也不在少数,追求故事的离奇荒诞,远远超出了"传奇"本身的阈限。菲尔丁(Henry Fielding)在《弃儿汤姆·琼斯史》中曾经描述了这种现象:"能把故事编得入情入理,又能把故事说得娓娓动听,也许需要稀见少有的才能,然而我所看到的却是:很少有人能有所顾忌,不想在这方面一试身手;我们要是把充斥世上的小说和传奇考查一下,我们就可以下一结论说,绝大多数的作者,不敢在别的方面尝试,而在这一种

---

① 左拉:《文学中的自然主义》,见朱雯等编选:《文学中的自然主义》,上海:上海文艺出版社,1992年,第178页。

写作里,却露齿狺狺,想争而攫之(如果我可以冒昧地用一下这类辞藻的话),而且他们,也只有在这种写作里,可以勉强凑出半打句子来。"①可以说,这个时期的小说在理念与技巧方面都尚欠成熟,基本规范尚未形成,另一方面也说明,其"虚构"的本质属性可以诱发和诱使创作者不顾事实、不讲真实性,进而经由这种脱缰的"虚构"把小说引入胡编乱造、荒诞离奇的泥潭。"我们在吕西安(Lucian)、拉伯雷(Rabelais)的一些作品,在伏尔泰(Voltaire)的《老实人》(Candide)、威尔斯(H. G. Wells)的《世界之战》(The War of the Worlds)以及雷·布莱伯利(Ray Bradbury)的科幻小说中读到离奇的想象性的飞行,都不是现实性的,尽管它们是以现实为基础的出色幻想。"②也许正因为如此,小说才在很长时间里在西方文坛上处于远不如诗歌和戏剧重要与显赫的边缘地位。上述种种,都说明了17世纪及以前的西方小说还没有离开"传奇"的本体,在艺术上还不成熟,处于雏形状态,因此我们称这一时期的西方小说发展历程为"发生雏形期"。尤其是,在18世纪以前的西方文学中,"小说"一直是一种追求情节本身的吸引力而不太注意其现实生活之真实性的纯虚构文学,"求真"和"真实性"不是其本质特征和根本的艺术追求。

到了18世纪,欧洲小说创作出现了追求现实生活之真实感的趋向,作家们力图在自己的创作中表现生活的真实感受,让读者感到自己所讲的故事是"真实"的或者具有真实性、可信性,而不至于被看成是浪漫的幻想和神奇的传说故事,作家在小说中创造文本世界时也尽力向现实世界靠拢。德国当代小说批评家本雅明认为,小说的渊源可以追溯到古代,但要在几百年后才真正兴起,也就是在新兴的市民阶层那里才找到了自己生根开花的土壤③。也像英国小说评论家伊恩·瓦特在《小说的兴起》中所言,小说真正兴起于18世纪,它属于虚构的散文故事,而且,小说运用的是个人独特体验所得的"非传统的故事",或者是完全虚构的,或者是以当代事件为基础的故事,这就有别于传统的古典文学,因为17世纪及其以前的古典文学是以神话、历史、传说为内容,叙事的是集体的而非个人

---

① 菲尔丁:《弃儿汤姆·琼斯史》,张谷若译,上海:上海译文出版社,1993年,第700—701页。
② J. A. Cuddon ed., *A Dictionary of Literary Terms and Literary Theory* (5th edition), Malden and Oxford: Wiley-Blackwell, 2013, p. 591.
③ 本雅明:《讲故事的人》,王斑译,见阿伦特编:《启迪:本雅明文选》,北京:生活·读书·新知三联书店,2008年,第100页。

的经历和事件。所以,小说的兴起实质上是对传统文学观念的一种挑战①。这里,除了创作者个人在文学中的崛起之外,还有很重要的一点是:文学作品所写的内容与现实生活的真实关系,也就是内容本身要有真实性。例如,笛福(Daniel Defoe)在创作时,受当时整个文学风气的影响,人们习惯于以传统故事的写作方法要求他,但是笛福"对当时占据统治地位的文学批评理论基本上置之不理,这种理论向来倾向于要求作家采用传统的故事模式,而笛福则一意孤行地按照自己的意志,让主人公顺着故事可能发生的逻辑去发展情节。这个过程中,笛福创造了虚构故事的一种新趋向:小说所讲的故事服从于自传式回忆的叙述模式,从而突出了小说中个人体验的重要性,这就如同哲学上笛卡尔的'我思故我在'一样具有很强的挑战性"②。这里的"挑战性"就是小说故事的当下性和内容的个人体验性,其间,小说与现实生活的关系及故事内容的真实性要求,就挑战性地摆在了小说创作者面前。所以,笛福的小说创作在西方小说史上有其开创性地位。而"在笛福之后,理查逊和菲尔丁又以大致相同的方式继续他们的小说创作,力求以当下事件为基础,让完全虚构的故事成为小说创作的主体,从而使非传统的小说创作观念日渐得以流行"③。正是在他们的努力下,欧洲小说"从文艺复兴以来的以体现集体经验为文学作品之最高标准的传统理念,逐渐被表现个人的现实经验为标准的创作理念所取代,这种转向总体上成了小说兴起之文化背景的重要组成部分"④。在瓦特看来,笛福等人开创的这种传统和后来的法国式的"现实主义"小说有一脉相承之处。而且,他还认为"现实主义"的小说应该力图描绘现实生活的方方面面,"小说的现实主义并不在于它表现了什么样的生活,关键在于它用什么样的方法来表现生活"⑤。此时的小说家通常都比较注重以日常通俗易懂的语言来表现市井生活和风土人情,于是,小说也就呈现出了与史诗完全不同的通俗易懂而丰富生动的世俗生活的特征,这意味着此时作家的世界观与文学理念以及创作方法的重大变化。这当然也和资本主义经济的发展及其所带来的社会生活的变化密切相

---

① Ian Watt, *The Rise of the Novel: Studies in Defoe, Richardson and Fielding*, London: Chatto and Windus, 1967, p.13.
② Ibid., p.15.
③ Ibid., p.15.
④ Ibid., p.14.
⑤ Ibid., p.11.

关。瓦特认为,此时法国的现实主义小说"比前人更冷静、更科学地考察生活",这里涉及了现实主义小说的一个本质问题,"这就是文学创作与其摹仿的现实生活之关系的问题。这在本质上说是一个有关认识论的问题"①。

小说所呈现的生活内容是综合性的,所以有的评论家认为,小说尤其是长篇小说,是文学中的一种"化合物","除了作为一种混合体,长篇小说是不存在的"②。因此,作家用什么样的世界观和方法论看待世界和表现现实,是至关重要的。不同的作家可以出于各种不同的目的并用不同的方式表现生活,但都离不开对生活进行认识论意义上的分析与研究。从上文提及的伊恩·瓦特所说之文学认识论的角度看,菲尔丁的《弃儿汤姆·琼斯史》等都有了比以前的文学更多的与现实生活的对应性,因为,它们描写的都不是古代人的生活,也不是什么英雄人物轰轰烈烈的传奇经历,而是现实生活中的普通人的真实的人生经历和生命体验——虽然其间用了虚构的表现方法,而非历史性的纪实方法。笛福《鲁滨孙漂流记》是以当时的一则新闻故事为原型创作的,尽管完全经过了作者的想象和虚构,但是故事的事实具有了明显的当下性和现实性,所以,这部小说对人们认识当时的现实生活是非常直接的。笛福、理查逊(Samuel Richardson)、菲尔丁等人的小说"是英国文学史上不从神话、历史传说、历史或先前的文学作品中借用题材的第一批作家。他们直接在传统之外寻找题材,或者完全虚构,或者部分依据当代的事件"③。因此,他们的创作不同程度地展现了作为"小说"的新质,那就是虚构性中具有现实性和真实性。而且,这些英国现实主义小说家开始注重小说的细节真实,以展示现实生活的逼真性;书信体的小说形式,有助于表达情感和思想的真实性,增加小说的可信度。这种小说对后来的欧洲文学,尤其是现代现实主义文学产生了重要影响。不过,由于作者本人的个体意识过于强大,笛福、理查生、菲尔丁时期的小说不仅介绍情节、评价人物,还不时地跳出来议论世事和抒发感情,作者以为这样做可以增强故事的可信度与现实感,但实际上混淆了故事原本的内容与作者个人感受之间的区别,因此,小说的文本世界到底是生活本身的样子还是叙述者理解的那样?这是一个令

---

① Ian Watt, *The Rise of the Novel: Studies in Defoe, Rechardson and Fielding*, London: Chatto and Windus, 1967, p. 14.
② 华莱士·马丁:《当代叙事学》,伍晓明译,北京:北京大学出版社,1990年,第31—32页。
③ 龚翰熊:《文学智慧——走进西方小说》,成都:巴蜀书社,2005年,第19页。

人把握不定的问题。于是,小说的现实性又是值得怀疑的。正如伊恩·瓦特所指出的,笛福和理查逊等人的小说,"总体上看还仅仅勉强地算得上对现实生活的摹仿",是"比较真实"[①]的作品。

不过,随着时代的变迁,在英国,文学与现实的联系日渐密切,"文学叙事中的形式变化与经济社会转型紧密相连。18、19世纪这些经济社会转型一直在改变着英国的面貌。麦基翁(McKeon)认为真理问题、认识论问题,或者品德问题、社会问题,与催生和维系作为一种文学形式的现实主义小说的体裁的发展变化有着密切关系"[②]。法国启蒙时期的哲理小说虽然总体上是写当下人的生活和感受的,具有现实主义小说的基本特征,但是,从作家创作目的角度看,他们创作这些小说与其说是在写故事,不如说是在表达"哲理";与其说是在反映或者表现现实,不如说是在表达思想或者抒发情感(比如卢梭的《新爱洛依丝》)。因此,哲理小说虽然已远离了西方古典传统典文学模式,其现实性、个体性大大增强,但离19世纪现代现实主义文学之"求真"与"真实性"追求还相距甚远。

到19世纪,随着科学主义思想的进一步盛行并渗入文学创作的实践之中,文学对"真实性"的追求达到了前所未有的程度,这种距离的缩短才有了可能。"19世纪现实主义文学倾向于按照其对人物生活的影响,严谨地构建社会历史语境。"[③]从这种意义上说,在科学精神和科学理性的影响下,现实主义文学尤其是小说对"求真""真实性"的致力追求,空前地彰显了其历史学的意义和认识论的价值。小说的发展"与现实生活的变化所起的直接作用不可分地交织在一起。只有自身处于形成之中,才能理解形成的过程"。"19世纪的欧洲和北美,小说是构建民族想象的一种方式。'想象的共同体'是民族—国家现实必要的概念:首都城市、边境、政府和行政中心、公路、铁路、航运通道和教育体系。在小说中,随着其中的人物成功地完成或没能完成从农村往城市、从外省往首都、从学校往就业的过渡,在这个过程中的疑虑、渴望、期待或失败后的放弃和苦涩,所有

---

① Ian Watt, *The Rise of the Novel: Studies in Defoe, Rechardson and Fielding*, London: Chatto and Windus, 1967, p. 30.

② George Levine. "Literary Realism Reconsidered:'The world in its length and breadth'", in Matthew Beaumont ed., *Adventures in Realism*. Oxford: Blackwell, 2007, p. 23.

③ Ibid., p. 18.

这些冷冰冰的物质现实就都被赋予了情感色彩。"①在 19 世纪的欧洲，"现实主义指的是一种相信现象世界的真实性和人类心灵有能力认识这种现象世界的信念"②。也就是说，到了 19 世纪现代现实主义文学中，在科学精神的影响下，"求真"与文学之"真实性"才达到了历史的新高度；现代现实主义小说才拥有了现代意义上的"真实性"观念。

第三节　科学精神对"求真"意识的催化

"在科学从兴起到成长的过程中，'理性'是贯彻始终的一个概念。从理性精神的觉醒，到对人类理性能力的承认、肯定与张扬，一定程度上反映了科学发展的整个过程。"③就 19 世纪的欧洲来说，科学与技术的空前大发展，进一步体现了科学精神与理念之力量的强大，这两者的地位也更加凸显了；科学精神与理念不仅大大改变了人们的世界观，还强有力地促进了社会的变革和人文社会科学的新发展。科学与技术的广泛运用大大加快了财富创造的速度，给人的生存与发展带来了更大的自由度。在当时欧洲人的心目中，科学成了力量无穷的新"上帝"，理性也不仅仅是人之高贵、人之为人的本质属性，而且在一定程度也被"神格化"为人的灵性与禀赋，科学和理性被视为人之无穷力量的象征。因此，相比之下，19 世纪西方世界对人的理性的重视比以前有增无减，且近乎达到了"理性崇拜"的地步——虽然与此同时也一直存在着对科学和理性之功能和作用之有限性，尤其是工具理性的反思及质疑之声，浪漫主义文学思潮就是这种质疑在文学中的一种表现。然而，事实上我们无法否认，从古希腊开始经由文艺复兴，尤其是由启蒙运动大力张扬的理性精神，在 19 世纪得以进一步发扬光大，正是科学的力量空前有力而快速地推动了 19 世纪西方文明的发展。因此，在 19 世纪的欧洲，人们更坚定了三个信念：人是理性的动物；人凭借科学与理性可以把握自然的规律与世界的秩序；人可以征服自

---

①　Simon Dentith, "Realist Synthesis in the Nineteenth-Century Novel: 'That unity which lies in the selection of our keenest consciousness'", in Matthew Beaumont ed., *Adventures in Realism*, Oxford: Blackwell, 2007, p.46.
②　Ibid., p.35.
③　刘大椿：《科学理性与非理性的互补》，《山东科技大学学报(社会科学版)》2018 年第 4 期，第 1 页。

然、改造社会。科学"意味着一种系统的处理方法",适用于人类的一系列活动①。对科学精神的崇拜,使人们对科学的理解及其方法的运用不仅仅限于科学本身,而是力图用科学的方法去研究人类所面临的一切现象和问题。"人类把头脑用于解释天地万物,其目的不再是为了阐释上帝对人所做的事情,而是为了理解人性的本质及其所涉猎的领域。"②由此,自然科学也进入了人的社会活动和文化生活的方方面面,而这正是多少个世纪来欧洲思想界所追求的一种境界。"自亚里斯多德时代以来……科学革命的成果之一在于设想有一种关于社会的科学——一种关于政府、个体行为和社会的科学——将在凯歌高奏的诸科学中占有一席之地,产生出它自己的牛顿和哈维……到了 18 世纪末,人们对于社会科学或道德科学能与自然科学平起平坐萌生了新的希望。"③再到了 19 世纪上半期,这种"希望"很大程度上成了现实。"科学是对社会起作用的人类心灵的一项功能。科学向我们揭示了宇宙中的组织层次。但心灵和科学本身都是社会层次的产物,也许可以像其他任何现象那样,在适合于他们的层次上进行研究。"④由于科学更加具有"一种形而上学的意义"⑤,因此它往往经由人的心灵和思维,对人类生存的各个领域的研究产生作用。英国科学史家丹皮尔指出,19 世纪上半期,"科学就已经开始影响人类的其他活动与哲学了。排除情感的科学研究方法,把观察、逻辑推理与实验有效地结合起来的科学方法,在其他学科中,也极为适用。到 19 世纪中期,人们就开始认识到这种趋势"⑥。正是科学精神以新的世界观与方法论的形式,作用和影响着 19 世纪的西方社会,也正是这种科学化的世界观应用方法论影响着文学艺术的创作和发展。

从实践层面看,这种"趋势"已客观地存在于各个不同的学科领域。比如,"在 19 世纪前三分之二的时期中,对哲学思想影响最大的是物理科

---

① 彼得·哈里森:《科学与宗教的领地》,张卜天译,北京:商务印书馆,2016 年,第 250 页。
② John Carroll, *The Wreck of Western Culture: Humanism Revisited*, Melbourne: Scribe Publications Pty Ltd., 2004, p.136.
③ L.伯纳德·科恩:《自然科学与社会科学的互动》,张卜天译,北京:商务印书馆,2018 年,第 2 页。
④ 李约瑟:《文明的滴定》,张卜天译,北京:商务印书馆,2017 年,第 140 页。
⑤ 彼得·哈里森:《科学与宗教的领地》,张卜天译,北京:商务印书馆,2016 年,第 258 页。
⑥ W.C.丹皮尔:《科学史及其与哲学和宗教的关系》,李珩译,桂林:广西师范大学出版社,2001 年,第 261—262 页。

学的成功"①,"自然科学随着每一重大的新发现摧毁对自然界的旧的形而上学的看法,证实并丰富着唯物辩证法"②,"物质守恒的原理,经公认以后,引起一种朴素的唯物主义"③;"19世纪生理学与心理学的同时发展,就加强了机械论哲学的地位……当时人们把这种机械论哲学与唯物主义混为一谈"④;"细胞学说以及生命科学的相关方面则为社会形态学和社会行为理论赋予了新的形式和内容"⑤,"达尔文在自然选择说基础上建立的进化论,经公认后,不但使直接有关的科学发生深刻的变化,而且也在其他思想领域中引起深刻变化"⑥,"就社会理论或社会科学而言,细胞学说似乎至少与达尔文的进化论同样重要"⑦;此外,"要探讨科学进步对于其他学术特别是对于哲学思想所产生的影响,我们不要忘记数学与物理的进展所产生的影响"⑧,"由新的理论力学和能量物理学组成的数学物理学对经济学产生了深远的影响"⑨,于是,"经济学也发生了同样的变化",不过,"政治制度与经济情况的变化,不像生物学上的变化那样缓慢"⑩;"在统计学中,数学方法和物理学方法被明确应用于保险问题和社会学问题"⑪。除此之外,"人们还会想到,1839年摄影术的发明对人们观察世界的方式和一般存在方式产生了深远影响。它意味着精确;场景、

---

① W.C.丹皮尔:《科学史及其与哲学和宗教的关系》,李珩译,桂林:广西师范大学出版社,2001年,第253页。

② 米·贝京:《艺术与科学》,任光宣译,北京:文化艺术出版社,1987年,第117页。

③ W.C.丹皮尔:《科学史及其与哲学和宗教的关系》,李珩译,桂林:广西师范大学出版社,2001年,第254页。

④ 同上书,第260页。

⑤ L.伯纳德·科恩:《自然科学与社会科学的互动》,张卜天译,北京:商务印书馆,2018年,第65页。

⑥ W.C.丹皮尔:《科学史及其与哲学和宗教的关系》,李珩译,桂林:广西师范大学出版社,2001年,第261页。

⑦ L.伯纳德·科恩:《自然科学与社会科学的互动》,张卜天译,北京:商务印书馆,2018年,第85页。

⑧ W.C.丹皮尔:《科学史及其与哲学和宗教的关系》,李珩译,桂林:广西师范大学出版社,2001年,第248页。

⑨ L.伯纳德·科恩:《自然科学与社会科学的互动》,张卜天译,北京:商务印书馆,2018年,第65页。

⑩ W.C.丹皮尔:《科学史及其与哲学和宗教的关系》,李珩译,桂林:广西师范大学出版社,2001年,第262—263页。

⑪ 同上书,第262页。

事实和片段都被忠实记录下来"①。"在 19 世纪中叶,与此同时进行的还有摄影技术的发展,摄影技术在流行程度上上升为仅次于打印技术的媒介……在维多利亚时期,我们现在称为摄影技术的视觉再现的新技术使西欧可以绘制一张将宗主国放在高于异域民族的中心位置的世界地图。通过将殖民人口沿着发展程度的时间表从被归类为原始和劣等的民族到那些相对现代和进步的民族依次排列,摄影协助并怂恿了帝国的扩张。通过多次复制同一影像的能力,摄影制造了一幅世界图片,将世界封闭在观察者和被观察物体之间,并使两者都变了形。过去的一个世纪中,摄影技术也证明自己能够逃避西方殖民列强并制造另外的现实主义。"②与摄影技术相关的光学科学与视觉技术的发展,也影响着文学艺术,"各种新的视觉理论影响了不同艺术领域中现实主义流派的出现和发展"③。"视觉的理解转变成生理学概念(取决于身体在时空中的相对位置),对 19 世纪现实主义艺术家的影响就如同牛顿理论对 18 世纪艺术家的影响一样是不可估量的。"④文学批评家彼得·布鲁克斯认为,19 世纪小说中的现实主义"十分关键地转向了视觉性。现实主义开始聚焦有形世界,以及对人和物的观察和再现"⑤。可以说,"视觉性"成为现实主义戏剧更加关注的一个焦点。

总而言之,"欧洲 19 世纪的创新之处在于,除了注重规范的国家和社会哲学之外,还出现了以描述当世、探寻各种现象背后的模式和规律为目标的科学"⑥。自然科学的这种影响在 19 世纪的欧洲成了一种与之前的世纪明显不同的普遍风气:任何其他学科,唯有运用科学的理性方法才令人信服。正如赫尔姆霍茨(Hermann von Helmholtz)所说:"绝对地无条件地尊重事实,抱着忠诚的态度来搜集事实,对表面现象表示相当的怀疑,在一切情况下都努力探讨因果关系并假定其存在,这一切都是本世纪

---

① J. A. Cuddon ed., *A Dictionary of Literary Terms and Literary Theory* (5th edition), Malden and Oxford: Wiley-Blackwell, 2013, p. 592.
② Nancy Armstrong, "Realism before and after Photography: 'The fantastical form of a relation among things'", in Matthew Beaumont ed., *Adventures in Realism*, Oxford: Blackwell, 2007, pp. 84—85.
③ Amy Holzapfel, *Art, Vision, and Nineteenth-Century Realist Drama*, New York: Routledge, 2014, p. 1.
④ Ibid., p. 17.
⑤ Peter Brooks, *Realist Vision*, New Haven and London: Yale University Press, 2005, p. 71.
⑥ 于尔根·奥斯特哈默:《世界的演变:19 世纪史》(I),强朝晖、刘风译,北京:社会科学文献出版社,2016 年,第 45 页。

与以前几个世纪不同的地方。"①不仅如此,19世纪的许多人还以借助科学的方法建立新的科学或学科并相应有一整套严密的概念、定理、范式予以支持,作为是一种非常荣耀的事,为此,人们称19世纪是一个"思想体系的时代",一个"以头立地的时代"②。恩格斯也对当时的这种现实深有感触地说:"在当时人们是动不动就要建立体系的,谁不建立体系就不配生活在19世纪。"③因此,在更深层的意义上看,我们在看到19世纪的欧洲是"科学的世纪"的同时,不能把其原因仅仅归结于19世纪科学成就是多么巨大,而应该看到由科学成就造成的人们对自然、世界、社会和人的整个认识观念的巨变:因为"我们认识到了人类与其周围的世界,一样服从相同的物理定律与过程,不能与世界分开来考虑,而观察、归纳、演绎与实验的科学方法,不但可应用于纯科学原来的题材,而且在人类思想与行动的各种不同的领域里差不多都可以应用"④。在海德格尔(Martin Heidegger)看来,"我们称之为某科学'理论'的东西乃是研究问题的方法"⑤。也就是说,自然科学的新成果,让欧洲人以科学与理性的世界观与方法论去认识和处理人与周围世界的关系,科学主义与人文主义互相交融,经验主义的实证方法冲击了以往长期以来的"形而上"的思辨的方法,科学的方法论促成了理性主义的普遍流行,这才是科学新成果超越自身的功能对欧洲社会更深层次的影响——形成新的精神气候。于是,不同学科领域的人们都企图像自然科学家那样,或者借用自然科学的理论与方法去阐释和改变这个世界、改变自己所从事的某个学科领域的现状,正如爱因斯坦所说,他们力图"以最适合的方式来画出一幅简化的和易领悟的世界图画,于是他就试图用他的这种世界观体系来代替经验的世界,并来征服它"⑥。正是这样一种有别于以前任何一个世纪的精神文化氛围,影响着西方文学的发展,尤其是催化了19世纪现实主义文学本质特

---

① Helmholtz, *Popular Lecture on Scientific Subjects*, Eng. trans. E. Atkinson, London: Longman Grecu and Company, 1873, p. 33.

② H. D. 阿金编:《思想体系的时代》,王国良、李飞跃译,北京:光明日报出版社,1989年,第2页。

③ 《马克思恩格斯选集》(第四卷),北京:人民出版社,2012年,第212页。

④ W. C. 丹皮尔:《科学史及其与哲学和宗教的关系》,李珩译,北京:商务印书馆,1989年,第283页。

⑤ 转引自伊里亚·普里戈金、伊·斯唐热:《从混沌到有序》,曾庆宏、沈小峰译,上海:上海译文出版社,1987年,第68页。

⑥ 同上书,第55页。

征之一——"求真"意识——从而使这种现代现实主义文学拥有了特定时代的先锋特征。现代现实主义作家"相信现实主义小说有能力洞察个体现象与社会生活并抵达人性本质。此外,他们还假定现实主义者对社会现象的解释与历史步调一致并且具有预言的力量"①。"如果说浪漫主义小说能吸引读者暂时逃离每天的日常,走向一种充满激情与危险、善恶分明的(总是善的多)幻想生活的话,那么现实主义文学有责任带读者走向另一个世界,在这个世界中,一切似乎都和读者所处的世界一样可信、真实。"②显然,自然科学成就,不仅鼓舞着人们探索和征服世界,还强有力地改变了人们的世界观、价值观与思维方式,促进了人文社会科学的革新;科学精神对文学的渗透,促进了文学观念与方法的革新,催生了刻意"求真"的具有"先锋"特征的现代现实主义文学思潮。

第四节　类比方法与"求真"精神的彰显

如前所述,19世纪欧洲自然科学的巨大成就,鼓舞着人们用科学的方法审视和研究人所赖以生存的整个世界。事实上,"科学技术不可能不影响到人对世界的认识,因此,也不可能不影响到人的心理活动"③,并且由此反映到艺术作品中,使文学创作得以创新。"十九世纪的作家们非常愿意把本世纪的技术发现带进文学的日常生活中去。"④因为"科学中的新发现能使人'更深刻地洞察大自然,因此也就能更深刻地理解自己';大自然的奥秘——'这就是我们人类的奥秘'。如果把科学家的道路和诗人的道路连接到一起,那么就得到一个'感觉——猜想——思想——感觉——构思——意图——思想的完整链条'。但是,科学对诗歌的影响是'潜在的和缓慢的'"⑤。因为,自然科学对其他领域的影响通常不是直接

---

① Victor Terras, "The Realist Tradition", in Malcolm V. Jones, Robin Feuer Miller eds., *The Cambridge Companion to the Classic Russian Novel*, Cambridge: Cambridge University Press, 1998, p.191.
② Phillip J. Barrish, "Creating the 'Odour' of the Real: Techniques of Realism", in *The Cambridge Introduction to American Literary Realism*, Cambridge: Cambridge University Press, 2011, p.42.
③ 米·贝京:《艺术与科学》,任光宣译,北京:文化艺术出版社,1987年,第7页。
④ 同上书,第26页。
⑤ 同上书,第9页。

的,而主要是通过世界观与方法论层面的作用间接地得以实现的,在当时的条件下,尤其是借助于"类比"的方法以理性的哲学思维渗透于其他学科——包括社会的各个领域、人文社会科学和文学艺术等。"类比和相似类型的关系(correlation)构成了自然科学与社会科学互动的重要方式。这些互动很像不同自然科学分支之间发生的那些影响。它们来自这样一种认识,即一门学科的观念、概念、定律、理论、方程组、研究方法、数学工具或其他要素类似于另一门学科的某个要素,或具有一些性质,使之能被有用地引入另一门学科。"[1]类比的方法,在19世纪的各个学科领域被广泛使用,由此又扩大了自然科学成果的影响和运用,正如边沁(Jeremy Bentham)所说,"来自类比的暗示方法是科学发展过程中可以运用的最重要的途径之一"[2],因为"使用类比通常是为了证明一种新的或激进的方法或理论是正当的"[3]。而科学对文学的作用,更是通过在类比思维基础上的观念与方法实现的。

欧洲近现代小说的发展与成熟,与科学新观念对文学有形与无形的作用有明显的相关性。正如我国现代小说家郁达夫早就指出的那样,"自文艺复兴以后的科学精神,浸入近代人的心脑之后,小说作家注意与背景的真实现实之点,很明显在诸作品中可以看出"[4]。现代量子力学创始人W.海森伯认为,"科学对艺术生产力的发展有着强大而鲜为人知的影响,有许多方法是艺术从科学中借用的"[5]。科学理性属于理性精神的一种特殊内容,它对文学艺术的作用与影响主要以思维、观念、方法与技巧等形式和途径得以实现,所以这种影响常常"鲜为人知",但又十分普遍。如高尔基所说,"在科学和文学艺术之间有许多共同的东西:观察、比较、研究处处起着重要作用"[6]。较早也较具体地概括这种作用的是我国学者瞿世英,他早在20世纪20年代的《小说的研究》中就指出,"科学精神对于小说至少有三种贡献":一是增加了创作的"材料",使"小说家更学了一

---

[1] L.伯纳德·科恩:《自然科学与社会科学的互动》,张卜天译,北京:商务印书馆,2018年,第59—60页。
[2] Mary P. Mack, *Jeremy Bentham: An Odyssey of Ideas, 1748—1792*, London: Heinemann, 1962, pp. 275—281.
[3] L.伯纳德·科恩:《自然科学与社会科学的互动》,张卜天译,北京:商务印书馆,2018年,第60页。
[4] 郁达夫:《小说论》,上海:上海光华书局,1926年,第35页。
[5] 海森伯:《物理学和哲学》,范岱年译,北京:商务印书馆,1984年,第110页。
[6] 转引自徐岱:《小说形态学》,杭州:杭州大学出版社,1992年,第247页。

种新的方法";二是受"科学的濡浸",写出人生真实,形成了"近代小说的特别优点";三是"因为科学发达",改变了人们的世界观与人生观,影响了作家的作品。① 总之,类比方法是科学影响文学的基本途径,也就是通过跨学科跨界别的类比、以科学理念去认识世界、以科学的方法影响艺术思维等,使作家的文学创作具有科学研究的特性和理性精神,文学创作拥有了艺术哲学之内涵;或者说,类比方法与理念的运用,使现代现实主义文学的创作追求具有了科学领域的思维、观察、分析、研究、展示等等特点,进而又赋予这种追求以科学研究般的"求真"特性,文学作品也就拥有了非同传统、非同寻常的"真实性",蕴含了历史一般的客观的认识价值与功能。正所谓"现实主义文学与科学的、改革的、法律的、商业的当代专业话语不断对话,并且以这些认知方式作为参照"②。这种文学也就拥有了现代性禀赋。就如法国理论家罗杰·加洛蒂所说:"现实主义的伟大概括能力的源泉在于,在现实主义中,一般艺术所素有的认识功能最充分地显示出来。"③也正像美国评论家、美学家比厄斯利(Monroe C. Beardsley)所描述的那样:"就像经验科学家那样,小说家通过观察人的行为方式,并力图予以理解——这就是现实主义文学理论的基础。"④因此,现代现实主义文学往往力图客观地描述不同生存环境中的行动着的人,而且要努力做到所描写的人不被扭曲,也不被作家木偶式地操纵,也就是说,这些人让读者感到是生活的本真。为此:

> 作家所描写的必须是当下的生活,他对这种生活要有直接的了解;他要兴趣广泛,要走访股票交易机构、疯人院、医院、咖啡吧等等;他所使用的应该是平常的生活语言和职业的、专业的语言;为了说明所描写的人的行为动机,那么,不管如何丑恶、枯燥的生活现象都可以在作品中予以展现;由于作者感兴趣的是人,所以那些对展示人的心理活动有用的线索,他都有选择地关注,对具体的生活细节,对房子里的各种陈设和四周的环境都抱有极大的兴趣;他会让笔下的情

---

① 瞿世英:《小说的研究》(第四部分),载《小说月报》第13卷第7期(1922年7月)。

② Carol J. Singley, "American Literary Realism", in M. A. R. Habib ed., *The Cambridge History of Literary Criticism*, Vol. 6: *The Nineteenth Century*, Cambridge: Cambridge University Press, 2013, p.333.

③ 罗杰·加洛蒂:《论无边的现实主义》,吴岳添译,上海:上海文艺出版社,1986年,第238页。

④ Monroe C. Beardsley, *Aesthetics from Classical Greece to the Present: A Short History*. Tuscaloosa: The University of Alabama Press, p.294.

节仿佛是人物自己牵引下自然地发展,而不是为了故事结构的完善而牺牲故事的可信度;作为叙述人的作家不必对人物与事件给予评价和说教,就像自然科学家不评价自己的作品一样。①

比厄斯利上述的描述,我们很自然地会联想到巴尔扎克、司汤达、福楼拜、托尔斯泰、狄更斯等一大批作家。因此,如果说此前西方文学中的摹仿说还是比较模糊、抽象地强调文学对现实的真实描写的话,那么,"随着19世纪科学的昌明、实证主义的流行,到了19世纪,文学中的摹仿范畴越来越明确地具有追求紧密科学那样绝对客观的内涵,难怪在19世纪的现实主义大师们那里,摹仿被作了如下新的规定与陈述,诸如逼真、真实、可信、冷静观察、不动情、中立性、非个人化(非人格化)、精确性……"②这一切,我们可以在众多现代现实主义作家的创作实践中得以验证,因为,总体而言,"19世纪现实主义倾向于按照其对人物生活的影响,去严格地描绘出一种如临其境的社会历史语境"③。正如美国批评家莉莲·弗斯特(Lilian Furst)所描述的,现实主义文学是"一种普遍深入的理性主义认识论"的产物,"它抛弃了浪漫主义的幻想"④。美国著名的理论家弗雷德里克·詹姆逊指出,"现实主义本质上是美学架构展现出的一个认识论范畴"⑤。也像保罗·梵·第根所说:"现实主义要求作家有绝对客观性,不应让人看出他的意见、他的感情,甚至他的风格也不应具有个人特点。以学者的不偏不倚的态度描绘肉体与灵魂,不问善与恶、美与丑,只认得'卑微的真实'。"⑥就是这样,"类比-观念-方法"以一种隐性的方式和独特的途径,助推了"求真"的和"真实性"的现代现实主义文学思潮的盛行。对此,我们还可以通过对有代表性的现代现实主义作家创作之考析活动深度理解历史。

---

① Monroe C. Beardsley. *Aesthetics from Classical Greece to the present*: *A Short History*. Tuscaloosa: The University of Alabama Press, p. 294.

② 周宪:《二十世纪的现实主义:从哲学和心理学看》,见柳鸣九主编:《二十世纪现实主义》,北京:中国社会科学出版社,1992年,第17页。

③ George Levine, "Literary Realism Reconsidered: 'The world in its length and breadth'", in Matthew Beaumont ed., *Adventures in Realism*. Oxford: Blackwell, 2007, p. 18.

④ Lilian Furst ed., *Realism*, New York and London: Longman, 1992, p. 1.

⑤ Fredric Jameson, "A Note on Literary Realism in Conclusion", in Mattew Beaumont ed., *Adventures in Realism*, Oxford: Blackwell, 2007, p. 261.

⑥ 保罗·梵·第根:《文艺复兴以来的欧美文学史》,谢钟浥译,北京:人民出版社,2015年,第265页。

司汤达是 19 世纪现实主义文学的奠基人之一，他的小说创作深受当时科学研究风气的影响。英国的小说理论家培理（Bliss Perry）曾说："小说根本上是说及人类的，所以特别影响小说的科学是生理学与心理学。"[①]培理的这一说法用在司汤达身上显得特别准确。因为，司汤达的创作深受生理学和心理学的影响，他曾经研究过生理学和有关人的气质的理论。"他虽然穿着艺术家的外衣，却依然不失为人的天性的研究家。"[②]司汤达对生理现象研究的目的，是力图寻找不同人的心理变化之生理学原因，以便精确地把握人的心理演变的规律，并在创作中真实地展示人物的心路历程。"斯汤达（司汤达）和巴尔扎克这两位'现实主义之父'公开把文学的新流派与社会科学和自然科学联系起来。司汤达写道：'在政治中也像在艺术中一样，不研究人就不能取得高度的成就，因此必须勇敢地从自己本身，从生理现象起步'。"[③]正是在人的生理－气质－心理研究的基础上，司汤达小说真实地披露了人物的深层心理，从而接通了其心理描写与现代主义之意识流小说的关联。但是，他笔下人物的心理演绎过程，是有内在逻辑关系的——心理流变基于人物特定的性格与特定的外部环境[④]，而不是现代意识流那种基于非理性的心理跳跃、超时空转换等。这是一种理性逻辑驱使下的心理描写，而不是现代非理性意义上的意识流心理描写。与之相仿，有心理描写"大师"之称的托尔斯泰，其"心灵辩证法"意义上的心理描写，也是合乎理性逻辑的。司汤达和托尔斯泰的小说典型地体现了现实主义文学在心理描写上的理性精神，或者说，这种心理描写是理性主义的，这种"心理真实"是理性意义上的真实，体现了基于科学理性精神的真实性品格。司汤达"贪婪地研究哲学和历史、力学和数学，热情地称赞但丁、莎士比亚和莫里哀。唯物主义哲学、分析的头脑、对人们生活和心理的'痛苦真实'的深刻理解、思维的历史主义、艺术概括的力量、文体的鲜明准确使斯汤达这位创作了《红与黑》和《巴马修道院》的作家成了十九世纪的社会心理小说的预言家。斯汤达把在'感情语言'表达中达到数学般的精确当成自己的目的"[⑤]。可见，类比方法和科学思维使司汤达的作品具有了高度的冷静、客观性，他的小说

[①] 培理：《小说的研究》，汤澄波译，台北：台湾商务印书馆，1967 年，第 70 页。
[②] 卢那察尔斯基：《卢那察尔斯基论文学》，蒋路译，北京：人民文学出版社，1978 年，第 495 页。
[③] 米·贝京：《艺术与科学》，任光宣译，北京：文化艺术出版社，1987 年，第 7 页。
[④] 参见蒋承勇：《论司汤达小说的内倾性风格》，《外国文学评论》1989 年第 3 期。
[⑤] 米·贝京：《艺术与科学》，任光宣译，北京：文化艺术出版社，1987 年，第 120 页。

中,"作者完全消失于作品的背后"①。

  巴尔扎克比司汤达更自觉更广泛而深度地接纳了科学的类比方法和科学思维,这启发他明确地把文学创作当作对人类社会和历史的研究,形成了自己独特的写实主义的真实性品格。正是在巴尔扎克这里,"环境一词第一次有了社会学的意义"②。左拉认为,巴尔扎克是"奉自然科学家的趣味为师傅,以自然科学家的才能为仆役,以自然科学家的身份描述着现实"③的作家。因此,巴尔扎克也被左拉看作用科学的类比方法从事小说创作,并借以分析、研究社会的典型的现代现实主义小说家。"巴尔扎克不仅看出和反映了当时工业革命带来的社会心理的后果,他还是位'社会学博士'、哲学家、心理学家、历史学家,他也研究过自然科学。"④"巴尔扎克力图用生物学的类比法去解释他关于人类的认识。"⑤"巴尔扎克把人类(分析人物也是如此)看作动物学家,他认为,为了写出关于人的博物学就应当像布封(Buffon)在动物学著作中表达意图那样。这是一种科学的方法,它不时表现得与上述野外工作指南的方法接近。"⑥动物学、解剖学、实证哲学乃至神秘主义的骨相学,都对巴尔扎克产生了重大影响,特别是动物学中的"统一图案说"对他的影响格外深刻。"1842年,巴尔扎克在《人间喜剧》前言中,在人类和动物之间进行了一种比较,他说动物之间的差异可以归因于不同的发展'背景'。"⑦巴尔扎克说,动物学中的"统一图案说"很早就"深入我心":

  我注意到,在这个问题上,社会和自然相似。社会不是按照人展开活动环境使人类成为无数不同的人,如同动物之有千殊万类吗?

---

 ① 雷纳·韦勒克:《近代文学批评史》(第四卷),杨自伍译,上海:上海译文出版社,2009年,第61页。
 ② Erich Auerbach, *Mimesis*: *The Representation of Reality in Western Literature*, Princeton and Oxford:Princeton University Press,2003,p. 475.
 ③ 左拉:《实验小说》,见柳鸣九主编:《自然主义》,北京,中国社会科学出版社,1988年,第466页。
 ④ 米·贝京著:《艺术与科学》,任光宣译,北京:文化艺术出版社,1987年,第31页。
 ⑤ Erich Auerbach, *Mimesis*: *The Representation of Reality in Western Literature*, Princeton and Oxford:Princeton University Press,2003,p. 475.
 ⑥ J. A. Cuddon ed., *A Dictionary of Literary Terms and Literary Theory* (5th edition), Malden and Oxford:Wiley-Blackwell,2013,p. 592.
 ⑦ Alison Finch,"Reality and its Representation in the Nineteenth-century Novel", in Timothy Urwin ed., *The Cambridge Companion to the French Novel*:*From 1800 to the Present*, Cambridge:Cambridge University Press,1997,p. 39.

士兵、工人、行政人员、律师、有闲者、科学家、政治家、商人、水手、诗人、穷人、教士之间的差异,虽然比较难以辨别,却同把狼、狮子、驴、乌鸦、鲨鱼、海豹、绵羊区别开来的差异一样,都是同样巨大的。因此,古往今来,如同有动物类别一样,也有社会类别。布封想写一部书讲述全体动物,他完成了一部卓越的著作,我们不是也该替社会写一部这类的作品么?但自然给动物的千殊万类安设了一些界限,社会却无需囿于这些界限之内。①

巴尔扎克把人与动物作类比,认为不同类别的动物的差异取决于其生长的环境②,人的"精神世界变化的源泉是客观现实"③,也即人的不同思想与性格的形成也与其生存的环境直接相关。"动物只有一种,造物主只使用了同一个模型来创造一切有机存在。动物是这样一种元素,它的外形,或者说得更恰当些,它的形式的这种差异,取决于它必须在那里长大的环境。动物的类别就是这些差异的结果。"④这种类比思维有助于巴尔扎克对人物的社会环境特别是物质环境作非同寻常的真实摹写。在《人间喜剧》中,巴尔扎克"运用动物世界和人类世界的比较方法,来阐释自己的作品"⑤。具体说来,他以类比方法,按照动物学的"统一图案说"构建《人间喜剧》的总体框架,以真实再现"许多历史家忘记的那部历史,就是说风俗史"⑥,进而让自己成为一名"站得住脚的社会史家"⑦。就"风俗研究"而言,《人间喜剧》从"私人生活场景""外省生活场景""巴黎生活场景""政治生活场景""军事生活场景"到"乡村生活场景"层层铺开,对不同生存环境中的人展开研究。在巴尔扎克作品里,不同的"场景"也就是人的不同的生存环境;不同生存环境中的人因为环境的不同,其灵魂状况也不同。巴尔扎克这种在科学理性意义上的类比思维和分析逻辑,使其小说中的人

---

① 王秋荣编:《巴尔扎克论文学》,北京:中国社会科学出版社,1986年,第63页。
② 巴尔扎克:《〈人间喜剧〉前言》,陈占元译,见《外国文学教学参考资料》(第四册),福州:福建人民出版社,1982年,第268页。
③ 德·奥勃洛米耶夫斯基:《巴尔扎克评传》,刘伦振等译,北京:中国社会科学出版社,1983年,第271页。
④ 巴尔扎克:《〈人间喜剧〉前言》,陈占元译,见《外国文学教学参考资料》(第四册),福州:福建人民出版社,1982年,第268页。
⑤ Erich Auerbach, *Mimesis*: *The Representation of Reality in Western Literature*, Princeton and Oxford:Princeton University Press,2003,p. 474.
⑥ 王秋荣编:《巴尔扎克论文学》,北京:中国社会科学出版社,1986年,第106页。
⑦ 同上书,第188页。

与物质环境有了密切依存的关系：人的性格与灵魂因环境的不同而不同，环境对人的性格与灵魂质量的优劣具有决定作用。巴尔扎克在《高老头》中细致地描写了伏盖公寓，给读者展现了逼真的物理环境，其根本用意在于发掘生存和活动于其间的人的灵魂。伏盖公寓到处弥漫着闭塞、阴暗、霉烂、贫贱和酸腐的气息，那别样的"公寓味"里透射出"一派毫无诗意的贫穷"。与之形成鲜明对照的是鲍赛昂夫人家的贵族社交生活中心，它金碧辉煌、富丽堂皇、宽敞明亮又优雅华贵。绝然不同的物质环境里生存着绝然不同的人；前者因物的贫乏而灵魂酸腐，后者因物的奢靡而精神颓废，而物欲横流是不同生存环境中人的共同特征。因此，巴尔扎克经由外在物的描写切入人的灵魂：在资本主义上升时期，金钱这一无形的"上帝"神秘地驱使着人们，物欲驱动下人的灵魂躁动不安，无论在穷酸的伏盖公寓还是在奢华的上流社会，人们都在种种面具与遮羞布的掩饰下进行着强取豪夺的勾当，整个社会的"生态环境"就是如此。《人间喜剧》用动物学的"分类整理法"的模型构建了一座社会大厦。决定动物生态环境的根本因素是自然条件也即物质条件，巴尔扎克在《人间喜剧》的构思中由"统一图案说"引发出分类整理法，在这种严整有序的物态化的人"生态环境"中，他进行着对人的情欲的实验，从而达到了对他人的精神面貌的卓越展示。在巴尔扎克看来，任何描写都不能够比物质生活状况的描写更能够清楚地反映一个国家。巴尔扎克"把人物放在具体确定的历史和社会结构中，并且认为强调人物和环境的联系是必要的。对巴尔扎克来说，现实生活中的任何空间都具有道德和感性的意味，这种意味弥漫于自然物和房间里，笼罩在家具、器皿、服饰上，也表现在人们的身体、品性、交流、思想、工作和命运中"[①]。巴尔扎克笔下的主人公几乎始终处于物质环境与社会环境的重重包围之中。他们与生存环境有搏斗，但并不与之对立；他们无法高于所处的那个环境，他们的搏斗也无法战胜那个环境，而是被环境所战胜、被环境所重塑。因此这种搏斗的过程在终极意义上成了向环境"学习"过程中的顺应环境——类似于动物在自然选择学说过程中适应环境并得以生存。拉斯蒂涅从外省进入巴黎，展现在他眼前的是两个形成鲜明对照的伏盖公寓和上流社会。他一开始的主观意志是抗拒环境，但是环境的腐蚀作用远远强于其灵魂的内在抵御作用。就此人物塑造而

[①] Erich Auerbach, *Mimesis: The Representation of Reality in Western Literature*, Princeton and Oxford: Princeton University Press, 2003, p. 473.

论,拉斯蒂涅身上原有的性格元素是无关紧要的,关键的是他如何在巴黎物质的与社会的环境的作用下改变原有的性格。小说让拉斯蒂涅往返于伏盖公寓与上流社会之间,让他的灵魂反复接受环境的刺激,最后重新铸造出他的性格模型——拉斯蒂涅的性格成了环境的产物。

总体而言,巴尔扎克小说中的人物通常也都是受制于环境、顺应环境的"奴隶"。鲍赛昂夫人由盛及衰,是不可抗拒的环境使之然。她抗争过,然而无济于事。高老头的被遗弃,也显示了物质环境和社会环境的必然规律。欧也妮与环境抗争,最后环境吞噬了她的青春,环境成了禁锢她生命活力的坟墓。伏脱冷看起来是以恶的方式向社会反抗的"强者",其实他也不过是一个顺应环境的角色,如同高老头的两个女儿。他们认识这个环境,然后去适应它。诸如此类,恰似百川归大海,众多的人物,都各自在寻找着适应环境的方式与道路,否则就"不适者淘汰"。环境的力量,或者说"物"的力量是如此不可抗拒。巴尔扎克小说中的人物,在环境面前主体意识与主观意志显得如此薄弱,他们实在可以说是淹没在物质环境与社会环境的汪洋大海之中了。而这就是巴尔扎克对物欲横流、人被普遍"物化"之现实世界的艺术写照。巴尔扎克的小说也因此获得了高度的真实性与现代性。

受巴尔扎克的这种环境意识的影响,"现实主义往往主张本质的自我可以由环境推动和限制——当然也有与之不同的,不过,所有强势的现实主义作家都认为环境可以是决定性的"[1]。也就是说,科学解释和类比方法,实际上不同程度地表现在19世纪现实主义作家的创作之中,具有普遍性意义和作用。正如法国比较文学理论家、文学史家保罗·梵·第根所概括的那样,对欧洲19世纪现代现实主义作家来说,"生物科学的影响更为重要;他们的迅速发展使完全没有专业知识的文人兴奋、激动……生理学特别地为长篇小说打开了一个新世界。历史学方法中的科学因素,也在史诗、历史长篇小说中得到承认,他们由于日益重视真实性而进行了革新。博物学和考古学在不断传播;在'环境'(milieux)的研究中,历史学方法和生理学方法混杂使用,而'环境'正是长篇小说和戏剧津津乐道的"[2]。这些学科的方法在文学中的使用以及给文学创作所带来的变化,

---

[1] George Levine, "Literary Realism Reconsidered: 'The world in its length and breadth'", in Matthew Beaumont ed., *Adventures in Realism*. Oxford: Blackwell, 2007, p. 28.

[2] 保罗·梵·第根:《文艺复兴以来的欧美文学史》,谢钟浬译,北京:人民出版社,2015年,第263页。

在巴尔扎克的创作中似乎表现得非常全面而充分,但是,保罗·梵·第根这里所说的绝不仅仅是巴尔扎克,而是现代现实主义文学的一种相当普遍的现象。

19世纪现代现实主义文学的另一个重要作家福楼拜,也是这方面的代表。他在文学创作方法的角度呼唤"物理科学的准确性"[1],可以说,"福楼拜是艺术创作中最真诚的、最好的智者和革新家"[2]。他"不善于看出通往社会改造的道路,他仅寄希望于科学和艺术,他深信科学和艺术能够把祖国从可耻的背叛、欺诈、贪财、金钱的统治、伪善的道德和一切等级的猖狂的市侩道德中解救出来……福楼拜相信科学和艺术的力量,相信他们认识世界和改造世界的能力。这便是他的美学观点的源泉"[3]。他之所以如此肯定科学与文学艺术的联系并强调科学的作用,并形成了自己独特的美学观,与他的年轻时的生活经历有密切关系。福楼拜出身于医生的家庭,从小与著名外科医生往来,频繁出入医院、手术室、解剖学教室,后来还曾对医生的研究工作产生了过兴趣。1859年他回忆说:"我如此地为医学的研究吸引。"[4]他还曾经反复阅读他父亲的医学藏书。[5] 这种特殊经历和环境熏陶,使福楼拜形成了"医生头脑":客观理性,观察细微,思考缜密。"就信仰来说,他是进化论者,相信自然界的一切乃至社会生活中的一切都在运动和变化着……'民主制度还不是人类最后的阶段','就像奴隶制度、封建制度和君主制度不是人类的最后阶段一样',人类'总是向前发展,并且永远不作结论!'"[6]福楼拜相信,自然科学和社会科学包括文学艺术,都具有影响和改变人们生活的无限力量,也是研究人类的不同途径。所以,他研究医学、自然史和考古学,以研究人类与社会,同样的道理,他从事文学创作,其目的之一也是研究社会和人类。"他宣告真、善、美是生活里主要的东西。它们是艺术的目的。'借助美'去接近'真理'——这是人类最大的享受和快乐。"[7]作为文学艺术家来说,通过创作、通过美寻求的道理需求真理,这是一种使命。福楼拜还认为,"一切

---

[1] 泰纳:《巴尔扎克论》,傅雷译,见古典文艺理论译丛编辑委员编:《古典文艺理论译丛》第2期,北京:人民文学出版社,1957年,第75页。
[2] 米·贝京:《艺术与科学》,任光宣译,北京:文化艺术出版社,1987年,第131页。
[3] 同上书,第125—126页。
[4] 转引自李健吾:《福楼拜评传》,长沙:湖南人民出版社,1980年,第22、23页。
[5] 同上书,第368页。
[6] 米·贝京:《艺术与科学》,任光宣译,北京:文化艺术出版社,1987年,第129页。
[7] 同上书,第130页。

社会灾难起因于他的同时代人的主观主义,在于不理解并轻视科学思维,不重视理性,不相信知识的力量,而是处在'感情''心灵'冲动和'第一运动'的支配下"①。从文学创作的角度看,这就与崇尚情感与想象的浪漫主义有了明显的分野,他认为"艺术家不拒绝辩证思维"②,或者说,艺术家需要科学研究的理性精神。有幸的是,医学科学的理性思维,使他在小说创作中力图呈现的是"生活的科学形式"③。所谓"科学的形式"就是现实生活的真实状态,也就是他认为的"第二自然",这个"自然"来自现实客观存在的真实自然,作家在呈现"第二自然"的过程中必须用科学的思维和理性的态度。"福楼拜坚信社会也像世界一样,经历着一种缓慢的进化。自然科学家和艺术家们的目的就是研究这种进化,并探索真理。"④这种研究,当然就要像科学家那样客观理性。福楼拜"相信人的理性,相信科学"⑤。"他认为在'用物理科学研究物质的那种不偏不倚的方法'去研究人的心灵时,便可以向前迈出一大步。对人类来说,这是唯一的、能站得稍稍高于自己的手段。这样人类才能公开地在自己事业的镜子里去观看自己。"⑥"在福楼拜笔下,科学和艺术依然是并肩存在的……'艺术愈来愈科学化,而科学愈来愈艺术化;两者在山麓分手,有朝一日将在山顶重逢'。"⑦这"重逢"之处,便是科学与艺术之"真"的交汇之处,他们都离不开科学理性指导下的客观冷静的研究以及对"真"的孜孜追寻。正所谓:"想象不再是小说家最高的品格了……今天,小说家最高的品格就是真实感。"⑧左拉的这个说法完全适用于现代现实主义的小说家。也正如别林斯基所说:"一般来说,新作品的显著特点在于毫无假借的直率,把生活表现得赤裸裸到令人害怕的程度,把全部可怕的丑恶和全部庄严的美一起揭发出来,好像用解剖刀切开一样……我们要求的不是生活的理想,而是生活本身,像它原来那样。"⑨他还说:"我们要求的不是生活的理想,

---

① 米·贝京:《艺术与科学》,任光宣译,北京:文化艺术出版社,1987年,第126页。
② 同上书,第129页。
③ 李健吾:《包法利夫人》译本序,北京:人民文学出版社,1979年。
④ 米·贝京:《艺术与科学》,任光宣译,北京:文化艺术出版社,1987年,第134页。
⑤ 同上书,第130页。
⑥ 同上书,第134页。
⑦ 同上书,第131页。
⑧ 《欧洲古典作家论现实主义和浪漫主义》(第二卷),北京:中国社会科学出版社,1981年,第217页。
⑨ 别林斯基:《别林斯基选集》(第三卷),满涛译,上海:上海译文出版社,1979年,第576页。

而是生活本身,像它本来的那样。不管好还是坏,我们不想装饰它,因为我们认为,在诗情的描写中,不管怎样都是同样美丽的,因此也就是真实的,而在有真实的地方,也就有诗。"①

俄国小说家契诃夫主张小说创作"要把生活写成本来的样子,但是由于目的感像汁液一样渗透在字里行间,因此除了生活本身之以外,还感到生活应当成为的那种样子"②。契诃夫对"生活本来的样子"的那种追求,与他的医生的科学冷静的思维有关。众所周知,契诃夫早年是学医的,而且后来做过医生,"这种工作使他得以细密地接触了那些各种各样的男女之广阔的世界;如他自己所注意到的,他的自然科学以及科学方法的思维和知识,在他日后的文学工作上,给予了很大的帮助"③。在契诃夫看来,文学家用所掌握的知识去揭示人类生活的真实,要像科学家一样客观,并且走在科学家的前头。契诃夫说"知识总是停留在时间。无论解剖学还是优雅的文学,都具有同样的起源,同一种目的。因此,天才从来不打架,在歌德身上,自然科学家和诗人两者在一块儿非常出色地和睦相处着"④。他还说:"对于化学家来说,地球上没有任何不纯的物质。文学家应当像化学家那样客观;他应当摆脱日常的主观性,而且应该懂得风景画中的大粪堆也起着可观的作用,凶恶的激情也如同善良的激情一样,同样是生活所固有的。"⑤因此,作家必须以一种客观冷静的态度真实地描写生活的一切善与恶,这应该是一种责任和良心。作家本人的世界观和认知世界的方法对如何看待生活和描写生活是至关重要的。"他深深地知道'物质之外既没有经验,也没有知识,因而也就没有真理。'自然科学的知识和医疗实验有效地影响着他的创作,科学理性和类比思维是他创作方法的显著特点。虽然说艺术作品具有全部的条件性,但契诃夫仍然珍视作品中作者的信仰、世界观和方法。"⑥对契诃夫来说,这种"信仰""世界观"和"方法"主要来自自然科学尤其是医学。除此之外,与之相关且值得关注的是,契诃夫是一个从平民走上作家之路的人,从小体验过艰难困苦的磨练,这又催化了他的冷静、客观的性格。俄罗斯著名诗人蒲宁

---

① 别林斯基:《别林斯基选集》(第三卷),满涛译,上海:上海译文出版社,1979年,第154页。
② 转引自米·贝京:《艺术与科学》,任光宣译,北京:文化艺术出版社,1987年,第264页。
③ 克鲁泡特金:《俄国文学史》,郭安仁译,郑州:河南人民出版社,2017年,第483页。
④ 转引自徐岱:《小说形态学》,杭州:杭州大学出版社,1993年,第254页。
⑤ 转引自米·贝京:《艺术与科学》,任光宣译,北京:文化艺术出版社,1987年,第266页。
⑥ 米·贝京:《艺术与科学》,任光宣译,北京:文化艺术出版社,1987年,第264页。

(Ivan Bunin)曾经这样称赞契诃夫:

> 契诃夫的克制也表现在许多其他更重要的方面,那是证明他秉性的少有的力量。例如,谁听见过他诉苦呢?而他可诉苦的原因是很多的……他长期过着贫困生活……开始没有任何人听见过他对命运的抱怨。……他15岁就得了折磨人的疾病,这种疾病顽固地引他走向死亡。但是读者——听见过多少痛苦的俄罗斯作家哀号的俄罗斯读者——知道这一点吗?病人中最坚强的人也常常乐于拿关于自己的病的、不幸的、痛苦的、没完没了的谈话来折磨周围的人!可是契诃夫却是带着真正令人惊叹的勇气生病和死去的!甚至在他最痛苦的日子里,常常也没有任何人料到他会这么痛苦。①

蒲宁所说的契诃夫贫穷和疾病的特殊经历及其所造就的冷峻的性格,与医学科学思维的结合——其实也完全可能是互相的作用和渗透,——对他的创作理念尤其是观察和必须生活的方式是不无影响的。他主张作家应客观地描写现实,将鲜明的爱憎和贬抑、欢悦和痛苦融化在作品的形象体系中。

除此之外,果戈理、托尔斯泰、狄更斯等一大批19世纪现实主义作家,无论他们是否直接运用自然科学类比方法进行文学创作,都普遍在不同程度上以科学思维与理念去研究所处的时代中的人与社会,其创作都具有历史的和社会的高度认识价值,体现出空前强烈的求真意识和理性精神。对此,我们还需要把作为"现代现实主义"的19世纪现实主义文学放到西方文学发展的历史长河中去作进一步的考察,以深度理解其理性精神和"求真"精神所表征的历史刻度与理论局限。

第五节 现代现实主义"求真"之历史新刻度

在西方古典文学中,科学与文学的关系主要体现为文学真实性的思辨性追寻的维度上——在形而上追求文学表现人与世界之真(truth)。人在科学精神或者理性逻辑的指引下探寻世界之真,可以说也是一种哲学行为,体现了西方古代世界人的科学精神,或者说,求真是科学研究的

---

① 蒲宁:《蒲宁回忆录》,李辉凡译,北京:东方出版社,2002年,第77—78页。

范畴,也是哲学的范畴。不过,"艺术中的真理问题,乃是早先希腊人所关心的问题。""在希腊的古典时期,由诗人们所提出的问题和批评,统一由哲学家们所接管,并建立起有关艺术与真相的一般性学说。"①"真相"乃事物之真或真实性。苏格拉底认定艺术是对现实的摹仿,"这个定义意味着艺术的目标在于真理。"②因为苏格拉底认为艺术之摹仿并不是对现实的"抄袭",艺术家不应奴隶似的临摹自然,而要构造一个极美的整体,比真的更美。因此艺术家描绘的不仅仅是事物外在的细节,而应"现出生命","表现出心灵状态",让人看了就"像是活的"③,也就是真实的。在苏格拉底之后,"柏拉图、紧接其后的亚里斯多德,以及他们的无数追随者,都把诗和视觉艺术界定为'模仿'的艺术。他们一致认定艺术在模仿实在,追求真理。而真相在符合实在的条件之下始能成立,所以被认为是艺术的一项本质上的特征,于是便被纳入艺术的定义之中。"④不过,柏拉图在他的《理想国》中,就认为诗通过摹仿来反映现实,得到的结果是虚假的而非真实,因此,摹仿的事物和真理隔了三层,诗不能揭示真理也就不能表现事物之真。他说:

> 假定有人靠他一点聪明,能够摹仿一切,扮什么,像什么,光临我们的城邦,朗诵诗篇,大显身手,以为我们会向他拜倒致敬,称他是神圣的、了不起的、大受欢迎的人物。与他愿望相反,我们会对他说,我们不能让这种人到我们的城邦里来;法律不准许这样,这里没有他们的地位。我们将在他头上涂以香油,饰以羊毛冠带,送他到别的城邦去。⑤

柏拉图高度崇尚理性和哲学,因为哲学可以揭示真理,而艺术则与真理隔了三层,因而是虚假而不真实的,因此文学就低于哲学,这就是后人所称的"诗哲之争"。柏拉图说:"哲学和诗的官司已打得很久了。"⑥不过,就柏拉图来说,他虽然认为摹仿的诗是不真实的,但是,实际上在他的整个

---

① 瓦迪斯瓦夫·塔塔尔凯维奇:《西方六大美学观念史》,刘文潭译,上海:上海译文出版社,2006年,第306页。
② 同上书,第307页。
③ 朱光潜:《西方美学史》,北京:人民文学出版社,1980年,第37—38页。
④ 瓦迪斯瓦夫·塔塔尔凯维奇:《西方六大美学观念史》,刘文潭译,上海:上海译文出版社,2006年,第307页。
⑤ 柏拉图:《理想国》,郭斌和、张竹明译,北京:商务印书馆,1986年,第102页。
⑥ 同上书,第73页。

观念体系中,真善美是统一的。他认为,一如本原的真即为善,本原的真即为本原的美,本原之美与本原的真和善是一体的,最高的美即为最高的真:

> 如果一个人有运气看到那美本身,那如其本然,精纯不杂的美,不是凡人皮肉色泽之类凡俗的美,而是那神圣的纯然一体的美,你想这样一个人的心情会像什么呢?朝这境界看,以适当的方法凝视它,和它契合无间,浑然一体,……只有循这条路径,一个人才能通过可由视觉见到的东西窥见美本身,所产生的不是幻象而是真实本体,因它所接触的不是幻象而是真实本体。①

所谓"真实本体",即最高意义上的真,也即美的"本原";美的"本原",也即"真实本体"。既然如此,作为摹仿了具体美的事物的文学,自然也就摹仿了美和真的本原的外在现象,因而也就有可能接近或者抵达"真实本体"与美"本身",或者因为循着摹仿的"路径"可以"窥见"美本身,所以文艺通过摹仿自然与生活,可以揭示真或拥有真实。可见,在柏拉图这里,文艺虽然没有像哲学那样直达"真实本体",但真正的诗就是哲学,真正的诗人就是哲学家,文学创作除了寻找美之外,也寻找真;和宗教一样,文学也是认识人、社会以及世界的一种特殊的途径。这种认识,如果说在柏拉图这里还是显得十分勉强和薄弱的话——因为他毕竟对文艺表现感性又明确表示排斥,认为文艺距离真实比哲学更远甚至,有可能是虚假的——那么,他的学生亚里斯多德则在文艺通往真理的道路上向前迈进了一大步。

亚里斯多德和他的老师柏拉图一样,沿着摹仿说的路径讨论文学的本质等问题。亚里斯多德则认为,现实世界本身就是真实的,因此文艺所摹仿的现实世界也有其真实性,文艺通过摹仿现实可以抵达真理,文学不仅和历史有相同之处,而且比历史更具有"哲学意味",也即具有更高的真实性。他在《诗学》第九章中说:

> 诗人的职责不在于描述已发生的事,而在于描述可能发生的事,即按照可然律或必然律是可能的事。诗人与历史家的差别不在于一用散文,一用"韵文",希罗多德的著作可以改写为"韵文",但仍是一种历史,有没有韵律都是一样;两者的差别在于一个叙述已发生的

---

① 柏拉图:《会饮篇》,见《柏拉图文艺对话集》,朱光潜译,北京:人民文学出版社,1963年,第273—274页。

事,一个描述可能发生的事。因此,写诗这种活动比写历史更富于哲学意味,更被严肃地对待;因为诗所描述的事带有普遍性,历史则叙述个别的事。所谓"有普遍性的事",指某一种人,按照可然律或必然律,会说的话,会行的事,诗要首先追求这个目的,然后才给人物起名字;至于"个别的事"则是指如亚尔巴西德所作的事或所遭遇到的事。①

亚里斯多德上述论断,阐明了摹仿的本质在于通过个别表现一般,通过特殊表现普遍;文学作品描写的现实内容具有真实性;这种真实不是历史学意义上的直接真实,也不是与日常生活对等的真实,而是一种本质的、具有普遍意义的真实;文学在表现方式上虽然是虚构的,但却在虚构中蕴含了真理性——描写了可能发生或必然发生的事,虚构中揭示了事物发展的普遍规律——所以文学比历史更真实,文学也比生活更高、更美,因此艺术家同时也是哲学家。艺术家对世界的摹仿本身是对世界的一种研究与认识,他的创作为人们提供了认识世界的真实文本——虽然是审美的认识。因此艺术家对世界的认识是远远高于一般人的,"艺术家比只有经验的人较明智……因为艺术家知道原因,而只有经验的人不知道原因。只有经验的人对于事物只知其然,而艺术家对于事物则知其所以然"②。这也就意味着艺术对生活的认识是一种本质的认识。亚里斯多德在柏拉图理论的基础上,确立了文学揭示真理、表现真实的地位,为西方文学与美学史对文学之本质的认识奠定了坚实的基础。

早期的基督教作家对文学的虚构和虚假多有指责,奥古斯丁宣称艺术是不真实的,他认为,"艺术为了成其为真,必须成其为假"③,因此,在艺术中追求真理是非常困难的。到了中世纪,对艺术中的真理,依然持怀疑者为多,虽然"也还是有人要求诗的真理,他们用类似斯多葛派的那种方式,把诗从与真理无关的困境中解救出来"④。到了文艺复兴时期,随着科学的发展和人们世界观视野的拓展,越来越多的人开始思考艺术与

---

① 亚里斯多德、贺拉斯:《诗学·诗艺》,罗念生、杨周翰译,北京:人民文学出版社,1988年,第28—29页。
② 亚里斯多德:《形而上学》,见朱光潜译,《西方美学史》,北京:人民文学出版社,1980年,第74页。
③ 瓦迪斯瓦夫·塔塔尔凯维奇:《西方六大美学观念史》,刘文潭译,上海:上海译文出版社,2006年,第310页。
④ 同上书,第311页。

真理。探索文学与真实的关系,而且"特别是他们大多相信艺术能够表现出真理"①。17世纪古典主义的美学原则建立在笛卡尔的理性主义哲学基础上。在笛卡尔这里,真与善之灵是理性;而"真就是美",美的根本条件就是在于真,唯有真的事物才是美的。所以,艺术在很大程度上被认为是一种科学,那么,艺术对美的追求,当然也就是对真与真理之追寻。所以,在古典主义的美学词典中,秩序、条理、统一、整一、平衡、对称、明晰、简洁、规则……这些概念既是美的基础和前提,也是科学之真的基本构架,更是艺术之美的基本元素。所以17世纪古典主义文学理论家布瓦洛高度强调艺术之真,认为人类历史上的伟大作品的不朽之处就在于真,他认为只有真的艺术才是美的;文学的所有虚构,都是为了让真理显得光彩夺目。

18世纪的欧洲是文学哲学化的时代,启蒙思想家和文学家一方面对文学中的真和真理的理解更为深入,观点也更趋多样化,但是另一方面,他们对文学求真的信念也更加坚定了,或者说他们更加重视文学创作对真实性的追求。"1700年前后,真理的美学的概念发生了变化,一方面它宽松得足以包含普遍化和理想化的结果……另一方面在文学与艺术中,真理的概念,宽泛得足以将比喻包括在内……维柯在事实上更在出于比喻诗的真理中,看出真理更加完美的形式:'诗人发表虚假,就某种意义而言,为的是要成就过多的真实。'"②

就小说的发展来说,18世纪正处于基本成型和发展的时期,如本章第二节中所说,真实性还不可能是作家们的一种普遍理念,但那些优秀的作家已经开始把求真和真实性作为自己从事小说创作的一个基本要求。比如,笛福在发表于1719年的《鲁滨孙漂流记》的序言中,就一再强调该小说中的鲁滨孙的故事是实有其人、实有其事的。虽然这部小说是以一则新闻为原型想象虚构的,但作者一再强调"完全是事实的记载,毫无半点捏造的痕迹"③,这是否反而无法使读者尤其是批评家相信作者果真能做到完全没有捏造的"痕迹"——因为再忠实于原型的创作也无法离开想象和虚构的。但是,我们至少可以从笛福这种似乎不无言过其实的自我

---

① 瓦迪斯瓦夫·塔塔尔凯维奇:《西方六大美学观念史》,刘文潭译,上海:上海译文出版社,2006年,第311页。
② 同上书,第312页。
③ 笛福:《〈鲁滨孙漂流记〉原序》,见笛福《鲁滨孙漂流记》,徐霞村译,北京:人民文学出版社,1997年,第1页。

"保证"中,看到他的创作理念和创作基点是对小说之求真和真实性的刻意而自觉的追求,他再三强调的是力图让读者把他的小说与那些完全不真实的胡编乱造、比传奇还要"传奇"的低劣之作划清界限。因此,对在当时的背景下他的那一片苦心,我们完全应该给予理解和接受,并体味其中之艺术的真意。再来看稍晚于笛福的另一小说家理查逊,他也一再强调自己的书信体小说《克拉丽莎》是以"身临其境"的真实感受写成的,是"逼真"的。狄德罗(Denis Diderot)在评价这部小说之前,先是表达了对当时胡编乱造的"小说"的批评,他说:"直到现在,一部小说是指一连串虚幻、轻薄的故事,对读者的趣味和品行很有害。""我很想给理查逊的作品寻得另一个名称,这些作品提高人的精神境界,扣人心弦,处处流露着对善良的爱。"接着他还说,《克拉丽莎》的作者"并没有血溅金屋,没有把你送到遥远的地方,没有使你面临被野人吃掉的危险,没有局限于写纵情酒色的秘密场所,也从不流连于幻境仙乡。我们生活的社会是故事发生的地点,他的惨剧的内容是真实的,他的人物具有最大的现实性,他刻画的性格取自社会,他叙述的事件在一切文明国家的风习中都存在,他所描绘的热情一如我切身的体验,正是同样的事物使之令人感动,使之具有我熟悉的力量,他的人物的困境和忧伤和我不断面临的困境和忧伤属于同样的性质,他使我瞧见我周围事物的普遍进程。我的品性很难接受虚幻的手法,要是没有这种艺术,幻象就只能是短暂的,印象就只能是微弱而且转瞬即逝的"[①]。狄德罗作为评论家也作为读者,对过于"传奇"化的虚幻作品表示了反对,对理查逊的作品的求真和真实性作了高度肯定。可见,在欧洲小说基本成型的 18 世纪,对小说之求真和追求真实性,并不仅仅是优秀小说作者的自觉追求,而且也已经是评论家和读者对小说这种体裁的根本性期待和认同的重要内容之一,而这恰恰又是 18 世纪欧洲小说基本成型的重要标志之一。

韦勒克指出,正如左拉所说那样,"'从亚里斯多德到布瓦洛以来的所有文学批评都提出了这样一种原则,即文学作品都应该以真实为基础',如果同意这样的观点,那么,就等于说,文学总是并且在本质上或多或少包含了真实"[②],而事实上,19 世纪现代实主义作家,尤其是小说家,确实

[①] 狄德罗:《狄德罗美学论文选》,张冠尧、桂裕芳译,北京:人民文学出版社,1984 年,第 248—250 页。

[②] Monroe C. Beardsley. *Aesthetics from Classical Greece to the Present*: *A Short History*, Tuscaloosa: The University of Alabama Press, p.294.

是以"真实"(truth)为其创作的最高宗旨。"从早期的司汤达、梅里美、巴尔扎克等法国现实主义小说家们开始,批评家通常关注的就是这些作家创作的严酷的直白性,或者称'完全的真实''真正的真实'或'赤裸裸的真实'。在这些作家的心目中,只有真实,而且还是那种整体意义上的真实(whole truth),至少是从社会的各个阶级、职业心理学的冲动上看,这一真实扩展到了更为广阔的文学领域之中,从 19 世纪 30 年代开始,这种真实的追求健步迈向了小说创作的范围。"①在西方文学史或者小说史上,对"真实"的强调和追求达到如此的程度,应该说是空前的,其中的外部缘由是当时的时代风尚之核心内容——科学精神与科学世界观和方法论,其内部缘由则是从 17、18 世纪开始的文学内部对真实性追求意识的日渐强化,并到 19 世纪达到了空前的高度。

　　站在 19 世纪文化背景上看,文学创作要达到如此"真实"的程度,"从宽泛意义上说,文学就必须自身拥有科学的知识并在作品中提供这些知识"②。可谓是"时势造英雄",19 世纪正好是欧洲科学空前鼎盛的时期,风行一时的科学理性影响乃至迷醉了作家,遵循科学理性是现代现实主义文学(包括后来的自然主义文学)极为鲜明的创作特征,也是这种文学得以产生和发展的决定性因素。如果说,从柏拉图到 18 世纪的西方文学对"真""真实性""真理""真相"③的追求,更多停留于形而上的哲学和美学的观念层面的话——这本身也是一种包含科学意味的理性化追求——那么,19 世纪现代现实主义文学思潮中的作家们,则不仅把自然科学的有关知识和具体方法从各种不同的方法、渠道用之于文学创作,特别是长篇小说的创作,使 19 世纪现代现实主义文学具有了前所未有的科学理性的特征,也使文学空前地贴近了现实生活和生活中的人;科学方法与理念使现代现实主义文学本身也奇特而空前地拥有了社会研究的实证性"求真"之特征。英国的小说理论家罗伯特·斯科尔斯(Robert Scholes)说:"现实主义是一种对世界的认知。现实主义者展示了他对经验世界的印象。他的部分词汇和其他技术工具与社会科学家分享。现实主义作家总是试图让读者了解事物的本质。现实主义者的真实比记者的真实更为普

---

① Monroe C. Beardsley. *Aesthetics from Classical Greece to the Present*: *A Short History*, Tuscaloosa: The University of Alabama Press, p.294.
② Ibid., p.295.
③ 本书涉及的这些概念,在英文中以 truth, true 为核心,由于不同文献的中文表达不一样,因此这些中文词汇互相之间有重叠、交叉,但核心意思为"真"和"真实"或真实性。

遍和典型。"①毫无疑问,在西方文学和文化史上,自然科学对文学产生空前显著影响的是19世纪,现代现实主义文学思潮的产生与发展无疑得益于当时自然科学新成果、新观念的影响。正如美国美学家门罗·比厄斯里所说:"如果像人们通常说的那样,19世纪是一个'意识形态'的时代,那么,它同时也是一个科学的时代。人们可能会说,这个世纪自然科学走向专业化,而且,它作为文明发展中最重要的内容融入了经济制度、大学教育以及民众的意识之中。这一变化在艺术上的表现就是产生了现实主义文学运动。"②因此,19世纪现代现实主义文学对"求真"与"真实性"的普遍追求,达到了西方文学史上空前的高度和强度,这种高度和强度是以科学理念和科学研究思维为哲学根基的;现代现实主义文学在科学精神的支撑下,借助于"摹仿说"和"再现说"的传统观念的力量,使文学对人与世界的研究意识与"求真"精神推向了一个空前的高度。现代现实主义作家的文学创作也往往以科学家的态度细致地研究与分析现实中的人与社会,使文学文本具有历史真实性,这种"真实性"达到了哲学认识论的高度;"现实主义不是对细节和寻常之物的表现,而是对制造出中立假象的某种协作系统或单一视角的实验。现实主义作家把行为和事件表述成共同的、客观的和真实的"③。可以说,19世纪现代现实主义文学之"真实性"追求大大高出了之前西方文学史上"真实性"观念所达到的历史刻度。在这种意义上可以说,"现实主义是最为复杂的认识论的手段,用以记录社会现实之真实"④。"现实主义小说基于作品表现客观现实的真实图景这样一种假设,赋予小说一定的凝练、简化与概括等功能。"⑤

纵观西方文学观念演变的历史可见,"艺术从诞生之初,向来是人生的史家,然而,能够最完整地传达最可靠的人生图画、世界的真实面貌、人

---

① Robert Scholes, *The Elements of Fiction: An Anthology*, Oxford: Oxford University Press, 1981, p. 928.

② Monroe C. Beardsley. *Aesthetics from Classical Greece to the Present: A Short History*, Tuscaloosa: The University of Alabama Press, p. 290.

③ Carol J. Singley, "American Literary Realism", in M. A. R. Habib ed., *The Cambridge History of Literary Criticism*, Vol. 6: *The Nineteenth Century*, Cambridge: Cambridge University Press, 2013, p. 331.

④ Jameson, *Ideologies of Theory: Essays 1971—1986. Volume II: The Syntax of History*, London: Routledge, pp. 122—124.

⑤ Victor Terras, "The Realist Tradition", in Malcolm V. Jones, Robin Feuer Miller eds., *The Cambridge Companion to the Classic Russian Novel*, Cambridge: Cambridge University Press, 1998, p. 192.

的感情和关系的真相的,是现实主义艺术。……现实主义艺术的伟大概括能力的源泉在于,在现实主义中,一般艺术所素有的认识功能最充分地显示出来"①。现代现实主义文学普遍拥有的对社会的认识功能与价值,无不基于作家创作时对社会本身的科学家般的客观冷静的分析,细致的社会分析是现代现实主义的基本创作态度和方法。司汤达、巴尔扎克、福楼拜、狄更斯、托尔斯泰、陀思妥耶夫斯基、契诃夫等等现代现实主义作家的创作,无不表现出了高超的社会分析技艺,因此也都表现了生活的深度和广度,拥有社会的和历史的高度真实性。为了追求这种历史的真实性和生活的逼真性,现代现实主义空前重视人与物的细枝末节的描写——而这些都是为以前的文学所不屑的。所以,有批评家认为,现代现实主义"比迄今为止的文学更严肃、更持久地关注'屑小',但揭示了具体的细节——这些细节让我们对环境和个人之间的关系有了重要的了解(巴尔扎克将赋予屑小物体,如椅子腿和屑小的感觉,如公寓的气味,以重要的意义)"②。正是现代现实主义在科学理念与精神的鼓舞与引领下对文学之"求真"方面的刻意追求,使文学创作进一步抛开了浪漫主义不无虚幻的想象——虽然任何真正的艺术都离不开想象,现代现实主义也如此——也进一步拉近了与现实的距离,并更刻意和义无反顾地强调了文学创作建立在现实生活的基础上,力求按照自然和现实生活"本来的面目"去真实地摹写、再现或反映现实,把文学创作视同于对社会和人的科学般的研究。于是乎,"文学家和科学家所面对的任务是相同的;两者都必须以现实来代替抽象,以严峻的分析打破经验主义的公式。只有这样,作品中才会有合乎日常生活逻辑的真实人物和相对事物,而不尽是抽象人物和绝对事物这样一些人为编制的谎言。一切都应该从头重新开始,必须从人存在的本源去认识人,而不要只是戴着理念主义的有色眼镜一味地在那里妄下结论,炮制范式。从今往后,作家只需从对基础构成的把握入手,提供尽可能多的人性材料,并按照生活本身的逻辑而非观念的逻辑来展现它们"③。由是,现代现实主义使从古希腊开始的西方文学关于

---

① B. 苏契科夫:《关于现实主义的争论》,见罗杰·加洛蒂:《无边的现实主义》,吴岳添译,上海:上海文艺出版社,1986 年,第 237—238 页。

② Alison Finch, "Reality and its Representation in the Nineteenth-century Novel", in Timothy Urwin ed., *The Cambridge Companion to the French Novel: From 1800 to the Present*, Cambridge: Cambridge University Press, 1997, p.39.

③ Emile Zola, "Naturalism in the Theatre", in George J. Becker ed, *Documents of Modern Literary Realism*, Princeton: Princeton University Press, 1963, p.201.

文学的"求真"和历史"真实性"的理论与实践追求,达到了一个历史的新刻度。这种历史新刻度表征了这种现实主义文学的历史价值,对人类文学的发展产生了深刻的影响,尤其是为马克思主义的文学社会学思想的形成提供了丰富的理论与创作的资源。可以说,现实主义倾向的"伟大的小说所揭示的真(truth),并不仅仅涉及它所描述的事件本身,还揭示着有关世界的更为广大的真……'真实的人物必须把典型性与个体性结合起来。'①正像《战争与和平》(The War and the Peace)让人感兴趣,不仅是因为对某一特定社会运动的描述,还是因其对某个特定群体在特定时间和地点的行为和道德的描述。它之所以伟大,是因为它在其他地点和时间有很多关于战争与和平的内容。一部伟大的小说所描述的现实代表的是一个更大的现实、或一个整体的、无限的现实类型的转喻。"②

当然,现代现实主义文学对科学理性和文学认识价值及社会功能的这种一味的乃至过度的强调,也在文学实践尤其是文学理论上偏离了文学本质属性,在理论与实践上都不同程度地失之偏狭与迷失。

第六节　现代现实主义"求真"之偏狭与迷失

在19世纪,现代现实主义作为一种文学思潮,是在反叛浪漫主义的历史语境中发展起来的。它本原性地反对浪漫主义的矫饰、幻想、感性等等,张扬写实、求真、理性等等。从文学史发展的角度看,浪漫主义意味着对古典主义文学范式与成规的转换。古典主义是一种建立在认识论基础上的唯理主义文学,它承袭着古希腊开始的摹仿说传统,因此,这种"转换"意味着理性向感性、摹仿向表现的转变。对此,美国著名的文学理论家艾布拉姆斯(Meyer Howard Abrams)有过精确的阐释:"从摹仿到表现,从镜到泉,到灯,到其他有关的比喻,这种变化不是孤立的现象,而是一般的认识论上所产生的相应变化的一个组成部分。"③从古希腊到17、18世纪,镜子说和摹仿说一直用以表达和解释文学的本质,是一种以认识论和反映论为哲学基础的文学观念。"18世纪具有代表性的批评家们

---

① 恩格斯的说法,引自 Terry Eagleton, *Marxist Literary Criticism*, London: Methuen, 1976, p.46, p.29.
② Raymond Tallis, *In Defence of Realism*, London: Edward Arnold, 1988, p.198.
③ 王逢振等编:《最新西方文论选》,桂林:漓江出版社,1991年,第439页。

认为,心灵感知者就是反映外在世界;所谓创造活动,就是将朴素的形象或感觉摹本这些'观念'加以重新组合;由此产生的艺术作品就像一面镜子,反映了一个经过选择和编排的生活形象。许多浪漫主义批评家都认为,心灵是投射性的、创造性的,他们的艺术理论也属于表现论和创造论,因为他们把一切审美哲学的基本倾向都扭转了过来。"①艾布拉姆斯这里的"扭转",也即笔者上述说的"转换"。从镜到灯的隐喻变迁,体现了理性向感性、摹仿说向表现说、古典主义向浪漫主义的"转换"。浪漫主义的兴起让想象、情感、天才、个人、独创、自由等偏于主观的文学范畴主宰了西方文学理论的主导地位。与之相反,19 世纪中期的现代现实主义则拒斥浪漫主义的理论主张和创作实践,表现出了对浪漫主义的反叛——虽然现代现实主义在许多方面传承和延续了浪漫主义的传统。现代现实主义重新强调理性与摹仿说、镜子说,意味着一定程度上回归了古典主义和唯理主义的传统,也正是在这种意义上,现代现实主义被称为 19 世纪的"新古典主义"。不过,如此指称现代现实主义虽然不无道理,但也有"失之千里"之处,因为 19 世纪现代现实主义是在完全不同于古典主义的历史文化背景中诞生与发展的,尤其是在笔者一再阐释的自然科学繁荣、资本主义快速发展的社会和文化背景下成长与繁荣起来的。毫无疑问,是科学精神和科学观念、方法、思维方式直接铸就了现代现实主义之本质特征与本原性特性,但同时也因此铸就了现代现实主义在某种程度上的理论之迷失与实践之偏颇。

一、现代现实主义:可能的"劣境"与"软肋"

19 世纪初期,科学改变了西方文学的艺术思维方式,出现了现代现实主义这一具有高度理性精神的文学样式,使文学的"求真"追求和社会认识价值达到了新的历史刻度。从科学对文学艺术的影响角度看,科学的这一历史功绩是不可否认的——科学改变了西方文学的观念和创作方法。但是,文学艺术和科学技术毕竟属于截然不同的学科领域,科学与人文可以在真善美的追求中有精神实质上的共同点——正如福楼拜所说:科学与文学"两者在山麓分手,有朝一日将在山顶重逢"②——但是,科学与文学各自登临山顶的方式以及途经的风光是各个不同的,也就是说,文

---

① M. H. 艾布拉姆斯:《镜与灯:浪漫主义文论及批评传统》,郦稚牛、张照进、童庆生译,北京:北京大学出版社,2015 年,第 74 页。

② 转引自米·贝京:《艺术与科学》,任光宣译,北京:文化艺术出版社,1987 年,第 131 页。

学艺术和科学技术在理性和哲理层面上有一定的质的共同指向,却不等于各自在抵达共同点的过程中所持的思维方式、表现方式以及终极效用的一致。科学技术主要以实验、实证、逻辑推理和演绎等客观、理性的方法达成既定目的,求真的过程有善与美的相伴,但求真是最高的和终极的目标。文学艺术虽然也不乏实证的和逻辑演绎的方法,因而也有不可或缺的客观性与实证性的特征,但是,其主要方法是描述的、体悟的、想象的和感性的乃至直觉感悟的等等特征,其求真、求善过程的最终目的是求美;美是文学艺术追求的起点和终点,其求真与求善必须以求美为前提或者载体,否则,文学艺术就失去了其本质属性。因此,从最本质的和本原的意义上讲,科学技术和文学艺术又有其对立的一面:理性和感性、唯真和唯美,等等。西方文学史发展的事实告诉我们:浪漫主义除了反叛古典主义的唯理主义之外,同时也是对18世纪末、19世纪初欧洲社会的技术理性、物质主义和功利主义的反叛,是西方文学史上第一次对现代文明——科学技术、工业文明和理性精神(科学理性)——的反叛。不过,这种对立性与反叛性的存在同样并不意味着对立双方的绝然的彼此分裂和非此即彼的绝对排斥,而是对立中的统一、相反中的相成、相克中的相生。因为,理性虽然只是人的本质属性的一个方面而非全部,但文学艺术在具体的方法论层面上毕竟离不开理性精神——文学艺术需要哲学层面的理性精神,而且,艺术的求真指向,也是自古希腊开始的西方文学的基本传统。正是出于这种原因,浪漫主义对唯理主义的古典主义和现代文明及科技理性、物质主义的反叛固然有其历史的合理性与必然性,但是,当其追求过于矫饰、虚幻和泛情主义进而过于弱化乃至缺失了基本的理性支撑和真实性追求时,就走向了文学本原与本质的反面,偏离了自我存在与发展的根本和前提条件,也就为现代现实主义的诞生和成长、繁荣提供了艺术生存的逻辑前提和广阔空间。而且,正是在浪漫主义过犹不及的谬误中,现代现实主义找到了对其反叛的根据和理由,同时也找到了突破文学史的既往成规后赋予自我的新的生命活力艺术生长点;特别重要的是,对现代现实主义文学来说,这个"生长点"曾经受到了19世纪科学精神、科学理性、科学方法等特定时代之文化元素的有力、有效的催化,从而促成了具有高度科学精神和智性特征的现代现实主义文学思潮的兴起与繁荣。现代现实主义的科学精神、"求真"意识也就如前所述地被标举到了历史新刻度。所以,现代现实主义也就成了19世纪的"新古典主义"。

然而，文学艺术毕竟以求美为终极目标，并以审美的方式达成求真、求实、求善的效用，因此，科学方法、科学精神、科学思维固然有可资助推现代现实主义文学思潮的发展与演变之功用，但是，作为文学思潮的现代现实主义却不能因此而偏离乃至丧失其作为文学之本原与本质的属性。正是在这种意义上，笔者认为，浪漫主义由于过于激进地反叛理性与现代文明，从而某种程度地使自己陷于虚幻、泛情和矫饰之过犹不及的"劣境"；与之相仿，现代现实主义恰恰也因为过于强调文学的科学精神、科学智性和摹仿说、镜子说意义上的客观真实性，从而也陷入了另一种过犹不及的"劣境"，进而提供了被文学史的后来者——现代主义——反叛自己的致命之"软肋"。同样是在这种意义上，笔者必须指出：现代现实主义作为一种文学思潮，仅仅是西方文学史上的一种历史现象，其文学范式和话语成规有其特定的历史语境和历史规定性，并不是"无边的"和"无限"适用的，因而，作为文学史历史现象的现代现实主义文学思潮，只能隶属于19世纪。但是，作为一种文学精神、创作方法和文学观念的现实主义，则不仅有其久远历史渊源，不仅在19世纪的西方文学中借助于现代现实主义文学思潮创造了其空前的辉煌，而且有其宽泛的普适性乃至理论应用的无边性和永久性，在这种意义上，现代现实主义为人类文学作出的贡献又是不可磨灭的。由是观之，我们对19世纪现代现实主义的科学理性和"求真"精神的阐释和评价，既应该是历史的，也应该是当下的；既要承认其历史价值，也应分析其历史的偏狭与局限。对此，我们还可以延伸开去，从对科学本身可能存在的局限性来加深对现代现实主义之文学"求真"之局限性的认识。

二、科学自身之局限性与文学观念之偏执的可能

19世纪既是"科学的世纪"，同时更是"科学崇拜的世纪"。因为，科学技术的成就大大改变了人的生存环境，使人的智性能力得以延展和实证，为此人对自身潜在的上帝般的能力感到信心百倍。当然，19世纪西方人对科学的礼拜乃至神化，又与西方的近代科学在缘起上的人与上帝及自然的关系之观念有关：

> 经典科学是在人和上帝的同盟所统治的文化中诞生的，人居于神明的秩序和自然的秩序之间，而上帝是理性的和可理解的立法者，是我们按照自己的形象想象出来的最高建筑师。经典科学经历了这个文化和谐的瞬间而存在下来。这个和谐曾使哲学家和神学家有资

格去从事科学活动,使科学家有资格去解释和表达有关神明在创世工作中的智慧和能力的观点,得到宗教和哲学的支持,科学家们相信他们的事业是自给自足的,就是说它用尽了合理研究自然现象的一切可能性。科学描述与自然哲学之间的关系在这个意义上并非必须被证明是正当的。不言而喻,科学和哲学是汇合在一起的,科学发现了权威性的自然哲学的原理。[1]

这种观念让19世纪的西方人一方面看到了科学研究的神圣性,另一方面也看到了科学和哲学的融汇关系。于是,科学研究的神圣与崇高促成了科学本身在当时文化中的统治地位,同时也让从事人文社会科学研究的人普遍坚信科学研究方法、科学精神和科学理性的合理性与普适性,他们也就普遍义无反顾地以科学理念和科学方法去引领自己所从事的学科的活动。文学家和文学史家、文学理论家亦复如此。

然而,事实上到了20世纪,人们对科学并没有19世纪时期那样近乎盲目的崇拜,有关科学对其他学科的重要性和普适性的理性反思也与日俱增——在这一点上正好又接续了浪漫主义反叛科学理性的非理性观念。著名物理学家伊·普里戈金在20世纪中期曾经指出:"在仅仅一百五十年间,科学已经从鼓舞西方文化的源泉降为一种威胁。它不仅威胁人的物质存在,而且更狡猾地,还威胁着要破坏最深地扎根于我们的文化生活中的传统和经验。受到控告的不是某种科学突破在技术上的附带成果,而是'科学精神'自身。"[2]也就是说,20世纪的人们认识到,科学实际上并没有像19世纪的西方人所普遍崇尚的那样有百益而无一害,因此,科学的地位也不可能像19世纪那样雄踞于一切文化之中心:

……我们想更全面地讨论一下从狄德罗、康德和黑格尔到怀特海和柏格森的西方思想史的某些方面,这些人都试图分析并限制近代科学的范围,同时开创一些看来和近代科学完全不同的新看法。今天,大家一致认为这些尝试的绝大多数已经宣告失败,很少有人会接受比如康德把世界划分为想象世界和实体世界的思想,而这种知识

---

[1] 伊里亚·普里戈金、伊·斯唐热:《从混沌到有序》,曾庆宏、沈小峰译,上海译文出版社,1987年,第89页。
[2] 同上书,第65页。

的意义将与科学所具有的意义并驾齐驱。尽管如此,这些尝试仍是我们遗产的一部分,不提及这些尝试便无法理解思想史。①

随着科学神话的逐步被打破,科学家和社会学家们对科学的信念和观念亦不断变更。"科学家们发现他们被迫在'科学神话'的雷鸣和'科学严肃性'的寂静之间盲目摇摆,在肯定科学真理绝对性、普适性和退入作为有效地介入自然过程的实用主义诀窍的科学理论概念之间摇摆。"②显然,科学本身没有绝对的"科学性",科学的"科学性"都是相对而言的,更何况科学和人文社会科学之间有质的差异性。因此,"现代科学必须放弃因果原理的绝对真实性而满足于概率性的预测"③。也正如卡西尔(Ernst Cassirer)在《人论》中所说,文艺与科学、伦理学等文化形态在给予我们以秩序这一点上的区别在于,"科学在思想中给我们以秩序,道德在行动中给予我们以秩序,而艺术则在对可见、可触、可听的外观之把握中给予我们以秩序"④。然而,在18世纪末和19世纪那个"科学的世纪"里,欧洲人普遍不曾如此理性地去思考问题,而是一味地沉迷于科学的狂欢中而不能自拔。就此而论,直接而普遍地受科学精神和科学方法与观念神影响的文学,其理论和实践也不可避免地存在历史的局限性,或者说,这种文学的范式和成规有历史的特征、贡献与价值,但也必然有其历史的缺陷与偏执,其理论与创作原则不可能普遍地成为永久的金科玉律,虽然其经典的价值和当下的意义之存在也是不容置疑的。

在此,笔者特别要指出的是:许多19世纪现代现实主义作家在当时普遍不加怀疑地接受科学精神和科学方法的引领,沉浸在科学的汪洋大海中奋力追寻文学创作的海市蜃楼。殊不知,科学和文学固然有互通之处,但又有质的差异。当巴尔扎克等杰出的现代现实主义作家借助科学的雄心和力量,信心满满地建造《人间喜剧》这样的文学大厦时,不无膨胀的科学精神与理念也不同程度地侵蚀并异化了他们的艺术创造方法和创作成果。巴尔扎克不是要创造被历史学家遗忘的19世纪社会的历史吗?确实,他"把艺术的虚构与创造看成了对历史的阐释,乃至认为是一种历

---

① 伊里亚·普里戈金、伊·斯唐热:《从混沌到有序》,曾庆宏、沈小峰译,上海译文出版社,1987年,第118—119页。
② 同上书,第92页。
③ 莫里茨·石里克:《自然哲学》,陈维杭译,北京:商务印书馆,1984年,第57页。
④ 转引自徐岱:《小说形态学》,杭州:杭州大学出版社,1993年,第254页。

史哲学"①;"他坚定地坚持这样的观点:自己的文学创作就是在书写历史"②。当然,从文学史演变的角度看,我们没有理由怀疑《人间喜剧》这样的杰作在构建社会风俗画、再现历史的真实性与广阔性方面所取得的无与伦比的成就,从而标示出了当时的这种"先锋"文学在"求真"和社会认识价值追求方面所达到的历史新刻度,也成就了西方文学史上现代现实主义文学的历史性辉煌。然而,即便如此,他们所描绘的也只不过是"诗化的历史",也就是通过文学所固有的想象和虚构的手法创造出来的与现实世界相对应且具有真实感的文本世界而已。因为,文学艺术的"求真"在根本上离不开想象与虚构。在本原的和本质的意义上讲,"现实主义实际上也依旧是致力于游戏形式③的文学和艺术,这种游戏……意在尽可能地复制真实之物的外表和感觉。此种虚构在十九世纪的进程中成了标准的小说模式,我们仍然认为这些小说是伟大的,是经典的。现实主义曾经以一种激进的姿态,与传统决裂,如今成了人们期待的小说模式,今天我们还是将它认作标准"④。现实主义的"求真"自然离不开"虚构"。"虚构不是漫无边际的奇思妙想,而是源于真实生活。"⑤"虚构"乃是艺术之创造,亦是艺术"求真"的必由之途;"虚构"是作家借助于现象的创造对来自现实生活的素材进行艺术的重构,使现实出现不同程度的变形和陌生化;"虚构"是作家个体审美心理原型和艺术想象力的外在投射,没有虚构就没有艺术。"求真"和"虚构"是现代现实主义文学矛盾中的统一,虽然,"现实主义者总是力图给我们展示一个未曾美化过的世界"⑥,但那种

---

① Erich Auerbach, *Mimesis: The Representation of Reality in Western Literature*, Princeton and Oxford: Princeton University Press, 2003, p. 480.

② Ibid., p. 477.

③ 这里必须注意的是,彼得·布洛克说的"游戏"乃审美与艺术创作之观念。他认为,"文学游戏和玩具游戏的区别就在于文学中用来模仿的符号系统,即语言。文学中的模仿,不能以绘画或雕塑或电影那样的方式来呈现可以立刻被眼睛所理解和解码的视觉形象。它的再现通过语言中介。语言自身可以是世上的某物或某事件,可以在文学模仿中被字面地复制——比如我们可以复制在小说中的对话——而这就是柏拉图所确定的唯一完全的模仿(mimesis)形式。不过这种复制形式是非常有限的,而且甚至对话也总是指向自身之外,指向再次通过再现来中介的事件和背景。虚构需要模仿之外的讲述(telling)和展现(showing)形式——柏拉图称之为叙述(diegesis),后来的作家称之为'概述'(summary)或'叙事'(narration)或别的其他种类。虚构为了讲述真理"。See Peter Brooks, *Realist Vision*, New Haven and London: Yale University Press, 2005, p. 5.

④ Peter Brooks, *Realist Vision*, New Haven and London: Yale University Press, 2005, pp. 3–5.

⑤ Erich Auerbach, *Mimesis: The Representation of Reality in Western Literature*, Princeton and Oxford: Princeton University Press, 2003, p. 480.

⑥ Peter Brooks, *Realist Vision*, New Haven and London: Yale University Press, 2005, p. 8.

"展示"最终毕竟只是如亚里斯多德所说的"有可能"发生的事,是一个包含了作家主观投射的世界。因此,巴尔扎克等热衷于、立志于创造"当代史""风俗史"的现代现实主义巨匠们,他们创造的"历史"毕竟是文学的和诗性的历史,也就是说,他们虽然借鉴了科学的精神、理念与方法,但是,他们的杰作终究无法成为自然科学或社会科学意义上的历史学著作,这也确实不是他们该做的和能做的事业。正如法国文学史家皮埃尔·布吕奈尔所说:"巴尔扎克的小说不是历史,尤其不是历史小说,但是在它之后它们有一种历史意义、价值。这种价值也正因为符合历史才成其为价值,可是说来说去,他的小说还是小说。"[1]不仅如此,作为"小说还是小说"的巴尔扎克的作品,虽然其"鲜明的'细节主义'的特征,使得这种记录物质世界之细节的小说尽可能地淡化了受作者操控的意味"[2],但是终究还是因为过于理性化和科学化,致使这种文学文本在描写现实时显出繁琐与冗长、滞缓与拖沓。现代现实主义文学在这方面的缺憾,无疑也是科学理念之"求真"精神必然带来的历史局限性,这也成了后来的现代主义者予以反复诟病的确凿"证据"之一,同时也是现代主义小说反叛现代现实主义并走向创新的出发点之一。

因此,关于现代现实主义在科学精神与理念引导下对"求真"的刻意崇尚和实践追求,今天我们也一方面要将其返置于19世纪特定的历史语境去认识与讨论,肯定其史无前例乃至不可逾越的成就与价值,另一方面也要以历史发展的眼光对其"真实性"之内涵予以辩证的理解与阐释,认识其可能乃至必然存在的历史局限乃至狭隘。法国新小说派作家罗布·格里耶(Alain Robbe-Grillet)说:"为什么艺术要不断改变?为什么音乐要不断改变?为什么绘画要不断改变?为什么文学要不断改变?这主要是真实性的概念在不断改变。"[3]这种"真实性概念的不断改变",一方面是因为人类生存处境和现实生活本身的不断流变,不可能静止于19世纪或者别的什么时代,另一方面也是因为不同文化背景下,人们对"求真"及"真实性"内涵的理解原本就可以而且应该"与时俱进",而且这种"求真"或"写实"的方法也是"因时而异"的,因此,现代现实主义这种科学化的

---

[1] 文艺理论译丛编委会主编:《文艺理论译丛》第2期,北京:人民文学出版社,1957年,第112页。
[2] George Levine. "Literary Realism Reconsidered: 'The world in its length and breadth'", in Matthew Beaumont ed., *Adventures in Realism*, Oxford: Blackwell, 2007, p. 18.
[3] 崔道怡等编:《"冰山理论":对话与潜对话》(下册),北京:工人出版社,1987年,第527页。

"求真"与"真实性"也就不可能成为永远的艺术真理,虽然仍有其借鉴价值。

现代现实主义的"求真"精神,在理论上传承了"摹仿说"和"再现说"的核心理念,更有对科学精神和科学方法的恪守,因此特别强调文学描写的客观真实性;所谓"按照生活本来的样子描写生活",是现代现实主义作家们普遍认同并遵循的原则。但是,在创作实践中,无论创作者如何恪守"求真"的成规,但是如前所述,文学创作的过程毕竟离不开想象与虚构,而在这个过程中,作家的主观思想与情感的介入,便构成了一个相对于现实世界的主观的审美心理结构,因此,客观现实必须经由这个主观的心理结构的审美的和理性的"过滤",从而投射主观的评判与选择,于是,作家追求艺术"真实"的过程便是一个动态实现的主客观交互活动过程,这个过程以客观现实之"真"为逻辑起点,经由作家借助艺术假定性手段建立起一个理想化文学文本之真实世界。显然,现代现实主义尽管理论上传承并倡导了"摹仿说""镜子说"的理论传统,但并不等于他们的创作完全受制于文学文本之外的现实生活,其艺术价值既不完全由作家描写的现实题材来决定,也不完全由文学文本的社会认识价值所决定。事实上,作家并不完全受事物的"真实"的发生或存在方式的限制,因为他们是以特殊的方式(形式)对客观实作的能动反映,他们可以"在自己的作品中改变所谓'真实'的事物和'现实生活',从而满足艺术品本身的内在需要,比如前后一协调致性、具有完整性、统一性或者合理性等等"①,并以此来确定艺术品的价值。在此意义上,强调作家把自己的观点和立场融入文学文本,并不意味着对现实的描写不是"按照它本来的样子"去进行的,同时这也"并不意味着艺术与现实无关——其准确的意思是,这种相互关系不是复制与被复制的关系,而是一种人类从一种特定的观点、立场或者角度和一种特定的文化背景出发,对现实进行再现和解释"②。其实,在这方面,俄国批评家车尔尼雪夫斯基早就在理论上做过阐释。他认为,"艺术的一个作用,一切艺术作品毫无例外的一个作用,就是再现自然和生活"③。简言之,"艺术的第一个目的就是再现现实"④。但是,他强调艺术的"再

---

① H. Gene Blocker, *Philosophy of Art*, New York: Charles Scribner's Sons, 1979, p. 50.
② Ibid., p. 43.
③ 车尔尼雪夫斯基:《艺术与现实的审美关系》,周扬译,北京:人民文学出版社,1979年,第106页。
④ 同上书,第109页。

现",并不是一种"复写"式、照相式的复制,而是主观能动的审美反映,强调在"再现"过程中对生活与现实的"说明"与"判断"。他说:"艺术的主要作用是再现现实中引起人的兴趣的事物;说明生活、对生活现象下判断,这也常常被摆到首要的地位。"①因此,对于现代现实主义关于"求真"的理解不能过于刻板与机械,不能认为现代现实主义的"摹仿说""镜子说"所持的"求真"和"真实性"标准就是文学文本要酷似乃至等同于客观实在。特别需要强调的是,"艺术乃是对现实事物的一种艺术的、主观的和拟人的'表述'"②,因此,艺术的"内容"不同于"题材"(客观实在),而是通过特殊的方式观察生活、解释生活的艺术形象与思想感情。当然,我们也必须承认,由此创作出来的文本世界与现实世界有本质的和必然的联系,作品的"内容"有客观真实性,只是,这种"真实性"是在艺术的范围内被认为可能可信的、合情合理的生活现实和社会历史。"对巴尔扎克来说,小说的创作,就是对现实的研究和认识,它与科学研究相似。"③巴尔扎克不正是在这种意义上把自己看成"历史的书记员",并立志要写出法国社会的"风俗史"吗?这种写实主义的美学追求,像上帝一样站在高处鸟瞰人间,把凡是人所能知道的一切,包括人的内心隐私,都诉诸笔端。如此创造出来的小说文本世界似乎完全可以与现实世界画等号——至少作家们自己差不多都是这么认为的。其实,作家如此提供给读者的也不过是一种"真实幻觉"而已。因此,归根结底,现代现实主义的艺术的真实性也间接地、曲折地反映着世界真实事物的客观实在与发展过程,并且这是一种更为普遍的、本质性的反映,是一种内部的或自治性的"实在"。像传记文学的内容就比传主的真实生活经历要更具普遍的、集中的、本质的真实性意义。

三、文学文本之"精神结构"的主观性与客观性

为了更深入地理解这一特点,在此,我们从瑞士心理学家、哲学家戈德曼(Lucein Goldman)的关于文学与社会的理论来看,似乎可以从另外一个角度深入认识文学的认识价值和社会—历史功用。戈德曼从皮亚杰(Jean Piaget)的"集体无意识"的心理学概念和发生结构主义理论分析文

---

① 车尔尼雪夫斯基:《艺术与现实的审美关系》,周扬译,北京:人民文学出版社,1979年,第103页。
② H. Gene Blocker, *Philosophy of Art*, New York: Charles Scribner's Sons, 1979, p. 80.
③ 米·贝京著:《艺术与科学》,任光宣译,北京:文化艺术出版社,1987年,第270页。

学文本世界与现实生活世界的同构关系。他认为,某一时代的文学与这个时代人们的集体无意识是同构的。由此而论,作品不是作家个人意识的产物,而是社会集团和阶级意识的反映;艺术创作活动的源头来自集体而非个人,文化创造的真正主体是"社会群体",因此具有"集体特征",或者说文学世界与社会生活拥有共同的"精神结构"。他说:作品的想象世界的结构与特定社会群体的思想结构是同源、同质和相似的(homolog),至少在精神上是相通的[①]。因为,"认识既不是起因于自我意识的主体,也不是起因于业已形成的、会把自己烙印在主体之上的客体;认识起因于主客体间的相互作用,这种作用发生在主体和客体之间的中途。因而同时包含着主体又包含着客体"[②]。因此,作家在作品中表达的思想与情感,其"精神结构"不是作家个人的自我造化,而是主客体互动过程中形成的精神与思想的结晶,其中包含了现实的真实性、真理性;文学文本的思想与情感与现实世界的群体情感和思想是一种对应结构。"假如没有与现实世界之间的这种对应结构,文学充其量只是语言游戏,一个完全受自身规则约束的自我封闭的世界。不管注入什么激情或力量,游戏的每一步都不指向自身之外的任何事物;当游戏结束,一切就都结束了——直到下一次游戏开始。然而文学拥有一个开放的网络,小说尤其如此。每一部成功小说的人物都与我们亲密地生活在一起。有时他们甚至仿佛比我们身边的人更真实,部分是因为经过小说的过滤和提炼后,他们的生活没有意外,没有矛盾,充分体现他们的本质特征。当一部小说结束,我们心有所感,若有所失,甚至会去揣测帷幕落下后将会发生什么。"[③]正因为文学作品中的人物和所表达的思想与情感与现实世界有密切联系——是直接或间接地来自现实世界,因此也是对现实世界的一种艺术形式的表现、反映或再现,所以文学文本(尤其是小说文本)具有现实性、真理性和认识价值。"小说是否成功就在于它在多大程度上描述了一个可信的世界。"在这方面,"托尔斯泰的作品都是黄金标准;他的小说,尤其是《战争与和平》,被认为是现实世界的透明窗口"[④]。然而,托尔斯泰自己却格外强调

---

① 戈德曼:《文学史中的发生结构主义方法》,见戈德曼:《文学社会学方法论》,段毅、牛宏宝译,北京:工人出版社,1989年,第182页。
② 皮亚杰:《发生认识论原理》,王宪钿译,北京:商务印书馆,1985年,第22—23页。
③ 莫里斯·迪克斯坦:《途中的镜子:文学与现实世界》,刘玉宇译,上海:上海三联书店,2008年,第2页。
④ 同上书,第6页。

小说对真诚情感的表达,而不是"可信"的"现实世界"描述。这是不是自相矛盾的呢?

托尔斯泰说:"艺术始于一个人为了要把自己体验过的感情传达给别人,便在自己心里重新唤起这种感情,并用某种外在的标志表达出来。""艺术是这样一项人类活动:一个人用某些外在的符号有意识地把自己体验过的感情传达给别人,而别人为这些感情所感染,也体验到这些感情。"①确实,艺术创作是个人化的,表现的是个体的认识与情感,从创作动机角度看,这是不无道理的,因为,从文学创作过程的角度看,作品的内容都是外化于作家的心灵,从表面上看是个人化、个性化和主观化、心灵化的,文学文本无疑凝结了创作者个人的思想与情感,作家有了对生活的某方面的丰富的情感积累或者为某种强烈的感情所触动,萌发创作动机并完成了杰作。但是,这种"思想"与"情感"是心灵与现实触碰、撞击后产生的,有现实的根基,蕴含了外在生活的真实性与真理性,因此在精神实质上是主客观的结合体。这也正如英国艺术理论家冈布里奇(Ernst Hans Josef Gombrich)所说:"一切艺术起源于人的心灵,起源于我们与世界的相互作用"②。因此,表面上看来,托尔斯泰所说的真诚情感是个人化的,但实际上它也如前面戈德曼所说的那样,并不是"个人意识"的产物,也不是单方面从作家灵魂深处升腾而出的,而是主体与客体交互作用,或者是在客体的激发和触动下涌动而出的情感的河流,这意味着主客体之交融。惟其如此,这种情感才是真正"真诚"的,也就是有现实性和真理性的。那么,文学文本的情感结构与现实世界有一种相关联的"精神结构",由此,读者可以经由作品认识现实的和世界的真实与真理。所以,文学作品中的这个"精神结构"无论从实体化的现实世界还是心灵化的情感世界看,都是主观的又是客观的,那么其间蕴含的具有真理属性的思想和知识以及社会生活现象,都有历史的和社会的认识价值。而且这也提醒我们,现代现实主义文学的这种"表现""反映"抑或"再现",都有其主体性内涵,而不是生活的镜子式机械成像;都是客观外部世界和主观内部世界的双重组合,而不仅仅是外部现实世界的刻板的摹写。

当我们如此去理解现代现实主义的"求真"和"真实性"理念时,也许不仅能看到其理论上的历史局限性,也能进一步发现他们在创作实践上

---

① 列夫·托尔斯泰:《列夫·托尔斯泰文集》(第十四卷),陈燊、尹康译,北京:人民文学出版社,1992年,第174页。
② E.H.冈布里奇:《艺术与幻觉》,卢晓华等译,北京:工人出版社,1988年,第84页。

对其理论偏颇也有所纠正乃至超越；同时也说明，评价历史上的文学现象和作家作品，不能仅仅看其理论主张，更要分析与研究其创作实践本身。不仅如此，我们似乎还要看到，"认为现实主义是唯一真实的，其余都是虚假的，这种说法是十分荒谬的"[①]。

  以上文字，权作笔者对现代现实主义之"求真"理论与实践本身可能存在的迷失与偏狭所作的一种"辨析"与"辨正"。

---

① Albion W. Tourgee, "The Claim of 'Realism'", *The North American Review*, Vol. 148, No. 388 (Mar. 1889), p. 388.

第四章
实证理性与现代现实主义"写实"传统

  现实主义的艺术之所以能够那么广阔而丰富地反映人类的生活流,反映伟大的历史性的战役与伴随社会而来的变革,是因为它的首要特点过去和现在都是社会分析,正是社会分析使得描写典型环境中的典型性格和真实地再现生活成为可能。这种分析帮助现实主义艺术理解人类行为的动机、理解情欲与利害关系的隐秘的原因,并通过在人类特性方面极其个性化的、独特的性格来暴露、揭示社会生活中这个或那个历史时期、历史环境的典型特色。

——罗杰·加洛蒂

  现代严肃的现实主义只能把人物置于具体的、不断发展变化着的政治、社会和经济的总体现实之中,就像现在任何一部小说或电影所做的那样。

——埃里希·奥尔巴赫

  现实世界的艺术再现从来都不仅仅是字面的和实事的,当然也从来都不是绝对精确和客观的。艺术再现具有改造现实的功能,因为再现总是经过作者心灵和语言媒介的过滤。

——莫里斯·迪克斯坦

  "实证主义"(positivism)是19世纪西方的一种重要哲学流派,也是一种文化思潮。作为一种哲学流派,它被称为"实证哲学",是在自然科学成就的鼓舞和催化下产生的。"凡是要求任何科学必须以可感觉到的事实作为出发点,并认为认识的任务就是描述这些可感觉的事物及其规律的哲学思想,都可以称为实证主义哲学。"①在西方哲学史上,实证主义属于经验主义和理性主义范畴,在实证哲学中蕴含的理性精神,笔者称之为"实证理性"。时代到了19世纪,"欧洲正在进入实证阶段,需要在此基础上重建文明",在19世纪中期前后,"实证主义大有占据思想舞台之势"②,其影响超越自然科学而在社会科学和人文科学及日常生活方面均广为涉及。在文学艺术领域,"求真""写实"传统的19世纪现代现实主义文学思潮也受其深刻影响;"现实主义"这一术语在法国的最早倡导者"库尔贝的理论与实证主义相对应"③。因此,"实证"也几乎与"求真""写实"一样,是对19世纪现代现实主义之本质特征和禀赋的一种表征,也是对其"现代性"特征的一种表征。

第一节 "实证"与"写实"

一、实证哲学与文学

虽然,从16、17世纪开始,科学的发展已经开始改变着欧洲人的世界观,逐步孕育了现代的和理性的研究自然世界的方法,不过,直到18世纪,这主要还仅仅局限于受过良好教育的少数知识界人士。从19世纪初开始,"科学对于欧洲人的生活有着越来越大的影响"④,受影响的人群和领域越来越广泛。科学技术促进了工业生产的大发展,这种技术的进步又反过来催发人们对基础科学和技术科学的研究,进而又加快了基础科学和技术科学的快速发展,科学与技术两者也形成良性互动之态势,与此同时还激发了人们对科学方法广泛使用的兴趣。"科学和技术带来了物质利益的稳定增长,甚至有时候会带来戏剧性的增长,这使欧洲人对于科学造福于人类的能力有了越发强烈的信心。科学和技术进步的流行产生了对于科学方法的广泛接受,这是一种建立在观察、实验以及逻辑分析之

---

① 章士嵘编:《西方思想史》,北京:东方出版中心,2002年,第167页。
② 罗兰·斯特龙伯格:《西方现代思想史》,刘北成、赵国新译,北京:中央编译出版社,2005年,第292页。
③ 瓦迪斯瓦夫·塔塔尔凯维奇:《西方六大美学观念史》,刘文潭译,上海:上海译文出版社,2006年,第292页。
④ 杰克逊·J.斯皮瓦格尔:《西方文明简史》,董仲瑜、施展、韩炯译,北京:北京大学出版社,2010年,第604页。

上的方法,它被当作通向客观真理和客观真实的唯一路径。"①本来,科学有其基本的适用范围,它主要是研究自然世界的秩序与规律的,但是科学的辉煌成就及其表现出来的无比巨大的力量,不断启发着人们以科学的方法去研究与探寻人类社会结构和自身存在和发展的基本规律,唯物主义思想的影响得以扩大。"人们相信所有精神的、心灵的或观念性的东西都仅仅是物质力量的一种活动而已。"②并且,人们越来越认识到,"真理需在人类具体的物质性存在中来寻找,而不是像浪漫主义者所想象的那样通过知觉的启示或直觉的闪现来寻找"③。一种唯物主义的世界观与方法论广泛地向科学技术之外的领域扩散,从而改变了人文和社会科学领域的思维和研究方法,乃至催发了新的学科的诞生。就文学而言,随着"科学的实证主义成为占支配地位的思想体系,文学中的实证主义和政治中的实力政策也风行于世。浪漫主义者的悠然梦想和乌托邦主义者的淳朴方案看来都与时代渐行渐远了。"④实证主义与19世纪现实主义就结下了不解之缘;而"实证性"恰恰是现代现实主义文学大大有别于浪漫主文学和此前的其他西方文学的一个关键点,这在又一种途径上赋予了19世纪现实主义以"现代性"禀赋和特性,而这种禀赋和特性本身与实证主义哲学有渊源关系。

说到实证主义与实证性,我们先得回顾社会科学在19世纪发生与发展的历史。"社会科学在19世纪出现,当时哲学家成了社会学家(比如发明了这个术语的孔德)、历史学家、心理学家、人类学家、考古学家和语文学家。"⑤不过,"社会科学"这一术语最早是在1789年后的法国开始使用的。法国大革命前后的社会处于动荡状态,这给人们造成了一种印象:旧的压迫仅仅是被新的压迫所取代,人的真正本性包含了野蛮与邪恶;那么,人的自由和社会的秩序到底是一种什么样的关系?这就引发了人们对社会秩序与自由度等问题的深度思考。当时的法国革命者把社会的这

---

① 杰克逊·J. 斯皮瓦格尔:《西方文明简史》,董仲瑜、施展、韩炯译,北京:北京大学出版社,2010年,第605页。
② 同上。
③ 同上。
④ 罗兰·斯特龙伯格:《西方现代思想史》,刘北成、赵国新译,北京:中央编译出版社,2005年,第283页。
⑤ Suzanne Guerlac, "Philosophy and Ideology in Nineteenth-century France", in William Burgwinkle, Nicholas Hammond, Emma Wilson eds., *The Cambridge History of French Literature*, Cambridge: Cambridge University Press, 2011, p. 518.

种变化称之为"社会艺术"。在这种政治与社会背景下,"最早提及社会科学(La science social)的是西艾斯的《什么是第三等级》。在这本书里,西艾斯力图界定:较之于君主与贵族,法国的'平民'究竟属于什么?在西艾斯及其追随者的心目中,社会科学实际上标志着人类思想上的一个新阶段,是世俗思想的一大进步。因为现在人们特别关注的是不必求助于任何政治派别的社会组织和社会秩序"①。后来,经过西艾斯的追随者孔多塞的努力,"社会科学"这一术语进一步得以推广。终于,"1795年,经过大学改革后,新的法兰西学院的'道德科学与政治科学学院'之下设立了'社会科学和法律系'"②。从此,"社会科学"这一术语在法国开始流行,其内涵是:一种关于人类新的秩序的新的思维方法和理论。"假如说,西艾斯和孔多塞是最早使用和推广'社会科学'术语的人,那么,至少在法国,克劳德-亨利·德·圣西门(Claude-Henri de Rouvroy, Comte de Saint-Simon)是名副其实的社会科学家。"③圣西门迷恋自然科学,并且强烈地感受到了自然科学的快速发展与社会管理、政治体制混乱无序之间的鲜明的反差,这促使他借用自然科学的方法展开对社会的研究,促进了社会科学的发展。"自然科学的进步以及随之而来的普遍的乐观主义思想,推动他用'实证'(positive)一词来表达那些始终不能以形而上学的方法来说明的人类活动。法国大革命以后,他觉得人类科学将会发展得更加具有实质性,特别是在生理学一如既往地取得发展的情况下,尤其如此。"④显然,以自然科学方法为背景和底蕴而诞生的社会科学,其方法论之核心理念是"实证"。

从强调实证的社会科学的建立到实证主义哲学的建立,其间,法国哲学家、社会学家奥古斯特·孔德(Auguste Comte)是一个关键性人物。孔德是实证主义哲学的创始人,现代西方的许多哲学流派,如逻辑实证主义、实用主义、新实在论等,都来源于孔德。笔者特别要强调的是,孔德的实证主义哲学与现代现实主义在思维方法上有着密切的关系。孔德曾经是圣西门的秘书,他的实证主义思想得益于圣西门的社会科学思想,特别是在"实证"的思维方法上是一脉相承的。"圣西门的另一个遗产是实证

---

① Peter Watson, *Ideas: A History from Fire to Freud*, New York: Harper Collins, 2009, p. 649.
② Ibid.
③ Ibid.
④ Ibid.

主义,是奥古斯特·孔德(圣西门多年的学生和合作者)提出的认识论观点。它将成为第二帝国的主导哲学话语,并在整个第三共和国继续占主导地位。"①1826年孔德开始讲授实证主义哲学。他的六卷本巨著《实证哲学教程》(Course of Positive Philosophy)于1830年到1842年陆续问世的;1848年后,在后浪漫主义岁月,这部著作开始流行——这恰恰是现代现实主义的孕育和萌芽期。在《实证哲学教程》中孔德提出,人类与科学都经历了三个阶段:首先是人类把一切自然现象都归因于神灵的神学阶段;其次是把一切归因于抽象力量或形式的阶段;第三是"实证阶段",也就是"科学'放弃了对终极动因的追寻',开始在'可以观察到的现象中'寻找规律和可以预测的秩序"②。孔德"把生命科学称之为'有机物理学',它包括生理物理学和社会物理学,后者就是他后来说的社会学,这是他造出来的新术语"③。"孔德的实证主义使社会学成为一门主要科学。"④在孔德看来,人类的社会现象和自然现象一样,是有其一以贯之的法则的,社会科学可以运用自然科学的实证的方法对人类社会的秩序和规律予以研究。孔德的理想是要改造社会,而要达到这个目的,就必须认识社会的规律,必须建立一种社会科学,这种科学本身要以自然科学和一种哲学观点为前提。因此,要改造社会,就得有一种新哲学——实证哲学。"孔德认为,在社会变革可能发生之前,需要一场知识或认识论的革命。"⑤孔德毕生致力于创造这种实证哲学。"实证哲学"(Positive Philosophy)就是关于人类社会研究的方法与理论,这是对圣西门等的"社会科学"理论的一种发展。"科学的唯一的目的是发展自然规律或存在于事实中间的恒常关系,这只有靠观察和经验才能做到。这样得到的知识是实证的知识,只有为实证科学所证实的知识才能成功地运用到人

---

① Suzanne Guerlac,"Philosophy and Ideology in Nineteenth-century France", in William Burgwinkle,Nicholas Hammond, Emma Wilson eds. ,*The Cambridge History of French Literature*, Cambridge:Cambridge University Press, 2011,p. 517.

② Peter Watson,*Ideas:A History from Fire to Freud*, New York: Harper Collins,2009, p. 651.

③ Ibid. ,p. 651.

④ J. A. Cuddon ed. ,*A Dictionary of Literary Terms and Literary Theory*(5th edition), Malden and Oxford: Wiley-Blackwell, 2013,p. 591.

⑤ Suzanne Guerlac, "Philosophy and Ideology in Nineteenth-century France", William Burgwinkle, Nicholas Hammond, Emma Wilson eds. , in *The Cambridge History of French Literature*,Cambridge:Cambridge University Press, 2011,p. 518.

类实践的各个领域。"①孔德说,"实证一词指实在、实用、确实无疑和严谨"②,实证所得的结果就是由理性观察、实验证明的知识和事实。从方法论的角度看,"孔德把实证主义定义为一种观察事物的方法。它需要运用假说,但是不对现实的本质做出任何结论。孔德赞同康德的观点:科学仅仅研究现象。用他自己的话说,'人的心灵认识到,获取绝对理念是不可能的,因此应放弃对宇宙起源和目的的探寻,也不再试图去了解事物的终极原因。这样做是为了集中精力用理性和观察结合起来的实验来发现实际有效的定律,即事物嬗替和相似的不变关系。'"③当时的欧洲社会,知识精英在科学成就的鼓舞下,都希望建立一种新的思想体系和信仰,对他们来说,建立自己的思想体系是一种梦寐以求的崇高理想。孔德的实证主义无疑是19世纪一种影响广泛的思想体系和信仰。可以说,孔德的实证主义开启了19世纪法国最有代表性的时代精神,也开启了19世纪法国的一种美学思潮——实证主义美学。"实证主义成为第二帝国时期的思想正统。与此紧密相关的是,在这个巴斯德和贝尔纳的时代,自然科学享有崇高的威望。巴斯德(Louis Pasteur,法国微生物学家)和贝尔纳(Claude Bernard,法国生理学家)都自称是孔德的信徒。实证主义看来比黑格尔的唯心主义更适合做科学的哲学基础,比浪漫主义的乌托邦更适合做政治秩序的基础。"④"孔德在拿破仑三世统治时期大受欢迎。"⑤"许多地方,远至巴西,都出现了孔德教会——实证主义在拉丁美洲极其流行。英国和法国都建立了实证主义协会,崇拜历史上的伟人——按照孔德的建议,用这些伟人取代基督教的圣徒。"而且,实证主义还成了"'理性主义者'反宗教激进分子的旗帜。"⑥到了19世纪后半叶,"西方文明变得越来越具有实证主义色彩,形而上学和宗教的思维方式受到排斥。日常生活充斥着科学和技术,受到机械模式和解释的影响,因此对大多数人来说,自觉的精神生活当然应该恪守所谓实证主义的规范,应反对任何没有

---

① 梯利:《西方哲学史》,葛力译,北京:商务印书馆,2000年,第553页。
② 同上书,第554页。
③ 罗兰·斯特龙伯格:《西方现代思想史》,刘北成、赵国新译,北京:中央编译出版社,2005年,第292—293页。
④ 同上书,第293页。
⑤ 同上书,第293页。
⑥ 同上书,第296页。

直接经过实验或论证来验证的真理"①。

当然,这种实证主义、科学主义和理性主义在日常生活中的普泛化,到19世纪后期也招致反理性主义、反科学主义者的抗拒。"在激烈地反对这种生活'理性化'时,一群边缘的艺术家和诗人声称反抗科学理性,而且这种反抗愈益明显。因此,孔德虽然不是这种理性化的发明者,也不是唯一表达这种理性化的思想家,但他的确代表了现代西方文明的一种基本特征。"②这里,"边缘的艺术家和诗人"指的显然是"为艺术而艺术"理念的非理性、非写实传统的文学家、艺术家,比如唯美主义者和象征主义者,而非现代现实主义作家。事实上,英国著名的现代现实主义作家"乔治·艾略特及其丈夫也对孔德推崇备至"③。特别值得注意的是,对现实主义和自然主义之"写实"理念产生了重大影响的实证主义美学家、文学史家丹纳,其美学和哲学思想继承和弘扬了孔德的实证哲学。丹纳十分虔诚而精心地运用自然科学的实证方法来阐释与研究文学与艺术发展的规律,他认为,艺术家"要以他特有的方法认识现实。一个真正的创作者感到必须照他理解的那样去描绘事物"④。"特有的方法"即实证的方法。他的"种族、环境、时代"决定文学的思想同现代现实主义强调"写实"、强调再现现实的原则有密切关联,并直接影响了现代现实主义文学的发展。在某种意义上,丹纳是在实证哲学基础上成长起来的现代现实主义文学理论家。

总之,作为一种哲学流派或者思想体系的创立者,孔德在西方文学史、思想史上是一位十分重要的人物。"孔德在西方有很大的影响……后来盛行于西方的逻辑实证主义和科学主义思潮,它们最初的思想构成元素都来自孔德。当代美国社会学家爱德华就认为,'孔德之于科学,犹如耶稣之于基督教'。"⑤稍晚于孔德生活年代的马克思在评论孔德时说:"英国人和法国人对他大事叫喊。他们被诱惑的地方是他的百科全书式,即综合(synthesis)。"虽然,马克思在此处接着说孔德的实证哲学是"腐朽

---

① 罗兰·斯特龙伯格:《西方现代思想史》,刘北成、赵国新译,北京:中央编译出版社,2005年,第297页。
② 同上书,第298页。
③ 同上书,第293页。
④ 诺维科夫:《泰纳的"植物学美学"》,见朱雯等编选:《文学中的自然主义》,上海:上海文艺出版社,1992年,第68页。
⑤ 章士嵘编:《西方思想史》,北京:东方出版中心,2002年,第173页。

的"①,恩格斯也曾经认为"孔德的许多思想是对圣西门思想的拙劣的剽窃"②,但是,孔德的实证哲学在西方文明史、思想史和文学史的贡献与影响之大,是不能因此而被否定的。对此,以往我国学界的认识似乎有所不足。尤其是,孔德的实证主义从孕育、形成到成熟和广泛流行,几乎跨越了整个19世纪,而这恰恰也是文学领域里现代现实主义文学思潮兴起和发展、繁荣的时期。伴随着整个科学主义的思潮,实证主义对现代现实主义的影响无疑是不可避免而且是深入而细致的,巴尔扎克可以说是文学中的实证主义者。对此,我国学界同样认识不足、阐释有待深入。这就是本著作接下来要深入论述的。

二、实证方法与现代现实主义之"写实"

实证的方法是用之于人类社会研究的一种社会科学的方法,这种语境里的"社会科学",包括了自然世界之外的所有关于人类活动的领域,当然也包括了文学艺术。"在孔德所计划的社会中,各门艺术将成为教育的基础;这些艺术将与工业结合,为人们生产出新的需要;并且,他们将实施它们的真正功能,即传达孔德为现代人所宣扬的人性的宗教。艺术是通过加强互相之间的同情,加强感情的纽带和互相的爱,而达到'事实的理想再现,其目标是培养我们对完善的感觉',这是社会秩序的真正基础。"③从文学创作的角度看,"事实的理想再现",就是用实证的方法,以科学之精确的原则,通过细致的观察、分析,予以客观准确地描写;这实际上类似于现实主义"摹仿说"意义上的求真性"写实"。如果说,"求真"是作家在认识论意义上通过文学创作去研究与认识现实,寻找生活之历史般真实的本相与规律的话,那么,"写实"就是作家在创作方法论意义上,为达到"求真"之目的而展开的,在实证理性和方法引领下对社会、生活与人所作的真实描写,这是一种创作理念、方法与技巧。在文学渊源关系上,现代现实主义无疑传承了西方文学史上传统的"摹仿说"意义上的"写实"精神,但是,在19世纪科学理性、实证理性等的渗透与影响下,现代现实主义的"写实"之内涵显然有其"现代性"意味,这自然也就赋予了这种19世纪现实主义以"现代性"特征和禀赋,或者说,现代现实主义就是在

---

① 《马克思恩格斯通信集》(第三卷),北京:生活·读书·新知三联书店,1958年,第393页。
② 章士嵘编:《西方思想史》,北京:东方出版中心,2002年,第169页。
③ Monroe C. Beardsley, *Aesthetics from Classical Greece to the Present: A Short History*, Tuscaloosa: The University of Alabama Press, p. 300.

实证主义、科学主义影响下出现的现代"写实主义"。让摹仿说(模仿说)焕发生机的,恰恰是19世纪欧洲的一种特别的时代因素——科学主义文化思潮——的作用,是实证主义、科学理性思维与方法对文学之"写实"传统的激活。或者说,现代现实主义的"写实"理念与方法蕴含了"实证"的思想与精神。

事实上,19世纪现代现实主义文学一开始就追求一种实证性求真的写实精神。"19世纪与实践相结合的理论产生了大量的文学作品,它们展示出与所谓人的状态全然不同的观念。这类实践几乎都受到哲学思潮的影响,其中最值得一提的是孔德的《实证哲学教程》(*Cours de philosophie positive*,1830)一书。"[①]在具体的创作理念和创作行为中,"现实主义文学喜欢视觉物、喜欢观察事物,通过视觉来记录它们的存在,并以此为中心的……现实主义比其他任何一种文学模式都更将视觉置于至高无上的位置,并将其作为理解世界及其与人的关系的主导性载体"[②]。"视觉"以科学实证式的细致观察为前提,"视觉"之结果借助于语言载体的传达而成为文学文本内容,是一种"写实"式的"摹仿"与"再现"抑或"反映",读者便可以通过文本"理解世界及其与人的关系",这种写实性文学文本同时也就是作家研究、考据或者艺术化"实验"的"主导性载体",其中"记录"了他们艺术实证的结果。确实,"现实主义小说家格外关注准确地记录,确保事实正确"[③],由此我们可以看到,实证主义理念与方法对现代现实主义文学理论与创作的密切关系。正因为如此,在现代现实主义者看来,"物质世界不是笛卡尔式的梦幻而是真实存在的。在这方面,现实主义致力于记录外部现实然后(或同时)描写观察、扭曲或洞察外部现实的内在性"[④]。也就是说,现代现实主义的实证式观察并不仅仅停留于对生活和事物之外在"视觉"所得的"记录"上,而且要"洞察"其"内在性"之蕴含——也即社会之规律、本质、意义等等。因此,现代现实主义对社会和生活的这种"实验"式"摹仿""再现"或者"反映",在方法与形式上有科学式"实证"与"研究"的意味,但在本质上当然是一种审美式艺术创

[①] J. A. Cuddon ed., *A Dictionary of Literary Terms and Literary Theory*(5th edition), Malden and Oxford:Wiley-Blackwell, 2013, p. 591.
[②] Peter Brooks, *Realist Vision*, New Haven and London:Yale University Press,2005,p. 3
[③] J. A. Cuddon ed., *A Dictionary of Literary Terms and Literary Theory*(5th edition), Malden and Oxford:Wiley-Blackwell,2013,p. 592.
[④] George Levine. " Literary Realism Reconsidered:'The world in its length and breadth'", in Matthew Beaumont ed., *Adventures in Realism*, Oxford:Blackwell, 2007, p. 16.

造,作家创作的结果不是关于社会和生活的科学化的实验报告,而是具有审美价值和社会认识价值的文学艺术作品。现代现实主义作家"对贫民窟、工厂、铁路运营公司和肉类包装厂的访问调查构成了他们艺术作品中的实证性研究"①。"一些现实主义作家通过进一步加强"物象具体化"来塑造真实氛围。这些物象包括真实的街道地址、当地企业名字和其他地标建筑,以及提及一些真实的名人、政客或明星。"②在这方面,巴尔扎克是一个典型。

如前所述,巴尔扎克在思想观念上可谓是一个科学主义者,他深受实证哲学、动物学、解剖学等自然科学的影响。③ 他认为:"古往今来,如同有动物类别一样,也有社会类别。"④他对生活的观察和感知方式具有实证式"实验"的特征。在日常生活中,他总是以这种实证的理念去观察和研究人与社会。"巴尔扎克先生到每一个家庭,到每一个炉旁去寻找,在那些外表看来千篇一律、平稳安静的人物身上进行挖掘,挖掘出好些既如此复杂又如此自然的性格,以至大家都奇怪这些如此熟悉、如此真实的事,为什么一直没被人发现。"⑤巴尔扎克自己也说:"我喜欢观察我所住的那一带郊区的各种风俗习惯,观察当地居民和他们的性格……我可以和他们混在一起,看他们做买卖,看他们工作完毕后怎样互相争吵。对我来说,这种观察已经成为一种直觉,我的观察既不忽略外表又能深入对方的心灵;或者也可以说就因为我能很好地抓住外表的细节,所以才能马上透过外表,深入内心。"⑥作如此实证式观察的最终目的是真实"再现"生活。他的著名论断是:"法国社会将成为它的历史,我只当它的书记,编制恶习和德行的清单,搜集情欲的主要事实,刻画性格,选择社会上主要事件,结合几个性质相同的性格的特点揉成典型人物,这样我也许可以写出

---

① Carol J. Singley, "American Literary Realism", in M. A. R. Habib ed., *The Cambridge History of Literary Criticism*, Vol. 6: *The Nineteenth Century*, Cambridge: Cambridge University Press, 2013, p. 334.
② Phillip J. Barrish. "Creating the 'Odour' of the Real: Techniques of Realism", in *The Cambridge Introduction to American Literary Realism*, Cambridge: Cambridge University Press, 2011, p. 45.
③ 参阅蒋承勇:《十九世纪现实主义文学的现代阐释》,北京:中国社会科学出版社,2010年,第149页。
④ 王秋荣编:《巴尔扎克论文学》,北京:中国社会科学出版社,1986年,第63页。
⑤ 同上书,第146页。
⑥ 同上书,第106页。

许多历史学家忘记写的那部历史,就是说风俗史。"①在巴尔扎克的小说中,精致的细节描写,使物质的形态具有客观的逼真性,从而有还原生活和历史的效果。"现实主义往往有着强烈的视觉性,关注看见和登记事物,并因此频繁地求助于描述……这些我们通常将它与现实主义联系起来。"②叙事理论家罗兰·巴特(Roland Barthes)对巴尔扎克的这种细节叙述与描写给予了高度的评价。"巴特认为细节的具体内容虽然意义不大,但在巴尔扎克所谓的'现实感的表现'上有重要作用。真实本身就是由许多对我们而言不具有区别意义的具体细节构成;它们只是简单存在于我们的意识背景中。至少,这样的细节有助于我们感知周围的这个物质世界,而这个世界是独立于我们意识之外的。"③真实细致地描绘社会结构形态,广泛地展示生活的风俗史,是巴尔扎克的创作理想,同时也是他突出的文学成就。"的确可以说所有伟大的现实主义小说家在某种程度上都已经是历史主义的:巴尔扎克早已居于可查证的历史阶段,他也有具体的宗教信仰和生活空间,而其他人,即便严格地说与历史无关,也凭借其现实主义实力——不能这么说吗?——逐渐成为历史档案。"④后来的英国小说家康拉德(Joseph Conrad)在阐述关于小说与历史之关系的观点时,支持和发展了巴尔扎克的小说观念和创作实践。康拉德说,小说"通过想象的方法,创造出了比现实更有条理的一种生活世界,它有选择地描写许多与生活相关的片段,这种选择足以同历史的文献相媲美"⑤。"小说是历史,是人类的历史,不然,就不成其为小说。但是,小说又不是历史;它源于一种牢固的根基,也就是文学是通过语言形式进行对现实世界以及社会现象的观察的,而历史则仅仅是依赖于文献、书写或印刷品的阅读,总而言之,是通过第二手资料。因此,小说比历史更真实。"⑥

除了巴尔扎克之外,司汤达、狄更斯、福楼拜、托尔斯泰、陀思妥耶夫

---

① 王秋荣编:《巴尔扎克论文学》,北京:中国社会科学出版社,1986年,第106页。
② Peter Brooks, *Realist Vision*, New Haven and London: Yale University Press, 2005, p. 43.
③ Phillip J. Barrish. "Creating the 'Odour' of the Real: Techniques of Realism", in *The Cambridge Introduction to American Literary Realism*, Cambridge: Cambridge University Press, 2011, p. 46.
④ Fredric Jameson, "A Note on Literary Realism in Conclusion", in Matthew Beaumont ed., *Adventures in Realism*, Oxford: Blackwell, 2007, p. 263.
⑤ Joseph Conrad, *A Personal Record*, New York: Harper, 1912, p. 15.
⑥ Joseph Conrad, "Henry James: An Appreciation", in Allan Ingram ed., *Joseph Conrad: Selected Literary Criticism and The Shadow-Line*, New York: Methuen & Co, 1986, p. 65.

斯基等现代现实主义作家,都不同程度地体现了"写实"中的实证理性[①]。比如,"福楼拜避免了浪漫主义在处理当代题材时的那种激情和不稳定性。他的艺术观念显然受到了早期实证主义的影响,虽然他本来是非常看不起孔德的"[②]。现代现实主义文学的"写实"承续着传统"摹仿说"的写实理念,同时在科学理性与实证理性的催化下,把文学创作视为对现实社会与人生的研究与历史性的真实"再现";作家的创作在科学研究式的观察、实证的基础上努力达成对小说生活的准确体验与把握,并以客观写实的方式真实"再现生活本来的样子",甚至追求"文学具有科学研究的精确性",竭力展示现实生活之本源。现代现实主义文学的"写实"理念,接纳了科学理性和实证理性基础上的观察、实验以及逻辑分析的方法和经验论哲学内涵,并以此挤兑了传统"摹仿说"的形而上的抽象思辨和先验论哲学内涵,力图使文学文本所展示和反映的艺术世界与现实中的生活世界达成同构关系。正因为如此,现代现实主义文学通常被认为是广泛地再现了现实生活之面貌及其内在的本质与规律,从而使文学文本拥有审美功能和社会功能。概而言之,现代现实主义的"写实"从抽象的思辨性写实走向了实证的分析性写实,这是一种写作理念与方法上的现代性转型。

第二节 "写实"与"主义"

19世纪现实主义常常又被称为"写实主义",顾名思义,这无疑是因为"写实"是现实主义的本质属性之一。文学创作离不开写实,任何时代、任何形态的文学都有历史的承载和写实的成分,但是,不同时代和不同形态的文学,恰恰又会因为写实之"写"与写实之"实"的不同而大相径庭。因此,"写实"实际上是一个历时而变的动态概念,是一个"变数";正因其是一个"变数",也就给文学创新留下了广阔的空间,给不同时期的不同的文学形态以千姿百态。19世纪现实主义之反叛浪漫主义并且表现出了理论与实践上与后者的迥然差异,很重要的便是因为"写"与"实"之重大

[①] 关于现代现实主义文学对现实生活的写实性描写,请参阅蒋承勇:《十九世纪现实主义文学的现代阐释》,北京:中国社会科学出版社,2010年。

[②] Erich Auerbach, *Mimesis: The Representation of Reality in Western Literature*, Princeton and Oxford: Princeton University Press, 2003, p. 491.

差异。

一种文学思潮的独立存在,既要有特定的文学风格与艺术手法,更要形成具有特定诗学观念和艺术品格的"精神气质",它是特定的文学思潮得以确立的更本质的要素。通常,某一种艺术风格和创作手法是可以超越历史的,但某种"精神气质"必然是特定历史阶段的产物。这意味着文学思潮的概念不但有内涵上的"质性"规定,也有外延上的"历史性"或"时期性"刻度。就此而言,"现代现实主义"既是19世纪特定历史时期之"文学思潮"的概念,又是一种以"写实"原则为根基的"创作倾向""创作方法"或"批评原则"。作为一种关涉西方写实性叙事文学传统的创作方法与创作原则或文学批评方法,现实主义之"写实"精神与现实性、真实性审美品格是古已有之的,可以追溯到古希腊"摹仿说"。

一、"写实"与"摹仿"的耦合

"摹仿说"是西方文学理论的重要基石之一。"摹仿"(又译"模仿")一词在古希腊文中被称为 $\mu\acute{\iota}\mu\eta\sigma\iota\varsigma$,而在拉丁文中则被称为 imitatio,"它乃是在不同语系中的同一名词";"在今天模仿多少意味着复制(copying),但是,在古希腊,它当初的用意却与现在大不相同。"[①]在公元5世纪前,"摹仿"多用于祭祀时的礼拜活动,"到了公元前5世纪,'摹仿'一词,从礼拜上的用途转为哲学上的术语,开始指示对外界的仿造"[②]。而其真正作为文学理论和美学概念的使用,严格意义上从柏拉图开始。"在《理想国》第十部的一开始,他把艺术视同实在的模仿的概念,就形成一端:他把艺术视同对于外界的一种被动而忠实的临摹。"[③]柏拉图认定,"摹仿说"认定只有外部现实世界才是艺术的绝对本源和终极本体,即艺术的本质是对外部世界的摹仿。他还说:艺术家可以随心所欲地进行创作,因为他只需要拿面镜子四处照照就大功告成了,"拿一面镜子四方八面地旋转,你就马上造出太阳、星辰、大地、你自己、其他动物、器具、草木以及我们刚才提到的一切"[④]。由此"摹仿说"又被称为"镜子说"。不过,"乍看之下,他(柏拉图——引者注)的学说似乎是叙实性的而非规范性的;然而,事实上

---

① 瓦迪斯瓦夫·塔塔尔凯维奇:《西方六大美学观念史》,刘文潭译,上海:上海译文出版社,2006年,第274页。
② 同上书,第275页。
③ 同上书,第276页。
④ 柏拉图:《柏拉图文艺对话集》,朱光潜译,北京:人民文学出版社,1959年,第65页。

恰好相反,它根本不赞同用艺术模仿实在。基本理由是:模仿并非通达真相之正途"①。亚里斯多德对柏拉图"摹仿说"作了批判性发展,这集中表现为相互联系着的两个方面:其一,通过强调"行动中的人"(人的性格与行动),使"文艺摹仿自然"这一含混的命题变得明确。他认为,"情节乃悲剧的基础,有似悲剧的灵魂;'性格'则占据第二位。悲剧是行动的摹仿,主要是为了摹仿行动,才去摹仿行动中的人"②。因此,正如车尔尼雪夫斯基评述的那样,"亚里斯多德的《诗学》没有一字提及自然,他说人、人的行为、人的遭遇就是诗所摹仿的对象"③。这一方面开启了"文学即人学"的西方文学理论先导,另一方面为营造"情节"为第一要务的西方文学叙事传统奠定了基础。其二,通过强调"应然"的观念将"普遍性""必然律"植入"摹仿"之中,使"摹仿"的对象被定位于"内在本质"而非事物外形,最终为"摹仿说"注入了灵魂。总体来说,通过"人"的引进,亚里斯多德的"摹仿说"顺利抵达"本质";而且在"摹仿"中由作家注入事物外形中去的所谓"本质"因其对普遍性的要求,则只能来自于一种公共的思维视角:"一般说来,写不可能发生的事,可用'为了诗的效用''比实际更理想''人们相信'这些话来辩护。"④文学就是对现实生活的"摹仿",而"摹仿"则以揭示现实生活之普遍性本质为宗旨;从创作方法与理念角度讲,这都意味着文学之"摹仿"必然是"写实"原则与"叙实"精神的贯穿,"摹仿"与"写实"是一种耦合关系,或者说,"摹仿"是"写实"的一种原初性表述,而"写实"则是"摹仿"的延展性、根本性内涵。

在中世纪,经院哲学辩称:艺术家通过心灵对自然进行摹仿之所以可能,乃是因为人的心灵与自然均为上帝所造,因而对观念的摹仿当然就比对物质世界的摹仿来得更加重要,把古代希腊具有唯物主义倾向的摹仿说进一步推向了纯粹上帝观念的神学摹仿说。比如,圣·奥古斯丁断言:艺术家的作品只应该来自上帝至美的法则⑤。在文艺复兴时期,"'模仿'(摹仿)变成了艺术论中的一项基本的概念,并且也只有在那之后,才达到

---

① 瓦迪斯瓦夫·塔塔尔凯维奇:《西方六大美学观念史》,刘文潭译,上海:上海译文出版社,2006年,第276页。
② 亚里斯多德:《诗学》,罗念生译,北京:人民文学出版社,1988年,第23页。
③ 车尔尼雪夫斯基:《美学论文选》,缪灵珠译,北京:人民文学出版社,1957年,第144页。
④ 亚里斯多德:《诗学》,罗念生译,北京:人民文学出版社,1988年,第101页。
⑤ 瓦迪斯瓦夫·塔塔尔凯维奇:《西方六大美学观念史》,刘文潭译,上海:上海译文出版社,2006年,第278页。

了顶峰"并"赢得了全面的胜利"①。"在15与16世纪之间,没有其他的名词比 imitation 更加通行,也没有其他的原则比模仿原则更加通用。"②达·芬奇、莎士比亚等大艺术家均曾重提"镜子论",莎士比亚在《哈姆雷特》中借主人公的口说:"自有戏剧以来,它的目的始终是反映人生,显示善恶的本来面目,给它的时代看一看自己演变发展的模型。"③较之于前一个时期,文艺复兴时期的艺术家们更加强调艺术摹仿自然,但这种"自然"更多时候却依然意味着自然的本质与规律。在17至18世纪的新古典主义时期,作家们似乎比上一个时期更青睐"摹仿自然"的口号,但同时也进一步把"自然"的概念明确为一种抽象理性或永恒理性。布瓦洛说:"首先须爱理性;愿你的一切文章,永远只凭着理性获得价值和光芒。"④维柯则于1744年在他的《新科学》中宣告:"诗除了模仿之外什么也不是。"⑤"在18世纪的大部分时间里,艺术即摹仿这一观点成了不证自明的定理。"⑥可以说,自亚里斯多德之后到18世纪,"摹仿说"一直是西方文学与文论界极为重要的批评术语。

二、"写实"与"再现""反映"的耦合

"摹仿说"在西方文坛的流行已逾20个世纪,在这漫长的历史发展过程中,虽然反对的声音从未间断,但反对声音始终因其理论冲击力的微弱而动摇不了其主流与主宰的地位。实际上,长期来"模仿说并没有明目张胆的仇敌,因此也就没有引起什么激烈的争论"⑦。但是,随着19世纪"现实主义"概念的逐步流行和现实主义文学思潮的日渐兴盛,"摹仿""写实"的传统理论再度受到了空前的关注,如"火焰又重新闪亮那样,艺术家

---

① 瓦迪斯瓦夫·塔塔尔凯维奇:《西方六大美学观念史》,刘文潭译,上海:上海译文出版社,2006年,第278页。
② 同上书,第281页。
③ 莎士比亚:《莎士比亚全集》(第九卷),朱生豪译,北京:人民文学出版社,1978年,第68页。
④ 布瓦洛:《诗的艺术》,任典译,见伍蠡甫主编:《西方文论选》(上册),上海:上海译文出版社,1979年,第290页。
⑤ 瓦迪斯瓦夫塔·塔塔尔凯维奇:《西方六大美学观念史》,刘文潭译,上海:上海译文出版社,2006年,第278页。
⑥ M. H. 艾布拉姆斯:《镜与灯:浪漫主义文论及批评传统》,郦稚牛、张照进、童庆生译,北京:北京大学出版社,2015年,第10页。
⑦ 瓦迪斯瓦夫塔·塔塔尔凯维奇:《西方六大美学观念史》,刘文潭译,上海:上海译文出版社,2006年,第286页。

们又重新注重艺术的对于现实的依赖"①。于是,"摹仿说"及"写实"精神在得以传承与延续的同时,其内涵也进一步拓展和延伸,从而呈现出特定时代的新形态——"再现说"。"通常地讲,19世纪中叶的现实主义作家和19世纪末期自然主义作家的共同点是相信艺术从本质上来说是对外部现实的模仿式的客观再现,这与之前的浪漫主义作家所强调的想象性转换形成对比。这使得现实主义作家和自然主义作家都描写日常生活和触手可及的事物,他们全神贯注于统称为社会再现的东西。"②于是,现代现实主义文学就有了社会研究的特征。"社会报道的一位'同胞兄弟'是现实主义小说,它是欧洲19世纪典型艺术形式之一。现实主义风格的小说创作追求与'真实生活'之间的关联,但它并不满足于对现实世界的简单描绘,而是要探究其内在的社会和心理层面的动因……在社会学正式成为一门学科之前,作家是研究社会的真正专家。在社会学出现后,他们仍然与社会学家保持着一种创造性竞争关系。"③

19世纪初,"在文学中,新写实主义所发表的第一篇理论性文章,见于1821年出版的《19世纪的使者》,作者不详。文章里提到:'就目前文学理论的现状来看,整个情势的发展显示,大家都赞成文学应该趋向于忠实地模仿由自然提供的模型','这种学说可以称之为写实主义。'"④这里的"写实主义"与稍后库尔贝特等人所说的现实主义十分相似。库尔贝特在"《1855年的个展目录》前言"中曾这样阐发其所理解的现实主义:"像我所见到的那样如实地表现出我那个时代的风俗、思想和它的面貌,一句话,创造活的艺术,这就是我的目的。"⑤库尔贝特的"现实主义"强调"给我们展示对这个世界的一种还原——缩略模型——将这世界压缩在一册书中,我们知道这册书能够在我们阅读期间提供一种平行现实的感觉。它几乎可以替代我们自己的现实"⑥。库尔贝特和当时的尚弗勒里共同

---

① 瓦迪斯瓦夫塔·塔塔尔凯维奇:《西方六大美学观念史》,刘文潭译,上海:上海译文出版社,2006年,第286页。
② Sally Ledger, "Naturalism: 'Dirt and horror pure and simple'", in Matthew Beaumont ed., *Adventures in Realism*. Oxford: Blackwell, 2007, p. 69.
③ 于尔根·奥斯特哈默:《世界的演变:19世纪史》(Ⅰ),强朝晖、刘风译,北京:社会科学文献出版社,2016年,第48页。
④ 瓦迪斯瓦夫塔·塔塔尔凯维奇:《西方六大美学观念史》,刘文潭译,上海:上海译文出版社,2006年,第288页。
⑤ Peter Brooks, *Realist Vision*, New Haven and London: Yale University Press, 2005, p. 2.
⑥ Ibid.

表达了"艺术应该是现实生活的真实再现"①,这既是对"摹仿说"严格意义上的传承,也意味着在更广阔意义上"按照生活的本来面目再现生活"创作原则的一种婉转的表达,而这在根本上是对已有的现代现实主义文学思潮之精神实质的高度概括。众所周知,库尔贝特的"现实主义"表述,事实上是对此前未曾以之冠名的一批写实传统之作家与作品的一种"追认",如巴尔扎克、司汤达等。这一系列作家不仅在创作实践中体现了这种"摹仿""再现"与"写实"的创作原则,而且也有大量的理论表述与评论。巴尔扎克在《人间喜剧》前言中称:"我搜集了许多事实,又以热情为元素,将这些事实真实地默写出来。"他在自叙其《人间喜剧》的创作意图时明确宣称:"法国社会将是一个历史家,我只能当它的书记。"他立志"完成一部19世纪法国的作品","写出许多历史家所遗忘了的历史,即人情风俗的历史"②。奥尔巴赫认为:"巴尔扎克把虚构的文学艺术创作理解成了对历史的解释,甚至上升到了历史哲学的高度。"③托尔斯泰在"《莫泊桑文集》序言"中说:"艺术家之所以是艺术家,只是因为他不是按照他所希望看到的样子,而是按事物本来的样子来看事物。"④更直接地将"摹仿说"传统写实理论以"再现说"概念作传承性、创新性深入论证与阐发的是俄国民主主义文艺评论家车尔尼雪夫斯基,他在总结俄国文学发展进程的基础上,通过对"现实的诗"与"理想的诗"的联系与区别的辨析,深入论证了摹仿说和现实主义文学思潮之再现说的关系。他指出,"艺术的第一个目的就是再现现实","艺术是现实的再现"⑤;艺术作品的目的和作用"并不是修正现实,而是再现它,充作它的代替物"⑥。他肯定"现实的诗""更符合我们时代的精神和需要",要求文艺成为"社会的一面忠实的镜子",

---

① 勒内·韦勒克:《批评的诸种概念》,罗钢、王馨钵、杨德友译,上海:上海人民出版社,2015年,第228页。

② 巴尔扎克:《〈人间喜剧〉前言》,陈占元译,见伍蠡甫等编:《西方文论选》(下卷),上海:上海译文出版社,1979年,第168页。

③ Erich Auerbach, *Mimesis: The Representation of Reality in Western Literature*, Princeton and Oxford: Princeton University Press, 2003, p. 480.

④ 托尔斯泰:《〈莫泊桑文集〉序言》,见托尔斯泰:《论创作》,戴启篁译,桂林:漓江出版社,1982年,第91页。

⑤ 车尔尼雪夫斯基:《艺术与现实的审美关系》,周扬译,北京:人民文学出版社,1979年,第91—92页。

⑥ 伍蠡甫等编:《西方文论选》(下卷),上海:上海译文出版社,1979年,第412页。

"使现实的全部可怕的真相毕露无遗"①。他首次把现实主义再现现实的创作原则同19世纪40年代在俄国文学中形成的以果戈理为代表的"自然派"联系在一起。车尔尼雪夫斯基提出了著名的"美是生活"的唯物主义论断,并在此基础上肯定了艺术的目的和作用是"再现现实""说明生活"和"对生活下判断",进一步奠定和发展了俄罗斯现实主义文艺的理论基础。特别是,车尔尼雪夫斯基"突破了②旧的模仿说……他主张,艺术不仅模仿实在,而且更解释并评价现实。这一点实有其特殊不凡的意义"③。车尔尼雪夫斯基不仅阐释了"再现说"的基本内涵,也辨析了其与"摹仿说"的异同。杜勃罗留波夫的贡献在于其创立了"现实的批评"原则,肯定艺术作品的主要价值在于它的生活真实,并以此作为评定每一种文学现象价值与意义的尺度。但是,值得注意的是,别、车、杜都未曾使用"现实主义"这一术语,但都为19世纪现实主义文学创作的写实精神作了深入的阐发并有力地推动了俄国现实主义文学思潮的发展与繁荣。

可见,19世纪现实主义文学的"再现说"创作原则与文学理念之理论渊源与古希腊的"摹仿说"一脉相承,当然,"这种现实主义文学显然比以前的文学作品包含了更多的写实性元素"④,并且,以"再现说"为原则的"现实主义激活了社会景象和社会现实"⑤。"这种新写实主义和旧有的模仿说相比之下,其间仍有某种差异;这个差异不只是'写实主义'这个新名词……因为艺术(包含文学艺术在内)的本质与其说是现实的模仿,不如说是现实的分析。"⑥这里的"现实的分析"和车尔尼雪夫斯基的"解释并评价现实"的观点几乎一致,这意味着"再现说"使"摹仿说"从轻视创作者主体精神的介入、过于强调并依赖现实的机械性复制,演变、提升为强调主体作用的能动性之"写实"。确实,传统摹仿说的"写实"强调文学创作与外部世界的照相式对接与吻合,强调"镜子式"的机械的真实反映,这

---

① 车尔尼雪夫斯基:《艺术与现实的审美关系》,周扬译,北京:人民文学出版社,1979年,第87页。
② 同上书,第109页。
③ 瓦迪斯瓦夫·塔塔尔凯维奇:《西方六大美学观念史》,刘文潭译,上海:上海译文出版社,2006年,第288页。
④ J. P. Stern, *On Realism*, London and Boston: Routledge & Kegan Pall, 1973, p. 41.
⑤ Matthew Beaumont, "Introduction: Reclaiming Realism", in Matthew Beaumont ed., *Adventures in Realism*, Oxford: Blackwell, 2007, p. 6.
⑥ 瓦迪斯瓦夫·塔塔尔凯维奇:《西方六大美学观念史》,刘文潭译,上海:上海译文出版社,2006年,第288页。

种理论使文学创作过分受制于外在事物,作品的价值主要也取决于其摹仿的对象物本身(题材和内容)。正如德国哲学家卡西尔指出的,传统的艺术对现实摹仿的理论,过于重视创作对现实的依赖,忽视了创作主体的作用①。因此,传统摹仿说的缺点是显而易见的:如果摹仿是艺术的真正目的,那么显而易见,艺术家的自发性创造力就是一种干扰性因素而不是一种建设性因素②。"再现说"则强调文学创作不能简单、被动地受制于外在的描写对象,创作过程是一种以主体介入的方式对外在世界的能动反映,作家可以"在自己的作品中改变所谓'真实'的东西和'现实生活',使之满足艺术品本身的内容需要——如前后一致、完整性、统一性或合理性等等"③;"要承认现实与我们对现实内容的视觉感知之间存在无法弥合的差距,这是更精确地理解(和再现)我们的观看方式的关键。"④因而作家的创作是在主体精神驱使下对生活的创造性"改造",作品的价值由其内容和形式本身来决定。"经常有人暗示现实主义的最终目标就是复制现实,或至少是复制部分现实——似乎现实主义小说的渐近线就是在书中对现实的相关部分进行的整体重建。如果这种说法属实将使现实主义的事业立即变得不可能,变得徒劳。"⑤现代现实主义的"再现"不是机械地"复制"生活的外在表象,"艺术家是无法复制自然的;艺术家能做的只是阐释自然"⑥。"现实主义并不以反映现实的外部轮廓来接近现实,而是把它搬上舞台,把痴迷存在和意识形态泛滥的方方面面凸显出来。"⑦所以,"再现说"对"摹仿说"的传承与发展,也意味着"写实"原则与精神的嬗变,从而达成了文学创作之"写实"同"再现""反映"的耦合。"19世纪50年代,写实主义的领导者是夏弗洛瑞⑧……他认为艺术之美,是

---

① Ernst Cassirer: *The Philosophy of Symbolic Forms*: Vol 1: *Language*, Trans. Ralgh Manheim, New Haven and London: Yale University Press, 1955, p. 187.

② Ibid.

③ 布洛克:《美学新解》,滕守尧译,沈阳:辽宁人民出版社,1987年,第66页。

④ Amy Holzapfel, *Art, Vision, and Nineteenth-Century Realist Drama*, New York: Routledge, 2014, p. 16.

⑤ Raymond Tallis, *In Defence of Realism*, London: Edward Arnold, 1988, p. 195.

⑥ Hermann Von Helmholtz, *Selected Writings of Hermann Von Helmholtz*, Middletown: Wesleyan University Press, 1971, p. 328.

⑦ Estber Leslic, "Interrupted Dialogues of Realism and Modernism: 'The fact of new forms of life, already born and active' ", in Matthew Beaumont ed., *Adventures in Realism*, Oxford: Blackwell, 2007, p. 129.

⑧ 即尚弗勒里,Champfleury。

一种被反映出来的美,而它的根源在于现实之中。"①

三、"变数"的"写实"与"复数"的"主义"

其实,"再现"的"写实"在西方文学史上与"摹仿"的写实一样有悠久传统,但这一传统却并非一块晶莹剔透的模板。如上所述,不管是在理论观念层面还是在具体的创作实践当中,西方文学中的所谓"写实",并非一成不变,而是总处于不断生成的动态历史过程之中。从"摹仿"现实到"再现"现实,是"写实"传统的发展与变异,其间不仅涉及不同时代人对"写实"之"实"的内涵有着不同的理解,而且相应地对"写实"之"写"的如何措置也总有着迥异的要求。就前者而言,所谓的"实"是指什么?——是亚里斯多德之"实存"意义上的生活现实?还是柏拉图之"理式"意义上的本质真实?又抑或是苏格拉底之"自然"意义上的精神现实?这在古代希腊就是一个争讼不一的问题。亚里斯多德在《诗学》之后说的"实存"意义上的"现实说",虽然逐渐成为西方文学理论界长时间占主导地位的观点,但究竟是怎样的"实存"又到底是谁家的"现实"却依然还是难以定论——是客观的、对象性的现实?还是主、客体融会的、现象学意义上的现实?又抑或是主观的、心理学意义上的现实?基于现代哲学立场观之,"再现"即"再造",通过观念对现实的再造。在传统的文学叙事文本中,由于作家总是站在一个"类主体"的宏大立场上进行思维,所以,在抽象的理性观念与鲜活的生命体验之间,他们的叙事总是习惯性地贴近前者潜行。一旦细致的感性生命体验被忽略,所谓"对现实的真实再现"也就只能宿命般地沦于"对观念的抽象演绎"。

经过宗教—伦理观念或启蒙政治理性一番"阐释"之后,历史主义的线性历史观将生存现实乔装打扮,规定为某种历史在通往终极目标过程中的一个特定历史阶段的意识形态图景。本质主义使处在历史活动中的人和活生生的人的生存被装进了某种观念系统的模型:人,脱开了其"自然存在"的属性;"自在性"既已沦陷,"自为性"也就势必成为"观念"自身的虚热与虚妄。正如冈布里奇在《艺术与幻觉》一书中所言,世界上永远"不存在未加阐释的现实"②,在"本质"被注入"摹仿"并成为其灵魂之后,

---

① 瓦迪斯瓦夫·塔塔尔凯维奇:《西方六大美学观念史》,刘文潭译,上海:上海译文出版社,2006年,第288页。
② 冈布里奇:《艺术与幻觉:绘画再现的心理研究》,周彦译,长沙:湖南人民出版社,1987年,第83页。

"再现说"关于客体世界之文学本体与本源的立场,已在不觉中归于了作为创作主体的作家,因为"本质"作为观念只能由作家主体赋予世界客体,世界客体本身是无所谓什么"本质"可言的。就此而言,"再现总是达到一定目的的手段"①,它或者为了传达某种观念——此时的再现事实上乃是观念的形象阐释;或者为了唤起某些情感或释放情感——此时的再现在本质上接近于情感的表现。两种情形,不管哪一种,均由一个站在世界之外的、对自我的情感或观念高度自信的独立主体来达成。"我要按事物本来的样子呈现事物。我自己并不在其中。"②因此,后来的所谓再现与表现的对峙,只不过只是前者偏重主体观念的传达,后者偏重主体情感的表现而已,两者均建构于传统理性主义那种主体与客体、现象与本质之二元对立的思维框架之中。

19世纪西方现实主义是作为浪漫主义的对立面出现的,杜朗蒂和尚弗勒里曾尖锐地攻击雨果、缪塞、维尼等浪漫派作家,指责他们无视自己的时代,企图从往昔的岁月里掘出僵尸,再给它们穿上历史的俗艳服装。因其抵制"不现实的各种事物",卫姆塞特和布鲁克斯在《西洋文学批评史》中,把现实主义阐释为19世纪中叶发生在西方文坛的一种反动。③而在19世纪末20世纪初现实主义与现代主义的论战中,现实主义自身也被申斥为"过时"的"矫饰"。法国文论家罗兰·巴特说:"叙事的作用不是'表现',而是构成一幅图景,一幅对我们来说显得神秘莫测却又完全无法摹仿的图景。"④在"上帝死了"所开启的"不确定"代替"确定"的文化背景上,"摹仿说"那种建立在传统"写实"基础上的确定无疑的所谓客观真实,被丰富、复杂乃至相互冲突的各种主观真实所取代,19世纪西方现实主义对"写实"与"真实"的追求也遭到了质疑。

文学理论的语言学转向——形式主义、结构主义、解构主义等相继在理论上将没完没了的所谓真实性问题弃置一边,转而将文学看成是自足的、由语言编制结构的文本来进行讨论。"文本"代替"作品",表征着文学理论与文学批评的一次深刻的革命:文学从此不再简单地是外部世界或

---

① 柯林伍德:《艺术原理》,王至元等译,北京:中国社会科学出版社,1985年,第58页。
② 勒内·韦勒克:《象征主义的存在》,见胡经之、张首映编:《西方二十世纪文论选》,北京:中国社会科学出版社,1989年,第77页。
③ 卫姆塞特、布鲁克斯:《西洋文学批评史》,颜元叔译,北京:中国人民大学出版社,1987年,第417页。
④ Roland Barthes, "Structured Analysis of Narratives", in Roland Barthes, *Image, Music, Text*, trans. Stephen Heath, New York: Hill and Wang, 1977, pp.124—125.

内部世界的镜像,而是自足的语言系统内部发生的一个事件。语言学家索绪尔提出:任何语言符号都有"能指"与"所指"这两个因素结合而成,且符号所组成的语言世界与其所指代的现实世界之间并不存在必然的联系,即不是外在事物决定了语词的意义,而是语词决定了事物的意义。此种语言观对现实主义的镜像式写实与真实观无疑带来了有力的冲击。

浪漫主义之后,尽管19世纪现实主义文学创作曾因巴尔扎克、狄更斯、托尔斯泰等文学大师的存在呈现出勃然复兴的旺盛势头,尽管20世纪西方文坛上现实主义创作仍然不绝如缕呈现出长盛不衰的"无边"局面——这一切既与19世纪现实主义作为西方文学传统的强大惯性相关,又与小说尤其是长篇小说作为资本主义兴起的产物这一事实相关涉,但人们还是不得不承认:从文学观念上来说,持续主导西方文学2000多年的"摹仿说""再现说"及其"写实"精神在承受了浪漫主义"表现说"对其发起了第一波颠覆行动之后,面对着自然主义与象征主义"显现说"[①]的第二波联合夹击,自然不可能永远风采依旧,但作为一种经典的理论资源,却在相对弱化的同时又渗透、融化于新的文学和新的理论之中,依旧在人类文学中显示出其理论意义与当代价值。"我们最终将像巴尔扎克、狄更斯、古斯塔夫·福楼拜和乔治·艾略特等人开拓的再现世界的风格模式视为标准,是我们期待小说该有的样子。"[②]因此,"写实"这个"变数"又留下了更开放包容与拓新的空间,为接纳20世纪的现代主义文学的合理成分埋下了生命的种子。

"现实主义"以肇始于古希腊的理性主义哲学传统为思想核心,凭借"摹仿说""再现说"经由西方写实性叙事文学传统的逐步锤炼得以形成并发展和延续。在19世纪,浪漫主义文学思潮衰微、自然主义文学思潮兴起前后,徜徉于滋养自然主义的科学主义文化大潮,愤懑于浪漫主义走向极端后的虚无浮泛,"现实主义"因其"写实"这个"变数"概念之内涵的陡然增大以及质的更新,顿时壮大为一种"文学思潮"。同时,又由于现实主义之"写实"概念在内涵上常常处于游弋动荡与外延无限膨胀的变动不居的"变数"状态,致使19世纪现实主义在作为波澜壮阔的文学思潮流行过后,作为一种创作倾向、创作方法和批评方法,常常本能地趋向于寻求某种外在的支撑,正所谓"现实主义在历史过程中指代不同的事物……

---

① 蒋承勇、曾繁亭:《"屏"之"显现"——自然主义与西方现代文学本体论的重构》,《外国文学》2019年第1期。

② Peter Brooks, *Realist Vision*, New Haven and London: Yale University Press, 2005, p.5.

它作为口号被印在不同的旗帜上"①。于是就有了各种各样名目繁多的"现实主义"新形式、新组合,从而呈现为一种"复数"状态——在西方,有"摹仿现实主义""心理现实主义""虚幻现实主义""怪诞现实主义""反讽现实主义""理想现实主义""朴素现实主义""传奇现实主义""乐观现实主义""超现实主义""魔幻现实主义"等等,不一而足;在苏联,文学理论家卢那察尔斯基一人就曾用过"无产阶级现实主义""社会现实主义""英雄现实主义"和"宏伟现实主义"等多种术语,此外还有沃隆斯基的"新现实主义"、波隆斯基的"浪漫现实主义"、马雅可夫斯基的"倾向现实主义"、阿·托尔斯泰的"宏伟现实主义"、勃列日涅夫的"辩证现实主义"等等,五花八门。看来,"现实主义是一个开放性的形式,一个没有清晰或连续边界的文类"②。"现实主义与它试图反映的现实一样灵活多变。"③在所有这些"复数"的"现实主义"中,最著名的还是高尔基的"批判现实主义"和1934年苏联第一次作家代表大会正式写进作家协会章程并规定为苏联文学基本创作方法的"社会主义现实主义"。其中,"'批判现实主义'这一概念在马克思主义和激进文学研究中有着悠久的传统,其发端可以追溯到马克思和恩格斯对巴尔扎克、狄更斯和其他作家零散但又深刻的评论中"④;而"社会主义现实主义"则是"现实主义在俄国革命之后被彻底改造"⑤的结果。在中国,除20世纪五六十年代被热烈讨论并一度被确定为中国文学的基本创作方法的"社会主义现实主义"及其变种"与革命浪漫主义相结合"的"革命现实主义"外,相应的还有"新民主主义现实主义"(周扬)、"进步的现实主义"(周扬)等。"现实主义"惊人的繁殖力,所表征的正是其作为文学传统之"写实""变数"基础上的"主义"的"复数",这些"主义"的"复数"形式则不应冠之以"文学思潮"的概念,而仅仅是现实主义或写实主义创作方法、创作原则的变体,或者说是19世纪现实主义"写实"精神在不同

---

① Raymond Tallis, *In Defence of Realism*, London: Edward Arnold, 1988, p.190.
② Ibid.
③ Esther Leslic, "Interrupted Dialogues of Realism and Modernism: 'The fact of new forms of life, already born and active' ", in Matthew Beaumont ed., *Adventures in Realism*, Oxford: Blackwell, 2007, p.140.
④ Michael Lowy, "The Current of Critical Irrealism: 'A moonlit enchanted night' ", in Matthew Beaumont ed., *Adventures in Realism*, Oxford: Blackwell, 2007, p.193.
⑤ Estber Leslic, "Interrupted Dialogues of Realism and Modernism: 'The fact of new forms of life, already born and active' ", in Matthew Beaumont ed., *Adventures in Realism*, Oxford: Blackwell, 2007, p.139.

时空的延续、流变、创新与发展。正因为如此,比较文学学者托里尔·莫依(Toril Moi)认为:"有各种各样的现实主义;我们作为文学批评家的任务是阐释每一种现实主义的特殊性,而不是将所有现实主义都妖魔化成天真的'再现主义'(representationlism)。"①

艺术活动毕竟是最张扬个性的人类活动;事实上,任何一位伟大作家的创作,都绝无可能用一个什么"主义"的术语或标签盖棺论定。文学史研究应把思潮研究、作家研究、作品研究区别开来;文学思潮层面的宏观研究不能代替对具体作家、作品的研究,反之亦然。将一个时期的作家、作品都装到一个套子里发放统一"牌照",简单倒是简单,但这已经不是在偷懒,而是在糟蹋文学。在经典作家、作品研究与文学思潮或文学流派研究的关系上,左拉的话也许足资借鉴:"每个流派都有过分之处,以致使自然按照某些规则变得不真实。"②"流派是为平庸而建立的。对于那些没有勇气和自由的毅力的人来说,有规则是好的……天才绝不混杂其中。他的本性是不属于任何流派,在必要时创造出新流派。""流派从来不会产生一个伟人。"③所以,他对当时指称以他为代表的新文学思潮为"自然主义"并不在意,但还是反复使用"自然主义"这个名词,是"因为事物需要命名,公众才会认为是新的"④。左拉觉得自己的创作倾向"需要命名和宣传,需要有纲领和宣言"⑤,这样才能有"凝聚力"并产生"深远影响"。但是,这种"命名"和"名词"不一定适合所有创作这种倾向内的作家;以这种"纲领"和"规则"去创作的,未必成为"天才"的文学领袖。

四、"写实"与"写虚":"断裂"中的勾连

就19世纪现实主义文学思潮而言,无论是在理论上还是创作实践上,其"写实"原则之根本内涵不管较之以前有多大的变化,在本质上与本原上都未曾脱离实证主义的观察、实验的科学精神与实证理性,这意味着现代现实主义存在有自身的历史刻度与标志。但是,由于"写实"作为一

---

① Toril Moi, *Henrik Ibsen and the Birth of Modernism: Art, Theater, Philosophy*, Oxford: Oxford University Press, 2006, pp. 30—31.
② 左拉:《给安托尼·瓦拉布雷格的信》,见朱雯等编选:《文学中的自然主义》,上海:上海文艺出版社,1992年,第267页。
③ 同上书,第268页。
④ 马·布雷德伯里、詹·麦克法兰:《现代主义》,胡家峦等译,上海:上海外语教育出版社,1992年,第168页。
⑤ 同上。

种创作原则,本身是一个"变数",如前所述,伴随着"摹仿说""再现说"的历史变迁,与之关联的"写实"原则的内涵就有所不同,因而在不同历史发展阶段和不同国家的现实主义作家,其创作中的具体表现是各个不同的。泛而言之,在人类文学史上,文学离不开"写实",而"现实"又总是处于变动不居的状态之中。那么,随着历史的发展,到了20世纪文学中,虽然"写实"作为一种普遍性创作原则依然适用,但是在如何"写实"、写什么样的"实"等问题上,都有值得讨论的空间。事实上,现代主义文学中的"写实"大大有别于现代现实主义,其内涵还包含了"写虚",并且以"虚"为主。由此,现代现实主义与现代主义之间既体现了后者对前者的反叛,也意味着文学之精神内质上的前后关联。

如前所述,现代现实主义的"写实",与"摹仿说""再现说"均达成耦合,并且在实证理性浸润下,刻意追求表现生活本源性真实;作家的创作在科学研究般的观察、实证的基础上力求达成与生活的紧密而直接的联系,以图实现理性而客观地"再现生活本来的样子",甚至追求"文学具有科学研究的精确性"。从具体的表现方法上看,如剧作家和理论家贝托尔特·布莱希特(Bertolt Brecht)所说:"现实主义手法:探索社会因果关系/揭露当权者对事物的普遍看法/站在阶级的立场上写作,为人类社会所面临的紧迫难题提供最广泛的解决方案/强调发展的要素/把可能转化为具体,从具体中抽象可能。"[1]总体而言,现代现实主义文学文本所展示和反映的艺术世界与现实中的生活世界达成同构关系;文学文本中的世界虽然是艺术化的,但总体上是理性化、具象化且合乎生活逻辑的。

然而,20世纪现代主义者信奉的是非理性哲学,他们对科学之于人类的作用持怀疑和否定的态度,他们排斥科学理性精神,摒弃理性的和逻辑的思维模式,摒弃理性的和实证性的方法观察人与世界,把视线从外在的物理世界转向了内在的心理世界。就此而论,现代现实主义侧重于现代性中的社会现代性一翼——理性主体性,而现代主义侧重于审美现代性一翼——感性主体性。社会现代性又被称为"启蒙现代性",审美现代性又被称为"文化现代性"。"启蒙现代性最典型的方式是数学,而文化现代性的代表则是艺术……如果说前者体现了理性(逻各斯)的力量,体现了理性化的统一的秩序和总体性追求的话,那么,后者却正好表征了非理

---

[1] Bertolt Brecht, "Against Georg Lukács", in Perry Anderson et al. eds., *Aesthetics and Politics*, London: Verso, 1980, p. 82.

性、混乱、零散化和多元宽容的反动。"①审美现代性虽然可以追溯到卢梭和尼采及浪漫主义文学思潮,但是,从科学依据的角度看,它的重要根基是弗洛伊德的精神分析学,尤其是这种精神分析学说中的非理性理论。现代主义从审美现代性(文化现代性)的一翼张扬现代性精神,自然就与现代现实主义注重外在的和理性的角度表现生活不同,而是从内在的和非理性的角度表现生活。正如丹尼尔·贝尔所说:"现代主义是一种对秩序,尤其是资产阶级酷爱秩序心理的激烈反抗。它侧重个人,以及对经验无休止的追索。……他们把理性主义当作过时的玩意儿。"②现代主义认为外在的客观实体世界是不真实的,现实主义作家对生活所做的实证性、具象化描写是幼稚可笑的。因此,在现代主义这里,文学创作的根本目的不是再现外在现实生活的表象之真,而在于展示精神的和心理世界的真——一种超现实之真,一种"超现实"的现实。于是,在他们的作品中,外在的生活和世界被"虚"化了,而内在的心灵世界被"实"化了。如果说,他们的创作也离不开"写实"的话,那么,他们"写"的方式主要不是现代现实主义作家的那种摹仿、再现、实呈或实证意义上的具象化描写,而主要是一种表现、象征和隐喻意义上的形而上的和抽象化意义显现。由此,"写实"被虚化了,或者说,"写实"趋向于写"虚"、写"幻"和写"心"、写"意";如此创作而成的文本世界对应的主要不是外在的现实世界,而是人的内在的心灵世界,"现实"变成了"超现实"或心理现实,"写实"几乎成了"写虚"——当然,心理的内容或超现实在本质上也是一种"实存"之物,因而是一种"虚化"之"实",因此"写虚"在根本上依然还在"写实"——如果说,现代现实主义作家的艺术创作更体现理性思维对生活的概括、集中与提炼,那么,现代主义作家则更体现非理性控制下的对生活的体悟和对感觉、直觉与情绪的传达与抒写。

在这方面,作为现代主义流派之一的表现主义文学具有代表性。表现主义文学注重于表现事物内在的本质,力图销蚀外在物理世界的具体痕迹,作品中的事物之表象特征趋于式微;作品中人物的行为、语言、动作等等主要不是为了刻画性格并赋予实在的思想内涵,而是为了表达象征性寓意;文本内容不再关注事物存在的实时性、具象性与逻辑性,而重在表现事物的抽象性、永恒性和象征性。卡夫卡(Franz Kafka)的《变形记》

---

① 周宪:《审美现代性批判》,北京:商务印书馆,2005年,第147页。
② 丹尼尔·贝尔:《资本主义文化矛盾》,赵一凡、蒲隆、任晓晋译,北京:生活·读书·新知三联书店,1989年,第31页。

用象征模式表现了真实而虚幻的世界,抽象化的"写虚"成为主导的创作方法。作者平平静静地描写了主人公变形前具体的生活细节和变形后逼真的心理状态,使读者感到主人公所处的始终是一个真实的人的世界。尽管主人公与他周围人的距离相隔甚远,但主人公以及他周围人与读者的心理距离是贴近的,读者既能理解格里高尔的痛苦,也能理解他的家人的焦虑,因为他们双方的情感世界正是生活中你、我、他的情感世界,于是,阅读中就有真实感、现实性,从艺术表现方法的角度看也有其特殊的"写实性"。然而,由于小说故事的整体框架是借助于一个象征模式而不是现实模式构建起来的,这个故事框架人变成虫——的逻辑结构本身是非现实、非"写实"的,它只是用来寄寓人在哲理意义上的生存状态,而不是对外部生活的写实性、现实性摹仿;作者不是让人们去接受人变成虫这一客观存在的事实,而是去体察和领悟其间超现实意义上人的精神状态和深层心理－情感,去寻找虚幻与抽象中的本质之真。人变成甲虫不过是人类精神世界的象征,而非实指的客观外在世界。小说不在真实的摹写中追求再现式的"写实"之真,而以象征式的隐喻表现真实中的荒诞、虚幻中的真,在"虚"中实现了抽象意义上的"写实"。"写实"与"写虚"互为表里,但是以"虚"为主。这也是现代主义文学的一种普遍的艺术表达方法。

可见,"写实"与"写虚"看起来似乎是互不相干乃至是绝然相反的,其实不然。"实"和"虚"互为表里、相互依存。现代现实主义和现代主义共同以"求真"之写,各有侧重地展示着世界与自然以及生存于其间的人,在文学文本中展现出不同特质的艺术世界和人的生存状态。"写实"和"写虚"在"求真"这一粘合剂的作用下成为人类文学这个"硬币"的不可或缺的两个面相。西方文学之从现代现实主义到现代主义的发展,当然存在着后者对前者之"传统"的反叛与矫正,但并不意味着对前者的抛弃以及两者的断裂,而是在表层的"反叛"与"断裂"中暗含着深层的"勾连",这恰恰体现了现代性的双重面相,或者说,现代现实主义和现代主义从"写实"与"写虚"这看似绝然相反的不同面相或不同理路,达成了内涵复杂而丰富的"现代性默契"。

第三节 "写实"传统与马恩文艺思想

马克思、恩格斯是具有很高文学修养的思想家、理论家,他们的文艺思想在马克思主义理论中占有十分重要的地位。纵观马恩关于文学及文艺的著述，涉及了众多的作家、作品以及创作现象、文学艺术发展史等。我们在惊叹于其丰富而深刻的文艺见解的同时还可以发现，尽管他们曾分析荷马史诗、古希腊悲剧、弥尔顿《失乐园》、但丁《神曲》等欧洲文学史上的不朽名著，也探讨了塞万提斯、莎士比亚、歌德与狄德罗等伟大作家，但构成其文艺思想之核心的内容主要来自他们对19世纪欧洲文学的分析与研究，尤其是对19世纪欧洲现实主义文学思潮的深度阐释。

一、马恩－现代现实主义－现代性

马克思、恩格斯研究和讨论过的19世纪欧洲作家多达几十位，其中包括法国的夏多布里昂、雨果、乔治·桑、欧仁·苏、巴尔扎克、左拉、莫泊桑；英国的司各特、骚塞、拜伦、雪莱、托马斯·卡莱尔、乔治·艾略特、狄更斯、萨克雷、哈克奈斯；德国的阿伦特、卡尔·倍克、海涅、弗莱里格拉特、明娜·考茨基、卡尔·济贝尔、贝尔塔·卡·维尔特；俄国的普希金、赫尔岑、屠格涅夫、莱蒙托夫、车尔尼雪夫斯基、杜勃罗留波夫、谢德林以及挪威剧作家易卜生等。这些作家的创作倾向和文学思潮大多归属于现代现实主义，可以说，马克思、恩格斯对文学的现实主义和有写实主义倾向的作家作品情有独钟。拉法格在回忆中说，马克思"非常推崇巴尔扎克"，曾不止一次地表示，要写一篇关于评论巴尔扎克《人间喜剧》的文章。原因就在于巴尔扎克以其非凡的艺术才华，在他的作品中，"用诗情画意的镜子反映了整整一个时代"[①]。恩格斯则在1883年致劳·拉法格的信中提到，他在病中阅读巴尔扎克，从这位卓越的现实主义文学大师那里获得了极大的满足。他认为巴尔扎克的作品中有1815年到1848年的法国历史，比所有沃拉贝尔、卡普菲格、路易·勃朗之流的作品中所包含的多得多。……在他的富有诗意的裁判中还有了不起的革命辩证法[②]。马克思、恩格斯在《英国的资产阶级》《致斐迪南·拉萨尔》《致玛格丽特·哈克奈斯》《致明娜·考茨基》等著作中对19世纪现实主义文学给予高度的评价。这些著作是马克思主义文艺思想的历史性文献，而19世纪现实主义文学思潮是他们从事马克思主义理论创作尤其是文艺理论研究的重要素材。

---

① 弗兰茨·梅林：《马克思传》，樊集译，北京：人民出版社，1965年，第70页。
② 恩格斯：《致劳拉·拉法格》，见《马克思恩格斯全集》（第三十六卷），北京：人民出版社，1975年，第77页。

为什么马克思、恩格斯对 19 世纪现实主义文学思潮会情有独钟呢？

作为极具现实关怀和人道精神的理论家与思想家,马克思、恩格斯从历史唯物主义和辩证唯物主义立场出发,把经济关系视为社会历史发展的决定性基础,并致力于通过研究物质经济形态与人的关系去揭示社会发展的规律,尤其是揭示资本主义社会人与人的关系及其发展趋势。马克思的《共产党宣言》从政治经济学的角度,揭示了资本主义社会的现代性特征——侧重于社会现代性。美国当代著名政治学家、社会学家马歇尔·伯曼认为,《共产党宣言》是"第一部伟大的现代主义艺术品"。其间,马克思用"深渊""地震""火山爆发"等一系列现代主义思想中不断出现的词汇和形象,来描述 19 世纪资本主义时代的社会变革。[①] 马克思在《共产党宣言》中,对资本主义社会的内在矛盾和变革"动力"作了非常精确而经典的描述:

> 资产阶级除非使生产工具,从而使生产关系,从而使全部社会关系不断地革命化,否则就不能生存下去。……生产的不断变革,一切社会关系的动荡,永远的不安定和变动,这就是资产阶级时代不同于过去一切时代的地方。一切固定的古老的关系以及与之相适合的素被尊崇的观念和见解都被消除了,一切新形成的关系等不到固定下来就陈旧了。一切固定的东西都烟消云散了,一切神圣的东西都被亵渎了。人们终于不得不用冷静的眼光来看他们的生活地位、他们的相互关系。[②]

作为资本主义现代性的"第一位批评家",马克思敏锐地发现了资本主义社会内部深刻的矛盾性:一方面,资本主义是一种巨大的解放力——无论在生产力的解放或者说是人的思想的解放(理性原则);另一方面,资本主义又是一种巨大的压迫力,在对无产阶级的压迫的同时也撕碎了温情脉脉的面纱,暴露了资本主义社会的严酷的权力关系和社会关系。[③] 马克思揭示了资本主义社会的内在矛盾。马克思对资本主义的革命性"进步"与对人造成的新压迫之辩证关系的揭示,对资本主义生产力发展所造成

---

① Marshall Berman, *All That Is Solid Melts into Air: The Experience of Modernity*, New York: Penguin Books, 1982, pp. 19—20.
② 《马克思恩格斯选集》(第一卷),北京:人民出版社,1972 年,第 254 页。
③ Lawrence E. Cahoone, *The Dilemma of Modernity: Philosophy, Culture, and Anti-Culture*, Albany: SUNY Press, 1988, p. 2.

的对人的异化的批判,正好体现了现代性的内在矛盾与悖谬。因此,在对资本主义现代性所持的立场与观念方面,马克思恩格斯和现代现实主义作家有很大的一致性;他们都是从资本主义社会的内在矛盾去揭露与批判其现代化之弊端,维护人的尊严,寻求人性的自由与解放。在现代性的取向上,他们总体上均属于社会现代性和理性主体性的范畴。于是,他们也就合乎逻辑地期待文学能够从研究人的生活以及由人组成之社会的维度,体现其社会的、政治的、经济的、历史的多重价值,他们也就特别重视文学的社会价值与认识功能。而通过阅读文学作品尤其是写实性的现实主义小说去认识与研究社会以及生活于其中的人,是他们理论研究的一种实际需要,文学中的人与社会一定程度上也成为他们社会研究、理论创造的另一种不无价值的参照。在此意义上,19世纪现实主义文学的写实传统和真实性品格,与马克思、恩格斯的人道情结和现实关怀有某种精神本质上的暗合,也同马克思主义理论在思想逻辑上有着天然的默契,尤其是在现代性思想取向上达成了一致。这不仅是马克思、恩格斯高度关注19世纪欧洲现实主义文学的重要原因,也是现代现实主义文学的"写实"传统和真实性审美品格成为他们的文艺思想之基石或核心精神的重要缘由。

二、文学"反映论"与马恩文艺思想

文学艺术的意识形态属性,是马克思主义文艺思想的重要观点之一。马克思、恩格斯从历史唯物主义和辩证唯物主义的基本原理出发,提出了社会存在决定社会意识的基本原则,这一原则在1845—1846年间马克思、恩格斯合著的《德意志意识形态》《关于费尔巴哈的提纲》等著作中基本确立。他们在对德国哲学唯物主义和唯心主义之分歧的辨析中指出:"德国哲学从天国降到人间;和它完全相反,这里我们是从人间升到天国。"[①]也就是说,"不是意识决定生活,而是生活决定意识"。[②] 1859年马克思在《〈政治经济学批判〉导言》中进一步深入阐发了这一基本原则:

> 人们在自己生活的社会生产中发生一定的、必然的、不以他们的意志为转移的关系,即同他们的物质生产力的一定发展阶段相适应

[①] 马克思、恩格斯:《德意志意识形态》,见《马克思恩格斯文集》(第一卷),北京:人民出版社,2009年,第525页。

[②] 同上。

的生产关系。这些生产关系的总和构成社会的经济结构,即有法律的和政治的上层建筑竖立其上并有一定的社会意识形式与之相适应的现实基础。物质生活的生产方式制约着整个社会生活、政治生活和精神生活的过程。不是人们的意识决定人们的存在,相反,是人们的社会存在决定人们的意识。①

马克思的这一重要论断不仅阐明了人的社会关系与他们所处的物质生活的生产方式密切相关,也阐明了一定社会的经济基础决定这个社会的上层建筑。马克思认为,所有法律、政治、宗教、艺术和哲学等观念体系和情感形态的存在,都是受特定社会的物质条件决定的②。1894年恩格斯在《致瓦尔特·博尔吉乌斯》中也指出:"政治、法、哲学、宗教、文学、艺术等等的发展是以经济发展为基础的。但是,它们又都互相作用并对经济基础发生作用。"③马克思、恩格斯从历史唯物主义立场出发,阐明了社会现实生活对人的精神世界——意识形态——的决定作用,这不仅界定了文学艺术的意识形态属性,而且为解释作为精神与文化形态的文学艺术之发展规律提供了方法论前提,尤其是奠定了反映论文学史观的哲学基础。

文学尤其是现实主义倾向的作品,总是反映特定时代人的真实生活,再现社会风俗史。那么,对专注于研究物质经济形态与人的关系的马克思和恩格斯来说,他们很自然地就从认识论的角度去认同文学的社会功能,并由此形成其反映论文学史观——文学要真实地再现特定时代的社会历史。在他们的文艺思想中,"历史"与"社会"成了与文学密不可分的核心关键词,文学的社会认识价值也成了文学之功能的第一要务。正如美国文学批评家门罗·比厄斯利所说:"19世纪思想家们在发展着的政治革命和真正科学化的社会科学的双重影响下,对一个从柏拉图到席勒都未曾予以重视的主题投之以高度的关注,那就是:艺术在人类社会中的作用。"④这些"思想家们"中当然包括了马克思和恩格斯,说明马克思主义文艺思想本身也是时代的和历史的产物。恩格斯在致哈克奈斯的信中

---

① 《马克思恩格斯选集》(第二卷),北京:人民出版社,2012年,第2页。
② 同上书,第3页。
③ 恩格斯:《致瓦尔特·博尔吉乌斯》,见《马克思恩格斯文集》(第十卷),北京:人民出版社,2009年,第668页。
④ Monroe C. Beardsley, *Aesthetics from Classical Greece to the Present: A Short History*. Tuscaloosa: The University of Alabama Press, 1975, pp. 298—299.

说，巴尔扎克"在《人间喜剧》里给我们提供了一部法国'社会'，特别是巴黎上流社会的无比精彩的现实主义历史……围绕着这幅中心图画，他汇编了一部完整的法国社会的历史，我从这里，甚至在经济细节方面（诸如革命以后动产和不动产的重新分配）所学到的东西，也要比从当时所有职业的史学家、经济学家和统计学家那里学到的全部东西还要多"①。在恩格斯看来，文学全面地反映和再现特定的社会历史面貌，正是"现实主义的最伟大的胜利之一"②。由此他又认为，巴尔扎克"是比过去、现在和未来的一切左拉都要伟大得多的现实主义大师"。也是从这种文学史观出发，恩格斯要求哈克奈斯在《城市姑娘》中要描写"工人阶级对压迫他们的周围环境所进行的叛逆的反抗"，因为这些"都属于历史"③。同样，恩格斯在提到乔治·桑、欧仁·苏和狄更斯等作家时，因为他们的创作展示了社会历史风貌，因而赞誉他们"确实是时代的标志"④。而在马克思眼里，法国小说家巴尔扎克尤其属于"再现历史"的现实主义大师，所以他非常推崇巴尔扎克，在《资本论》中高度称赞他是一个"以对现实关系具有深刻理解而著名"⑤的作家，认为他用特有的诗情画意的镜子反映了整整一个时代；马克思曾计划在完成自己的政治经济学著作之后，就写一篇关于巴尔扎克《人间喜剧》的文章。恩格斯还在1889年致库格曼的信中指出，关于国有土地如何变化和小农地产如何重新达到1830年的极盛时期，可以看巴尔扎克的小说《农民》⑥。

总之，以写实为基础和前提的反映论文学史观是马克思、恩格斯文艺思想的核心内容之一，同时也是对19世纪现代现实主义之"再现说"与"反映论"的发展与超越，因为马克思、恩格斯的反映论文学观更具有辩证法思想，这对世界文学尤其是我国文学创作、我国文艺理论与文艺批评产生了深刻而深远的影响。

---

① 恩格斯：《致玛格丽特·哈克奈斯》，见《马克思恩格斯文集》（第十卷），北京：人民出版社，2009年，第570—571页。
② 同上书，第571页。
③ 同上书，第570页。
④ 恩格斯：《大陆上的运动》，见《马克思恩格斯全集》（第三卷），北京：人民出版社，2002年，第556页。
⑤ 马克思：《资本论》（第三卷），见《马克思恩格斯文集》（第七卷），北京：人民出版社，2009年，第47页。
⑥ 恩格斯：《致路德维希·库格曼》，见《马克思恩格斯全集》（第三十七卷），北京：人民出版社，1971年，第124—125页。

三、文学的真实性审美品格与马恩文艺思想

"在资本主义的历史条件下,现实主义作为一种与世俗社会同时出现的新的价值观,预设了一种新的审美形态,但是它主张文学贴近现实生活。"[①]与反映论文学史观相伴随的必然是对文学之真实性禀赋的刻意强调与追求,而真实性也恰恰是由写实原则生发出来的现实主义文学之最本质的审美品格。恩格斯在使用"现实主义"一词之前所用的都是"真实性"这个术语,这意味着真实性是现实主义文学天然的本质属性。恩格斯在提出"现实主义"的定义时,也就是用"真实性"作为根本标准来予以框定的。他在看了小说《城市姑娘》后给作者哈克奈斯的信中说:"您的小说,除了它的现实主义的真实性以外,给我印象最深的是它表现了真正艺术家的勇气。"[②]显然,在恩格斯文艺思想中,真实性是现实主义的第一要义。正因此,接下来他又说:"据我看来,现实主义的意思是,除细节的真实外,还要真实地再现典型环境中的典型人物。"[③]也就是说,一部小说是否到达现实主义的高度或者取得"现实主义的最伟大的胜利",首要的和根本的还是要看是否通过细节、环境、人物的描写达到了反映生活的"真实性"之高度;而哈克奈斯的《城市姑娘》恰恰因为在这方面存在着不足,所以恩格斯说:"您的小说也许还不够现实主义。"[④]马克思也要求拉萨尔从现实生活而非抽象观念出发,通过丰富的情节描绘、鲜明的性格刻画,对社会生活做出客观的反映,使作品具有真实性[⑤]。马克思还高度赞赏屠格涅夫非常真实地描写了俄国人民的特性和他们斯拉夫民族的沉毅的感情;而在对自然的真实描写方面,他认为未必有哪一位作家能超过莱蒙托夫。

莎士比亚等经典作家虽然不属于19世纪现实主义文学思潮的范畴,但是马克思、恩格斯也经常论及,因为其创作也透射出现实主义的真实性审美原则。比如他们倡导"莎士比亚化",其实是在倡导现实主义的创作

---

① Fredric Jameson, "Reflections on the Brecht-Lukacs Debate," in *The Ideologies of Theory*, London: Verso, 2008, pp. 435—436.

② 恩格斯:《致玛格丽特·哈克奈斯》,见《马克思恩格斯文集》(第十卷),北京:人民出版社,2009年,第569页。

③ 同上书,第570页。

④ 同上。

⑤ 马克思:《致斐迪南·拉萨尔》,见《马克思恩格斯全集》(第二十九卷),北京:人民出版社,1972年,第571—575页。

原则,核心要义就是真实性。恩格斯说的"我们不应该为了观念的东西而忘掉现实主义的东西,为了席勒而忘掉莎士比亚"①,其核心意思是:要像莎士比亚那样通过对现实的历史性描写——无论是情节、人物还是环境,都具有历史的客观真实性——反映当时英国的社会历史现实,揭示生活之本质真实,从而达到现实主义文学所要求的"真实性"高度。马克思在有关著作和书信中多次引用莎剧中的人物和细节描绘来解释资本主义社会的本质问题,刻意强调了文学的写实与真实性问题。正如马克思本人的著作真实而全面地反映整个时代历史一样,他喜爱的文学家都是伟大的世界诗人,其作品也都具有真实反映了整个时代的特征。也正是在这种意义上,马克思把《堂·吉诃德》解读为衰落的骑士制度的史诗。所以德国著名文学理论家弗·梅林(Franz Mehring)这样总结马克思所欣赏的文学家,"他们把整个一个时代的形象这样客观地收容在自己的作品当中,以致任何主观残余都或多或少地消失了,有一部分甚至完全消失了。因而作者被他们的著作的神话般的阴影掩盖了"②。

  文学的真实性通常是指文学创作在反映生活之规律与本质方面所达到的高度与精度。真实性是文学的生命,虚假的文学是难以持久的,更不可能成为经典,而19世纪现实主义文学更以真实性为根本宗旨,以达到文学"反映现实""再现历史"的总体目标。"现实主义比起别的任何一种文学模式都更将视觉作为至高无上的——使它成为我们理解世界、理解与世界的关系中主导性的意义。"③马克思、恩格斯强调的"真实性"既有其时代与文化特征,又有其普遍性意义与价值——他们从写实原则出发,强调文学通过对真实的情节、环境和典型人物的描写揭示了生活的本质,这是一种体现了作家主体特征、主观倾向和社会立场的艺术真实,与此前西方文论与文学创作传统中的"摹仿说"不可相提并论,因为他们从唯物辩证法的高度,强调文学对生活的"反映",这是一种能动的而不是机械的反映,其间体现了具有马克思、恩格斯文艺思想特色的现实主义美学原则。

---

  ① 恩格斯:《致斐迪南·拉萨尔》,见《马克思恩格斯文集》(第十卷),北京:人民出版社,2009年,第176页。
  ② 弗兰茨·梅林:《德国社会民主党史》(第二卷),青载繁译,北京:生活·读书·新知三联书店,1964年,第240页。
  ③ Peter Brooks, *Realist Vision*, New Haven and London: Yale University Press, 2005, p.3.

四、文学的社会批判精神与马恩文艺思想

考察西方小说兴起与繁荣的18、19世纪的历史语境可以发现,黑格尔之所以把小说称为"近代市民阶层的史诗",显然是因为资本主义的发展与市民阶层的兴起以及伴随而来的社会的巨大变化。现实主义的小说高度关注个人的世俗生活,描写人对金钱的追逐、对物质的渴望等等,所反映的正是资本主义发展阶段的社会普遍现象;现代现实主义小说呈现的文本世界与资本主义社会中人的生存状态有着高度的同质性和同构性。所以,就19世纪现实主义文学的研究而言,"处理文学与社会的关系的最常见的办法是把文学作品当作社会文献,当作社会现实的写照来研究。某些社会画面可以从文学中抽取出来,这是毋庸置疑的。的确,对文学进行系统研究的学者认为这正是文学最早的功用之一"[1]。当然这种研究并不是文学社会功能研究的唯一和最终的方法,因为其局限性也是毋庸置疑的。但是,对于写实性极强的现代现实主义文学的研究如果不考虑此种方法与角度,那么,这种研究有可能也走向缘木求鱼的困境。我们必须看到,小说的兴起和繁盛的时代,原本就是资本主义发展和繁荣的时期,两者似乎有奇妙的同步关联。因此,可以肯定地说,小说这种文体就与资本主义社会有着千丝万缕的关系;某种意义上说,小说的兴起与繁荣是资本主义发展的产物。事实上,现实主义小说具有一种"再现那些比表层形式更加深刻的社会、历史和经济力量的能力"[2]。正因为如此,作家通过小说创作,研究并艺术地展示他们所研究和理解并认识的那个资本主义的现实社会,这是顺理成章的。由此,读者通过阅读19世纪的小说,可以比较深刻而全面地把握和认识资本主义社会发展史及其内在的矛盾与罪恶,可以看到人的生存状况和人性的善恶矛盾以及人的心灵世界的痛苦、扭曲与挣扎。"那是最昌明的时世,那是最衰微的时世;那是睿智开化的岁月,那是混沌蒙昧的岁月;那是信仰笃诚的年代,那是疑云重重的年代;那是阳光灿烂的季节,那是长夜晦暗的季节;那是欣欣向荣的

---

[1] 勒内·韦勒克、奥斯汀·沃伦:《文学理论》,刘象愚、邢培明、陈圣生译,杭州:浙江人民出版社,2017年,第92页。

[2] Simon Dentith, "Realist Synthesis in the Nineteenth-Century Novel:'That unity which lies in the selection of our keenest consciousness,'" in Matthew Beaumont ed., *Adventures in Realism*. Oxford: Blackwell, 2007, p. 44.

春天,那是死气沉沉的冬天……"①《双城记》开头作者的这番议论,把经济、科技和物质快速发展时期的英国乃至西欧资本主义社会概括得淋漓尽致,更耐人寻味的是,这字里行间透出了作者对这个时代的深深忧虑,这是关于这个时代与社会的忧虑,这恰恰是对现代现实主义文学之现代性悖谬特征的形象而有哲理的表述。"现实主义的作品,要再现事物的原貌,在这种情况下就要再现残酷而又自私的经济运行,使人认识到事物的原貌。"②工业资本主义的兴起,经济的大幅度增长,极大地增加了个人选择的自由和个人空间的拓展,经济个人主义得以破土而出,金钱成了"世界性通行证"③。就英国而言,"现实主义成为维多利亚时期英国的主要叙事模式绝非偶然,因为当时所有美德中最重要的或许是讲述真相,这一点甚至比恰当描写还重要。按照事物本来的面目,甚至带着准科学的超然观察事物,用真实的再现代替虚假的再现,使读者从导致道德灾难的幻想中走出来"④。总之,现代现实主义文学的出现和发展壮大的价值,正在于它空前地强调文学对现实世界的研究,高度关注急剧变化中的社会及生活于其中的人的生活方式、道德面貌和精神状态,要求作家用写实的笔触记录社会历史的变迁,让人们通过文学尤其是小说,感受到这种社会的巨变和人的心灵的扭曲不是空洞、苍白和抽象的,而是生动、形象而具体的。

马克思、恩格斯是马克思主义理论和学说的创立者。马克思主义理论诞生于19世纪40年代欧洲资本主义矛盾与危机日渐显著的时期。是时,欧洲的工业革命快速提高了资本主义的生产效率,社会财富骤增,这既有力促进了资本主义经济的发展,同时也激化了无产阶级与资产阶级的社会矛盾。"西方世界的19世纪当然是一个巨变的时代,变化大部分是来自工作和生产的工业化转变、复杂重型机器的创造、铁路的出现——是在时空的经验上的一种真正的革命——和现代城市的形成,这给它带来的是对魅力、娱乐、城市群体的多样性和令人兴奋的事物的感知——但

---

① 狄更斯:《双城记》,张玲、张扬译,上海:上海译文出版社,1989年,第3页。
② George Levine, "Literary Realism Reconsidered: 'The World in its length and breadth'", in Matthew Beaumont ed. , *Adventures in Realism*. Oxford: Blackwell, 2007, pp. 28.
③ Ian Watt, *The Rise of the Novel: Studies in Defoe, Rechardson and Fielding*, London: Chatto and Windus, 1967, p. 63.
④ George Levine. "Literary Realism Reconsidered: 'The World in its length and breadth'", in Matthew Beaumont ed. , *Adventures in Realism*, Oxford: Blackwell, 2007, pp. 15—16.

也有对来自新近构成的城市无产阶级的威胁的感知。"这既是马克思主义理论诞生的社会背景,恰恰也是19世纪欧洲现实主义文学思潮产生、发展的历史背景。如前所述,马克思从政治经济学的角度把握了资本主义社会的现代性,他特别从生存方式和社会经济运动的角度探讨了这种现代性特征。正是因为马克思、恩格斯和现代现实主义作家对资本主义社会现代性的认识有相似之处——这当然与他们共同处在这么一个充满矛盾的时代有关,所以,资本主义社会中人的生存状况——人与人之间的金钱关系、贫富问题、劳资矛盾等等,都是马克思、恩格斯与当时的现代现实主义作家共同关注的焦点问题,也是他们人道情怀与社会批判乃至革命精神的共同生长点。

19世纪现代现实主义作家特别注重描绘底层社会的黑暗现象,具有强烈的社会批判属性。狄更斯为了"追求无情的真实",在社会小说中如实地描绘了当时英国社会底层的悲惨生活和犯罪堕落现象,认为这样做是一件很需要的、对社会有益的事情。别林斯基坚决捍卫果戈理等"自然派"作家揭露社会黑暗、描写"小人物"特别是农民的悲惨命运的权利,要求文艺"像凸面玻璃一样,在一种观点之下把生活的复杂多彩的现象反映出来"①。恩格斯也曾对现代现实主义小说的这一倾向作了肯定:"近十年来,小说写作的风格发生了一场彻底的革命,先前这类故事的主人公都是国王和王子,现在却是穷人、被歧视的阶级,而构成小说主题的,则是这些人的遭遇和命运、欢乐和痛苦。"②显然,"艺术和文学中的现实主义是对浪漫的理想主义和主观主义的否定……现实主义则通过直面现代生活的异化来描述城市和工业发展带来的挑战。"③保罗·梵·第根认为:"当代风习的现实主义绘画十分经常地作为宗教的或反宗教的、政治的、道德的、社会的、人道主义的斗争的出发点,作为向全国或普遍舆论呼吁的出发点。"④其实,就社会批判的强度和广度来说,绘画的现实主义远远比不上文学的现实主义;文学的"现实主义者视角下的道德观就是如实揭露社

---

① 别林斯基:《别林斯基选集》(第一卷),满涛译,上海:上海译文出版社,1979年,第154页。
② 恩格斯:《大陆上的运动》,《马克思恩格斯全集》(第三卷),北京:人民出版社,2002年,第556页。
③ 马克·凯什岚斯基、帕特里克·吉尔里、帕特里夏·奥布赖恩:《西方文明史:延续不断的遗产》(第五版),孟广林等译,北京:中国人民大学出版社,2014年,第498页。
④ 保罗·梵·第根:《文艺复兴以来的欧美文学史》,谢钟浥译,北京:人民出版社,2015年,第264页。

会黑暗面"①。在这种意义上,后来高尔基将之命名为"批判现实主义"②,是完全合理的,这从一个侧面揭示了19世纪现代现实主义的本质特征。列宁将托尔斯泰激烈批判沙皇俄国的文学创作誉为"俄国革命的一面镜子"。从蒲鲁东到马克思、恩格斯,从别林斯基到列宁,关注社会问题的激进理论家无不给予19世纪西方现实主义文学作品高度评价,其逻辑即在于它的批判性。

致力于揭示资本主义矛盾之奥秘、寻找无产阶级革命的理论指南、创立革命理论和学说并用之指导革命实践的马克思和恩格斯,对致力于揭露资本主义社会矛盾、具有强烈社会批判性的19世纪欧洲现实主义文学有天然的亲和与喜好,其内在逻辑主要在于他们对资本主义社会的批判。从另一个角度说,现代现实主义文学的社会批判,从文学层面支持和支撑了马克思、恩格斯对资本主义社会的研究;他们不仅对现代现实主义文学的社会批判性易于接纳并给予高度评价,而且也自然而然地将其融入了他们自己的文艺思想之中——通过文学的社会批判功能达成其对社会革命的支撑与支持。"像狄更斯和盖斯凯尔这样的作家所写的19世纪40年代的英国工业小说中重复的日常中必要的叙事'事件'往往是使隐藏的阶级矛盾恶化和感性化的罢工。在盖斯凯尔作品中这种阶级矛盾进一步被跨越阶级的关系强化和激化。"③恩格斯指出:"如果一部具有社会主义倾向的小说,通过对现实关系的真实描写,来打破关于这些关系的流行的传统幻想,动摇资产阶级世界的乐观主义,不可避免地引起对于现存事物的永恒性的怀疑,那么,即使作者没有直接提出任何解决办法,甚至有时并没有明确地表明自己的立场,我认为这部小说也完全完成了自己的使命。"④

马克思、恩格斯的批判性研究视野十分广阔,在他们那里,并没有明显的学科界限,因而他们通常是游刃有余地从文学转向政治经济学再到社会批判。换言之,在马恩经典文献中,文学与哲学、政治经济学等是彼此交错、浑然一体的。比如,马克思在《政治经济学批判》中引用普希金的

---

① 马克·凯什岚斯基、帕特里克·吉尔里、帕特里夏·奥布赖恩:《西方文明史:延续不断的遗产》(第五版),孟广林等译,中国人民大学出版社,2014年,第499页。
② 高尔基:《论文学》,孟昌、曹葆华、戈宝权译,北京:人民文学出版社,1978年,第337页。
③ Rachel Bowlby, "Foreword", in Matthew Beaumont ed., *Adventures in Realism*. Oxford: Blackwell, 2007, pp. xiii—xiv.
④ 恩格斯:《致明娜·考茨基》,《马克思恩格斯文集》(第十卷),北京:人民出版社,2009年,第545页。

《叶甫盖尼·奥涅金》中的诗句来解释俄国生活在欧洲相对落后的必然性,并且以此表明资产阶级政治经济学思想不适用于以农奴劳动为基础的社会。《德意志意识形态》中精辟地阐发了"金钱是财产的最一般的形式"这一观点①,马克思、恩格斯指出:"关于这一点,莎士比亚要比我们那些满口理论的小资产者知道得更清楚。"接下来他们直接援引莎士比亚《雅典的泰门》中的 15 行诗句来加以佐证②。马克思、恩格斯注重批评的客观公正性,用恩格斯本人的话来说,是"一个不偏不倚、完全'批判的'态度"③。他们对文学家没有任何政治与社会成见,在选择文学方面完全没有洁癖,对那些令人望而生畏的读物也不嫌弃,比如,恩格斯评价歌德时指出:"我们绝不是从道德的、党派的观点来责备歌德,而只是从美学和历史的观点来责备他。"④恩格斯在 1859 年致拉萨尔的信中也提到:"我是从美学观点和史学观点,以非常高的亦即最高的标准来衡量您的作品的。"⑤但是马克思、恩格斯也绝非"纯粹美学"的信徒,而是高度关心政治与社会批判,这和他们进步主义的历史观密不可分。"对马克思和恩格斯而言……艺术本身便是有政治倾向的,因为艺术的生产和消费的性质是彻头彻尾的社会活动。"⑥马克思欣赏英年早逝的天才诗人雪莱,就因为雪莱是一位彻头彻尾的革命家,永远属于争取社会主义的先进斗争之列的。相反,在讨论拜伦时他指出,诗人死在三十六岁的盛年是一件幸事,因为若活得更长一些,他无疑会成为一个反动的有产者。恩格斯明确指出:"席勒的《阴谋与爱情》的主要价值就在于它是德国第一部有政治倾向的戏剧。现代的那些写出优秀小说的俄国人和挪威人全是有倾向的作家。"⑦而恩格斯之所以批判德国诗人卡尔·倍克,即认为他已深深陷到

---

① 马克思:《德意志意识形态》,《马克思恩格斯全集》(第三卷),北京:人民出版社,1960 年,第 254 页。
② 同上。
③ 恩格斯:《致斐迪南·拉萨尔》,《马克思恩格斯文集》(第十卷),北京:人民出版社,2009 年,第 173 页。
④ 恩格斯:《致斐迪南·拉萨尔》,《马克思恩格斯文集》(第二十九卷),北京:人民出版社,1972 年,第 586 页。
⑤ 恩格斯:《致斐迪南·拉萨尔》,《马克思恩格斯文集》(第十卷),北京:人民出版社,2009 年,第 177 页。
⑥ John Roberts, "Realism, Modernism, and Photography: 'At last, at last the mask has been torn away'", in Matthew Beaumont ed. , *Adventures in Realism*. Oxford: Blackwell, 2007, p.171.
⑦ 恩格斯:《致明娜·考茨基》,《马克思恩格斯文集》(第十卷),北京:人民出版社,2009 年,第 545 页。

德国的鄙俗风气中,并且过多地考虑自己,因此,他的诗歌所起的并不是革命作用①。

在马克思、恩格斯看来,文学绝非遗世独立于其他知识领域,而是与人类解放事业紧密联系在一起,文学对社会的批判可以起到对人的启蒙与解放的作用。比如,马克思、恩格斯不仅仅高度肯定了现代现实主义文学对社会环境的历史性真实描写和强烈的社会批判特征,而且对欧洲文学史上体现这种特点的文学作品(包括浪漫主义的文学)也都给予了充分肯定和高度评价,由此体现了马克思、恩格斯文艺思想中显著的人道精神和现实情怀。

第四节 "写实"与"真实"

19世纪西方现代现实主义文学思潮是"五四"前后首先以"写实主义"的名义传入中国文坛的。通常认为,1915年陈独秀在《青年杂志》上发表的《现代欧洲文艺史谭》最早介绍了欧洲的现实主义文学思潮。他肯定"写实主义"并以之评判中国的传统文学,认为中国新文学创造的第一步必须摒弃传统旧文学进而迈向"写实主义"的阶段。② 其后陈独秀又在著名的《文学革命论》一文中提出了以"写实文学""国民文学"和"社会文学"反对并取代中国传统旧文学的口号。③ 接着,胡适在《文学改良刍议》中也强调"唯实写今日社会之情状"文学才能成为真正的文学。④ 随后,周作人⑤、刘半农⑥等五四新文学先驱也都从进化论的角度肯定"写实主义"文学。就此而论,不管当时对"写实主义"理解的深度以及分歧如何,我们依然可以说:我国学界对西方19世纪现代现实主义文学思潮的接受与传播之初始阶段,就精准地聚焦于"写实"这一根本原则和本质特征。作为一种文学思潮,现代现实主义的内涵有其时空之规定性,但作为一种

---

① 恩格斯:《诗歌和散文中的德国社会主义》,《马克思恩格斯全集》(第四卷),北京:人民出版社,1958年,第257页。
② 陈独秀:《现代欧洲文艺史谭》,《陈独秀文集》(第一卷),北京:人民出版社,2013年,第119—123页。
③ 陈独秀:《文学革命论》,《陈独秀文集》(第一卷),北京:人民出版社,2013年,第203页。
④ 胡适:《文学改良刍议》,《胡适文集》(第一卷),北京:北京大学出版社,2013年,第7页。
⑤ 周作人:《日本近三十年小说之发达》,《新青年》第5卷第1号(1918年7月15日)。
⑥ 刘半农:《我之文学改良观》,《新青年》第3卷第3号(1917年5月1日)。

文学创作方法、创作原则和审美品格、评价标准,其实"写实"精神,从来不是一成不变的,而是不断发展演变、历久而弥新的,也因其内涵的拓展与更新而与时俱进,焕发出无尽魅力与生命力。

在西方文学与文论史上,"写实"传统经历了"摹仿说""再现说""反映论"等等的历史嬗变,"写实"与"真实性"也在不同时期的文学作品中有不同的内涵和表现。在理论上,西方文学从摹仿说到再现说,实现了文学写实观念从机械反映论到能动反映论的转变,文学的真实性内涵也由一味的客观真实向主客观融合的真实发展。这种转变在19世纪不同阶段、不同国家的现代现实主义经典文本中的表现是不尽相同的,而在马克思、恩格斯那里,由其历史唯物主义和辩证唯物主义思想方法所决定。他们所肯定和倡导的现实主义文学之"写实"原则,亦已不是机械的摹仿与镜子式"反映",而是一种经由创作主体之思想观念与审美情感渗透、改造和转换的能动反映。他们强调的真实性,也不是外在世界表象的真实,而是反映生活之本质的真实;不是历史的、直观的现实之真实,而是艺术的和审美的真实。由此,马克思、恩格斯的文学反映论也就由哲学意义上的理性认知活动转变为文学意义上的感性审美活动,实际上是一种审美反映论,这是马克思主义反映论文艺思想对传统摹仿说、再现说的深化,也体现了马恩所强调的现实主义写实原则的现代性与开放性指向,这对文学创作、文学批评及文学理论建设都具有历史的与当代的意义与价值。

在审美反映论看来,审美主体是文学与现实生活之间的中介,经由这个中介的"过滤"或"创造",文学反映生活便拥有了特殊性、具体性、主观性和复杂性,这不仅让文学创作囊括了感知、情感、想象乃至潜意识、非理性、幻想与直觉等广阔的心理与情感空间,使文学拥有了除理性、客观性之外的感性与主观创造性功能,而且也拓展了文学研究的领域与空间,尤其是为文学之写实与真实性的理解赋予了现代性新内涵,也为现代现实主义文学经典的传播及其创作方法与批判原则的发展注入了新的活力。

正是基于审美反映论的理论基础,世界范围内的现代现实主义文学对"写实"的追求,已不仅仅停留于外在客观生活表层的描摹与直观"反映"上,而更多的是透过表象深入生活内里以揭示其本质,致力于达到艺术审美之真。这在我国当代文学的发展中尤其可以找到例证。20世纪70年代末80年代初的"伤痕文学"及后来的"寻根文学",以及90年代被评论家们所称道的"新写实小说"①,显然属于发展了的"写实主义""现实主义"文学。新时期我国的这种新形态的现实主义文学,面对西方现代派文学甚嚣尘上的文化大环境,秉承传统经典现实主义的"写实"精神,正视现实、直面人生、不回避现实生活中的重大社会问题,表达民众普遍的实现愿望和情感期待,其创作具有时代特征和当下关怀。这种"新写实小说"作家的代代成长,堪称蔚为壮观,以后成了我国新时期文学中与"新潮小说"("先锋派文学")双峰对峙的文学潮流,其中像路遥这样的作家,至今依然备受读者青睐,他的小说《平凡的世界》于2015年成为全国高校"最受高校读者欢迎"的作品②。这种"新写实"文学在总体创作倾向上是经典现实主义文学写实精神的延续和创新性发展。当时的路遥就说,"现实主义在文学中的表现……主要应该是一种精神"③,这种"精神"的核心内容就是"写实"。评论家王兆胜说:"路遥的小说一面奠基于现实主义传统,一面又是非常开放和异常广阔的。"④这也说明,现实主义的"写实"精神本身既是传统的又是现代的和开放的,而不是抱残守缺一成不变的。这类作家以高度的社会责任感和人道情怀,透过社会表层描写普通人的生存境遇,通过真切而真实的人性、人情的描写,展示人的心灵的扭曲乃至异化,揭示人性的善与恶,既有民族文化传统的根基,又有强烈的人类意识和现代意识;在艺术技巧上,他们中的大部分人也接纳了"先锋文学"的表现方法,使"写实"之内涵突破了传统乃至经典的阈限。正因如此,这种"新写实小说""超越了现实主义与现代主义的既有范畴,开拓了新的文学空间,代表了一种新的价值取向"⑤。也就是说,无论是新现实主义还是现代主义的文学,都是我国新时期文学中代表性的新形态文学,标示着文学之必然的顺应时代的演变与发展;而"新写实小说"不仅突破了传统写实原则的阈限,同时又接纳了"先锋文学"之实验性因素,意味着现实主义或"写实主义"文学应顺时代的演变与发展。也因为如此,这种"新写实小说"的"真实性"观念,被评论家赋予了"原生态""生活流"

---

① 许志英、丁帆主编:《中国新时期小说主潮》(上卷),北京:人民文学出版社,2002年,第493—494页。
② 吴汉华等:《我国"985工程"高校图书馆借书排行榜分析》,《大学图书馆学报》2016年第6期。
③ 路遥:《早晨从中午开始——〈平凡的世界〉创作随笔》,参见张德祥:《现实主义当代流变史》,北京:社会科学文献出版社,1997年,第289页。
④ 王兆胜:《路遥小说的超越性意义及其文学史意义》,《文学评论》2018年第3期,第49页。
⑤ 王干:《近期小说的后现实主义倾向》,许志英、丁帆主编:《中国新时期小说主潮》(上卷),北京:人民文学出版社,2002年,第493页。

"零度介入""生存状态"等特性①。那么,毫无疑问,这种"真实"与"写实"显然也是接纳了先锋文学的元素从而蕴含了"新"的"现代性"成分,这意味着"真实"和"写实"本身内涵的拓展、演变与发展,它们在表征了现实主义开放、嬗变与发展的同时,也表征了对传统的和经典的"写实主义"之坚守。

其实,文学的真实性永远是一个变动不居、无法一劳永逸地准确界定的概念,在某种意义上它永远只是一种无法企及的相对意义上的艺术参照与目标。而就现实主义文学之"写实"原则所要求的"真实性"而言,在新时期我国文坛上历经了现代、后现代主义种种理论的冲击与渗透、解构与建构之后,它更以一种开放的、包容的态度接纳了种种所谓"非现实主义"的"写实"观念与方法,比如对现代派的种种关于心理真实的表现方法的接纳与借鉴,因而也具备了海纳百川的开放与包容的宽阔胸怀。这正如波兰当代美学家瓦迪斯瓦夫·塔塔尔凯维奇所说:"如果今天的艺术是模仿(摹仿)的话,那么它也并非这个字的通俗意义中是如此。而在'模仿'一词的许多古代的含义中,我们的时代反倒倾向于承认那原始的一种,也即兼具模仿与表现两种作用的用意。"②"现实主义""写实"以及"真实性"等等,不正是在这种类似的"兼具"意义上获得了当代价值与意义吗?因此可以预想,未来任何新形态的"现实主义",虽然与现代主义、后现代主义依然存有种种可能的错位,但都会一如既往地以包容的态度,在始终坚守现实主义之写实性、真实性、现实性、批判性、责任观念、人道情怀等等根本原则与精神的同时,又不阈限于自我封闭的状态,而是在扬弃与吸纳中博采众长以丰富自己的内涵,进而使自己永葆生命活力。在这种意义上,"现实主义作品把生活呈现为不同于我们所熟悉的那种现实,展现一种我们从未见过或梦见过的现实,或者营造一个之前也许看上去只会觉得怪异或无法传达而现在可以言说的现实,可以打扰、愉悦或教育我们。现在是让现实主义回到文学批评之舞台中央的时候了"③。

---

① 许志英、丁帆主编:《中国新时期小说主潮》(上卷),北京:人民文学出版社,2002年,第497页。
② 瓦迪斯瓦夫·塔塔尔凯维奇:《西方六大美学观念史》,刘文潭译,上海:上海译文出版社,2006年,第295页。
③ Rachel Bowlby,"Foreword", in Matthew Beaumont ed., *Adventures in Realism*. Oxford: Blackwell, 2007, p. xviii.

如果说,文学永远是人类理解自身、认识与把握世界的一种不可或缺的特殊途径与方法,那么,以写实和真实性为最高宗旨的现实主义倾向的文学,也就永远有其存在的价值与意义——当然这并不意味着非要排斥其他形态的文学。"现实主义小说有能力最高程度地完成表达意识的基本任务,即想象实际存在的事物的任务。"①当今的中国,尤其是经过了改革开放之后,随着"网络化-全球化"的持续推进,社会状况已发生了重大的实质性变化,迫切需要文学不耽于娱乐消遣、表面而肤浅的"写实"、无关民生疾苦的"日常审美化"等等,而是深度和高度地弘扬现实主义精神,更贴近地关注当下,聚焦社会矛盾的焦点与热点,鞭笞贪婪、揭露邪恶、抨击腐败、讽谏堕落、伸张正义,为百姓发声、为启蒙呐喊、为社会担当,惩恶扬善,引领民族精神健康发展。反映人的现实生存状态,剖析与思考人生无可回避的矛盾与困惑,对现实生活进行历史的、社会的和道德的评判,促进社会的向善和向上,永远是文学不可推卸的责任,也是现实主义倾向的文学的特有用武之地。"完全脱离现实生活的非现实主义小说,不能在理论上声称比现实主义更优越。"②托尔斯泰说:"当艺术不再是全体人民的艺术并且变成富人的少数阶级的艺术的时候,它便不是一项必需的、重要的事业,而变成了空洞的娱乐。"③当然,文学毕竟是审美的艺术,它必须通过理性与感性相结合的方式提升人的精神与情感的境界从而实现人的自由与解放④;审美固然意味着感性的快适,但这并不意味着可以满足于感官的享受而失却精神的愉悦与提升、情感的升华。文学之所以是人类"诗意的栖息"之地,是因为它是以审美的形式存在的人之思想与精神的家园,其间有情感的快适,更有精神的愉悦与升华,它让人的精神与心灵有所寄托与慰藉,因而文学是人的生存之需要,而文学之美生发于人的生存活动。从这种意义上说,我们的时代和社会需要文学的现实主义,尤其需要文学的写实精神与本质意义上的真实性;现实主义和写实倾向的文学也拥有着广阔市场和前景,社会的各个角落无不呼唤着具有真正写实精神的现实主义。由是,19世纪现代现实主义文学思潮不仅永远是未来各种新的现实主义的永恒参照和取之不尽用之不竭的艺术泉源,而且

---

① Raymond Tallis, *In Defence of Realism*, London: Edward Arnold, 1988, p.212.
② Ibid., p.113.
③ 列夫·托尔斯泰:《论创作》,戴启篁译,桂林:漓江出版社,1982年,第40页。
④ 参见蒋承勇:《感性与理性,娱乐与良知——文学"能量"说》,《文学评论》2014年第3期,第15—18页。

也具有像马克思曾经评价过的人类"童年时期"的古希腊文学一样,"具有永久的艺术魅力";马克思、恩格斯所倡导的现实主义写实原则及其关于真实性文艺思想,对我们今天和未来文学之发展与繁荣依然具有理论的价值和实践的指导意义。

第五节 "镜"→"灯"→"屏":颠覆抑或融合?

文学就是对现实生活的摹仿;摹仿以揭示普遍性的本质为宗旨。这种文学本体论理论,在亚里斯多德这里臻于成熟后一直延续到19世纪,并在那时的许多现实主义文学思潮中达到顶峰,主导西方文坛多年。其间,各种文学本体论的探讨虽然没有终结,但却始终没有根本的突破——所谓的"再现说"或"反映论"只不过是对亚里斯多德"摹仿说"的变形;有时甚至使这种"本质论"的文学本体论愈发登峰造极。在中世纪,圣·奥古斯丁(Saint Aurelius Augustinus)断言:艺术家的作品只应该来自上帝至美的法则。在文艺复兴时期,达·芬奇、莎士比亚等大家均曾重提"镜子论",艺术家们更加强调艺术应关注自然,但这"自然"更多时候意味的却依然是自然的本质与规律。

情感的表现,是浪漫主义文学理论的基石。它似乎暗示着情感的表现——创作"主体"情感的表达,即经由各种媒介材料将某种已经存在于"主体"内心之中的情感传达出来,而与"主体"之外的世界不存在什么关系。美国著名浪漫主义研究专家艾布拉姆斯形象地将浪漫主义的这种文学观阐释为与"摹仿说"之"镜"构成鲜明对照的"灯"。于是,以其"表现说"对主导西方文学2000多年的"摹仿说"的挑战,浪漫主义文学思潮开启了西方现代文学的大幕。

看上去,"表现说"与"再现说"完全南辕北辙,但事实上,这两种理论观念却运用了相同的思维方式和思维逻辑,即都是在作家和世界二元对立的视阈下来界定文学:表现论强调文学的本质是情感的表现,将文学的本体设定为所谓主体的作家;而再现论强调文学是对现实世界的摹仿,将文学的本体设定为所谓客体的世界。两者在共同的二元对立思维框架下展开对文学本质的探讨。这两者看上去截然对立,但事实上却并无根本不同,最后甚至可以殊途同归。就此而论,所谓"按本来样子的"再现与所谓再现"客观世界的"本质,便永远只能是理性主义者自欺欺人的神话。

而"表现说"固然强调"一切好诗都是强烈情感的自然流露"[①],但同时却也声称:"诗是思维领域中形象化的语言,它和自然的区别就在于所有组成部分都被统一于某一思想或观念之中"[②],"艺术的一切庄严活动,都在隐约之中摹仿宇宙的无限活动"[③]——由此可见,所谓"表现说"中的"情感"在很大程度上也是一种观念化的情感。这样,表面上势不两立的两种对文学本质的界定,就不但在作家主体那儿迎头相撞,而且更在作家主体的"本质观念"中再次握手言欢。由此笔者认为:不管是诉诸再现还是经由表现,两种文学理念所达成的艺术创作的开端和终点事实上却是完全同形同性之物;不管再现还是表现,均由作家主体之某种本质观念所统摄、主导。或许,正是基于这样的文学史事实,黑格尔才做出了"艺术乃理念的感性显现"这样具有哲学高度的理论概括。

象征主义的奠基人波德莱尔(Charles Pierre Baudelaire)既反对浪漫主义那种自说自话式的情感的"表现"——酣畅淋漓的情感表现只不过是无所顾忌的逃逸与拒绝担当的放纵;又反对写实派那种观念大于真相的"再现"——"我认为再现任何存在的事物都是没有好处的、讨人厌的"[④]。事实上,主体的观念总是包含着个人情感色彩的观念,而主体的情感也总是承载着某种个人意向的观念性情感,即从主体之投放物来考察,再现与表现间的区别也绝对不像那些习惯于二元对立思维模式的人所说的一样真的是泾渭有别——这就如同灵与肉在那种绝对理性主义的思维中被判定为是一种二元对立的状态,但事实上根本不是那么回事一样。抛开那些不管是来自于激情洋溢的表现还是出之于观念刻板的再现的平庸之作,一部文学史所表明的基本事实只是:任何伟大作家的作品总是再现与表现的统一,而所谓"再现"与"表现"的对立永远都是一些不谙艺术创作个中真味的理性主义理论家自以为是的逻辑裁定而已。

在给好友安托尼·瓦拉布雷格的信中,左拉曾就艺术再现的真实性问题发表看法,提出了其独到的"屏幕说"(Screen Theory)。左拉认为,

---

① 华兹华斯:《〈抒情歌谣集〉序言》,转引自马新国主编:《西方文论史》,北京:高等教育出版社,2002年,第211页。
② 柯勒律治:《文学生涯》,转引自马新国主编:《西方文论史》,北京:高等教育出版社,2002年,第212页。
③ 弗里德里希·施勒格尔:《断片》,转引自马新国主编:《西方文论史》,北京:高等教育出版社,2002年,第205页。
④ 波德莱尔:《一八五九年沙龙》,见吴蠡甫主编:《西方文论选》(下),上海:上海译文出版社,1979年,第231页。

在事物与作品之间,站着的是一个个秉有独特个性并认同某种艺术理念或艺术方法的作家。现象经过作家独特个性或气质这道"屏幕"的过滤之后按照特定的艺术规则以"影像"的方式进入文本。"这些屏幕全都给我们传递虚假的影像"①,而所有"规则"又无一不是一些"抽象的法则"与"欺骗工具";因而,所谓"再现"便永远只能是一个谎言。根据艺术规则的不同,左拉将文学史上的"屏幕"区分为"古典主义""浪漫主义"和"现实主义"三个"大类",并对他们各自"成像"的机制及它们之间的"影像"差别做了分析。结论是:所有屏幕所达成的"影像"对事物的本相都存在扭曲,只是程度或方式略有不同。他特别指出,尽管"现实主义屏幕否认它自身的存在","自诩在作品中还原出真实的光彩奕奕的美",但"不管它说什么,屏幕存在着";"一小粒尘埃就会搅乱它的明净"②。最后,他总结说:"无论如何,各个流派都有优缺点。"③"无疑,允许喜欢这一屏幕而不是那一屏幕,但这是一个个人兴趣和气质的问题。我想说的是,在艺术上绝对不能证明有必要的理由去抬高古典屏幕压倒浪漫主义和现实主义的屏幕;反之亦然,因为这些屏幕全都给我们传递虚假的影像。"④至于个人趣味,左拉声称:"我不会完全只单独接受其中一种;如果一定要说,那我的全部好感是在现实主义屏幕方面。"⑤但他紧接着强调说:"不过,我重复一遍,我不能接受它想显现于我的样子;我拒绝承认它给我们提供真实的影像;我断言,它本身应当具有扭曲影像并因此把这些影像变成艺术作品的特性。"⑥

实证主义美学家丹纳反对那种直接照搬生活的、摄影式的"再现",反对将艺术对生活的"反映"相提并论。他认为刻板的"模仿"绝不是艺术的目的。因为浇铸品虽可以制作出精确的形体,但却永远不是雕塑;无论如何惊心动魄的刑事案件的庭审记录都不可能是真正的喜剧。丹纳的这一论断,后来在左拉那里形成了一个公式:艺术乃是通过艺术家的气质显现出来的现实。左拉认为,要阻断形而上学观念对世界的遮蔽,便只有"悬置"所有既定观念体系,转过头来纵身跃进自然的怀抱,即"把人重新放回

---

① 左拉:《给安托尼·瓦拉布雷格的信》,见朱雯等编选:《文学中的自然主义》,上海:上海文艺出版社,1992年,第269页。
② 同上书,第270页。
③ 同上书,第269页。
④ 同上。
⑤ 同上书,第271页。
⑥ 同上。

到自然中去","如实地感受自然,如实地表现自然"。① 自然主义作家强调体验的直接性与强烈性,主张经由"体验"这个载体让生活本身"进入"文本,而不是接受观念的统摄以文本"再现"生活,完成了对传统"再现"式"现实主义"的革命性改造。

将"真实感"奉为自己的最高原则,自然主义强调文学要回归自然、回归生活。"我们以绝对以真实自诩,就是旨在让作品充满强烈的生活气息。"②通过对"真实感"的强调,自然主义试图将文学的立足点扳回到现实生活的大地,从而廓清文学为宏大观念所统摄和为虚假情感泡沫所充斥的现状。在"生活体验"对生活(而非纯粹观念或绝对自我)作为文学唯一源头的执著认同中,自然主义文学本来就孕育在"摹仿说"或"再现说"娘胎里的事实昭然若揭。

在强调"真实感"的同时,自然主义将作家的"个性表现"界定为文学的第二准则。左拉曾经反复强调"真实感"与"个性表现"的关系,把"个性表现"视为"真实感"所不可或缺的因素。在具有真实感的作品的创作过程中,"观察并不等于一切,还得要表现"③。"一个作品有两种因素:现实因素即自然,个性因素即人……现实因素即自然是固定的、始终如一的……而个性因素即人则是变化无穷的,有多少作品,也就呈现出多少不同的精神面貌。"④左拉认为所有的作品都有作家个性的表现,并且以这种个性的表现使不同作家的作品显得色彩纷呈。因此他还说:"艺术只是一种人格、一种个性的体现。"⑤于是,一部作品"除了真实感以外,还要有作家的个性。一个伟大的小说家应该既有真实感,又有个性表现"⑥。"在今天,一个伟大的小说家就是一个有真实感的人,他能独创地表现自然,并以自己的生命使这自然具有生气。"⑦也就是说,只有投射了作家个体之生命气息和个性禀赋的对"自然"的描写,才具有真实感,才是成功的

---

① 左拉:《给安托尼·瓦拉布雷格的信》,见朱雯等编选:《文学中的自然主义》,上海:上海文艺出版社,1992年,第778页。
② 左拉:《论小说》,见朱雯等编选:《文学中的自然主义》,上海:上海文艺出版社,1992年,第234页。
③ 同上书,第210页。
④ 左拉:《当代的艺术》,转引自柳鸣九主编:《自然主义》,北京:中国社会科学出版社,1988年,第38页。
⑤ 同上书,第37页。
⑥ 左拉:《论小说》,见朱雯等编选:《文学中的自然主义》,上海:上海文艺出版社,1992年,第210页。
⑦ 同上书,第215页。

作品。没有个性表现的所谓"真实",在左拉看来是不存在的。左拉的这些说法也得到了莫泊桑和波德莱尔的观点的支撑,莫泊桑认为:"绝对真实——干巴巴的真实并不存在,所以没有人真的企图成为完美无缺的镜子。……对这个人来说则好像是谬误。企图写出真实——绝对的真实,只不过是一种不可实现的奢望,作家最多能够致力于展现个人所见事物的本来面目,即致力于写出感受到的真实印象。"①波德莱尔指出:"一切艺术的本质永远是美的事物通过每个人的感情、热情和梦想而取得的表现。"②总之,深入考析左拉等自然主义作家们对"个性"及"个性表现"的反复表述,人们不难发现其确立一种"体验主导型"文学叙事全新模式的企图。"体验"只能来自真实的生活,因而自然主义所倡导的"个性表现"就坚实地立在了"真实感"的基础之上。生活体验的主体,永远只能是作为个体而在生活中存在的人;而对任何个体的人来说,生命都是其最本己的存在,因而自然主义作家所强调的生活体验便首先表现为个体的生命体验。这种内在于"生活体验"建构中的"个体""生命"元素表明,自然主义文学事实上继承了上一个时期浪漫主义革命所建立起来的文学的"个体性原则",并在扬弃中接受了其"个人表现"的原则。

自然主义文学既反对浪漫主义的极端"表现",又否认"再现"能达成绝对的真实,由此开拓出了一种崭新的"显现"文学观:"显"即现象自动的呈现,意在强调文学书写要基于现象的真实,要尊重现象的真实,不得轻易用武断的结论强暴真实;"现"即作家个人气质、趣味、创造性、艺术才能的表现。"显现",就是在与世界融合之中的"作家主体"在文本中所达成的"再现"与"表现"的融合。与前自然主义的"摹仿"或"再现"相较而言,自然主义之"显现"所投放出来的只是一种"真实感";此种"真实感"是在个体之人与世界的融合中达成的,并由此获得了它自身特有的一种"真实"品质——它并非纯粹客观的现实真实,即既非绝对真实的现实,也非绝对现实的真实,而只是感觉中的现实真实。由此,"摹仿论"或"再现说"的"本质真实"就被颠覆了一半,同时也保留了一半。同理,"显现"所投放出来的"真实感"也有着自己特有的"主体"意识——它并非纯粹主观的主体情感意向,即既非绝对情感的意向,也非绝对意向的情感,而只是与世

---

① 莫泊桑:《爱弥尔·左拉》,转引自柳鸣九主编:《自然主义》,北京:中国社会科学出版社,1988年,第787页。
② 波德莱尔:《一八四五年沙龙》,见吴蠡甫主编:《西方文论选》(下),上海:上海译文出版社,1979年,第228页。

界融为一体的"真实"的情感意向。这样,浪漫主义的"情感表现说"中那种绝对主观的"情感主体"便就被吞没了半侧身子,又保留了半侧身子。当然,任何一种学说,被颠覆了一半也就意味着整个体系的根本坍塌。自然主义经由"真实感"而建构起来的"显现",就这样颠覆了在西方文学史上源远流长的"再现"与浪漫主义刚刚确立了不久的"表现"。相对于"摹仿说"那种对"本质"的坚定信仰或浪漫主义那种对"超验主体"和世界一致性的断言,自然主义(及后来的现代主义)所强调的是对"本质"和"超验"的"悬置"及其所释放出来的"怀疑";而针对"摹仿说"那种对"自我理性"的高度自信或浪漫主义时常宣称的那种"绝对自我"与世界的对立,自然主义所强调的则是面对世界的"谦卑"与"敬畏"。

"再现"即再造,通过观念对现实的再造。自然主义反对以人造的观念体系"再现"/再造世界,而强调让世界在自我的真实显现中说明自身。他们倾向于认为:意识只是主体从未完全知晓或控制的、社会的和无意识的过程所产生的效果;因而所有为世界所提供的一般性解释模式,从某种程度上讲,都是理论的虚构——而这正是左拉所要反对的"虚构"。经由强调体验的直接性与强烈性,自然主义作家主张让真实的生活本身"进入"文本,而不是以文本"再现"生活,从而完成了对传统"再现"式"现实主义"的革命性改造。显现,由体验而非观念主导,其最终达成的乃是一种笼罩着情感的意象呈现而非通透着理性的观念阐说。显现出来的意象,包含着某种意念;这种意念含有成为观念的趋向,但却绝非观念本身。即艺术作品中的观念因素,是经由意象来表达的——这正如德国美学家费希尔(Friedrich Theodor Vischer)所分析的一样;观念像一块糖溶解在意象的水中,在水的每一个分子里它都存在着、活动着,可是作为一整块糖,却再也找不到了。"在感受的表达完成之前,艺术家并不知道需要表现的经验究竟是什么。艺术家想要说的东西,预先没有作为目的呈现在他眼前并想好相应的手段,只有当他头脑里诗篇已经成形,或者他手里的泥土已经成形,那时他才明白了自己要求表现的感受。"① "诗人把人类体验转化成为诗歌,并不是首先净化体验,去掉理智因素而保留情感因素,然后再表现这一剩余部分;而是把思维本身融合在情感之中,即以某种方式进行思维。"② 没有情感,也许会有工艺,但不会有艺术;仅有情感——不管

---

① 科林伍德:《艺术原理》,王至元等译,北京:中国社会科学出版社,1985年,第29页。
② 同上书,第301页。

这种情感多么强烈，其结果也只能在直接传达中构成宣泄或说教，同样不会有艺术。

在作家—作品—世界—读者的四维文学构成中，"再现说"和"表现论"均是对"作家"或"世界"占绝对主导地位的那种古典文学形态所做的理论表述；而"显现"论的出现，则表征着在西方文学中此前一直被忽视的另外两种文学构成元素地位的提升。首先，自然主义文学对各种唯理主义形而上学及社会意识形态的拒斥，对观念叙事的否定，对客观冷静叙事风格的倡导，这一切都内在地蕴含着他们对文本及构成文本的语词之独立性的重视。让所描述的对象自己说话，让其意义在自身的直呈中在读者面前自我显现，这是自然主义文学在叙事艺术上的基本追求，其中就包含着对"文本"/"作品"维度的强调。其次，自然主义作家反对"娱悦"大众，更反对通过作品实施对读者的"教化"，而强调"震惊"，强调不提供任何结论而高度重视由"震惊"所开启的读者的"反思"，在审美范式上直接开启了从传统文学文本那种在"教化"中"训话"向现代主义文学文本那种在"对话"中"反思"的现代转型。显然，在自然主义文学这里，作者与读者关系的重构已经开始，文学活动四维结构中的"读者"一维第一次受到重视。换言之，"显现说"所导出的文本自足观念及对读者接受维度的重视，是西方现代文学形态形成的基本标志。在20世纪西方文坛上，"接受美学""阐释学美学""语言学美学""结构主义美学""解构主义美学"等各种现代诗学理论纷纷出笼；至少在叙事文学领域，这一切理论的发端无疑是体现在通常被人们看成是现代主义文学对立面的自然主义文学思潮的观念创新与创作实践之中。

作为前所未有的全新的文学本体论，"显现说"不仅是自然主义文学在新的哲学思潮的影响下对正统文化的敏锐反应，更是对自荷马以来的整个西方文学传统的剧烈质疑与颠覆。自然主义作家在创作方法层面上的所有革新、自然主义文学文本所呈现出来的所有新的现代特质，其真正的根源正在于此。"显现说"文学本体论使现代主义作家在自然主义作家所开拓出来的文学地基上继续前行。正是因为正统文化失去了它惯有的整体性和力量，作家才被迫去尝试以唯一堪用的武器——语言——去重新整合这个风雨飘摇中的文化。具备整合功能的观念/信念系统已经失灵，对作家而言，代之的也就只有语词及其所构成的文本，以此来承担对世界和文化进行整合的使命。文本呈现为一个五彩缤纷的、好像是混沌初开的世界，里面充斥的一切似乎都难以确定，而唯一可以信赖的是知识语词。即左拉所谓:"在这个世界上,没有比一个写得好的句子更为真实的了。"①用彼得·福克纳的话来说就是"小说表明自己从根本上和表面上都是一个语言问题,涉及的是词语、词语、词语"。"《尤利西斯》的'实体'就是词语,就是语言本身;正是在语言中,包含着实体的与本质的、实际的与理想的、具体的与抽象的之间复杂的冲突关系。"②

第六节 "写实"传统的当代价值

百余年来,西方现实主义文学思潮及其写实传统在我国文坛虽几经周折几度沉浮,但对我国本土文学创作、文学研究与批评产生了重要的影响——可以说这种影响超过了任何一种外来的文学思潮,而且迄今依然持续不断地产生着积极影响,从而也不断体现着当代意义与价值。

第一,"写实"与"真实性"内涵的拓展,使现实主义拥有了更强的包容性、开放性、影响力和生命力。西方意识流小说对我国新时期现实主义文学的心理写实方面起到了积极影响,王蒙是领风气之先的作家。20世纪80年代前后,他的《夜的眼》《布礼》《风筝》《蝴蝶》《春之声》《海之梦》等一系列小说用"意识流"手法表现人物的特殊心灵感受与情感流程,打破了传统小说的时空结构和叙事方式。如《布礼》的情节结构就不遵循传统的现实逻辑,而是按照心理逻辑来展开,故事时间跨度大并显得"凌乱";《夜的眼》则通过主人公的"联想"展开50年代和70年代、城市与乡村、过去与现在的对比,写出了主人公的心理感受与感觉。王蒙之后,"意识流"手法在我国现实主义倾向的文学中被广泛运用。不过,这种中国式意识流手法往往不沉湎于潜意识的内在世界,而是内与外的贯通、心理描写与外在事物、情景和环境的交替与交织,从而使"写实"的内涵得以拓展。至于对现代、后现代文学其他表现方法的合理借鉴,则更使我国现实主义及其"写实"精神达成了世界性与民族性、传统性与现代性的交融。而就我国当今时代与社会的现实需要而言,也确有必要让现实主义和写实倾向的文学回到文学创作的"舞台中央"。

第二,以"写实"传统和"真实性"品格强化文学之人道精神、现实关怀

---

① 左拉:《致居斯塔夫·福楼拜》,见《左拉文学书简》,吴岳添译,合肥:安徽文艺出版社,1995年,第113页。

② 彼得·福克纳:《现代主义》,付礼军译,北京:昆仑出版社,1989年,第86—87页。

和使命担当,让现实主义引领我国文学发展方向。毫无疑问,作为"人学"的文学,作家的创作始终应该"把人当作世界的主人来看待,当作'社会关系的总和'来理解","用一种尊重的、同情的、充满人道主义精神的态度来描写人、对待人"①。因此,关怀当下的人乃至整个人类的命运处境,永远是文学的崇高使命。就社会对文学的期待与呼唤而言,任何时代都需要文学以写实和求真的姿态守望精神、点亮心灯。处在转型期的中国当代文学,其对社会的审视与批判、对当下的人与社会之精神引领、价值担当和文化建设始终负有不可推卸的责任与使命。就此而论,现实主义文学因其与生俱来的写实传统与真实性品格,不仅有其存在的文化土壤和历史依据,更有其发展的强劲生命力。也正是在这种意义上,现实主义应该义不容辞地走向文学的"舞台中央",引领我国文学发展的大方向。"从中外文学史上看,现实主义历来是更为根本的现象,它源远流长、绝非偶然。"②当今时代,"要创作出思想和艺术都真正厚重的作品,还基本上靠现实主义"③。这是一个需要文学史诗的时代,这是一个有可能产生现实主义文学史诗的时代。

当然,这首先基于现实主义自身在弘扬优良传统前提下,以宽阔胸怀包容和汲取世界文学大花园中各种积极而鲜活的养分,直面审视、把握和评判火热而丰富的现实生活,艺术地再现新历史时代的潮起潮落与风云变幻。优秀的 19 世纪现代现实主义作家总是满怀着深沉而博大的人道主义情愫,关注资本主义社会金钱与物质奴役下劳苦大众的悲苦与磨难,以真实和真情的写实之笔触,为其代言,为其发声,为其呐喊;无论他们基于什么样的观点与立场,对社会之不合理、对人的尊严和命运,都表现出高度关切和使命担当,从而使其创作拥有了进步意义和经典价值。马克思、恩格斯正是基于其建立在唯物史观基础上的人道主义立场,高度肯定 19 世纪"一派出色的小说家"之现实主义"写实"精神和社会批判精神,并充分肯定他们创作的历史价值与审美价值。在马克思主义文艺思想的引领下,我国当今和未来的文学发展也有赖于现实主义的"写实"方法,来表

---

① 钱谷融:《文学是人学》,见洪子诚主编:《中国当代文学史·史料选:1945—1999》(上册),武汉:长江文艺出版社,2002 年,第 360 页。
② 蒋述卓、李自红:《新人文精神与二十一世纪文学艺术的价值取向》,见蒋述卓主编:《批评的文化之路》,北京:中国社会科学出版社,2003 年,第 91 页。
③ 张炯:《论九十年代我国文学的走向和选择》,见李复威主编:《世纪之交文论》,北京:北京师范大学出版社,1999 年,第 124 页。

现新时代精神,再现改革开放和社会转型过程中的现实生活和社会心理:既有对生活主流的宏大叙事,又有对普通民众日常之真实处境与喜怒哀乐的细微叙事,也有对转型期普通人在物质挤压下精神状态的真实展示;既有对新时代真善美的热情讴歌,更有对假丑恶的深度揭露与严厉抨击。19世纪现代现实主义文学之历史与人文的价值,集中体现在对资本经济对人的挤压和奴役的深刻的批判上,体现在对深陷其间的人的深切关怀上。

第三,以"写实"传统和"真实性"品格纠正反本质主义、虚无主义和感官主义、"个人化写作"等倾向。20世纪与21世纪之交,西方后现代文学与文化在我国一度十分流行,其合理性因素无疑促进了我国文学的创新与发展。但是,后现代文化因其内容的丰富与庞杂而具有正面和负面的作用,事实上,其负面影响在我国文学中是客观存在的。有鉴于此,弘扬现实主义"写实"传统和"真实性"品格,对我国文学的健康发展以及文化建设具有积极作用。

其一,纠正反本质主义和虚无主义倾向。后现代文化的一个重要特征是"不确定性","不确定性决定一篇文本如何被人阅读。作品的意义取决于解释这一作品的方式,而不取决于一系列固定不变的规则。去寻找意义既无可能又无必要,阅读行为和写作行为的'不确定性'本身即'意义'"[①];"后现代主义的范式其本质就是对一切范式的根本的颠覆"[②]。当"不确定性"本身成了写作的意义追求和文本的意义阐释目标时,它给文学创作与研究及读者的阅读带来的是无尽的"解构",以及艰涩、模糊、飘忽乃至空洞,这必然导致文本意义的淡化消解以及文学非本质主义观念的流行。正如阿多诺所说:"文艺的本质不能确定,即便通过追溯艺术的起源以期寻觅支撑其他一切东西的根基。"文学本质不能确定,文学与日常生活之间的边界模糊,"日常生活审美化"理论又进而消解、淡化了文学社会功能和认识价值,由是,文学的反本质主义和虚无主义有了存在和流行的理论土壤。用"不确定性"来探讨文学意义的多元化与多变性虽然不无道理,但由此否定文学意义之质的规定性及其与日常生活的边界,这种反本质主义理论本身陷入了虚无主义。现实主义虽因其"写实"之意义的

---

① 勒内·韦勒克、奥斯汀·沃伦:《文学原理》,刘象愚、邢培明、陈圣生、李哲明译,杭州:浙江人民出版社,2017年,第327页。
② 理查德·塔纳斯:《西方思想史》,吴象婴、晏可佳、张广勇译,上海社会科学院出版社,2007年,第440页。

多变性故而呈"复数"的形态和多元的形态,然而又因其"写实"之衍变是有"真实性"品格这一质的规定性的,所以任何冠之以某种复数名词的"现实主义"文学,都不失其现实生活之"真",如魔幻现实主义之"变现实为魔幻而又不失其为真"。因此,现实主义形态的文学始终高扬其历史的和社会的价值及社会批判之本质功能,并有其意义相对清晰的稳定性。现代现实主义及其"写实"精神的弘扬有助于纠正反本质主义和虚无主义倾向。

其二,纠正感官主义和"娱乐至上"之风。20世纪后期的现代主义文化思潮对非理性主义的强化助长了文学的感官主义、"娱乐至上""娱乐至死"等风气,进而消解或淡化了文学的人文精神和人道情怀,导致文学意义的肤浅化和精神引领作用的淡出。受这种现代主义文化思潮影响,我国文学不可避免地出现了一些迷失:一些作家对生活关切的热度降低、文学创作的责任担当和使命意识衰减;审美文化的高雅与低俗的界限趋于模糊;消费性流行文化的图像化、娱乐化、景观化、狂欢化日趋明显。特别是网络文学界,"总体而言,基于'大众''消费'的逻辑,'娱乐性'及其所决定的'时尚化''平面化'与'类型化',乃是'后现代写作'最基本的特点",并且,"这些特点,在网络文学中都有充分的体现"[①]。所有这一切都导致了文学"写实"精神和真实性的淡出以及文学社会功能、认识价值及审美功能的式微,而这对新形势下的文化建设和价值引领极为不利。有鉴于此,弘扬现实主义及其"写实"精神,对提高作家正确认识文学的功能与使命,正确处理作家与社会及生活之关系,弘扬文学的人文精神,净化文学市场和社会风气乃至促进民族文化建设都有积极作用。

其三,纠正"个人化写作""躯体写作"倾向。"个人化写作"是20世纪与21世纪之交在现代主义文化影响下我国文坛上具有反传统特点的文学现象。这些作家力图摆脱传统写作模式,尤其对传统文学和主流文学的宏大叙事表现出反叛姿态,这其实也是他们所持的一种后现代立场。他们的创新勇气以及创新性探索有积极的一面,这类作品虽在某种程度上表现了一些人的生存状况和心理感受,张扬了个人本位的价值观,但是,这种"个人化写作"过分局限于作家个体的小世界,甚至沉迷于个人隐私与情感宣泄并发展为"躯体化写作"。一些表现性爱主题的作品就是"躯体化写作"的代表,如韩东的《障碍》、张旻的《情戒》、朱文的《我爱美

[①] 曾繁亭:《网络写手论》,北京:中国社会科学出版社,2011年,第85页。

元》等。这些作品强调个人体验与个人本位,普遍陷于极端化的个人心理乃至本能的宣泄,是一种感官化的写作。对此,代表性作家林白曾作如此表述:"写作中最大的快乐就是重新发现自己的感官,通过感官发现语词"①;另一作家海男则说得更直白:"只有我用我的躯体才能抵御来自幻想中那种记忆和时间的夭折……我看见了我躯体的命运,那是一些语言的命运……我把自己的身体化为一堆符号,符号在某种意义上来说只是一堆白日梦而已。"②这种失却了主体之能动性而近乎原始形态之心理摹写,其文字产品消解了个人及其存在的意义,谈不上有审美的、理性价值及社会意义层面上的真实性品格,也谈不上文学对人的精神提升与价值引领。这种貌似真实的创作与现实主义经典文学在审美观念、价值理念、表现方法等方面均相距甚远,也不符合审美和人文意义上文学对人与人性的描写——因为它们在根本上已丧失了文学之审美反映意义上的"写实"精神和"真实性"品格。

现实主义和写实倾向的文学对我们的社会来说不仅没有过时,而且是一种不可或缺的期待与需要。正如作家路遥曾经说过的那样:"考察一种文学现象是否'过时',目光应该投向读者大众。一般情况下,读者仍然接受和欢迎的东西,就说明它有理由继续存在。当然,我国的读者层次比较复杂。这就更有必要以多种形式满足社会的需要,何况大多数读者群更容易接受这种文学样式。'现代派'作品的读者群小,这在当前的中国是事实;这种文学形式应该存在和发展,这也毋庸置疑;只是我们不能因此弃大多数读者不顾,只满足少数人。更重要的是,出色的现实主义作品甚至可以满足多个层面的读者,而新潮作品至少在目前的中国还做不到这一点。"③况且,"捍卫现实主义并非必然意味着成为由晚年的斯诺④所代表的英国'后卫'组织成员,也不意味着把20世纪后期的小说家视为对19世纪小说进行重写。"⑤因此,19世纪西方现实主义文学思潮作为一种历史形态,它虽已经成为过去,但依然有可汲取的艺术养分;同理,写实精

---

① 林白:《在写作中发现自己的感官》,见林白:《像鬼一样迷人》,西安:陕西师范大学出版社,1998年,第234页。

② 海男:《躯体》,见海男:《紫色笔记》,西安:陕西师范大学出版社,1998年,第27页。

③ 路遥:《早晨从中午开始》,北京:十月文艺出版社,2010年,第89—90页。

④ 查尔斯·珀西·斯诺(C. P. Snow,1905—1980),英国小说家、政治学家、物理学家,文学代表作是创作长达30多年的《陌生人与兄弟》系列共计11种,以及小说《航行中之死》(1932)等。——引者注

⑤ Raymond Tallis, *In Defence of Realism*, London: Edward Arnold,1988, p.197.

神与真实性品格的文学在我国文学史上也源远流长,其优良传统同样值得我们继承与发扬。就此而论,古今中外现实主义传统的文学都值得我们去重新梳理、总结并合理继承,它们都是未来各种新"现实主义"和其他形态文学的参照对象和艺术泉源,并且也像马克思、恩格斯所评价的古希腊文学那样"具有永久的艺术魅力"。我们有理由相信:现实主义文学是"一种永久的写作模式"[①],而且这种写作模式还将一直发展并不断更新,但是,"现实主义并非一项可以一劳永逸的事业——因为现实世界本身会同我们对它的看法一样变化无穷"。[②]

现实主义,包括19世纪现代现实主义,有其永无终结的意义。

[①] Qtd. in Richard Brinkman. "Afterthoughts on Realism", in Nicholas Boyle, Martin Swales eds., *Realism in European Literature: Essays in Honour of J. P. Stern*, Cambridge: Cambridge University Press,1986,p. 184.

[②] Raymond Tallis, *In Defence of Realism*, London: Edward Arnold,1988,p. 209.

第五章
实用理性与现代现实主义之"社会功能"

> 从现实主义的观点看来,小说家的职责并不令人愉快;他必须具有面对现实的坚强的勇气,而现实常常是丑陋的,也许最丑陋之处就需要去面对。
>
> ——福楼拜
>
> 理性思维、分析和批判,动摇社会基础,破坏它的组织。
>
> ——以赛亚·伯林
>
> 工业化和城市化导致人口流动,让很多观察者确信穷人变得更多、更悲惨、更危险了……所以不出意料,小说成了最适合新社会形势的文学风格;开始是"现实主义",其后是"自然主义"。
>
> ——蒂莫西·C.W.布莱宁

无论是西方文学史上的"寓教于乐",还是中国文学史上的"文以载道""兴观群怨",都旨在强调文学艺术的社会功能。事实上,社会功能是文学艺术题中应有之义,人类文学史上几乎不存在完全没有社会功能的文学作品。然而,在西方文学中,19世纪的浪漫主义文学思潮对延续了2000多年的"寓教于乐"说表现出了反叛,提出了"为艺术而艺术"的理论主张,主观上排斥文学的社会功能——虽然浪漫主义文学文本的社会功能是客观存在的。而与之相反,19世纪现代现实主义文学在关于文学之社会功能的理论主张与文本创作实践上,对浪漫主义表现出了明显的不同取向,空前突出地强调文学的社会功能。可以说,现代现实主义在文学社会功能的追求上,达到了西方文学史上的空前高度,以至于人们常常把"社会批判"作为现代现实主义的代名词,因而也就有了"批判现实主义"

这样的一直长期流行的称谓。现代现实主义文学思潮何以如此强调文学之社会功能？现代现实主义仅仅在强调文学之社会功能吗？现代现实主义的这种文学观念，其跨文化传播的结果是什么？20世纪的现代主义在文学的社会功能问题上与现代现实主义有什么异同？诸如此类的问题，尚有待深入探讨。

第一节 实用理性与文学社会功能

"实用理性"是一个宽泛的概念。笔者在本著作中所说的"实用理性"，与德国哲学家康德的"实践理性"（practical reason）和我国美学家李泽厚的"实用理性"含义相似。康德的"实践理性"，全称为"纯粹实践理性"，指的是"理性在实践上的行驶"[①]；而"在实践的应用上的纯粹理性，即道德理性，把一种知识和人类最高的实践日益联系起来"[②]。在康德看来，实践理性施之以先天的道德规律，采用命令形式和决定性意志（善良意志），达到区别善恶，走向至善；实践理性的原则是自由，它与自然界的必然性有别。道德的实践应是自律的，道德的行为应着重于动机而不着重于效果。人类社会中的道德与幸福经常不能两全，有道德的人不一定得到幸福，幸福的人不一定有道德，因而要设定灵魂的不死与上帝的存在，以保证今生不能得到幸福的人可以在来生得到幸福，罪人可以得到惩罚。一切理性者都依据于普遍的道德规律行事，他们虽然有个别的差异和私自的目的，但都可以在共同的道德基础上有一个共同的目的王国。康德的"实践理性"理论具有现实意义，它告诉人们：实践是理性的，人的实践活动是自由的，但是这种自由是以道德规律为前提的；实践理性的目标是达到至善境界，它重视道德功能。

在我国，李泽厚在其《中国古代思想史》中最先提出"实用理性"这一概念。后来，他在《漫说"西体中用"》一文中对其作如下解释："所谓'实用理性'就是它关注于现实社会生活，不作纯粹抽象的思辨，也不让非理性的情欲横行，事事强调'实用''实际'和'实行'，满足于解决问题的经验论的思维水平，主张以理节情的行为模式，对人生世事采取一种既进取又清

---

① 罗素：《西方哲学史》（下卷），马元德译，北京：商务印书馆，1997年，第253页。
② 梯利：《西方哲学史》，葛力译，北京：商务印书馆，2000年，第462页。

醒冷静的生活态度。"①李泽厚以这一概念来概括和评价中国哲学和价值观念,认为实用理性是中国传统思想在自身性格上所具有的特色,它是与中国文化、科学、艺术各个方面相联系相渗透而形成、发展和长期延续的。他还认为,实用理性"模式成为中国人认识世界、解释世界和指导自己实践行动的基本心态,是中国整个物质文明和精神文明在文化心理结构上的积淀表现。它具体呈现在医、农、兵、艺、历史、哲学之中"②。但作为一种哲学概念,实用理性的内涵具有中西互通性,何况康德早已有类似的哲学表述,也与黑格尔"合乎理性的是存在的,存在的是合乎理性的"这一哲学表述有相似之处。可以说,"实用理性"在根本上体现着思维理性和人类本质属性,是人类理性的一种表现形态。因此,用"实用理性"来阐释和表述西方哲学和文学无可非议,或者说,西方文化与文学之本原就有实用理性的属性。

本著所说的文学的实用理性,主要指的是:文学立足现实,以科学而理智的方法与态度观察世界、认识社会、研究复杂多变的人和人类生活,力图掌握其发展变化的客观规律,视实用、功利、人本为三位一体,追求文学之社会功能。为了论述和阐释的方便,本著所说的社会功能限于历史的、政治的、道德的、宗教的、教育的等社会性功用和认识价值,不包括审美功能。虽然,审美也是文学的一种功能,并且和社会功能是密切相关的,但笔者认为这两种功能有联系又有质的差异,在研究实践中完全可以视为两个不同的学术领域或范畴。"在理论上,艺术的美的功能可以和它的实用的、道德的、爱国的、教育的、治疗的以及其他功能区别开来,尽管它们实际上经常是密切结合的。但是,从规则的用途和活动的含义上讲,所有这些都属于实用功能的范畴。美的功能往往是达到其他实用功能的一种必要的方法和途径。"③正因为如此,文学家和艺术家要有起码的社会道德的责任感,担负起"道德的和社会的职责;谁都没有特权无所顾忌地按照自己的个人意志我行我素,却无视基本规则的自我约束。人们通常都认同这样一种观点:艺术家也必须受基本的法律与道德规范的制

---

① 李泽厚:《漫说"西体中用"》,《孔子研究》1987年第1期,第19页。
② 同上。
③ 托马斯·门罗:《走向科学的美学》,石天曙、滕守尧译,北京:中国文联出版公司,1985年,第347页。

约"①。韦勒克在谈到文学与社会的关系时则说:"文学具有一定的社会功能或'效用',它不单纯是个人的事情。因此,文学研究所提出的大多数问题是社会问题"②,"作家不仅受社会的影响,他也要影响社会。艺术不仅重现生活,而且也造就生活"③。所有这些,都无非表达了这样一种关于艺术的原理:"文学"除了美学意义上的娱乐、愉悦功能之外,很重要的是通过审美的途径实现有益于人和社会的实用功能与现实价值,从而体现其实用理性精神。比如,"在医疗和教育领域里,以及在道德和政治活动中,艺术是多么有力地影响了人们的情感和行为"。艺术"不仅能使人爽心悦目,而且可以通过某种方法使人受到激励,还可以通过其他方法使人感到松弛或萎靡不振。艺术不只是一种奢侈品或供人娱乐和消遣的普通器具,它还可以激起人们的一种愤怒抗议的感情。它可以加强社会秩序,也可以破坏和削弱社会秩序。它可以影响人们(特别是青年人)的想象和爱憎,从而对人们的行为产生深远的影响"④。

在西方文化与哲学史上,实用理性概念在古希腊哲学思想中就已存在,并在文艺复兴和18世纪启蒙运动中不断发扬光大,特别是18世纪功利主义哲学进一步促进了实用理性的影响。"在18世纪,实用和功利在社会中具有主导性作用。与之相关的功利主义没有成为专门的哲学,但是却被中产阶级当作日常通俗文化的一个组成部分"⑤,它"为工业资本主义社会的发展逻辑(developmental logic)创造了坚实的基础"⑥。美国哲学家、美学家托马斯·门罗(Thomas Munro)认为:"从社会和历史的观点看,在决定艺术的本质和功能时,艺术的社会效果比艺术家个人的需要更加重要。人类对艺术家的事业进行赞助并付给他们酬金,其原因是人类发现艺术家的产品具有美的和其他方面的价值,而不是为了赋予艺

---

① 托马斯·门罗:《走向科学的美学》,石天曙、滕守尧译,北京:中国文联出版公司,1985年,第486—487页。
② 勒内·韦勒克、奥斯汀·沃伦:《文学理论》,刘象愚、邢培明、陈圣生译,杭州:浙江人民出版社,2017年,第91页。
③ 勒内·韦勒克、奥斯汀·沃伦:《文学理论》,刘象愚、邢培明、陈圣生译,北京:生活·读书·新知三联书店,1984年,第92页。
④ 托马斯·门罗:《走向科学的美学》,石天曙、滕守尧译,北京:中国文联出版公司,1985年,第483页。
⑤ Andrew Milner, *Contemporary Culture Theory*, London and New York: UCL Press, 1994, p.13.
⑥ Ibid.

术家表达自己的特权。"①

纵览西方文学史上关于文学艺术功能的理论,固然有艺术是作家个人情绪之宣泄的"宣泄"说、情感"象征"说、"为艺术而艺术"的非功利"审美"说等等,但是文学艺术有益于现实的人与社会,强调文学的社会功能,则是西方文学一以贯之的学说和理论,其哲学内涵无疑是实用理性。艾布拉姆斯在评述西方文学批评理论的历史演变时说:"批评的历史演进可以这样描述:先是模仿说,由柏拉图首创,到亚里斯多德已修改;继而是实用说,它始于古希腊罗马时期修辞写作诗法的合并,一直延续到几乎整个18世纪;再到英国浪漫主义批评(以及较早的德国)的表现说。"②艾布拉姆斯之所以说西方的"实用说"延续到18世纪,是因为从古希腊罗马开始到18世纪的这种强调文学实用的理论,被康德的艺术之"没有目的的目的"理论和浪漫主义的"为艺术而艺术"理论所取代。不过,艾布拉姆斯这里没有说,19世纪现代现实主义文学恰恰反叛了浪漫主义的文学观念,从而把文学的"实用说"和"寓教于乐"的"社会功能"说在传承的基础上大大地发扬光大了。这也正是笔者在本章中要着力阐发的内容。

第二节 "社会功能"说考论——从古希腊到18世纪

文学的实用理性,集中体现为对文学社会功能的追求上,而社会功能具体可以表现为文学的思想承载、社会批判和道德训谕等文学功利性追求的诸多方面。在西方文学史上,文学的社会功能与审美娱乐功能的追求和理论演变,虽然并不是泾渭分明或者绝然对立的,但也有各自发展的基本脉络,并更多表现为交互和交融中各有侧重的发展的态势。

在西方古代文学中,文学对社会功能的追求主要表现在对"善的追寻上"——让文学具有社会教化的功能(包括传播宗教信仰)。古希腊时期,人们把文学作为社会教化的教科书之一,诗人(作家)被尊崇为人生的导师,拥有立法者的显赫地位。长期以来,由于柏拉图把诗人开除出他的"理想国",不少人认为他是否定文艺的社会和道德教化作用的。其实,柏

---

① 托马斯·门罗:《走向科学的美学》,石天曙、滕守尧译,北京:中国文联出版公司,1985年,第349页。

② M.H.艾布拉姆斯:《镜与灯:浪漫主义文论及批评传统》,郦稚牛、张照进、童庆生译,北京:北京大学出版社,2015年,第25页。

拉图不是明确地从正面肯定文艺作品的教化作用,相反,他提出过文艺有伤风败俗、亵渎神明、损害理性、放纵感情之类的批评性言论,认为文艺有不利于教育和培养道德高尚的人的弊端,所以他把诗人开除出他的"理想国";但是,全面而深入地看,柏拉图所认为的"伤风败俗"的诗,是指那些同他的建设政治"理想国"要求不相符的作品,而不是指所有的文艺作品,尤其是,他这种表述本身说明了他承认文艺有道德教化作用——无非是认为某些"伤风败俗"的作品的教化作用是负面的和消极的而已,而且主要也是从文艺的政治教化作用来要求诗人的——因此,柏拉图实际上看到并承认了文艺的道德教化作用。从他的理论逻辑出发,如果诗人创作的作品符合了他的理想国的政治标准,那么就可以达到政治教化的积极作用,于是,这样的作品也就可以被允许存在,这样的诗人自然也就可以留在理想国之中了。所以他又说,只要"诗不仅能引起快感,而且对国家和人生都有效用",那么,诗人也就"证明他在一个政治修明的国家里有合法的地位,我们还是很乐意欢迎他回来,因为我们也很感觉到他的魔力",在这种意义上,"诗不但是愉快的而且是有用的"。① 他还认为,优美的文艺作品可以使青年们"不知不觉地从小培养对美的爱好,并且培养起融合美与心灵的习惯"②。显而易见,柏拉图在本质上是强调文艺的社会功能的——政治教化与道德教化作用。因此,柏拉图要求把诗人逐出理想国的言说,并不意味着他要放逐所有的诗人和艺术家,更不意味着他否定了文艺的社会功能,与之相反,他恰恰是意识到了文艺的审美"魔力",要求诗人的创作尽可能减少情感欲望的宣泄从而使之更具有社会责任感和理性精神,用他所认为的"优良"的作品对国家和公民产生积极作用。柏拉图婉转地表达了他对文艺社会功能的肯定与强调,同时又隐含了他贬低和贬抑文艺之审美和娱乐功能之倾向。

此后,柏拉图的学生亚里斯多德不仅肯定情感在文艺作品中的合理性,而且从"净化说"出发更为突出地强调了文艺的社会功能。他认为,情感是受理性支配的,适当予以宣泄对人的健康是有益的。艺术就具有陶冶和净化情感的作用。他认为"写诗这种活动比历史更富于哲学意味,更被严肃地对待"③;悲剧是通过对严肃、完整的行动的摹仿,"给我们一种

---

① 柏拉图:《柏拉图文艺对话集》,朱光潜译,北京:人民文学出版社,1963年,第88页。
② 柏拉图:《理想国》,见《柏拉图文艺对话集》,朱光潜译,北京:人民文学出版社,1963年,第62页。
③ 亚里斯多德、贺拉斯:《诗学·诗艺》,罗念生、杨周翰译,人民文学出版社,1962年,第29页。

特别能给的快感"①,"借引起怜悯与恐惧来使这种情感得到陶冶"。亚里斯多德把诗提到了比历史更高的位置,因为诗比历史更真实进而更接近真理,由此也就更富有哲学意味和理性精神,其间产生的愉悦性"快感"也就更富于陶冶和净化人的情感与心灵的功能。于是,在亚里斯多德这里,文艺以"真"为前提和基础,进而使"美"与"善"融为一体。由此,亚里斯多德又告诉人们,文艺是具有认识功能的,他认为现实世界本身就是真实的(这一点亚里斯多德与他的老师柏拉图不同),因此艺术摹仿的现实世界也是真实的,既然如此,艺术作品对欣赏者来说就不同程度地具有认识价值。这里,亚里斯多德一方面把作家的创作与社会认识联系在了一起,另一方面也把读者和研究者的阅读与社会认识联系在了一起。"我们看见那些图像所以感到快感,就因为我们一面在看,一面在求知,断定每一事物是某一事物,比方说,'这就是那个事物'。假如我们从来没有见过所摹仿的对象,那么我们的快感就不是由于摹仿的作品,而是由于技巧或着色或类似的原因。"②在此,亚里斯多德阐明了艺术之所以给人以美感,是因为人一面欣赏一面在满足和实现求知欲和对现实的认知,艺术作品也就完成了为人提供真实的知识,引导人认识世界、认识生活的作用。因为艺术摹仿的本质是求真,所摹仿的就是已经发生和可能发生的事,能够通过个别揭示普遍规律。至于文学中的情感问题,柏拉图认为文艺表现无理性的情感,迎合了人性中的卑劣,而亚里斯多德则肯定了艺术中的情感的合理性,认为情感是人所固有的,并且是受人的理性的支配的,因此艺术中正当的情感表达对人是有益的,这就是艺术对人的情感与心性的陶冶和净化作用。比如,悲剧就借助于情感"引起怜悯与恐惧使这种情感得到陶冶"③。文艺对人的情感的这种"陶冶",有利于人的生理健康,而这就是一种积极的道德和社会的功能。

如果说柏拉图和亚里斯多德都是侧重于从公众或者读者的接受效果的角度来阐释文艺的社会功能的话,古罗马的文艺理论家贺拉斯(Quintus Horatius Flaccus)则是侧重于作家创作目的的角度——当然文艺的功能最终是通过观众或读者的欣赏来实现的——探讨文艺的社会功能的。贺拉斯说:"诗人的愿望应该是给人益处和乐趣,他写的东西应该给人以快感,同时对生活有帮助……如果是一出毫无益处的戏剧,长老的

---

① 亚里斯多德、贺拉斯:《诗学·诗艺》,罗念生、杨周翰译,人民文学出版社,1962年,第43页。
② 同上书,第11—12页。
③ 同上书,第19页。

'百人连'就会把它驱下舞台;如果这出戏毫无趣味,高傲的青年骑士便会掉头不顾。寓教于乐,既劝谕读者,又使他喜爱,才能符合众望。"①贺拉斯的"寓教于乐"强调了文艺的道德训谕,又强调了审美和娱乐,认为这两者的高度统一才是作家和艺术家创作应该追求的最高境界,这样的作品和艺术家才能"扬名海外,流芳千古"②。上文中贺拉斯的"符合众望"表达了他关于文学之态度的核心内容,他认为美学是一种实用的综合体,这不仅仅是说文学应该创作得好或者不好,也不是说后来这个作品畅销与否。文学在经济上取得成功的奥秘,在于其美学之功用(也在于其思想道德等功用)。"贺拉斯要求文学对社会有用并且又能给人以愉悦的观点,产生了巨大的影响,因为他坚持既要让读者陶醉,又要为其提供道德忠告。"③从美学的角度看,贺拉斯的理论显得更加成熟且全面因而也更切合文艺之本质与本原,所以在西方文学史和美学史上也影响更大,尤其为17世纪的古典主义文学家乃至18世纪的启蒙文学家所大力推崇。"愉悦与教化的结合不仅在古典主义的所有诗学,特别是贺拉斯以后变得司空见惯,而且成为艺术的自我理解的一个基本主题。"④

在中世纪欧洲,教会认为世俗文艺作品是表达情欲的,引导人追求尘世的享乐,因此是淫秽的和亵渎神圣的,所以创作和传播世俗文艺被认为是一种罪孽,故而予以强烈抵制。即便是宣扬宗教教义的宗教文艺,其地位也远在哲学、神学之下。不过,虽然中世纪教会总体上把文艺看成了哲学的奴婢、神学的附庸,把文艺当成基督教义和道德说教的工具,并将其视为文艺存在的唯一理由与功能,但是,事实上用文艺来宣传教义、传播基督精神,倒也说明了文艺社会功能的客观存在及其在当时的发挥。阿奎那说:"诗运用隐喻的方式达到一种再现的效果,因为人能够自然而然地从再现的内容中获得一种愉悦感。因此《圣经》运用隐喻的方法,既是必由之路,又是富有成效的。"⑤所以,基督故事、圣徒传记、赞美诗和祷告文等等,其实就是以文艺为载体来表述宗教关于神圣的精神和真理,为宗

---

① 亚里斯多德、贺拉斯:《诗学·诗艺》,罗念生、杨周翰译,人民文学出版社,1962年,第155页。
② 同上。
③ M. A. R. Habib, *Literary Criticism from Plato to the Present : An Introduction*, Oxford: Wiley-Blackwell, p. 36.
④ 彼得·比格尔:《先锋派理论》,高建平译,北京:商务印书馆,2002年,第111页。
⑤ Thomas Aquinas, *Summa Theologica*, Part one, Question 1, article 9, Encyclopaedia britanniea, Inc. 1988.

教教义传播服务,其间体现了文艺的社会功能,尤其是道德教化作用。在这种意义上,中世纪的文艺实际上是宗教的附庸,文学本身不是一种自主自立的存在。

文艺复兴时期是西方文学现代性的起点,文艺的社会功能得到了有力的张扬。文艺复兴时期随着古典文化的复兴,诗歌、戏剧、小说等艺术形式都广泛流传,文艺逐步走出了宗教世界的狭隘天地,融入世俗的生活之中,从而朝着世俗化方向快速发展。薄伽丘(Giovanni Boccaccio)认为:

> 诗的热情能产生崇高的效果:它使得诗人渴望表现其心曲,写出空前绝后的作品,把自己的思想感情整理得有条不紊,又用美丽的词句来装饰他的作品,所以它用虚构的华丽外衣掩藏着真理。再则,如果创造上需要,它可以武装着帝王们,使之走上战场,驱使整队战舰驶出湾港,它甚至可以描写苍天、大地、海洋,用花环装饰少女,刻画人性的喜怒哀乐,使懒人勤劳,使懦夫奋发,使暴徒自制,使囚犯驯服,对善良的人予以应得的歌颂:凡此种种,都是诗所生出的效果。①

在薄伽丘看来,诗用华美的言辞在虚构中表达所认识的真理以及崇高的感情,从而打动读者并在潜移默化中改变了人们的心性和品德,显然其间拥有的不是一般的寓教于乐的功能,而是更为广泛的社会功能。小说在文艺复兴时期是一门新兴的文学体裁,自薄伽丘《十日谈》开创了小说文体后,在较长时期内,它一直被认为是虚假、肤浅且庸俗的东西,不登大雅之堂。塞万提斯(Miguel de Cervantes Saavedra)不仅以《堂·吉诃德》的广泛影响力改变了人们的看法,还对小说的功能作了阐发。他在《警世典范小说集》中提出了小说具有"鉴戒"功能和娱乐功能②,阐明了小说的虚构与现实、娱乐与劝诫之关系,这对小说的社会功能和社会地位的确立具有重要意义。从创作目的上看,塞万提斯的长篇小说《堂·吉诃德》正如他在前言中宣称的,其宗旨是"攻击骑士小说",并要把它"扫除干净",虽然这未必就是他的真实创作意图。因此"我们大可不必仅仅根据作者的

---

① 薄伽丘:《异教诸神谱系》,《缪灵珠美学译文集》(第一卷),北京:中国人民大学出版社,1998年,第 346 页。
② 塞万提斯:《警世典范小说集·自序》,张云义译,《塞万提斯全集》(第一卷),北京:人民出版社,1996 年,第 4—5 页。

自白去领会他创作的真正用意,这样做将使读者误入歧途"①。但是退一步说,塞万提斯创作这部小说不仅是有明确功利目的的,而且事实上也十分有效地达到了这个目的,有效地显现了小说的社会功能——《堂·吉诃德》因其丰富的内容、深刻的含义、高度的娱乐和审美效果,达到和拥有了比作者的初衷更重要得多、也丰富得多的创作目的与社会意义。在西方文学与文化走向现代性的起点上,小说这种文体显然更具有可读性和普及性。在文艺复兴时期,薄伽丘与塞万提斯等小说家的创作有力地促进了文艺复兴的发展,对挣脱精神束缚、解放思想,开启民智起到了不可或缺的作用。由此,文学不仅仅表现出了巨大的道德价值,也表现出了审美价值;文学的功能远远不只是道德教化的作用,还通过寓教于乐的审美的途径对社会、人生和文明史的发展产生了重大的影响,从此文学从宗教神学的附庸地位中挣脱出来,成为人类精神文化中一个独立的、不可或缺的部分。

17 世纪的法国文化在欧洲居于领先地位,巴黎的时尚就是整个欧洲的时尚,路易十四的喜好和法国宫廷的趣味就是欧洲上流社会的典范。在文艺领域,表现上流社会生活的古典主义文学就是当时的主流,或者说,古典主义文学就是绝对君权之意志在文艺领域的体现,古典主义文学是君主集权和宫廷贵族思想精神的产物。布瓦洛(Nicolas Boileau Despreaux)作为法国古典主义文学的"立法者",他所追求的是以理性为灵魂、美与善高度统一的典雅艺术。在布瓦洛看来,理性与情感的天平上,理性高于情感,他的名言是:"愿你的一切文章永远只凭着义理获得价值和光芒。"艺术作品中情感固然可以打动读者,但是让读者接受理性的启迪和熏陶才是最高目的。因此艺术的使命就是传达真理,教化民众,而不是沉迷于情感娱乐。所以,布瓦洛当时批评一些标新立异、哗众取宠的作家时是这么说的:

>因此你只能示人以你的高贵小影。
>危害风化的作家,我实在不能赞赏,
>因为他们在诗里把荣誉丢到一旁,
>他们背叛了道德,满纸都是海盗海淫,
>写罪恶如火如荼,使读者喜之不尽。

---

① Marianna Torgovnick, *Closure in the Novel*, Princeton: Princeton University Press, 1985, p.112.

>……一个有德的作家,具有无邪的诗品,
>能使人耳怡目悦而绝不腐蚀人心;
>他的热情绝不会引起欲火的灾殃。
>因此你要爱道德,使灵魂得到修养。①

与柏拉图似乎有些相似,布瓦洛出于维护国家理想的实现以及国民精神生活的健康向上之需要,强调文艺教化民众的要求,其间有明显的政治目的性。不过,由于受特定时代与社会的制约,布瓦洛比柏拉图更强调文艺的政治目的,他的理论更符合当时君主王权的意志,所以,布瓦洛倡导的"理性"也具有特殊的政治意味。在这种具有政治内涵的理性精神指导下,古典主义文学通常也都符合王权意志和宫廷原则,作家的创作都恪守明显的政治化道德责任和社会使命。古典主义文学通常以古希腊、罗马的英雄传说、历史故事以及当时的王公贵族的生活为题材,认为只有王公贵族才是美德和生活理想原则以及"高雅趣味"的体现者。于是,古典主义的悲剧往往以古罗马式的崇高、宏大、悲情的风格描写"英雄"与"公民",描写重大的历史事件,力图表现重大而有时代、国家和民族意义的政治主题。而且,布瓦洛明确提出要歌颂路易十四:"我们有贤明的君主,他那远虑深谋,使世间一切才人都不受任何痛苦。发动讴歌吧,缪斯!让诗人齐声赞美。他的光荣助诗兴胜于你全部的箴规,让高乃依歌颂他,再拿出往日豪情……让拉辛再产生出新的新奇杰构,刻画着英雄人物都以圣主为楷模。"②不仅如此,布瓦洛还极力反对在文艺作品中表现"市井""村俗",他认为莫里哀的不足就在于描写下层平民过多,"过分做人民的朋友"。可见布瓦洛艺术规范和理性原则的政治依附性十分明显,古典主义文学不仅因此拥有了强烈的政治理性意识,而且还有政治工具意味。不过,在当时的历史条件下,国家政治和民族意志、国民意愿与历史发展的大趋势达成了一致,因此,这种体现政治理性的古典主义文学,其实用理性原则也体现了国家意志、民族精神和公民情感与心理;以理性哲学为基础的"三一律"的艺术技巧,也与国家意志和公民心理达成和谐一致,因此,古典主义文学的艺术形式还是很好地服务于其内容的表达,从而繁荣了这种特定时代的特定文化与艺术——古典主义。

---

① 波瓦洛(即布瓦洛,下统称"布瓦洛"):《诗的艺术》,任典译,北京:人民文学出版社,1959年,第65页。

② 同上书,第51页。

18世纪西方世界的知识、思想和精神生活处在大变革时期,启蒙哲学是启蒙运动的思想核心,文学的实用理性在整个思想文化领域得以突出显现。在启蒙作家的眼里,文学艺术是一种开启民智、惩恶扬善的重要工具。"启蒙哲学的主要趋势是走向理性主义、经验主义、实用主义和功利主义(utilitarianism);这些趋势形成了资产阶级自由主义思想(liberal-bourgeois thought)的核心。"① 文学作为启蒙运动时期思想文化解放潮流中的一部分,其社会实用价值的发挥尤其明显,或者说,文学与社会的关系在启蒙运动特定的政治文化背景下结合得尤为密切。启蒙文学不像古典主义文学那样崇尚古代、歌颂王公贵族,代之而起的是新兴资产阶级和普通市民的形象,启蒙文学也从古典主义的服务于君王的政治转向了平民的政治。剧作家博马舍(Pierre-Augustin Caron de Beaumarchais)说:"雅典和罗马事件,对于我们这样一个18世纪君主国家的和平臣民来说,有什么相干呢?我对伯罗奔尼撒的那个什么暴君的死或者奥利特一个青年公主的牺牲,会感到强烈的兴趣吗?这一切与我毫不相干,这对于我是不会有什么意义的。"② 博马舍的戏剧代表了当时第三等级平民的审美趣味和思想倾向,它们都直接地为当下的破除迷信、崇尚理性、思想解放、启迪民智而摇旗呐喊。狄德罗是启蒙思想家中最杰出的代表人物之一,他继承了亚里斯多德等哲学家和文学理论家的传统,强调文学的摹仿说。但是,文学是借助于想象和虚构而成的,不可能完全地忠实于客观现实,不过能揭示事物之间的内在联系,因此文学描写的事实反而比历史记录的事实更加逼真。当然,狄德罗认为:"诗人不能完全听任想象力的狂热摆布,诗人有他一定的范围。诗人在事物的一般秩序的罕见情况中,取得他行动的模板。这就是他的规律。"③ 这里的"规律"意味着文学创作要有理性精神,并应扼制低劣的情感宣泄与泛滥,从而起到道德引领的作用:

> 诗人、小说家、演员,他们以迂回的方式打动人心,特别是当心灵本身舒展着迎受这种打击的时候,就更准确更有力地打动人心深处。他们用以感动我们的那些痛苦是假想的;不错。但是,他们终究把我

---

① M. A. R. Habib, *Literary Criticism from Plato to the Present: An Introduction*, Oxford: Wiley-Blackwell, p. 118.
② 普列汉诺夫:《从社会学观点论18世纪法国戏剧文学和法国绘画》(一),曹葆华译,北京:人民文学出版社,1983年,第476—477页。
③ 狄德罗:《论戏剧诗》,徐继曾译,见《狄德罗美学论文选》,张冠尧、桂裕芳等译,北京:人民文学出版社,1984年,第163页。

感动了。

还有什么艺术比那种使我变成恶人的帮凶的艺术更有害？同样,有一种艺术使我在不知不觉中和善良的人的命运相联系,他把我从宁静的环境中拉出来,携我同行,把我带进他隐居的山洞,让我和他在诗人所借以锻炼他的恒星毅力的一切困厄横逆之中甘苦与共。还有什么艺术比这种更为可贵呢？

倘使一切摹仿艺术树立一个共同的目标,倘使有一天它们帮助法律引导我们爱道德恨罪恶,人们将会得到多大的好处！①

在狄德罗看来,文学艺术需要以情动人,但是情感是有低劣与高尚之别的,理性可以让艺术家滤去情感之低劣而走向高尚,制约并引导欣赏者也走向道德的高地,这样对现实中的法律可以起到正面的辅助作用。还值得我们注意的是,狄德罗从启蒙运动中广大市民的要求出发,倡导并论证了"严肃喜剧",主张建立严肃的思想。这种严肃喜剧实际上是一种市民剧,剧中的人物由古典主义的帝王将相变成了普通的市民和新兴的资产阶级。狄德罗力图通过这种市民化的严肃喜剧,用市民形象取代贵族形象,以市民的高尚道德抨击贵族阶级的腐化堕落,从而为市民和新兴的资产阶级树碑立传。他还借此要求用新戏剧引导人们崇尚道德、摒弃现实社会的种种罪恶现象,让人们从善如流。他认为戏剧的目的就是"引导人们对道德的爱和对恶行的恨";文艺作品的宗旨,在于"使德行显得可爱,恶行显得可憎,荒唐事显得触目,这就是一切手持笔杆、画笔或雕刻刀的正派人的宗旨"②。所以,狄德罗不仅主张文艺的"寓教于乐",而且在更大范围的思想领域中让文学服务于启蒙运动,用文学启迪民智、改造社会。另一位启蒙作家伏尔泰(François-Marie Arouet)说:"悲剧是一所道德学校。纯戏剧与道德课本的唯一区别,即在于悲剧的教训完全化作了情节。"③除了戏剧之外,启蒙时期的哲理小说,同样是启蒙思想表达的"传声筒",其哲理性、思想性和社会批判性鲜明、深刻而尖锐,是启蒙运动的思想锐器。因此,由于启蒙思想家力图通过新的知识体系促进人类进步,帮助人类更好地理解自然、社会、自我、道德、进步、社会公平与

---

① 狄德罗:《论戏剧艺术》,宋国枢译,见伍蠡甫主编:《西方文论选》(上卷),上海:上海文艺出版社,1963年,第350页。
② 狄德罗:《关于〈私生子〉的谈话》,张冠尧译,见《狄德罗美学论文选》,张冠尧、桂裕芳等译,北京:人民文学出版社,1984年,第106页。
③ 伏尔泰:《论悲剧》,见《伏尔泰论文艺》,丁世中译,北京:人民文学出版社,1993年,第395页。

正义及人类幸福等等①,使文艺的社会功能的实际发挥远远超出以往"寓教于乐"的范畴,在某种程度上,文学成了当下社会启蒙的工具或主要载体。

18世纪英国的现实主义小说代表着这一时期英国文学的主要成就;这种小说较之以前的文学有了更明显的现实性和真实性以及道德教化功能。笛福在《鲁滨孙漂流记》的序言中就说,自己处处以严肃的态度去进行创作,目的是"以现身说法去教导别人,叫我们无论处于什么环境都要造物主的智慧",读者通过阅读他的小说,"从它里面就消遣来说,就教训来说都可以同样得到益处,因为在这些方面的内容它都具备",所以这部小说出版后可以对世人做出"一番很大的贡献"②。也就是说,在笛福看来,他的这部小说在道德方面是有重要的训谕作用的,这也是他创作这个作品的重要目的之一。菲尔丁把自己的小说作为世人道德上自我体认的镜子——通过阅读小说让读者看看自己的道德面目;他说自己写小说《约瑟夫·安德罗德》是为了那些终日生活在优越生活环境在的人"端详一下自己的丑态,好努力克服"。他说《弃儿汤姆·琼斯史》的创作目的之一是"扬善举德",他在作品的"献词"中要读者和批评家相信:

> 在全书中定无有害宗教、有伤道德之处,决无不合严格礼教风化之处……亦决不至刺目而忤意。不但此也,我且于此处郑重宣称,我在此书中全力以赴者,端在善良与天真之阐扬。此真诚之目的,曾谬蒙执事认为已经到达,实则此种目的,在此类著作中为最易达到者。因一副榜样即一幅图形,在此图形中,道德即成为有目共睹之实物,且于其玉体莹然裸露之中,使人起明艳耀眼之感,如柏拉图之所称道者。
>
> 除刚扬道德之美以使人仰慕敬爱而外,我并使人深信,人之真正利益端在追求道德,以此试图诱人以道德为动机而行动。欲达此目的,我并表明:内心之平静为道德及天真之伴侣,罪恶之所得,永不能偿内心平静之所失。且平静一失,罪恶于其空处引入吾人之胸中者即为恐怖与焦虑,即使罪恶有所得,亦不能与恐怖及焦虑相抵。再

---

① 尤尔根·哈贝马斯:《论现代性》,见王岳川等编:《后现代主义文化与美学》,北京:北京大学出版社,1992年,第32页。

② 笛福:《〈鲁滨孙漂流记〉原序》,见《鲁滨孙漂流记》,徐霞村译,北京:人民文学出版社,1997年,第1页。

者,此种所得之本身既概无价值可言,且其达此目的所假之手段,非但卑鄙而可耻,甚而其至佳者亦均不能稳定,或更往往充满危险。最后,我亦力图使人相信,道德与天真,除缺乏审慎而外,几无其他可使之受到损害;惟有缺乏审慎,始往往使之误陷欺骗及邪恶为之所设之牢笼圈套中,我书最致力者即在于此。①

在此,菲尔丁对自己作品的教育目的和社会作用的自我表白可谓信誓旦旦。

19世纪是西方文学与思想更趋于多元化的时期,传统的寓教于乐和文学的社会功能说,在延续、传承与发展中有了明显的更新。如上所述,从柏拉图到18世纪的西方文学界,"寓教于乐"是一个耳熟能详而且被公认的关于文学艺术之功能的理论或学说。其中的"教"由张扬理性、道德教化或宗教训谕、净化灵魂等逐步扩展到多层次多方位的社会功能;而"乐"则由感性、愉悦、情感宣泄等逐步拓展到审美以及美育等诸多方面。在"教"与"乐"的天平上,18世纪以前的西方文学一直特别注重前者,而后者似乎仅仅是前者的载体和辅助手段,是服务于前者的。但是,到了19世纪初,文艺以体现道德教育和社会功能为主的传统观念受到了质疑。而且,颇有意思的是,这种质疑恰恰是从18世纪启蒙思想家内部开始的,那就是浪漫主义文学思潮的滥觞。

第三节 "非功利"之功利性:浪漫主义对现代现实主义的精神传递

如前所述,启蒙时期的思想既十分活跃丰富又相当庞大复杂,恰恰是在宣扬理性主义的启蒙运动中,酝酿滋生出了感性主义的文学潮流,卢梭是其间的先驱人物。比柏拉图之批评文艺之"伤风败俗"更有过之而无不及,卢梭认为一切的科学和艺术都是滋生人类罪恶的渊薮。"我们可以看到,随着科学与艺术的光芒在我们的地平线上升起,德行也就消逝了。"② "我们的灵魂是随着我们的科学和我们的艺术之臻于完美而越发腐败

---

① 菲尔丁:《弃儿汤姆·琼斯史》,张谷若译,上海:上海译文出版社,1993年,第Ⅳ—Ⅴ页。
② 卢梭:《论科学与艺术》,何兆武译,北京:商务印书馆,1963年,第11页。

的"①,并且,"科学与艺术都是从我们的罪恶诞生的"②。于是,卢梭认为,欣赏文学艺术不仅浪费时间,而且使人沉湎于虚华、奢靡、倦怠和精神堕落,腐蚀、败坏了社会风化,一句话,文学艺术不具备社会教化功能,或者说,文学不应该以社会教化功能的实现为宗旨。虽然卢梭的观点有些言过其实,而且事实上他也并不是一概否认科学与艺术的社会作用的,但是,他的这种理论确实是在传承西方文学史和美学史上关于感性、娱乐、审美的传统观念基础上进一步的发扬光大,是对科技理性、工具理性以及现代工业文明压制人性中的本能、情感、欲望、自由、个性等等人性异化现象的反拨,因此他的文学"非功利性"言论对当时和后世的文学和美学影响极大,特别是对浪漫主义文学思潮的发生起到了催发和引导作用。

不过,说到文学的浪漫主义及其文学之"非功利性"观念,我们还必须提到德国古典美学家康德。因为,在卢梭的启发下,康德从哲学和美学的角度考察了科学、理性与人类文明发展的关系,在辨析了"科学理性"与"道德理性"(即实践理性)的关系的基础上,强调了理性应有的"必然的实践运用"③,这为德国浪漫主义运动提供了理论支柱。特别是,他的"审美无利害"论不仅为浪漫主义文学思潮提供了理论依据,促进了这一文学思潮的迅猛发展,也为后来唯美主义文学思潮的"为艺术而艺术"提供了理论先导,而且,对此前西方文学史上在实用理性支撑下长期占主导地位的文学"寓教于乐"说带来了强有力的冲击;或者说,在19世纪西方文学与美学领域,除了长期占主导地位的文学的社会实用观念之外,又产生了颇具影响力的文学"非功利"说以及后来的"为艺术而艺术"的美学思想。卡西尔认为,"康德在他的《判断力批判》中第一次清晰而令人信服地证明了艺术的自主性。以往所有的体系一直都在理论知识和道德生活范围内寻找一种艺术的原则"④。"浪漫派发展了康德的某些观点,坚持艺术独立性的主张,力图把艺术从长期以来的道德主义和功利主义的规范中挣脱出来。"⑤浪漫派的这种反传统的思想,正是笔者前文所说的19世纪西方文学观念的多元化和现代性新趋势的一种表征。浪漫派"这种文学'非功

---

① 卢梭:《论科学与艺术》,何兆武译,北京:商务印书馆,1963年,第10页。
② 同上书,第21页。
③ 康德:《纯粹理性批判》,蓝公武译,北京:商务印书馆,1997年,第18—21页。
④ 恩斯特·卡西尔:《人论》,甘阳译,上海:上海译文出版社,1985年,第175页。
⑤ M. A. R. Habib, *Literary Criticism from Plato to the Present : An Introduction*, Oxford: Wiley-Blackwell, p. 145.

利'观念的背后有一种理论,认为文学必须摆脱一切固有的道德职责任务和政治目的;文学的主要目的不是为人们提供道德教育,也不是什么促进社会事业的发展,而仅仅是为人们提供娱乐;不管文学还有别的什么作用,但我们重视文学,其目的就在于让文学给人们提供快乐,这就足够了"①。这种观念在当时是十分标新立异和反传统的,因此,"从柏拉图到18世纪的大多数思想家也许对这样一种理念会感到迷惑不解甚至为之恼怒:虽然他们可能会承认文学的功能之一是要使我们'快乐',但是他们仍然会坚持认为,文学的重要功能必须拥有道德的、宗教的和社会的维度"②。事实正是如此。一种理论可以侧重于某一方面深入阐发乃至拥有不无片面的合理性,但对实际的创作或具体某个作家的创作来说,则往往处在理性与感性、道德教育和审美愉悦等多重关系纠葛之中,并不都是随己所愿、非此即彼的,反倒会常常处于各有侧重的前提下的兼而有之状态。实际上,即使是康德这样强调"审美无利害"的美学家,其理论中仍然也不排斥理性和道德功能的一面。他把文艺视为一种"游戏",其实主要是从艺术家创作心理的角度强调一种自主的和独立的艺术创作原则,至于文艺作品的实际效用,他也并没有一概否定其思想价值和社会功用。他强调"美的艺术不同于快适的艺术",就在于它不凭"单纯的官能感觉快乐",它尽管没有直接的功利目的,却具有"促进心灵诸能力陶冶的作用"③。所以,虽然康德的"审美无利害"、艺术"非功利性"的观点影响了后来的浪漫派,但不能因此就认为康德完全是一个主张"纯艺术"理论的美学家和哲学家。从这种意义上看,即使是浪漫主义文学本身,虽然浪漫派在理论上竭力推崇艺术自由和"艺术独立",但在实际创作中也不是所有作家一概如此,而只能看作是一种总体趋向或理论的和理想的目标。正如勃兰兑斯所说:"不管浪漫主义在各国的发展如何不同,有一点是大家都坚持的,那就是美就是它自身的目的,也就是德国人所谓的Sellbstzweck(自身目的);这是从康德的《判断力批判》中借用的一个观念,论证美就是艺术的标准和真正的目的。"④也就是说,德国浪漫派比较

---

① M. A. R. Habib, *Literary Criticism from Plato to the Present : An Introduction*, Oxford: Wiley-Blackwell, p. 129.
② Ibid. , p. 129.
③ 康德:《判断力批判》(上卷),宗白华译,北京:商务印书馆,1964年,第150—151页。
④ 勃兰兑斯:《十九世纪文学主流》(第一分册·流亡文学),张道真译,北京:人民文学出版社,1997年,第147页。

倾向于"美就是它自身的目的";较之于其他国家的浪漫派,德国浪漫派对文学之非功利性的追求更强烈而明显。当然,这不等于说所有德国的浪漫派作家都如此,更不意味着其他国家的浪漫派也都崇尚文学之"非功利性"。

事实上,不同国家和文学家之间的差异性是非常明显的,文学的功利性不可能完全被浪漫派逐出文学艺术领域——虽然浪漫派的这种文学理念和美学追求为19世纪末的象征主义、唯美主义、颓废主义乃至20世纪现代主义朝着"为艺术而艺术"共同趋向发扬光大——但是,不少浪漫派作家主观上依然是高度重视文学的社会功用的——因为文学之社会功能永远是文学的本质属性之一。对此,法国浪漫主义表现得比较典型。在19世纪20年代,法国浪漫派侧重于关注自身的问题,而到了30年代则"转而关注社会问题。过度关注自我以及夸张的抒情,使浪漫主义与人道的价值和诉求并不相称,它现在意识到要通过与人类建立密切联系来使自己重生"①。正如拉马丁在1834年一个关于文学未来使命的演讲中说的一样:"诗歌将不再是抒情的……它将是哲学的、宗教的、政治的、社会的。"②30年代的法国浪漫派作家们开始以创造一个和谐、道德、大众的新时代为己任,在诗歌、小说、戏剧中揭示社会问题,激荡并传递正能量。19世纪30年代开始,法国浪漫主义者特别关注社会问题。拉马丁、雨果、维尼等浪漫派作家都以不同的方式赞同由圣西门与傅立叶等社会改革家们所阐发的"政体等值"理论——社会发展在任何政府形态下都可以发生。30年代,拉马丁开始反省自己早年那种狭隘、自私的个人主义,并由此转向人道主义。由此,他不仅在各种场合、用各种方式谴责暴政,宣扬平等、博爱与民主,而且身体力行,积极投身到争取社会正义与和平的伟大斗争当中去。他1833年被选举为下议院议员,并一直供职到1849年。1848年革命爆发以后,七月王朝旋即覆灭,热衷于社会改革事业的拉马丁还被选出担任临时政府的首脑。自30年代始,欧仁·苏便运用社会小说来诊断社会,揭露病症,并为社会改革提供良方。这一切比任何其他作者都更加系统化;在其改良药方中,可以清晰地见出傅立叶思想的影响。很大程度上,正是因为欧仁·苏,社会小说才得以广泛地流行;所以他经常被描

---

① N. H. Clement, *Romanticism in France*, New York: Kraus Reprint Corporation, 1966, p.249.

② Quoted in N. H. Clement, *Romanticism in France*, New York: Kraus Reprint Corporation, 1966, p.249.

述为"社会小说的开创者"①。在其代表作《巴黎的秘密》(1841)中,欧仁·苏系统地谴责现实社会中的种种罪恶:拒绝给女性以平等权,却一味谴责年轻女孩卖淫,并不试图改善她们的权利状况;使财产权凌驾于人权之上,却一味谴责穷人堕落、邪恶、犯罪,并不尝试去改变他们的处境;为富人和穷人分别制定法律,社会公正如此昂贵稀缺以至于只有富人才能求助于它,并不希望消除在慵懒、奢华充斥的富人与赤贫、痛苦充斥的无产者们之间的鸿沟。对民主理想的热爱以及对所有社会不公的痛恨也是贝朗瑞创作的主导情感。在其所有诗歌中,他抨击或讽刺了皇室、贵族以及神职人员。在1833年的一篇序言文字中,他宣称应该有人去替那些被压迫者说话并关爱他们,而他就是这样的人。他的诗歌是大众情感和想法的表达,因为他认为文学一定不能忘记它所负有的为大众呐喊的基本职责;在其诗歌中,贝朗瑞排除所有可能引起大众迷惑的抽象理性表达,转而用一种简单、通俗、有效的形式向劳工和农民解释圣西门和傅立叶的学说。作为法兰西浪漫主义的领袖,30年代后的雨果堪称法国浪漫主义者中的伟大改革家,是进步和博爱理念的虔诚信徒;他是穷人、失意者、悲伤者、违法者、被放逐者的捍卫者,是不合理社会制度下所有受害者的捍卫者。在他的诗歌、小说、戏剧、散文以及在立法议会履职的演讲中,他对自己的社会改革事业倾注了永不消褪的热情。雨果认为,"为艺术而艺术固然美,但为进步而艺术则更美","我的全部作品,写得明明白白的,恰巧是与这句话完全相反的思想"。②他在长篇小说《悲惨世界》"作者序"中说:

> 只要因为法律和习俗所造成的社会压迫还存在一天,在文明鼎盛时期人为地把人间变成地狱并且使人类与生俱来的幸运遭受不可避免的灾祸;只要本世纪的三个问题——贫穷使男子潦倒,饥饿使妇女堕落,黑暗使儿童羸弱——还得不到解决;只要在某些地区还可能发生社会的毒害,换句话说同时也是从更广的意义来说,只要这世界上还有愚昧和困苦,那么,和本书同一性质的作品都不会无用的。③

---

① N. H. Clement, *Romanticism in France*, New York: Kraus Reprint Corporation, 1966, p. 260.

② 维克多·雨果:《莎士比亚论》,见《雨果论文学》,柳鸣九译,北京:人民文学出版社,1980年,第183、190页。

③ 维克多·雨果:《〈悲惨世界〉序言》,见《悲惨世界》(一),李丹译,北京:人民文学出版社,1978年。

雨果作为浪漫主义作家,他的文学作品尤其是小说,充满理性精神和人道情怀,道德感化不仅是他处理作品中人与人之间矛盾冲突的高妙手段之一,而且也是他那比大海和天空还要广阔的人道主义博爱精神对读者产生感天动地的道德教育之无尽源泉。总体上看,"很少有一部雨果的小说是不谈论社会问题的"①。在雨果的创作理念中,文学作品里"崇高、神圣和美德的东西",可以让人们看到上帝埋下的爱的"火种"与"灵魂"②的感动。所以他说:"诗人担负着灵魂的责任,不应该让群众没有得到一些辛辣而深刻的道德教训就走出戏院。"③雨果的所有作品几乎"都在对社会病症进行诊断,宣称压迫者是罪恶的来源并要求他们同情、帮助受害者,强烈要求无产者的进步改良,预测他们的要求得不到满足将会爆发革命"④。强烈的社会批判功能,这在很大程度上的确是1830年之后法国浪漫派的一种特质。

可见,事实上也不可否认的是,大部分浪漫派文学作品在客观上仍然具有社会功能,因为,浪漫主义在思想根源上是起源于对现代工业资本主义文明的不满。"浪漫主义者注意到了工业主义在一向优美的地方正产生的丑恶,注意到了内心在'生意'里发了财的人(在他们认为)的庸俗,憎恨这种丑恶和庸俗。这使他们和中产阶级形成对立,因而有时候他们和无产阶级的斗士结成了一种仿佛什么联盟。"⑤于是,理论上的"非功利性"取向并不等于创作实践上完全的"为艺术而艺术"。比如浪漫派中的拜伦式的"撒旦派",其文学作品有很强的社会功用且影响深远,对我国五四以来的文学与社会变革产生过重要影响。鲁迅在《摩罗诗力说》中之所以如此肯定这一派诗人,就是因为他们的创作"立意在反抗,旨归在动作",表现了强烈的反叛性和社会批判性,拥有强有力的社会功能,而这种功能恰恰又被后来的与浪漫派美学思想截然不同的现实主义文学所继承和弘扬,构成你中有我我中有你的"纠缠"与"勾连"。这是文学史发展过程中非常普遍的前后关联现象,这也提醒我们不能简单化地看待文学思

---

① N. H. Clement, *Romanticism in France*, New York: Kraus Reprint Corporation, 1966. p. 256.
② 维克多·雨果:《〈光与影〉序》,见《雨果论文学》,柳鸣九译,北京:人民文学出版社,1980年,第120—121页。
③ 同上书,第108页。
④ N. H. Clement, *Romanticism in France*, New York: Kraus Reprint Corporation, 1966. p. 258.
⑤ 罗素:《西方哲学史》(下册),马元德译,北京:商务印书馆,1997年,第273页。

潮的演进过程中的"创新""反传统"现象,还要透过外表的繁华与喧嚣深究其内里之本质与前后勾连。至于19世纪现代现实主义文学思潮对文学社会功能之异乎寻常的追求——而且这种社会功能也确实有空前显著之凸显,我们自然要回到当时社会的、精神的和文化的语境,用历史的眼光作细致的分析,但同时也要看到它与貌似水火不容的浪漫主义在反叛中的传承关系。正如美国美学家、文学理论家比厄斯利所说,现实主义"有些方面传承于浪漫主义,也有些方面又反叛浪漫主义"①。事实上,当浪漫主义高潮过后,在浪漫主义内部,司汤达、巴尔扎克等作家敏感地意识到了浪漫派与古典主义争斗时"过犹不及"所致的一些弊病,尤其是想象的狂热以及由此衍生出来的过度夸张、滥情等等。于是,他们几乎本能地向曾经长期构成西方文学传统之主流的文学道德功能回望,期待从中寻求力量,以弥补和克服浪漫派激进的革命运动给文学创作带来的损伤。随之,"他们两位都摆脱了浪漫主义的狂热冲动,如果所巴尔扎克是出于本能,那么司汤达则是做出了超乎常人的选择"②。他们双双都成了现代现实主义的奠基人。在18世纪就流行着"现实主义小说"的英国,也在浪漫主义即将远去之际出现了萨克雷、狄更斯这样不无浪漫主义特征的现代现实主义先驱作家。继浪漫主义之后主宰欧洲文坛的现代现实主义文学,虽然也延续着前者的某些文学基因,但总体上在新的基点上回归于被浪漫主义所反叛乃至抛弃的西方文学之理性传统与社会功能的固有轨道。

  从文学发展演变的外部因素看,19世纪毕竟是西方文明史上科学鼎盛的时期,也是理性主义盛行的"以头立地的"时期,如果说浪漫主义之文学"非功利性"追求以及"为艺术而艺术"的唯美主义倾向,原本是对17、18世纪以来的科学主义和理性主义的反拨的话,那么,事实上这种科学主义和理性主义也存在着依旧被19世纪西方社会所传承、延续并发扬光大的另一面——因为不管从什么角度看,19世纪自然科学因其成就及对社会的贡献和影响力之巨大,正显示如日中天之态势,科学精神和理性主义思想的依旧广泛流行与传播也是势所必然。表现在文学领域,那就是19世纪现实主义文学思潮的波澜壮阔以及后来的自然主义文学思潮的

---

① Monroe C. Beardsley. *Aesthetics from Classical Greece to the present: A Short History*. Tuscaloosa: The University of Alabama Press, p. 290.
② Emile Zola, "Naturalism in the Theatre", in George J. Becker ed, *Documents of Modern Literary Realism*, Princeton: Princeton University Press, 1963, p. 204.

盛行。在当时科学理性、实用理性和功利主义思潮的催化下,虽然文学"反功利""非功利"之声不绝于耳,但科学精神和实用理性之于19世纪的西方社会思想和日常生活中也强盛有加,这也正是现代社会精神文化和价值观念日趋多元的表征之一。在这种社会风尚和时代精神的浸润下,文学家的社会角色意识和社会责任感也空前强盛,文艺对社会功能的追求也是一种新时尚。于是,文学对社会功能的追求不仅没有因为浪漫主义之文学的"非功利性"和"为艺术而艺术"的一度喧闹而归于沉寂,恰恰相反,正是从反浪漫主义的艺术行为中走出来的现代现实主义,一方面悄悄接纳了浪漫派也曾有的文学之社会批判意识,更重要的另一方面是,在科学精神和实用理性的支撑、激励和"武装"下,将文学的功利性和社会功能的理论与观念空前而高度地弘扬和光大,使自己成长壮大为与浪漫主义绝然不同的新的文学思潮——"现代现实主义"。这也可谓是一种形态的"时势造英雄",是19世纪欧洲社会特定的政治、经济和文化之情势造就了现代现实主义;换句话说,在科学精神的催化下,一种更具实用理性精神、更为关注社会现实、强调文学社会功能且其影响力也更为广泛而深入的现代现实主义文学思潮应运而生。于是,在西方文学发展史上,被浪漫主义有所弱化和遮蔽了的强调文学功利性和社会功能之传统,又在现代现实主义文学思潮的推波助澜中重新乃至空前地凸显,成为一种具有现代性、先锋性和新颖性的文学史之靓丽景观。美国当代美学家比厄斯利指出:"在政治革命不断发展和真正具有科学精神的社会科学日渐强盛的双重作用下,19世纪的思想家们高度重视艺术对人类社会的作用,而这恰恰是从柏拉图到席勒以来都从未如此关注的主题。"[①]这个"主题"就是西方文学的社会功能与功利性,其载体就是现代现实主义文学思潮。

显而易见,强调文学之功利性和社会功能,是现代现实主义文学思潮的本质特征之一,也是其社会现代性取向的突出表现;现代现实主义在文学的社会功利性和审美性的天平上,明显倾向于前者——虽然它并不排斥更不丧失后者。正如俄国现代现实主义理论家别林斯基所说,艺术"为社会服务"那是格外重要和天经地义的事,他认为:"美是艺术的必不可缺的条件,没有美也就不可能有艺术——这是自然的公理。可是光有美,艺

[①] Monroe C. Beardsley. *Aesthetics from Classical Greece to the Present: A Short History*. Tuscaloosa: The University of Alabama Press, p. 298.

术还是不会得到什么结果的,特别在我们今天是如此。"①也就是说,在别林斯基看来,19世纪的现实主义文学应该有审美的功能,但更要有社会功能。毫无疑问,强调和侧重于文学的社会功能,是现代现实主义不同于浪漫主义的一个重要特征,但浪漫主义却并没有因为强调文学的"非功利性"和追求"为艺术而艺术"的唯美倾向而完全丧失了文学的社会功能的追求,而且,现代现实主义恰恰是在反拨了浪漫主义的文学"非功利性"追求的基础上,弘扬与光大了其社会批判与文化批判之特点,从而形成了张扬文学之社会功能的声势浩大的现代现实主义文学思潮。从文学的"功利性"与"非功利性"的角度看,浪漫主义与现实主义虽各有其不同的"主义"之取向,但也不是截然"断裂"的,而是有某种层面的"精神传递"与内在的"勾连"与"纠缠"。对西方文学思潮的研究来说,这又是一个"断裂"中的"勾连"事实案例。

第四节 现代现实主义与文学之社会功能

如前所述,虽然,在19世纪以前的西方文学中,"寓教于乐"是一以贯之的核心概念,但是,在对"教"与"乐"的强调与追求上,不同时期、不同倾向的作家和理论家对两者是各有侧重的,其中又以对"教"所承载的文学社会功能的肯定、遵循和张扬为甚。到了浪漫派这里,此种情况有了根本性变化,"教"与"乐"的天平往后者倾斜并下沉,而现代现实主义恰恰对浪漫派之偏颇投之以反拨,进而使天平又开始往前者倾斜并下沉。可以说,就文学的社会功能、思想内涵和功利性的体现而言,19世纪现代现实主义文学达到了历史新刻度;在理论和创作实践中凸显文学的思想承载与哲学内涵、强调文学的道德教育作用和社会批判作用,是现代现实主义文学思潮的重要特征,也是其社会功能的基本体现。

一、现代现实主义文学的道德训谕功能

在强调浪漫派崇尚文学"非功利性"和"为艺术而艺术"的理念,而这并不意味着其创作完全丧失文学之社会功能的同时,我们又必须承认浪漫主义文学在总体趋向上是张扬人的感性主体性进而偏离西方文学理性

---

① 别林斯基:《别林斯基选集》(第三卷),满涛译,上海:上海译文出版社,1979年,第582页。

化、道德化传统的事实。在浪漫派文学创作中,"热情起着支配作用,浪漫派听任自己被热情带到任一极端,他们崇敬或责骂,从心醉神迷转而诅咒。最后,因为他们听任想象力自由发挥,他们常是浪漫的和空想的,梦、幻觉在这个时期的文学中占重要地位"①。浪漫派作家主观上的现实关怀和道德训谕被个体情感抒发的热情说销蚀。英国的浪漫派"向传说、地方和古代回归,对卑微者、对乡野生活的同情,对异国风情的爱好,要求摆脱社会和道德的束缚,对独创性和个性的崇拜,这些都构成了浪漫主义各个极不相同的因素"②。德国浪漫派则表现为"蔑视推理的理性,注重感情的至高无上的价值,尊重模糊感情,呈现真正的诗的不可言喻的、非理性的特点"③。法国浪漫派则"猛烈地反对古典主义,过分张扬艺术自由和天才的权利……颂扬感情的权利,反对社会常规"④。在俄国,"所有有文化教养的人都懂法语这一事实,有利于法国作家对其产生影响;浪漫主义的中世纪因素并不存在;他主要是抒情的、热情的或空想的"⑤。总之,浪漫主义在自由、天才、个人和情感、"非功利性""为艺术而艺术"等观念的影响下,淡出了文学的社会功能和道德教化作用,迷恋于自我感情的宣泄和抒发之中。他们的创作总体上在个人情感之自由抒发的狂躁与自我迷恋中,自觉不自觉地偏离了传统西方文学的思想引领与道德训谕的轨道,甚至有的作家有非道德化倾向——如拜伦。⑥ 浪漫派的这种对古典主义和此前整个西方文学传统的强烈而不无过度的反叛,表现出了他们对工业化和现代文明社会的不满和抗拒,这本身显示出一种对现代性的追求。只是,浪漫主义在现代性的取向上偏重审美现代性,强调对人的感性主体性的张扬,这导致了理性的式微和文学道德内涵弱化,乃至出现非道德化倾向。不过,由于浪漫主义的流行恰恰处在工业化和现代文明社会蒸蒸日上的阶段,现实逻各斯也证明了浪漫派对理性与文明的过度反抗、对人的感性主体性乃至非理性的一味张扬,显然又有过犹不及与不合时宜的一面,所以,现实社会传统的惯性和现实逻各斯,又让生活在这个

---

① 保罗·梵·第根:《文艺复兴以来的欧美文学史》,谢钟湜译,北京:人民出版社,2015年,第191页。
② 同上书,第193页。
③ 同上书,第194页。
④ 同上书,第195页。
⑤ 同上书,第195页。
⑥ 蒋承勇:《"拜伦式英雄"与"超人"原型》,《外国文学研究》2010年第6期。

时代的另外一些人怀疑乃至抵制浪漫派行为之极端、信念之浮泛和空洞，现代现实主义作家无疑就是其中的代表。现代现实主义文学思潮正是在浪漫派之情感的浮泛、道德理想的空洞之处施展着道德训谕和社会教化的功能。现代现实主义作家普遍从社会现代性立场出发，在理性精神的牵引下，怀着满腔的改良社会的善良愿望，以人道主义悲天悯人的博爱情怀，通过文学创作用道德感化的方式，惩恶扬善，教化民众。在西方传统文学中，这种道德教化功能与方法是古已有之的，而正是浪漫派力图从这种外在于文学的道德承载中挣脱出来，让艺术自立于政治、经济、宗教、道德与伦理之外——这与现代现实主义文学恰恰与之相反。现代现实主义作家取向于社会现代性，承续了被浪漫派所弱化的文学之道德教化传统和理性精神，他们的创作有明显的道德教化目的和功效。

德国文学史家奥尔巴赫在分析、阐释西方19世纪现实主义文学时，认为19世纪的现实主义较之以前的现实主义倾向的文学，与当时的政治、社会、经济联系更密切、更重要、更有意识，也更具体化，"那个伟大而真实的历史时代对司汤达的影响"，与以前的作家比起来"完全不同"，"卢梭没有赶上那个时代，而歌德则懂得与时代保持距离，甚至可以说，他的思想与时代格格不入"[①]。奥尔巴赫继续追踪分析道：

> 到底是什么东西促使以时代为背景的现代悲剧性的现实主义的产生？是说明情况使以时代为背景的现代悲剧性、反映自己时代的现实主义在那一时间里猛然醒悟？其实是因为民众的广泛参与，这种影响波及并震撼了整个欧洲现代史上第一次伟大运动，也即法国革命。与激烈程度及群众动员程度毫不逊色的宗教改革运动相比，法国大革命的传播速度更快，在民众中的影响也更大，给现实生活带来的变化范围也更广……这种发展震撼并且削弱了迄今行之有效的所有生活秩序及安排；变化的速度要求人们不断地、非常艰难地调整心态，于是造成了巨大的适应危机。想要对自己的实际生活及在人类社会中的位置作辩护的人，都需要比之前更加广泛的实际生活基础，需要更为广阔的生活环境，他必须意识到，他所赖以生成的这个社会的基础始终是不稳定的，会因为一系列的动

[①] Erich Auerbach, *Mimesis: The Representation of Reality in Western Literature*, Princeton and Oxford: Princeton University Press, 2003, p. 458.

荡而发生变化。①

西方社会进入19世纪,科学造福社会,让人们兴奋、乐观;资本主义凭借科学技术的新成果,创造了巨大的财富,也带来了前所未有的困惑,对文学家、思想家们来说尤其如此。面对一个被科技、工业、金钱三驾马车拉着朝前狂奔的令人惴惴不安的现代社会,文学家似乎觉得自己更应该为迷惘中的人分忧解惑,而不是提供娱乐——虽然像小说这样的文体没有娱乐是没有读者市场和商业市场的。面对一个"无以复加的罪恶时代"②,人的心灵被强大的物质欲望所支配,人性趋于挤压、扭曲、变形;在这样一个金钱取代上帝、人类困惑茫然的时代,正如卢卡奇在"永久绝望"中发出的呼救之声:"谁将我们从西方文明的奴役中拯救出来?"③从这种社会语境看,现代现实主义作家每每有一种上帝般博大的胸怀和神圣的使命感,不仅苦苦追问关于人和社会之矛盾冲突的种种原因,而且还力图寻找拯救人类苦难的方法与途径,虽然这种努力未必能如愿以偿,但是,他们的思考和创作总是发人深思,思想价值和社会教化之目标指向及效度尤为明显。从读者阅读的角度看,由于19世纪文学,尤其是小说普及化、大众化的程度大为提高,现代现实主义文学之社会教化的"效度"总体上超出了以往的文学。由是,现代现实主义文学拥有了空前的社会学、伦理学价值。"一些现实主义作家跟社会学家一样,他们都对个体的社会'类型'感兴趣(如无情的商人、'街头恶棍'、新一代自信的'美国女孩')。在某种程度上,现实主义文学注重对个体的分类、对人的动机的理解,并对人们的日常活动进行记录。它还与新的'科学'管理实践也有很多相似的地方,后者在商业领域非常风靡。"④

面对工业化和资本主义的"进步"和快速"发展"带来的诸多前所未有的矛盾和弊病,现代现实主义作家不无沉痛地揭开社会的伤疤,但同时又竭力微笑着,不厌其烦地把一系列博爱忍让、人性向善、道德感化甚至宗教观念作为济世良方向读者灌输,于是现代现实主义文学作品自然地具

---

① Erich Auerbach, *Mimesis: The Representation of Reality in Western Literature*, Princeton and Oxford: Princeton University Press, 2003, pp. 458—459.
② 卢卡奇:《小说理论》,见《卢卡奇早期文选》,张亮、吴勇立译,南京:南京大学出版社,2004年,第Ⅰ页。
③ 同上书,第Ⅱ页。
④ Phillip J. Barrish, *The Cambridge Introduction to American Literary Realism*, New York: Cambridge University Press, 2011. p. 3.

有了直接或间接的政治和道德教育的倾向。"现实主义可以表现出社会内部的矛盾——尤其是在统治阶级的花言巧语与他们所统治的那些人的需求和经验之间,以及他们假装关心的那些人的福利之间。"①巴尔扎克说:"教育他的时代,这是一个作家应该向自己提出的任务,否则,他只是逗乐人罢了。"②在《幻灭》(1835—1843)中他曾写出人性是怎样为严酷的社会现实所改变,而他本人则仍然迷恋于往昔温情脉脉的时光,以宗教和王权作为现实的政治理想,呼唤所谓人性的复归。彼得·福克纳在谈到19世纪中叶英国文坛情况时指出:"维多利亚文化认为文学具有重要的社会作用,并允许文学承担一部分由宗教行使的功能。为了起到这种作用,文学就必须以伦理为旨归。"③狄更斯的温情脉脉的小说,在最后几页,美德总是战胜腐恶,给人留下一个光明的尾巴。"作为狄更斯道德和政治目的的一部分,他在小说中融入了社会各个阶层,并吸引了同样广泛的读者,将底层生活融入其中是有原则的而非仅仅屈从于一种更大的道德信息。"④尤其是,在对现实生活的腐恶和人性的残缺所作的讽刺或幽默的批评中,狄更斯每每以不无天真的人道主义去感化、消解人与人之间的矛盾以及社会的灰暗,落得一个皆大欢喜的圆满结局,给读者以道义和道德上的安慰和感动。《大卫·科波菲尔》是狄更斯最有代表性、最受读者欢迎的小说之一,主人公大卫在经历了苦难的童年、不幸的婚姻后,经过不懈的努力,成为名作家,并且与艾妮丝·威克菲尔一起建立了幸福的家庭生活。小说有很强的道德训谕的色彩。作者借重要人物贝西姨婆说:"永远不要在任何事上卑劣;永远不要作假;永远不要残忍。"大卫的成长过程就是追求高尚、真诚、仁慈这三项美德的实践过程。小说表现了人物由于经济、政治原因造成的阶级对立,但更多的是着眼于好人与坏人、善人与恶人的道德对立。狄更斯以预设的是否拥有优良品德作为评价人物的标准,并以此将人物划为界限分明的两大阵营。大卫和希普各自的奋斗道路因为他们道德上的对立而形成鲜明的对比。人物命运的好坏与他们道德品行的高下紧密联系在一起。在另外一部重要作品《双城记》中,即使是对法国大革命这样的重大政治事件的文学描写,狄更斯也

---

① Raymond Taillis. *In Defence of Realism*. London：Edward Arnold,1988,p.52.
② 巴尔扎克:《致〈星期报〉编辑保利特·卡斯杜叶先生》,见王秋荣编:《巴尔扎克论文学》,北京:中国社会科学出版社,1986年,第82页。
③ 彼得·福克纳:《现代主义》,付礼军译,北京:昆仑出版社,1989年,第9—10页。
④ David Paroissien,*A Companion to Charles Dickens*, Chichester：Wiley-Blackwell,2008,p.145.

主要有赖于人道主义的道德原则作对于是非曲直的历史评价。该小说从博爱立场出发,集中通过描写埃弗瑞蒙特侯爵及其家族成员的骄奢淫逸、专横残暴、冷酷傲慢,昭示了贵族的恐怖行为对民众犯下的罪恶。这些描写恰如其分地揭示了法国贵族统治阶级在对待人民问题上野蛮凶残的特征,他们制造的是一种"没有美德的恐怖"①,它必然地激起了民众的复仇反抗。与之相应,小说描写的复仇者的反抗也即革命本身,也以人道主义的道德原则予以评判,认为革命者怀着重建道德理想国的激情和道德自信,对一切阻止革命者施之以暴力,于是"恶亦杀人,善亦杀人。从道德救人,到道德亦杀人"②。小说最后也在人道主义者卡登的博爱与自我牺牲中,化解对立双方的矛盾,奏响了一曲感天动地的爱的道德颂歌。正是这种爱的精神,感动了列夫·托尔斯泰,所以他说:"我认为查尔斯·狄更斯是19世纪最伟大的小说家,他的作品打上了真正的基督精神的烙印,已经而且将继续对人类大有益处。"确实,狄更斯式的道德感化和道德训谕,有其合理性因而小说有很强的道德感召力,但是,也难免体现其历史观上的偏颇;狄更斯式的人道主义博爱与托尔斯泰的宗教式博爱一样,有其软弱的一面。

在俄国,托尔斯泰则是一个典型的文学道德主义者,他把文学作为人类交流思想、情感和道德训谕的工具。他认为以前的关于艺术的定义都是不正确的,因为那些定义"认为艺术的目的就是从艺术得来的快乐,而不是艺术在个人和人类生活中的效用"③。他给艺术的定义是:"在自己心里唤起曾经一度体验过的感情,在唤起这种感情之后,用动作、线条、色彩、声音,以及言词所表达的形象来传达出这种感情,使别人也能体验到这同样的感情——这就是艺术活动。艺术是生活中以及向个人和人类幸福迈进的进程中必不可少的一种交际手段,它把人们在同样的感情中结成一体。"④由情感而达到道德教育的作用,这是托尔斯泰十分明晰的文学道德主义思想路线。不仅如此,托尔斯泰小说之"镜"再现了如列宁所说的俄国革命的历史之一角,与此同时,"托尔斯泰主义"的道德理想的表达,更有一种道德感化的理性主义精神。托尔斯泰认为,在文学创作中,"只有当你有好的新东西要说的时候,只有当那些东西对人们有益,对千

---

① 陈崇武:《罗伯斯比尔评传》,上海:华东师范大学出版社,1989年,第235页。
② 朱学勤:《道德理想国的毁灭》,上海:上海三联书店,1994年,第257页。
③ 列夫·托尔斯泰:《艺术论》,丰陈宝译,北京:人民文学出版社,1958年,第45页。
④ 同上书,第48页。

百万劳动人民有益的时候,你才可以动手写作"①。在此,托尔斯泰所说的"好的东西"主要是指思想内容和主题层面上的,而非艺术层面——当然没有好的、比较成熟的艺术构思,内容和主题也无从承载,也就谈不上真正好的思想与主题。这说明托尔斯泰创作的动机中,思想认识与道德教育的目的是根本性的和原发性的。比如,他的长篇小说《复活》的创作,深深地引发于他作为一个贵族的灵魂深处的忏悔意识,与自己灵魂深处人与兽、肉体与灵魂的双重矛盾的相互撕咬有关。通过小说创作表达这种心灵的焦灼,借以提升自我的灵魂,揭示人性中灵与肉的矛盾演化出的善与恶之客观事实,揭露贵族与官僚们灵魂的龌龊、官僚体制的腐朽以及民众悲惨境遇,是托尔斯泰创作《复活》重要的内在动因。可以说,《复活》就是一部典型的道德演绎小说,男女主人公最终的"复活"均因为各自道德上趋于净化。这种道德"复活"无论从人物性格逻辑、历史逻辑还是社会现实逻辑角度看都存在着"不可能性",但是《复活》的道德感召力依然是不可否认的。

实际上,贺拉斯所谓"寓教于乐"的艺术原则,在具体实施过程中,"乐"所代表的艺术审美功能是手段,而"教"所体现的教化功能则是目的。所谓"教化"无非就是通过文本向读者实施某种政治的或道德的或宗教的社会意识形态观念的渗透,因而从根本上说"观念"才是传统文本中的灵魂。与之相仿,现代现实主义作家热心关注现实生活,并通过作品褒贬人物,褒贬生活,倾向性极其鲜明,把文学作品作为阐释社会人生、表达理性认识、说明生活、对生活下判断的"人生教科书"。现代现实主义文学这种以理性精神为核心的"观念统摄型叙事",使其创作与古典主义达成了精神基因上的勾连,而恰恰与浪漫主义的传统拉开了距离。就此而论,"现实主义是说教的、道德主义的、改良论的"②。对司汤达、巴尔扎克、狄更斯、托尔斯泰等等19世纪西方现实主义作家来说,在叙事过程中直接或间接地明确表达自己道德上或政治上的好恶,乃是非常流行的做法。在创作中随意中断叙事,或对社会、文化、宗教、道德、政治等发表的滔滔宏论,或来上一小段的格言警句般的说教,或对书中人物及事件发表自己的看法,或借书中人物的嘴间接贩卖作家本人的主张等等,在他们的作品中屡见不鲜。为弥补由此造成的艺术缺陷,很多传统作家经常借助于在文

---

① 列夫·托尔斯泰:《论创作》,戴启篁译,桂林:漓江出版社,1982年,第33页。
② R.韦勒克:《文学研究中现实主义的概念》,高建为译,见刘象愚编:《文学思潮和文学运动的概念》,北京:中国社会科学出版社,1989年,第248页。

本中人为地加入"感伤"情调。在这方面,从 18 世纪一大批感伤主义小说家一直到 19 世纪中叶的狄更斯——文化气质上以理性见长的英国作家尤其提供了大量"成功"的范例。就现代现实主义的创作原则来说,这种叙事方式不同程度地破坏了再现生活的客观性和真实性。而随着这种文学的进一步发展,后期现代现实主义作家如福楼拜,开始强调作家"退出"小说或隐身于作品的背后,不动声色地叙事故事,从而减少了人为地说教的痕迹。"小说中现实主义理论的要点即是非个人化,作者完全退出作品,取消任何来自作者的干预等。这种理论的主要代言人是福楼拜;亨利·詹姆斯也持这种看法;德国的弗利德里希·施皮尔哈根则写了整整一本书为这种理论辩护。"[①]其实对读者来说,隐含在故事之中的道德训谕,在潜移默化中,更能更达到"说教"的目的。

二、现代现实主义文学的社会批判功能

19 世纪现代现实主义文学的科学理性精神和强烈的研究意识,使文学创作的关注对象聚焦于现实生活。作家们力图通过客观的研究和再现描写当下人的生活的历史,赋予文学文本以历史的价值。这是作家尤其是小说家的最高追求,从而使文学迥然不同于古典主义的崇尚历史题材和历史人物,不同于浪漫主义的抒写主观情感、热衷异国风光、沉醉于离奇神秘。对此,美国文学理论家韦勒克有过非常精辟的论述,他认为,现实主义是"现实生活的客观表现","它排斥了作品中那些异想天开的、神仙鬼怪式的、隐喻的和象征的、高度风格化的、纯抽象和装饰性的东西,它意味着我们摈弃神话、童话和梦幻的世界。它还意味着拒绝接受那些完全不可能的、纯偶然的和极不寻常的事件和情节,因为尽管各地和作家个人的情况千差万别,'现实'在当时显然已经有了明确的含义,它代表着十九世纪科学的秩序井然的世界,一个因果关系分明的世界,一个没有奇迹和超验王国的世界,即使作家可以保留一种个人的宗教信念"。"关注日常现实的压力不仅是现实主义小说的特征,而且它还指出,文学是社会变革和社会意识的工具。不管现实主义作家的写作取向如何,他们都相信阅读和写作文学的社会后果。他们本人承担起调查社会运作的责任,使现实主义和社会观察那样成为一种社会批判。在他们的作品中隐含着这

---

① R. 韦勒克:《文学研究中现实主义的概念》,高建为译,见刘象愚编:《文学思潮和文学运动的概念》,北京:中国社会科学出版社,1989 年,第 241 页。

样一种观念,即文学不仅是一种美学,而且包含一种公共功能。"①

不仅如此,与热衷于个人主观情感抒写的浪漫主义不同,19世纪现实主义的"作家抱更高理想,传播新的观念,号召进行社会的变革或改良。另一方面,人民开始在文学中凸显,社会问题占据了许多摇笔杆子的人的心灵;农民、工人渗透到戏剧,尤其是长篇小说中来,不是个别的、为了生动别致的效果;而是以密集的队形,甚至是对当时认可的社会稳定形成威胁的方式出现;人道的文学正在发展"②。"现实主义需要把那个时代的整个文化现状统统都囊括进来。虽然,在当时的文化中占主导地位的是资产阶级,不过,人民群众对自身的作用和力量也有更加清醒的认识,并在逐渐地强化。所以,现实主义文学就需要把下层人民大众各个不同的对象纳入描写的对象。"③对社会问题的特别关注,使19世纪西方现实主义作家对人审视的视点当然主要集中在人的社会性、阶级(阶层)性上。从文学文本的内涵来说,19世纪西方现代现实主义作品基本上可以被看作是对社会及社会的人所进行的伦理学、政治学和经济学的研究。与此相适应,社会问题,也就合乎逻辑地成为现代现实主义作家为揭示当前社会关系之不完善的基本主题时所通用的和决定性的题材。在19世纪的欧洲,城市是和资本主义以及现代现实主义文学几乎同步发展的,而"城市的发展也使人类的贫困问题成为了一个可营销的小说主题"④。于是,揭露现代城市中普通人的不幸遭遇成了现代现实主义文学的重要主题。19世纪资本主义的发展、劳资矛盾的激化这是历史事实。"现实被蒙上了资产阶级利益的面纱,而揭开这层面纱是艺术家和观众的使命。"⑤那么,"'揭幕'的现实主义,当时真实地揭露了资本主义国家无法保护工人

---

① Carol J. Singley,"American Literary Realism", in M. A. R. Habib ed., *The Cambridge History of Literary Criticism*, Vol. 6: *The Nineteenth Century*, Cambridge: Cambridge University Press, 2013, p.333.

② 保罗·梵·第根:《文艺复兴以来的欧美文学史》,谢钟浤译,北京:人民出版社,2015年,第263页。

③ Erich Auerbach, *Mimesis: The Representation of Reality in Western Literature*, Princeton and Oxford: Princeton University Press, 2003, p.497.

④ Alison Finch,"Reality and its Representation in the Nineteenth-century Novel", in Timothy Urwin ed., *The Cambridge Companion to the French Novel: From 1800 to the Present*, Cambridge: Cambridge University Press, 1997, p.80.

⑤ John Roberts,"Realism, Modernism, and Photography: At last, at last the mask has been torn away", in Matthew Beaumont ed., *Adventures in Realism*, Oxford: Blackwell, 2007, p.170.

的肉体"①。在这种意义上,"现实主义不仅是文学的问题:它是一个重大政治、哲学和实践问题,必须作为一项关乎人类普遍利益的问题加以处理和解释"②。文学与当下时代、社会、生活的关联度,在现代现实主义文学中达到了空前的高度。在这种情况下,"对于一部严肃作品,批评家最严厉的批评也不过就是把它简化为虚构的娱乐品"③。而且,与18世纪启蒙文学偏重抽象的思想宣传和精神启蒙不同,与浪漫派文学愤世嫉俗的情绪化的隔空宣泄不同,现代现实主义是带着启蒙的理性批判精神,具体细致地研究当下社会和生活于其间的人,在客观呈现现实的同时,深入地剖析与评判生活,表达作者对现实生活的理解以及对理想的追寻和期待。特别难能可贵的是,现代现实主义文学侧重于以揭露和批判的笔触直捣现实社会的腐恶与人性的残缺。"现实主义小说可以站在被压迫者的立场上,通过塑造他们自己对现实的态度来展示人们是如何攫取权力和合法地位的。它可以显示认识论的支配如何加强社会、经济、道德和性压迫。"④

"现代生产模式的到来,将以一种直接和实际的方式改变19世纪的文学。"⑤19世纪西方现代现实主义文学在对社会问题的关注中达成了有关人与环境之关系的新理解,并由此拓展了"环境描写"的艺术,构成了对资本主义社会从制度到文化的强烈而深刻的批判。现代现实主义在"19世纪的'新'主要在于其作品的历史地位,在于对18、19世纪相较时期大变动的自觉意识:工业革命、资产阶级的胜利(英国在18世纪就已发生了)以及随之而来的新的历史感;一种更强烈的认识:人是社会上一种有机的、鲜活的生命而不是面对上帝的一种道德存在"⑥。工业化带来了乡村和城市的巨大变化,"在19世纪的前半叶,巴黎的人口增加了一倍,而相似的变化也发生在欧洲的其他主要城市,在像曼彻斯特这样的新工业

---

① John Roberts,"Realism, Modernism, and Photography: At last, at last the mask has been torn away", in Matthew Beaumont ed. ,*Adventures in Realism* , Oxford:Blackwell, 2007, p. 167.

② Bertolt Brecht, See Matthew Beaumont, "Introduction: Reclaiming Realism", in *Adventures in Realism* , Oxford: Blackwell, 2007, p. 1.

③ Victor Terras,"The Realist Tradition", in Malcolm V. Jones, Robin Feuer Miller eds. ,*The Cambridge Companion to the Classic Russian Novel* , Cambridge: Cambridge University Press,1998, p. 191.

④ Raymond Taillis. *In Defence of Realism*. London: Edward Arnold, 1988, p. 56.

⑤ Peter Brooks, *Realist Vision*. New Haven and London: Yale University Press, 2005, p. 14.

⑥ R. 韦勒克:《文学研究中现实主义的概念》,高建为译,见刘象愚编:《文学思潮和文学运动的概念》,北京:中国社会科学出版社,1989年,第249页。

城市变化更加剧烈。城市的快速增长使生活于其间的人的社会关系变得紧张——这使阶级间的冲突成了家常便饭。在这种情况下,关注城市生活的作家们必然要面对这个整体的社会环境"①。资本主义发展期的社会矛盾主要表现在城市中,乡村虽然也难以幸免(如哈代小说所描写的),但是其尖锐程度远不如城市。因此现代现实主义作家对生活于城市环境中的人给予了更多的关注,文学创作的题材也大多来自城市生活。司汤达、巴尔扎克、狄更斯、托尔斯泰、陀思妥耶夫斯基等等,他们的创作基本上都离不开城市环境,表现对资本主义发展时期城市环境中的普通人的关注。作品中的人物形象,普遍地从以往文学的"英雄"和王公贵族转变为普通民众。"1789年的革命改变了普通民众的形象,这些人从此成为一股不可小觑的力量,被人尊敬或害怕。政客们会寻求向他们献殷勤,教会对他们进行教育,知识分子也会去改善他们,而对于商业来说,他们是一个潜在的富有市场。"②现代现实主义在某种意义上是19世纪资本主义社会和新兴城市的产物,因此,城市和普通市民及工人阶层便成为其艺术描写重点内容,这种文学的人民性和民主性也较之以往的文学更加鲜明。"现实主义受19世纪民主运动的精神之启发,将之前在美学史上被忽视、被无视或被认为出格的普通经验引入文学或绘画视野之中,艺术再现领域的拓展和社会研究和批判力度的增强同步推进,描写普通人如何度过其日常工薪生活——务农劳工、工厂小工、矿业工人、办公室职员或仆人。"③现代现实主义作家不满于浪漫派将人物过分理想化而忽视环境影响的主观主义创作方法,强调人是社会环境的产物,主张从人物所处的社会历史环境和斗争情势中刻画人物性格,真实地揭示人物和事件的本质特征及其发展趋势。要做法国社会"书记"的巴尔扎克,提出了环境乃"人物和他们的思想的物质总表现"④这一著名论断。"英国发展了一种可辨识的'工业化小说',涉及社会苦难和阶级冲突,而法国有它的'社会

---

① Peter Brooks, *Realist Vision*, New Haven and London: Yale University Press, 2005, p. 14.
② Alison Finch, "Reality and its Representation in the Nineteenth-century Novel", in Timothy Urwin ed., *The Cambridge Companion to the French Novel: From 1800 to the Present*, Cambridge: Cambridge University Press, 1997, p. 73.
③ Rachel Bowlby, "Foreword", in Matthew Beaumont ed., *Adventures in Realism*. Oxford: Blackwell, 2007, p. xiii.
④ 巴尔扎克:《〈人间喜剧〉前言》,陈占元译,见伍蠡甫等编:《西方文论选》(下卷),上海:上海译文出版社,1979年,第165页。

小说',包括受欢迎的各种社会主义的种类。"①"现实主义的作品,要再现事物的原貌,在这种情况下就要再现残酷而又自私的经济运行,使人认识到事物的原貌并不包括道德和正义。"②与此相适应,社会问题也就合乎逻辑地成为现代现实主义作家在揭示社会关系不完善这一基本主题上的通用和决定性的题材,文学文本普遍拥有了一种直接针对现实生活的社会批判精神。"现实主义小说在很大程度上帮助我们理解了意识形态的曲折方式,尤其是它隐藏自身的倾向时。如果大多数人都意识到,即使是表面上最稳定的社会共识,也充满了冲突和矛盾,国家不是一个幸福的大家庭,而是矛盾观点和敌对利益之间永恒斗争的场景,那么,这肯定可以在很大程度上归于读现实主义小说的经历。"③

司汤达的《红与黑》通过波旁王朝复辟时期平民青年于连个人奋斗的经历,反映了19世纪20年代后期法国社会的风貌,它是一部具有深刻政治内容的小说。在《人间喜剧》中,通过一幕幕有色有声的生活图景,巴尔扎克敏锐地抓住了资本主义新阶段的关键问题:金钱和财产决定一切,表现了这个时代的历史风貌和本质特征。提供经济材料力求精确和详实,是《人间喜剧》对细节的描写十分认真和周详的表现之一。如果说司汤达的创作特别善于从政治角度观察,并把19世纪前30年的阶级关系和政治形势表现得十分深刻的话,那么,巴尔扎克创作则更擅长通过人们的经济生活、经济状况来理解人们的心理活动和思想情感,来洞察那个社会里一幕幕悲剧和一幕幕喜剧的最深根由。正因为如此,习惯于从经济学、政治学和社会学角度谈论文学的恩格斯赞扬《人间喜剧》:"给我们提供了一部法国'社会',特别是巴黎上流社会的卓越的现实主义历史";巴尔扎克"汇编了一部完整的法国社会的历史","甚至在经济细节方面","要比当时所有职业的史学家、经济学家和统计学家那里学到的全部东西还要多"。④尤其是金钱与财产对人的腐蚀,巴尔扎克的批评性笔触是入木三分的。对此,批评家布鲁克斯对巴尔扎克小说《高布赛克》的分析耐人寻味:

---

① Peter Brooks, *Realist Vision*. New Haven and London: Yale University Press, 2005, p. 13.
② George Levine, " Literary Realism Reconsidered: 'The World in its length and breadth'", in Matthew Beaumont ed. , *Adventures in Realism*. Oxford: Blackwell, 2007, p. 28.
③ Raymond Taillis. *In Defence of Realism*. London: Edward Arnold, 1988, p. 52.
④ 恩格斯:《致玛格丽特·哈克奈斯》,《马克思恩格斯选集》(第四卷),北京:人民出版社,2012年,第591页。

巴尔扎克笔下的高利贷者和守财奴高布赛克（Gobseck）也许比其他任何人物都更多地出现"人间喜剧"的小说中：他处在这个旋转的地球静止的中心，交易财物，借钱抵物。在他生命快结束的时候，他无法足够快速地处理物品；在他死时，他的房子里塞满了腐烂之物和腐坏的农产品。在资本主义初期（在英国要早于法国），投资、积攒和财富在破产中的崩塌具有一种魅力。财富和贫困对于这些小说家们很明显是金钱的问题——这最终可携带的财产——他们公开的表达经常可见于作为自己成功或失败宣言一部分的买卖的客体、物体。各种职业在赌场和当铺之间完结（played out）。福斯特所说的财产塞满了很多这类小说，完全是因为它以自我定义的方式告诉了我们很多有关那些积攒财物的人。①

在巴尔扎克的小说中，金钱成了真正的"主人公"，资本主义发展历程中人的异化问题得以深刻地揭露。"我们返回到现实主义文学中，金钱的重要性、金钱交易的重要性：金钱成了对再现自身的再现，是对在自我定义中把握事物的系统性需求的再现。现实主义文学对金钱成为主人公的世界进行彻底的世俗化解读，这是一个几乎必然的结果。"②"正如巴尔扎克的高布赛克所言，金钱是现代文明的血脉。"③

在同一时期的英国，狄更斯和萨克雷等广泛描写了金钱、财产所致的人与人的争斗和人性的腐化，深度揭示和批判了工业化对人造成的空前的异化现象。狄更斯生活的年代，英国的工业革命渐趋完成，工商业快速发展，资本主义进入了成熟阶段。但是，在工业化和商业化的都市里，物质主义大行其道，物质与金钱对人的碾压愈演愈烈，人性的扭曲日益加剧。作为一位具有强烈社会批判精神的现代现实主义作家，狄更斯的深刻性在于透过这个社会表面的"美好""睿智""信心"与"希望"，洞察其内在隐藏的"糟糕""蒙昧""疑虑"和"绝望"，用文学的笔触描写资本主义繁荣时期人被物所异化的现象。在狄更斯的笔下，工业社会对人造成了前所未有的压迫，物对人的控制使人丧失自然的天性。在《艰难时世》中，焦煤镇就是一个工业化时代功利主义、物质主义的怪胎，浓烟滚滚的烟囱的

---

① Peter Brooks, *Realist Vision*, New Haven and London: Yale University Press, 2005, p. 15.
② George Levine, " Literary Realism Reconsidered: 'The World in its length and breadth'", in Matthew Beaumont ed., *Adventures in Realism*. Oxford: Blackwell, 2007, p. 30.
③ Peter Brooks, *Realist Vision*, New Haven and London: Yale University Press, 2005, p. 17.

"繁荣"表征的是人的残缺和人性的病态;葛擂硬的铁的事实哲学和功利主义原则挤兑了人的想象力、情感和爱。在《马丁·朱述尔维特》中,从托杰斯公寓顶上看到的由烟囱、厂房组成的工业区图景,令人压抑乃至恶心。这部作品被誉为"把人变成机械驱动的物体的集大成者"。① 在狄更斯的小说中,物成了一种赤裸而逼人的客观存在,人及其生命活力显得黯然失色乃至荡然无存。在西方现代现实主义文学中,狄更斯小说对人的物化、人性扭曲的批判是十分典型的。关于人与人之间的金钱关系,狄更斯的描写也有类似于巴尔扎克的深刻与准确,所不同的是,狄更斯不像巴尔扎克那样描写上层社会,而更多的是描写普通人在金钱社会中的命运。在《我们共同的朋友》中,波茨纳普的家餐具都是按照可以量化的金钱原则来制作的,"四只银质冰酒缸,每一只都装饰着四个眼球突出的人头像,每个头像的每只耳朵都耀眼地挂着一只大银环,也在餐桌各处表达出这种情绪,并且把它传给了大肚皮的银盐缸"②。小说中的约拿斯为了早日得到遗产,居然对自己的父亲下手,企图毒死他进而获得他的金钱。在《小杜丽》中,亚瑟·克莱南说:"我是父母唯一的孩子,他们对所有东西都会称重量、量尺寸和定价格。对他们来说,不可以称重量、量尺寸和定价格的东西从来就不存在。"③狄更斯告诉人们,在这个商业化的社会中,人与人之间的关系完全变成了一种市场的金钱和物品的交换关系。"在狄更斯的《远大前程》中,法官助理威米克对年轻的匹普发表了一番关于'便携式财产'重要性的说教。对于威米克来说,任何有价值的东西都是潜在地可携带的财产。它不应当遗失、浪费,也不允许悄悄溜走。它需要积存,藏在被视作自己的城堡的家中(威米克在伦敦郊区沃尔沃斯的家,是个微缩的华而不实的城堡,字面上解释了这个隐喻),转化为财富。"④在狄更斯的小说中,对金钱和财富的态度,几乎成了衡量一个人的道德水准的试金石,此类描写中寄寓了作者对金钱和财富腐蚀人性和人伦的深刻批判。萨克雷的《名利场》中,金钱就是这个"名利场"的真正"主人公"。女主角"蓓基一直在追求金钱,并且是以最阴暗的方式。这种追求使她成

---

① Dorothy Van Ghent, "The Dickens World: A View from Todgers", *Sewanee Review*, LVIII, Summer 1950, p.419.
② 狄更斯:《我们共同的朋友》,智量译,上海:上海译文出版社,1986年,第189页。
③ 同上书,第65页。
④ Peter Brooks, *Realist Vision*, New Haven and London: Yale University Press, 2005, p.15.

为邪恶的美人鱼,成为'邪恶的尾巴'在水下拍打的'恶魔'。"①"蓓基自己承认了社会不会承认的东西,即美德与金钱有着某种紧密联系,金钱在世俗世界中是一个关键因素。对金钱的关注,实际上是现实主义小说从根本上是世俗的这一判断最坚实的标志。金钱的流动性对应着19世纪现实主义小说再现世界中'地位'出现的新的流动性。金钱的腐蚀功能催生纽曼所展示的物质世界之景象。它是替代发号施令的上帝的东西,因为它是成功的条件、幸福结尾的条件。差别是现实主义小说要么避免直面金钱造就成功的方式,要么使他们的主人公远离对金钱的担忧——使他们一直拥有财富、继承财产或证明尽管他们已经获得了财产,但他们对金钱毫不在乎,永远不会为了保住财富而妥协。"②正是狄更斯和萨克雷等为代表的"现代英国的一派杰出小说家",或揭露英国贵族资产阶级思想道德的冷酷、虚伪,或批判资产阶级理论学说的荒谬和反动,博得了同样习惯于从经济学、政治学和社会学角度看待问题的马克思的高度评价:"他们那明白晓畅和令人感动的描写,向世界揭示了政治的和社会的真理,比起政治家、政论家和道德家合起来所作的还多,他们描写了资产阶级的各个阶层。"③其实,也不仅仅是狄更斯、萨克雷等现实主义作家的批判性描写达到了马克思所说的这种批判水平,事实上,就英国而言,"整个19世纪现实主义都是一种常常自相矛盾的状态。最一致的是其要找到按照世界原貌描述世界策略的决心。它之所以前后不一致,是因为每一位艺术家对世界的模样看法不同,而世界又在每一个瞬间、每一代人之间在不断变化。因此,要找到一个令人满意的方式再现一位一路上没有腐败而获得成功的积极而又具有美德的主人公,通常以失败告终。它极力地要调和成功与美德,但作为一种文学模式又过于诚实以至于不能轻易实现。它致力于对社会和人物活动的语境仔细观察,这有助于颠覆维多利亚时期小说赖以取得成功的自我和人物的概念。在现实主义的世界里,如在查尔斯·达尔文向他的文化再现的那个世界里一样,所有的一切都在不断变化,包括人物"④。

---

① George Levine," Literary Realism Reconsidered:'The World in its length and breadth'", in Matthew Beaumont ed.,*Adventures in Realism*. Oxford:Blackwell,2007,p.28.

② Ibid.

③ 马克思:《一八五四年八月一日〈纽约论坛〉上的论文》,见《马克思恩格斯论艺术》(2),北京:人民文学出版社,1963年,第402页。

④ George Levine," Literary Realism Reconsidered:'The World in its length and breadth'", in Matthew Beaumont ed.,*Adventures in Realism*. Oxford:Blackwell,2007,pp.30—31.

俄国现代现实主义文学的社会批判性之强烈与显著,大大超越了西欧现代现实主义,从而显示了作为一种"变体"的现代现实主义的突出特征。"俄国现实主义小说成了公共生活的重要内容。一部重要小说的问世是一个公共事件。对小说的讨论也总是演变成对俄国社会与当时存在的问题进行的讨论……现实主义的主题小说(roman à thèse)处在公共舆论媒介的环境(审查制度、在读者众多的报刊连载、一群有文化有偏好的受众)之下。"①因此,在 19 世纪的俄国,文学尤其是现实主义法国的小说,其社会关注度很高。19 世纪"俄国小说的一个显著特征就是它道德的深刻的严肃性,坚定不移地与看似棘手的社会和政治问题做斗争,这不亚于与哲学和宗教的'被诅咒的问题'作斗争"②。"这种深刻的严肃性在某种程度上是由俄国的广袤无垠和它动荡不安的历史事件而引起……这种深刻的严肃性在某种程度上是激情、复杂性和'俄国灵魂'的博大所引发的结果,它联结了欧洲精神和亚洲精神,倾向于寻找极端的、多数派的解决方案,以便让个体灵魂和政治团体处于某种掌控之中……在某种程度上,这种深刻的严肃性也是一种压迫的政治秩序的产物。"③

三、现代现实主义文学的文化哲学承载

正如本著作第三章所述,19 世纪现代现实主义文学在科学理性的牵引下,以前所未有的科学、严肃、客观的态度,通过文学特别是小说之文体,对现实社会和人类自身展开了"求真"式的研究、分析与把握。科学与哲学在 19 世纪引领了欧洲社会,人们对世界和人自身展开了不懈的探索,其思想结晶无疑为人们提供了认识、理解和把握这个时代的人与世界的新理念、新方法和新知识,同时也影响并为其他学科领域的研究提供了借鉴。与此同时,其他学科的探索与研究——例如文学艺术——也为这个时代与社会提供新思想新方法,从而反哺科学与哲学。就此而论,科学与哲学尚无法涵盖 19 世纪人类认识人和世界所获之思想成果的全部,这个时代的整个思想成果体系无疑也包括了文学艺术之探索所得的成果;

---

① Victor Terras, "The Realist Tradition", in Malcolm V. Jones, Robin Feuer Miller eds., *The Cambridge Companion to the Classic Russian Novel*, Cambridge: Cambridge University Press, 1998, p. 193.

② Malcolm V. Jones, Introduction to *The Cambridge Companion to the Classic Russian Novel*, Cambridge:Cambridge University Press,1998,p. 3.

③ Ibid.

文学艺术尤其是小说蕴含了来自于文学艺术家的对人和世界的认识。正如英国思想史家梅尔茨(John Theodore Merz)在《十九世纪欧洲思想史》中所说：

> 科学是从积累的但并不精确且又紊乱的知识堆集中生长出来的，其动力在于期望使之精确、有序和有用。类似的，哲学产生于伟大的思辨思想世界，其动力在于期望按照方法并为着确定的目的和目标来处理它。然而，科学也好，哲学也好，两者合在一起也好，实际上都没有穷尽"思想"这个词的全部意义；科学和哲学都没有涵盖全部思想领域。……这个大思想体掩埋在一般文学、诗歌、小说和艺术之中；它在当代的艺术、道德和宗教的生活中显现其实际影响。它是对科学知识的反思，或是对哲学之光的反射。但是，像一切反射光一样，它不仅尾随真正的日光，而且也领先于后者；它不仅是白昼之后来到的薄暮，而且也是先之而来的拂晓，它是思想的黎明。它的里面潜藏着未来思想的胚芽、尚未为人知晓和梦想到艺术、哲学和科学的未显现的开端；它包容和围绕着心智的最深奥处，一切思想都从那里发源，并时时从那里汲取新鲜活力和灵感。①

梅尔茨上述的论断，细致而精确地分析、阐发了19世纪西方世界所创造的"思想"之广度和深度及其于不同载体中的存在。他认为这种"思想"除了来自科学和哲学等领域之外，也潜藏于文学艺术作品之中，因此，文学艺术尤其是小说也是19世纪思想成果的丰富矿藏，是人们认识这个时代之人与世界的重要渠道之一。所以梅尔茨又说："如果不注意到在时代的一般文学和艺术之中的这份数量很大的无条理、无系统的思想，那么，对本世纪(指19世纪，引者注)所作的任何说明都将是不完整的或是不能令人满意的。"②所以，必须重视19世纪文学，尤其是富有科学和理性精神的现代现实主义文学关于人与世界探索方面的文化思想成果，这对认识19世纪欧洲社会和生活于其中的人有重要作用和价值。在19世纪，"文学和艺术都显示出了超过以往任何时代的活力、独创性和多样性，只有少数几个昌盛的时代是例外……在小说上，法国和英国几乎创造了一个新的文学分支(指的是小说这种体裁，引者注)"；"这一切尽管不是按照科学

---

① 约翰·西奥多·梅尔茨：《十九世纪欧洲思想史》(第一卷)，周昌忠译，北京：商务印书馆，2016年，第60—61页。
② 同上。

或哲学的法则产生",但是,这些"整个地象征着巨大数量的心智作品",都是"属于思想界的",其间有"宏大的无定形思想体"①。"在世纪中叶之前,欧洲人见证了一个在西方历史上大思想家辈出的时代。新时代孕育了新思想——自由主义、民族主义、浪漫主义、保守主义和社会主义——这些思想开始塑造当今的思想和制度。"②因此,讨论19世纪的思想成果,描述19世纪欧洲人对世界、社会与自我的认识,"不可以漏掉或忽视它"③。这个"它",也就是19世纪欧洲的丰富而庞大的文学作品体系。

就19世纪现代现实主义作家之创作追求而言,他们力图通过"研究""分析"与"写实"的文学去认识社会和生活于其间的人,如此创作出来的文学文本,其思想与哲理的含量总体上就大大超过以往的传统文学。"现实主义显然不仅包含文学的技巧,还包含经济的、意识形态的、哲学的和宗教的衍生物等深广的历史现象。对此,弗雷德里克·詹姆逊做出了简明扼要的总结:'现实主义的模式……是西方文化中最复杂也最有活力的实现形式之一……它近乎独一无二。'"④从读者的角度看,他们也确实可以在现代现实主义文学作品中获得比以前的文学作品更多的"认识"与思想。我们都说神话和史诗是人类童年时期的文学,从这种逻辑出发,在匈牙利著名的文学批评家卢卡奇看来,小说是人类"成熟男人的洞见","小说是成熟男性的艺术形式,它完全不同于实施规范的天真无邪"⑤,这里,"成熟男性"作为一种比喻,与人类的"童年时期"有相关和照应之处,意味着对人类社会及自我的更成熟的思考和认识,小说这种文体也有了更厚重而深刻的思想承载,小说家的历史责任和使命也更艰巨。19世纪现代现实主义小说尤其是长篇小说,一方面是一种重要的审美的和娱乐的文体,另一方面又是作家们用以研究社会的途径和"工具",是借以表达他们研究成果,传播他们关于人类与社会之文化哲学思想的一种载体。由于

---

① 约翰·西奥多·梅尔茨:《十九世纪欧洲思想史》(第一卷),周昌忠译,北京:商务印书馆,2016年,第61—62页。
② 马克·凯什岚斯基、帕特里克·吉尔里、帕特里夏·奥布赖恩:《西方文明史:延续不断的遗产》(第五版),孟广林等译,中国人民大学出版社,2014年,第468页。
③ 约翰·西奥多·梅尔茨:《十九世纪欧洲思想史》(第一卷),周昌忠译,北京:商务印书馆,2016年,第62页。
④ J. A. Cuddon ed., *A Dictionary of Literary Terms and Literary Theory* (5th edition), Malden and Oxford: Wiley-Blackwell, 2013, p.593.
⑤ 卢卡奇:《小说理论》,见《卢卡奇早期文选》,张亮、吴勇立译,南京:南京大学出版社,2004年,第21、23页。

趋向成熟期的西方小说无论从数量还是重要成就上看,都主要体现在现实主义小说上,因此可以说,现代现实主义小说较之19世纪其他形态的文学拥有更丰富而深刻的文化哲学思想的承载和社会认识价值,并且这也是现代现实主义文学有别于所有其他时代之文学的突出特征之一。甚至可以这样说:西方文学的文化思想承载和社会功能经由19世纪现代现实主义小说而陡然增强,由此,也让小说这种文体在19世纪乃至以后的西方文学中,地位和作用进一步凸显了出来;与此同时,小说就在很大程度上也甩掉了其前身"传奇"的那种"虚幻"与"离奇",从而获得了哲学之认知与思想之启蒙的品性——就此而论,19世纪现代现实主义文学传承了18世纪启蒙文学,特别是哲理小说丰富性的哲理思想传达之特点,但同时又扬弃了其过多、过强的思想与哲理的说教,使文学艺术仅仅成为思想启蒙的工具,进而明显弱化了故事叙述,弱化了可读性和审美性。现代现实主义之文学叙述的思想传达,通常都是借助成熟的故事叙述和生动的形象塑造来实现的,观念的东西是通过丰富生动的故事叙述自然而然地表现出来的,而这恰恰是现代现实主义小说艺术比启蒙小说更趋于成熟的重要标志之一。正是在这种意义上,现代现实主义作家对社会生活的反映,具有哲学的认识论思维特征,现代现实主义小说是一种有文化哲学"意味"的文学形式。当然,文学本身就是人类认识和把握世界的一种方法和途径,作家是以审美的方式认识与反映当下社会和生活的,即便是人类童年时期的神话、史诗,也是当时的人以象征隐喻、比拟类推等原始思维方式对自然与社会的一种理解、认识与表达。正因为如此,荷马史诗在当时具有"百科全书"式的实用价值,是人们的教科书。18世纪的哲理小说所表达的丰富而深刻的哲理内容,代表着启蒙小说家对社会和社会的认识与评判。哪怕是同时代的浪漫主义小说家,如雨果、乔治·桑等,也以自己特有的方式和风格表达对人和社会的理解与认识,其思想含量也是丰富而深刻的。不过,特别值得注意的是,在19世纪的西方文坛上,小说这种文体本身又进入成熟与繁荣阶段,以小说文体为主的现代现实主义文学,在这个特殊的年代,在科学理性和实用理性的强势影响与支撑下,其哲学求真意义上的认识价值空前凸显,可以说思想文化的承载也就超过了以前任何时期的文学,这与作家的世界观和创作理念、创作方法有直接关系,其间涉及的是哲学乃至科学的问题。

在19世纪,哲学的方法与自然科学联系密切,或者说,19世纪的哲学有赖于自然科学的发展,自然科学的新发展同时更新着哲学的方法论,科学和哲学是密不可分的,"科学和哲学是汇合在一起的,科学发现了权威性的自然哲学的原理"①。科学、哲学和文学乃至宗教都是密切关联的,或者说是殊途同归的。其实,不仅仅是19世纪,就整个西方文学史而论,文学和哲学自古以来就是互相关联的,荷马史诗之所以成为当时的"百科全书"乃至生活的教科书,就是因为史诗提供了大量的知识和实事,是关于人的智能的基本教本,诗人也就是智者——哲学家就是智者,诗人是现实中人的导师,有着崇高的地位——仅次于哲学家。虽然后来柏拉图贬低诗的道德教化作用——因为诗人摹仿的是感性世界而非理性世界,会诱发人的情欲。柏拉图崇尚理性和哲学,这种不无偏激的观点虽然致使此后一段时间里文学在古希腊公众中的地位降低,但并没有在根本上动摇文学仅次于哲学的重要地位,没有改变文学在认识自然与社会方面的哲学与历史的功能属性。尤其是亚里斯多德,他主要通过《诗学》的阐发为诗辩护,纠正了他的老师柏拉图的偏激观点。他认为文学高于现实,文学比历史更真实,是因为文学认识和揭示真理并借此通往美的境界,达到了哲学的高度。亚里斯多德的论述一方面为古希腊历史上的"诗哲之争"提供了一种影响力深远的答案,另一方面又明确了文学与哲学的互相依存的关系,明确了文学的真理性质和认识论功能与价值。其实,即使是柏拉图,虽然他贬低文学"摹仿"感性而推崇理性,但是感性世界也是人本质属性之重要的一方面,对人的感性世界的"摹仿"与揭示,不仅是艺术的不可或缺的责任,也是艺术之美产生的缘由和源泉之一,而且也是研究、把握和认识与分析人和社会的重要途径之一,也是文学文本之思想价值和认识功能表现。正因为如此,柏拉图的这种观点才会在后世不仅继续流行和被发扬光大,成为以后美学和文学发展的另一种重要理论资源。总之,"诗"与"哲"之间因其对世界之共同与不同的认识与把握方式,显示出互相的相似性、共同性、互补性和差异性。西方文学的发展,离不开哲学的支撑;西方的小说文本,离开了哲学内涵和思想的承载,其自身也将不复存在。当然,文学不等于哲学,文学对世界的认识不同于哲学对世界的认识,文学如若成了哲学或者诠释哲学的附庸,或者成了政治、道德等任何其他学科的附庸,那么文学本身也就被消解得体无完肤了。但是,从18世纪到19世纪,西方文学中现实主义倾向的作家在对待理性精神上

---

① 伊里亚·普里戈金、伊·斯唐热:《从混沌到有序》,曾庆宏、沈小峰译,上海:上海译文出版社,1987年,第89页。

与17世纪古典主义者相似,而与浪漫派总是企图反对和阻止理性精神,推崇人类本质属性中的非理性因素不同,他们"希望看到艺术和哲学之间,或艺术和科学之间尽量不是对抗而是融合"①,或者说,他们实际上就是力图以科学与哲学的方法研究社会、表现生活。所以,19世纪现代现实主义小说文本普遍在展示社会与自然的内容上显得空前丰富而广阔。正因为如此,就19世纪现代现实主义文学而言,在科学精神和理性意识的作用下所彰显的陡然增大的认识功能和文化哲学思想的承载,无疑有其产生的必然性和合理性及其对自我的特殊标识作用和对文学史的独特价值贡献。

司汤达自称他的《红与黑》是"1830年纪事",这意味着该小说真实地再现了法国大革命和王政复辟时期法国社会的真实历史,具有历史的真实性是现代现实主义文学的普遍特征。不过更重要的是,在《红与黑》中,作者借助于主人公于连的故事叙述,表达了自己对人与社会的深刻的思想见解。司汤达在人的问题的认识上,与同时代乃至此前的作家有一个突出不同点:他以"人类灵魂观察者"的身份,热衷于研究人自身心灵的奥秘;"他唯一经常研究的对象是人的灵魂,他是第一批认为历史本质上是心理学的现代思想家之一。"②在哲学上,司汤达不仅接受了18世纪"百科全书派"的理性思想,这说明了"19世纪的小说家是被18世纪的思想所塑造的"③,接纳了启蒙哲学的熏陶;同时他还与众不同地接受了当时不受人欢迎的哲学家孔狄亚克、爱尔维修的思想,而且,后者对他的影响是极为深刻的。他对这两位哲学家"效忠致敬,即使在反对他们的偏见泛滥一时之际,他也绝没有过片刻的动摇"④。爱尔维修(Claude Adrien Helvetius)认为"自爱是从我们幼年起就铭刻在我们的心里的唯一情感,是对我们自己的爱。这种以肉体的感性为基础的爱是人人共存的。不管人们的教育多么不同,这种情感在他们身上永远一样:任何国家、任何时

---

① 托马斯·门罗:《走向科学的美学》,石天曙、滕守尧译,北京:中国文联出版公司,1984年,第476页。
② 勃兰兑斯:《十九世纪文学主流》(第五分册·法国的浪漫派),李宗杰译,北京:人民文学出版社,1997年,第250页。
③ Alison Finch, "Reality and its Representation in the Nineteenth-century Novel", in Timothy Urwin ed., *The Cambridge Companion to the French Novel: From 1800 to the Present*, Cambridge: Cambridge University Press, 1997, p.37.
④ 勃兰兑斯:《十九世纪文学主流》(第五分册·法国的浪漫派),李宗杰译,北京:人民文学出版社,1997年,第249页。

代,人们过去、现在和未来都是爱自己甚于爱别人的"①。他从纯生物属性的角度把"自爱"(自私)看成是人类唯一的情感,是人的永恒的天性,即人的本性是自私的,这种自私本能决定人的行为和动机。司汤达可以说是不折不扣地接受了爱尔维修的这一观点的。他"不承认有什么英雄行为,认为一切物生,从昆虫到英雄,他们的第一条原则就是爱惜自己,保护自己,不受侵害,因此,英雄们的举动与动物的举动在'最初'动机上是没有什么两样的,都是从获得幸福,免遭痛苦这一基本原则的愿望出发的"②。总之,司汤达认为,自私是人的本能,由此他又认为人与人之间是不可信任的,他告诫人们:"不要相信别人!……永远认定你的邻人是受了报酬在向你撒谎!"③很难相信,一个热烈追求平等自由的司汤达竟会对人类抱有这样一种认识。正如勃兰兑斯所说:"一方面强烈爱好自然而然和坦率无隐,另一方面又那么深谋远虑,耍尽花招,把这两方面结合在一起的性格是世上少有的;那么诚实又那么醉心于弄虚作假,那么痛恨虚伪又那么缺乏坦率正直,这样的心灵也是世上少有的。"④这种矛盾性恰恰表现出司汤达对人的认识的深度。而这种关于人的观念在于连这一人物身上的投射,使人物性格及其文化意蕴异常丰富而复杂。《红与黑》"这部小说不仅具有社会的和政治的批判性,也具有文化的批判性,这种批判超越了社会历史和时间空间的限定,上升到了文化批判的高度,上升到了对人类本体之哲学把握的高度"⑤。《红与黑》改变了通常的作家仅仅从社会本身认识社会之恶的认识路线,拓展了文学对人的描写范围,并为读者提供了关于人与社会的深刻思想与哲理。

巴尔扎克的《人间喜剧》描写了法国社会由封建制度向资本主义制度转换的历史进程,也表达了作者对历史进程中人性善恶的深度洞察。巴尔扎克对人类社会的观照是深刻的,他借小说抒写了自己为人类的善良天性的失落而发的满腔忧情,表达了他对人类本体之哲学思考。巴尔扎克的小说对"英雄"、情欲的描写在恐惧与厌恶之中又给予了赞美与肯定,

---

① 北京大学哲学系外国哲学教研室编译:《十八世纪法国哲学》,北京:商务印书馆,1963年,第50页。
② 转引自许光华:《司汤达比较研究》,上海:华东师范大学出版社,1991年,第22页。
③ 勃兰兑斯:《十九世纪文学主流》(第五分册·法国的浪漫派),李宗杰译,北京:人民文学出版社,1997年,第260页。
④ 同上书,第250页。
⑤ 蒋承勇:《十九世纪现实主义文学的现代阐释》,北京:中国社会科学出版社,2010年,第33页。

这意味着他对人类恶在历史作用的矛盾中的肯定。他在《人间喜剧》中热衷描绘的遍地的腐化堕落不仅是他眼中的法国社会,也是他给人类描绘的被人的情欲所创造出来的未来社会的前景。巴尔扎克"把新生的资本力量、灵魂的统治者——金钱作为他伟大史诗的主人公"①。他警告人们,恶欲和利己主义已成为这个世界的动力。他的小说,展示了人类善良天性是如何在金钱的诱惑下向地狱沉落的。他还借《高老头》中高老头之口发出了"这个世界不是要灭亡了吗"的惊呼,其实是一种哲学高度的关于人性异化的警告。

福楼拜在他的小说中揭示了情欲正如"魔鬼"一样潜伏于人的灵魂深处,人的行动不可抗拒地受其控制。由此,他也产生了对世界的悲哀与厌恶。福楼拜认为人性非恶亦非善,人的悲剧在于无法超越自己的肉体的和物质的属性。人的肉身是生命的载体,来自肉身的欲望正是生命存在的标志。放纵欲望,便是加速生命消耗的进程,也就加速了生命的毁灭;克制欲望,寻求精神和灵魂对物质的超越,根本上又扼制了生命,于是又引来了无穷的痛苦。因此,生命以及人类在本体意义上是痛苦与虚无的,上帝也好,人自身的理性也罢,都无法使人获救。福楼拜对人类生命的总体价值产生了怀疑甚至否定。他的悲观主义不是基于基督教的"原罪说",而是基于对人类生命本体的深层把握,他的关于生命的痛苦与虚无的观念,接近于叔本华的悲观主义哲学理论。

在俄国,别林斯基是一个极力主张文学之思想启蒙的批评家,他倡导的俄国"自然派"文学,一开始就体现了很强的思想性与社会批判性。别林斯基说:"取消艺术为社会服务的权利,这是贬低艺术,而不是提高它。因为这意味着剥夺了它最活跃的力量,亦即思想,使之成为消遣享乐的东西,成为无所事事的懒人的玩物。"②俄国的托尔斯泰的创作既是俄国社会的"一面镜子",更是人类灵魂的"镜子",他的一生的精神探索,便是关于人的灵魂的哲理分析。他几乎一生都在追问这样的问题:人为什么活着和怎样活着?这世界上是关于人类本体的原始的、令人困惑的"斯芬克斯之谜"。他曾经在纸上写下与此相关的他认为必须回答的六个"不明白的问题":

---

① 勃兰兑斯:《十九世纪文学主流》(第五分册·法国的浪漫派),李宗杰译,北京:人民文学出版社,1997年,第2页。
② 别林斯基:《1847年俄国文学一瞥》,见《别林斯基论文学》,梁真译,北京:新文艺出版社,1958年,第39页。

1. 我为什么要活着?
2. 我和其他人存在的原因是什么?
3. 我和其他人存在的目的是什么?
4. 我感觉到的那个善恶之分有什么意义,它为什么存在?
5. 我该怎样生活?
6. 死是什么——我怎样拯救自己?[1]

这一连串对"我"所提的问题,事实上是在向整个人类发问。在整个探索过程中,托尔斯泰从分析自我日常生活开始,再扩展到对现实中人的生存状态的研究;从对自身灵魂的善与恶的拷问,扩展到对现实中人和社会制度之善与恶的研究;从对自身生与死的意义的追问,扩展到对世界存在的意义的探讨。而所有这一切的追问与探索,都在他的小说中得以艺术呈现,从而使他创作的文学文本拥有了思想与哲理的深刻性与丰富性。托尔斯泰一生的创作描写了俄国社会由封建主义向资本主义转型时期人的心灵状况。他通过对人类作反复细致的研究发现了人自身存在的恶本能。"没有任何一个人像托尔斯泰那样目睹并感受到了发自尘世的情欲。"[2]他的小说向人们指出:人本身的情欲与邪恶是孽生社会罪恶的根源。也正因为如此,托尔斯泰到了垂垂暮年还在痛苦地追寻和追问如何摆脱人性趋恶的答案。这些既表现了托尔斯泰的困惑,也表现了托尔斯泰思想之深邃与宏大。陀思妥耶夫斯基对人与社会的探索比托尔斯泰更具悲剧色彩。他在人的问题上的困惑、焦虑与恐惧使他对人产生了现代式的厌世心态。他在对人类这个"谜"的无休止的发掘中发现:"恶在人身上隐藏得要比那些社会主义者兼医生所估计的要深得多,在任何制度下,也不能避免恶,人的灵魂永远是那个样,反常现象和罪孽主要来自灵魂本身。"[3]所以,陀思妥耶夫斯基一生都处于对人类天性之恶的无休止的发掘之中,他的小说告诉人们,由于人自身存在着永恒之恶,因而人永远成不了人文主义者想象的"巨人",而是"虱子"。陀思妥耶夫斯基的小说充满了现代主义式的关于人的生成的荒诞与焦虑,因而也更富于形而上的文化哲学的特性和现代性特征。

---

[1] 斯蒂芬·茨威格:《作为宗教和社会思想家的托尔斯泰》,高中甫译,见陈桑编选:《欧美作家论列夫·托尔斯泰》,北京:中国社会科学出版社,1983年,第456—457页。

[2] 同上书,第456页。

[3] 转引自米·赫拉普琴科:《艺术家托尔斯泰》,刘逢棋、张捷译,上海:上海译文出版社,1987年,第495页。

总体说来,现代现实主义文学"代表着19世纪的一种强有力的探索手法,它使社会用灵活和综合的方式进行自我解释"①。从创作理念和方法的角度看,19世纪现代现实主义文学作家的"求真"意识特别强烈,因为他们中不少人试图以科学实验的方法从事小说创作,把小说创作看作像科学家那样对社会进行客观的研究,为世人描绘另一种社会历史,因而,对小说文本世界之真实性的追求也信心十足,小说文本世界所蕴含的思想和哲理内涵也就格外丰富。现代现实主义作家"要求小说创作遵守广泛的可信原则。这种原则不断强化了小说对社会关注面的拓展……现实主义的任务之一就是不断扩大读者接受社会和人物的可信度,而这些都是此前的严肃小说从未认真考虑的"②。"巴尔扎克认为,深刻的思想就是作品的基础。但是这种思想'正像分布在地球上的金刚石矿一样,是十分稀有的'。一件艺术作品作为思想来说,'其威力相当于发明彩票,相当于给世界上带来蒸汽的物理观察,相当于在整理和对比事实时放弃了思辨性的旧方式而代之以生理分析'。"③现代现实主义作家们怀着与各类学科领域的思想者们近乎相同的心态深度思考着人与世界的问题,同时,又以文学艺术家特有的人文期待,探讨着人性之善恶的本体性问题,从而使对社会的描写与批判上升到了文化哲学的高度。

总体而言,现代现实主义作家们基本上都从人性与人道主义的思路和人文传统上分析、研究并展示人与社会的关系。现代现实主义文学较之以往的传统文学更自觉、直接而深度地描写社会的阴暗面,旨在深度地探视和透析人性之善与恶,揭示人性在面临社会的剧变及金钱的炙烤面前的种种形态与面相;其在文化哲学思想上的深刻之处,不在于为人性如何驱恶与扬善的矛盾性问题上指示明确的方向或答案,而在于其较之以往的传统文学更真实地展示特定社会形态里人性之善恶的本真状态,并表达对人性向善和向上的拳拳之心,既有汩汩流动的人道之温情,又不无悲切而善意的世态之警示。现代现实主义作家既然看到了人性有恶、人的自然欲望可能滋生邪恶,又相信人性趋善,实际上也就是相信人的理性的力量,相信"博爱""人道"的光辉。现代现实主义小说丰富而深刻的思

---

① Simon Dentith, "Realist Synthesis in the Nineteenth-Century Novel:'That unity which lies in the selection of our keenest consciousness'", in Matthew Beaumont ed., *Adventures in Realism*. Oxford: Blackwell, 2007, p.41.

② Ibid., p.40.

③ 米·贝京:《艺术与科学》,任光宣译,北京:文化艺术出版社,1987年,第284页。

想蕴含与哲学承载,既是这种文学样式之社会认识价值、社会功能的又一方面呈现,也是其现代性的又一种表征,而表达这种思想与哲理内容,就是现代现实主义作家给自己的文学创作预设的一项根本任务,在这方面,现代现实主义大大超越了此前的西方传统文学——包括浪漫主义文学——并在文化哲学而非"为艺术而艺术"的审美理念上前瞻了20世纪现代主义文学。

第五节 "功利性"之言说:从现代现实主义到现代主义

在产生和流行的时间上稍早于现代现实主义的浪漫主义文学思潮,站在人性自由的个性主义立场,通过对资本主义现代文明的反思,张扬人的个性与感性世界,赋予自身以现代性秉性;浪漫派沿着文学"非功利性"和"为艺术而艺术"的方向,接通了西方文学和美学史上文学"娱乐性""游戏说"的渊源,开辟了文学之审美现代性的道路。浪漫派不接纳资本主义现代文明,他们在"自由"观念引领下追求文学对社会和现实的超越;尤其是,浪漫派倡导文学的"非功利性"和"为艺术而艺术",使浪漫主义文学文本所表现的内容与现实拉开了距离,传统西方文学的社会功能和现实关怀在浪漫派作品中趋于式微。与之相反,现代现实主义侧重于社会现代性理念,对藐视抑或无视文学之社会功能的浪漫主义文学理念和审美趣味反其道而行之,它在文学再现生活、关注当下社会、服务现实人生、揭示人性异化和张扬理性主体性等维度上,趋向于西方文学"现代性"的另一条道路。现代现实主义恰恰在浪漫主义淡出之处立定脚跟,并在理性精神的引领下,高擎启蒙文学的批判大旗,让文学的社会功能得以空前地凸显,把西方传统文学中的理性精神和社会作用发扬光大到了崭新的境界。现代现实主义把19世纪西方文学乃至整个西方文学推向了空前繁荣的高峰。而与之相反,在19世纪浪漫主义和世纪末文学的审美现代性传统基础上发展起来的20世纪现代主义文学,对现代现实主义文学彰显的社会功能和文学的"功利性"观念反其道而行之,张扬被现代现实主义所冷落的文学之"非功利性"和"为艺术而艺术"的观念,使西方文学在理念与方法上呈现了"否定之否定"螺旋式态势。不过,正是在这种交替与演变中,不同"主义"的文学之间表现出了复杂的关系,其间外在的历史裂痕与内在精神勾连,是尤其值得我们细细探究的。

一、现代现实主义"功利性"之跨文化传播

处在资本主义快速发展,西方现代文明的弊端日渐暴露的特定时代,19世纪现实主义作家弘扬西方传统文学的功利性原则,以人道主义的博爱胸怀,科学而理性、冷静地洞察和揭露现实社会的种种丑恶,愤世嫉俗地抨击社会生活中的非人道、非正义现象,对普通民众表现出了悲天悯人的情怀,这在思想倾向上是积极的和进步的。从西方文化与文明历史进程角度看,现代现实主义恰恰因此赋予自身以显著的社会功能;从西方文学史发展进程的角度看,也正是现代现实主义文学的这种现实观照和人道情怀,使文学文本表现的内容与当下现实生活达成了空前密切的同构关系,对现实生活的呈现客观真实、包罗万象、丰富庞杂,从而使这种现实主义倾向的文学拥有了不同于既往文学的"现代性"特征,成为名副其实的"现代现实主义"。

毫无疑问,现代现实主义作为一种文学思潮,在理性、求真、写实等基本原则的支撑下,把文学的社会功能发挥到了新境界。在19世纪,现代现实主义之所以在西方世界影响巨大,以至于把西方文学的发展推向了高峰,这除了其艺术和审美功能方面的成就与作用之外,根本上与其凸显的社会功能直接相关,现代现实主义文学文本所承载的思想的、政治的、历史的、经济的和哲学的等多方面的丰富内涵,起到了使文学作为一种文化存在和意识形态形式对人们认识社会、认识人自己的不可或缺的作用,而且在很大程度上也因此使自身成为一种世界性的文学思潮,产生了经久不息的影响。就文学之社会功能的更充分彰显而言,在西欧现代现实主义文学影响下发展起来的俄国现实主义和中国现实主义,表现得尤为突出。

19世纪是俄国现代现实主义文学思潮形成与发展的时期。是时,俄国社会正处在沙皇统治下的落后而腐朽的农奴制社会,而且欧洲的启蒙主义思想也正影响着一大批俄国知识分子。这些知识分子借鉴西欧的思想与经验,以不同的方式推进着俄国社会的思想启蒙与民主改革。俄国现代现实主义作家有许多都属于此类"知识分子"。因此,在这个时期,"俄国现实主义小说几乎是进行社会与政治对话的唯一论坛,而在西方世界则打开了公民权利的出口。伟大的俄国现实主义小说通过短篇、论辩、寓言、娱乐以及偶然想法、评论和观察等媒介同时出现。现实主义的艺

使得所有这些元素熔为一炉"①。也就是说,19世纪俄国的现代现实主义小说在西欧政治、文化和文学思想的影响下开展的文学创作,其思想性、政论性很强,这些作品本身起到了思想传播、启迪民智的重要作用。特别值得关注的是别林斯基、车尔尼雪夫斯基和杜勃罗留波夫,他们对西欧启蒙思想原本有着宗教般的虔诚与迷恋,他们把弘扬启蒙思想同解放农奴、拯救苦难者、拯救俄罗斯命运的实际行动结合在一起。这在此后的19世纪和20世纪俄罗斯文学史、苏联文学史中都留下了响深远影响。在苏联文坛上,"社会主义现实主义受到官方许可坚持19世纪现实主义的标准,连持不同意见者也采取了与现实主义小说类似的形式,鲍里斯·帕斯捷尔纳克(Boris Pasternak)的《日瓦戈医生》(Doctor Zhivago)即为一例"。因此,我们完全可以说,俄罗斯现代现实主义文学以其独有的风格丰富和发展了西欧现实主义,前者是后者的"变体",其中很重要的原因是文学社会功能的刻意而空前的扩大。

当然,19世纪西方现实主义文学的社会功能,其底蕴与旨归在不同的作家的创作中并不全然相同。除少数旨在达成社会变革而将笔力集中在社会问题上的作品(如车尔尼雪夫斯基的《怎么办》)外,绝大多数现代现实主义作品在达成社会批评功能的同时,均在不同程度上将焦点指向了"人"本身——对人性的探究、对人之拯救途径的探究、对人以及人类命运的探究。在俄国现代现实主义文学中,陀思妥耶夫斯基在《穷人》之后的创作中,出现了向人的内心世界和人性深度发掘的转向,但是,这反而受到了别林斯基的批评,以至于最后演变为别林斯基和陀思妥耶夫斯基的彻底决裂。这一文坛"恩怨",从根本上来说,乃是因为陀思妥耶夫斯基作为一名"写实"倾向的艺术家,他更侧重关注对社会中人的内在精神—心理的研究与发掘,在现代性的面相上有审美现代性的取向;而作为革命民主主义评论家的别林斯基则更侧重于关注对人的生存状况和对社会本身的揭露与评判,在现代性的面相上属于较为典型的社会现代性取向。这是后来别林斯基所倡导的文学对现实社会的强烈的批判精神和革命民主主义思想倾向,为陀思妥耶夫斯基所无法接受的重要原因。不过,总体上看,俄国现代现实主义的现代性偏重社会现代性取向,欧洲启蒙理性是这些作家们的思想之内核,因此,他们的创作在社会批判和人的深度发掘

---

① Victor Terras, "The Realist Tradition", in Malcolm V. Jones, Robin Feuer Miller eds., *The Cambridge Companion to the Classic Russian Novel*, Cambridge: Cambridge University Press, 1998, p.193.

与描写方面都达到了空前的高度,相比于欧洲现代现实主义文学作品,在社会批判性方面显得更胜一等。在这种意义上,俄国现代现实主义很大程度上是西欧现实主义的"变体";而之所以是"变体",其中根本性的原因是俄国现实主义较之西欧现实主义具有更突出的社会批判性和民主革命的政治意味,尤其是别林斯基、车尔尼雪夫斯基和杜勃罗留波夫等民主主义作家和理论家,其理论主张和创作实践有力地促进了俄国社会的变革,列宁还将托尔斯泰激烈批判沙皇俄国的文学创作誉为"俄国革命的一面镜子"。总之,从别林斯基、车尔尼雪夫斯基杜勃罗留波夫到列宁等关注社会问题、宣传社会革命的理论家,他们无不给予俄国现代现实主义文学作品以高度评价,其主要原因也在于其强烈的社会批判性特性的存在。当然,由于俄国资本主义发展较之西欧要晚一些,因此,俄国现代现实主义文学的社会批判较多的是针对农奴制时期社会的种种弊病,而不是资本主义成型和发展时期社会的矛盾,这也导致了俄国现代现实主义文学之社会批判内容的差异性和独特性,这种文学的社会现代性特征也显得特别突出。

二、现代现实主义"功利性"之普遍性意义与历史偏狭

19世纪现代现实主义文学虽然以表现社会功能见长,但无疑也具有审美的和娱乐的功能,因为审美、娱乐功能是文学之为文学的题中应有之义。不过,以往在人们的理解中,突出的社会功能与鲜明的功利性特征几乎成了现代现实主义的一种醒目标签,它的审美功能在很大程度上也就被隐逸了。由于19世纪以前的西方传统文学又一直以社会功能与功利性为价值主导,因此,人们通常也把现代现实主义更多地与西方传统文学捆绑在一起。所以,20世纪现代主义的"反传统",也普遍被理解为对19世纪现实主义的反叛。这虽然不无道理,但也不无偏颇。在西方文学史上,关于文学起源的理论除了"游戏说",更有"寓教于乐"说,而且在20世纪以前,后一种学说和理论影响更为广泛。在文学创作的实践中,19世纪现代现实主义标示了这种学说和理论达到了顶峰。所以,现代主义的"反传统"很自然地将矛头对准了现代现实主义,其中攻击的核心目标之一便是文学的"功利性"。正是在这一层面上,现代主义又与浪漫主义有精神上的同盟关系。其实,现代主义对现代现实主义之"功利性"观念的抨击,也是有其合理性的,因为在这个问题上,现代现实主义有其历史的成就,也有其历史的偏狭。

文学作为文化之存在的一种形态，不管它在起源的意义上还是精神本质的意义上与游戏、娱乐有多么密切的联系，终究无法脱离其作为文化之一部分的理性之秉性——文学的感性和娱乐，必须以理性为基础，并且以人文精神的追求与弘扬为最高的旨归。人作为"理性的动物"，理性是人之为人的一种本质特征。论及文化与人的关系，就初始阶段而言，文化的诞生标志着"人"的诞生，文化是人脱离自然走向文明的标志，是人的理性本质的显现，也意味着人之理性本质的外化与对象化。从人类文明发展史角度看，创造文化是人类生命活动的必然结果。美国人类学家摩尔根（Lewis Henry Morgan）认为："人类是从发展阶梯的底层开始迈进，通过经验知识的缓慢积累，才从蒙昧社会上升到文明社会的。"[①]猿向人的转变、自然人向文化人的转变、人的本质的实现及发展，都是通过文化的创造和积累而达到的。人类历史告诉我们，人与动物的区别是文化，人和文化是同时出现的；人类创造了文化，同时也就开始逐渐形成了人的本质及其特征，从此也就进入了人的阶段。如果人类一旦能创造文化就标志着理性意识的觉醒，那么，人可定义为"理性的动物"；如果人创造的文化可看作一个有意义的符号系统，那么，人可定义为"符号的动物"。因此，人之为人是因为人有理性并能创造文化，文化之为文化而非自然是因为它投射了人的理性力量，蕴含了"人性"的意味。文学作为"人学"，同时又作为文化的一部分，它不仅在感性与感官的层面上与人的自然属性密切关联，体现文学在精神本质上的"自然之子"的特殊属性，同时又在理性精神的层面上与人的理性属性相联，体现文学在类属意义上的文化秉性。正是在后一层意义上，文学显示了传播人类文明、表达人之理性精神、捍卫人之为人的高贵理性、提升人之精神与灵魂品位的功能。

从游戏与娱乐功能角度看，文学表达了如弗洛伊德所说的人企求对快乐原则和人的童年时代的复归的愿望，是人寻求情感与欲望之自由、消解现实存在对人的精神与心灵之压抑的一种途径，这正是文学之"自然之子"精神的体现。但从文学的社会功能角度看，古今中外，人们总是要求文学作品惩恶扬善、有助教化。柏拉图对文艺之作用的看法，看似贬低文艺的功用，其实是在强调文艺的日神精神，并对文艺家和文艺的功能提出了极高的要求。他认为，人的灵魂有三个部分：理智、意志和情欲。理智使人聪慧，意志即为勇敢，情欲应加节制。在他看来，文艺属于情欲，而不

[①] 摩尔根：《古代社会》（上卷），杨东莼、张栗原、冯汉骥译，北京：商务印书馆，1971年，第3页。

属于理智;文艺不但不能给人真理,反而逢迎人的情欲,有害理性,伤风败俗,因此要对文艺施行严格的审查制度,把那些创作有伤风俗作品的诗人从"理想国"逐出。柏拉图的这些看法是从当时古希腊文学作品中得出的,这既揭示出了以表现自然原欲为核心内容的古希腊文学的本质特征,也对文学之张扬理性、有助教化的功能作了高度的强调。所以,柏拉图的理论体现出他对文艺之感性(愉悦、疏导)与理性(精神提升)这两重性的深刻洞察,只不过他比较多地倾向于理性、教化、精神提升罢了。

亚理斯多德在论述悲剧时提出了文艺的"净化"说。他认为,悲剧(即文艺)"应摹仿足以引起恐惧与怜悯之情的事件",并"借引起怜悯与恐惧使这种情感得到净化"。[①] 亚理斯多德的所谓"净化",主要是指悲剧经由审美愉悦给人以一种"无害的快感",从而达到道德教化的目的。他认为,悲剧不应给人任何一种偶然的快感,而应给它"特别能给的快感",这就是由悲剧唤起的怜悯与恐惧之情所造成的快感。这种复合的快感中包含有痛感,但并不对人有害,是一种"无害的快感",它能使情感净化,给人以崇高感,有益于人的身心健康,使人在这种充满快感的审美欣赏中,在受感动的同时潜移默化地提高道德水平。这也正是悲剧之崇高的目的和作用。文学艺术给人的快感,往往与人的情感宣泄、欲望之审美式解放、自由意志之审美式实现相关,这依然是文艺之感性愉悦功能的体现。但亚里斯多德要求在快感中必须使情感和心灵得到升华和净化,这又显然是文艺作品中的理性意志对自然情感与欲望的一种适度的规约与提升,这是亚理斯多德对文艺之理性精神与人文特性的强调。应该说,亚理斯多德对文艺之功能与特质的把握比他的老师更恰如其分。

从"以人为本"的人道原则看,文学总是以审美的方式来表现不同历史阶段中人的生存状况;它的最高宗旨是维护和实现人的自由与解放;它通过审美活动使人走向自然,走向自我,使人保持自身的天然属性。文学是对伴随着人类物质文明发展而来的异化现象的一种反向调节机制。因此,文学的审美活动与人为争取自由和解放而进行的改造自然的实践活动有异曲同工、殊途同归的效果,有助于人的生存、发展、自由和解放。人类要不断地创造文明,也就需要文艺不断地对文明尤其是物质文明所造成的负面影响进行调节与消解;人类所遭到的异化越严重,就愈需要文艺通过审美活动加以调节,使人性走向新的复归。因此,作为"人学"的文

---

① 亚理斯多德:《诗学》,罗念生译,北京:人民文学出版社,1988年,第37页。

学，它不仅表现人的不自由与争自由的外在行动，表现人因丧失自由所致的内心痛苦和煎熬，更表现对物化现实的反抗，并为人们提供关于自由的精神与心理的补偿，从而疏导与消解因异化造成的心理张力。这是文学所应承担的历史使命。文学的社会功能和功利性，并不仅仅表现在对人所处的社会的政治制度、经济制度和道德风尚的正面肯定与反面评判上，还表现在对人的命运与前途的终极关怀、对自由理想的热切追求上。文学因其具有无法推卸的社会调节功能，就无疑应对特定时代合乎人的生存与发展要求的社会政治制度和经济制度给予正面的促进与服务，因为，任何时代的文学都有自己的功利目标，都有自己的悲剧和崇高，同时，也总是应对异化现象保持警觉、批判和抵御。文学与生俱来的这些功能，既是"寓教于乐"说承载的内涵，却又绝不是"寓教于乐"所能简单地予以解说的。文学的社会功能永远是其不可或缺的质的规定性内容。在这种意义上，现代现实主义高扬人文精神和追求功利目标，承载社会批判的责任与担当，体现了文学之所不可或缺的"人类的良知"，其历史地位和历史功绩是不可磨灭的。

当然，对现代现实主义文学之社会功能的肯定与弘扬，也必须把握好历史的尺度。事实上，在现代现实主义文学的世界性传播与发展的历史上，夸大其社会功能、简单化地视社会功能为文学的绝对的或唯一的功能，甚至于把文学的社会功能等同于政治功能，致使现实主义蜕变为一种政治口号和政治工具，这是对文学功能与价值的一种误解或者极端化理解。文学的社会功能当然包含了政治功能，文学具有一定的政治属性，这是不容置疑的。从普遍的意义上看，文学的"政治观点的声音和非政治观点的声音本身就是分不开的"[1]。而且，"所有艺术作品都是有政治倾向的，他们必然支持某一特定的阶级立场，代表某一套特定的价值观或意识形态利益。因此，所有的艺术作品或许都应被看作为这些价值观和利益的宣传——即使该艺术作品回避了劝导的直接修辞，该作品还是为了这些利益做宣传。在这个意义上，宣传和党派政治是谈论艺术就其生产的社会条件本质如何嵌入并表达一个命名过程的另一种方式"[2]。但是，我

---

[1] John Roberts, "Realism, Modernism, and Photography: 'At last, at last the mask has been torn away'", in Matthew Beaumont ed., *Adventures in Realism*. Oxford: Blackwell, 2007, p. 171.

[2] John Roberts, Realism, Modernism, and Photography: "At last, at last the mask has been torn away", in Matthew Beaumont ed., *Adventures in Realism*. Oxford: Blackwell Publishing Ltd, 2007, p. 171.

们不能因为文学具有政治功能而将其视为政治的工具,也不能因为现代现实主义特有的社会功能之特性而视其为社会和政治宣传的工具。就此而论,我们必须防止对现代现实主义社会功能特性作过度理解、阐释和传承,而且也必须看到现代现实主义从理论到实践上存在的对文学之思想性和社会功能的过度强调和张扬。对此,韦勒克的一段关于19世纪现代现实主义文学的评论,值得我们关注:

> 现实主义同样有潜在的危险性,这种危险性与其说在于其程式和规范的僵化,不如说是它在其理论支持下,抹杀艺术与传播知识或劝世教人的界线的可能性。当小说家试图成为社会学家或宣传家时,他生产的只是坏的艺术、沉闷的艺术;他展示的是了无生气的一堆材料,完全混淆了小说与"报道""文献"的界线。
>
> 在较低的层次上,现实主义总是降格成新闻报道、论文写作、科学论文等,简言之,降格成了一种非艺术;而在最高的层次上,它产生了巴尔扎克和狄更斯、陀思妥耶夫斯基、托尔斯泰、亨利·詹姆斯和易卜生乃至左拉等一批伟大的作家,在这些伟大作家的作品中,它总是超越自己的理论,创造出各种想象的世界。①

这里,韦勒克显然是批评了对现代现实主义的写实和社会功能作片面或过度理解的现象,明确强调了文学之社会的、思想的、审美的和娱乐的多种价值与功能的统一性,同时也批评了在理论和创作实践上客观存在的过度张扬现代现实主义文学的社会功能、思想性、政治性而轻视审美功能的偏颇。

显然,如果仅仅以社会功能作为对19世纪现代现实主义文学之特性与内涵的整体性概括与评价,或者过度强调社会功能,都将陷于偏狭和片面。"从理论上说,完全忠实地表现现实就必然排除任何种类的社会目的或宣传意图。现实主义在理论上的困难,或者说它的矛盾性正在于此。这对于我们或许是十分清楚的,然而文学史上一个简单的事实是现实主义仅仅变成了对于当代社会的批判甚至社会反叛的宣传和教育。在描写和指示之间、真实和教诲之间有一种张力,这种张力逻辑上不能解除,但它正是我们谈的这种文学的特征。在俄国的新术语'社会主义现实主义'中,这种矛盾是公开的:作家应该按社会现在的状态描写它,但他又必须

---

① R.韦勒克:《文学研究中现实主义的概念》,高建为译,见刘象愚选编:《文学思潮和文学运动的概念》,北京:中国社会科学出版社,1989年,第249—250页。

按照它应该有或将要有的状态来描写它。"①而恰恰因为现代现实主义在其成长、发展和传播史上自身不同程度地存在的这种历史性"片面"与"偏狭",又为此后的现代主义的反叛现实主义提供了理论与实践的"口舌"。在这种意义上,现代现实主义既是浪漫主义之文学非功利性与现代主义之文学非功利性之间的阻隔,同时也是对后者的一种隐性引渡:现代现实主义在文学功利性上的某种偏向,为现代主义形态之文学的非功利性理念的张扬创设了机缘。

三、现代主义:对"功利性"的颠覆?

一如浪漫主义的式微之处正是现代现实主义的兴起之基点,浪漫主义的落潮之时又正是现代现实主义兴起之际,现代现实主义对理性、文学社会功能与文学与现实生活之关系等方面的解释在理论与实践中不同程度地存在的过度或偏狭,正好又为20世纪现代主义文学思潮的兴起提供了立足之基点。19世纪现代现实主义的式微,又迎来了20世纪现代主义的流行。文学史内部与外部的更新与变革的规律,决定了文学思潮的由盛而衰、更新换代,并且,新的文学思潮总是在标新立异中对传统文学施之以颠覆性的矫枉过正。

19世纪后期,唯美主义、象征主义和颓废主义一方面出于对世纪末西方文化之理性主义和物质主义的不满,另一方面也是出于对现代现实主义之理性精神与功利主义之不满,它们接续了浪漫主义的"为艺术而艺术"和文学"非功利性"的"前缘",复归于文学主观表现和审美追求。到了世纪之交,在尼采"上帝死了"的惊呼声中,现代主义作家标举着反叛现实主义的大旗,把浪漫主义和世纪末流派"为艺术而艺术"、文学"非功利性"理念大力发扬光大。"为艺术而艺术的理论预示了20世纪如克莱夫·贝尔(Clive Bell)和罗杰·弗莱(Roger Fry)这样的'形式主义者'的艺术尝试。这些形式主义者指出了独特的审美情感的独特之价值,认为诗人或者画家们所做的开发情感的创作活动,同医生和律师们所做的工作毫无二致。"②现代主义作家对善与恶、美与丑、真与假这样一些伦理道德的对立命题在很大程度上已然消失。"他们接受一切,而又对一切束手无策,

---

① R. 韦勒克:《文学研究中现实主义的概念》,高建为译,见刘象愚选编:《文学思潮和文学运动的概念》,北京:中国社会科学出版社,1989年,第236页。

② Monroe C. Beardsley. *Aesthetics from Classical Greece to the Present: A Short History*. Tuscaloosa: The University of Alabama Press, p. 290.

似乎既无所厌恨,也无所希冀;于是,无所谓德行的胜利,也就没有必要对社会的恶进行谴责,现实主义式的社会批判和功利追求成了一种多余。这样,作家褒贬事物的倾向性在一定程度上便在他们'是非原则'的消失中自行瓦解了。在这样一种心理背景下,现代主义作家便失去了传统作家那种急切地用自己的道德、政治或宗教观念教诲读者的热情,摒弃在创作中表露作家个人的主观倾向也就成了他们合乎逻辑的选择。"①这种历史性的转变是值得我们深入分析与研究的。

　　历史进入19世纪末20世纪初,社会更趋多元化,西方人对认识世界、认识自我、变革社会的能力与必要性产生了怀疑。"个人在现代生活中根本的无能为力,令许多艺术家和知识分子摆脱事务、脱离公共领域。很少人觉得自己除了直接面对自我和个人的物质追求之外能够从事其他活动,更不用说献身于似乎不再站得住的普遍的道德观了。人类的活动——艺术的、思想的、道德的——被迫在一个没有标准的真空里面去寻找自己的基础。意义似乎只不过是随意的概念,真理也只是约定俗成的,实在是无法发现的。"②表现在文学艺术的创作上,现代主义较之浪漫派更不屑于对社会功能与功利价值的追求,进一步疏离了文学与现实社会、生活之关系,而沉迷于个人的精神领域和内心世界的寻寻觅觅,现代现实主义的理性、求真与写实原则,被认为是一种幼稚而可笑的东西。"当代叙事的笔下,个人日益被描述为深陷于一种使人困惑的、问题重重的环境,枉费心机地试图在一个没有意义的世界里杜撰意义和价值。面对现代世界无情的非人格性——无论是机械化的大众社会,还是没有灵魂的宇宙——浪漫主义仅剩的回应似乎就是绝望或者自我虚无化的蔑视。多重变调的虚无主义现在似乎坚定不移地渗透到文化生活。"③阿根廷作家胡里奥·科塔萨尔(Julio Cortázar)曾经说,他写的故事几乎都"反对虚假的现实主义,这种虚假的现实主义像18世纪哲学和科学领域中的乐观主义者那样认为,在有统一规律、原则和概念的世界上,一切事物都是可以描写的、能予以解释的"④。确实,20世纪资本主义世界的固有矛盾更加显著地呈现出来,世界的复杂性有增无减,在现代主义作家看来,19世纪

---

　　① 曾繁亭:《从"主旨"到"意象":西方文学叙事的现代转型》,《中国石油大学学报》2008年第3期。
　　② 理查德·塔纳斯:《西方思想史》,吴象婴、晏可佳、张广勇译,上海:上海社会科学院出版社,2007年,第431页。
　　③ 同上书,第428页。
　　④ 安东·阿鲁法特:《卡塔萨尔的秘密武器》,《外国文艺》1986年第3期。

现代现实主义文学层面上的对现实与世界的认识和批判,已显得幼稚和肤浅。现实的荒诞、人生的虚幻仿佛是人注定难以摆脱的"宿命",文学艺术的审美将由一种新的、功能更加丰富、渊源更为久远的象征隐喻模式所取代,社会批判、道德训谕之类的社会功能,日渐淡出了现代主义作家艺术追求的目标。"现代主义文学是暴力和辱骂、精神错乱和毁灭的文学,是对文化的根基进行的一次毫无保留的全力攻击。"①"艺术的任务就是要'让世界变得陌生'、冲击麻木的感觉力、通过打碎旧的实在而铸就新的实在。艺术就像社会实践,反抗束缚人的、精神荒原的社会需要对传统的价值观念和义务承担表示决绝的甚至是彻底的蔑视。"②因此,在现代主义的作品中,不但很难找到传统西方文学中关于善有善报、恶有恶报的道德演绎,而且有时候就根本悟不出任何明确的结论,而只有一种模模糊糊、模棱两可的体验。"挑拨、极端、反抗、反叛,这些是先锋艺术的常用语;纯粹的暴力行为、用指节铜套打碎这个世界的头骨,这些对先锋艺术来说有难以抗拒的吸引力。先锋艺术美学仿效的呐喊,是电击,还有大街小巷刺耳的警笛。在先锋艺术的宣言中,博物馆、图书馆,还有各种各样的学术机构都应该毁灭,中产阶级家庭必须被消灭,财产的销毁是一件幸事,逻辑、理性和所有系统的灭绝是对未来的预言。"③文学文本失去了传统的美感,也失去了传统的思想和道德蕴含的表达,文本之意义本身是极为不确定的。欧文·豪在《新之衰败》中曾经指出,就现代主义文学而言,"一部作品写作的前提是:它所描写的动作并不存在着可靠的意义,或者尽管一个动作能抓住我们的注意力,激发我们的情感,但我们对它的意义的可能性却不能确定,或必须保持不确定"④。像 T. S. 艾略特的《荒原》,用古代繁殖神性能力丧失而造成的土地荒芜庄稼枯死来建构一个象征体"荒原",全诗就是运用大量人类学、神话学、圣经故事和西方古典名著故事形成一个庞大的象征框架,意象重叠,意蕴繁杂纷纭,却与现实生活几乎没有联系;象征的意象所指是模糊的和多向度的,却不表达作者主观的思想倾向,也不针对具体的现实存在并予以社会批判和道德评价。卡夫

---

① Lionel Trilling, "On the Teaching of Modern Literature," in *Beyond Culture: Essays on Literature and Learning*, New York: Viking, 1965. p. 75.
② 理查德·塔纳斯:《西方思想史》,吴象婴、晏可佳、张广勇译,上海:上海社会科学院出版社,2007年,第429页。
③ 芮塔·菲尔斯基:《文学之用》,刘洋译,南京:南京大学出版社,2019年,第172页。
④ 欧文·豪:《新之衰败》,转引自彼得·比格尔:《先锋派理论》,高建平译,北京:商务印书馆,2002年,第7页。

卡的小说《城堡》也是一种可以做出多种解释的"不确定"的象征结构,有抽象的象征意蕴,却没有明确的现实批判对象。甚至连作家本人也很难明确地解释自己的作品。贝克特(Samuel Beckett)的《等待戈多》在美国上演时,导演问贝克特:剧中的"戈多"意味着什么?不料贝克特的回答却是:我要是知道,早在戏里讲出来了。作如是说,并不意味着这个剧本就没有意义内涵,而是作者和剧作没有确切的主题思想的表达和现实批判的指向。新小说派作家罗伯-格里耶反对小说写人,而要把人物从小说中驱逐出去。他认为,小说的主要任务是写出一个更实在、更直观的世界,以代替传统小说提供的那种充满心理的、社会的和功能的世界。他主张小说无需提供什么现成而明确的思想内容和社会功能。他的小说由于对人和意义的漠视,以及由此带来的小说叙事方式、情节结构等方面的变化,表现出他对传统小说的反叛以及对新小说艺术的实验式追求。

不过,现代主义主张文学非宗教、非道德、非政治,反对作家在作品中表露出明显的观念倾向性,并不等于现代主义的作品没有了意义内涵,只不过是没有像传统作家那样热衷于表达主观思想倾向和社会批判及道德训谕的内容,而是将其转变成了一种关于人类的抽象的"人性主题"或"命运主题"而已,由此,"个体人学"的文学本体论在浪漫主义"个体性"原则的基础上被进一步被夯实。现代主义的文学文本也不仅仅只是作家思想观念的载体,而成为对本真的人之生存本相与生命意义的独立探究。美国剧作家尤金·奥尼尔(Eugene O'Neill)认为,现代戏剧正从所谓性格悲剧、社会悲剧重新回归古希腊的命运悲剧。他在谈到《毛猿》中的主人公扬克时曾说:"这是古老的题材,它过去是,而且永远是戏剧的唯一题材:人同自己命运的斗争。从前是与神斗,现在是与人自己斗,在决定自己的位置的追求中和自己的过去斗。"[①]《毛猿》这个剧本整个剧情就是一个象征的框架。扬克象征着人类不断进取的人类精神,他是全剧的核心人物。邮轮、监狱、动物园的铁笼都是现代社会的象征,扬克辗转奋斗于其中。他由自信到迷惘,由迷惘到抗争直至绝望与死亡。他的抗争先是在邮轮,继而在监狱,最后死于关猩猩的铁笼。这实际上是人类从"牢笼"到"牢笼"的悲剧性奋斗过程。全剧借这一基本情节框架隐喻了人类摆脱苦、寻找自身位置与价值、探索人生归属的过程,象征性地表现了现代人

[①] 奥尼尔:《戏剧及其手段》,见《美国作家论文学》,刘保端译,北京:生活·读书·新知三联书店,1985年,第253页。

难以摆脱异己力量的悲剧命运,同时也表达了不屈不挠、永远进取和不断探索的人类意志。卡夫卡的《变形记》表现了对人生形而上的哲学思考,而不是对具体现实生活中的人和事的评判。作品的形象和图景是作者思考的载体,因而,主人公格里高尔作为艺术形象已非传统现实主义文学中独特的"这一个",而是现代人类最一般的代表。卡夫卡在平淡无奇的叙述中,对人类身陷绝望困境而不自知的麻木状态作了艺术的表达。小说通过个人内心体验所表现出来的是现代人的精神世界是真实的。意识流小说家詹姆斯·乔伊斯的《尤利西斯》描写的虽然是普普通通的人物在不到一昼夜中的普普通通的生活和内心活动,但他们过去的经历和精神生活,都隐隐约约地浮现在这短暂的意识流之中,他们精神世界的平庸、无聊、猥琐、渺小也因此得以展示,而这恰恰是西方社会中现代人的精神状态。

　　既然现代主义文学文本依然有其抽象、宏大和哲理意义上的关于人性、人类及其命运的意蕴,因此,在严格意义上讲,这种文学并不是完全不具备认识价值和社会功能,而只不过是由于这类作品疏离了具体而真实的现实生活的描写,其社会功能已明显削弱且又明显有别于 19 世纪现代现实主义文学而已。至于现代主义在浪漫主义以及 19 世纪末其他文学流派基础上传承和光大的"为艺术而艺术"、文学"非功利性"的审美追求,更多体现为艺术表现方法与技巧的先锋性实验和对抽象意义世界的追寻上。"现代主义可以被看作是弗洛伊德无意识理论在美学方面的对应物。它也关注人的内部世界,力图解决现代社会的各种脱节现象,让浪漫主义和自然主义融合在一起……现代主义是对超越事物之表象化意义的美学的一种尝试。"[①]"现代主义庆贺传统的旧文化体制的死亡与隐退,同科学一起,这种艺术把人们带进精神与情感相连接的新的范畴,现代主义的实验形式——荒唐、可笑且又毫无意义——都不过是为了拯救'无形宇宙中的偶然性'。"[②]这种审美追求在反传统,尤其是反现实主义的同时,无疑廓新了西方文学的形式与表现方法,使人类文学的发展进入一种新的境界,成为文学表现人类生存状况和精神世界的新形式。但事实也证明,这种文学实验所创造的文学文本的审美效应和娱乐性——作为文学功能之不可或缺的基本元素——并没有因此提升,相反,现代主义的文学文本恰

[①] Peter Watson, *Ideas: A History from Fire to Freud*, New York: Harper Collins, 2009, p. 733.
[②] Ibid.

恰因为其形式和表现方法之抽象、艰涩和繁杂而普遍地增加了对其阅读与鉴赏的难度。"20 世纪的不协调和分裂、彻底的自由和彻底的不确定性在艺术领域得到了充分的、准确的表达。所有不断的变动和混乱的可感知的生活取代了早期时代注重形式的传统模式。通过侥幸、不由自主、偶然事件去追求艺术的奇妙……对无理性和主观性的关注,结合一种从行为准则和期待中接拖出来的压倒一切的冲动,经常使得艺术只能为小圈子里的人所理解——或者晦涩难解而根本无人理解。每一个艺术家都变成了其自身的新秩序和天命的先知,无畏地打破传统的律法并且形成新的圣约。"[1]因此,这种文学与读者大众的关系产生了显著的疏离——这和当年浪漫主义的藐视"庸众"的"革命"与"反叛"一脉相承。就此而论,现代主义所谓的"为艺术而艺术"和文学的"非功利性"追求,在根本上还是弱化了文学的社会功能与道德训谕价值,这也许是一个无可争议的事实。显然,藐视或者无视文学的功利性、社会功能和读者大众的需要,无疑也是有违文学之本质属性的又一种"狭隘"与"偏颇"——当然我们也必须充分认识与肯定这种文学的历史性成就。在这个基点上,我们还是有必要回望现代现实主义张扬的文学之社会功能与功利性。

　　事实上,由于 20 世纪文化与文学本身的多元性,现代作家对于现代主义文学的这种偏狭与褊颇并不是悉数接纳,现实主义传统的文学功能观也有新形态的传承与延续。20 世纪中期的存在主义哲学家、文学家萨特(Jean-Paul Sartre)就对文学"非功利"倾向作出了反拨。他倡导"倾向性文学",强调文学积极干预生活,并继而进行政治和社会斗争。他在《为什么写作?》中明确指出:"散文艺术与民主制度休戚相关,只有民主制度下散文才有意义。当一方受到威胁的时候,另一方不能幸免。用笔杆子来保卫它们还不够,有朝一日笔杆子被搁置,那时候作家就有必要拿起武器。因此,不管你是以什么方式来到文学界的,不管你宣扬过什么观点,文学把你投入战斗;写作,这是某种要求自由的方式;一旦你开始写作,不管你愿不愿意,你已经介入了。"[2]"介入"意味着"行动",而"行动"则是萨特存在主义哲学的基本精神,也是他的文学作品的一个核心主题。"介入"就是文学对现实人生的正视和干预,强调文学作品必须影响当下的现

---

[1] 理查德·塔纳斯:《西方思想史》,吴象婴、晏可佳、张广勇译,上海:上海社会科学院出版社,2007 年,第 429 页。
[2] 萨特:《为什么写作?》,见柳鸣九编选:《萨特研究》,北京:中国社会科学出版社,1981 年,第 24 页。

实生活。"介入"也意味着文学揭露和批判现实生活的弊病与矛盾,尤其是人的异化现象。恰恰是从"介入"说出发,萨特批评"为艺术而艺术"的理论是"纯粹的胡说"。萨特的文学创作充分体现了他自己的这种文学理念。他的小说和戏剧表现了处于荒诞中的人的积极行动意识,强调人的主观能动作用,肯定人的自我选择和自我努力的现实意义,这对处于迷惘与困苦现实中的人是有思想引领和道德教育作用的。正因为如此,萨特的思想和创作给第二次世界大战后的欧洲社会,尤其是精神上处于彷徨苦闷的青年一代,产生了巨大影响——他是当时法国新一代学生和知识分子的象征。萨特的文学思想,显然与19世纪现实主义在新的境界上达成了勾连。与之相类,西方马克思主义法兰克福学派中的马尔库塞、阿多诺等,把文艺视为克服资本主义社会矛盾、规避人的异化、实现人的本质的全面复归的基本途径,赋予文艺以社会批判和社会拯救功能。这无疑也是对现代主义排斥文学社会功能和道德功能的一种反拨。

笔者作如此论述,丝毫不意味着仅仅强调文学之社会功能的唯一的重要性,而是旨在指出,过于强调文学"非功利性"的现代主义或者与之相类的文学可能的和事实上存在的偏颇与偏狭;也旨在指出,过于强调文学之社会功能的现代现实主义也可能并事实上存在偏颇与偏狭。黑格尔把"专供消遣娱乐之类的作品"与教会的颂圣诗、说教劝世以及纯粹政治、道德宣传的作品,都归入"违反艺术本质、把艺术作为手段、降到为本身以外的目的服务"的作品之列。[①] 歌德则说:"一种好的文艺作品固然会有道德上的效果,但是要求作家抱着道德上的目的来创作,那就等于把他的事业破坏了。"[②]即使是十分强调文学之社会功能的俄国文学批评家别林斯基也认为:"艺术首先必须是艺术,然后才能够是社会精神和倾向在特定时期中的表现。不管一首诗充满着怎样美好的思想,不管它多么强烈地反映着时代的问题,可是如果里面没有诗歌,那么它就不能够包含美好的思想和任何问题,我们所看到的,充其量不过是执行得很好的美好企图而已。"[③]显然,别林斯基认为,艺术是以其自身的职能服务于社会的,不能违背艺术的规律;艺术的思想内容和社会批判功能必须寓于有生命力的艺术形象之中,这是现实主义艺术的根本特征。马克思也说,"作家绝不把自己的作品看作手段,作品就是目的本身。""诗一旦变成诗人的手段,

---

① 黑格尔:《美学》(第三卷),朱光潜译,北京:商务印书馆,1981年,第49页。
② 歌德:《歌德自传——诗与真》,刘思慕译,北京:人民文学出版社,1983年,第569页。
③ 别林斯基:《别林斯基选集》(第二卷),满涛译,北京:人民文学出版社,1959年,第428页。

诗人:就不成其为诗人了。"①文学的社会功能和审美功能之相辅相成地存在,才共同赋予了文学之本质属性的存在。文学史的发展可能会使某一时期的文学思潮在社会功能和审美功能两端摇摆不定乃至失衡,因此,虽然我们对任何一种文学思潮的评价,均不宜陷入非此即彼的偏颇,但是,这并不等于说我们不应该充分认识并关注19世纪现代现实主义在社会功能方面的突出的本质特征及其文学史贡献。"在政治革命蓬勃发展和真正科学的社会科学兴起的双重作用下,19世纪的思想家们对一个主题——艺术对于人类社会的作用——给予了前所未有的重视,这个主题从柏拉图到席勒都未曾给予高度重视过。"②因此,从理论和创作实践上看,充分展现文学的社会功能,是现代现实主义最突出的历史贡献之一。因而,就现代现实主义文学思潮的研究和阐释来说,我们无疑既要看到其"功利性"追求的偏颇与狭隘,也要在肯定其文学史意义和价值的基础上,传承和弘扬其合理成分,同时还要重视对其审美功能和价值的发掘与研究,因为现代现实主义的历史贡献是社会功能,但显然其不乏审美功能。这恰恰是本著作下一章要论述与阐释的。

---

① 马克思:《第六届莱茵省议会的辩论(第一篇论文)》,《马克思恩格斯全集》(第一卷),北京:人民出版社,1956年,第87页。

② Monroe C. Beardsley. *Aesthetics from Classical Greece to the Present: A Short History*. Tuscaloosa: The University of Alabama Press, p. 298.

第六章
理性书写与现代现实主义的审美禀赋

> 艺术是有用的,但这绝不是说,艺术应该成为某些社会的、道德的、经济的或其他什么繁冗的学说的传播者。
>
> ——乔治·杜亚美

> 人只有在完全实现了"人"的意义上才会游戏,而且人只有在游戏的时候才是完整意义上的人。
>
> 如果人想要在实践中解决政治问题,就必须以美学问题为必要途径,因为只有通过美,人才能实现自由。
>
> ——席勒

> 文学的审美活动是开放的结构,是人的生活的全面的反映,其间包含了道德教育,但是,道德教育的内容如果不与艺术的审美元素结合在一起,成为一种审美的符号,那么文学也就丧失了艺术的本质与功能。
>
> ——列昂尼德·斯托洛维奇

如前所述,19世纪现代现实主义文学以其显著的社会功能而彰显其"现代性"方面的重要特性。作为一种国际性文学思潮,它在不同文化背景的国家和地区的传播过程中,出现了不同"变体",它的社会功能彰显的程度也各个不同。在俄国和中国的现代现实主义文学中,这种社会功能被进一步张扬和强化。不过,无论是在西欧、美国还是俄国或者中国,现代现实主义文学的历史成就与广泛影响并不仅仅体现在社会功能上,或者说,没有艺术和美学成就的支撑,其突出的社会功能也是无法得以有效彰显的。"艺术价值不是独特的自身闭锁的世界,艺术可以具有许多意义:功能意义和科学认识意义、政治意义和伦理意义。但是如果这些意义不交融在艺术的审美冶炉之中,如果它们同艺术的审美意义折中地共存并处而不有机地纳入其中,那么作品可能是不坏的直观教具,或者是有用的物品,但是永远不能上升到真正艺术的高度。"① 就此而论,现代现实主义是19世纪西方文学的高峰,其中大量的作品已成为人类文学的不朽的经典,而不是"不坏的直观教具",这本身也说明了其艺术上达到了极高的水准;现代现实主义不仅在"功能意义"和"科学认识意义"、"政治意义"和"伦理意义"等方面成就卓越,而且在艺术的和审美的意义方面也是达到了历史的新刻度。因此,我们在肯定现代现实主义文学在社会功能方面取得的突出成就及其在西方文学史上所达到的历史新刻度的同时,决不可忽视其审美禀赋和艺术形式方面的创新与成就。

在西方文学史上,现代现实主义是在科学主义、实证主义风行一时的背景下形成与发展的,其思维方法和哲学观念是科学精神与实证理性。"现实主义的特点还包括对待世界的特定态度","这种特定的态度是,在哲学上信奉一种科学的人类观和社会观,一种与唯心主义和传统宗教的观点相对立的观点"。② 因此,较之于此前的浪漫主义和此后的"世纪末文学"以及20世纪现代派文学的一个重大区别是,现代现实主义生发于唯物主义和理性主义哲学土壤,现代现实主义作家总体上秉持的是一种客观理性的文学书写(writing),笔者称之为"理性书写"。这种理性书写既不同于浪漫主义的主观性、情感化书写,也不同于此后现代派的非理性、抽象化书写,而是在科学精神、实证理性支配下,强调细致观察和客观写实的基础上,对生活的真实再现与反映,是一种追求文本内容的客观真实的理性化与形象化书写。理性书写就是现代现实主义创作理念、创作方法与叙述技巧等方面表现出的突出特征;现代现实主义文学也正因此在内容上才更富于理性精神、社会批判性与道德训谕价值。与这种理性书写相对应,现代现实主义在文学体裁上主要是小说和戏剧,且以小说为主。较之以往和此后的叙事文学,现代现实主义小说与戏剧在典型塑造、情节结构、心理描写等方面彰显了特有的艺术范式与审美理念,且由此标示了现代现实主义文学在艺术与审美方面的"现代性"禀赋。

---

① 斯托洛维奇:《审美价值的本质》,凌继尧译,北京:中国社会科学出版社,1984年,第167页。
② 华莱士·马丁:《当代叙事学》,伍晓明译,北京:北京大学出版社,1990年,第64页。

第一节　人物塑造："环境—性格型"典型及其他

人物形象是叙事文学的重要构成元素之一。塑造"典型环境中的典型人物",是现代现实主义文学创作的一条基本原则,也是这一文学思潮的美学和艺术成就的重要贡献之一。迄今为止,出自19世纪现代现实主义文学作品的一系列不朽的典型人物形象,依然栩栩如生地活跃在读者和研究者的脑海,乃至进入了世界范围内人们日常的文化生活语境之中。于连、拉斯蒂涅、高老头、葛朗台、爱玛、培基·夏泼、简·爱、大卫·科波菲尔、匹克威克、苔丝、泼留希金、安娜·卡列尼娜、聂赫留朵夫、娜拉、汤姆·索亚等等,这一连串的典型人物组成的群像就是现代现实主义巨大成就的重要标志。可以说,在人物形象塑造的方法上,现代现实主义在西方文学史上达到了炉火纯青的境界,众多栩栩如生的典型人物,是这一文学思潮给人类文学留下的一份珍贵遗产。纵览整个世界文学史,哪一个文学思潮曾经像现代现实主义文学那样留下了为数如此众多且光彩夺目的典型人物形象呢？而且,19世纪现代现实主义为人类文学在典型人物塑造方面创造的普遍适用的艺术经验和批评准则,迄今依然具有指导意义与借鉴价值,因而也需要我们作现代的阐释与深入的发掘。

一、"典型"观念的渊源与流变

文学中的"典型"这一概念,我国最早于20世纪20年代初由鲁迅和成仿吾将其从西方文学中引入本土,而典型说真正对中国产生影响则始于瞿秋白对马克思主义典型学说的译介。在西方文学史上,传统文学的理论基石之一是"典型论"。这种以人物"性格"为"典型化"对象的文学理论来自西方文学史上源远流长的"性格类型"说。早在古希腊时代,苏格拉底便意识到"类型化"的问题。他要求艺术家在塑造优美形象的时候,要从许多人身上选取有代表性的成分,把所有人最优美的部分集中起来,从而创造出一个整体上显得优美的形象。亚里斯多德从理论上提出了"性格类型"的创造原则,要求人物性格具有普遍性和必然性。罗马时代的贺拉斯与古典时代的布瓦洛,提出了按人物年龄而写出他们的性格区别的类型说,一定程度上接触到了典型的个性特征问题。到18世纪,狄德罗(Denis Diderot)强调性格与环境的关系,为"典型论"注入了社会内容并为其找到了产生的物质基础;而与狄德罗同时代的德国美学家莱辛（Gotthold Ephraim Lessing）第一次提出了叙事性文学以"人物性格是创作中心"的主张,要求性格既具有一致性和目的性而又有内在历史真实,进一步丰富了典型理论的内容,也说明了叙事文学中人物形象的塑造被摆在了更重要的位置。在黑格尔那里,"典型论"趋于成熟,他提出了具有经典意义的"这一个"的著名论断,揭示了典型性格的根本特征:丰富性、明确性和坚定性。19世纪西方现实主义作家注重在深入观察现实生活的基础上,对客观事物加以典型化,强调"塑造典型环境中的典型人物",人物形象的塑造成为现代现实主义文学的首要任务,并且成为衡量一部叙事文学作品成功与否的基本标准之一。对现实主义小说来说,"一部小说的特殊发现常常浓缩在典型人物身上,尽管表现为单个的个体"①。因为,"正是通过这些典型人物,社会生活更深层的力量和实际的活生生的呼吸的人物之间得以建立相互的联系,正是这些联系,确保了小说的现实主义"②。

巴尔扎克在《人间喜剧》导言中说:"不仅仅是人物,就是生活上的主要事件,也要用典型表达出来。"③别林斯基更把人物塑造的典型化提到了事关艺术创作是否具有独创性的高度。他认为,"典型性是创作的基本法则之一,没有典型性,就没有创作"④。并且,"创作的独创性,或者更确切地说,创作本身的显著标志之一,就是典型性","在一位具有真正才能的人写来,每一个人物都是典型"。⑤也就是说,作家塑造出了典型人物,就说明其创作有了独创性,其创作也就有了艺术的生命。那么,什么是"典型"呢？别林斯基认为,"一个人物,同时又是许多人物,也就是说,把一个人描写成这样,使他在自身中包括着表达同一概念的整类人"⑥。于是,典型人物就是普遍性和特殊性的有机融合,"每一个典型对于读者都

---

① Victor Terras, "The Realist Tradition", in Malcolm V. Jones, Robin Feuer Miller eds., *The Cambridge Companion to the Classic Russian Novel*, Cambridge: Cambridge University Press, 1998, p.192.

② Simon Dentith, "Realist Synthesis in the Nineteenth-Century Novel: 'That unity which lies in the selection of our keenest consciousness'", in Matthew Beaumont ed., *Adventures in Realism*, Oxford: Blackwell, 2007, p.44.

③ 巴尔扎克:《〈人间喜剧〉前言》,陈占元译,见伍蠡甫主编:《西方文论选》(下卷),上海:上海译文出版社,1979年,第176页。

④ 别林斯基:《别林斯基选集》(第二卷),满涛译,上海:上海译文出版社,1963年,第25页。

⑤ 别林斯基:《别林斯基选集》(第一卷),满涛译,上海:上海译文出版社,1979年,第191页。

⑥ 别林斯基:《别林斯基选集》(第二卷),满涛译,上海:上海译文出版社,1963年,第24页。

是似曾相识的不相识者"①。别林斯基还认为,典型人物应该体现时代精神和社会历史环境的本质特征,典型和艺术自身是密切相连的。"艺术是在其全部真实性上的现实的复制。在这儿,关键就是典型,而理想也不被理解为装饰(从而是虚谎),却是作者适应其作品所想发挥的思想,把所创造的各色典型安排在里面的一种关系。"②所以,创造典型是为了在"全部真实性"上反映现实。落实到具体的创作实践,这种典型理论就是要求作家通过典型人物的塑造反映现实生活的同时,要在平常的人身上发掘出某种不寻常的东西来加以强调甚至做某种程度的夸张。这种方法有助于人物性格鲜明独特,形象醒目,但未必使性格丰富多面,从而趋于福斯特所说的"扁平"型。这种形态的"典型化"所带来的文本效用之一便是人物塑造上善恶两极化的做法。这样的创作立场,不但决定了作品的人物之间往往凸显着一条好人与坏人、英雄与恶棍的界线,而且也决定了传统文学叙事所塑造出来的"英雄"在本质上大都体现为道德上的"巨人"。至善至德、高山仰止者如《双城记》中的卡屯;微有小恙却在探索中忏悔新生的贵族知识分子如《复活》中的聂赫留朵夫;品格高尚充满道德力量的小人物如《罪与罚》中的索尼亚;意志坚强、正直不阿的个人奋斗者如《简·爱》中的简·爱等等。相比之下,这种扁平型的人物典型,其思想与审美含量有可能逊色于圆型人物。

马克思、恩格斯的现实主义文艺思想对我国现实主义文论话语体系的构建起了重要作用,其中,"典型环境中的典型人物"理论是他们现实主义文艺思想的重要方面。马克思、恩格斯文艺思想的一个很重要来源就是19世纪欧洲文学,尤其是现代现实主义文学。马克思、恩格斯的文艺思想和学术研究与欧洲19世纪文学,尤其是与现代现实主义文学的联系颇为密切。他们在现代现实主义的典型人物塑造方面更是提供了文学创作和文学批评的基本规范。恩格斯在《致明娜·考茨基》信中称赞其小说描写的人物"每个人都是典型,但同时又是一定的单个人,正如老黑格尔所说的,是一个'这个'"③。恩格斯强调要塑造"典型环境中的典型人物",把典型人物的塑造和典型环境的描写辩证地结合了起来,这已成为现实主义的一个基本创作原则。

恩格斯强调的环境和人物的典型性,指的是环境和人物都要体现某

---

① 别林斯基:《别林斯基选集》(第一卷),满涛译,上海:上海译文出版社,1979年,第191页。
② 别林斯基:《别林斯基选集》(第二卷),满涛译,北京:时代出版社,1953年,第400页。
③ 《马克思恩格斯选集》(第四卷),北京:人民出版社,2012年,第578页。

些本质的方面,能够表现一定的规律性;真正优秀的现实主义作品,首先能够展现真实的、具有典型意义的社会环境,然后才能塑造具有典型意义的人物形象。因为,正如马克思所说,"人的本质不是单个人所固有的抽象物,在其现实性上,它是一切社会关系的总和"[①];要从体现环境之典型性的"社会关系的总和"中揭示人物性格的本质特征,从而使人物具有典型性。"也就是说,典型环境与典型人物,是相互依存的,一旦割裂,就不能写出既有生动个性又富有社会内涵的人物形象了。"[②]恩格斯"所说的'典型环境',不仅是文本中的环境,更是文本外的社会环境,这意味着'典型环境中的典型人物'不仅是个性与共性相统一的人物,同时也是和时代合拍的人物"[③]。因此,衡量一个人物是不是"典型人物",不仅要考察其性格本身,还要考察性格与环境的一致性,即性格之本质与社会之本质的一致性。正如童庆炳所说,典型环境中的典型性格是"一个整体性命题":"典型环境是形成人物性格的基础",典型人物对环境可以有反作用,互相是一种依存关系,"典型环境是以典型人物为中心的社会关系系统"[④]。

总之,恩格斯提出的"典型说"和"典型环境中的典型人物"的理论,无疑是在继承了西方数千年有关典型理论的基础上提出的,尤其是在研究与总结19世纪现实主义经典作家之创作实践的基础上提出的,这一理论本身有其经典性和普适性。这个论断对我国现实主义文论与创作都产生了深远影响,不同时期我国学界对恩格斯论断的诸多阐释虽然有差异,但迄今总体形成共识。一方面,这一论断以及围绕这一论断展开的理论阐释,已成为我国现实主义文论话语的一个重要内容,也成了文学批评中衡量作品之典型人物塑造、人物和环境之关系描写、表现生活之本质所达到的水平等方面的评判标准;另一方面,随着学术研究和文学创作实践的发展,典型人物塑造的理论与应用也不断创新和发展。但是,就19世纪现实主义文学的研究而言,关于典型人物的理论问题,还必须从现实主义的历史文本入手,予以重新阐释。一百多年来,现代现实主义文学及其理论也在不断遭遇诟病和攻击中发展演变着,迄今为止,轻视、蔑视乃至否定

---

① 《马克思恩格斯选集》(第一卷),北京:人民出版社,1995年,第60页。
② 杨守森:《马克思主义文艺理论在中国》,《山东艺术学院学报》2018年第3期。
③ 江守义:《典型人物和典型环境的关系——基于文论史和文学创作的思考》,《学术月刊》2018年第4期。
④ 童庆炳:《文学理论教程》,北京:高等教育出版社,2006年,第222页。

现实主义现象也依然存在。20世纪以降,现代主义倾向的文学普遍不屑于现代现实主义的"典型"理论,也不屑于在作品中塑造此类的"典型人物",致使"典型"理论和创作实践出现了颠覆性逆转——人物的"非典型化"乃至形象本身的虚化和消解。事实上,在典型人物形象的塑造方面,现代现实主义文学依然是一种高标的典范。因此,如何廓新"典型"理论,如何重新认识叙事文学创作中典型人物塑造的必要性和重要性,如何在现代现实主义文学中汲取这方面的丰富养分,是很值得我们深入思考与研究的。有鉴于此,返回现代现实主义的经典文本,通过个案剖析,深入体悟其中典型人物塑造之精髓,无疑有重要的学术意义。

二、于连:环境与性格的双向互动

司汤达的长篇小说《红与黑》在世界文学史上是一部公认的现代现实主义杰作,它所拥有的经久不衰的艺术魅力,很大程度上取决于其塑造的于连这个光彩夺目的典型人物;可以说,这个典型人物的存在本身既是世界文学之人物形象塑造的经典案例,也是现代现实主义文学之美学和艺术成就的一种标示。那么,这个形象为什么具有如此动人的艺术魅力呢?它何以体现现代现实主义之典型人物塑造之精髓呢?

高尔基称西方19世纪现代现实主义文学中的于连、拉斯蒂涅等人物为资产阶级"浪子"的形象。这种评价富有政治和道德的色彩。也许正是因为高尔基将这类形象定为"浪子",并冠之以"资产阶级"的限定词,我们以往对它们的分析评价每每投之以批判的甚至否定的眼光,虽然这有其必要性与合理性,但是这种评价也常常在不同程度上趋于简单化了,未能充分展示此类人物形象的心理、情感、思想和性格的丰富性、复杂性及其与环境的内在关系。这样的评论与分析也可能与作者的创作意图与方法以及读者的感受大相径庭。有许多简单化的政治和道德的批评概括,恰恰把典型人物的审美内涵与思想内涵,把作家人物塑造方法之娴熟及其艺术上所达到的高度与纯度忽略了,于是也就无法理解与阐释人物形象让不同时代的读者产生经久不衰之艺术魅力的奥秘。

于连无疑是一个个人奋斗者的形象,然而他是那个时代的法国社会生活中的"这一个"。于连的性格是多元多层次的,强烈的自我意识则是他性格中核心的和深层的内容,这种自我意识生发于那个张扬自由主义、个人主义的法国19世纪初,它在特定的环境外力作用下,又生出自由平等观念、反抗意识和强烈的个人野心。在环境与性格之张力的作用下,于连的性格系统得以形成和展示。于连出身于木匠家庭,地位低下,常受人歧视,即使在家里,也因不是一块当木匠的好料而常遭父兄的打骂。于连不甘心过这种受欺侮的生活,几次想离家出走,这表现出他对独立人格的渴求。当父亲要他到德·瑞那市长家当家庭教师时,他的回答是:"我不愿当奴仆","要我和奴仆一桌吃饭,我宁肯死掉"①。正是出于他的这种极为强烈的人格独立的意志,在市长家当家庭教师的过程中,他对门第观念极强的市长先生极为反感。在骄横的市长把他当仆人一样训斥时,于连"眼里射出残酷可怕的复仇的模糊希望",愤然回答说:"先生,没有你我也不会饿死。"为了报复、惩罚市长,他在夜晚乘凉时握住了市长夫人的手。由此可以看到他那强烈的自我观念、平等意识和反抗精神。于连从小崇拜拿破仑,对拿破仑凭自己的才能"身佩长剑做了世界的主人"佩服得五体投地,时时追怀和向往不计资历、不讲血统而单凭个人才能便可以取得社会地位的拿破仑时代,并且怀有 30 岁当将军的雄心壮志。然而,拿破仑失败后的复辟时代,这条路已走不通,摆在他面前的则是另一条路:做神父,40 岁左右可拿 10 万法郎,三倍于拿破仑手下的将军。于是,于连就把对拿破仑的崇拜隐藏于心底,勤奋地读《圣经》,朝新的理想努力。在贝尚松神学院这个"到处是伪善"的地方,为了成功,于连不惜以伪善对付伪善。在那里,他"扮演一个崭新的角色",把内心的隐秘掩埋得很深。他心里明明没有上帝而只有拿破仑,却以惊人的勤奋苦苦研究神学,当众背诵《圣经》并辱骂拿破仑,在虚伪手段的使用上,他"进步很快"。但是,"企图做些虚伪的行动,于连又觉得是多么大的困难呀",因此,他又"凄苦地嘲笑自己"。其实他对虚伪,对到处是伪善的神学院是"充满了疯狂的愤怒"的,他的虚伪的深处,还有正直的一面。在巴黎木尔侯爵府,也是为了成功,为了确立自我,寻找个人幸福,于连顺应环境,不惜为复辟势力效劳,表现出一种妥协性。直到成功的希望破灭,重新跌落到原来的平民阶层后,于连又表现出反抗者的本色,而且反抗的强烈程度是前所未有的。也是出于对人格的维护,他在监狱中不肯向贵族阶级低头,拒绝上诉,宁可以死表示对那个阶级的反抗。反抗性与妥协性是于连性格的又一重矛盾的侧面。总之,于连的性格是复杂的、多侧面的,而由于自我观念始终是他的思想性格的底蕴,因而,在不同的生存环境里,他时而反抗,时而妥协,时而雄心勃勃,时而投机伪善,却又不失正直善良。他的孤身

---

① 司汤达:《红与黑》,罗玉君译,上海:上海译文出版社,1979 年,第 26 页。

奋斗,激荡着追求自由平等的政治激情,也充满了维护人格尊严、追求个人幸福的强烈愿望。复辟时期等级观念依旧很强的现实环境,与他低微的出身、内心深处强烈的自我意识和反抗精神之间的矛盾与张力,推动着于连性格的发展和多层面的彰显,从而铸就了于连这一性格复杂的个人奋斗者的形象。在他身上,既体现了大革命过后英雄主义尚存的法国社会的时代精神,特别是表现了受压抑的一代年轻人对人生与社会的理想,同时也投射出司汤达自身的人生体验和心理欲望。于连身上表现的反压迫、求自由、坚定地追寻自我生命价值的精神,体现了人的一种普遍的生存需求,因而具有积极意义,而他的那种"为达目的,不择手段"的思想和行为表现,则成了这一形象历来难以为读者完全肯定和接受的根本原因。就此而论,作为一个典型形象,于连属于标准的"圆型"人物,有其性格的丰富性、复杂性、现实性、超越性和深刻性,也有其人性透视的深度和艺术效果的丰富多样性。

从人物形象的刻画与典型环境的描写之关系的角度看,《红与黑》十分典型地体现了"典型环境中的典型人物"塑造的准则。"司汤达的现实主义作品,所描写的都是他在生活中遭遇的现实本身"[①];"所有的人物形象和人物的行为都是在社会的和政治的变化中得以展示的"[②]。司汤达通过于连形象的塑造,成功地体现了描写"典型环境中的典型人物"的现实主义创作原则。于连一生的奋斗,主要是在维立叶尔城、贝尚松神学院和巴黎木尔侯爵府这三个典型环境中进行的,他的性格,也随着环境的变迁而流变。小说通过现实环境的变迁与人物性格展示的互动关系的描写,揭示性格的丰富性、复杂性及其形成与发展的社会原因,也就达到了再现社会风貌、表现时代精神之广度与深度之目的。司汤达"一心一意地倾注于社会现象的每一个细枝末节,高度准确地塑造每一个环境的特定结构"[③]。《红与黑》作为法国19世纪现实主义文学的奠基作,代表性地体现了司汤达在人物性格及其与社会环境的密切的互动关系,尤其是体现了现代现实主义"环境—性格型"人物塑造的特点。

而且,还特别值得注意的是,于连的性格演变并不是被动地由环境决定的,而是既受制于环境,又决定于性格系统内部的驱动力,是内因与外

---

① Erich Auerbach, *Mimesis: The Representation of Reality in Western Literature*, Princeton and Oxford: Princeton University Press, 2003, p. 462.
② Ibid., p. 463.
③ Ibid.

因共同作用的结果;环境的作用是性格演变的前提,性格系统内部的驱动力是性格演变的根据。比如,于连的反抗性与妥协性在不同环境的变化,是性格深层的自我主义观念作用下为保护自我所作出的适应性自我调节的结果。又如于连的虚伪是由自私伪善的环境引发的,但他对自私伪善的环境始终存有一种抵抗力,这使他没有完全良心泯灭,而是在虚伪的背后尚保留着正直与善良的天性。因此,在司汤达笔下,性格与环境的关系是双向互动的辩证关系,人物性格与环境之间富有张力。于连性格中的这种对环境的抵抗力和自我调节能力,造成了于连在与社会搏斗过程中复杂多变的心理世界,也使这一形象的性格演变显得丰富多彩,也使这个人物深深打上了时代的印记,从典型人物塑造的角度,体现出了现代现实主义"写实"与"求真"的基本宗旨。相较于巴尔扎克、狄更斯、托尔斯泰笔下的典型人物,于连形象显现出了其独特的个性与魅力。下面且看巴尔扎克笔下的拉斯蒂涅形象。

三、拉斯蒂涅:环境对性格的强力铸造

1843年,巴尔扎克在《〈人间喜剧〉序言》中如此表达他对"典型人物"的塑造:"编制恶习和德行的清单、收集情欲的主要事实、刻画性格、选择社会上主要事件、结合几个性质相同的性格特点揉成典型人物,这样我也许可以写出许多历史家忘记了写的那部历史,就是风俗史。"[①]显然,巴尔扎克把典型人物的塑造作为再现社会历史真实风貌的重要途径。而且,在他的理解中,"典型人物"是许多同类性格特点的人的高度概括,也就是普遍性中的"这一个",是"类的样本",因而在描写时不可能"包括着所有那些在某种程度跟它相似的人们的最鲜明的性格特征"[②];塑造典型的材料必须是生活"事实";于是,通过这种"典型人物"的塑造就可以达到再现现实社会"风俗史"的总目标。与司汤达不同,巴尔扎克的小说极为重视事实之"实证";在他笔下,人的生存环境——无论是物质环境还是社会环境,对人的性格都起着决定性的作用。"在巴尔扎克所有的作品中,环境随处可见,那简直是一种生物和魔力的合二为一、千姿百态的环境,而且

---

① 伍蠡甫主编:《西方文论选》(下卷),上海:上海译文出版社,1979年,第168页。
② 童庆炳、马新国编:《文学理论学习参考资料新编》(中),北京:北京师范大学出版社,2005年,第1280页。

它们总是力图让读者感受到这种环境的存在。"①因为在巴尔扎克看来，"社会环境是社会加自然"②，所以他以一种类比的思维来描写人物与环境。正是这种类比的方法与理念，使巴尔扎克的人物塑造格外重视性格与环境的联系。"人与环境一致的观念对巴尔扎克产生了巨大的影响，因为对他而言，构成环境的物对于人通常有第二种意义，这是一种既不同于理性，又比理性更加重要的意义。"③长篇小说《高老头》中的拉斯蒂涅便是这方面一个典型代表，他就是在巴黎上流社会那灯红酒绿、金钱支配一切的环境的诱惑与"铸造"下完成了野心家性格的发展历程的，环境对人物性格的形成与展示起着决定性作用。

拉斯蒂涅出身于外省一个没落的贵族家庭。为了供他到巴黎上大学，家里人省吃俭用，就盼望着他有朝一日能重整家业，光耀门庭。刚到巴黎时，他可谓是一个不乏才气与热情的有志青年。那时的他只想好好念书，将来做一个清正的法官，按部就班地进入上层社会。但是，在巴黎生活不到一年，他的观念就发生了变化。他住的那个寒酸破败的伏盖公寓同纸醉金迷的巴黎上流社会形成鲜明的对照，这使他的心灵起了强烈的骚动，从此欲望开始萌发。暑假回家，乡下人简陋的生活，家里贫困的景象，使他内心矛盾加剧。他对勤奋学习、做清正法官的人生道路信心开始动摇，谋划起了走野心家道路跻身上流社会的计划。以后，鲍赛昂夫人将他带进上流社会，让他目睹了豪华风雅的生活，这更进一步刺激了他的欲望，坚定了他向金钱王国进攻的决心。环境的刺激使他野心萌发。

接下来构成环境对他的野心家性格铸造的是身边的人给他上的现实直捣灵魂的三堂"人生教育课"。第一课是鲍赛昂夫人对上流社会的血淋淋的解剖。在拉斯蒂涅向雷斯多伯爵夫人进攻而失利的重要关头，情场失意的远房表姐鲍赛昂夫人，在满腔怨念之际向他传授了征服巴黎这个花花世界的秘诀。她指出，要往上爬，就要善于运用"心狠""女人""作假"这三件法宝。这个社会是傻子和骗子的集团，要以牙还牙对付之。她的

---

① Erich Auerbach, *Mimesis: The Representation of Reality in Western Literature*, Princeton and Oxford: Princeton University Press, 2003, p. 473.
② 巴尔扎克:《〈人间喜剧〉前言》，陈占元译，见伍蠡甫主编:《西方文论选》(下卷)，上海:上海译文出版社，1979年，第166页。
③ Erich Auerbach, *Mimesis: The Representation of Reality in Western Literature*, Princeton and Oxford: Princeton University Press, 2003, p. 472.

训导使拉斯蒂涅大受启发。这是他所接受的第一堂极端利己主义的人生哲学课。第二堂课是伏脱冷对残酷人生现实的剖析。伏脱冷指出,这个社会"有财便是德",所有的人都像"一个瓶子里的许多蜘蛛",势必你吞我,我吞你。他劝拉斯蒂涅,要想往上爬就得"大刀阔斧地干","不能心慈手软","人生就那么回事"。伏脱冷比鲍赛昂夫人更赤裸裸地从反面指出了这个社会之寡廉鲜耻、金钱万能的本质。这是他所受的第二堂人生哲学课,它促使拉斯蒂涅朝野心家道路上不断迈进。第三堂课是发生在现实中的三幕悲剧,它们使欲望萌发的拉斯蒂涅最终完成了野心家性格的发展历程。

第一幕是伏脱冷的悲剧。伏脱冷是在逃的苦役犯,某个高级盗窃集团的心腹。他对这个社会了如指掌,因而善于用以恶对恶、以不道德对不道德的方法来达到个人目的。他是这个社会罪恶的揭发者、反抗者,同时又是社会罪恶的制造者、社会财富的掠夺者,他的思想本质是极端利己主义。他虽然精明强干,结果却被利欲熏心的米旭诺老小姐出卖后锒铛入狱。第二幕是鲍赛昂夫人的悲剧。她曾红极一时,最后被情人阿瞿达侯爵抛弃,含泪告别了上流社会。她出身贵族名门而且才貌出众,是巴黎社交界的"领袖"。她家的舞厅是巴黎贵族云集之地,是贵族权势的象征。但是,随着资产阶级势力的壮大,她的地位不断受到威胁。她感受到了时局的危机,但又不甘罢休。她恐慌地抓住阿瞿达侯爵,以便借此保全自己的荣誉和地位,但阿瞿达终于为娶一个有四百万法郎陪嫁的资产阶级小姐而抛弃了这个高贵显赫的鲍赛昂夫人。最后,她无可奈何地含泪告别了上流社会,退隐乡下。鲍赛昂的悲剧展示了在金钱势力的逼攻下贵族上流社会必然衰亡的历史命运。在这些描写中,巴尔扎克对贵族阶级寄予了深深的同情,也为他们唱了"一曲无尽的挽歌"。但是从深层象征意蕴上看,这一贵族形象又是人欲横流时代人的理性与善的象征,在这个形象身上表达了作者对异化时代的人性忧伤,也寄托了他对人性复归的一线希望。第三幕悲剧是高老头的在凄凉中的死亡。高老头是个暴发户,他为两个女儿献出了自己的所有金钱和财产,但最终像野狗一样死去。以上这三幕悲剧一幕比一幕惊心动魄,担任导演的都是金钱。就是这样,拉斯蒂涅在物质环境的刺激下,在"人生三课"的教育下,经过良心与野心的激烈搏斗,完成了野心家性格发展的过程,从一个没落的贵族子弟,变成了资产阶级野心家。巴尔扎克通过对拉斯蒂涅性格演变过程的描写,揭示了金钱对青年人的腐蚀作用,也揭示了人性被金钱异化的历史事实,具有典型意义。

巴尔扎克对拉斯蒂涅这一人物形象的塑造,其着力点不像司汤达那样在于展示性格的复杂性、多面性及性格对环境的抗拒,而在于表现环境和金钱(它其实也是客观上的"环境")对人性的腐蚀作用。拉斯蒂涅的悲剧告诉人们,在资本主义与封建主义新旧交替的时代,谁能尽快地将灵魂交出去,把金钱的上帝请进来,谁就能尽快地成为"英雄"。巴尔扎克的这些描写应该说不无艺术夸张的成分,但这恰如通过放大镜观察微生物,在这艺术性的集中和夸张中把握了金钱时代人性异化的本质特征,而且,还以一种象征隐喻的模式表述了人类生存发展中的悖谬现象:历史的进步是靠财富的创造来推动的,而财富创造的过程必然伴随着人性的失落;金钱所点燃的情欲驱动着人们去疯狂、忘我地积聚财富,而情欲之火又烤干了人性的脉脉温情,也耗尽了追求者的精力与生命;人类在与物质世界的不懈斗争中不断征服自然,创造物质文明,而与之抗衡的对象又不断吞噬着人类,使人沦为物的奴隶。在人类发展进程的"对物的依赖阶段"尤其如此,这是人类文明发展所要付出的沉重代价。巴尔扎克由此为人性的异化和失落唱了"一曲无尽的挽歌"。而作为一个典型人物,拉斯蒂涅成了金钱的"俘虏",他是金钱驱动下人心奇特而躁动不安的典型环境中的"这一个"。《高老头》通过对拉斯蒂涅这个人物及其与他人的关系(社会环境)的描写,隐性地塑造了主宰这个社会的"金钱"这个主人公,深刻揭示了这个社会的本质特征,从而也丰富了这个典型人物之人性的和社会的深刻寓意。

作为西方文学史上又一个个人奋斗者的典型形象,拉斯蒂涅与司汤达笔下的于连形象不同,他不具备于连那种对环境的强烈的抗争力,而更突出的是对环境的顺应和接纳,因此,这个人物也就没有于连性格的矛盾性、复杂性以及由此而生的心理与情感冲突的张力。这恰恰体现了巴尔扎克在人物塑造上的科学类比思维与实证理性特点:人与物质环境的关系就像动物和环境的关系,人的思想源于所处的物质环境。"巴尔扎克对环境的真实描写的风格是他所生活的那个时代的产物。"[①]巴尔扎克自己说:"在形形色色的生活中表现出来的处境,有典型的阶段,而这就是我刻

---

① Erich Auerbach, *Mimesis: The Representation of Reality in Western Literature*, Princeton and Oxford: Princeton University Press, 2003, p. 473.

意追求的一种准确。"①在巴尔扎克的创作中,典型环境与典型人物的关系集中体现为人物对环境的依存性,环境是性格形成与展现的物质前提与依据。这正是巴尔扎克式"环境-性格型"典型人物铸造的现代现实主义风格。"巴尔扎克在自己的作品中感受到了那种姿态万千的生物与魔法的力量交混在一起的环境,他总是力图把这种对环境的感受传达给读者。"②《高老头》无疑是这方面的代表作之一。巴尔扎克通过这种人物描写方法,表达了他对物欲横流、人被普遍"物化"的现实世界的深刻洞察与理解,体现其观察和揭示人性及社会的深邃性与真实性,他笔下的人物形象也因此承载了独特的艺术魅力和思想魅力。正因为如此,巴尔扎克曾不无自信与骄傲地宣告:"只要严格摹写现实,一个作家可以成为或多或少忠实的、或多或少成功的、耐心或勇敢地描绘人类典型的画家,成为讲述私生活戏剧的人、社会设备的考古学家、职业名册的编撰者、善恶的登记员。"③确实,这些正是巴尔扎克现实主义创作的特色,在这方面,他无疑是一个杰出的成功者。可以说,巴尔扎克通过自己的小说创作确立了现代现实主义文学创作的一种原则:通过环境特别是物质环境刻画人物性格,揭示人的灵魂。这条原则不仅揭示了人物性格形成与变化之社会的和物质的依据,丰富和深化了小说在思想与文化内容方面的发掘与承载,而且,凸显了作为小说三要素之一的环境的重要性,使小说这种文体和叙述方法同传统的小说拉开距离,进而从一个角度彰显了现代现实主义文学的"现代"特征。

不过,巴尔扎克关于人与环境的这种观念虽然有其合理性,也标示出了其典型人物铸造的现代现实主义之独特性,但是也有其机械与教条的一面。人的思想、人物的性格固然离不开环境,然而,人毕竟与动物和自然物有所不同,其主体性与能动性的拥有决定了人永远不可能成为环境的奴隶,而适应环境和改造环境的辩证统一才体现了真正意义上人的本质属性及本质力量。此外,从作家对人与社会环境之关系的把握和理解而言,强调人的主体性和能动性,必然表现为人物对环境侵蚀的抵御与抗

---

① 巴尔扎克:《〈人间喜剧〉前言》,陈占元译,见伍蠡甫主编:《西方文论选》(下卷),上海:上海译文出版社,1979年,第176页。

② Erich Auerbach, *Mimesis: The Representation of Reality in Western Literature*, Princeton and Oxford: Princeton University Press, 2003, p. 473.

③ 巴尔扎克:《〈人间喜剧〉前言》,陈占元译,见伍蠡甫主编:《西方文论选》(下卷),上海:上海译文出版社,1979年,第168页。

争,对物欲横流、物质主义、金钱至上的社会环境的抗拒,这也是人对异化的一种反抗,而这种反抗恰恰属于人的理性之本能。那么,从典型人物的塑造而看,这种抵御、抗拒与抗争,必将深化作家对人物心理和情感世界之冲突的描写,人物与环境的张力也势必增强,人物性格的呈现也将趋于丰富与复杂,人物形象之艺术感染力也将随之增进。就此而论,巴尔扎克过于重视了人物对环境的依附性的描写,实证性地揭示人物性格与环境和物质的逻辑关系,借此达到了环境和人物性格描写的逼真性,进而实现了再现"风俗史"的现实主义创作目标,并在反映和再现社会历史以及社会批判性方面达到了空前独特的高度,但是,在典型人物塑造方面则表现为扁平化偏向:致力于人物性格的物质性、独特性和真实性,而逊色于性格的丰富性、多面性和复杂性。巴尔扎克笔下的人物更趋于"扁平型"而不是"圆型",除了拉斯蒂涅之外,高老头、伏脱冷、鲍赛昂夫人、高布赛克、葛朗台等等,都基本如此。应该说,扁平型人物和圆型人物各有其艺术魅力和审美价值,两者不存在艺术价值上的谁高谁低问题。事实上,人类文学史上不朽的人物形象,既有圆型的,也有扁平型的。就巴尔扎克的人物描写而言,他通过一系列更趋扁平型的人物形象的塑造,十分充分地显示了其人性发掘的深度:深刻揭示出金钱腐蚀人的灵魂、毁灭人的天然情感、破坏人的一切正常关系的严峻事实,象征性地表现了人类历史进程中文明进步与人性异化的悖谬现象,其间有思想的、哲理的魅力,也有艺术的和审美的魅力。由此也说明巴尔扎克的典型人物塑造有其自身的特点与价值,从一个方面为19世纪现代现实主义文学的繁荣做出了重要贡献。

四、安娜·卡列尼娜:平庸环境对生命活力的戕弑

安娜·卡列尼娜是19世纪现代现实主义文学中的又一个光彩夺目的典型人物。与托尔斯泰的另外两部长篇小说代表作《战争与和平》和《复活》不同,《安娜·卡列尼娜》始终弥散着一种悲观气氛、死亡意识、焦灼不安的情绪,这很大程度上同处于思想矛盾、精神危机中的托尔斯泰自身的精神—心绪相呼应,因此可以说,这部小说的情绪和气氛及基调是作者矛盾、低迷的精神—心绪的艺术外化,而这种外化的结晶便是安娜·卡列尼娜这一典型人物形象。可以说,安娜这个形象赋予了这部小说以审美的和思想的灵魂,很大程度上,安娜这个人物形象决定了这部小说的经典性。

在小说的最初构思中，安娜是一个堕落的女人。显然，托尔斯泰原先心目中的安娜是一个否定性人物，她是《战争与和平》中那个爱仑式放荡女人的重现。若此，安娜就成了一个情欲的化身，一个精神和灵魂匮乏的"动物的人"（也即"肉体的人"）——这是托尔斯泰予以极力否定并在创作中反复表现的关于"人"的理解的一种观念。但是，在实际创作的过程中，托尔斯泰却赋予安娜以精神和灵魂的内涵，使其由"动物的人"向"精神的人"（也即灵魂的人）提升，但"动物的人"同时仍以一种强烈的生命欲求和生命活力的形式存活于其间，其性格底蕴表现为尖锐的双重矛盾，人物的性格内涵和精神-情感世界就得以拓展并充满了张力，而且人物的行为也因此与她所处的外在环境发生了尖锐的冲突——生命力的欲求与庸俗环境的冲突。小说在多重矛盾的碰撞中最终把安娜塑造成了一个激荡着生命活力、坚定地追求新生活、具有个性解放特点的贵族妇女形象，她的悲剧是她的性格与社会环境发生尖锐冲突的必然结果，也是其性格之内在双重矛盾尖锐冲突的结果。可以说，安娜形象的审美奥秘主要生发于其以强劲生命力为底蕴的叛逆性格。

在安娜还是少女的时候，她由姑母作主嫁给了比她大20岁的省长卡列宁。卡列宁伪善自私，过于理性化而生命意识匮乏。他的主要兴趣在官场，是一架"官僚机器"。相反，安娜真诚、善良、富有激情、生命力强盛。起初，她与这样的丈夫生活在一起，并不知爱情为何物，这种生活窒息了她的生命活力。如果按照她所处的现实环境的要求去描写，那么，安娜在面临这种不公平的境遇时，必须让"灵魂"去控制"肉体"并占上风，也即由"精神的人"去制约"动物的人"、以理性控制非理性、以贵族社会虚伪而陈腐的道德规范去扼制来自心灵深处的对理想生活的追求。为此，安娜必须忍受甚至无视卡列宁的虚伪冷酷、刻板虚空和毫无生机，必须顺从环境的刻板平庸和矫揉造作，然后像奥勃朗斯基的妻子道莉那样，忍气吞声、委曲求全地恪尽妻子与母亲的责任，而这在那个环境里是妇道的一种常态乃至"高尚"。然而，一旦作者赋予安娜以"精神的人"和"动物的人"的双重人格，尤其是赋予其强烈的生命欲求之后，她的人生与情感轨迹就是另外一种形态。在小说中，作者没让安娜服从"灵魂"的准则，而是带着矛盾、恐惧甚至犯罪似的心理，不无肯定地描写安娜对情欲、对个人幸福的热烈追求。在和渥伦斯基邂逅之后，安娜那沉睡的爱的激情和生命意识被唤醒了，感情的波涛奔腾而下。此后，她身上总流露出一种纯真的、发自内心的对真正生活的热切向往之情。她拒绝丈夫对她的劝说，反抗丈夫的阻挠,冲破社会舆论的压制,公开与渥伦斯基一起生活,这与一般日常生活的"出轨"行为不可相提并论。安娜在对爱情自由的执着追求中,表现出了性格的纯真、坦率、勇敢和心灵与精神境界的高贵,展示了有生命的、生机勃勃的东西对平庸的、虚伪的、死气沉沉并扼杀生命力的现实环境的顽强反抗。安娜身上那蓬勃的生命力和爱的欲求不可遏止地泄露了出来,并且在同样充满生命活力和追求个人幸福的渥伦斯基那里得到了迅捷的回应。

在那个表面华丽而实则庸俗伪善的环境中,安娜的不同凡响,首先在于她不屈从于她认为的不合理的环境和命运,勇敢地追求和保卫所向往的幸福生活。对渥伦斯基的爱激起了她对所向往的真正有价值的生活之强烈渴望,那埋藏在心底的被压抑的东西有力地驱动着她。她不愿再克制自己,不愿再像过去那样把自己身上那个活生生的"人"的欲求和意志压制下去,也不愿意像贵族上流社会习以为常的偷鸡摸狗的方式维持与渥伦斯基的关系。"我是个人,我要生活,我要爱情!"这是觉醒中的安娜的坚定呼声,表现出她的自然生命欲求对现实环境的奋力抗争。应该说,安娜对生活的这种渴求是有其合理性的,这不仅可由其爱之欲求的合乎人的自然天性因而有其天然的合理性来证明,而且还可由压制她的自然天性的那个自私伪善的上流社会本身来证明,可由卡列宁冷酷无情与自私伪善的行为来证明,因为所有这些平庸而伪善又不可撼动的现实存在本身就是对自然生命的一种扼杀和扭曲。安娜的反叛乃至她的存在无可避免地构成了与现实环境的对立与冲突,安娜的抗争与反叛决定了她的性格与命运是悲剧性的。她和渥伦斯基一起到国外旅行,尽情地享受了短暂的爱的幸福与生活的欢乐之后,对儿子的思念之苦和来自内心的自我谴责之痛逐渐使她难以忍受,来自社会的压力也使她悲剧的阴影日益扩大。现实社会已宣判了她这个胆敢破坏既定秩序和道德规范的人不受法律保护;上流社会拒绝接受这个"坏女人",使她陷于孤立无援的境地;作为一个母亲,她因"抛弃儿子"而遭到了社会舆论的强烈谴责,说她为了"卑鄙的情欲"而不顾家庭的责任。总之,凡是构成她幸福生活的东西,都遭到了严厉的抨击,充满欺骗与虚伪的上流社会对安娜的要求是十分苛刻,安娜的处境也就十分严峻了。她失去了支配自己命运的权利和可能,她的内心矛盾也就不断加剧。她一方面不顾一切地力图保卫和抓住已得到的爱和幸福,另一方面心底里又时时升腾起"犯罪"的恐惧,随着时间的推移,恐惧感、危机感愈演愈烈。这种内心的矛盾与痛苦说明了她对爱的追求的脆弱性——她的灵魂深处既无法真正摆脱来自宗教道德的自我戕杀,也无法抵御来自环境的虐杀——从而导致她终究精神分裂、走向自我毁灭。最后,几乎失去一切的安娜绝望地想在渥伦斯基身上找回最初的激情和爱,以安慰那破碎的心,但渥伦斯基对安娜近乎苛刻的要求越来越反感,这使安娜的精神与心灵受到了致命的打击,以致走上了卧轨自杀之路。在安娜激烈的灵魂冲突中,我们可以看到作者对"肉体"与"灵魂"的矛盾与困惑以及对生命的意义、人的价值难于解说而生的焦虑,这也是小说充满焦灼不安气氛乃至死亡、恐惧意识的重要原因。

在托尔斯泰看来,安娜的追求尽管有合乎人性之善的一面,但是,距离善与人道的最高形式——爱他人,为他人而活着——却还有很大的距离。这就是作者对安娜态度矛盾的根本原因,也是安娜内心矛盾和性格冲突的根本原因。而从典型人物塑造的角度看,正是这种矛盾因素提升了人物形象的生活气息和真实性以及审美的张力,既使小说对人性的开掘大大地深化,又使人物形象的艺术魅力显著提升。

需要辨析的是,如果说司汤达笔下的于连表现了性格与环境的互动关系,巴尔扎克笔下的拉斯蒂涅表现了性格对环境的被动接纳,那么,托尔斯泰笔下的安娜·卡列尼娜则表现了性格对环境的强力抵御和抗争。对安娜来说,虽然其性格与思想和情感是在不断地与环境的冲突、碰撞中得以彰显的,但是,她对平庸与伪善的现实环境始终表现了奋力的抵御和抗争,环境和性格始终处于对立的状态,环境并不构成对性格的再造和重塑;安娜的性格与环境的关系不表现为前者对后者的生成性依存,而是对抗性展示。由是,人物的精神品格与平庸而险恶的环境形成了善与恶的鲜明对照,安娜也就成了污浊环境中的"异类"——一个令人同情和惋惜的正面形象。这就体现了作为俄罗斯作家的托尔斯泰——其实也包括其他的俄罗斯现代现实主义作家——在"典型环境中的典型人物"塑造方面体现的基本风格,其间淡化了巴尔扎克式法国作家的那种环境决定人的思想与性格的物质主义和环境主义特点,而强化了人物之主体意识和主观能动性。这样的人物形象富于情感的和精神、心灵的润泽,具有独特的艺术和思想的魅力,也足见托尔斯泰在典型人物塑造上的独特的现代现实主义风格。

五、现代现实主义:"环境—性格型"典型

"典型"理论在西方文学史上古已有之,同时,"典型人物"也是古已有

之的。阿喀琉斯、赫克托尔、俄狄浦斯、美狄亚、哈姆雷特、堂·吉诃德、浮士德、冉·阿让等等都是不朽的典型人物形象。不过,到了 19 世纪现代现实主义文学中,典型人物的塑造有其独特的内涵。在西方文学史上,"典型环境中的典型人物"通常专指 19 世纪现代现实主义文学的人物形象塑造。现代现实主义反对人物塑造的概念化倾向,而是格外重视性格的刻画,追求人物性格的独特性("这一个")和丰富性("普遍性"),使之富于深刻的思想内涵和审美意蕴。19 世纪现代现实主义小说通过塑造生动形象的人物,使小说具有了道德伦理的功能。[①] 总体上看,19 世纪现实主义小说家普遍强调并致力于塑造典型环境中的典型人物,他们不满于浪漫派将人物过分理想化且忽视环境影响的主观主义创作方法,强调人是社会环境的产物,主张从人物所处的社会历史环境和现实情势中刻画人物性格,真实地揭示人物和事件的本质特征及其发展趋势,体现文学"写实""求真"的实证理性原则,从而达成文学文本与现实生活之间高度密切的同构关系。正如美国当代叙事学批评家华莱士·马丁(Wallace Martin)所说:"现实主义包括一种自然因果观……从某种意义上说,自然因果观意味着必须全面呈现影响生活的所有因素。"[②]也像德国文学批评家奥尔巴赫所说,较之于之前的文学,现代现实主义的作品"与当时的政治、社会、经济结合得更加密切,显得更为重要,更有自觉意识,描写得也更加具体"。[③] 英国作家 J. A. 卡登则认为:"根据现实主义者的说法,艺术家应当关切此时此地,应当关切日常的事件以及本人所在的环境和所处时代的各种(政治和社会等)运动。"[④]可见,现代现实主义在典型人物的塑造上特别强调人物与环境的关系,仅就此而论,现代现实主义在典型人物塑造上达到了西方文学历史的新高度。出于对社会问题的特别关注,现代现实主义作家对人的关注视点主要集中在人的社会性、阶级(阶层)性上,也就特别关注人物与现实社会之关系;人物性格的形成与发展,都有其生活的和社会环境的逻辑依据,不同作家和作品笔下的人物,就像处于社会网络的不同方位的聚焦点上,可以折射社会的不同状况。"大多

[①] W. J. Harvey, *Character and Novel*, London: Chatto & Windus, 1965, p. 31.
[②] 华莱士·马丁:《当代叙事学》,伍晓明译,北京:北京大学出版社,1990 年,第 62 页。
[③] Erich Auerbach, *Mimesis: The Representation of Reality in Western Literature*, Princeton and Oxford: Princeton University Press, 2003, p. 458.
[④] J. A. Cuddon ed., *A Dictionary of Literary Terms and Literary Theory* (5th edition), Malden and Oxford: Wiley-Blackwell, 2013, p. 591.

数现实主义作家都不会描写出性格完全不连贯、不完整的人物。"①从文学的底蕴上来说,19世纪西方现实主义作品基本上可以被看作是对社会及生活于其间的人所进行的伦理学、政治学和经济学的研究。理性书写原则让现代现实主义作家不愿再将笔下的人物像以往的文学那样神化、圣化、情感化、理想化,而是最大限度地将其生活化、历史化、时代化和"人化",写出特定现实、特定时空中人的内心世界本原的丰富性与真实性,并努力把这种丰富性通过性格的复杂性展示出来。这是现代现实主义文学在人物形象塑造上的一种总体美学趋向。可以肯定地说,现代现实主义把叙事文学在典型人物形象上的塑造艺术推向了西方文学史上的新的历史刻度,是现代现实主义文学思潮对西方文学乃至整个人类文学的重要贡献。

如前所述,现代现实主义的"典型人物"必然地生成、生存于"典型环境",与其所处的现实社会达成密切关联,因此,这种人物除了具有"典型性"之外,其性格必然地带有现实环境的深刻印记,是特定时代、特定社会的产物。塑造"典型环境中的典型人物"是现代现实主义文学在人物塑造上的一条基本原则,也是衡量现实主义文学之本质特征的一条基本原则。循着这条原则,我们可以梳理和罗列一系列类似的人物形象,它们的性格内涵的形成或展现都离不开所处的环境,环境的描写服务于人物性格的铸造与展示。有鉴于19世纪现实主义文学的典型人物与环境的密切关系,我们可以把现代现实主义作家笔下的典型人物称为"环境-性格型"典型,以示与其他时代之文学中典型人物的区别。如前所述的司汤达笔下的于连、巴尔扎克笔下的拉斯蒂涅、托尔斯泰笔下的安娜·卡列尼娜等都是这方面的代表。这种"环境-性格型"典型因其不可磨灭的时代和社会的印记,其性格内蕴也必然地透射出特定时代之社会和生活的本质特征,于是,人物塑造本身也就是"再现"或"反映"现实生活的重要途径,读者也可以通过这样的人物形象认识现实生活。正如英国作家特罗洛普(A. Trollope)所说,19世纪现代现实主义小说家通过塑造真实的人物形象感动读者、"引发泪水",最终揭示"关于人的真理"②。在某种意义上,现代现实主义文学的典型人物既是作品思想内容的载体,也是某个时代与社会的形象化符号;它们都必然地存活于某个"典型环境"——某个特

---

① Raymond Taillis, *In Defence of Realism*, London:Edward Arnold,1988, p. 69.
② Miriam Allott ed., *Novelists on the Novel*, London: Routledge & Kegan Paul,1959,p. 68.

定的时代与社会,而不是一个超时代、超时空的形象。由是,我们有必要回溯19世纪现实主义文学思潮之前的传统文学,讨论一下与"环境－性格型"典型不同的"观念－性格型"典型与"抽象－象征型"典型的概念,以示与现代现实主义文学在典型人物塑造上的区别。

六、现代现实主义之前:"观念－性格型"典型

从人物形象塑造的角度看,古希腊神话和史诗中的人物形象比较单纯或者纯粹,它们往往是某种人类情感或者思想概念的化身,通常不具备丰富的性格内涵——虽然有某种个性特征,尤其是,它们性格的形成基本不具备环境性、社会性特征。这种叙事文本以故事的叙述为主而性格铸造的意识薄弱,这正是人类"童年时期"的口头文学的标志性特征之一:以叙述故事和情节为主。荷马史诗中的阿喀琉斯或者赫克托尔,其英雄的勇武之共性多于人物的个性,这种个性也缺乏艺术创造意义上的"性格"的丰富性。尤其是,他们的环境是虚化的,因此他们的个性与共性主要随着情节的演进而不是具体环境的作用而得以显现。阿喀琉斯勇武善战、嗜血成性且骄傲任性,赫克托尔勇武善战且沉稳宽厚,他们的这种个性与共性似乎皆为神之所赋而几无文学意义上的"环境"的依据。在这方面,普罗米修斯、俄狄浦斯、美狄亚等等形象,也均大同小异。普罗米修斯就是一个反抗和自我牺牲观念的符号。俄狄浦斯被"命运"确定为"弑父娶母",其反抗"命运"本身就是"命运"赋予他的既定性格。美狄亚的刚烈及其弑子的冷酷,似乎也是神赋予的,既不合乎性格逻辑也缺乏现实依据。这类人物通常都是某种观念的承载者,其性格与观念直接关联,而与环境几乎没有密切的联系,或者说,性格和观念都缺乏环境的依据,因此,它们大致上属于"观念－性格型"典型。这种观念的赋予者貌似是神格化的"命运"或者人格化的神本身,其实是这种特定文学文本的一代代口头传叙者。由于历史之遥远和口口相传的繁复的交替性,这种口头传叙者也就往往消隐在时间的幕后,文本内容及观念的历史具体性和时代特征也在传叙过程中被消磨得依稀模糊,人物的思想与性格也通常缺乏现实性与具体的时代与历史的印记。因此,此类观念性人物形象更具有符号化特征。

人们通常说堂·吉诃德是一个不朽的艺术典型,这是无可非议的。因为,从小说创作的角度看,塞万提斯在《堂·吉诃德》的创作中已经有了较为鲜明的人物塑造和性格刻画的意识。堂·吉诃德和桑丘可以说性格分明。尤其是堂·吉诃德,这个人物喜剧性和悲剧性的矛盾统一,不仅造成了其性格的复杂性,也反映了这个人物思想上的复杂性;他是一个不识时务的荒唐的行侠者,又是一个见义勇为、匡扶正义的理想主义者。然而,他的性格也不过是作者观念的产物,而不是环境的产物。作者宣称:他写这作品是为了攻击骑士小说,把骑士小说的那一套扫除干净。因为当时在官方的倡导下,西班牙社会中骑士小说风行,且在很长时期内占据了文坛的统治地位。这种骑士小说以虚构的情节、幻想的冒险故事取悦读者,歌颂骑士精神,美化骑士制度,是一种观念上落后陈腐的封建性文学。针对这一时弊,塞万提斯采用以子之矛攻子之盾的方法,仿效骑士小说的形式创作出了《堂·吉诃德》。由是,堂·吉诃德这个形象的精神面貌全然不同于流行的骑士小说中的骑士形象。这里,人物之"观念"的赋予者是作者塞万提斯自己,这种"观念"有明确的现实针对性,因此,《堂·吉诃德》的时代性和当下性增强,这样的作品也就有其时代的和现实的意义。但是,堂·吉诃德的性格不仅是一成不变的,与环境也没有必然联系。他最终唯一变化的是,经过反复的失败冒险游侠之后,认识到了骑士小说的危害无穷。这种观念的变化恰恰是塞万提斯创作这部小说所要达成的目标——抛弃骑士小说。所以,尽管常常有人将这部小说称为西方文学史上早期的现实主义作品,那也只不过是指宽泛意义上的创作风格而言的,绝不是现代现实主义文学思潮意义上的概念。从典型人物塑造这一原则去看,堂·吉诃德不是"环境—性格型"典型人物,而是作者观念统摄下的"观念—性格型"典型人物,《堂·吉诃德》也显然不属于现代现实主义文学的范畴。同样,如果有人说莎士比亚笔下的哈姆雷特是"典型环境"中的"环境—性格型"典型人物,笔者的回答是否定的。作为人类文学史上不朽的典型,哈姆雷特的人格虽然有其从忧郁、延宕到行动的变化过程,这似乎也与周围的人物关系的变化也有相关联系,但是,这并不构成性格与环境的互动关系和必然联系。就哈姆雷特形象而言,其性格核心是"忧郁"和"延宕",这些性格元素几乎一开始就已经由作者赋予人物形象了,剧中的情节发展与人物的行动,都在展现这种核心性格本身,最后的复仇"行动"也不过是情节发展对人物行为的一种短暂的结果性激发,却并未在整体上改变人物性格的核心内容。因此,作者致力于描写剧情的推进和场景的变化,却并不是在描写环境如何构成对性格的塑造或者改造。事实上,剧本也并未描写一个与人物性格相应的环境,而最多只不过描写了人物活动的场景或情境而已。虽然,哈姆雷特确实因其象征性地表现了人在特定历史时期的迷惘与困惑①,使剧本也有反映特定社会历史状况的意义,但全剧不构成典型人物性格与具体现实环境的辩证的、互动的关系。在整个作品中,"忧郁"和"延宕"几乎成了作者赋予人物的某种既定的观念,情节描写为演绎某种观念服务,因此,哈姆雷特形象实际上也就成了这种观念的化身和象征,他是一个"观念—性格型"典型人物,而非"环境—性格型"典型人物。歌德笔下的浮士德也是如此,浮士德是人类不断追求欲望与理想之意志的显现,属于"观念—性格"型典型形象。②

即使是被称为"现实主义小说"的18世纪英国的一些小说,作品中的人物,也未曾达到19世纪现代现实主义文学人物塑造的高度。伊恩·瓦特在《小说的兴起》一书中指出:在18世纪里古老的叙事文学发展成现代意义上的"小说",笛福、理查逊和菲尔丁等人的作品采用"现实主义"的表现手法。③ 丹尼尔·笛福(Daniel Defoe)的创作标志着英国小说的成型或形成,所以被称为"英国和欧洲小说之父"④。他的创作涉及了小说的"真正的真实"问题,⑤他以亲身的实践赋予真实以具体的时代内涵和意义。⑥ 笛福所主张的"真实"是指小说与现实层面的一致性,他强调的是一种"真正的真实""历史的真实"。⑦ 他将创作对象确定在个体的人所经历的具体事件上,让个体经验成为关注的焦点。看起来,笛福的小说理念和创作风格在追求真实性这一点上似乎已经接近于现代现实主义,然而,实际上这种关于"真实"的追求仅仅停留在题材真实、故事与现实生活有密切关系的层面上,尚未指涉对生活本质真实的追求,尤其是在人物塑造上不属于"环境—性格型"典型的范畴。《鲁滨孙漂流记》的故事来源于一个富有传奇色彩的故事:1704年苏格兰水手赛尔科克在航海途中与船长发生冲突,于是被抛弃到靠近智利的荒岛上。他在这里独自生活了数年,最后被路过的船只带回英国。笛福受到这一事件的启发,经过自己的再

---

① 蒋承勇:《哈姆雷特:人类自身迷惘的艺术象征》,《上海师范大学学报》1994年第4期。
② 蒋承勇:《浮士德与欧洲"近代人"文化价值核心》,《外国文学评论》2007年第2期。
③ Ian Watt, *The Rise of the Novel: Studies in Defoe, Richardson and Fielding*, Berkeley and Los Angeles: University of California Press, 1967. p.11.
④ John Richetti, *The Columbia History of the British Novel*, New York: Columbia University Press, 2002, p.26.
⑤ Ibid., p.23.
⑥ Ibid., p.41.
⑦ Ibid., pp.26,28.

创作形成了这部小说。《鲁滨孙漂流记》通过鲁滨孙这个人物形象的塑造讴歌了人的创造能力,揭示了人的自由本质。笛福说,"一个社会应该坚定地相信,聪明、智慧、勤劳、勇敢的人,必定能够取得不同凡响的成就"①。鲁滨孙身上无疑表现了这种新教精神和现代个人主义思想,鲁滨孙式的英雄主义也成了"体现西方人精神品格的基本因素之一"②。上述的思想观念确实是通过这个人物表现出来的,但是,从人物形象塑造本身来看,鲁滨孙也仅仅是作者观念的化身。人物所处的那个荒岛不具备生成其思想观念的社会依据,他与自然环境抗争的精神是人的抽象意志和精神的表现,具有超时空的特点。小说表达的是一种资本主义时代资产者的开拓精神,当然也表现了人在恶劣生存环境中的顽强意志,但是那与荒岛环境的时空没有必然联系,反倒是一种错位。正如伊恩·瓦特所说:"小说的时间尺度常常自相矛盾,并且与书中所假设的历史背景不协调。"③这恰恰说明了笛福这部小说的"现实主义"更多的是体现为题材的现实性、第一人称叙事个人经历的真实感以及主题思想表达的时代性,这相对于热衷于想象、虚幻、抒情的浪漫主义小说来说,自然体现了一种"现实主义"精神,但还不属于现代现实主义文学思潮的范畴。鲁滨孙这个人物形象除了某种思想观念的表达之外,不具备性格塑造的丰富性,尤其是缺乏性格与环境的密切关联。因此鲁滨孙固然是一个人物典型,但显然不是现代现实主义意义上的"环境—性格型"典型人物。

19世纪浪漫主义小说家维克多·雨果的小说塑造了一系列人物形象:加西莫多、爱斯梅拉尔达、克罗德·弗洛诺、冉·阿让等等。就这些小说和人物形象所表达的思想意义而言,他们显然具有现实性以及现实主义的社会批判性,就某些人物的艺术感染力之强之经久性而言,他们无疑具有经典意义,是文学史上的典型人物;但是,从人物形象塑造原则来看,这些人物又显然具有鲜明的浪漫主义特征。《悲惨世界》是雨果小说中最具现实主义文学之社会批判意义的,冉·阿让这一人物也极具艺术感染力。然而,这个人物形象属于浪漫主义而不属于现代现实主义文学范畴。

---

① Maximillian E. Novak, *Daneiel Defoe: Master of the Fiction*, Oxford: Oxford University Press, 1996, p. 106.

② Michel Tournier, *The Wind Spirit: An Autobiography*, trans. Arthur Goldhammer, Boston: Beacon Press, 1988, p. 183.

③ Ian Watt, *The Rise of the Novel: Studies in Defoe, Rechardson and Fielding*, Berkeley and Los Angeles: University of California Press, 1967, p. 24.

冉·阿让是一个传奇色彩浓厚的人物,他身上寄寓了雨果的人道主义理想,体现了雨果式浪漫主义的想象与夸张。一开始,冉·阿让的性格从善良到阴冷的转变,起因于他为饥饿中的外甥偷面包而被判监禁,他在一再出逃又被逮回的过程中被一再加刑,从此被那个社会的法律和执某种偏见的人认定为社会的"破坏者"。不合理的法律和现存的社会偏见不见容于他,他也就变成了仇视社会者。作者借此重在演绎性说明法律和社会偏见的不合理、非人道,而不在于刻画人物性格。后来,卞福汝主教对他施之以博大的爱与宽容,这种道德感化奇迹般地改变了冉·阿让的思想与性格,从此他成了卞福汝式的爱的化身,并又传奇般地做了许多爱与拯救的高尚、感人的善行,最终他的这种善行战胜了铁石心肠的法律与偏见的化身沙威。小说故事的叙述、情节的演进,无不在演绎博爱、慈悲、宽容战胜冷酷、偏见和狭隘的道德理想,而不是描写真实必然的环境、铸造性格丰满的典型人物;人物的思想、情感和个性特征无不是作者一厢情愿地赋予的,却极少是现实生活环境和性格本身的逻辑依据。于是,冉·阿让形象神圣高大,精神情怀感人肺腑——这当然是有艺术魅力的——但是人物性格却凌空蹈虚,其丰富性、生动性、深刻性无从谈起。仅此,我们当然地认定《悲惨世界》是浪漫主义的小说,至于《巴黎圣母院》则更是典型的浪漫主义小说。

总而言之,19世纪现实主义之前的西方文学,纵然有许多不同的和不朽的人物典型,但是通常都是传达作者思想与观念的符号化、类型化人物,故事的展开与情节的推进主要是演绎某种思想、概念抑或哲理,却虚于性格的刻画及其现实逻辑的揭示,因此,这类人物可谓是"观念－性格型"典型,而不是现代现实主义创作理念意义上的"环境－性格型"典型。

七、现代主义文学:"抽象－象征型"典型

经过19世纪末诸种非现实主义文学思潮和流派的过渡,历史发展到20世纪,现代主义者不屑于19世纪现实主义式的典型人物塑造,反叛性地消解人物的性格,淡化人物与现实环境之间的理性逻辑。新小说派的代表作家罗伯-格里耶说,"以人物形象为中心的小说完全已经成为过去",人物的真实性已经成为"远古的神话"[①],博尔赫斯(Jorges Luis

---

① Allain Robber-Grillet, *For a New Novel*: *Essays on Fiction*, trans. Richard Howard, New York: Grove Press, 1966, p. 23, 28.

Borges)则认为"我的小说里根本没有人物"①。当然,他们这么说,并不意味着其作品真的就不塑造人物或没有人物,而只是关于人物的观念有所不同而已。在现代主义倾向的作品中,人物的典型性、形象性和现实性被消解以后趋于抽象化、隐喻性、象征性和超现实性;人物的崇高美也被"以丑为美"所取代,"英雄"成了"反英雄""非英雄"。概括地说,现代主义倾向的文学的人物形象是"象征-抽象化"典型。詹姆斯·乔伊斯(James Joyce)的《尤利西斯》是意识流小说的代表作之一,其中的核心人物布卢姆是一个极为普通的现代人。他既非天使又非恶魔,既不是超凡脱俗的英雄又不是卑鄙无耻的小人;他的意识和行为既表现了一切时代最普通的人的本性,又显示出典型的现代特征和个体特征。他终日忙于生计,而在工作、家庭及私生活等方面不如人意,但他淳朴善良,乐于助人,如真诚地为死者的家属奔走、捐款,牵领盲人过街,对斯蒂芬的爱感人至深。在他的脑子里,偶尔还浮现出模模糊糊的乌托邦式的幻想,表达了对一个合理的社会的向往。如在第十五章里,他在幻觉中成了国家最有权有势的统治者,"集皇帝、大总统兼、国王、议长于一身"②。他发表他的施政演说,宣告"一个新时代即将来临",③他主张各种宗教的信徒联合起来;人人都将领到三英亩的土地和一头母牛;所有的公园统统昼夜开放;一切肺病、精神病、战争与行乞必须立即绝迹;普遍大赦;每周举行一次准许戴假面具的狂欢会;一律发奖金;推行世界语以促进普天下的博爱;自由货币,豁免房地租,自由恋爱……但他的很突出的一个特点是庸俗与无能。作为丈夫和男人,他丧失了健全的机能,早已和正常的夫妻生活无缘;他知道妻子有情人,思绪时不时地"流"到这件事上来,以致产生幻觉,好像他目睹了妻子和他人做爱,但他无可奈何,只得吞下苦果,委曲求全;遇到暴力袭击,他不能反抗,只能逃之夭夭,别人奚落他、侮辱他,他也只好忍气吞声;他有时粗俗不堪甚至肮脏下作,如对女性充满渴望,又不敢大胆追求,只是通过偷窥和幻想达到一丝的窃喜与满足;在买东西时,他在邻居家的女仆后面,视线落在她那结实的臀部上,不禁望之出神,想入非非;在海边他偷窥少女的大腿和内衣;他用化名与一个女打字员相互通信调情,一收到对方的情书就沾沾自喜、心花怒放。乔伊斯在塑造布卢姆形象时

---

① Charles Newman, Marie Kinzie eds., *Prose for Borges*, Evanston: Northwestern University Press,1974,p.399.
② 詹姆斯·乔伊斯:《尤利西斯》,萧乾、文洁若译,南京:译林出版社,1994年,第460页。
③ 同上书,第463页。

所采取的是一种超然的态度，写他的平庸并无讽刺意味，写他的挫折并无感伤之情，甚至在描写他最富于吸引力的同情心和人情味时也绝无颂扬的语气。在这里，谈不上道德与不道德、虔诚与不虔诚，乔伊斯对布卢姆所作的不是价值的评判，而是对现实存在的认同并客观地描述。小说给我们展示的布卢姆，就是这样一个失去了传统文学人物的崇高性，精神空虚、人格分裂、人性处处受到伤害而又无力自救的"非英雄"或"反英雄"，更是一个失去性格的丰富性和完整性的"非典型"人物，一个与环境失去有机的逻辑联系的抽象类型。布卢姆是现代人的某种精神状态的象征或隐喻，是一个典型的非性格化、非现实主义的象征性人物形象。

奥尼尔《毛猿》作为表现主义戏剧的代表性作品，其中的人物更具有抽象的和象征的特性。主人公扬克与其说是一个有血有肉、鲜明生动的典型人物，不如说是一个含蓄抽象的观念与意志的象征性符号。他既是一个处于被异化中的现代人的象征，也是不断进取的人类精神的象征。扬克是一艘邮轮上的火炉工，在整个剧本中，邮轮、监狱、动物园的铁笼是他有形的物质生活环境，但是这些环境物只是现代社会的抽象化象征——邮轮、监狱和动物园铁笼子象征着人类赖以生存的抽象意义上的"笼子"，它们不构成与人物性格的互动关系，因此不是展现人物性格的"典型环境"。这种在本质上缺乏物质属性的环境物，本身也不具备表现人物性格的功能，而主要是人物精神意象的外化物，并且作者原本也就没有要刻画人物性格的初衷，这正是表现主义戏剧创作理念体现。剧中扬克的抗争先是在邮轮，继而在监狱，最后人物死于动物园关养猩猩的铁笼，这实际上是一个从"笼子"到"笼子"的悲剧性抗争过程，象征性地表现了作为类之存在的人的命运，尤其是现代人命运的象征。

与之相仿，卡夫卡笔下的土地测量员 K 和大甲虫、加缪（Albert Camus）《局外人》中的莫尔索、萨特《恶心》中的洛根丁、海勒（Joseph Heller）《第二十二条军规》中的尤索林等等，无不属于抽象化观念的象征物。当然，这类形象作为 20 世纪现代主义文学中的实验性的"典型人物"，它们标志着西方文学在人物形象塑造方面从观念到方法上在不同时期的历史演变。它们通常不属于某个具体社会环境——典型环境——中具有特定现实意义的"这一个"，而是某个超现实"情境"中具有普遍性意义的"这一个"。因此，这类人物也是一种"典型人物"，它们有自己特定的审美价值和思想价值。如果说现代现实主义文学中的人物主要是一种"环境一性格型"典型，那么，现代主义文学中的象征性、抽象化的人物形象是一种"抽象－象征型"典型。"观念－性格型"典型和"抽象－象征型"典型都偏于观念的表达而虚于性格刻画和环境逻辑的揭示,但是在思想观念的表达上,前者是一种作者直陈式表达,如冉·阿让、鲁滨孙、堂·吉诃德等等,都是作者观念的传达者;后者是作者隐逸后的象征性表达,如土地测量员K、大甲虫、扬克、布卢姆、洛根丁等等,都是某种思想、观念和哲理的象征与抽象。当然,"环境－性格型"典型无疑也表达思想与观念,从而使自己富于一定的意义内涵,只是这种人物形象的塑造是基于性格刻画与环境逻辑关系的揭示。

八、结语

上述三种类型的"典型人物"在宏观上标示了西方文学史中人物形象塑造的历史演进。既然是"宏观"的归类,就难免挂一漏万甚至也难免出现削足适履的现象,因为事实上任何一种归类分析都有其边界的模糊性以及类与类之间的交叉性,但是,任何相对科学和合理的归类都有助于对复杂现象作分门别类、条分缕析基础上的宏观而有深度的把握。在本著作中,笔者作如是的归类与辨析,主要是为了更集中、突出地界定现代现实主义文学在典型人物塑造上的突出特点与艺术贡献,同时通过比较分析也有助于梳理西方文学典型形象观念的历史演变。

必须重申,就文学史价值而言,不同类型的人物塑造不意味着有高下优劣之分,因此各种类型都代表着文学史的历史进程,并各自拥有不朽的艺术魅力,不可互相取代。但是,从读者接受的角度看,"观念－性格型"典型和"环境－性格型"典型显然更有其通俗性与可阐释性,而"抽象－象征型"典型因其抽象性与艰涩性而增加了对其理解与接受、鉴赏的难度,因此与大众的阅读拉开了一定的距离后趋于精英化和实验性。所以,"抽象－象征型"典型虽然有其对前两种类型的人物塑造的创新与超越,但并不意味着就是最完善和最先进的——文学的发展演变并不完全意味着"新"对"旧"的取代,而是传承中的延续与发展。"旧"在"新"中的依然延续,并且自有其审美价值、学术价值和生命力。就此而论,"观念－性格型"典型和"环境－性格型"典型的塑造依旧有其经典的意义以及现实的借鉴价值。尤其是"环境－性格型"典型的塑造,对人性和人类本质的揭示同样有其深刻性,而且,就叙事性文学的人物性格描写而言,较之"观念－性格型"典型的塑造更趋于成熟,因此,这种人物形象的塑造更有现实借鉴的意义。这也是现代现实主义迄今依然具有强劲生命力的重要原因之一。

当然,综合不同类型的人物塑造方法之长处予以创新性应用,更是文学创作中人物塑造得以焕发生机的泉源之所在。比如,被称为20世纪发展了的现实主义的代表作家海明威(Ernest Miller Hemingway),也许他并不致力于现代现实主义那种性格化的人物形象的塑造,但是也不无对其性格刻画之方法的借鉴。《老人与海》中的老渔翁桑迪亚哥,一方面是海明威式"硬汉精神"的化身,另一方面也是一个具有硬汉性格特征的人物典型,此外他也是人类不屈精神的象征,唯一特别不同的是小说淡化了人物性格与环境之关系的描写。因此,《老人与海》这样的作品虽然对人与自然关系的描写也是抽象化的,不达成"环境—性格型"典型描写的根本特征,但是,小说对人物外貌和性格的描写,包括具体的细节描写显得细致入微、真实可信,其逼真性完全体现了现实主义的写实风格。这样的作品既非纯粹的现实主义,也非纯粹的现代主义,而是综合基础上的推陈出新、继往开来。在20世纪西方文学中,这样的例子比比皆是。

第二节 情节结构:事理逻辑与线型结构及其他

如前所述,塑造人物形象是现代现实主义文学(小说)之艺术创作的核心任务之一,也是其对西方文学的重要贡献之一。但是,人物性格毕竟是在情节的发展中得以刻画的,也就是说,性格是靠情节的展开才得以揭示的,性格的发展有赖于情节的发展。因此,就叙事性文学而言,在很大程度上,离开了情节,人物形象的塑造就无从谈起——正因为如此,情节趋于淡化的叙事文学,人物形象的塑造自然也就相应地趋于弱化或消解。既然现代现实主义文学在艺术追求上的首要任务是塑造人物形象,那么,为了塑造某种典型性格或典型人物,作家就往往要叙述一个或多个故事——当然故事叙述不单单是为了塑造人物,故事与情节本身也是叙事性文学的基本审美元素,于是,情节和结构也就成了仅次于人物形象的重要因素,对生动而完美之情节的追求,也是现代现实主义文学的重要美学旨趣。而正是这种艺术与美学追求,使现代现实主义在西方叙事文学的情节与结构方面达到了历史上空前成熟的境界,这既是现代现实主义文学的重要历史贡献,也是这种形态的文学的一个重要特征——具有显著的故事性与情节性,这与后来的20世纪现代主义倾向的文学文本构成了鲜明的对比。

一、情节与结构之理论源头

西方早期叙事文学可以追溯到古代地中海传统。"所谓古代地中海传统中的早期叙事文学,指的就是被誉为西方文学的最初源头之一的荷马史诗(epic)。从18世纪末开始到今天,西方的文学理论家经常把'史诗'看成是叙事文学的开山鼻祖,继之以中近世(即"中世纪",引者注)的'罗曼史(romance)',发展到18世纪19世纪的长篇小说(novel)而蔚成大观,从而构成了一个经由'epic-romance-novel'一脉相承的主流叙事系统。"[①]西方叙事文学的这种发展历程,决定了我们讨论19世纪现代现实主义小说(novel)的叙事方法与理念,必须回到亚里斯多德的理论源头,因为,关于叙事文学的人物、情节、结构这样一些基本的概念和观念,都可以追溯到亚里斯多德的《诗学》。"由于novel所代表的人生和艺术理想在整个西方叙事文体的发展过程中具有承接历史、维系传统的特殊地位,西方文学理论家们在批评novel的时候便往往会根据他们对史诗的体会,运用一整套亚里斯多德式的古典标准——诸如'结构完整性'和'时间秩序感'等等——来分析novel这种迟至18世纪才告正式诞生的新兴叙述文体。的确,史诗的精神气韵深深地印入了novel的机体中,离开了史诗和罗曼史的传统,novel的出现和发展是很难想象的。"[②]从西方叙事文学之源头上说,古希腊史诗固然是重要的,但是,古希腊悲剧作为"早期叙事文学"之文体之一,也是非常重要和影响深远的,尤其是在亚里斯多德的理论中,悲剧具有举足轻重的地位。

(一)情节与人物之关系

作为人类童年时期的叙事文学,古希腊时期的悲剧和史诗对情节与结构是高度重视的。亚里斯多德是古希腊诗学理论的重要代表,他的诗学理论主要基于对史诗与悲剧的研究,他的代表作《诗学》就是这种研究的结晶。在亚里斯多德的文学观念中,人物与情节两个要素,后者比前者更重要。他在研究与总结古希腊史诗和悲剧的创作实践后指出,悲剧的六个要素是:情节、人物、言词、思想、形象(指面具和服装)、歌曲,其中"最重要的是情节,即事件的安排";"情节乃悲剧的基础,有似悲剧的灵魂;性

[①] 浦安迪:《中国叙事学》(第2版),北京:北京大学出版社,2018年,第8页。
[②] 同上书,第9—10页。

格则占第二位,悲剧是行动的模仿,主要是为了模仿行动,才去模仿在行动中的人"①。"悲剧的目的不在于摹仿人的品质,而在于摹仿某个行动;剧中人物的品质是由他们的'性格'决定的,而他们的幸福与不幸,则取决于他们的行动。他们不是为了表现'性格'而行动,而是在行动的时候附带表现'性格'。因此,悲剧艺术的目的在于组织情节(亦即布局),在一切事物中,目的是至关重要的。"②既然"悲剧的目的在于组织情节",情节是最重要的"灵魂",人物性格的刻画仅仅是"行动"的附带产品,那么,人物性格就居于次要的地位。这种说法对于悲剧或者史诗这样的古老叙事文体来说,是不无道理的,因为亚里斯多德当时的诗学理论主要也就是针对戏剧和史诗而言的,他关于"情节"与"结构"的论述,主要依据悲剧而展开。亚里斯多德对悲剧所下的定义是:"悲剧是对于一个严肃、完整、有一定长度的行动的摹仿"③;这种摹仿所得的结果就是"情节",而"情节是对行动的摹仿(所谓'情节',指事件的安排)"④。在他看来,"事件如何安排","这是悲剧艺术中的第一事,而且是最重要的事"。⑤ "事件"是与"行动"直接相关的,"悲剧中没有行动,则不成为悲剧,但没有'性格',仍然不失为悲剧"⑥。由于"情节"是对"行动的摹仿",因此,没有"行动",也就没有"情节",而没有"情节",也就意味着"不成为悲剧"。亚里斯多德如此看待"情节"与"性格"的关系,固然有值得商榷之处,因为,事实上没有"性格"或者人物,情节的存在是不可思议的,但正是这种不无偏颇的阐释让我们看到,在亚里斯多德心目中,"情节"是至关重要的。由此也说明,在悲剧包括史诗在内的古代叙事文学创作中,被高度重视的首先是情节,情节描写重于人物性格的刻画;换句话说,作为人类童年时期的叙事文学,悲剧和史诗是以描写情节见长且以情节取悦欣赏者的。这种观念与传统,深深影响了后来的西方叙事文学。

事实上,18、19世纪的西方小说,其成型与成熟的重要标志之一就是情节描写的不断臻于完善。这一时期小说家的创作,几乎都高度重视作

---

① 亚里斯多德:《诗学》,罗念生译,见伍蠡甫等主编:《西方文论选》(上卷),上海:上海译文出版社,1979年,第60页。
② 同上书,第59页。
③ 亚里斯多德:《诗学》,罗念生译,北京:人民文学出版社,1988年,第19页。
④ 亚里斯多德:《诗学》,罗念生译,见伍蠡甫等主编:《西方文论选》(上卷),上海:上海译文出版社,1979年,第58页。
⑤ 亚里斯多德:《诗学》,罗念生译,北京:人民文学出版社,1988年,第25页。
⑥ 同上书,第21页。

品的情节与结构。"许多小说家都把讲一个曲折有趣的故事作为最基本和最重要的要求,没有好故事的小说就不是好小说,而故事引人入胜显然也是维多利亚时期小说大繁荣的一个重要原因。"①19世纪英国小说家安东尼·特罗洛普认为:"作家坐下来创作小说,是因为有了要讲的故事,而不是因为要讲故事……一连串的事件或者一系列的人物的发展,在他的脑海里自然而然地浮现,这给了他强烈的创作冲动,促使他用生动而有趣的语言向别人讲述出来。"②他还说:"完善的情节,是小说故事最重要的部分……小说家应该用幽默和感情去表现日常的生活情景。为了让这些情景被读者重视……我觉得,情节便是展示这些情景的重要载体。"③特罗洛普把情节看作是小说"故事"的构成中"最重要的部分",这是对亚里斯多德情节理念的传承与发展。英国小说评论家康普顿-博尼(Ivy Compton-Burnett)认为:"如果我们把情节从小说中剔除,那么,所剩的一切就会成为一盘散沙……因此情节之于小说,就像人之骨架,虽然它没有脸部的表情及其所呈示的符号表征那样生动有趣,但却支撑着整个人的构架。"④博尼用这个形象的比喻表达了情节在小说中的结构功能,情节的重要性也就可想而知。在小说评论家罗伯特·斯格尔斯(Robert Scholes)和罗伯特·凯洛格(Robert Kellogg)看来,"情节就是叙事文学中动态而有序的元素。叙事作品中的人物或者其他元素处于动态状况时,这些元素就成了情节的组成部分。通常,空间艺术往往把素材共时性地展现在观众面前,可能是有序的,也可能是无序的,所以,空间艺术没有情节。但是,假如把一些有相关性的图片予以有序的排列,这些图片在拥有了意义的同时也拥有了情节,因为,它们成了动态而有序的组合"⑤。在此,他们还通过空间艺术的比喻和比较来说明情节的动态性和有序而有机的组合,这种观念也可以说是对亚里斯多德"事件""行动"等概念的传承与发展。

---

① 申丹、韩加明、王丽亚:《英美小说叙事理论研究》,北京:北京大学出版社,2015年,第70页。
② Miriam Allott ed., *Novelist on the Novel*, London: Routledge & Kegan Paul, 1999, pp. 242—243.
③ Anthony Trollope, An Autobiography, in Matthew Allott ed., *Novelists on the Novel*, London: Routledge & Kegan Paul, 1959, p. 247.
④ Ivy Compton-Burnett, "A Conversation Between I. Compton-Nurnett and M. Jourdain", in Matthew Allott ed., *Novelist on the Novel*, London: Routledge & Kegan Paul, 1959, p. 249.
⑤ Robert Scholes & Robert Kellogg, *The Nature of Narrative*, Oxford: Oxford University Press, 1966, p. 208.

(二) 情节与结构之关系

关于"情节"与"结构",亚里斯多德在《诗学》中也作过十分深入的分析与阐释。他说:"情节既然是对行动的摹仿,它所摹仿的就只限于一个完整的行动,里面的事件要有紧密的组织,任何部分一经挪动或删除,就会整体松动或脱节。要是某一部分可有可无,并不引起显著的差异,那就不是整体中的有机部分。"① 这里的"完整""组织""整体"和"有机"等等,都意味着"情节"是经过精心选择和组织的,是关于"行动"与"事件"的有机整体,是一个严密而完整的有机结构。"因为有许多事件——数不清的事件发生在一个人身上,其中一些是不能并成一桩事件的;同样,一个人有许多行动,这些行动是不能并成一个行动的。"② 只有对众多的事件和行动进行精心选择和组织,才能形成一个完整的、结构有机的情节整体,形成一部完美的剧本或史诗。亚里斯多德还形象化地用动物来比喻情节与结构的完整性与整一性。他说:"悲剧是对一个完整而具有一定长度的行动的摹仿(一件事物可能完整而缺乏长度)。所谓'完整',指的是事之有头,有身,有尾。所谓'头',指事之不必上承他事,但自然引起他事发生者;所谓'尾',恰与此相反,指事之按照必然规律或常规自然上承某事,但无他事继后者;所谓'身',指事之承先启后者。所以结构完美的布局不能随便起讫,而必须遵照此处所说的方式。"③ 除了这种形象化、比喻性的表述外,有关悲剧和史诗之情节与结构的完美,"亚里斯多德在《诗学》中的某些表述有一些神秘感"④,他喜欢用"活着的生物""由部分组成的有机体""有序的排列"等等⑤来表述。关于悲剧的情节与结构,他还从外部形态之美的角度作了如下分析:

> 一个美的事物——一个活东西或一个由某些部分组成之物——不但它的各部分应有一定的安排,它的体积也应有一定的大小;因为美要依靠体积与安排,一个非常小的活东西不能美,因为我们的观察处于不可感知的时间内,以致模糊不清;一个非常大的活东西,例如一个万里长的活东西,也不能美,因为不能一览而尽,看不出它的整

---

① 亚里斯多德:《诗学》,罗念生译,北京:人民文学出版社,1988 年,第 28 页。
② 同上书,第 27 页。
③ 同上书,第 25 页。
④ Monroe C. Beardsley, *Aesthetics from Classical Greece to the Present: A Short History*. Tuscaloosa: The University of Alabama Press, p. 61.
⑤ Ibid., p. 61.

一性；因此，情节也须有长度（以易于记忆者为限），正如身体，亦即活的东西，须有长度（以易于观察者为限）一样。……就长度而论，情节只要有条不紊，则越长越美；一般说，长度的限制只要能容许事件相继出现，按照可然律和必然律能由逆境转入顺境，或由顺境转入逆境，就算适当了。①

以上主要是指悲剧的情节与结构，亚里斯多德以活的事物的外在形态之美感效果，比喻性地表达了悲剧的情节与结构之间的关系，强调情节的长度必须适中、结构要有整一性才能产生美感。关于史诗的情节与结构，亚里斯多德认为也和悲剧一样，要有一定的情节长度和结构整一性，但史诗的长度可以超过悲剧：

> 史诗的情节也像悲剧的情节那样，按照戏剧的原则安排，环绕着一个整一的行动，有头，有身，有尾，这样它才能像一个完整的的活东西，给我们一种它特别能给的快感；显然，史诗不应该像历史那样结构，历史不能只记载一个行动，而必须记载一个时期，及这个时期内所发生的涉及一个人或一些人的一切事件，它们之间只有偶然的联系。②

> 史诗的长短及格律方面与悲剧不同。……长度须使人从头到尾一览而尽，如果一首史诗比古史诗短，约等于一次听完的一连串悲剧，就合乎这条件。但史诗有一个非常特殊的方便，可以使长度分外增加。悲剧不可能摹仿许多正发生的事，只能摹仿演员在舞台上表演的事；史诗则因为采取叙述体，能描述许多正发生的事，这些事只要联系得上，就可以增加诗的分量。这是一桩好事［可以使史诗显得宏伟］，用不同的穿插点缀在诗中，可以使史诗起变化［听众］；单调很快就会使人腻烦，悲剧的失败往往由于这一点。③

以上的引文虽然有失冗长，不过也比较充分地说明了亚里斯多德不仅突出强调"情节"对于悲剧和史诗的重要性，而且还指出了情节描写必然相伴的"结构"。归纳起来，大致有以下几点内容：

第一，情节必须有一定的长度，这样才能容纳足够多的"行动"和"事件"；由于史诗采用的是"叙事体"，不受舞台的限制，可以比悲剧描写更多

---

① 亚里斯多德：《诗学》，罗念生译，北京：人民文学出版社，1988年，第25—26页。
② 同上书，第82页。
③ 同上书，第85—87页。

的"行动"与"事件",因此史诗比悲剧容纳量更大,从而显得更有"分量",比悲剧显得更加"宏伟"。

第二,一部作品的"情节"是关于"事件"与"行动"的有机组成,是一个有头、有身、有尾的完整结构,这意味着情节有其产生、发展与结局的完整过程。无论是史诗还是悲剧,只有具备这样结构"完整"而"有机"的情节整体,才能产生"快感"。"史诗必须以一个完整的行动为中心,'因此,就像一个完整的生物个体一样,它可以产生出快感'。"①

第三,构成完整情节的诸多"事件"和"行动"的安排是"有条不紊"的,符合"可然律"和"必然律",因此有内在的因果逻辑关系,而不是散沙般的堆积。

第四,"情节"的结构不仅是完整而有机、有序的,而且须有"顺境""逆境"以及"穿插点缀",形成诸如"起承转合"式的变化,于是,情节就有曲折、起伏从而产生生动性和故事性,使欣赏者不感到"单调",进而收到"适当"的审美效果。

第五,史诗的结构与历史的结构不同,因为历史必须记载一个时期内许多人的许多"行动"与"事件",它们之间是一种"偶然"关系;而史诗则不然,它描写的是经过选择、组织和提炼的"行动"和"事件",它们之间体现"必然律"和"可然律",从这个意义上说,史诗摹仿的"情节"比历史更真实。

亚里斯多德关于"情节"与"结构"的诗学理论虽然有其历史局限性——因为这种理论毕竟只是对人类童年时期的叙事文学的研究基础上得出的——但其本原性、经典性及其在西方文学史上的重大影响是无可否认的。可以说,亚里斯多德关于"情节"与"结构"的理论,以一种"原型"和"母题"的形态,穿越两千多年的时空渗透并延续到了 19 世纪乃至当今世界文坛的叙事理论,因而仍有其现实价值与意义;与之相应,史诗与悲剧之叙事传统的历史传承也是悠久而深远的,两千余年来以一种经典范本的形式,给不同时代的西方叙事文学打上了深深的印记,直到小说兴起之后,作家和理论家都十分强调结构的重要性。

美国小说家、小说理论家亨利·詹姆斯从艺术形式的角度高度肯定了小说情节结构之有机性和整一性,认为小说要构建完美的艺术形式,作

---

① Monroe C. Beardsley, *Aesthetics from Classical Greece to the Present: A Short History*. Tuscaloosa: The University of Alabama Press, p. 61.

家必须从结构的需要出发对所有素材进行创造性安排,小说创作就是对素材作筛选与组织的过程。① 他在《小说的艺术》一文中指出:"一部小说是一个有生命的东西,像任何一个别的有机体一样,它是一个整体,并且连续不断,而且我认为,它越富于生命,你就越会发现,在它的每一个部分里都包含着别的部分里的某些东西。"② 亨利·詹姆斯的这些表述,与亚里斯多德的观点十分贴近。19世纪后期的英国小说家、小说批评家斯蒂文森(Louis Robert Stevenson)强调小说的"故事信息",强调"事件之间的密切关系"③,"站在传统与现代的交汇处,他继承了亚里斯多德的诗学传统,强调小说情节的重要地位……从形式结构的角度提出小说即叙事的艺术"。④ 到了当代形式主义批评家那里,结构依然被高度重视。俄国形式主义理论家什克洛夫斯基认为,"情节"是作家从审美的角度对素材进行重新安排,于是就体现了情节结构的"文学性"(literariness)⑤。因此,19世纪欧美小说家、小说理论家关于"结构"方面的理念,也都与亚里斯多德有渊源;换句话说,"19世纪西方小说的结构原则在很大程度上受亚里斯多德以来长期在欧洲占优势的美学思想的支配……叙事作品的结构必须完整为后来的西方小说家所继承。19世纪杰出的小说家,特别是现实主义作家,无一例外地超越纷乱的生活现象,把自己认为具有特殊意蕴的人物命运、某些事件作为审美创造的中心"⑥。情节结构的完整性一直也是西方传统叙事文学的突出特征,而19世纪现代现实主义小说更是将其推向了炉火纯青的历史新高度。

二、传奇性与必然律、可然律的缺失

如前所述,西方小说(novel)从宏观意义上传续了史诗(epic)与罗曼史(romance,"传奇")的传统。从对亚里斯多德诗学理论的分析中我们可

---

① Henry James, *The Art of the Novel*, Boston: Northeastern University Press, 1984, p. 6.
② 亨利·詹姆斯:《小说的艺术》,朱乃长译,见《小说的艺术:亨利·詹姆斯文论选》,上海:上海译文出版社,2001年,第17页。
③ R. L. Stevenson, "A Humble Remonstrance", in Glenda Norquay ed., *R. L. Stevenson on Fiction*, Edinburgh: Edinburgh University 1999, p. 82.
④ 申丹、韩加明、王丽亚:《英美小说叙事理论研究》,北京:北京大学出版社,2015年,第142页。
⑤ Victor Shklovsky, "Sterne's Tristram Shandy: Stylistic Commentary", *Russian Formalist Criticism: Four Essays*, trans. Lee T. Lemon & Marion J. Reis, Lincoln: University of Nebraska Press, 1965, p. 56.
⑥ 龚翰熊:《文学智慧——走近西方小说》,成都:巴蜀书社,2005年,第404页。

以看到,史诗传统包括了悲剧或者整个古希腊戏剧,因此,我们可以把"史诗"传统看作是古希腊史诗与戏剧传统的合称。史诗传统不仅对"情节"这一要素重视有加,而且强调一部作品要凭借"情节"在艺术审美上的取胜——给欣赏者以"愉悦"和"快感"。正如亚里斯多德所说:"我们不应该要求悲剧给我们各种快感,只应要求它给我们一种特别能给的快感。既然这种快感是由悲剧引起我们的怜悯与恐惧之情,通过诗人的摹仿(即对行动的摹仿,引者注)而产生的,那么显然应通过情节来产生这种效果。"① 按照我们今天的话来说,史诗传统的叙事文学以曲折、生动、具有故事性的情节取胜,情节也因此在叙事文学中拥有了"灵魂"的和"首要"的地位。

荷马史诗摹仿了远古时代发生在特洛伊战争期间的战后英雄们返乡的传奇故事。两大史诗在情节构建与谋篇布局上颇见功力。两部史诗都涉及 10 年左右时间所发生的战事,但都采取戏剧式的集中、概括和浓缩的手法,把故事集中在一个人物、一个事件和一段时间上,从而把众多的人物、纷繁的情节和丰富的生活画面浓缩成一个严谨的整体。《伊利昂纪》把 10 年的战事集中在最后 51 天,在 51 天中又突出地描写关键的 20 多天,20 多天中重点又是最后 4 天的战况。在情节的演进上,整个诗篇围绕着阿喀琉斯的两次"愤怒"而展开,情节的发展曲折变化、扣人心弦。《奥德修纪》把战后英雄们 10 年的返乡历险故事压缩在 40 天,具体又只写最后的 5 天;结构上分两条线索:一条是海上历险,一条是家中求婚者的包围,两条线索互相映衬,更突出情势的紧急,结构严整,故事性很强。荷马史诗卓越的情节与谋篇布局艺术,历来为文学史家所高度赞扬。索福克勒斯的悲剧《俄狄浦斯王》代表着古希腊悲剧艺术的最高成就。全剧采用倒叙手法,设置了一系列悬念,从而使剧中矛盾冲突高度集中。全剧情节包括两大部分,一是俄狄浦斯为与"弑父娶母"的"命运"抗争而毅然离国并浪迹忒拜,结果却一步一步落进了"命运"为他预设的陷阱;二是俄狄浦斯认真追查杀害先王的凶手,最后查出这凶手就是他本人——他在流浪的时无意中杀死的那个老人,原来就是他的父亲,——犯了弑父大罪的俄狄浦斯,自己刺瞎了眼睛,登上祭坛,并自我放逐。全剧从追查杀害先王的凶手写起,而将主人公反抗"弑父娶母"命运的过程作为背景予以展示。正因如此,纷繁复杂的事件、盘根错节的矛盾通过"倒叙"手法,严

---

① 亚里斯多德:《诗学》,罗念生译,北京:人民文学出版社,1988 年,第 43 页。

整、有序地层层展示出来,造成了一系列让观众洞若观火而剧中人则茫然无知的戏剧悬念和舞台张力,从而产生了强烈的艺术效果。"逆转"和"发现"手法的妙用是悲剧在情节结构上的另一特色。剧情围绕谁是凶手和追查凶手的过程展开,随着俄狄浦斯逐步发现自己的身世之谜和命运之圈套而走向高潮。剧中俄狄浦斯从"顺境"渐次转入"逆境"的过程,情节跌宕有致、撼人心魄。第一次突转是王后为解除俄狄浦斯的疑窦而回忆先王被害的细节,不意间却使俄狄浦斯发现了自己的"嫌疑";第二次突转是科林斯报信人为了让俄狄浦斯回国继承王位而坦言他并非科林斯王后所生,从而让他顿悟自己并未逃脱"弑父娶母"可怕的厄运。这样,每一次"逆转"就伴随着一次可怕的"发现",逐步把主人公推向了悲惨的境地和痛苦的深渊。这就是亚里斯多德反复强调的情节描写中"逆转"与"发现"手法的运用。《俄狄浦斯王》传奇性的情节叙述与严整的剧情结构中,都隐含了故事本身的必然律和可然律。

从古希腊"史诗传统"到中世纪的"罗曼史"(传奇)传统的归纳是宏观的,因而也不免显得粗疏,其实,中世纪欧洲的英雄史诗对小说(novel)的影响是不可否认的。不过为了简洁起见,这种概括性省略也未尝不可。因为,中世纪英雄史诗的叙事传统与古希腊的史诗叙事传统在总体上是相似的。事实上,中世纪的"罗曼史"传统,与前两者的叙事方法也有相似之处,基本上都没有脱离亚里斯多德关于叙事文学的诗学范畴。特别值得指出的是,中世纪的骑士传奇(chivalric romance,或 medieval romance)在情节和结构等方面与史诗传统大致相似,在"传奇性"方面则显得尤为突出。如果说,古希腊史诗和中世纪英雄史诗的故事内容通常有历史事实的依据,都是在民间口头传说的流变过程中融入了想象和虚构的成分,传奇性也就不断增加的话,那么,骑士传奇的故事内容通常以虚构为多,即便是有史实依据的故事,也都经由幻想式虚构而充满了传奇性乃至离奇性。也就是说,骑士传奇追求情节的离奇乃至奇幻,以满足欣赏者的好奇心和娱乐性之需求。骑士传奇最先出现于12世纪的法国,尔后风靡欧洲;其故事框架基本上是某个骑士的游侠、护教、爱情的冒险经历。《特里斯丹和依瑟》是骑士传奇中流行最广的作品之一。故事取自不列颠凯尔特人的传说,法、德两国诗人都曾根据这一传说写成叙事诗,13世纪时还出现了散文体的传奇,可见这个故事被接受与传播之广泛。故事说的是康瓦尔王马克尔派侄子——年青、勇敢而英俊的特里斯丹——去迎接自己的新娘——她是爱尔兰的公主,名叫金发依瑟。途中,特里斯丹误饮了马克尔和依瑟结婚时用的特殊饮料,于是热烈地爱上了依瑟。后来,此事被马克尔知晓,他就把特里斯丹赶出王宫。在遥远的他乡,特里斯丹和一个叫白手依瑟的女子结婚。在一次格斗中,他被毒刀所伤,只有金发依瑟能救他,他就派人乘船去请她。后因误传金发依瑟请不来了,特里斯丹便在绝望中死去。等到金发依瑟赶到时,她发现心爱的人已死,于是也死在了情人身边。这是一个忠贞而离奇的爱情故事。故事中除真挚、热烈的感情描写外,也描写了青年男女之间强烈的情欲冲动。那特殊而又神秘的饮料,可以说是自然情感与欲望的象征,它标示出这种人性欲望的不可抗拒性。从情节描写的角度看,整个故事离奇曲折而引人入胜,"神秘的饮料"对情节发展起着"逆转"与"发现"的效用,但它是一种奇幻事物,引发的事件和人物的行动也难免离奇乃至荒诞。不过,这种情节描写却不乏娱乐性。骑士传奇后来发展为"骑士小说",这种文学样式在西班牙格外流行。文艺复兴时期西班牙的流浪汉小说的兴起,得益于这种骑士小说。被认为是欧洲早期小说之代表的《堂·吉诃德》虽然在思想观念上迥然有别于骑士小说,但是在情节描写方式和结构形态上,与骑士小说以及骑士传奇是一脉相承的。显然,"罗曼史"的传奇性和故事性,较之于"史诗传统"的叙事文学是有过之而无不及的,从这个角度看,我国学界把"罗曼史"译为"传奇"是不无道理的,因为,虽然在实际内涵上它与中国古代小说之"传奇"文体相比并不是一个完全对等的概念,但在故事情节的虚构性和传奇性上显然有相似之处。

就情节的"虚构性"而言,从"史诗"到"罗曼史",应该说后者更向未来的"小说"(novel)迈进了一大步,因为,相对成熟意义上的小说(novel)属于虚构文学的范畴,与史诗的历史纪实性追求拉开了距离。不过,这仅仅是一种表面现象而已。因为小说之"虚构",是指所描写的故事和人物不直接对位于现实生活,不具备历史和现实生活意义上的事实之真实性。但是,小说的题材来自当下的现实生活,所描写的情节必须符合现实逻辑和生活之本质真实,也就是符合亚里斯多德所说的"必然律"与"可然律",所描写的"行动"和"事件"遵循生活的事实逻辑进而组织、构建成了一个有机整体。就此而论,18世纪尚处于成型时期的欧洲小说(novel),即便是被称为"现实主义小说"的英国18世纪小说作品,也未达到19世纪现代现实主义小说的境界,因为前者所描写的故事情节的传奇性依然很强,而现实生活的事理真实性较弱。但是,18世纪英国的"现实主义小说"意味着欧洲叙事文学向novel迈进了一大步,其标志性体现是:这种小说的题材内容由 romance 的离奇传说故事转向了现实生活故事。我们知道，"传奇"所叙述的是过往的英雄和重要历史事件，有较多的传说成分，而"小说并非如此，它讲述我们日常生活中的熟悉的事物。"① 小说侧重于"表现现实生活中的事件"，传奇侧重于"叙述未曾发生的事"；"小说是现实主义的"，"传奇则是诗的或史诗的，或应称之为神话的"②；"小说注重细节的似真性，它不仅要讲述可能发生的事，而且是那些在我们日常生活中极其可能发生的事"③。——也就是符合亚里斯多德说"可然律"。笛福《鲁滨孙漂流记》的故事来自生活中的一个真实的荒岛冒险经历，小说中人物的言行举止、生活方式都是当下的，因而具有生活的"真实性"。但是，小说中的人物与情节却是根据艺术想象重新创造出来的，它们相较于"原型"人物的历险事实已变得面目全非，虽然其中有"原型"的影子。这种文学化的再创造是为了呈现一个具有生活般真实的故事，而不是报道生活本身既有的人物和事件，其间体现了小说艺术的创造规范与规律——在虚构中编织具有真实感的现实生活故事，体现的是一种"写实主义"创作倾向。不过，由于这种小说在故事情节的具体描写上依然不无"传奇"的印记，主人公鲁滨孙的"历险"模式脱胎于 romance（传奇），尤其是其中的人和自然的抗衡能力显然有传奇色彩，因此在"可然律"与"必然律"意义上，与失生活本质之真还有较大的差距。这也说明了其作为"小说"，还有不成熟的一面，与19世纪现代现实主义小说还相距甚远。在这种意义上，《鲁滨孙漂流记》不过是借具有生活真实的故事展示了一个现代人的传奇历险，虽比 romance 和骑士小说乃至《堂·吉诃德》更显真实可信，但传奇色彩依旧很浓。这也差不多就是18世纪欧洲小说的一个共同特点。

顺着这种视角去看18世纪末、19世纪初的西方浪漫主义小说，我们可以发现其夸张的"虚构"所导致的传奇性特点，这不能不让人联想到 romanticism 与 romance 的内在联系，因为，它们两者在"传奇性"这一点上确有神似。浪漫主义小说挤兑了18世纪小说的哲理性和思辨性传统，

---

① James Henry Smith, Edd Winfield Parks eds., *The Great Critics：An anthology of Literary Criticism*, New York：Norton, 1967, p.649.
② 勒内·韦勒克、奥斯汀·沃伦：《文学理论》，刘象愚、邢培明、陈圣生译，杭州：浙江人民出版社，2017年，第210页。
③ James Henry Smith, Edd Winfield Parks eds., *The Great Critics：An anthology of Literary Criticism*, New York：Norton, 1967, p.650.

追求奇特的故事和非凡的人物,构建曲折离奇的情节,塑造理想化的形象,表现奇异的构思和浓烈的情绪。我们不妨来看看雨果的浪漫主义小说《巴黎圣母院》。小说对环境和背景的描写体现了浪漫的夸张;中世纪阴暗的生活风貌和巴黎城市的壮丽图景相交织;巍峨壮观的哥特式建筑巴黎圣母院、纵横交错的古街道、街头的刑场绞架、阴森的巴士底狱、神秘怪诞的流浪人集聚地等等,都是浪漫想象的产物,为故事的发展和人物的活动提供了奇情异想的环境和背景。在这种环境和背景中,作者置入了戏剧性紧张的故事情节,其间充满了生活中不可能有的巧合、怪诞和奇特。小说中女主人公爱斯梅拉尔达的五次遇险、五次得救,带有很大的偶然性和巧合成分,这是一种浪漫主义的夸张写法,故事中的许多"事件"和"行动"富有戏剧性、传奇性。吉普赛女郎爱斯梅拉尔达以其美丽与善良,使奇丑(夸张的描写)的加西莫多改变了服从于自己的恩人——副主教克罗德·弗洛诺——的行为方式,出人意料地爱上了爱斯梅拉尔达,并且以他畸形而残疾之躯,出人意料地只身从刑场上救下了女郎,让她在圣母院避难。为了博得女郎的欢心,他干出了许多正常人也无法做到的事(行动):手脚笨拙的他,居然能轻盈地飘荡于高耸的钟楼之上,为女郎采取墙壁石缝中盛开的朵朵小花;他耳朵虽聋,平日里对许多声音充耳不闻,却唯独能听见他给女郎的那个哨子吹出的声音,并且能够闻声便去解救危难中的女郎;当他获悉副主教克罗德就是谋害女郎的罪魁时,能够只身轻松地将克罗德从钟楼上抛下去;爱斯梅拉尔达死后,他悄无声息地神秘失踪了,几年之后,人们发现他已为女郎殉情,死于女郎的尸体旁边,当人们要将他们分开时,两具尸骨奇特地化作了尘土……这一系列行动与事件的描写,充满离奇与夸张,从情节的"必然律"和"可然律"角度看,行动与行动、事件与事件之间缺乏内在的逻辑关系,有许多的偶然与巧合。但是,这种描写符合浪漫主义式的情感逻辑和"虚构"与"幻想"的审美旨趣,因而具有强烈的艺术感染力。"雨果通常不致力于准确地描写眼前的现实生活,他对当代的题材和历史的题材都付诸崇高与怪诞,或者突出其他道德和美学方面的因素,从而形成鲜明的对照。虽然这种方式能够产生一种强烈的艺术效果——因为雨果喜欢这种富于心灵冲击力的描写——但是却可信度不高,作品所再现的生活是不真实的。"[①]这就是浪漫主义

[①] Erich Auerbach, *Mimesis*: *The Representation of Reality in Western Literature*, Princeton and Oxford: Princeton University Press, 2003, p. 468.

者雨果的小说之风格。即便是人们通常认为充满现实主义因素的《悲惨世界》,也依然是典型的浪漫主义小说杰作。这部小说的主要人物冉·阿让具有震撼人心的精神力量和人格魅力,其行动之奇异,超出一般常人的行为逻辑与规律,小说也就展现了一幕幕富有戏剧性的非凡故事。小说对重大历史事件、惊心动魄的战争场面、暴风骤雨般的群治斗争等的描写,无不充满浪漫的夸张,从而使小说艺术达到了浪漫主义特有的高度。与此相类的有大仲马、欧仁·苏等作家。大仲马(Alexandre Dumas)的《基督山伯爵》情节曲折离奇,悬念丛生,场景丰富多彩又引人入胜。这种小说的故事情节常常有悖于生活逻辑,但是依然拥有广泛的读者。别林斯基在谈到这部小说时说,"许多人……之所以要读它,是为了用离奇曲折的冒险故事来娱乐自己"①。娱乐是艺术审美效果的一种体现,浪漫主义小说虽然不致力于追求真实性效果,但对传奇性娱乐效果之追求却情有独钟。浪漫主义小说在情节、人物和心理的描写方面为欧洲小说的发展做出了贡献,这样的小说自然不失为一种文学经典,尤其是,它们本身就标志着欧洲小说发展的一个重要阶段,标志着小说情节与结构描写的又一种历史高度。

总之,从史诗到传奇再到浪漫主义小说,这些叙事文学文本以情节的离奇、曲折而取悦于听众、观众或读者,生动性有余而真实性不足,情节的发展演变、故事的结构布局尚缺乏生活的"必然律""可然律";或者说,真实性尚不是这些文学文本的创作者头脑中的主导意识。与之迥然不同,19世纪现代现实主义小说恰恰在真实性、可然律与必然律方面都标示了西方叙事文学的历史新刻度,小说这种文体也在很大程度上因此而趋向于成熟。

三、事理逻辑与必然律、可然律的凸显

欧洲小说的真正成熟与繁荣,是在19世纪现代现实主义文学思潮流行的时期;可以说,没有19世纪现代现实主义文学思潮的兴盛,也就没有欧洲小说的空前辉煌。这种"成熟"的标志当然是多方面的,但是,情节、结构方面所达到的艺术新高度,是其中的重要内容之一。

事实上,既然小说情节的曲折、生动乃至离奇荒诞原本就是这种文学

---

① 别林斯基:《一八四七年俄国文学一瞥》,满涛译,见《别林斯基选集》(第二卷),北京:时代出版社,1953年,第385页。

体裁之娱乐性产生的缘由之一,或者说,情节性、故事性是小说文体与生俱来的审美属性之一,那么,趋于成熟阶段的19世纪现代现实主义小说,自然也离不开这种审美属性。不过,现代现实主义小说追求的已不仅仅是这一属性,而是由此拓展到了更新的领域;或者说,故事性、情节性只是现代现实主义作家艺术追求的基本要求,在此基础上,他们还有更高的追求——因果逻辑与事理真实。现代现实主义强调真实地再现与反映现实生活,实证理性与写实精神引领着现实主义作家格外重视小说情节的生活逻辑、事实逻辑和本质真实,其实这是对亚里斯多德和"史诗传统"所强调的"必然律"与"可然律"追求的进一步强化;现代现实主义小说家关于"行动"与"事件"的描写与布局,也就更强调合乎生活的因果逻辑和事理真实。亚里斯多德说过:"悲剧所摹仿的行动,不但要完整,而且要能引起恐惧与怜悯之情。如果一桩桩事件是意外的发生而彼此又有因果关系,那就最能(更能)产生这样的效果。"[1]这里的"因果关系"就是亚里斯多德一再强调的符合生活之"必然律"和"可然律"。因此,在特定时代的科学主义和理性主义文化思潮的影响下,19世纪现代现实主义小说格外有力、有效地传承与弘扬了亚里斯多德理性哲学基础上的叙事理念,把小说情节描写的"必然律""可然律"与"真实性"追求置于传奇性之上,小说的情节与结构艺术也提升到了新的历史高度。

如前所述,小说离不开虚构,而拥有成熟的"虚构"恰恰是小说较之于史诗、传奇的根本差别。所谓成熟的"虚构"就是把纯粹想象乃至幻想出来的人物行动与事件描写得合乎生活的事实逻辑,也即合乎事理之真实、生活本质之真实;这种情节与结构所承载的文学文本之生活,同现实世界之生活具有本质上的同构性,于是也就达成了合乎生活的"必然律"与"可然律"。这正是现代现实主义小说的根本特征之一。巴尔扎克说:"同实在的现实毫无关系的作品以及这类作品全属虚构的情节,多半成了世界上的死物。至于根据事实,根据观察,根据亲眼看到的生活中的图画,根据从生活中得出的结论写的书,都享有永恒的光荣。"[2]巴尔扎克这里讲的"虚构",指的是不顾或者违背生活本身的事实逻辑而胡编乱造的现象,这又回到了"romance"(传奇)的奇情异想——它不属于真正的、成熟的"虚构"。从现代现实主义的原则出发,"虚构不是想写什么就写什么的随

---

[1] 亚里斯多德:《诗学》,罗念生译,北京:人民文学出版社,1988年,第31页。
[2] 巴尔扎克:《〈古物陈列室〉〈钢巴拉〉初版序言》,傅雷译,见古典文艺理论译丛编辑委员会编:《古典文艺理论译丛》(第十册),北京:人民文学出版社,1963年,第121页。

心所欲,而是一切事出有因,源于无处不在的现实生活"①。因此,真正成熟的艺术虚构是"根据事实"展开的想象与创造,"提供尽可能多的关于人性方面的材料,并按照生活本身的逻辑而非观念的逻辑来展现它们"②,如此创作而成的故事情节,符合事理之真实,这是现代现实主义小说家所致力于追求的。巴尔扎克是从浪漫主义小说的创作逐步转向现代现实主义并成为这一新兴文学思潮奠基人之一的小说家,客观地看,他的小说也不是绝对纯粹地属于现代现实主义范畴,或者说,他的作品中不无浪漫主义的因素,浪漫主义是他现实主义小说创作的艺术资源之一。事实上,巴尔扎克和司汤达等作家原本就是从浪漫主义走向现代现实主义的。比如,巴尔扎克的小说聚焦于对金钱腐蚀人性的描写,这种在很大程度上犹如通过显微镜观察事物,对金钱的魔力和人性的蠕动予以"放大",在艺术效果上就有某种程度的哈哈镜效果,却又能有效揭示资本主义原始积累过程中金钱罪恶之本质,以及人性变异与人心为金钱所躁动的细枝末节。就此而论,"巴尔扎克不仅仅是一个观察者;他是一个透视家"③,是一个用浪漫式夸张的凸透镜去洞透人性和人心的艺术家。作如是说,丝毫无损于巴尔扎克作为现代现实主义文学思潮奠基人的地位与意义,因为他的小说的情节描写虽有浪漫式夸张的成分,却在根本上又合乎事理逻辑,合乎可然律与必然律,因而也就合乎现代现实主义的真实性、写实性的根本原则。在巴尔扎克的《高老头》中,拉斯蒂涅一步步走向野心家的过程,是一个接受金钱腐蚀并且不断融入金钱关系主宰之社会的过程,有现实的依据和事理的必然性;鲍赛昂夫人的悲剧结局,起因于新兴资产阶级的步步逼攻,其背后有无法摆脱的金钱主宰一切之历史发展逻辑的牵引;高里奥老头把所有家当都留给了两个女儿,而女儿们最终却在他贫穷潦倒的时候抛弃了他,让他凄惨而孤独地在伏盖公寓咽下了最后一口气,这背后也是金钱的魔力在作祟。《欧也妮·葛朗台》中,暴发户葛朗台在老伴去世后办的第一件事,就是哄骗其唯一的女儿在放弃继承母亲遗产的文书上签字,以确保他对妻子财产的占有。巴尔扎克的这些情节描写不乏

---

① Erich Auerbach, *Mimesis*: *The Representation of Reality in Western Literature*, Princeton and Oxford: Princedon University Press, 2003, p. 480.
② Emile Zola, "Naturalism in the Theatre", in George J. Becker ed., *Documents of Modern Literary Realism*, Princeton: Princeton University Press, 1963. p. 201.
③ 勃兰兑斯:《十九世纪文学主流》(第五分册·法国的浪漫派),李宗杰译,北京:人民文学出版社,2009年,第200页。

浪漫主义的艺术夸张,但是从"必然律"与"可然律"的角度看,又都与当时法国社会的金钱关系的历史事实相契合,更与被金钱异化了的人性及人物的心性相契合。"在巴尔扎克的时代以前,小说几乎专用一个题材——爱情;然而,巴尔扎克同时代人的上帝是金钱;因此在他的小说里,运转社会的枢纽是金钱,或毋宁说是缺乏金钱、渴望金钱。这种观念是大胆而新奇的。"①人的心灵是一个十分奇妙的东西,特别是当它被放在金钱的口袋里的时候。巴尔扎克以其敏锐的观察力和深刻的洞察力描写金钱成为社会的"上帝"、被金钱激活的人的心灵千姿百态这一时代主题,于是,他作品中的这些逼真而又略带艺术夸张的情节描写,深刻揭示了人类历史发展过程中处于"对物的依赖"阶段的一个真切的事实:谁能尽可能快地把灵魂与良心交出去、把金钱的"上帝"请进来,谁就能尽可能快地成为社会的强者;被金钱煽起的贪欲吞噬了人性中的善良,却激活了隐藏的恶,这就是历史的最本质的真实。这种不无浪漫式夸张的情节描写却揭示着历史的本质真实,因此具有强烈的艺术感召力。在这种意义上,巴尔扎克真可称之为"浪漫现实主义"②小说家。

司汤达是现代现实主义的又一奠基人,他的小说的情节性是建立在真实性基础上的,传奇性明显减弱。《红与黑》的主人公于连·索黑尔出身于维立叶尔城一个锯木工家庭。于连个人奋斗的可能结果与命运,本身具有一种悬念深深地吸引着读者——但是,这种吸引力产生于合乎生活逻辑的情节,而不是产生于"传奇"式的离奇乃至荒诞的故事。因而,读者从小说的情节中获得的是一种具有真实感的艺术审美感受,或者说是亚里斯多德所说的一种"快感",这就是现代现实主义小说的情节之艺术魅力产生的根本奥秘所在。显然,现代现实主义小说的审美效果无疑与romance以及浪漫主义小说大异其趣。

在19世纪现代现实主义作家中,狄更斯是一个特别喜欢并善于讲故事的小说家。他的小说故事性、娱乐性和通俗性都很强③,所以,他在自己创作旺盛的年代就拥有众多的读者和广泛的图书市场。狄更斯小说的

---

① 勃兰兑斯:《十九世纪文学主流》(第五分册·法国的浪漫派),李宗杰译,北京:人民文学出版社,2009年,第186页。
② 批评家勃兰兑斯在《十九世纪文学主流》中认为,巴尔扎克在审美倾向和想象力方面"够称一个浪漫主义者",参见勃兰兑斯:《十九世纪文学主流》(第五分册·法国的浪漫派),李宗杰译,北京:人民文学出版社,2009年,第213页。
③ 蒋承勇:《娱乐性、通俗性与经典的生成——狄更斯小说经典性的别一种重读》,《浙江社会科学》2014年第9期。

情节描写借鉴了流浪汉小说、成长小说、哥特式小说等特点,为了达到"故事性"目的,有时候某些"行动"与"事件"的描写常常借助巧合与偶然,情节在迷离处峰回路转,让弱小的人物逢凶化吉,让善良者终有善报。比如,《奥立佛·退斯特》中,失去双亲的奥立佛一直命运多舛,在遭到歹徒蒙克斯穷追不舍的危难之际,意外地遇到了他父亲的生前好友勃朗罗绅士,这位善良的绅士制服了蒙克斯,并从他口中得知奥立佛是蒙克斯父亲未婚时生的儿子。他的父亲曾写下将财产分给奥立佛和他母亲的遗嘱。于是,奥立佛成了大笔遗产的继承人。《小杜丽》中的小杜丽在备受灾难、毫无希望之际,意外地继承了一大笔财产,一夜间成了巨富。《远大前程》(又译《孤星血泪》)中为了解除匹普的危难,狄更斯让一直在捉弄匹普的"女巫"式人物哈维仙老小姐在一次偶然的大火中自焚身亡。11 年后,匹普从国外回来,恰好在哈维仙老小姐旧居的那片废墟上与他的早年恋人艾泰拉重逢。《双城记》作为历史小说,照样有此类神来之笔。在监狱中度过了 18 年的精神病人梅奈特医生,奇迹般地恢复了健康;他 18 年前在巴士底狱写的控告信,正好落到了当年被害者的亲属德伐石夫妇手中,并且信中要控告的恰恰是他女儿露西的丈夫代尔那;当代尔那即将被送上断头台时,一直爱慕着露西且外貌酷似代尔那的卡屯,以李代桃走上了断头台。诸多的"巧合"与"偶然"让人物的命运急转而向好,情节的矛盾化解以后,故事随即在"大团圆"中结束。这样的描写正是狄更斯小说情节处理的特点,这种特点体现了狄更斯小说对欧洲传统叙事文学之叙事方法的继承和弘扬。虽然这样的情节描写也被有的评论家指认为有"随意性"[①],但是,作为现代现实主义的经典作家,狄更斯小说的情节描写总体上是合乎事理逻辑和生活的本质真实的,他的小说讲述了工业化时代英国下层民众的真实的生活故事,因此,狄更斯仍然不失为一位有独特风格的现代现实主义经典作家。"狄更斯作为现实主义经典作家,其经典性是通过娱乐性和通俗性得以承载和实现的,或者说,娱乐性和通俗性不仅是狄更斯小说生成为经典的方式和途径,而且,它们本身也是经典性成分。""对于狄更斯来说,故事、娱乐、童心、童话、通俗是他的小说风格,也是他成为现实主义经典作家之重要的不可或缺的质素。"[②]

列夫·托尔斯泰的小说最突出的叙事特点是全景式、史诗性的情节

---

① Edith Wharton, *The Writing of Fiction*, New York: Scribner's, 1925, pp. 140—142.
② 蒋承勇:《娱乐性、通俗性与经典的生成——狄更斯小说经典性的别一种重读》,《浙江社会科学》2014 年第 9 期。

描述。他的小说描写"事件"与"行动"之广泛性、叙述的多层次性及所包含的内容的丰富多彩,充分显示了其创作的气势磅礴与博大精深,明显有助于强化人们对社会恶的深刻认识以及对道德之善的追求。《战争与和平》通过恢弘而起伏跌宕的情节描写,不仅展示了当时俄国社会强大的和不同性质的真实的生活激流,展现了特定时期俄国历史和社会的运动,而且也展示了各种人物的心理发展和他们的内心生活激流,同时还揭示了内心生活激流与外部生活激流之间的联系。丰富繁杂的生活材料和为数众多的人物在"战争"与"和平"两大情节主体的叙述中都得到了妥善而合乎事理逻辑的安排,体现了生活本质之真实。小说因其宏伟的故事构思、气势磅礴的情节叙述和卓越的艺术表现力被公认为世界长篇杰作之一。当然,小说中不少章节在阐述历史和道德哲学观点时,过于冗长的议论破坏了小说情节叙述的和谐性,虽然在思想容量上显得博大精深,但作为叙事文学,其情节性与故事性所产生的艺术魅力却因此削弱。不过,当我们把这些游离于情节之外议论和说教汇集成一个整体去看时,这些内容与小说要表现的主题思想往往是合拍的,甚至是强化或者深化、丰富了主题的表达,因此它们也是此类小说的有机组成部分,它们并不必然构成对小说情节与故事真实性的破坏,有时反而在气氛和思想上强化了小说故事的整体真实性。这种故事叙述中夹杂议论或者说教的创作方法,正是19世纪西方长篇小说的特点之一。但是从福楼拜提出小说叙述的客观性的要求开始,这种特点得到了显著的改变。

福楼拜主张客观地呈示自然,在他看来,"在平凡的岁月中所发生的事情,一般并不构成曲折动人的情节,通常也没有亢奋的激情,人及其力量也不是(像巴尔扎克作品中的那样)被夸张地妖魔化,而恰恰是平静地流淌着的。表面上看,这种流动状态不过是空泛的,而在其表现下面有另外一种运动,那几乎是无法被觉察的,却无所不在从不间断,因此,经济和社会基础看上去是相对稳固的,但是又暗藏危机"[1]。所以,"展览,然而不是教诲。必须绘成图画,指明自然之为自然;同时图画又要完备,是好是歹全画出来"[2],也就是要做到客观地呈示自然。福楼拜认为作家在创作时必须"退出小说",进入无我的境界,作者在他的作品里,必须像上帝

---

[1] Erich Auerbach, *Mimesis: The Representation of Reality in Western Literature*, Princeton and Oxford: Princeton University Press, 2003, pp. 490—491.
[2] 《福楼拜致乔治·桑书》,转引自李健吾:《福楼拜评传》,长沙:湖南人民出版社,1980年,第389页。

在世界上一样,到处存在而又到处不见。他在给包斯盖女士的信中还说:
"依照我看,一个小说家没有权利说出他对人事的意见。在他的小说创作之中,他应该模拟上帝,这就是说,制作,然而沉默。"①福楼拜对小说创作的客观性作如此突出的强调,在欧洲文学史上是首创性的。他在自己的创作实践中作了可贵的尝试,他努力把自然、社会与人在小说中作客观的呈示与"展览"。他的这种努力,很自然地就带来了他的小说叙述风格的变化。他是通过冷峻的叙述去追求无我之境,从而达到客观地呈示自然的目的。在这方面,福楼拜的创作表现出了与司汤达和巴尔扎克完全不同的风格。"在司汤达和巴尔扎克的作品里,我们可以经常性地听到作家对小说中的人物和事件所发表的意见,特别是巴尔扎克,在叙述的过程中总是不断地评论,一会儿表示感动,一会儿又报之以讥讽,抑或道德说教,也对历史和经济发表议论。"②在福楼拜的小说中,作家自己直接出来说话的大段大段的主观议论、哲理阐发、时政评论不见了,展现在读者面前的是自然流淌的生活之河流;故事情节的发展也就随着生活的河流自然展开,有其合乎生活之事实逻辑的"真实性"。当然,文学创作中纯粹的无我境界只不过是不存在的。因为,无论一个作家如何客观地把事物摹写得自然逼真,他所描写的社会与人生都是出自他的心灵的,因而都是主观化了的。福楼拜主张客观地呈示自然,其实也只不过是要求作家自己不直接地在作品中出现,不要抒发个人的情感,而不是指取消作家在作品中的存在。作家的存在是无形的,作家自己的思想情感是隐藏于作品的人与事之中的,他是在幕后而不是在前景。福楼拜说:"我们应该用力把自己输入人物,不是把他们拿来屈就自己。"③"艺术家的要求是,脓向里流,叫人闻不出腥臭气味……吸收对象(甚至于自己的存在)进来,周流在我们的全身,然后重新呈到外面,叫人一点看不破这种神奇的化学作用"。④可见,福楼拜的作家"退出小说",其实是作家"隐身于小说";"无我"的境界,其实就是"隐我"的境界。这种把作家的"自我"在作品中淡化的过程,使小说所呈现的社会与人显得更为自然,更合乎生活的原本形态,小说也

---

① 转引自李健吾:《福楼拜评传》,长沙:湖南人民出版社,1980年,第396页。
② Erich Auerbach, *Mimesis*: *The Representation of Reality in Western Literature*, Princeton and Oxford: Princeton University Press, 2003, pp. 486—487.
③ 转引自李健吾:《福楼拜评传》,长沙:湖南人民出版社,1980年,第397页。
④ 同上书,第396页。

就成了如福楼拜所主张的追求的"生活的科学形式"①。福楼拜把这种合乎生活之事实逻辑的客观真实性放到了文学创作的首要位置,这无疑代表着现代现实主义小说在情节与结构方面的成熟,也就是更合乎现代现实主义的"求真"原则。

总之,现代现实主义小说家的情节描写,传承、坚守着亚里斯多德的"必然律"与"可然律"原则,并且在科学精神和实证理性的牵引下,进一步强化了对事理真实和生活本质真实的追求,以达成"再现"与"反映"生活的客观性与真实性。于是,符合生活逻辑、具有客观真实性的情节描写也就成了现代现实主义小说的基本创作规范之一,从而与史诗、传奇和浪漫主义小说等叙事文类拉开了差距,形成了自己独特的风格。正如国内学者龚翰熊所说的那样:

> 现实主义小说追求与现实生活的酷似,它尽力做到外表上似乎是未加工,而在"如实"地呈现生活,它具有外表的自然性和随意性、不受拘束性、无意性和偶然性,但是,实际上它们却处于深刻的非偶然性之中,处处呈现出一种理性化的有机的艺术秩序,最大限度地展现了审美的秩序性。……它总是在外部世界各种矛盾冲突的背景上产生并被外部情节所推动,它是作为人物行动的心理依据而加以表现的,所以最后汇入小说所描写的矛盾冲突中去。这样,小说就成为了一个自给自足的、完整和谐的、有高度内聚力的艺术结构。②

四、线型结构与时空逻辑

亚里斯多德强调,"情节的安排,务求人们只听事件的发展"③,而"一桩桩事件"的发生和发展,"彼此之间又有因果关系"④。可见,情节的"安排"实际上是作家对事件与行动作艺术化处理的过程;文学文本中呈现的情节不是自然状态的生活事件,而是经由作家精心艺术加工后的合乎生活之理性逻辑的文学故事。由是,随着人物行动的展开,情节的发生与发展的描写就必然带来作品的关于"行动"与"事件"的结构,情节与结构也就成为彼此相互依存的关系。亚里斯多德曾经反复强调情节的"完整"或

---

① 李健吾:《福楼拜〈包法利夫人〉》译本序,北京:人民文学出版社,1979年。
② 龚翰熊:《文学智慧——走近西方小说》,成都:巴蜀书社,2005年,第405—406页。
③ 亚里斯多德:《诗学》,罗念生译,北京:人民文学出版社,1988年,第43页。
④ 同上书,第31页。

"整一性",认为情节是一个"活东西","有头""有身""有尾"①。这里,亚里斯多德主要强调的是情节的一致性、逻辑性和有机性。然而,17世纪的古典主义者却将其引申为"三一律",就是在情节的一致性(故事展现的必须是一个完整的情节)基础上加上了地点的一致性(故事展现的行动必须限制在同一个地点)和时间的一致性(故事表现的时间必须限制在一天内的12个小时或24个小时里)。后加的两个一致性,体现了对情节描写在时间和空间逻辑上的限制。虽然,亚里斯多德主要强调了行动与情节的一致性,没有明确论述时间与空间的一致性②,而且,古希腊的史诗与戏剧中的时间与空间也不受后面两个"一致性"的限制,但是,实际上,史诗与戏剧文本中无疑也隐含了关于情节描写的时间与空间的概念,因为,任何故事的叙述,总是伴随着由时间牵引下的空间转换,于是就必然有一个时空结构的问题。就此而论,古典主义追加的关于时间和空间的"一致性"虽然超越了亚里斯多德《诗学》原文的意思,而且对"三一律"式的时间与地点的限制过于苛刻,且没有普遍的艺术应用价值,但是,这倒也在强调情节与行动整一性的同时,揭示了叙事文学关于时间与空间因素的重要性,并且对传播亚里斯多德关于叙事文学的情节与结构的理论,弘扬古希腊史诗与戏剧在情节与结构创造方面的实践经验,具有历史意义和价值。事实上,西方文学史从古希腊到19世纪的叙事文学,在情节上大都呈现为一以贯之的完整性,在结构上也就大都呈现出一种有序的"线型"框架,我们可称其为"线型结构";人物行动由生到死,自始至终,性格一步一步向前发展都以时间为逻辑,情节也按照时间的推移由开始、展开进入高潮直至结局,随着矛盾的解决而收尾。在这一过程中,时间的顺序、空间的关联,是作家为使自己的故事显得圆满可信、合乎情理而恪守的一种理性的因果逻辑原则。正如申丹所说:"自欧洲流浪汉小说发展而成的18、19世纪小说大都以小说人物的行为发展为主线索,加上小说家大多采用全知叙述方式,小说在总体上都呈现出以强调时间为主的线性叙事。"③

---

① 亚里斯多德:《诗学》,罗念生译,北京:人民文学出版社,1988年,第25—26页。
② 当然,亚里斯多德在《诗学》中曾经提到,悲剧的时间"力图以太阳的一周为限……史诗则不受时间的限制"。这个时间指的是悲剧演出时间的长度,而不是剧情的时间长度。"太阳的一周"指一个白天,白天的时间长短不一,在9小时到15小时之间。参见亚里斯多德:《诗学》,罗念生译,北京:人民文学出版社,1988年,第17页。
③ 申丹、韩加明、王丽亚:《英美小说叙事理论研究》,北京:北京大学出版社,2015年,第126页。

不过，值得注意的是，19世纪现代现实主义之前的西方叙事文学，虽然情节的叙述都符合"整一性"要求，通常也都是有机的"线型结构"，但是空间转换和时间逻辑，并不是那么紧密，于是，这种情节的描写往往因为更具有传奇性而少了几分真实性。就荷马史诗来说，时空的转换遵循的是一种"神话逻辑"，而不是现实生活的事理逻辑。这一方面与故事原本就发生在理性思维较弱的远古神话时代有关系，另一方面尤其是与史诗创作者所持的颇具奇幻性、非逻辑的原始思维相关。正如意大利学者维柯在他的《新科学》中所说，原始人"还没有推理力，浑身都是强旺的感觉力和生动的想象力，……把自己感觉到而对之惊奇的那些事物的原因都想象为神"①。《伊利昂纪》中特洛伊战争起因于天上的女神们争夺一个"不和的金苹果"的事端。根据神话记载，阿喀琉斯的父母结婚时，邀请了众神参加婚礼，唯独没有邀请不和女神厄里斯，这位女神就生气了。她有意要挑起一场纷争，就在婚礼上投下一个"金苹果"，上面写着"给最美的女神"。在婚礼现场的天后赫拉、智慧女神雅典娜和爱神阿佛洛狄忒三位女士，纷纷想要这个"金苹果"。在争执不下之际，天神宙斯就让人间的特洛伊王子帕里斯——人间最美的男子——来做判决。为了得到斯巴达王后海伦——人间最美的女子，帕里斯把"金苹果"判给了爱神阿佛洛狄忒。为了满足帕里斯的要求，阿佛洛狄忒帮助他拐走了斯巴达王后海伦。斯巴达人为了夺回海伦同时为了复仇，就发动了长达10年的特洛伊战争。从时间上说，10年战争压缩在51天的时间内，51天又集中在关键的20余天，然后又进一步浓缩在最后4天的殊死搏斗。在情节的安排上，主要的"事件"与"行动"围绕着阿喀琉斯的两次"愤怒"展开。从空间上说，时而天上，时而人间；时而是和平的婚礼，时而是殊死的战场，空间的转换具有"穿越"的奇幻，于是也就有了情节的离奇与生动。虽然"事件""行动"和"情节"缺乏历史的和现实生活的逻辑，但却符合史诗文学固有的神话叙事逻辑——奇幻的和非理性的思维逻辑。《奥德修纪》写奥德修斯一行战后10年的海上历险。10年压缩在40天，具体集中在5天。历险者一路上险境环生，历经之地的变换，与人物的意志几近无关，而取决于神的意志。《俄狄浦斯王》从此一城邦到彼一城邦的"行动"与"事件"的发生与发展，看起来是为了抗拒"弑父娶母"的"命运"，但实际上恰恰是落入了"命运"的圈套。史诗和悲剧这种在"神话逻辑"驱使下的情节发展与时空

---

① 转引自徐葆耕：《西方文学：心灵的历史》，北京：清华大学出版社，1990年，第10页。

变换,虽然在总体上呈现为有"线型结构",但其空间的转换既不完全符合人物的性格逻辑也不符合生活的事实逻辑,从而在离奇变幻中充满了神话色彩,并具有人类童年时期艺术所特有的艺术魅力,拥有不可重复、无可企及的艺术价值。

上述这种时空结构方式,在"罗曼史"(传奇)和浪漫主义小说中也依然存在,所不同的是叙述的"神话逻辑"变成了故事叙述者或小说创作者的"主观逻辑",因此,时空转换的奇幻性削弱了,但是仍缺少事理的真实性因而不乏传奇性。堂·吉诃德的游侠故事情节的展开呈"线型结构"——以主人公游历的时间为序渐次展开"行动"与"事件"的叙述,但是空间的转换却缺乏外在的事理逻辑和生活依据。比如,堂·吉诃德什么时候游历到什么地方,没有事理的逻辑依据可以追寻,也不完全有人物性格的缘由,前一个游历地点和后一个游历地点之间也没有因果关系,而主要是出于作者叙述故事之需要,或者说是作者意愿之需要。因此,空间转换虽然合乎时间流变的逻辑顺序,呈"线型结构",却又缺乏空间转换的外在事理逻辑,从效果上就变得传奇性有余而真实性不足。骑士传奇和"流浪汉小说"时空关系大致都这种结构模式。与之相似,浪漫主义小说的情节性强,有比较严整的情节结构,但是,情节的推进和空间的转换均有很强的主观性乃至随意性。"贫穷使男子潦倒,饥饿使妇女堕落,黑暗使儿童羸弱"①,这是雨果通过《悲惨世界》力图描写的思想观点和社会现象。对此,作者分别通过冉·阿让、芳汀和珂赛特三个人物予以集中表现。雨果和现代现实主义作家的重大差异之一是:为表达一种观念和思想而展开故事的构思和情节的叙述,因此,虽然所描写的题材和故事具有相当的现实性——大多直接取材于现实生活,但是具体人物性格和情节结构之事理真实性和现实逻辑性较弱,人物活动的空间与环境的变迁,常常从主观思想演绎之需要出发,缺乏内在的必然性因果逻辑。比如,冉·阿让的身份变化——从好人到囚犯到社会的仇视者,再到好人直至市长——主要是作者观念演绎在起主导作用,不太符合人物的性格逻辑和现实的生活逻辑。由此,他的行踪、行为与能力显得神秘莫测,小说的时空转换也和情节发展一样,不完全符合事理逻辑和人物性格逻辑,因而故事的真实性就不如现实主义小说。

现代现实主义小说在叙事方法上体现了一种事理逻辑和实证理性,

---

① 雨果:《〈悲惨世界〉作者序》,见雨果:《悲惨世界》(一),李丹译,人民文学出版社,1978年。

这不仅在情节上呈现为严整的"线型结构",而且,时空转换通常清晰而有序,逻辑性和真实性都很强,由此也就使所描写的生活显得客观而真实,从而在一个新的层面上呼应和实践了现实主义的美学原则。"现实主义最一般的目标是要提供对于真实世界(包括外部世界和人类自我)忠实的、精确的和客观的再现。为了达到这个目标,现实主义者借助了许多策略:运用描述性的和有唤起能力的细节;避免幻想、想象和虚构;坚持对可能性的追求,排除不可能的或不可能发生的事件。"[①]也就是说,现代现实主义文学为了使再现的生活尽可能地达成与现实生活的同构关系,以显示客观真实性,不仅在情节的叙述上恪守生活的事理逻辑,人物行动的空间转换也同样追求合乎时间流变的自然逻辑,达成时空变换的有序与对应。情节的逻辑性、紧凑性使故事更富有现实感和真实性。现代现实主义小说"'现实'的感觉也是由异常紧密的情节创造出来的,这可能再次给人一种在一个无可置疑的紧张的过程中产生因果关系的错觉。当然,与按时间顺序进行的 18 世纪的小说,如《项狄传》(Tristram Shandy)和 20 世纪现代主义小说相比,最优秀的 19 世纪小说的结构被设计成类似于思想的历史编年史"[②]。夏洛蒂·勃朗特的《简·爱》是 19 世纪现代现实主义小说的代表性作品之一。显然,这部小说的情节描写沿用了"成长小说"的模式。它叙述了简·爱的成长与成熟的过程,其重心是叙述伴随并激励她成长和成熟的情感经历。小说线性情节结构呈现了简·爱成长或发展的五个阶段的"行动"与"事件",时空的变换有事理依据和人物性格与情感发展的内在逻辑。她在盖茨海德府度过童年时代,在洛伍德教会寄宿学校接受教育,在桑菲尔德府做家庭教师,在沼泽居同李维斯一家住在一起,最后与罗切斯特重逢和结婚。经过这五个阶段的经历,简·爱变成了一个成熟的女性。不同阶段、不同的时间、空间(环境)中简·爱的"行动"与"事件"的性质与意义是各不相同的,但是有内在的逻辑关系。简·爱到罗切斯特的桑菲尔德庄园当家庭教师,基于以往几个环境中的成长;她离开桑菲尔德,是基于此时的她与这个环境的冲突——她对罗切斯特的爱与罗切斯特的"疯妻子"构成矛盾冲突;简·爱重新回到桑菲尔

[①] M. A. R. Habib, *Literary Criticism from Plato to the Present*: *An Introduction*, Oxford: Wiley-Blackwell, p. 169.

[②] Alison Finch, "Reality and its Representation in the Nineteenth-century Novel", in Timothy Urwin ed., *The Cambridge Companion to the French Novel*: *From 1800 to the Present*, Cambridge University Press, 1997, p 46.

德,是基于她颠沛流离的磨难考验和对罗切斯特难以割舍的爱;简·爱最终接纳罗切斯特,既因为"疯妻子"的障碍已经排除,也因为接受了遗产后的她在经济地位上居于罗切斯特之上,于是也就更加体现出她的"爱"的纯粹性。如此等等,情节的发展和空间的转换是人物性格与故事"事件"的内在逻辑使然,而非作者一厢情愿的主观意志使然,外在的物理时间把人物的"行动""事件"以及空间的流动有序地串联在一起,呈现完整的线型结构,小说具有现代现实主义文学所要求的"真实性"特征。简·爱的成长历程符合"成长小说"模式,这种小说在当时的欧洲是一种颇受作家看好和读者欣赏的小说类型之一。19世纪最受欢迎的小说,如狄更斯的《大卫·科波菲尔》和《远大前程》、巴尔扎克的《高老头》、司汤达的《红与黑》,无不是对欧洲"成长小说"的发展与超越。之所以如此,主要因为"成长小说"的叙事模式同社会批评结合起来,情节的叙述与时空的变换更切合现代现实主义对事理真实和本质真实的追求。

狄更斯的《双城记》是现代现实主义小说中情节性颇强的作品。小说的故事发生在巴黎和伦敦"双城"之内,时空交替的幅度较大。1775年深秋,失踪了18年之久的巴黎医生马奈特从巴士底狱放出来,和从伦敦过来的女儿露茜重逢。随后,故事的时空又追溯到18年前——原来,18年前马奈特医生被贵族埃弗瑞蒙特侯爵兄弟秘密请去出诊,从而目睹了侯爵企图霸占农家少妇,进而害死其姐弟的罪恶暴行。受良心的驱使,马奈特医生上书告发他们,然而信件却落入了侯爵兄弟之手,于是,马奈特被陷害而入狱18年。出狱之后,他对自己被囚禁18年的原因始终只字不提。又过5年,露茜和法国青年、埃弗瑞蒙特侯爵的侄子达奈相爱并结了婚。到了法国大革命成功后的1792年,达奈从伦敦回法国,但回国后立即被当作"流亡贵族"逮捕,逮捕他的人正是马奈特医生从前的仆人德发日夫妇为首的革命者。德发日太太就是18年前被埃弗瑞蒙特兄弟害死的农家姐弟的妹妹。马奈特和露茜闻讯从伦敦赶到法国,经过多方努力,达奈终于获无罪释放,但是,当天晚上又被抓了回去。次日,法庭判他死刑,并要在24小时内执行。后来,一个一直爱着露茜、外貌酷似达奈的青年卡屯,冒名顶替达奈上了断头台。小说的情节曲折而生动,故事性强,但是十分严密而完整,富于逻辑性,呈线型结构形态;空间的主要交替——巴黎与伦敦;时间的更迭:18年前与18年后,5年前与5年后,24小时前与24小时后。虽然时间跨度很大,且有穿插与追溯,但紧扣情节发展和空间转换的逻辑顺序。由是,小说所呈现的文本世界与现实的生活世界达成了较高程度的同构关系。这部小说作为现代现实主义的经典作品之一,既具有故事性、可读性,又具有情节的整一性、严密性以及再现生活的真实性和广泛性。

哈代十分重视小说情节结构的设计与安排。他认为,"概括地说,(小说)的故事应该是一个有机的整体"[①]。他常以主要人物之间婚姻恋爱的多角纠葛作为结构线索,通过情感纠葛推进情节的发展,刻画人物,表达对生活的认识和对社会的批判。长篇小说《德伯家的苔丝》就是一个典型例子。因为苔丝父母偶然从牧师那里得知她父亲原来是当地古老武士世家德伯氏的嫡传,父母亲就让苔丝到附近的德伯家去做女工,目的是去认本家,以求为这个处于贫困中的家庭带来生活的转机。接着,在一个周末的夜晚,德伯家的少爷亚雷——一个轻浮的浪荡公子——奸污了美丽单纯的苔丝。苔丝不愿意以自己的受辱作为保持体面的机会而委身于亚雷,而是怀着对亚雷的鄙视和厌恶离开了德伯家。回到家后不久,她生下了一个婴儿,从此,社会认为她是个堕落的女人,没人同情她,没人帮助她。她尽管生活在自己的家乡,却如在异乡他国。后来,孩子死了,她来到了牛奶场当挤奶工,和牧师的儿子克莱相爱。克莱的父母希望他娶的是门当户对的姑娘,而不是苔丝这样的农村姑娘,但克莱坚持要娶苔丝。于是,苔丝更把克莱看成是一个天神,以为他一定会原谅她和亚雷的那件事,况且,克莱自己也有类似的过错。但新婚之夜,当苔丝向克莱讲述了自己以前的事后,克莱没谅解她,抛下苔丝独自到巴西去了。于是,被抛弃的苔丝更被人认为是"坏女人",处境更艰难。但她没有抱怨克莱,而是宽恕了他,一个人肩负着沉重的生活和精神的负担,等待着克莱的归来。一年后的一天,她去听一个牧师讲道,谁知这个牧师就是4年前那个满嘴秽语的亚雷,如今则满口仁义道德。苔丝听了不觉内心作呕。这个亚雷并没有因当了牧师就洗心革面,她见到苔丝后,又死死地缠住了她。这时,苔丝的父亲死了,一家人被地主赶了出来,无法维持生活。苔丝为了一家人的生计,只好答应和亚雷同居。克莱则在巴西生了一场大病,受了种种折磨,饱尝了人生的辛酸,这时,他开始后悔过去对苔丝的粗暴。回来后,他找到了苔丝。苔丝见到克莱的归来,惊喜之余便是无尽的痛苦,因为,眼下她与亚雷同居的客观事实,已难以使她再和克莱破镜重圆。在绝望之余,她杀死了亚雷,和克莱逃往森林,但很快就被捕了,并被判了死

---

① Miriam Allott ed., *Novelist on the Novel*, London: Routledge & Kegan Paul, 1999, p. 244.

刑。小说的情节推进可谓是一环扣一环,故事娓娓道来,虽不见得惊心动魄,却也不无离奇曲折、扣人心弦,细腻中颇显真切,故事结构严整,时空交替有序。特别是,小说在关键处巧妙地运用巧合,使情节峰回路转、曲径通幽。例如,牧师偶然发现的苔丝家的家谱与德伯家的关系,就有了苔丝去德伯家的后续"行动"与"事件";苔丝在结婚之前想通过一纸信笺把自己的不幸遭遇告诉克莱,并希望得到他的谅解与宽恕,谁知信笺塞到了地毯下,因此克莱根本没有看到,于是才有新婚之夜的不欢而散等等。哈代非常巧妙地用此类"偶然"和"巧合"的"事件"作为情节发展的"推进器",从而造成线性故事叙述的一波多折以及空间的多频度转换,使小说的情节结构显得严整、严密并具有极高的审美价值。合乎事理逻辑的"巧合"与"偶然"手法的运用,有助于叙事文学情节的推进与时空的转换,也提升了故事情节的生动性和艺术审美的有效性。

　　巴尔扎克和托尔斯泰等现代现实主义作家,总是按照某种"整体性""必然性"的"逻辑"规则叙述某个承载着人物性格、心理、命运的事件或故事;他们相信世界与人生、心理与命运等都总是合乎某种"整体性""必然性"的"逻辑",而且其本人像上帝一样清楚地洞悉着这套"整体性""必然性"的"逻辑"运行机制。巴尔扎克小说的情节和结构不仅走出了"流浪汉小说"的模式,也完全摆脱了18世纪欧洲小说的结构的无序与松散,进而走向了高度的成熟,成为现代现实主义小说情节结构方面的一种范型。巴尔扎克的《人间喜剧》结构严整而宏大。他的小说往往先是陈述,娓娓道出故事的环境,渲染一种历史的氛围;然后自然而然引出人物,交代故事发生前的各种态势,展示社会背景,犹如戏剧的序幕;随后是故事的发端,编织人物关系网,使矛盾冲突稳步展开,情节也循序推进,跌宕起伏;随后故事走向高潮,最后急转直下,圆满结束。空间的变换,遵循客观外在的时间逻辑有条不紊地展开;时空的交替是有序严整的。《高老头》的故事截取了从1819年11月底到1820年初的两个月左右时间发生的事件。故事的场景主要有三个:鲍赛昂夫人家的贵族客厅为代表的上流社会;伏盖公寓贫民窟为代表的下层社会;高老头和女儿女婿们为代表的资产阶级暴发户。不同的人物在这三个场景中交替登场,有七条情节线索交替推进:1.拉斯蒂涅一步步走向堕落;2.高老头散尽钱财悲愤中死去;3.在逃的苦役犯被出卖后再次锒铛入狱;4.原本荣耀无比的贵族鲍赛昂子爵夫人被抛弃后含泪告白上流社会、5.泰伊番小姐被身为银行家的父亲逐出家门;6.老姑娘米旭诺小姐和老光棍波阿莱为了三千法郎出卖良心,把伏脱冷交给了警察;7.正直的一颗大学生皮安训的故事。其中,拉斯蒂涅的线索是主线,其他六条线索是围绕和交织着这条主线展开的。七条线上的人物在三大场景的行动,都在两个月左右的时间里展开,时空的变换井然有序,也因此使故事情节推进得井然有序、水到渠成。《欧也妮·葛朗台》也有六条情节线索:1.欧也妮的故事;2.葛朗台的故事;3.查理的故事、4.拿侬的故事;5.蓬风所长的故事;6.克罗旭的故事。其中,欧也妮的故事是主线,其他的线索都是围绕它而展开的,从而最终完成了关于金钱使一个纯情少女成为寡妇的悲剧。时空交替的有序性与情节结构的严整性浑然一体。总体而言,巴尔扎克小说的情节总体上是线型结构,但大多是多线条的"网状结构","它不再像'流浪汉小说式'结构那样,在其构成中以纵向的单线索演进为特色,着重反映展现生活发展的纵向流程,而是以截取一段时间内社会现实中的片段来组织构造其作品。换句话说,单一线索纵向直线型的安排不再是他的作品结构的主要表达方式,而是以众多情节线索和诸多矛盾的交织,以对其进行集中编排和立体展示为特色的'段面'式的结构布局"①。由于这种小说的情节是多线索的,因此,其所呈现的场景是多变的和交错的,其空间结构是立体的,不同的场景与空间借助人物关系或者情节的事理逻辑达成内在的逻辑关系。就整个《人间喜剧》而言,通过穿梭式的"人物再现法"造成的时空的不断交替,作者把小说的故事情节编织得纵横交错,于是,《人间喜剧》的时空关系整体呈线性立体的有序结构。

　　托尔斯泰小说的情节也是多线索展开的,呈网状结构。不过,颇具创新意义的是,托尔斯泰小说的故事描写不像巴尔扎克那样富于戏剧性,情节展开像河水一样缓缓流动,自然、自由并且貌似有些松散,然而却更贴近生活的本原状态。俄国批评家斯特拉霍夫说,托尔斯泰的小说"没有一个人物挡住另外一个人物,没有一个场面、一种感受妨碍另一种场面和感受,一切都很妥帖、清晰","彼此之间与整体的关系十分和谐"②。托尔斯泰的小说往往人物众多、事件纷呈、篇幅宏大、画面广阔;空间跨度大,但合乎时间与事理逻辑,因此总体显得井然有序。《安娜·卡列尼娜》由安娜的线索和列文的线索组成,两条并列的情节线索之间人物的穿梭活动并不算多,彼此之间的逻辑关系主要是靠吉提、列文、渥伦斯基、安娜等少

---

① 刘建军:《西方长篇小说结构模式研究》,上海:华东师范大学出版社,2017年,第132页。
② 倪蕊琴编:《俄国作家批评家论列夫·托尔斯泰》,北京:中国社会科学出版社,1982年,第111页。

数几个人物的"行动""事件"和情感关系而构成了一个"拱门",从而达成两者的内在勾连。这两条线索中人物的活动是按照时间顺序相对独立而有序地展开的,与之相关的空间也就在城市和乡间有序地展现,显示出一种相对并呈关系;各自的大空间内又有内部的小空间的转换。比如,安娜和渥伦斯基的幽会与卡列宁家庭的空间并呈;奥勃朗斯基的家庭矛盾空间与吉提的个人活动空间并呈,等等,它们都被套叠在安娜和列文这两个大空间之内。于是,小说空间结构在线性展开的过程中又呈现出立体型有序结构。这与巴尔扎克、狄更斯、哈代等现代现实主义小说家的结构总体相似。

  综上所述,现代现实主义小说由于往往有一个一以贯之的完整故事情节,在结构上大都呈现出一种有序的"线型结构",即便是多线索的网状立体结构(如巴尔扎克的小说),其情节发展依然是线型展开的,而且时间有序、空间转换合乎逻辑,这些都是现代现实主义作家为使自己的故事显得圆满可信合乎情理而恪守的一种理性思维原则。虽然间或使用倒叙或插叙、巧合与偶然,却通常也仅仅作为一种辅助性技巧,且以不影响作品的整体结构为限度。"线型结构"也如亚里斯多德所说的"整一性"结构,是一种情节贯穿始终、不可间断和封闭的结构,每一章每一节都是整体组织中不可或缺的有机部分,如果将其中的任何部分挪动或删削,作品的情节便会遭到破坏,结构便会脱节破碎。显然,这种结构模式,是作家在创作时对情节巧妙安排的结果,合乎现代现实主义的理性书写原则。

  历史地看,对某种先验"逻各斯"本体的坚定信仰所释放出的对"必然性""因果逻辑"的强调,造成了西方文学的一种源远流长的观念现实:在时空关系上,基督教世界观与理性主义那种历史主义的进步观念均突出时间对空间的优先性,并在时间观念上坚持时间乃是"线性"的历史展开。文化传统中的这一强大的观念现实,使传统的西方文学的叙事结构形态别无选择地走向"线型结构";反过来说,"线型"叙事结构乃是西方传统时空观念的基本文学表征,而这种传统,通过实证理性和真实性艺术思维观念,在现代现实主义文学,尤其是现实主义小说中得以发扬光大,并走向一种严密而精致的极致。

五、蛛网状结构与情节淡化

  当合乎事理逻辑、时空逻辑的理性书写和理性叙述方法在现代现实主义文学中成就卓著甚至艺术上登峰造极之际,也便是新的书写形式和叙述方法萌生之时。在现代主义倾向的小说中,情节的地位明显下降。"情节——即事件发生的逻辑顺序——这一维多利亚时代小说必不可少的元素,正在显得黯淡无光。"①正如约瑟夫·弗兰克(Josef Frank)在《现代小说中的空间形式》(1945)一文中所说:这种遵循线性逻辑次第展开的编年体式的"时间性结构"叙事在现代文学中走向了衰落,代之而起的则是体现着"内省关联原则"的"空间性结构"。在弗兰克所谓叙事的"空间性结构"中,线性物理时间已经碎裂成为无数随意的、偶然性的"瞬间",变幻的心理时间左右着无数的"瞬间"片段,哲学"片段"的空间由非逻辑的心理时间贯穿着,于是就呈现为非线性的"立体结构"。这种"立体结构"也可称之为"蛛网状结构"。"所谓蛛网状结构就是以现代小说的表现对象'自我'为中心,让这个'自我'的各种思绪、感觉、遐想、幻觉、梦魇,各种胡思乱想、自言自语,从这个中心向四处辐射出去,构成放射性的蛛网结构。在这种结构里,时间、空间、因果等逻辑关系的观念已被突破,故事情节的完整性和连贯性已被放到可有可无的地位;只有意识在过去、现在和将来的大千世界里往返穿梭,片断的回忆、破碎的现实与残存的梦幻才能交织成一体,呈现一派光怪陆离的景象。在个人经验与感觉的无限扩散与复杂运动中,传统观念上的人物性刻画与故事高潮结局几乎不存在,故事的情节(如果还有一些情节的话)是在对内心世界的描摹中零零碎碎地浮现出来的。"②于是,与"逻各斯本体"理念所派生出来的以时间为线索的"线型结构"模式相比较,由作者的情感与情绪所决定的空间性"立体结构"的最突出特点是,摒弃了既往的"观念—理性"逻辑而顺应"生命—情感"逻辑。因此,较之于现代现实主义叙事文本在时间中展开的"情节",空间中敞开的"情境"在现代叙事文本中当然就成为作家们更为重视的叙事元素。"通过艺术,人们不禁理解了一种情境,而且借助自身的类似经验,感受到了该情境的意味。"③而相比之下,"情节"则似乎更适合传输某种观念性的意旨;"情境"的凸显导致情节的淡化和"线型结构"的趋于瓦解。所谓的"情境"是指渗透了人之生命"情感"的"环境",即"人"与"环境"遭遇所形成的情感性的空间。通过"情境"这一新的功能性结构元素的创设,现代主义倾向的叙事作品开创了以"生活情境"为主的空间性"立

---

① Peter Gay, *Modernism: The Lure of Heresy: from Baudelaire to Beckett and Beyond*, New York & London: Norton & Company, 2010, p.184.
② 侯维瑞:《现代英国小说史》,上海:上海外语教育出版社,1985年,第25页。
③ 大卫·贝斯特:《艺术·情感·理性》,李惠斌等译,北京:工人出版社,1988年,第244页。

体结构"形态,这就在情节结构上打破了现代现实主义的时间性"线型结构"。不过,这种新型的结构模式实际上是在现代现实主义文学的母体里萌生的,因为,事实上,"现实主义并不只是满足如尼采所说的阿波罗式的神圣理性主义,也没有像近期一些批评家所称的那样,盲目地遵守奥古斯特·孔德的严格实证主义(rigid positivism)和依波利特·丹纳的'科学决定论'(scientific determinism)。事实上,现实主义试图展现具身化观者人之常情的非理性、易错性和主观性"①。在这方面,福楼拜就是一个典型的例子,尤其是他的小说的情节结构与空间结构方面,非理性的特点十分明显。

在19世纪现代现实主义文学思潮发展的后期,代表性的现代现实主义作家福楼拜的小说创作,在坚持现实主义创作原则的基础上走向了创新境界。虽然,"福楼拜不喜欢'现实主义'的标签,也讨厌被它所要求的规则所限制和约束"②,但这并不意味着他就不属于现实主义作家,这里的关键是他对既有现实主义原则的创新与超越。他的代表作《包法利夫人》在时空结构和情节描写方面都表现出了疏离既有现实主义传统而预示20世纪现代派小说的因素。首先,《包法利夫人》中"情境"的介入使时间性的线型结构转换为非线性的立体结构。小说中对"农业展览会"一节的叙事,运用了类似于电影"蒙太奇"的切换手法,立体式构建三个空间层面的"情境":首先是熙熙攘攘的人群和展览会上的家畜;其次是主席台上的演讲人空洞的演说;再次是女主角爱玛与她的情人罗道尔弗在角落里"情话绵绵"。这里,每件事情看上去都是同时进行的,读者仿佛可以听见牲畜发出的声音,可以听见那对"恋人"的窃窃私语,同时还可以听见官员演讲的夸夸其谈。但是,这三个情境彼此没有任何外在事理的逻辑关系。这里,福楼拜大胆地打破传统线性叙事的因果逻辑,将三组人、三种场景同时置放在一个大的共时性空间情境中,让叙述来回穿梭,轮流反复。空间之广延性得到自由伸张,时间之流动性却被凝滞,不同的场景细节、行为细节以及看上去没有关系的人与事被一并植入某个特定的充满张力的"情境"之中。这种叙事方式,轻视情节结构,把情节的安排置之于次要的位置,关键的是,不同"情境"之间的物理时间逻辑被切断,各个"情境"趋向于一种非线性立体结构,即空间性"立体结

---

① Amy Holzapfel, *Art, Vision, and Nineteenth-Century Realist Drama*, New York: Routledge, 2014, p. 7.

② Peter Brooks, *Realist Vision*, New Haven and London: Yale University Press, 2005, p. 54.

构"。我们再通过《包法利夫人》中罗道尔弗和爱玛对话时的一段"情境",加深对这一问题的理解:

> 所以拿你我来说,我们为什么相识? 出于什么机缘? 我们各自的天性,你朝我推,我朝你推,像两条河流,跳过千山万水,合流为一。
> 他握住她的手,她没有抽回手去。
> 主席喊道:"一种种植奖!"
> "譬方说,方才我到府上……"
> "甘冈普瓦的毕日先生……"
> "我怎么晓得我会陪你?"
> "七十法郎!"
> "有许多回,我想走开,可是我跟着你,待了下来。"
> "肥料奖!"
> "既然今天黄昏会待了下来,明天,别的日子,我一辈子,都会待了下来!"
> "阿尔卡意的卡隆先生,金质奖章一枚!"
> "因为我和别人在一道,从来没有感到这样大的魅力。"
> "伊如里·圣·马尔旦的班先生!"
> "所以我呐,我要永远想念你的。"
> "一只'麦里漏斯'种公牛……"
> "不过你要忘记我的,我要像一个影子过去的。"
> "圣母……的柏劳先生。"
> "哎呀! 不会的,我会不会成为你的思想、你的生命一部分?"①

以上的叙述里,爱玛和罗道尔弗两人谈情说爱的"情境"和展览会上演讲的官员(主席)的"情境"互相切换,不同的空间(画面)交替呈现;于是,一连串的不同空间就出现了非逻辑的并呈,达成一种非线性的立体结构。而且,这个立体结构的内部,时间逻辑还是一以贯之的,所以总体上没有形成时空错乱。这种以"情境"为主要元素的"空间结构"模式,是对现代现实主义时间性的"线性结构"模式的超越。

上述这种叙事,必然导致了小说的情节淡化。福楼拜主张小说创作的客观性、生活化,认为小说创作是对现实生活的自然的展览,因而他对

---

① 福楼拜:《包法利夫人》,李健吾译,杭州:浙江文艺出版社,1992年,第138页。

虚构故事是十分反感的。在他看来，虚构和想象将使小说所描写的生活背离现实世界；既然小说是对生活的"展览"，是对生活作科学化的还原，那么，作家在创作中首先要考虑的就不是故事的曲折离奇，而是所表现的生活是否最大限度地切合生活的自然形态。现实生活本身常常是平常无奇的，故事性往往是人为的东西，因而，当小说自然地呈示生活时，所描写的生活也便是平淡无奇甚至是支离破碎的。福楼拜所看重的也只是一些平淡无奇的小事。正如他的学生莫泊桑所说，"布局的巧妙绝不在于激动人心或富有情趣的情节展开，也不在于有一个使人看了欲罢不能的开端或是有一个惊心动魄的收煞，而在于把那些可信的小事巧妙地组合在一起以表现作品确定的含义"[①]。所以，如果从传统小说的结构美学看，福楼拜的小说故事性不强，文体也趋于散文化了。《包法利夫人》总体描写了爱玛的悲剧故事，情节的基本框架是存在的，但其中却没有传统小说尖锐的戏剧性矛盾冲突。爱玛同三个男人的关系（实际上是三个故事）彼此之间并没有一种逻辑发展上的因果关系，把同赖昂或罗道尔弗的关系（故事）中的任何一个抽掉或者彼此换位，作品的结构并不会受到解体以至破碎那种程度的损害。福楼拜的另外一部小说《情感教育》的故事性更弱。主人公弗雷德利克几乎同时与三个女人交往，三个恋爱故事似乎无主次之分（从行文方式的角度看）。故事的展开也没有严密的逻辑层次，似乎完全由弗雷德利克主观的好恶决定，他想到哪个情人家去，就到哪个情人家去，故事也就在哪个情人那里展开。这样一来，传统小说意义上的"情节性""故事性"被消解了，而"生活化"的特征则更明显了，小说的行文方式则由于故事性的消解而趋于散文化。故事性的消解与散文化趋向，是福楼拜小说超越现实主义而走向现代主义的又一重要表现。

俄国19世纪后期的杰出小说家陀思妥耶夫斯基，以其"复调"的叙述方法打破了欧洲传统的情节与结构的模式。在传统小说的独白型构思中，主人公是封闭式的，他的思想所及，有严格的限定的范围。他的活动、感受、思考和意识，都不能超出他的为人，即作为特定的现实的形象而局限于自己的性格、典型、气质，否则便要破坏作者对他的独白型构思。这样的形象是建立在作者的世界观里的，而作者世界对主人公意识来说是个客观的世界。要建立这个世界（包括其中的观点和最终的定评），前提是要有外在的稳定的作者立场、稳定的作者视野。主人公自我意识被纳

[①] 莫泊桑：《论小说》，见《漂亮朋友》，王振孙译，上海：上海译文出版社，1993年，第406页。

入作者意识的固定框架内,作者意识决定并描绘主人公意识,而主人公自我意识却不能从内部突破作者意识的框架。主人公自我意识建立在外部世界坚实的基础上。① 然而,"在陀思妥耶夫斯基的小说中,没有原因,不写渊源,不从过去,不用环境影响、所受教育等来说明问题。主人公的每一个行为,全展现在此时此刻,从这一点上并无前因;作者是把他当作一个自由的行动来理解和描写的"②。陀思妥耶夫斯基"要把一切都作为同时共存的事物来观察,要把一切都平列而同时地理解和表现,似乎只有在空间中而不是在时间里描绘,其结果,甚至一个人的内心矛盾和内心发展阶段,他也在空间里加以戏剧化了,让作品主人公同自己的替身人、同鬼魂、同自己的 alter ego(另一个自我)、同自己的漫画相交谈(如伊万和鬼魂、伊万和斯梅尔佳科夫、拉斯科尔尼科夫和斯维德里盖洛夫,等等)"③。这种纷繁多样声音和意识通过作者的艺术组织,形成了一种大型的对话结构形态,展现了同时共存、平行发展的情节线索,并进而形成一种紧张而又有张力的情景或氛围。如小说《白痴》中,短暂的十几个小时内,一系列的人物聚集在一起,事件一而再再而三地频频突发,冲突、对话……几乎都在一个平面和空间中展开,时间和历史仿佛中断。陀思妥耶夫斯基总是企图"在一瞬间集中尽可能多样的事物",于是,"才出现令人瞠目结舌的情节剧变,'旋风般的运动',陀思妥耶夫斯基的流动感"。④ 就是这样,把许多事物置于一个时间、一个空间,让它们集聚、对话、冲突,"一切集中在同一时间而不在历史的纵向发展的维度上,一切处在同一空间而不在叙事的历史时间之中"⑤。陀思妥耶夫斯基的代表性长篇小说《卡拉马佐夫兄弟》,其"结构在很多方面与现实主义小说面目迥异:悬念是通过对读者隐瞒信息而产生的;使用了倒序和一些铺垫;许多叙述和话语的插入打断了行动的进程(佐西马神父的谈话和训言、'宗教大法官'、格露莘卡的'一根葱'等)。《卡拉马佐夫兄弟》包含大量与情节无关的题外话,比如,对老年生活的论述、对于女性歇斯底里症的观察、对克拉姆斯科伊的

---

① 巴赫金:《陀思妥耶夫斯基诗学问题》,见《巴赫金全集》(第五卷),白春仁等译,石家庄:河北教育出版社,1998年,第67—68页。
② 同上书,第39页。
③ 同上书,第41页。
④ 同上书,第38页。
⑤ 同上书,第48页。

画作的评论等等"①。由是,陀思妥耶夫斯基把小说的情节与结构艺术由历史纵向形态转变为横向形态,开拓了小说叙事的空间化和现时态,成为现代派小说叙事的一种雏形。

20世纪现代派小说"反传统"的一个突出表现是"反小说",即反对追求小说的故事性、情节性以及情节结构的逻辑性,强调主观的真实性。"现代主义追寻的真实,无论是在物质世界中还是在现代主体的潜意识深处,都是被视觉影像模糊了的真相。"②法国的"新小说"派作家力图打破传统小说的既定规范。在他们看来,巴尔扎克式的传统小说是主观的和人为的产物,是一种欺骗读者的虚构玩意儿;传统小说的所谓"故事情节""人物""环境",充其量只是一些事物的表象,是小说家用以引诱读者上钩的伎俩,绝不可能使人们看到事物的真相或本质。他们否定人物形象在小说中的地位,强调打乱传统小说的那种结构的完整性和情节的连贯性,排除小说的故事性成分,让小说走向"非小说"。福楼拜小说的非线性立体结构和故事消解、情节淡化的美学趋向与"新小说"有内在联系。可以说,"新小说"派的"反小说"是对福楼拜小说之创作理念和审美趋向的一种选择性继承和极端化发展。在这个意义上,福楼拜是在现实主义的土壤中孕育着现代派小说基因的作家。当然,反过来说,现代派小说也在不同程度上接纳了现代现实主义小说的情节结构的模式,或者说是改造性地传承了传统小说的模式。"现代主义继承了现实主义的残留和剩余物——被废弃的情节构成,把它们运用到一种非常不同的结构当中。"③

法国"新小说"派代表作家罗伯-格里耶(Alain Robbe-Grillet)的小说《窥视者》,描写的核心事件是少女雅克莲被奸杀,凶手是马弟雅思,他奸杀雅克莲的过程被于连所窥视。于连是"窥视者",而马弟雅思是被窥视者。不过,于连却从未站出来陈述马弟雅思犯罪的事实。作为被窥视者,马弟雅思在那间神秘的房子外,通过窗户、走廊和镜子的反光,反复窥视室内的情况,因而,马弟雅思也是窥视者。其实,马弟雅思的犯罪过程,也

---

① Victor Terras,"The Realist Tradition", in Malcolm V. Jones, Robin Feuer Miller eds., *The Cambridge Companion to the Classic Russian Novel*, Cambridge: Cambridge University Press, 1998, p. 199.

② Nancy Armstrong, "Realism before and after Photography: 'The fantastical form of a relation among things'", in Matthew Beaumont ed., *Adventures in Realism*, Oxford: Blackwell, 2007, p. 99.

③ Fredric Jameson, "A Note on Literary Realism in Conclusion", in Matthew Beaumont ed., *Adventures in Realism*, Oxford: Blackwell, 2007, pp. 269—270.

被由小岛上的人构成的社会所窥视，因而，作为整体的社会也是窥视者。然而，不仅作者始终没有说明凶手是谁，小说中所有的人，包括被害少女的男朋友于连，都没站出来揭发凶手。也就是说，所有的人都没有说出凶手，因为似乎谁也没有马弟雅思是凶手的确切证明，人们无论怎么努力也始终窥不见凶手犯罪的真实过程。就小说的叙述策略和结构模式来看，窥视者的多元性和交错性，造成了小说时空结构的不连贯性和故事情节的模糊性、非真实性。法国"新小说"派的另一作家克劳德·西蒙(Claude Simon)的《弗兰德公路》写二战后由佐治和科里娜夜宿时所产生的关于战时经历的回忆、模糊的印象、零碎的思想和杂乱的想象。小说分为三部，全部都是主人公佐治的回忆、印象和联想。第1部中出现的事件、场景又会重现在第2、3部中，不同的是每一次重复时又增添了新内容，这样就构成了布局上的循环往复。叙述既无先后逻辑，无因果关系，也没有时间上的前后承续关系，完全打破了传统小说的时间法则，而空间维度则显得十分庞杂而立体化，情节自然也就淡化。作者西蒙在接受《快报》记者的采访时说："在传统小说中，人们总是认为表现时间的经过只有用时间，我认为这想法幼稚。……在我看来，问题不在表现时间、时间的持续，而在描绘同时性。在绘画里也是这样，画家把立体的事物变为平面的绘画。在小说作品中，问题也是在于把一种体积转移到另一种体积中；把一些在记忆里的同时存在的印象在时间和在时间的持续中表现出来。"他还说，在自己的创作过程中，"全部事物一起涌现在我的脑海中，一阵阵地涌现"。[1] 这说明，西蒙在创作中有意识地置时间于不顾，而追求一种打破时间逻辑的空间结构，造成了严重的时空倒错的艺术效果。

总之，"现代主义小说打破了评判文学作品的既有标准，比如故事前后连贯、时间顺序渐进、情节结构完整以及耐人寻味等，令人惊讶地一头转向了对人的内心世界的关注"[2]。现代主义叙事作品以表现主观的"自我"为中心，让这个"自我"的各种思绪、感觉、遐想、回忆、幻觉、梦魇、胡思乱想、自言自语从这个中心向四处辐射出去。这是现代派叙事作品的一般程式；而把这种充溢着非理性的"自我"意识随时向四外辐射的真实状态自然地记录下来，这就形成了结构上的"立体格局"或"蛛网状结构"。在这种结构形态中，时间、空间、因果等逻辑关系的观念已被彻底打破，现

---

[1] 克劳德·西蒙:《弗兰德公路》,林秀青译,桂林:漓江出版社,1987年,第267—268页。
[2] Peter Gay, *Modernism: The Lure of Heresy: From Baudelaire to Beckett and Beyond*, New York & London: Norton & Company, 2010. p. 185.

代现实主义叙事作品中的那种有序的"线型结构"格局几近崩塌。由是，西方小说的发展也就由现实主义小说进入现代派小说阶段。当然，这只不过是西方小说的一个总的发展脉络和框架。事实上，在20世纪的西方小说界，现实主义小说依然在发展中创新；上述两种形态的小说也并非绝然对立的，而是互相包容，你中有我我中有你。特别需要指出的是，反现实主义的现代派小说，其实在情节结构上也并不是与现代现实主义小说毫不相干的。

第三节　叙述方法：从叙"事"、叙"情"到叙"心"

反映人的外部社会生活的广阔性和真实性，确实是现代现实主义文学的重要特征，但我们不能就此认为现代现实主义普遍忽视或者无视对人的精神－心理世界的描绘。事实上，在现代现实主义作家看来，人的内心世界像外部客观世界一样可以通过实证的方法予以研究和"再现"，揭示人的精神－心理的客观真实性，也是现代现实主义作家艺术创作的根本任务之一。由是，现代现实主义小说作为西方文学史上一种成熟的叙事体裁，表现在叙述的方法上，既有叙"事"的特点，也有叙"情"、叙"心"的特点；有时侧重于某一方面，而通常是兼而有之。正是在这种叙"事"、叙"情"、叙"心"的变奏中，现代现实主义文学沟通了与现代主义文学的联系，也表现了前者与后者的差异性。

一、叙"事"：情节性与外倾性

"叙事文学"是叙"事"的文学，通俗地说，就是"讲故事"。这当然是一种朴素的理解，但也说明了"故事"对于叙事文学的重要性；叙"事"便是传统意义上的叙事文学的根本任务与核心特征。事实上，从亚里斯多德开始的有关西方叙事文学的观念，就一直强调由人物的"行动"和"事件"构成的"情节"的重要性；从古希腊史诗与悲剧到传奇再到18、19世纪的小说，"故事"与"情节"不仅不可或缺，而且总是起着"骨架"的重要功能。正是这种注重情节的叙事文学，通过人物的"行动"和"事件"展现了生活的流变和社会的变迁，表现了特定时期人的精神、情感与理想。即使是以神话思维方式叙述故事的古希腊史诗，也广阔地再现了人类童年时期的社会与生活，从而获得了"百科全书"式作品的荣耀。romance(传奇)这样的作品,虽然故事离奇乃至荒诞,但也不乏对当时生活的真实反映。不过,这些作品对生活和社会的反映与再现,都基于人的外部行动,侧重于表现人的外部活动和外部世界,以叙"事"为根本任务,一直到小说的雏形开始出现的文艺复兴时期,依然如此。

《十日谈》被认为是欧洲最早的短篇小说文本。作者以中世纪晚期发生在佛罗伦萨的瘟疫为背景,创作了100个短篇故事。小说的题材主要来自意大利佛罗伦萨的市民生活,有的还来自意大利的民间传说,来自阿拉伯、印度等东方民间故事,也有的是法国的民间传奇。作者将现实的故事经过加工创造后,以短篇小说的情节叙述,表现人文主义思想,具有现实性和描写生活的广泛性。法国作家拉伯雷的《巨人传》被认为是开创了欧洲长篇小说新形式的作品。虽然这部小说结构松散,情节拖沓,但它标志了欧洲散文体长篇小说的真正开始,它为欧洲长篇小说创作树立了榜样。小说通过三代"巨人"离奇故事的描写,通过"特来美修道院"理想社会的描写,表达了对理想的"人"的境界的追寻。"巨人"们的行动及其构成的"情节",主要表现的是人的一种外在性生活与存在状态,极少指涉人的精神与情感的内部世界。塞万提斯的《堂·吉诃德》通过堂·吉诃德曲折离奇的漫游,真实、全面地展示了16世纪末17世纪初西班牙的社会现实,生动地描绘了各种行业人的生活境遇,有力地批判了衰腐了的骑士制度,深刻揭示了西班牙王国日益衰落的趋势,表达了反对封建专制、向往自由幸福生活的人文主义思想。小说中描写的那个现实世界,与当时文艺复兴后期西班牙社会现实在本质上是对位同构的,因为作者正是以小说中描述的现实来暗喻西班牙社会现实的,由此也就使小说拥有了我们通常所说的现实主义因素,这都基于小说的外倾性叙述。这个时期的"流浪汉小说",通常也描写人物的"行动""事件"与"情节",所体现的是一种外倾性叙述。到18世纪笛福、菲尔丁等创作的所谓"现实主义小说",也大致属于外倾性叙"事"的范畴。《弃儿汤姆·琼斯史》是菲尔丁的代表性作品。小说通过"普通人"汤姆带着读者游历乡村和城市。不过,作者更关心的不是城市,而是乡村,因此,他更像一个"乡村绅士",因此写的更多更动人的是"乡村的常识"①,其间也恰恰寄寓了作者对和谐社会与生活的理想。《弃儿汤姆·琼斯史》通过对淳朴的乡村生活与世风日下、腐败

---

① C. N. Manlove,*Literature and Reality:1600—1800*,London:Macmillan,1978,p.136.

堕落的城市生活的对比描写,表达了对"单纯、天然、荣誉、感性愉悦"①等传统乡村的依恋和怀念。菲尔丁以现实的社会生活作为故事情节的背景,使读者了解到18世纪中叶英国城乡生活中许多细节,他描绘的场面犹如万花筒一般。小说多线索交错,使小说情节曲折复杂而生动、衔接严谨自然。它克服了流浪汉小说情节零散纷繁的缺陷,集中写了汤姆在乡镇、途中和伦敦三个空间的经历。

从上述的简要分析中可见,总体而言,18世纪以前的西方叙事文学,往往把故事情节的描写作为创作的核心;这种故事情节的叙述所承载的主要是人的外在的"行动"以及同这些"行动"相关的"事件",借"行动"与"事件"去呈现相应的社会环境与物理空间,也就是说,所叙述的中心是生活与历史之"事",所呈现的主要是人赖以存在的外部世界,而不是人的精神、心理和情感世界。虽然,任何叙事文学的情节性描写无疑都会涉及人的心理与情感内容,因此,所谓对"外部世界"的呈现也不可能是纯粹意义上的,但是,18世纪以前的西方叙事文学对世界关注的重心在外部世界,格外注重人的外在的"行动"与"事件",而不太关注描写人的内在情感与心理的变化,没有把对人的内部世界的展示作为文学表现的重要内容。因此,这种叙"事"的方法是外倾性的,或者说是以外倾性为主的。

二、叙"情":抒情性与内倾性

不过,在18世纪小说中,有两种小说特别值得关注,那就是感伤主义小说和浪漫主义小说。这两种小说在一个较为宽泛的意义上改变了西方小说叙事传统的外倾性叙述方法。

感伤主义(sentimentalism,源于 sentimental 一词,意为"多愁善感"),是18世纪末流行于欧洲的一种文学流派,崇尚情感,把关系当作衡量人的价值和区分善恶的一种标准。崇尚感情,就相应地要求文学作品倾向于人的精神特别是情感世界,深入分析人的心理与情感的流变。感伤主义最早出现在18世纪20年代末的英国,到了18世纪后半期,英国文坛出现了代表性感伤主义作家理查生和斯特恩。

萨谬尔·理查逊(Samuel Richardson)是18世纪英国小说界一位不可或缺的作家,他开创的书信体小说在笛福现实主义小说的客观真实之

---

① Stephen Bending, Andrew Mcrace eds., *The Writing of Rural England 1500—1800*, Hampshire:Palgrave Macmillan,2003,p. xxli.

外又新开辟了一条走向主观真实的现实主义小说之路。1739年,在两位书商的请求下,理查逊开始了《写给好朋友的信和替好朋友写的信》一书的写作,并于1741出版,该书用来指导当时的读者如何写信,尤其是满足妇女写信的要求。在该书写作期间,理查逊改编了他以前听到的一个关于女仆拒绝男主人求爱而最后又嫁给男主人的故事,他从1739年11月开始动手把它写成小说,1740年1月完成,书名是《帕梅拉,又名贞洁得报》(*Pamela:or Virtue Rewarded*),前两卷于1740年出版,后两卷于次年出版。这是一部书信体小说,在文学史上被称作第一部现代英国小说。它把对社会环境的描写和对人物心理活动的分析结合起来,通过有趣的故事使读者受到清教徒道德的教育。理查生着重描写人物的情感,把感伤主义引进了西欧文学,为18世纪末浪漫主义运动的兴起奠定了基础。法国启蒙运动思想家狄德罗在他的《理查生赞》一文里把理查生与摩西、荷马和索福克勒斯并列,称赞他深刻洞察人的心灵活动。理查生的第二部小说《克拉丽莎》约有100万字。《克拉丽莎》也是一部关于社会现实生活和人的情感世界的小说,写得十分动人,对西欧文学影响深远。法国启蒙作家卢梭写的书信体小说《新爱洛依丝》就是严格模仿理查生的小说《克拉丽莎》而写成。德国作家歌德的早期书信体小说《少年维特之烦恼》(1774)也是间接模仿理查生的小说写成。意大利剧作家哥尔多尼(Carlo Goldoni)曾把理查生的第一部小说《帕梅拉》改编成两部剧本。理查生将书信作为小说改革的突破口,并适应了时代的需求。理查生还曾经对书信体小说作过评论:"笔者认为一个故事……用一系列不同人物的书信组成,不采用其他评论及不符合创作意图与构思的片段,这显然是新颖独特的。"[1]应当指出,理查生的书信体小说也是早期心理现实主义的杰出范例。不少评论家认为:"这种样式的两个潜在的艺术效果是令人印象深刻的:即时感和对心理现实乃至意识流的探索。"[2]相比之下,尽管笛福的个人自传小说也向读者揭示了人物的"自我"和心理活动,但这是现在的叙述者对本人过去经历的自传性回忆,因而作品缺少即时感。而理查生的书信体小说"写信的思绪实际上变成了向我们公开的书本,由这种十分私密的书信引起的实际的参与感是这种技巧最有价值的艺术特征"[3]。"毫

---

[1] Samuel Richardson, *Clarissa: Preface, Hints of Prefaces and Postscript*, Oxford: Shakespeare Head,1930,Vol. Viii,p. 325.
[2] 李维屏:《评理查逊的书信体小说艺术》,《外国文学评论》2002年第2期,第95页。
[3] 同上书,第95页。

无疑问,书信体的一个主要吸引力(是否有意识体会到了则并无关系)是它适应了理查生本人对情绪、性情和动机做细腻分析的特殊禀赋。日记是一种连续的独白,而书信却可能是写给其他人的,事实上也是如此。小说家可以频繁地和冗长地使用它,这在舞台上可能是不堪忍受的和不可能的。从总体评价来看,理查生在英国文学史上值得骄傲的地位在很大程度上应该归功于这种心理分析。"①正是理查生的书信体小说,将成功的心理分析和情感描写引进了小说,使西方小说的叙述方法从客观转向主观,从外界转向内心,开拓了小说创作的新领域。此外,理查生不用奇闻逸事来吸引读者,摆脱了传奇故事的影响,真实性更强。英国批评家克罗斯曾说:"理查生小说的内容与奇诡的传奇大不相同。他的小说中没有辉煌的宫殿,没有海上和陆地上的奇遇。没有激流中的泗游,没有地震,更没有神鬼作祟的城堡……理查生扫除了传奇中的一切点缀。"②

与理查生几乎同时代的英国感伤主义小说家劳伦斯·斯特恩(Laurence Sterne),将18世纪抒写真实感情的文风推向高潮,他的创作不仅标志着感伤主义文学的发展,而且,他的感伤主义小说促进了浪漫主义文学在英国的兴起。斯特恩在自己时代小说创作中大胆试验,不但创作了具有后结构主义特征的作品,而且将小说的叙述方法转向人的精神世界和内心真实。长篇小说《项狄传》和《感伤的旅行》是斯特恩最重要的两部作品。《项狄传》的全名是《绅士特里斯特拉姆·项狄的生平和见解》。全书共分九卷,小说的框架结构杂乱无章,断断续续的叙述线索随意穿梭。自笛福以来,这部小说被公认为是一种记录"私人历史"的文学体裁,也被称为英国第一部实验小说。《项狄传》在谋篇布局、文理叙事和时间的处理上打破了理查生和菲尔丁开创的小说的文体模式,更新了小说观念。斯特恩在小说中试图打破艺术和生活之间的界限,采用新颖独特的艺术形式来模仿人物内心的生活,并以此来揭示一种新的、可以透视的现实。《项狄传》共为九卷,长达600多页,主要描述主人公项狄的精神世界和心理变化以及他对人生的感伤情绪。米兰·昆德拉极为肯定这部小说的价值,他曾经说:"我最喜欢劳伦斯·斯特恩的作品《项狄传》,这是

---

① George Saintsbury, *The English Novel*, NewYork: AMS Press, 1979, p. 92.
② Wilbur L. Cross, *The Development of the English Novel*, New York: Macmillan, 1899, p. 27.

一部让人奇怪的小说。"①《项狄传》的结构具有反传统、反小说的艺术特征。它打破了小说写作的传统格式,打乱了年代、空间的次序,充满了长篇插话,作者的前言不是放在小说的正文之前,而是出现在第三卷的第二章之前,作者借叙述者之口对材料易位的原因作了有趣的解释:"我的所有人物都暂时离去,我第一次获得了空余时间,于是我要利用它来写我的前言。"这部小说丰富了18世纪刚刚兴起的小说新文学样式,后来甚至被有的评论家冠之为"后现代主义"鼻祖的称号。特别需要强调的是,《项狄传》非常明显地将小说的表现对象从外部的物质世界转向了人物的精神世界,采取"内省"的方式大胆探索变化多端的感性生活,充分展示了主人公对生活的感性认识和心理反应。斯特恩认为:"小说创作,只要把握得当,不过就是对话的别称而已"②,"文学的主要任务是描写人的内心世界和变化无常的情绪"。"小说结构的基础不是逻辑性而是情感性原则。"③在《项狄传》中,主人公对社会经验不感兴趣,而是十分重视其本人的感觉对经验的基石作用。项狄所关注的是大都与他本人没有直接联系或是在他出生之前他人所经历的事件,而且他对这些人和事的描述方式往往出人意料。正如项狄在第一卷第二十三章中所说:"我们的心灵不能通过身体显现出来……而是被一层不透明的血和肉遮盖着。因此,我们若想了解人物的具体性格,就必须采用其他方法。事实上,有许多方法能使人的才智发挥作用,将此事做得恰到好处。"④"书中的一些仅仅提问而不予回答的描写显得滑稽可笑,但并不缺少情感的描写,其目的在于打动读者的心灵。"⑤总之,从某种意义上说,《项狄传》的全部描述展示了主人公试图将其纷乱的思绪整理成一种文学叙述的过程。《感伤的旅行》通过许多细节,夸张地描写主人公的感觉和敏感的内心变化,抒发作者自己的思想情绪,具有浓厚的感伤色彩。小说家伍尔夫说,世界上没有哪部作品能像《感伤的旅行》那样,"笔触直捣人的心灵深处,既表现飘忽不定的情感流

---

① 米兰·昆德拉:《小说的艺术》,孟湄译,北京:生活·读书·新知三联书店,1992年,第88页。
② Walter Allen, *The English Novel*, London: Penguins Book, 1965, p.77.
③ 阿尼克斯特:《英国文学史纲》,戴镏龄等译,北京:人民文学出版社,1980年,第246页。
④ 李维屏、杨理达:《英国第一部实验小说〈项狄传〉评述》,《外国语》2002年第4期。
⑤ Mark Loveridge, *Laurenc Sterne and the Argument about Design*. London: Macmillan, 1982, p.153.

动,又呼应最细小而短暂的意念和冲动"①。小说的主人公约里克牧师实际在书中是作者声音的代表,小说记载了约里克穿行法国和意大利时的见闻和思想感情,这就使整部作品实际不是以笔录见闻为主,而主要是因事而引起的情感抒发,其中不论写人物心理还是谈叙述者自己的心情,都描绘得准确、生动和细腻。可以看出,文中利用了感伤的笔调摹写了人物的真挚的同情心和无法控制的感情;作者不关注描述旅行途中的所见所闻,不执著于异乡的人情风俗和真实的生活图景,而是着重记述作者在旅行途中对一些小事的感受。由于《感伤的旅行》特别擅长于抒发主观的感情和心理分析,"感伤主义"也就因此而得名,斯特恩也被视为感伤主义的代表作家,而且他还以感伤主义的笔法开启了英国浪漫主义的先河。斯特恩在欧洲文学史上对小说文体的革新方面的贡献,主要表现在他对人的内心世界和情感以及变化无常的情绪的细致表达上,这些使小说的结构基础建立在了情感之上,这为后来的浪漫主义文学提供了借鉴。

  法国的感伤主义在启蒙思想家、小说家卢梭(Jean-Jacques Rousseau)那里达到了高峰,而且,正是因为他的感伤主义叙述风格的作品,批评家们又把他看成法国乃至整个欧洲浪漫主义文学的先驱。这又一次说明,感伤主义和浪漫主义小说在叙述的内倾性层面上是一脉相承、互相呼应的。卢梭的文学创作"突破了古典主义和大多数启蒙作家的理性"②,他是"影响了欧洲各国整整一代的浪漫主义作家"③,他"无愧于自己作为感情主义者之首的杰出地位"④,我国五四新文学的代表作家"把他视为浪漫主义文学的'伟大的代表'"⑤。他的小说代表作《新爱洛依丝》(1761)"第一次冲破了理性对情感的节制",描写"无法控制的""压制不了的感情"⑥,"具有浪漫主义特色"⑦,"是法国浪漫主义运动的先声"⑧,它"奠定了'小说的现代帝国'的基础"⑨。上述这些说法,都指证了卢梭

---

  ① Virginia Woolf, Andrew Mcrace eds., *The Common Reader*, *Second Series*, London: Hogarth Press,1986,p.79.
  ② 郑克鲁主编:《外国文学史》(上),高等教育出版社,2006年,第135页。
  ③ 吴岳添:《卢梭》,北京:华夏出版社,2002年,第187页。
  ④ 欧文·白璧德:《卢梭与浪漫主义》,孙宜学译,石家庄:河北教育出版社,2003年,第78页。
  ⑤ 钱林森:《法国作家与中国》,福州:福建教育出版社,1995年,第106页。
  ⑥ 吴岳添:《卢梭》,北京:华夏出版社,2002年,第114页。
  ⑦ 吴岳添:《法国小说发展史》,杭州:浙江大学出版社,2004年,第99页。
  ⑧ 吴岳添:《卢梭》,北京:华夏出版社,2002年,第117页。
  ⑨ 米歇尔·莱蒙:《法国现代小说史》,徐知免、杨剑译,上海:上海译文出版社,1995年,第1页。

创作的特征:浪漫主义的文学观念和叙述的内倾性。

卢梭的《新爱洛依丝》也是书信体小说,它通过对男女主人公朱莉和圣普乐的感情纠葛的叙述,抒发了人物以及作者自己的情感心理。朱莉是贵族家庭中高贵的小姐,圣普乐仅仅是她的家庭教师——一个第三等级公民,然而他们却倾心相爱了。他们当中,无论哪一方似乎都忘却了自己的社会身份,因而从情感萌发时的那种心境来说,他们仿佛生活在远古的伊甸乐园之中,而且既无需上帝的引导与教诲,也不需蛇的引诱,而纯粹出自两性之间天然的情感呼唤,就像发自幽幽深谷的天籁之音,一切是那么的自然,又是那么的纯净和圣洁。在卢梭看来,正是这种男女之爱,不合乎平民与贵族不能通婚的社会道德,却合乎天赋的"自然道德"。也许,卢梭正是为了强调男女主人公之情爱的天然属性,强调这种天然之爱的合理性,才对这个爱情故事的地点作了精心安排:不发生在华丽的巴黎,而是在瑞士那清新、自然、美丽的阿尔卑斯山麓的自然环境中。确实,远离喧闹城市的自然风光,无时不在印证相爱于其间的男女主人公情感的自然天成。"人的眼睛从未见过这么美的小树林,轻风从未吹拂过比这更绿的叶簇。大地之所以装饰得这么美,是为了给你的幸福的情人,做一张与他所钟爱的人和把他消磨得筋疲力尽的爱情相配的新床。"①就在朱莉家附近那静谧美丽的小树林里,朱莉给圣普乐的初恋之吻,表达了她对圣普乐的纯真的爱,叩响了圣普乐永难宁静的心扉:"当我感到……我的手在发抖,我的心在颤动……你玫瑰色的嘴唇……朱莉的嘴唇……在我的唇上使劲亲吻,你紧紧抱着我的身体!我一瞬间,竟如同进入仙境。"这"仙境"无疑就是那浑然天成的人间伊甸园,男女主人公的相爱便是一种自然之音,这种爱似乎是不应该受任何人为之物阻隔的。正如圣普乐在此前给朱莉的信中曾说的那样:"我认为,我们应当生活得很愉快,然而实际上我现在并不愉快。你口中所说的那些明智的话,是没有用的;大自然的声音比你讲的话有力量得多。当大自然的声音与心的声音相融合的时候,有什么办法去抵抗它们呢……大自然的威力表现在你的眼睛里;只有在你的眼睛里,它才是不可战胜的。"圣普乐的话告诉我们,当朱莉因种种顾虑还不能坦然地表述自己也同样爱圣普乐时,她的眼睛已经自然而然地流露出了她内心的真实感情。这说明,他们之间的爱是发自内心的,因

---

① 卢梭:《新爱洛伊丝》,李平沤译,南京:译林出版社,1998年,第95页。下文中凡引自该小说的文字均不另注。

而是天然的,犹如自然现象,既天然合理,又不可抗拒。在卢梭看来,朱莉和圣普乐的爱顺应了自然的法则,他们的相爱,出于天然的需要。"真诚的结合是一切结合中最纯洁的"①;心心相印、怦然心动的自然之爱是美好而圣洁的。《新爱洛依丝》的前三卷,主要就是描写朱莉和圣普乐之间的这种自然情感。作者以书信的形式,用抒情的笔调,尽情地抒写男女主人公不可抑制的爱之激情,在美化此种自然情感的同时,也就肯定了人的自然纯真之天性的美好与高贵。作者想借此呼唤人们去珍视、珍惜人类的这种美好的情感,也即去珍爱人自己!卢梭通过抒写人的自然情感来肯定人类自身,并告诉人们:值得人赞颂并引以为豪的,并不仅仅是人的理性,还有其天然的自然情感;人之高贵不仅仅因其理性,还因其美好的情感世界。小说也因此助长了个性解放、情感自由的思潮,引发了18世纪末、19世纪初欧洲文学中的主情主义的感伤主义和浪漫主义文学思潮。小说情感与心理的张力大大抵消了情节与故事张力,艺术审美趋于情感性与心理性。在这种意义上,卢梭确实"无愧于自己作为感情主义者之首的杰出地位"②,他的小说的心理抒写和内倾性叙述方法深深影响了后来的浪漫主义文学。

歌德也是浪漫主义的先驱作家,他的书信体小说《少年维特之烦恼》也是抒情性、内倾性很强的作品。小说的故事情节并不复杂,或者说,它不是以外在的情节取胜的,而是以主人公因"烦恼"而生的情感与心理的纠葛吸引读者的——这种特别的"吸引"还形成了欧洲一段时期内的"维特热",可见小说的情感与心理之冲击力之强大。围绕着维特的"烦恼",小说的情节大致可分为三部分:第一部分写维特为了摆脱生活的烦恼,离开家庭独自来到乡村。在那里,他爱上了一个叫了绿蒂的姑娘,但是这位姑娘已经订婚,而且那男的就是维特的一位朋友。这样维特不得不离开绿蒂。第二部分是写维特离开绿蒂后来到一个公使馆工作,但是他看不惯官场的作风也受不了贵族们对他的歧视,他和那里的一切格格不入,最终受排挤而愤然离开公使馆。第三部分是维特又回到了绿蒂身边,但是这时绿蒂已经结婚。不久,维特在绝望中借了绿蒂的手枪自杀了。由人物的"行动"与"事件"构成的"情节"是单线的,简单而明了,在小说中起到了"框架"的作用。附着在这个框架中的是主人公维特情感与心理的演

---

① 阿尔泰莫诺夫:《十八世纪外国文学史》(上卷),方闻译,上海:上海文艺出版社,1958年,第387页。

② 蒋承勇:《〈新爱洛依丝〉与人性抒写》,《外国文学评论》2009年第3期。

变——"烦恼"的起伏跌宕。书信体的形式,既给作者抒发自己的思想与情感带来了便利,也使他对维特内心世界的描摹达到真切而细致的境界。这部小说的抒情性明显强于情节性。无论是由爱情带来的"烦恼"还是社会带来的"烦恼",都意味着维特对一种纯真人性的追寻;小说抒写了天然的情感与现实的矛盾冲突,其间,我们可以看到卢梭"返回自然"思想的影响。可以说,小说从形式到内容都有卢梭《新爱洛依丝》的印记。与卢梭一样,歌德在小说中特别注意把大自然与乡间的淳朴同人物的心境联系在一起,把纯真的爱情与天然的人性在一起——维特所挚爱的绿蒂就是纯真自然和天然人性的象征。"歌德带着丰富的感情描写春夏秋冬四季的景色,并把对自然四季的描写与维特的内心变化结合起来。他写景为的是抒情,抒情中夹着写景,形成情景交融。比如说小说开头,维特尚未遇到打击时,作者写了春天的美、山谷之秀、昆虫鸟兽、森林河川……使维特心情快活。到了小说的后半部,维特处处失意,作者便写了秋天的肃杀、冬日的凄凉。带着如此的激情描绘大自然,在歌德之前的德国文学中是罕见的。"①这种叙述方式显然是浪漫主义的风格:物我交融,写外在的物是为了描摹内在的心理与情感。

  作为浪漫主义在叙事文学方面的代表性作家,雨果的小说故事性、情节性很强,但是,相对于传统的以情节取胜的叙事文学,他的作品对人物情感－心理世界的关注明显增强。《巴黎圣母院》是典型的浪漫主义小说,其情节描写本身带有浪漫的夸张与神秘,而心理的描写也显得紧张而抒情。小说对副主教克罗德的描写,是洞透灵魂的。作者着力于这个人物的心灵的变异——神圣的教职与对正常人爱的渴望的矛盾扭曲了他的人性,小说对这个人物焦灼而畸形的情感与心理的描写既真实、浪漫又不乏神秘。本来,作为一个成年人,克洛德应当有正常的男女性爱,这是合乎人的自然天性的。可是,宗教教义不允许一个献身上帝的牧师有此要求。基督教教义认为,爱情是一种最可怕的异己力量,是一个凶神;女人是魔鬼给男人设下的陷阱中最可怕的一种诱惑。克罗德当然不能不恪守教规,为此,他在日常生活中抛弃尘世欲念,回避女性,即使是国王的女儿到圣母院来也拒不接近。这倒不是因为他的虚伪,而是他在教义支配下的自我克制。这种长时期对情感的克制,使他情爱层面的心理能量得不到正常的疏导,导致了整个心理结构的不平衡,乃至情感－心理结构的变

---

① 余匡复:《德国文学史》,上海:上海外语教育出版社,1991年,第144页。

异。久而久之,克洛德的情感—心理结构越来越不平衡,越来越被扭曲。正如鲁迅先生所说:"因为不得已而过着独身生活者,则无论男女,精神上常不免发生变化,有着执拗猜疑阴险的性质者居多。欧洲中世纪的教士,日本维新前的御殿女中(女内侍),中国历代的宦官,那冷酷险狠,都超出常人许多倍。别的独身者也一样,生活既不合自然,心状也就大变,觉得世事都无味,人物都可憎,看见有些天真欢乐的人,便生恨恶。"①克洛德就是这样,他越是在教会的阶梯上步步高升,他身上所具有的人的优秀素质就越来越少,36岁当上副主教的他,人性被扭曲了,心灵变得畸形了。然而,小说不无戏剧性地安排了天使般的爱斯梅拉尔达。她偏偏在这时出现在克罗德的生活中,爱欲的唤起和受挫使他的心理在极度扭曲后走向了行为与道德上的邪恶。第一次看到爱斯梅拉尔达跳舞后,他的心就像遭到雷击似的震撼不已,长期被压抑的情感欲望猛烈地冲击着他。当然,信奉上帝的克洛德不愿将自己的灵魂交给魔鬼,不会自觉自愿地走向陷阱,而是像以前多次做过的那样,本能地企图借助于上帝的力量抑制这种感情。然而,违背人性的宗教藩篱终究无法阻挡像火山一样喷发的人的自然情感与欲望,克罗德在接受了许多难以想象的痛苦折磨之后,终于向情感与欲望屈服了。他决定,为了爱斯梅拉尔达,他愿意抛弃过去认为神圣的一切,抛弃副主教的位置,从上帝的圣坛逃向人间世俗的生活。克洛德曾经向爱斯梅拉尔达真切地表白:

> 啊,我爱你!假若你是从地狱来的,我要同你一起回去,我所做的一切都是为了这个……啊,只要你愿意!……啊,我们能够多么幸福呀!我们可以逃走,我可以帮助你逃走,我们可以到某个地方去,我们可以在大地上找到一个阳光更好、树木更多、天色更蓝的处所。我们要彼此相爱,我们要互相充实彼此的灵魂,我们之间有着如饥似渴的爱情,让我们双方不断地来斟满我们那杯爱情之酒吧!②

上述这番表白告诉人们,克洛德像正常的人一样对爱情生活有热切向往。作为一个人,克洛德有权利爱爱斯梅拉尔达,就像畸形丑陋的加西莫多有权利爱爱斯梅拉尔达一样,至于他们的爱被不被对方接受,那是另一回事。问题的关键在于,克洛德的情感是发自那颗畸形的心灵,因而,他在爱欲无法实现又难以自制时,心灵就无法承受这种灵与肉的冲突所致的

---

① 鲁迅:《寡妇主义》,《鲁迅全集》(第一卷),北京:人民文学出版社,1998年,第264页。
② 雨果:《巴黎圣母院》,陈敬容译,北京:人民文学出版社,2003年,第422页。

极度的痛苦,这颗本来已变异的心灵进一步被扭曲,爱欲变成了对被爱者的极度的仇恨和疯狂的迫害。他的哲学是:要么得到她,要么把她交出去。他对爱斯梅拉尔达说:"命运把你我放在一起,我要主宰你的生死,你呢,你要主宰我的灵魂。"可见,爱欲此时在他的心灵里孕育出来的不是美丽的爱情的花朵,而是一颗毒果。小说故事情节的演绎与人物情感—心理的描摹融为一体,情节的生动性与人物情感—心理世界揭示的丰富性和深刻性,是这部小说动人的艺术魅力产生之根本缘由。

和雨果相似,美国的浪漫主义小说家纳撒尼尔·霍桑(Nathaniel Hawthorne)在《红字》中,也描写了神职人员复杂而变异的心理。霍桑受清教思想的影响,总是把抽象的"恶"当作一切社会问题的根源,认为人人心中皆有"恶",因此,他把人心比作蜿蜒的洞穴,把创作比作在这个洞穴中掘进,以发现那隐秘的"恶",这不仅决定了他的小说叙述方式的内倾性,而且还表现出他"对我们都十分关注的人性的深刻而透彻的洞察力"①。小说中,作者十分细致地描述了男主人公丁梅斯代尔矛盾痛苦的情感世界。比如,在小说的开头,②作者安排了这样一个场面:在审讯海丝特的法庭上,主持审讯的州长要求丁梅斯代尔设法用他的说教使这个犯罪的女人悔悟,让她供出同犯的名字,以拯救她的灵魂。丁梅斯代尔内心本已经够痛苦了,作者则紧紧抓住这颗颤抖的灵魂不放,一层一层地开掘进去。丁梅斯代尔牧师对海丝特的劝说词,其实又是他灵魂的自我独白,反映着他内心深处两种力量的激烈搏斗。一种是人性的力量,这种力量要他忍受着、同情着,要他分担海丝特的痛苦与耻辱;另一种力量是上帝的力量,这种力量又使他害怕、使他犹豫、使他屈服。他意识到自己的罪恶,意识到自己酿成的这杯苦酒是不应当让海丝特一人来喝的,而自己又没有勇气喝下这杯苦酒;他劝海丝特给他喝这杯苦酒的勇气,说出这个同犯的名字,不让他的痛苦之中又加上虚伪,但实际上,他恰恰无力撕下这虚伪的面纱;他劝海丝特,不要担心他会从崇高的地位上跌下来,而实际上他恰恰对这种跌落感到恐惧。这就是他当时的情感—心理状态,一颗矛盾痛苦的灵魂在自己的劝说词中袒露了出来。这里,霍桑并没有像司汤达或托尔斯泰那样用直接心理描述,而是通过一段劝说词,间接而真实地表现了一个深深负有罪恶感、内疚感和痛苦感的心灵的真实状态。

---

① Henry James,"Hawthorne", in James E. Miller ed., *Theory of Fiction*:*Henry James*,*Jr.* Lincoln and London:University of Nebraska Press,1972,p.124.

② 纳撒尼尔·霍桑:《红字》,侍桁译,上海:上海译文出版社,1981年,第19页。

更突出的是，在十一、十二章中，丁梅斯代尔由于内心的矛盾痛苦、长期的彻夜不眠，头脑经常出现一些幻觉：一会儿是一群恶魔向他在狞笑，一会儿又是一群圣洁的天使在眼前飞翔；时而出现父母亲的幻影，时而又是海丝特和珠儿向他飘来；接着他又像一个梦游者，深夜来到当年海丝特示众、受侮辱的那个刑台上，似乎这时可以把自己的罪恶公之于众。他大声叫喊，以发泄内心的痛苦，但又立即恐惧起来，以为全城人都听到了。这些都表现出他如坠地狱般的恐惧心理，因为正是内心的痛苦和恐惧，才会出现这些幻觉。小说的这些情感－心理描写本身不无戏剧性，心理描写、浪漫的虚构使小说不无私密性与传奇性。其实，"霍桑历来把自己的小说作品称作'传奇'"①；"对霍桑而言，传奇比小说虚构性更强，而现实性更弱……他可以沉湎于虚幻和离奇事物的叙述中。"②他提出："无论是在描写还是叙述是时候，都不必过于追求真实，否则的话，你行文就会和拘谨，反而达不到你所要追求的那种真实性的高度。"③所以，在霍桑的小说中，人物的"行动""事件""情节"是为人物情感－心理的张力所牵引和推动的，其叙述方法是内倾性的，而且，还充满了浪漫主义的离奇、幻想与神秘性、情感性。

浪漫主义倡导"表现说"，这对主导西方文坛2000多年的"摹彷说"是一种整体性否定。对浪漫派作家来说，文学创作不是对外在自然的模仿，而是作家的创造性想象；文学作品也不是自然的"镜子"，而是作家创造的另一自然，尤其是人的精神与情感世界的"自然"。浪漫主义文学把个人感情、主观世界诉诸海阔天空的想象与表现，因而在叙事文学中，其叙述方法就有其叙"情"所致的内倾性——当然也不完全排除叙"事"的外倾性以及叙"情"中的叙"心"（精神与心理内容）。正是由于浪漫主义者注重情感－心理的叙述与表现，他们的叙事作品对人的情感－心理世界——内部世界——的表现才较之于以前的叙事文学更为充分和深入，抒情色彩浓厚，具有很强的主观性和内倾性。这恰恰是浪漫主义在西方文学史上的重要贡献之一，是这一文学思潮和文学样式之现代性特征的重要表现之一。

---

① 申丹、韩加明、王丽亚：《英美小说叙事理论研究》，北京：北京大学出版社，2015年，第84页。
② Michael Davitt Bell, "Arts of Deception: Hawthorne, 'Romance,' and *The Scarlet Letter*", in Michael J. Colccurcio ed., *New Essays on "The Scarlet Letter"*, Cambridge: Cambridge University Press, 1985, p. 31.
③ Malcolm Cowley ed., *The Portable Hawthorne*, New York: The Viking Press, 1948, p. 618.

三、从叙"事"、叙"情"到叙"心":外倾性中的内倾性

(一)现代现实主义对浪漫主义的超越性传承

现代现实主义作家不满于浪漫主义文学的主观性与抒情性,追求科学理性意义上的客观性与实证性;他们反对突出作者的"自我",主张作家要像镜子那样如实地反映现实;他们的社会理想和道德激情往往是通过对生活的具体、历史的真实描绘而自然地流露出来的,生活描写的历史具体性和客观真实性正是现代现实主义文学的基本特征。"现实主义文学也依赖于艺术家的想象力和艺术选择,包括形式、风格、技巧各方面。但现实主义文学也有其不同的特点,即它有一个核心目标,读者至少曾在某一时刻忘记了作品的虚构性,并感受到真实本身。"[①]就此而论,19世纪现代现实主义不仅仅是对浪漫主义的反动,还重新回归到了被浪漫主义所贬抑的"摹仿说""镜子说"的文学传统之中。当然,这种"回归"不是简单的重复,而是在新的起点上扬弃传统后的传承,实则是一种超越。因为,现代现实主义在科学精神和实证理性引领下强调对现实生活的"再现",追求对社会与生活的客观、真实而广泛的"反映",由此,现代现实主义文学注重对人的外部世界的真实摹写,具有强烈的社会批判性和深度的思想容量;在艺术上,追求情节描写的生动性、丰富性和事理真实性,体现在叙述方法上则是叙"事"为主的外倾性。但是,现代现实主义并不因此就忽略乃至无视人的内部世界——精神-情感-心理。对此,我国学界的认识是失之偏颇的,过于强调现代现实主义对外部世界摹写的广阔性和社会批判性,而忽略其对内部世界表现的深刻性与艺术性;似乎现代现实主义反对浪漫主义的主观性与抒情性,就意味着现实主义作家对人的精神-情感-心理世界的必然轻视。其实,现代现实主义不满于浪漫主义的滥情与幻想,却并没有一概否定其对精神-情感-心理世界的描写,恰恰相反,在这方面,现代现实主义传承了浪漫主义所开创的内倾性传统。也就是说,现代现实主义虽然是打着矫正浪漫主义的"主观性""抒情性"和"虚幻性"的旗号出场的,但它实际上又借鉴了19世纪浪漫主义文学的艺术经验。

如前所述,事实上,早期的现代现实主义作家是从浪漫主义思潮中走

---

① Phillip J. Barrish. "Creating the 'Odour' of the Real: Techniques of Realism", in *The Cambridge Introduction to American Literary Realism*, Cambridge: Cambridge University Press, 2011, p. 42.

出来的。巴尔扎克和司汤达最初都是浪漫主义的追随者,但是,"他们俩随后都摒弃了浪漫主义的激情与狂热,对此,如果说巴尔扎克是出于本能,那么,司汤达则是出于超乎非常的选择"①。由于这种先天的与浪漫主义的血缘关系,"我们在司汤达和巴尔扎克的作品中可以看到,生活中具有悲剧色彩的严肃问题进入了现实主义文学的创作之中。很显然,这与浪漫主义……密切相关"②。司汤达非常重视从道德的角度来审视并表现人物,他对人物情感—心理的描写直接得益于浪漫主义。"在司汤达的作品中,高贵而孤独的心灵、充满自由欲望的激情,表现出了贵族的玩世不恭的浪漫气质。"③与之相似,巴尔扎克也是从浪漫主义转向现实主义的。不管是讲述事件还是塑造人物,巴尔扎克均大量使用浪漫派的夸张手法。"巴尔扎克把每一个平淡无奇的人间纠葛,都不无夸张地写成悲惨的结局,把每一种欲望都看作了不起的激情;很随意地给某个不幸者的额头刻上英雄或圣人的印记。如果是个女人,就把它喻为天使或圣母;把每个精力旺盛的调皮鬼及任何稍有阴暗面的人物都写成魔鬼;把可怜的高里奥老头称为'父亲中的基督'。"④在左拉的论述中,他虽然不止一次因为司汤达和巴尔扎克创作中的"未来讯息",将他们称之为自然主义文学的先驱,但同时对他们身上那种浪漫主义成分也曾多次进行严厉的批评。事实上,正是在19世纪中叶十分独特的社会—文化语境中,面对着浪漫主义文学运动的式微与其极端化所释放出来的负面效应,被浪漫派打倒了的古典主义与被否定了的"摹仿说"才挟带着"传统"的力量卷土重来。就像拿破仑倒下后波旁王朝的复辟——复辟者断难再将经受了大革命洗礼的法国社会带回到大革命之前,现代现实主义的一时火爆也绝不可能将西方文坛带回到古典"摹仿说"的旧有轨道,但汲取浪漫主义文学中有益的营养,恰恰是现代现实主义对传统"摹仿说"和"镜子说"之改造的一种体现。

这里,需要加以辨析的是,现代现实主义文学在叙述方式上总体趋于外倾性的同时,又是如何兼及内倾性的呢?其对人的精神—情感—心理的描写又有什么特点呢?

---

① Emile Zola, "Naturalism in the Theatre", in George J. Becker ed, *Documents of Modern Literary Realism*, Princeton: Princeton University Press, 1963, p. 204.

② Erich Auerbach, *Mimesis: The Representation of Reality in Western Literature*, Princeton and Oxford: Princeton University Press, 2003, p. 481.

③ Ibid., p. 482.

④ Ibid.

现代现实主义作家在强调描写社会的真实性、客观性和广泛性的同时，主导他们的科学精神和实证理性又启示他们：人的内心世界也是一种客观的真实存在，揭示人的精神－情感－心理的真实与自然状态也是文学作品反映现实的题中应有之义。福楼拜曾经断言："人心的解剖还没有完成……开始这类研究将是19世纪的唯一荣耀。"[①]因此，人的内部世界——精神－情感－心理的世界——无疑也是现代现实主义作家所要描写的"生活"领域。如前所述，这方面，现代现实主义得益于浪漫主义的内倾性叙述。但是，科学精神和实证理性制约下的现代现实主义作家对人的情感与心理的描写，也务求像外在情节与行动描写一样的客观性、逻辑性和事理真实性，追求逼真而且合乎性格、环境和事理的逻辑，而排斥浪漫主义作家的那种抒情性、夸张性和主观随意性。"处在那样一个到处都弥漫着平庸、功利、丑恶与卑鄙的怪诞的时代，巴尔扎克和司汤达表现出了相似的态度——以严肃而悲情的笔触，真实地再现普普通通的人的心灵世界。这是古典主义审美趣味流行以来从未出现过的新气象。"[②]这种"新气象"显然不仅仅表现在作为现代现实主义开创者和奠基人的司汤达和巴尔扎克的创作中，实际上表现在整个现代现实主义文学中。正是因为现代现实主义作家把人的精神－情感－心理世界也作为文学真实"再现"与"实证"的对象，于是也就形成了现代现实主义文学叙述方法上的外倾性基础上的内倾性特点；这既是现代现实主义对浪漫主义乃至整个西方传统文学的超越，同时也是现代现实主义的一种自我更新——从偏重对外部世界的摹仿，上升到叙述方法的叙"事"与叙"情"、叙"心"的内外兼顾。因此，我们不应该把现代现实主义对现实的真实反映仅仅理解为对外部世界的真实描写，虽然不同的现代现实主义作家在内与外的侧重上以及具体的表现手法上各个不同。接下来，笔者特以司汤达、托尔斯泰和陀思妥耶夫斯基三位作家为例作深入阐释。

1. 司汤达

司汤达小说对当时法国社会的描写是客观而真实的，所以，他被公认为19世纪西方现实主义文学的奠基人之一。但是，无论在他的长篇还是中短篇小说中我们都可以看到，司汤达十分注重描写人物心理变化的过程，人物的心理冲突往往是小说的内在情节。他细致地展示人物情感和

[①] 转引自郑克鲁：《现代法国小说史》，上海：上海外语教育出版社，1998年，第100页。
[②] Erich Auerbach, *Mimesis: The Representation of Reality in Western Literature*, Princeton and Oxford: Princeton University Press, 2003, pp. 480－481.

心理的细小单元,仿佛是通过显微镜使细微的细胞都清晰可见,而这一连串情感和心理的细小单元结成一个整体,就揭示了人物性格,因而,在展现人物心路历程的过程中,人物性格也得到了展示;与此同时,他又较为充分地再现了人物赖以存在的外部世界,因为作者总是将人物的心理冲突放在一定的社会心理背景上展开,人物的心理冲突,又往往是人与外部社会的冲突在心灵中的投影。所以,司汤达尽管有时也放手描写人物的外部冲突和外部世界,但其归宿始终在表现人物的心灵世界上。难怪批评家勃兰兑斯和朗松说:"司汤达全神贯注于心理学现象,把其他一切置之度外"[1],"什么环境描写、人物外貌、自然风光,在司汤达小说中几乎不占位置"。[2] 这两位批评家的说法固然有些极端,但起码说明了司汤达创作对人的内部世界的高度重视,事实上他的小说对人的心灵世界的描绘在现代现实主义作家中是风格独具的。[3]

需要强调的是,司汤达笔下展示的人物心理,通常有性格和环境的依据,合乎事理逻辑,体现出了较强的理性精神。在《红与黑》中,于连与德·瑞纳夫人之爱是有一个心理演绎过程的,其源头可以追溯到他们最初见面之时。当时,瑞纳夫人已经是两个孩子的母亲,但是,她却从未体验过真正的爱情,并且,她笃信基督,向来把小说中的男女之爱视为邪恶的表现。在于连到她家之前,她想象中的他定是个满脸污垢、粗鲁不堪的人。出乎所料,19岁的尚未涉足爱情的于连是个眉清目秀的"美男子"。当他带着"少女般羞怯"的表情第一次出现在市长夫人跟前时,她发呆了,继而心里"充满少女的疯狂的快乐","她只看见于连鲜明俊秀的面色,大而黑的眼睛,漂亮的头发,便为他迷住了"。与之相似,于连第一眼看到德·瑞纳夫人时,"被德·瑞纳夫人的温柔的眼睛吸引住了,也忘记了羞怯",接着,于连又闻到了市长夫人"夏季衣裳的香味,这对一个穷苦的乡下人来说,是怎样的惊愕啊!"。他觉得,这个年逾30的贵妇人"只是20岁的少女"! 在这一段内与外的描写中,作者把男女主人公推入一种他们自己都不曾意识到的"潜感觉"中:他们都不由自主地为对方的外貌、情态所吸引,客观的信息催生了主观的感觉流程。他们"呆""乐""着迷""惊""惊愕""面红耳赤"等情态的变化,显示了各自心灵深处的情感乃至爱欲

---

[1] 勃兰兑斯:《十九世纪文学主流》(第五分册·法国的浪漫派),李宗杰译,北京:人民文学出版社,1982年,第250页。
[2] 朗松:《法国文学史》,转引自《文艺理论研究》1984年第1期。
[3] 参见蒋承勇:《论司汤达小说的内倾性》,《外国文学评论》1989年第3期。

萌动。相比之下,这种爱欲在于连身上显得更突出。作者接着写道:于连"立刻产生了一个大胆的念头,想吻她的手"。但是他心里又害怕。吻手的念头是爱欲的进一步外现;而理性意识的抬头则使他害怕,阻挠了爱欲的外现。但害怕之后于连又立刻想到:"难道我是个无用的低能儿吗?我无用到了这个地步,不能做一个对我很有用的动作吗?也许,这个动作可以减少这个贵妇人对我的轻蔑。"这是于连强烈的自我意识的显现。自我意识是人的个体生存本能与社会环境冲突的产物,长期受社会压力的作用,渐渐挤压在前意识中,一有机会就会显现出来。于连从小受社会、家庭的压迫,因而自我意识格外强烈,当他的头脑中出现"无能""轻蔑"等词时,自我意识很快被激发出来,这是自我意识与爱欲之合力的作用,使刚刚还感到害怕的于连随即"大胆地拿过瑞纳夫人的手送到自己的唇边"。对市长夫人来说,于连的这一大胆举动,使她"大吃一惊",觉得"应该生气",但又很快就"忘记了刚才害怕的事儿",她对于连根本不存在责备之心了。她的"吃惊"是很自然的,因为像她这样一个贵妇人,道德理性意识的力量是远超过于连的。然而她很快又"忘记"了,这似乎不合理性逻辑,但却符合情感逻辑:由爱欲产生的情感主宰了她的心灵,行为也就由情感所操纵。以上的描写,均因显露了人物心理的深层内容,才使我们感到男女主人公情感、心理及外部动作、情态的变化入情入理。以后,于连和瑞纳夫人之间的"爱"的情感与心理的演绎无论冲突如何激烈,都是以上述心理冲突为原型展开的。于连在花园里出于"责任"第一次把市长夫人的手握住,从心理内容上看,主要受潜意识中自我意识的驱使,但也受爱欲的鼓动。至于市长夫人,对此,她先是"努力缩回"自己的手,继而由于"欲"和"情"的逼攻,她又让自己的手"留在于连手里",再接着又主动地"将她的手送给于连"。这里,人物外部动作的幅度是细小的,但心灵的起伏、情感的流动是大幅度的,其内在原因是深层心理能量的释放。当于连深夜潜入瑞纳夫人的房间时,双方心灵中表现出比以往任何时候都激烈的矛盾冲突,这主要是他们心理结构是"理""情""欲"搏斗造成的。经过漫长的心理演绎之后,他们各自心理结构中"情"的领域扩大了,"欲"的成分减少了,"理"的力量也进一步减退。于是,他俩的心灵趋于平静,他们坠入了倾心相爱的情网之中。到最后,"理"的力量近乎消失,"欲"则高度升华为"情",他们心灵冲突和情感的奔突平息了。所以,于连身陷囹圄,他们倒是心心相印,恩爱之情表现出超常的温柔、宁静与优美。总之,在于连和市长夫人感情和心理波涛的涨落中,深层心理内容的外现是很明显的。特别是在于连的心灵深处,心理与情感的演绎充满情感的张力又富有理性精神,合乎性格、环境的事理逻辑,因而也就符合生活真实之"可然律"与"必然律"。合乎逻辑的人物心路历程本身具有情节性和生动性,小说也由此显示了独特的艺术魅力。司汤达小说既叙"事"又叙"情"、叙"心",既真实地再现外部世界,又真实地表现内部世界,其叙述方法在外倾性中又包含了内倾性。

2. 托尔斯泰

如果说司汤达是循着人物激情的千变万化去发掘心理内容,因而是人的情感一心理的探索者的话,那么,托尔斯泰则是沿着人物紧张的精神探索去展露其心灵奥秘的,因而是人的精神一心理的描绘者。他的小说主要是通过展示人的精神与心理的风貌来反映19世纪中后期俄国社会现实的。俄国社会各阶层的人在新旧社会交替时期精神和心理状态的急剧变化,是托尔斯泰小说描写的中心点。他一方面广泛描写人的外在生活流,另一方面反复详尽地描述人的精神一心理现象流,归宿点则在对心灵奥秘的展示上。"托尔斯泰是人之肉体的伟大创造者,部分地是人的灵魂,即转向肉体、转向生命无意识的、动物性自发性之根的那方面的灵魂的创造者。"① 因此,作为现代现实主义巨匠之一的托尔斯泰,不仅逼真地描摹社会外部形态,还客观地展示人的心灵世界的真实流变。托尔斯泰小说也因此在描写外部世界的不同凡响的宏阔中拥有了揭示心灵世界的超乎寻常的深度和生动性。

无疑,托尔斯泰小说也广阔地再现了俄国社会新旧交替时期的生活,对沙皇专制统治下的黑暗现实有强烈的揭露与批判意义。但是,托尔斯泰对社会外部生活的写实性描绘同巴尔扎克等作家有明显的不同,他是由内而外地研究与描写人的生活,也即从心灵出发去观照人的生存状态的,社会外部生活的描写的最终目的是说明人的心灵世界。在托尔斯泰看来,由于人身上除了"灵魂的自我"外,还有"肉体的自我",后者往往驱使人去追求个人幸福,人的自私、情欲、伪善等卑劣的一面都由此而生,因而,人的"肉体"的欲望是人类天性中恶之本性,个体的人和整个人类要获得救,社会的恶要得以消除,就必须走道德自我完善的道路,走灵魂"革命"之路,以克制乃至消除克制恶欲的冲动。"为世界的秩序,必须改变人

---

① 梅列日科夫斯基:《托尔斯泰与陀思妥耶夫斯基》,杨德友译,北京:华夏出版社,2016年,第186页。

本身。托尔斯泰梦想的是内心革命,革命需要的不是武器而是毫不动摇的、准备承受任何痛苦的良心。这是一次灵魂的革命。"①所以,托尔斯泰认为,研究社会也必须从研究人的心灵开始,而通过研究社会,又可以加深对人的心灵的了解,也就有助于引导人们走向道德自我完善的道路;艺术在观照人的生存状态时,也应该由内而外地进行,中心点是透视人的灵魂的奥秘,而不是停留于外部生活的再现。"托尔斯泰越接近肉体——越接近把肉体与精神联系起来的因素——动物性——自发性的'精神的人',则他的心理学,或者,更确切地说,他的心理生理学,也就越确实和深刻。"②这就形成了托尔斯泰创作的一个明显特点:善于揭示社会表象背后人的精神－心理状态。

不可否认,《战争与和平》中有动人心弦的情节叙述,有对社会各阶层人的生活风尚的真实描绘,也有对炮火连天的战争场面的精彩描写,但这些描写与叙述都是围绕着人的精神－心理的流动而展开,并为揭示特定时代中人的精神－心理风貌服务的。小说不仅描写了不同形态的生活激流,描写了历史和社会的运动,更主要的是描写了人的内心生活的激流,展示了社会动荡年代人的群体心理。在国难当头的时候,社会各阶层的人都表现出不同的心态和精神风貌。在托尔斯泰看来,这种不同的心态和精神风貌的产生,决定于不同的人在把握心灵深处"灵魂"与"肉体"冲突时的不同方式。库拉金公爵那样的宫廷贵族们一味放纵自己"肉体"的欲求,他们孜孜以求的是个人利益和肉体的幸福,追求情欲、物欲、权欲的满足,他们不能爱人,也就远离人民。像保尔康斯基伯爵这样的庄园贵族,往往以追求"灵魂"幸福为目标,不仅追求个人的幸福,而且能为他人、为民族和国家谋利益,他们在国难当头时能挺身而出,显示其灵魂之高尚。像普拉东这样普通的农民士兵,更是因为心中装有上帝,一切从"博爱"原则出发,去寻找生命存在的意义,他们是有益于他人、国家和民族的人。各种不同的灵魂,在相似或相同的生活激流的冲击中呈不同的形态,这是灵魂的展览,是社会群体精神－心理的记录。小说中情节的叙述和对重大历史事件的描绘,都达到了透视人的心灵的目的,阐明了追求"灵魂"幸福和追求道德自我完善对国家、民族和社会的重要性。因此,托尔

---

① 斯蒂芬·茨威格:《作为宗教思想家的托尔斯泰》,高中甫译,见《欧美作家论列夫·托尔斯泰》,北京:中国社会科学出版社,1983年,第466页。

② 梅列日科夫斯基:《托尔斯泰与陀思妥耶夫斯基》,杨德友译,北京:华夏出版社,2016年,第184页。

斯泰说,他在创作这部小说时,"每一个历史事实都必须从人的角度进行解释"①,这是一部"心理历史小说"②。通过对人的心灵和道德风貌的剖析,小说又回过头来对社会生活的现状进行了道德评判,从而显示出揭露和社会批判的意义。他的另外两部代表性小说《安娜·卡列尼娜》《复活》也同样体现了这种内外兼及的叙述方法,精神—心理的描写更为集中、深入。象征描写是揭示人物心理的有效手法,有时比直接的心理描写更能表现人物的隐秘心理和精神状态。"托尔斯泰通常都坚持一种贴近现实的方法,但《安娜·卡列尼娜》却具有一些特点,违反了严格意义上的现实主义。小说中有大量具有象征意义的伏笔和明确的象征手法。一场暴风雪和一场致命的火车事故,象征着安娜宿命中激情的开端,渥伦斯基赛马时的粗心导致了他漂亮的牝马佛洛佛洛的死亡。还有其他类似的细节,无不预示了小说的悲剧性结局。安娜和渥伦斯基两人做过的恐怖的噩梦同样具有象征意义。"③

托尔斯泰对整个人类生存状态的由内而外的艺术观照方式,又导致了在具体物景描写上的心灵化特征。在巴尔扎克、狄更斯和福楼拜等作家笔下,对物景的描写力求客观、逼真、细致,符合生活原本的样子,因此,物景往往是物质化的。如巴尔扎克《高老头》中对伏盖公寓的描写,那种风俗化式的逼真的艺术效果是令人叹服的。这样的描写在尔斯泰的作品里是罕见的,一则因为托尔斯泰原本就不像巴尔扎克那样注重物质环境的摹写,二则因为即使描写物景,也往往不是纯客观地进行,也不只是通常的以景衬情、借景抒情,而是从人物心灵出发,并直接为展示人物精神—心理的演变或微妙变化服务,因此,他所描写的物景被心灵化了。如托尔斯泰的早期作品《少年》的第二章"雷雨",从雷雨降临到雨后放晴、阳光普照的自然景象,无不起到外化主人公精神—心理的作用。雷雨之前,隆隆的雷声,沉闷的天气,给人以压抑沉闷之感;雷雨乍到时,天空和地面上的景物急剧变化,使人惊慌恐惧。这些都从少年尼考林卡的眼睛出发加以描写,外化出他惶恐不安的心理状态。雨过天晴,各种滋润的野生植

---

① 转引自米·赫拉普钦科:《艺术家托尔斯泰》,刘逢棋、张捷译,上海:上海译文出版社,1987年,第89页。
② 转引自雷成德等:《托尔斯泰作品研究》,西安:陕西人民出版社,1985年,第99页。
③ Victor Terras, "The Realist Tradition", in Malcolm V. Jones, Robin Feuer Miller eds. , *The Cambridge Companion to the Classic Russian Novel*, Cambridge: Cambridge University Press, 1998, p. 198.

物透出阵阵迷人的秀色,林中传来布谷清脆的歌声,这又是尼考林卡愉快心境的外化。在《战争与和平》中,安德烈在奥斯特里茨战场上中弹倒地,这时,作者从安德烈的视角出发描写高深莫测的天空和空中静静地飘动的灰色的云彩。天空的广阔无边与个人荣誉的渺小,灰色云彩的飘忽不定与功名的虚幻相对应。这一自然物景与主人公的心灵相沟通,展示了安德烈一生中的一次重大的精神-心理演变,作者显然是为写主人公的心情而写这一物景的。又如小说中两次描写老橡树,由于安德烈的心境的不同,同样的老橡树却具有不同的生命特征。当安德烈对人生感到绝望之时,他眼中的老橡树"像一个古老的、严厉的、傲慢的怪物",它似乎也在谈论和思考春天、爱情和幸福之类虚幻的、欺骗的故事。而当安德烈在充满诗意的月夜被娜塔莎激起对新生活的憧憬与渴望时,他眼里的老橡树又枝叶繁茂,焕发了生机。这里,作者刻意追求的也不是物的逼真,而是物与心的交融与感应。《安娜·卡列尼娜》中写到安娜从莫斯科回彼得堡的途中遇上了暴风雪,它冰冷可怕,似乎在背后隐藏着难以抵御的神秘而恐怖的力量,会随时携灾难给人。这一物象恰恰与安娜内心深处萌生的对她与渥伦斯基的爱的危机感以及对未来命运的忧虑与恐惧的心境相契合,所以,暴风雪的物景是主人公难以名状的深层心理的外化。托翁小说中诸如此类的物景描写都不只是一般意义上的移情手法的运用,而是他的艺术思维方式在具体物景描写上的表现,具有更高的美学意义。特别需要指出的是,托尔斯泰深刻地洞察人的心灵世界,在描写人的"肉体"与"灵魂"的冲突时,已触及了非理性内容。正因如此,他的小说在具体展示人物精神-心理流变时,往往能展示人物意识流动的无序性,使他的心理描写蕴含了现代"意识流"的审美品格。在他的自传三部曲中,就已表现出作者洞察灵魂奥秘的杰出才能。《童年》中写尼考林卡深夜去同母亲的遗体告别,主人公整个心理活动显得十分复杂,他心中恐惧、疑虑、虚荣、幻觉等交织在一起,整个心理流变是非逻辑、不规则、随机性的,这正合乎深夜告别母亲遗体时的迷乱心境。在《战争与和平》中,有一段描写安德烈受重伤后神志不清时的心理流变的文字:

> 思绪忽然中断了,安德烈公爵听到某种轻轻的低语声,合着拍子,不停地重复着:噼啼——噼啼——噼啼,然后啼啼,然后又噼啼——噼啼——噼啼,然后又啼啼。与此同时,在这种低沉的音乐声中,安德烈公爵觉得在他脸上,在脸部正当中,升起了一个由细针或碎片凑成的奇怪而轻飘的建筑物。……安德烈公爵一面听着低语

声,感觉到这个伸出的升起的细针凑成的建筑物,一面断断续续地看见蜡烛的红色光晕,听到蟑螂的爬动声和撞在他枕头上和脸上的苍蝇的声音。……使他惊奇的是苍蝇正撞在他脸上升起建筑物的地方,却没有把它撞毁。但是此外还有一种重要的东西,那是在门口的白色的东西,一个狮身人面像,它也在压他。

"但是那也许是我在桌上的衬衣,"安德烈公爵想,"这是我的两条腿,这是门,但是为什么它总是在伸展,在升起呢,并且噼啼——噼啼——噼啼,又噼啼——噼啼——噼啼……够了,停止吧……安德烈痛苦地向谁恳求着……"①

这里,作者把人物的听觉、视觉、触觉与意识中出现的各种幻觉和幻象杂乱地交织在一起,意识的流程就是非理性化形象,这显示了神志模糊中的安德烈非逻辑、非规则的思维与心理特征。托尔斯泰"对心理动机的阐述非常充分,而且在潜意识方面也预留了一些通道,这特别体现在导致安娜自杀和列文自杀抑郁症的事件中"②。安娜自杀前的心理活动,非常明显地体现了现代"意识流"的特点:

现在死的念头不再那么可怕和那么鲜明了,死似乎也并非不可避免的了。她现在责备自己竟落到这么低声下气的地步。"我恳求他饶恕我。我向他屈服了。我认了错。为什么?难道没有他我就活不下去了吗?"撇开没有他她怎么活下去的问题,她开始看招牌。"公司和百货商店……牙科医生……是的,我全跟杜丽讲了。她是不喜欢渥伦斯基的。这是又丢人又痛苦的,但是我要全告诉她。她爱我,我会听她的话的。我不向他让步;我不能让他教训我……菲力波夫面包店,据说他们把面团送到彼得堡。莫斯科的水那么好。噢,米辛基的泉水,还有薄烤饼?"她回想起好久好久以前,她只有17岁的时候,她和她姑母一路朝拜过三一修道院。"我们坐马车去。那时候还没有铁路。难道那个长着两只红红的手的姑娘,真是我吗?那时有多少在我看来是高不可攀的,以后都变得微不足道了!那时我能想

---

① 列夫·托尔斯泰:《战争与和平》(第三卷),高植译,上海:上海译文出版社,1981年,第1305—1306页。

② Victor Terras, "The Realist Tradition", in Malcolm V. Jones, Robin Feuer Miller eds., *The Cambridge Companion to the Classic Russian Novel*, Cambridge: Cambridge University Press, 1998, p.198.

得到我会落到这样可耻的地步吗？接到我的信他会多么得意和高兴啊！……①

这段文字从安娜"死"的念头开始，接着是回忆她和渥伦斯基的争执，接着又跳到眼前的面包店，由面包店联想到水和薄烤饼，再接着是回忆起她17岁时的情形，想到修道院、马车、铁路等，随后又跳到前不久她与渥伦斯基的争执，以及她的计划。整个心理流变时空交错，思维和情感的变化是非逻辑性的，这把处于生与死的恐惧中的安娜的复杂精神－心理真实地表现了出来，其中明显有非理性成分。所以，国外有的研究者认为，"《安娜·卡列尼娜》是一部带有一些与现实主义背道而驰的特点的现实主义小说"②。

托尔斯泰通过艺术形象反映人的心灵深处，他是人类心灵的探索者，他从人的心灵出发，深入研究人的外部社会生活，由外而内地把握了人的整个生存状态，既达到了人类心灵探索的深度，又达到了社会批判的广度，而对人的精神问题和心灵奥秘进行描述的丰富性与深刻性，是作为艺术家的托尔斯泰文学叙述方法的最突出特征。正是在这种系统而有意识的对人的精神世界的探索与表现中，托尔斯泰在心理描写艺术上形成了别具风格的"心灵辩证法"③。

3. 陀思妥耶夫斯基

同样作为现代现实主义代表性作家的陀思妥耶夫斯基，其小说创作对俄国封建农奴制向资本主义转变时期的畸形社会进行描写和揭露的深刻性是无可非议的。正是在这方面，别林斯基称他是果戈理的后继者，他的创作也确实继承和发展了果戈理开创的"自然派"传统。但他的小说为世界文学所做出的贡献并不限于此，还在于对畸形社会中畸形人性的深刻揭示，在于对人类心灵这个"谜"所作的史无前例的破译与开掘。他的小说通过对人的心灵的真实描绘，从而展示了新旧交替时期俄国社会的精神风貌。正如作者自己所说的那样，他写小说，是为了"详尽地讲讲所

---

① 列夫·托尔斯泰：《安娜·卡列尼娜》(下册)，周扬译，北京：人民文学出版社，1956年，第1105—1106页。

② Victor Terras, "The Realist Tradition", in Malcolm V. Jones, Robin Feuer Miller eds., *The Cambridge Companion to the Classic Russian Novel*, Cambridge: Cambridge University Press, 1998, p. 198.

③ 车尔尼雪夫斯基：《列·尼·托尔斯泰的〈童年〉和〈少年〉和战争小说》，翁义钦译，见伍蠡甫主编：《西方文论选》(下卷)，上海：上海译文出版社，1979年，第426页。

有我们俄国人在近十年来精神发展中所感受的"①。陀思妥耶夫斯基所处的是旧的封建主义价值体系遭到新兴的资本主义价值体系猛烈冲击、人们承受着衰败中的封建专制与迅速成长着的资本主义势力双重压迫的黑暗而混乱的时期。资本主义经济关系使人物化,人性被扭曲,封建的压迫使人丧失人格尊严。在这种生存条件下,人的心灵世界普遍陷于惶惶不安和无所适从的困境之中。善于研究人的心灵奥秘的陀思妥耶夫斯基敏锐地发现了处在新旧交替时期的人的心灵与精神的焦虑。在他的小说中,人物的心灵自由与人格尊严受外在物质世界和社会强权的压迫后趋于畸形变态,不同人物虽然社会境遇不一样,但通常都感受到人的权利被剥夺的痛苦和屈辱,却又无力反抗。在陀氏的小说中,我们到处可以看到这种痛苦灵魂的挣扎与呼喊,因而这些小说对时代的表现是深刻而有力的,它们无疑达到了现实主义真实地再现社会历史的高度。但是,陀思妥耶夫斯基在做这些描绘时,往往关注于人的心灵与精神状态本身,并由此揭示形成这种心灵与精神状态之社会的与物质的来龙去脉。这和巴尔扎克、狄更斯乃至托尔斯泰的小说都有很大的差异。《罪与罚》中拉斯柯尔尼科夫固然处于贫困潦倒的生活环境中,他的思想与性格形成自然不无社会的成因,但整部小说描写的重点并不是这个人物怎样与所处的环境发生冲突从而使性格形成和发展,而是他自身的主观意识如何一次次地展开尖锐的冲突,由此造成了他内心世界的深度痛苦与焦虑不安。环境虽然不时地加剧他的内心冲突,但却不能起到推进和改变他的主观意志和心灵结构的作用。他人的"爱"的感化看起来使他走向"复活",但这种"爱"也是经由他的心灵冲突后才体现其作用,而且,从人物既定的主观意志和性格逻辑来看,这种作用的产生是作者理想化的安排,缺乏主客观的必然性。所以,拉斯柯尔尼科夫的意志、精神、心理和性格基本上呈封闭状态。正是在这种封闭状态中,作者完成了对拉斯柯尔尼科夫趋于分裂的内心世界的展示,达到了他创造这一人物形象的目的,而创造这一人物形象的根本目的就是为了展现一种人的精神与心理的真实状况。可见,在陀思妥耶夫斯基小说中,外部社会形态与人物的心灵世界的关系不像巴尔扎克小说那样联系紧密,而呈现出疏离状态。由此,他小说中的矛盾冲突一般不表现为或不直接表现为人与人的行为冲突和人与社会的冲

---

① 陀思妥耶夫斯基:《陀思妥耶夫斯基书信选》,冯增义、徐振亚译,北京:人民文学出版社,1986年,第214页。

突，而是内在的心灵冲突。在这种内在的心灵冲突中又折射出外在的行为冲突和社会冲突，因而仍具有深刻的社会批判意义。在小说的结构形态和审美效果上，其作品也有新的特点。他的小说虽然都有基本稳定的情节框架，但情节本身的曲折复杂性削弱了，代之而起的是由人物的心理张力造成的紧张激烈的精神、情绪和情感的氛围。小说的外部情节成了人物心理冲突和心理流变的"物态"支架，它完全服从于人物心理冲突的展开与变换的需要，他的小说也就明显地心灵化了。他的最后一部长篇小说《卡拉马佐夫兄弟》中，卡拉马佐夫父子们的互相忌恨互相争夺是小说的情节框架，然而，小说却较少描写卡拉马佐夫父子争斗本身，而读者又可以从小说中感受到一家父子无所不在的矛盾冲突，其主要原因是作者紧紧抓住这一家父子各自不同、互相抵触的心理和意志取向，描绘出了这一家父子的心理角斗场，外在的行为冲突已被大量地内化为心理的冲突。所以，在审美效果上，陀氏小说吸引人的往往不是情节的曲折生动，而是心理冲突的紧张激烈，其叙述方法是内倾性的。

世界是怪诞而恐怖的，人生是屈辱、阴郁、令人绝望的，但人依然得活下去。在这种无可奈何的困境中，久而久之，人性慢慢被扭曲，心灵渐渐走向病态。因此，在当时的俄国，畸形变态本身是社会肌体中根深蒂固的东西。陀思妥耶夫斯基本人也被人看作"怪人""精神病患者""傻瓜""蠢货""白痴"……其实，如此看待陀思妥耶夫斯基的人自己的灵魂又何尝不是病态的呢？而且，这类病态畸形的人常常处于麻木不仁的状态，正所谓"昏睡于梦中而不知是梦"。如前所述的拉斯柯尔尼科夫等自我意识双向悖反式的人物，实际上就是心理变态的人物。从心理学角度看，他们的心理状态属于人格分裂或意识分裂。自我意识的双重性是通常人都存在的，但在常态情形下，这种双重意识往往处于意识的深层，并不表现为激烈的心理冲突。而自我意识双向悖反式人物则不同，他们心理意识中的两个"自我"不时地互相交锋，总是无法趋向统一和谐，这使他们的言行举止和精神状态表现出歇斯底里和非理性特征，在这类描写中，作者的笔触指向了人的意识的深层。拉斯柯尔尼科夫杀人是为了证明自己是"平凡的人"还是"不平凡的人"，然而杀了人后并没有得到明确答案。他感到自己是"虱子"，但另一个"自我"马上出来反对，要他承认自己是"人"。两个"自我"的拉锯式争辩使他陷入疯疯癫癫、如梦似狂的精神分裂状态之中，失去心理的常态：

人是不是虱子？——那，在我看来，人当然不是虱子，然而对于

> 一个从来没有想过这问题,而且干脆什么问题也不想的人,人就是虱子……如果说我苦恼了这么多天:拿破仑会不会去做这件事?那是因为我清清楚楚地感到:我不是拿破仑……我忍受了这一切空谈的全部痛苦,索尼亚,我早想从肩上卸掉这个痛苦的包袱了:我毫不诡辩地去杀人,为了我自己去杀人,为了我自己一个人!关于这件事,我甚至对自己也不愿撒谎,我杀人,并不是为了要养活母亲——那是瞎话!我杀人,也不是为了取得财富和权力以后成为人类的恩主。那也是瞎话!我只不过是杀人罢了。我杀人是为了我自己,为了我自己一个人!至于将来我能不能变成恩主,还是一辈子像蜘蛛似的,把所有的人捕捉到网里,从大家身上敲骨吸髓,到那时候,这对我来说反正一样!……索尼亚,我杀人的时候,需要的主要不是钱,而是别的东西……这一切我现在都清楚了……我想弄清楚另一件事,另一件事在怂恿我:那时我想弄清楚,我跟大家一样是虱子呢,还是人?我能不能跨过障碍?我敢不敢弯下腰去拾取权力,我是个发抖的畜生呢,还是我有权……
>
> 是怎样杀的呢?难道有这样杀人的吗?难道别人是像我这样去杀人的吗?将来我再告诉你,我是怎样去的……难道我杀死了老太婆吗?我杀死的是我自己,而不是老太婆!我一下子就把自己毁了,永远地毁了……杀死老太婆的是魔鬼,而不是我……①

这一长篇自白,时而是有条有理的自我陈述,时而是语无伦次的呓语,其根源在于心灵深处两个"自我"的激烈厮斗,意识趋于分裂的非常态。这种精神状况在杀人后的拉斯柯尔尼科夫身上反复出现,他的心理明显走向了变态。表面上看,拉斯柯尔尼科夫的意识分裂是他的那套"理论"造成的,而实质上是那个变异了的世界造成的。《地下室手记》中的"地下人"说自己是个"有病的人",那是因为这时他想起别人总是厌恶他。但随即他又想起这样会引起别人的怜悯,甚至进一步地嘲笑他,这意味着他的人格受辱,于是,过一会儿他就改口说"我是个凶狠的人",并作出一副凶恶的样子。这种前后的自相矛盾,表现出精神与心理的非常态。此类人物还有《双重人格》中的高略德金、《女房东》中的奥尔狄诺夫、《卡拉马佐夫兄弟》中的伊凡、德米特里等等。《穷人》中的杰弗什金、《罪与罚》中的

---

① 陀思妥耶夫斯基:《罪与罚》,朱海观、王汶译,北京:人民文学出版社,1991年,第556—558页。

马美拉多夫、《少年》中的奥丽雅、《被侮辱与被损害的》中的伊赫缅涅夫等善良正直而又命运多舛的"小人物"身上,存在着另一形态的变态心理。他们由于人格受侵犯,心灵的自由已丧失,人性亦被扭曲,因而他们总是像鼹鼠一样惶惶不安,他们的心灵既敏感又脆弱,几乎显得有些神经质。杰弗什金受尽了他人的白眼和嘲讽,就最怕他人的凌辱,又最易感受到这种凌辱,并常常为此痛苦得难以自制,直到自我作贱,好像才找到一种发泄的渠道。这类人物的惶恐不安、唯唯诺诺、谨小慎微、自卑自贱的心理,也正是人格变异、心理变态的表现。《白痴》中的梅什金公爵、《罪与罚》中的卡捷琳娜、《女房东》中的梅思金、《少年》中的娜斯塔霞等人物身上则患有生理上的癫痫病,他们的心灵也呈病态。但实际上这种癫痫病在小说中已拥有精神的、社会的含义。此外,像《罪与罚》中的索尼亚、《卡拉马佐夫兄弟》中的阿辽沙和佐西马长老、《少年》中的梅思金和索菲来等"圣者"的形象的心灵也都不同程度趋于变态。他们被"圣化"以后丧失了人的血性和灵性,灵与肉的天平严重倾斜,高度的理性原则使他们朝"灵"的方向扭曲。可以说,陀思妥耶夫斯基小说的人物几乎无一不是心理变态、人性扭曲的。

现实世界的怪诞与恐怖、人物心灵的变态与扭曲,导致了陀思妥耶夫斯基小说世界的总体变异,他的小说也因此与司汤达、托尔斯泰等现代现实主义作家的心理描写表现出重大差异,但在叙述方法的叙"心"与内倾性方面则显示了总体的一致性。

4. 小结

以上笔者以司汤达、托尔斯泰和陀思妥耶夫斯基为例,阐释了现代现实主义文学在外倾性的同时所兼及的内倾性叙述方法。应该说,这三位现代现实主义作家在内倾性的叙述方法方面是特别典型的。当然,除他们之外,其他的现代现实主义作家也不同程度上兼及了内倾性叙述方法,因为,把人物的精神—心理也视作文学实证性描写的范畴,这既是现代现实主义对浪漫主义文学内倾性特点的传承,同时更是现代现实主义有别于传统写实倾向之文学的一种重要体现。其实像巴尔扎克这样特别注重外部世界和物质环境描写的现实主义作家[①],也有其对人的灵魂世界的特别的关注与展示。他以其特有的严肃的手法"真实地再现普通人的内

[①] 参见蒋承勇:《十九世纪现实主义文学的现代阐释》,北京:中国社会科学出版社,2010年,第148—157页。

心世界"①,尤其是,他总是"把人的每一种欲望看作伟大的激情"②,并予以深刻的展示。比如,他把人被金钱激发的贪欲和激情描绘得淋漓尽致,由是,巴尔扎克真实地展现了把金钱的"上帝"供奉在灵魂深处的人们的心灵世界的千奇百怪,这便是他对人的灵魂世界描写的独特性,也是他的叙述方法的外倾性中兼及内倾性的一种独特表现。另外,叙"事"、叙"情"、叙"心"的概括性阐释都不过是为了论述的方便而言的,就某一个作家而言,都只不过是在某一方面有所侧重而已,而不是非此即彼的。

英国的小说理论家福斯特(Edward Morgan Forster)所研究的主要是 19 世纪的小说;他十分强调小说的"故事"和"情节",认为"小说的基本面是故事",而小说家是"情节制造者","情节制造者希望我们记住,而我们期待着情节制造者把一切交代清楚。情节中的每一个行动、每一句话都应该是重要的"。③"福斯特设定了这种'情节'符号全知全能叙述模式:小说中一切事出有因,作者必须事无巨细地把一切交代清楚。"④但是,与此同时,福斯特又认为,小说家必须十分了解人物"内心世界的隐秘生活"⑤;"幸福或者不幸在于内心的感受,它虽然深藏在我们的心底,但是小说家可以通过人物描写予以展示。我们把这种内心体悟称为隐秘的生活,因为它没有外部的证据"。⑥ 因此,在福斯特看来,小说和其他艺术形式的不同就在于,小说家可以走入人物的潜意识,使人物自己也没有意识到的心理内容向读者袒露无遗⑦。福斯特的这些看法都说明了 19 世纪现实主义小说在重视人的外部世界描写的同时,也正视人的内部世界,以不同的理念与方法在小说中展示人的内心世界的真实,是现代现实主义文学创作的题中应有之义。因此,"相对于 18 世纪那种将故事情节视为小说决定因素的看法,对人物内心世界的注重代表了观念的更新,并由此对小说技巧提出了新的要求"。⑧ 也就是说,小说家应该"把眼光投向

---

① Erich Auerbach, *Mimesis: The Representation of Reality in Western Literature*, Princeton and Oxford: Princeton University Press, 2003, p. 480.
② Ibid., p. 482.
③ E. M. Forster, *Aspects of the Novel*, London: Hodder & Stoughton, 1974, p. 61.
④ 申丹、韩加明、王丽亚:《英美小说叙事理论研究》,北京:北京大学出版社,2015 年,第 166 页。
⑤ E. M. Forster, *Aspects of the Novel*, London: Hodder & Stoughton, 1974, p. 33.
⑥ Ibid., p. 58.
⑦ Ibid.
⑧ 申丹、韩加明、王丽亚:《英美小说叙事理论研究》,北京:北京大学出版社,2015 年,第 170 页。

一个新的世界,这是一个变幻莫测的世界,如果墨守通常对事物的认识与表达方法,那么,就对这个世界难以企及"①。可以说,是19世纪的浪漫主义和现代现实主义文学把眼光投向了这个"新的世界",把表现人的内心世界确定为小说表现的重要内容,它们也因此共同拥有了突出的现代性特征,而现代现实主义小说使这种对人的内心世界的描写富于实证理性特征,在叙述方法上总体趋于外倾性中兼及内倾性的特征。

(二)现代现实主义与现代派的血脉勾连

如果说,由于浪漫主义作家强调"自我""主观性"与"抒情性",因此,他们的这种内倾性叙述的主观色彩和感情色彩较浓,那么,现代现实主义作家由于受科学精神和实证理性的牵引,其内倾性叙述相对比较理性,对人的精神—心理的描写更具有内在的事理逻辑性,心理流变的历程总体上是清晰而层次分明的。如前所述的司汤达、托尔斯泰和陀思妥耶夫斯基便如此。但是,托尔斯泰"心灵辩证法"式的心理描写,一方面有理性的逻辑,另一方面也触及了人的深层意识,表现出了"意识流"的萌芽。与之相似,陀思妥耶夫斯基在这方面有过之而无不及,他的心理描写较多地指涉分裂的人格,非理性成分甚多,逻辑性明显弱化。而恰恰是在这种精神—情感—心理描写的艺术发展脉络上,现代现实主义循着内倾性叙述的方向,为20世纪现代派文学更加向内转的发展提供了艺术的前因;或者说,现代现实主义在内倾性叙述方法的层面上,接续了与20世纪现代派文学的血脉勾连。

在现代主义倾向的作家看来,传统小说,尤其是现代现实主义小说那种看似逼真的人物与事件的描写,实则是一种假象。因为,现实并不是以跌宕起伏的故事形式呈现在人的面前的;生活的现状也不是一个循序渐进的有序结构,而是片段的、琐屑的、无序的和弥散的客观存在。因此,文学的叙述必须摒弃理性的组织、归纳与抽象,而应该通过作家心灵的主观感受真实地还原生活的自然状态,按照心理的真实——而不是客观外在之事理的真实——显现生活的原生态。"现代主义者创作当代小说,意在探寻一种透过迷雾洞察人物内心深处的表现方法,使小说变得令人费解并以此引人关注。"②"对人的内心世界的迷恋,对主观性的推崇以及反复

---

① George Levine,*The Realistic Imagination*,Chicago:The University of Chicago Press,1981,p.148.

② Peter Gay,*Modernism:The Lure of Heresy: from Baudelaire to Beckett and Beyond*,New York & London:Norton & Company,2010,p.184.

对传统小说写作方法的挑战——体现出一种固执的毫不妥协的精神——使得现代主义小说不被一般的读者所青睐。"①因此,现代派文学的叙述方法是内倾性的和非逻辑的,不仅情节淡化,而且描写和叙述的重点由外部世界转向了内部世界,外在的理性物理时空为内在的非理性心理时空所取代。

意识流小说家认为,生活的真实应该到人的主观印象和感性生活中去找,生活往往在意识的反光中显现出来,融化在回忆、联想思考、幻觉和憧憬之中;由于人的主观感受是生活的中心,所以,作家的主要任务就是研究和展示人的主观感受。因此,在意识流小说中,人物的精神—心理成了主导的内容,外在生活描写居于次要地位,而且大多是人物意识中虚幻、零散的印象与片段;揭示意识流动的不同层次(深层的与表层的、理性的与非理性的),可以显示出人物复杂而真实的内心世界;外部的情节让位于内在的心理,心理—精神因素成了小说结构的依据,叙"心"成为其叙述的核心,心理时空成为结构的中心线索,外部世界的逻辑时空普遍被心理时空所打乱,线型结构总体上被立体结构所取代。意识流小说家伍尔夫认为:向人的内心看,生活远不是现实主义小说家所描绘的那样,一个平平常常的人在一个平平常常的日子里,"他的头脑接受无数的印象——琐屑的,奇幻的,昙花一现的,或者以剃刀的锋利镌刻下来的,它们从四面八方袭来,就像无数原子组成的一场暴风雨";"生活不是一串安排得匀匀称称的马车灯,生活是一个明亮的光圈,自始至终笼罩我们意识的是一个半透明的封套。"②既然生活是主观印象和感情生活的总和,那么小说家就应该特别重视它们的变幻莫测、错综复杂和不可理解。因此,伍尔夫在自己的创作中,把呈现主观感受看成是反映生活的中心,以人的意识流动代替现实生活,把转述人的变幻莫测、不可知的、难下定义的精神—心理世界看成重要任务。为了实现这种任务,伍尔夫把时间分为"时钟时间"和"心理时间"。她认为,时间虽然使动物和植物合乎规律地成长、颓败和死亡,但对人的心理感受而言却完全是另一回事。"人们所感受的外在世界的一小时与时钟时间相比,或许被延长了五十倍乃至一百倍;反之,钟表里的一小时在人的心灵世界里又可能不过是一秒钟。我们有必要对时

---

① Peter Gay,*Modernism*:*The Lure of Heresy*:*from Baudelaire to Beckett and Beyond*,New York & London:Norton & Company,2010,p.185.
② 转引自陈焘宇主编:《外国现代派小说概观》,南京:江苏人民出版社,1985 年,第 194 页。

钟时间和心理时间的不对等关系给予更多的注意和研究。"①为此,伍尔夫强调小说家应该将叙述的重点放在人物的心理流变上,而不是放在按照通常事物发展的逻辑顺序意义上的人物的外在行为上。她的著名小说《达洛卫夫人》(又译《达洛维夫人》,*Mrs Dalloway*)恰恰是这方面的一个典型之作。小说不写女主人公奔波过程本身,而是写在这 12 小时内的心理和意识的变化过程。显然,小说中展现的外部生活场景是极为狭窄的,然而,凭借这狭窄的日常生活场景,达罗卫太太和书中其他人物的心理意识之流一道道、一股股地流向往昔,流向未来。达罗卫太太从早晨出去买花一直到晚上的宴会,共 12 小时,但是她内心的意识流动却跨越了从 18 岁到 52 岁的漫长时空领域。在这部小说中,故事情节和外部世界的叙述和描写已边缘化,弥漫于小说的是飘忽不定、连绵不绝的意识流。

詹姆斯·乔伊斯《尤利西斯》(*Ulysses*)很有代表性地实现了由再现客观真实转向表现主观真实、从对人物的物质生活描写转向对人物的内心世界和精神活动的表现、从对客观真实的追求转向对所谓永恒之内在真实的揭示的转变。伍尔夫赞扬乔伊斯为代表的现代作家,称他们是"精神主义者",认为《尤利西斯》对人的内心世界的描写"确实接近于内心活动的本质","如果我们所要求的是生活的本来面目,那么我们在那儿的确找到了它"。② 乔伊斯之所以对人的精神世界能做出如此真实的揭示,最重要的是将意识流引进了现代小说,而意识流成为小说创作的重要题材,则又标志着小说叙述领域的拓展。在这部小说中,意识流是一种特定的心理状内容,它模糊了理性与非理性、逻辑与非逻辑之间的界线,因而,它"也许是最纯粹的自我表现形式"③。《尤利西斯》没有统一完整的情节,事件缺少明确的时序,通篇是内心独白、自由联想、感官印象以及飘忽不定、如浮云流水般的意识与潜意识的连缀。特别是最后一章,堪称意识流手法的典范。该章文字长达 45 页,没有一个标点符号,原原本本地展示莫莉的意识流流动。莫莉此时躺在床上,意识活动处于一种自流状态,回忆、印象、感觉、思绪、意识之流通过自由理想飘然而出,表现出一种心理意识的原始状态。

---

① Virginia Woolf, *Orlando: A Biography*, London: Panther, 1977, p. 61.
② 弗吉尼亚·伍尔夫:《论现代小说》,见《论小说与小说家》,瞿世镜译,上海:上海译文出版社,1986 年,第 9—10 页。
③ 弗雷德里克·R. 卡尔:《现代与现代主义》,陈永国、傅景川译,长春:吉林教育出版社,1995 年,第 417 页。

在法国意识流小说家普鲁斯特（Marcel Proust）的《追忆似水年华》中，物理时间的时序安排完全被打破。这部小说对人的内心世界的呈现主要借助于回忆的方法，小说的内容就是由回忆组成的。"但是，回忆或普鲁斯特所说的模糊的记忆，是一个总的表现形式；这种回忆同以往文学中的倒叙已不可同日而语，它有极其丰富的内涵"①。普鲁斯特的意识流手法"是从味觉、嗅觉、视觉、听觉、触觉出发的"，"各种感觉产生联想"，"各种感官的通连转换并与记忆相连"，"将通感手法运用到小说创作"，这"无疑是一种创新"。② 普鲁斯特正是以这种创新的方法展开了对人的内心世界的研究与描绘，推进了现代小说叙述方法的"向内转"。对此，郑克鲁的比较分析十分精当也很能证明笔者的观点：

> 在普鲁斯特之前的心理小说家，还没有全力去研究、分析和描绘人的内心世界，换句话说，他们至多只以同样的注意力去描绘外部世界和内心世界。比如，司汤达，他在《红与黑》中，极注意描述外省小城维利叶尔和巴黎，同时也去挖掘人物内心活动；从篇幅来说，后者并没有超过前者。即使是托尔斯泰和陀思妥耶夫斯基也是如此。托尔斯泰虽然有大段的心理描写，但总的说来这方面的描写并没有超过对现实世界的描写。陀思妥耶夫斯基注意到人物的变态心理，在描绘人物的内心世界时形成多层次的结构，被称为复调小说。但是，也不能说他的小说是全力刻画人物内心的。也许只是从普鲁斯特开始，人物心理才真正成为与外部世界并列的另一个世界，作家的主要任务是倾其全力去表现这个内心世界。③

这里，虽然在普鲁斯特是不是最早开始全力描绘人的内心世界这一点上尚有可以讨论之处，但他与那些有内倾性叙述倾向，却依然十分重视外倾性叙述的现代现实主义作家的全然不同之处，正是他全力展开了对人的内心世界的描绘。

（三）结语

从浪漫主义的内倾性到现代现实主义的外倾性中的兼及内倾性，再到现代派总体趋向上的内倾性，其间既伴随着叙述方法的抒情性、实证性和非理性三个大致阶段的变迁，也伴随了内倾性叙述方法的一以贯之又

---

① 郑克鲁：《现代法国小说史》，上海：上海外语教育出版社，1998年，第101页。
② 同上书，第102页。
③ 同上书，第113页。

各有特色的现代性进程——从叙"事"、叙"情"到叙"心"的不同侧重。现代派在叙述方法、表现方法上的实验性创新——集中体现在对人的非理性世界的展示和心理描写的非逻辑性,也即总体上的叙"心"——从而拓宽、拓展了文学表现生活的领域、途径与方法,特别是提升了对人的精神—心理世界描写之深度。但是,这既不意味着小说创作理念与方法追求抵达了终点,也不意味着现代现实主义的创作理念与方法的被"颠覆"后的生命力终结。人的内心世界固然是文学描写的生活的题中应有之义,现代派对人的自然状态的精神—心理世界的展示无疑也有其超乎往常的真实性——一种非理性意义自然心理形态上的真实,但是,这并不能成为现代派轻视或忽略外部世界和故事性、情节性的理由。何况,现代现实主义从实证理性出发细致描写人的情感与心理,体现的是理性层面上对人的心灵世界的真实揭示,属于理性书写的范畴,在这种意义上,现代现实主义在重视外部世界描写的同时,兼顾了对人的内部世界的展示,既有其反映人的外部生活的真实性与广阔性,也有其揭示人的心灵世界的真实性与深刻性,因而无疑也有其当代价值与意义。当然,同样的道理,现代派在对人的内部世界描写方面的实验性探索,也有其历史意义和当代价值,它深化了文学对人的心灵与精神世界的认识、理解和表现。可以这么说,"现代主义小说的独创性与其说在于发现了人的精神世界,不如说在于对这个精神世界作了重新的界定。这样做的目的在于通过表现技巧的实验性探索,深化对精神世界的描写——这方面确实远远超出了此前小说家既有的心理探索的程度。于是,现代主义小说也就越来越成为一种表现人的精神意识的小说"①。这一方面使现代主义小说增加了阅读的难度,降低了某个层面的读者的阅读兴趣,从而使自己更为小众化,但这在另一方面恰恰显示了现代主义小说的新颖、特色与价值。由此我们又可以说,现代现实主义小说和现代主义倾向的小说对人的精神与心理世界都有自己的关注热情,但这种关注的角度和热情的程度还是有所不同,其表现方法上是各有千秋,因此也有其不同的艺术价值。从文学创作实践的角度看,汲取文学史上不同文学思潮之优长而发扬光大,才是文学艺术推陈出新、长盛不衰的根本奥秘,因此,这两种倾向的文学都值得我们去发掘与借鉴。事实上,"现实主义和现代主义的文学之间的关系并不完

---

① Peter Gay,*Modernism:The Lure of Heresy:from Baudelaire to Beckett and Beyond*,New York & London:Norton & Company,2010. pp.189-190.

全是对立的,尽管现代主义对现实主义确有其反叛性,但这可以唤醒现实主义小说,使其摆脱曾经是革命性技术的那些毫无疑问的假设和成规"①。而对于文学史的研究,站在不同的时代和立场,对不同的文学思潮作出当下的阐释,寻找其内在与外在的对传统之反叛中的血缘勾连,同样具有学术的意义和当下的价值。就此而论,"如果你认为现代作家和画家弃现实主义传统而去,因此便背弃了现实世界,这种想法是愚蠢的。尽管艺术的表现方法五花八门,但倘若不反映我们周围和内心的复杂世界,便很难令我们产生真正的兴趣。理解这一点,将有助于我们重新发现那些秉持现实主义传统的作家和艺术家……简而言之,我们已经能意识到,19、20世纪文学艺术发展的不同阶段其实是一脉相承的"②。

---

① Raymond Taillis, *In Defence of Realism*, London: Edward Arnold, 1988, p. 4.
② 莫里斯·迪克斯坦:《〈途中的镜子〉前言》,见《途中的镜子》,刘玉宇译,上海:上海三联书店,2008年,第7页。

第七章
理性传统与西方文学

> 理性和感性两个文化模式之间的关系是辩证的、彼此回应的,不是简单的周期性的你进我退。
>
> ——蒂莫西·C.W.布莱宁
>
> 每个时代的文化都表达着自身的集体经历,人类发展阶梯上的每一步,都有各自同样真实可靠的表现手段。
>
> ——以赛亚·伯林
>
> 现代主义写作的那些技巧革新,尽管有时威胁要用幻想、梦幻逻辑、内心独白、不连续蒙太奇等语言实验来替代现实主义,但要使这些方法显得可信,也必须充实大量的细节。这是专业读者都知道的,而普通读者自然而然地欣赏的一点。
>
> ——莫里斯·迪克斯坦

经过18世纪的思想启蒙,19世纪的欧洲在思想文化上结束了基督教的一元统治局面而走向了自由化和多元化阶段。浪漫主义和现代现实主义这两种在文学精神上近乎对立的文学思潮,差不多是在相同的时空里发展的,但在总体声势和最终结局上,现代现实主义的风头更甚于浪漫主义,占据了19世纪欧洲文坛的主导地位,并延伸到了20世纪。当然,浪漫主义也沿着唯美主义、象征主义、颓废主义的道路,延伸到了20世纪的现代主义文学潮流,所以现代主义又被称为"新浪漫主义"。浪漫主义和现代现实主义演变的不同取向,正好体现了各自在现代性问题上的不同面相:前者为"审美现代性"面相——张扬人的感性与非理性本质,后者为"社会现代性"面相——张扬人的理性主体性与理性本质。

浪漫主义者从卢梭的感性主义那里获取艺术灵感与精神养分,发扬光大之后又在整体上构成了与启蒙哲学的反叛。然而,启蒙哲学最主要的精神是张扬理性、崇尚科学,理性成了18世纪的最强音,而且,启蒙理性与自然科学几乎在18世纪轰毁了宗教世界观,高视阔步地走向了19世纪。在这样的背景下,卢梭本人作为启蒙思想家的代表之一,他也是不排斥理性的。因此,尽管浪漫主义不无先见地预感到了人类偏于理性与科学以及物质主义的不良后果,但是,由于理性本身是人之本质属性的一个方面,启蒙运动也已进一步昭示了人的理性价值与意义,在现实生活层面上,人们对它的崇尚无疑有增无减。在理性精神的鼓舞下,19世纪的科学进而取得了比18世纪更辉煌的成就;换句话说,18世纪的理性启蒙之花,在19世纪进一步结出了科学的丰硕之果,科学成了19世纪人们心目中给人以力量的新的上帝,理性也自然被认为是人之为人、人之高贵强大的根本的与本质的属性。较之18世纪,对人的理性本质和理性精神的肯定与崇尚有增而无减,甚至达到了"理性崇拜"的地步。正是这种区别于以前世纪的精神文化风气影响着文学的发展,孕育出了富有理性精神的现代现实主义文学思潮,它与崇尚感性、情感乃至非理性的浪漫主义文学思潮形成了鲜明的对照。

"理性"首先是一个哲学的概念,是指人"进行逻辑推理的能力和过程。是与感性、知觉、情感和欲望相对的能力,凭借这种能力,基本的真理被客观地把握"。① 理性与感性、灵魂与肉体、精神与感官、知识与本能等等,一直是西方人对自我之本质认识与理解的二元对立,在西方哲学和西方文化史的发展演变的过程中,这种二元对立的双方此消彼长并互相交替或互补。17世纪以前,新柏拉图主义认为世界是被神秘的力量所主宰的,物质之间彼此施加一种神秘的影响,对此,凭借人的能力无法得以理解。17世纪上半叶,英国的托马斯·霍布斯(Thomas Hobbes)和法国的雷内·笛卡尔(Rene Descartes)两位哲学家倡导了一种对世界的新的理解方法,他们认为宇宙实际上是由一系列类似于杠杆、滑轮、滚珠轴承等东西组成的奇妙而极为复杂的装置,但是,其机械特性意味着它是完全可以被人们借助于理性能力通过研究予以理解和把握的。他们提出的这种机械论的理解方式的基础和前提是人的理性,而且,在相当长的时间里,无论是唯物主义还是唯心主义哲学家,大都认同灵魂、精神、智性是人的

---

① 《简明不列颠百科全书》(第五卷),北京:中国大百科全书出版社,1986年,第239页。

理性的核心内容,体现人与动物的本质区别,"理性"通常被认为是"人类借以探索而非靠外部权威拥有的理解的能力"①,也即人所固有的智性禀赋。正是在这种意义上,人是"理性的动物"。尤其是经过18世纪启蒙运动之后,人摆脱了上帝的绝对控制,世界也得以"祛魅",人的自我的主体地位得以确立,人的本质内涵基本上被理性所主导或主宰,而感性本质被置于边缘的和无关紧要的位置。因此,"理性"成了"理性的时代"人们最珍视的理想。②

不过,"理性"作为西方人关于人性之本质的哲学追问之一,在不同的历史阶段,人们对其表述和理解是歧义纷呈的。或者说,"理性"虽然有其基本的意义踪迹可寻,但是,在历史发展的不同时期,其内涵是大相径庭的,并且,文学中的理性精神与哲学和科学领域的理性精神有渊源关系却又有自己艺术化的表达,我们需要予以适当的甄别与辨析。

第一节 "理性"源流之考辨:从古希腊至18世纪

古希腊早期的自然哲学家赫拉克利特(Heraclitus)认为,世界"是一团永恒的活火"③,而火是万物的本原也即万物之灵魂,"火是赋有思想的,并且是整个世界的原因"④,存在于人的身体中的灵魂则是本原的一部分。但是人的灵魂有"干燥"的和"潮湿"的两种⑤,"干燥的灵魂是最智慧、最优秀的灵魂"⑥,因此,灵魂"干燥"的人是理性的和优秀的,灵魂"潮湿"的人是感性的。因此人的灵魂要保持干燥,与宇宙之逻各斯(Logos)相融通,那就是灵魂的净化和智慧的显现。在赫拉克利特看来,人的最高天职就是通过理性认识作为世界之本原的逻各斯,体现人的智慧。他认为正义的生活不在于感性的快乐,"如果幸福在于肉体的快乐,那就应当

---

① 乔纳森·希尔:《兴奋时代的欧洲》,李红译,北京:北京大学出版社,2007年,第22页。
② 同上。
③ 北京大学哲学系外国哲学教研室编译:《古希腊罗马哲学》,北京:生活·读书·新知三联书店,1957年,第21页。
④ 同上书,第25页。
⑤ 同上书,第29页。
⑥ 同上。

说,牛找到草吃是幸福的了"①,但人的高贵在于有理性和灵魂,因此,"最优秀的人宁愿取一样东西而不要其他的一切,这就是,宁取永恒的光荣",②也即理性的和火的灵魂。此后,普罗泰戈拉提出"人是万物的尺度"③,把人置于万物之上,其缘由也是人有理性和主观能动性。到了苏格拉底这里,他虽然也承认人的感性的存在,但是他进一步突出了人的理性的重要性;人的肉体与灵魂、感性与理性形成二元对立形态,但是理性却对人的意志、欲望等感性本质有制约作用。他认为人的灵魂是人的最优越的部分,而灵魂中最纯粹的部分是理性,它统摄着灵魂的一切活动:"不论什么东西,如果有理性地来学来做,就是有益的。"④因此,他认为人应该受理性而不是欲望的支配;理性是灵魂的本质属性。苏格拉底的理智主义哲学长时期、强有力地影响了欧洲的思维。柏拉图继承了苏格拉底的学说,并通过理念论、理性灵魂和德性论等发展了苏格拉底的人性理论。柏拉图在《理想国》中把人的灵魂划分为理性、激情和欲望三部分,理性是灵魂的统帅和最高原则,它连接着神圣的理念世界,把人与动物区别了开来;激情、意志、欲望等属于非理性意识的属性,理性对它们的控制能力的差异性,使人也分成了不同的阶层和群体。柏拉图通过其理念论强调人对纯粹理念的观照,突出人性中理性对情感、欲望和意志的超越,从而使灵魂更趋净化。亚里斯多德传承了苏格拉底、柏拉图的理性传统,但其理论更贴近现实生活。他认为人是灵魂和身体的统一,"灵魂和身体不能分离"⑤,但是,理性灵魂是人的本质,"理性比任何其他的东西更加是人"⑥。不过,亚里斯多德虽然强调理性灵魂对人的主导性作用,但是与柏拉图不同的是,他又强调身体的重要性——它是灵魂的质料和载体,一旦质料和载体不存在了,灵魂就不具有存在的现实性。他强调,在灵魂中,理性的部分应当和非理性的部分合作,保持正常关系,这才是一个有

---

① 北京大学哲学系外国哲学教研室编译:《古希腊罗马哲学》,北京:生活·读书·新知三联书店,1957年,第18页。
② 同上书,第21页。
③ 苗力田主编:《古希腊哲学史》,北京:人民出版社,1990年,第54页。
④ 北京大学哲学系外国哲学教研室编译:《古希腊罗马哲学》,北京:商务印书馆,1982年,第165页。
⑤ 亚里斯多德:《亚里斯多德全集》(第三卷),苗力田主编,北京:中国人民大学出版社,1997年,第32页。
⑥ 北京大学哲学系外国哲学史教研室编译:《古希腊罗马哲学》,北京:商务印书馆,1961年,第328页。

条理的灵魂。① 因此,亚里斯多德的理论给了人的身体以更多的实在性,在理性与感性的平衡、超验与经验的和谐中融通了纯粹理念世界和世俗的人间生活,因而更具有感性成分和现实性因素,为后来西方哲学对人性的探索奠定了坚实、稳健的基础。

欧洲的中世纪是神性之理性主宰一切的世纪。神学家和经院哲学家也承认人有理性、智慧、情感和思维能力,但是这一切都是上帝赋予的,因为人就是上帝创造的,人性在于神性,人的本质在于人的精神属性。因此,神学家和经院哲学家把人的肉体、感官、情欲等都看成是人的罪恶的本原,强调人要禁欲,以精神与理性抑制来自肉体的感性欲望,放弃人的生命的现实幸福,祈求灵魂在天堂的永恒。虽然,像阿奎那(Tomas Aquinas)认为感官欲求和现世幸福也是人性的一种基本需要,但是,他又认为,"人的真正的幸福不在于感性层面,因此,人们在尘世的幸福生活,就其目的而论,是导向我们有希望在天堂中享受的幸福生活"。② 因此,中世纪欧洲神学哲学和经院哲学中,异化了的神性之理性与人的自然的感性生命的对立,实质上很大程度地达成了对人的生命的否定。

文艺复兴时期,人文主义思想家从反对宗教神学出发强调人的自然属性,并借以取代神性或神性之理性,恢复自然人的本来面目。人文主义思想家认为,人有七情六欲,追求这种自然欲望的满足是符合人的自然本性的。因此他们极力呼唤有欲望、有情感、有血肉之躯的现实的人,希望人追求世俗的幸福与快乐。"文艺复兴已厌倦原罪,厌倦令人心悸的、神秘的死后之恐怖,它不再理会死亡,开始面对生命,早在席勒和贝多芬之前,它便唱出快乐的、无比的颂歌礼赞欢乐。"③总体而言,文艺复兴哲学与文学倡导的首先是感性的人的解放,也即以自然的和感性意义上的人性去对抗神性或神性之理性。因此,"人文主义思潮一方面导致了人性的复归,另一方面又削弱了传统宗教和道德对于人性的约束,结果人们不再抑制人的自然欲望和冲动,纵情声色,形成了纵欲主义倾向,走向了另一个极端。"④对此,瑞士历史文化学者布克哈特在其著名的《意大利文艺复

---

① 梯利:《西方哲学史》,葛力译,北京:商务印书馆,2000年,第91页。
② 阿奎那:《阿奎那政治著作选》,马清槐译,北京:商务印书馆,1982年,第87页。
③ 威尔·杜兰:《世界文明史·文艺复兴》(下册),幼狮文化公司译,北京:东方出版社,1999年,第915页。
④ 袁贵仁:《对人的哲学理解》,北京:东方出版中心,2008年,第183页。

兴时期的文化》中有许多具体的描述和举证。① 当然,文艺复兴人文主义者对古希腊文化之理性精神的传承和弘扬,肯定了人的智性能力,有助于人从宗教和教会的蒙昧主义中挣脱出来,促进了科学的发展和对知识的追求与创造,接通了与近代西方理性主义的联系。

经过文艺复兴思想解放的洗礼,西方世界人的思维方式和世界观发生了重大变化,对人的自我认识总体上沿着两条既相对平行又时有交叉乃至冲突的路径推进:一条是从人的理性本质和理性精神出发,论证人的自由与规范的关系,探索自然与社会的规律;另一条是从人的自然属性和自然禀赋出发,论证感性欲望与人的幸福的关系,探索人性自由及善恶关系。相对而言,唯物论哲学家侧重于肯定人的理性本质的重要性,从理性的角度去认识和肯定人的基本欲求的合理性,通过理性至上的原则给人的自然欲望和本能冲动设定必要的合理规约,使人的自然欲求与道德规约相和谐,人的理性力量与感性欲求相统一,理性成为主宰人的行为的至高力量。经验论哲学家则侧重肯定人的自然欲望和感性本质的重要性,从自然的和现实的人性需要出发,强调实现人的现实的幸福与快乐,承认人的自私与自爱是一种天然欲求,趋利避害、追求快乐是人的天性,当然也强调人的这种天性需要理性的制约,使人的行为达成利己与利他的统一。总体而言,近代西方哲学理论强调理性与感性、精神与肉体、本能与理智、利己与利他、个体与群体的统一,而这种统一有赖于精神和理性的力量,因此在根本上有一种重理性而轻感性的倾向,所以,整个17世纪至18世纪的欧洲,可谓是理性主义的时代,而经验论的非理性理论资源则为后来的非理性主义思潮播下了哲学思想的种子。正是这个时期的这种理性主义精神,成为现代资本主义现代性发展起来重要的推动作用。德国著名的社会学家、文化史学家马克斯·韦伯认为,西方的资本主义现代化之所以没有发生在中国和印度这样的东方国家,是因为西方国家有深深扎根于社会土壤的理性精神。② 在韦伯看来,资本主义的现代性有赖于不断深化和扩张的理性化(合理化)过程,理性深入了社会生活的方方面面,传统社会那种被宗教—形而上学世界观统治的事物不断被祛魅,世

---

① 雅各布·布克哈特:《意大利文艺复兴时期的文化》,何新译,北京:商务印书馆,1979年。
② 马克斯·韦伯:《新教伦理与资本主义精神》,于晓、陈维纲等译,北京:生活·读书·新知三联书店,1987年,第15页。

俗化成为不可阻挡的历史潮流。① 对此,哈贝马斯认为,韦伯描绘的不仅是西方文化的世俗化过程,而且是从理性化的角度别有见地地揭示了西方社会发展的特点。② 而 17、18 世纪是这种理性精神发展的重要阶段,也是资本主义现代化发展的关键时期。

在此,特别值得关注的是,17 世纪理性精神与 18 世纪启蒙理性及其与文学的关系。得益于文艺复兴的思想解放,17 世纪的欧洲进入了哲学和科学迅猛发展的时代,从而也张扬了一种清新而强劲的理性主义思潮。理性精神的有力增长,催生了普遍的怀疑精神和经验的立场,突出了人的思想独立性和社会批判性。笛卡尔就是从理性主义原则和普遍的怀疑精神出发,根据无可怀疑的个体内在经验,提出了"我思故我在"的著名哲学命题,提出了"人的本质是思想"的观点,从而建立了其理性主义的哲学大厦。笛卡尔认为,理性是人的与生俱来的本质,而人的理性具有怀疑精神;人是一个思维和不断怀疑的精神实体,怀疑精神是人的意识能动性的标志,能够检验和甄别事物的真伪,只有经过理性检验的才能决定其真伪取舍。斯宾诺莎(Baruch de Spinoza)继承并发展了笛卡尔"人的本质是思想"的理性主义思想,提出了思想的本质是自由的观点,肯定理性对保障自由的重要意义。他认为,"凡受理性指导的人,亦即以理性作指针而寻求自己利益的人,他们所追求的东西,也即是他们为别人而追求的东西,所以他们都公正、忠诚而高尚"③。所以,在他看来,人在追求个人利益的同时也能从理性原则出发通过利他来实现利己,因为"人要保持他的存在,最有价值之事,莫过于力求所有的人都和谐一致,人人都追求全体公共的福利"④,从而缓解个人与社会的冲突,实现个人利益和社会利益的和谐统一。斯宾诺莎推崇的是追求理性之完善、"利己即利他"的伦理哲学。笛卡尔、斯宾诺莎等为代表的理性主义人学理论为西方近代的"个性解放""唯我主义"文化思潮奠定了哲学基础,并在德国古典哲学中达到了高峰。在德国古典哲学中,人在本质上被认为是理性与精神的存在,强调人的主体性地位,力图以理性突出人的尊严、提升人的价值。康德是这

---

① Max Weber, *From Max Weber: Essays in Sociology*, New York: Oxford University Press, 1946, pp. 323—359.
② See Jurgen Habermas, *The Philosophical Discourse of Modernity*, Cambridge: Polity, 1987, p. 1.
③ 斯宾诺莎:《伦理学》,贺麟译,北京:商务印书馆,1983 年,第 184 页。
④ 同上。

方面的重要代表。他的《纯粹理性批判》以"先天综合判断"为基础论证了知性的立法作用;《实践理性批判》论证了实践理性之"绝对命令";在《判断力批判》中,康德把审美从感性愉悦上升到理性的境界,从认识论、伦理学和美学的不同层面阐发了理性的主导作用。他认为,人"可以作为天赋有理性能力的动物而自己把自己造成为一个有理性的动物"[①]。也就是说,理性是人的天赋的本质与能力,人可以通过自我的行为使这种本质与能力得以实现,人也就成了"理性的动物"。因此,康德虽然承认人拥有感性世界和理性世界两重性,强调感性与理性的有机统一,但是,他同时认为人的本质在于以理性为自己立法,从而使自己成为自己的主人,自由理性是人的最高之本质。因此,康德的哲学在根本上是理性主义的。

需要指出的是,17、18世纪欧洲理性主义精神不仅盛行于哲学领域,也同样在科学领域流行,因为,那时科学家和哲学家常常一身两兼,故而理性原则和普遍的怀疑精神是那个时期哲学与科学共同的特征。与宗教神学和经院哲学把理论建立在超理性的信仰和形式主义推理基础上不同,17、18世纪的哲学和科学以人的内在和外在的经验立场为基础,并把实验的方法视为一切研究的最基本的方法,因此理性也就成了鉴别一切真伪的唯一标准。从经验出发把理性视为检验真理之可靠性的根本标准,是17、18世纪西方哲学与科学之共同特征。

但是,由于17世纪人们对理性作了形而上学的理解,并逐步把理性推向了绝对化的境界,致使理性与君主专制达成高度的统一,滋生和助长了"王权崇拜"意识,在一定程度上,理性演变成了政治与文化专制的工具。这种特点在古典主义文学中得到了充分的体现。

第二节 古典主义与文学理性主义

古典主义文学是17世纪欧洲君主专制社会的产物。法国是君主专制最典型的国家,古典主义文学也在这个国家产生并达到高峰。君主专制使欧洲特别是法国社会走向了高度的集中、统一和理性的状态,它成了当时欧洲文明的中心、社会稳定的基础。这种专制权势的威慑力借助"王权崇拜"的社会心理土壤,渗透到了精神文化的每一个细胞,无论是文学

---

① 康德:《实用人类学》,邓晓芒译,重庆:重庆出版社,1987年,第232页。

还是艺术,无不烙上了专制政治的深深印记。"王权专制与文学文化艺术交互影响。在法国,至上的统治者路易十四鼓励艺术家们把才能运用于展示王权的威力与伟大,从而也带来了文化艺术创作的繁荣。"①这种特有的政治体制和精神文化环境,造就了富于强烈理性精神的古典主义文学,可以说,17世纪理性主义在文学上的表现就是古典主义文学思潮的流行,"理性"近乎是这种文学的代名词。

  17世纪古典主义之"古典",主要指崇尚古希腊罗马文化,并且侧重于古罗马文化——尤其是那种体现罗马民族性格的国家、集权理念,并且热衷于表现政治意识。古典主义可以说是君主专制在文学领域的反映。它崇尚"古典",目的是建立一套符合王权政治需要的文艺法规,是文艺的规范化、理性化;或者说,王权借助文学的力量,使其政治诉求合法化,并且使精神文化在最大程度上走向集中。当我们把君主专制看成是文艺复兴运动的人性解放在17世纪的政治领域的延伸、延续,或是在政治领域里结出的另一果实时,我们就不难认识并理解作为君主专制之产物的古典主义文学在侧重于崇尚古罗马文化与文学这一问题上的政治的与人性的合理性。"法国的古典主义者对古罗马的崇拜其实是有着感情原因的。""他们把古罗马视为自己的祖先,而罗马帝国则是民族史上的最大的骄傲。这种民族自豪感使他们那些以古代英雄故事为题材的悲剧获得了优美崇高的生命。"②这种"情感原因"无疑也是一种人性的联系,但这还只是浅层次的、非本质的。深层次的、实质性的原因是,古罗马在政治、国家、集权政府的创建方面的辉煌业绩,古罗马文化与文学中的那种强烈的王权意识、国家观念和政治热情,正好切合17世纪西欧专制君主强化专制政府的需要,也投合了"王权崇拜"时期广大民众对国家统一、民族强盛的心理期待。因此,作为专制主义产物的古典主义文学,以及那些能够为英明的国王和伟大的国家而献才献艺的文学艺术家,很自然地就把眼光投向了古罗马。即使他们描写的题材来自古希腊,也以古罗马式的眼光,或者以能表现强烈的王权意识、国家观念和政治热情为目的,选取那些崇高而富有理性品格的英雄人物,并且把他们写成如布瓦洛所说的"论勇武天下无敌,论道德众美兼赅;纵然是在弱点上也显示出英雄气概",他们一

---

  ① John P. Mckay, Benntt D. Hill, John Buckler: *A History of Western Society*, Volume Ⅱ, Boston: Houghton Mifflin Company, 1987, p. 561.
  ② 徐葆耕:《西方文学:心灵的历史》,北京:清华大学出版社,1990年,第156页。

个个都是"伟大得像凯撒、亚历山大或路易"。① 总之,即使来自古希腊的人物,也是具有罗马式性格的人。古典主义文学就是通过对古罗马或古罗马式风格与秉性的人物与题材的描写,通过对勇武、英明的王公贵族的歌颂,表达了一个时代、一个民族的人的政治热情与政治理性——而非宗教热情与宗教理性;这在更深层次上是表达了人对自我力量的肯定与颂扬——而非对神的歌颂。

总体上来说,古典主义文学理论和创作原则主要来自布瓦洛(Nicolas Boileau Despreaux)的理论,所以他被称为古典主义文学的"立法者"。布瓦洛是一个古希腊罗马文化的崇尚者,他的代表作《诗的艺术》虽然也受过笛卡尔哲学的影响,但其基本思想是古典式的,它的直接思想来源是亚理斯多德的《诗学》,尤其是古罗马诗人贺拉斯(Quintus Horatius Flaccus)的《诗艺》。布瓦洛著作中关于悲剧体裁的高雅风格、悲剧人物的悲壮与崇高、悲剧的"三一律"规则等,都来源于亚理斯多德的《诗学》、贺拉斯的《诗艺》、朗吉弩斯(Casius Longinus)的《论崇高》等著作。在被称为古典主义的"艺术法典"的《诗的艺术》中布瓦洛规定了理性是文学创作的基本原则。他要求作家"爱理性吧,愿你的一切文采只凭理性获得价值和光芒"②。这里,布瓦洛所讲的"理性","既有别于笛卡尔所指的作为科学推理的'理性',更不是后来18世纪启蒙运动中作为资产阶级悟性的'理性',而是君主专制政治所要求的道德规范"③,也即"政治理性"。在创作实践中,古典主义作家遵循着这种政治理性原则,塑造了一系列王公贵族和一切服从国王、一切服从国家利益的具有高度理性精神和责任观念的"公民"形象。公民义务与责任是古典主义理性原则——政治理性——的集中表现。

在当时的历史条件下,"国家"被认为是民族和公民利益的代表,所以,公民们也不无盲目性地把一切服从国家意志。一切权力交给国家视作一种"自由"。如英国哲学家、政治学家霍布斯所说:"人民放弃一切为的是谋求安全这一最大的幸福。"④然而,在这专制主义的时代,国家的一

---

① 转引自柳鸣九、郑克鲁、张英伦:《法国文学史》(上册),北京:人民文学出版社,1979年,第180页。
② 布瓦洛:《诗的艺术》,任典译,北京:人民文学出版社,1959年,第140页。
③ 柳鸣九、郑克鲁、张英伦:《法国文学史》(中册),北京:人民文学出版社,1979年,第180页。
④ 爱德华·麦克诺尔·伯恩斯、菲利普·李·拉尔夫:《世界文明史》(第二卷),罗经国、赵树濂、邹一民、朱传贤译,北京:商务印书馆,1995年,第291页。

切权力又属于至高无上的国王,用路易十四的话说就是"朕即国家","如果统治者变成了暴君,人民没有理由抱怨"①。因此,"公民义务"看起来是献给国家与民族的,而国家与民族又似乎与公民个体利益联系在一起,但实际上公民对国家与民族的献身完全被国王个人所接纳,国王则是可以随意处置作为个体的公民的,也可以完全按照他个人意志处置国家的生死安危——这是为这种制度所规定了的。因为"君主的权威来自上帝,人民的最高义务是消极地服从"②。所以,这种以"公民义务"方式表现出来的高度的政治理性,挤掉了作为个体的公民身上那鲜活的生命之灵性和丰满的主体意识,实质上也就丧失了个体公民的真正的自由。由此,对于个体的生命而言,这种政治理性显然也就与中世纪的宗教理性一样,是对人性的一种抑制,或者说,极端化的政治理性与极端化的宗教理性一样,是对人的理性本质的一种扭曲,是人的理性本质的异化。黑格尔曾说:"罗马世界的精神特点是抽象概念和死板法律的统治,是美和爽朗的道德生活的毁灭,作为直接的道德发源地的家庭遭到了轻视,个性一般遭到了牺牲,完全听从国家政权摆布,只能在服从抽象的法律中才能见到冰冷的尊严和知解力方面的满足。"③ 17 世纪效法古罗马帝国建立起来的欧洲,特别是法国等专制国家,其在古典主义文学中倡导的效法古罗马所表现出来而又较之古罗马帝国有过之而无不及的政治理性,实在有对人性理解上的另一种偏颇。这也就为张扬个体理性和情感主义的启蒙文学与浪漫主义文学的产生埋下了人文的种子。

第三节　启蒙理性与启蒙文学

如果说,15、16 世纪的文艺复兴虽然也恢复了古希腊时代对人智与理性的重视,一定程度上开启了对知识和科学的兴趣,但总体上还只是张扬了人的情感与感性欲望的话,17 世纪的西方哲学则对人的理性本质有了深度发掘和高度肯定;如果说文艺复兴以来西方人的航海探险让他们发现了新的世界,那么,17 世纪理性精神的张扬则让西方人再度发现了

---

① 爱德华·麦克诺尔·伯恩斯、菲利普·李·拉尔夫:《世界文明史》(第二卷),罗经国、赵树濂、邹一民、朱传贤译,北京:商务印书馆,1995 年,第 291 页。
② 同上书,第 290 页。
③ 转引自徐葆耕:《西方文学:心灵的历史》,北京:清华大学出版社,1990 年,第 41 页。

自然和人自身,这种对自然世界和人自身的重新认识,进一步助长了人们的怀疑和批判精神,这是18世纪启蒙运动产生的重要原因,同时也是这个运动的主要内容:

> 科学家和理性主义者曾在整个西方知识分子的心灵中建立了两个互补的观念,这两个观念赋予了18世纪的启蒙运动一种应付社会变化的行为模式,而这种行为模式在今日世界仍具有推动前进的力量。这两个观念是:一、自然秩序的观念。对于那些无所用心的人来说,宇宙似乎充满着不规则和混乱,其实,在不规则与混乱的表象之下,自然是有其一定秩序的;二、人类天赋的观念。这种天赋最好称为"理性",不过大多数人的"天赋"常常因为错误的传统教育而隐没不彰,恢复"天赋"之道,只要提倡健全的——即理性的教育就行了。①

启蒙哲学不仅在17世纪的基础上进一步张扬了理性精神,而且还以理性为武器和手段,对教会和不合理的社会秩序发起了猛烈的抨击和批判,从而酿就了文化思想领域的启蒙运动,理性精神成了这个时代的最强音。从西方文学史演进的角度看,理性精神促进了这一时期文学的革新与发展,也成了启蒙文学的灵魂,18世纪也成了文学理性主义进一步发展的时代。

18世纪启蒙运动以与旧传统彻底决裂的革命姿态对现代性原则给出了系统的表达。如果对这种表达进行简要的概括,那就是:独立的个人主义、高傲的理性主义、积极的幸福主义和笃信进步的乐观主义②。启蒙思想家力图建立自由、平等、博爱的"理性王国",他们强调人通过彰显其理性判断力及自然人性,使自己成为命运的主人。在他们看来,人的本质既包括理性也包括与其相对应的感性能力,并且主要是指与宗教信仰相对立的人的全部智性能力。康德说:"要有勇气运用你自己的理智!这就是启蒙运动的口号。"③启蒙思想家就是用人的这种天赋的理性与智慧力量去反对一切传统观念和神圣的权威,凡是现实中的一切存在,包括宗教教条、自然存在、社会形态、国家制度等,都必须在理性的法庭上接受无情

---

① 布林顿、克里斯多夫、吴尔夫:《西洋文化史》(第五卷),刘景辉译,台北:台湾学生书局,1983年,第313—314页。
② Alain Touraine, *Critique of Modernity*, Oxford: Blackwell, 1955, p.28.
③ 康德:《历史理性批判文集》,何兆武译,北京:商务印书馆,1991年,第22页。

的审判。"启蒙运动对人类品性的高度评价,是基于人类无与伦比的理性智慧及其理解和探索自然规律的高度能力①。"伏尔泰认为,天赋的理性是人的本质,在理性面前人人平等;每一个精神健全的人心里都有自然法则的概念,"一切享有各种天然能力的人,显然都是平等的,当他们发挥各种动物机能的时候,以及运用他们的理智的时候,他们是平等的"②。在他看来,理性是人类社会进步的主要动力,是人类走向文明与幸福的前提;理性是人类进步的福音。所以,伏尔泰毕其一生之力促进人从知识和心智上获得理性的解放,他对社会和教会批判的最有力的武器也是理性。推崇理性、相信人类在理性引导下的光明与幸福,几乎是启蒙思想家共同的特征。正如德国哲学家卡西尔所评论的:"大概没有哪一个世纪能像启蒙世纪那样自始至终地信奉理智的进步的观点。"③这种观点先是得益于科学革命的鼓舞,尔后就被启蒙思想家发展成了一种可称为一般价值信念的"社会向善论的乐观主义"④。法国哲学家孔多塞也宣称,不论人类的征程多么曲折,但历史进步的车轮不可阻挡。随着科学的发展和教育的普及,理性将战胜蒙昧,自由将替代专制,盲目的自然力量和落后的社会势力终会被彻底征服。"人类精神在解脱了所有这些枷锁、摆脱了偶然性的王国以及人类进步之敌的王国以后,就迈着坚定的步伐在真理、德行和幸福的大道上前进。"⑤总之,18世纪是理性空前生长和所向披靡的乐观向上的时代。"当18世纪想用一个词来表达这种力量的特征时,就称之为'理性','理性'成了18世纪的汇聚点和中心,它表达了该世纪所追求并为之奋斗的一切,表达了该世纪所取得的一切成就。"⑥

值得辨析的是,18世纪和17世纪一样,都追求理性,尤其在科学理性的追求上是极为一致的,但是其内涵与表达却不尽相同。对此,德国著名哲学家卡西尔在长期系统研究欧洲启蒙哲学的基础上指出,17世纪的科学思维是用严格推论、演绎的方法证明理性是先于一切经验而存在的

---

① Richard Tarnas: *The Passion of the Western Mind: Understanding the Ideas That Have Shaped Our World View*, New York: Harmony Books, 1991, p.367.
② 北京大学哲学系外国哲学史教研室编译:《十八世纪法国哲学》,北京:商务印书馆,1979年,第88页。
③ E.卡西勒:《启蒙哲学》,顾伟铭等译,济南:山东人民出版社,1988年,第3页。
④ 利文斯顿:《现代基督教思想》(上卷),何光沪译,成都:四川人民出版社,1992年,第9页。
⑤ 孔多塞:《人类精神进步史表纲要》,何兆武译,北京:生活·读书·新知三联书店,1998年,第204页。
⑥ E.卡西勒:《启蒙哲学》,顾伟铭等译,济南:山东人民出版社,1988年,第3—4页。

天赋的绝对本质的总和,而18世纪的科学思维是用分析、归纳的方法,证明理性是一种后天获得的人的禀赋,"是一种引导我们去发现真理、建立真理和确定真理的独创性的理智力量",而不是先天的"遗产",也不是"知识、原理和真理的容器",而是"一种能力、一种力量"①。因此,18世纪科学"不再在体系的严密和完美方面与笛卡尔、马勒布朗士、莱布尼茨和斯宾诺莎一争短长了。它所探寻的是关于真理和哲学的另一种概念,其功能扩展到真理和哲学的范围,使它们更灵活、更具体、更有生命力。18世纪没有跟着以往的哲学学说的那种思维亦步亦趋;相反,它按照当时自然科学的榜样和模式树立了自己的榜样"②。17世纪的思维是形而上学的,而18世纪的思维则转变为从形而下到形而上相结合的思维,从而把理性的同一性还原为连续性。启蒙运动的理性从丰富多变的自然和社会现象的分析出发,对其作分析、综合,力图发现同一性和规定性的东西,理性体现为对本质的追寻,而本质也是一个在动态中不断演变与重构的构成,但是这种演变是有序而目标清晰的:由理性推演出本质,又从本质出发推演出中心论、权力论和宏大叙述等。因此,启蒙的理性是一种科学精神、方法和思维,"这种科学思维的差异,正好解释了十八世纪启蒙的科学精神何以在任何领域取得了历史性突破。也正是理性的连续性把理性描述为一个不断建构和塑造的动态过程,滋生了理性概念的多义性,加上有些启蒙思想家对感性、欲望、幻想等的崇尚,使启蒙对理性和感性在文化形态上的不同呈现方式都发生了不同寻常的影响"③。这也说明了"理性"概念在启蒙时期有对其认识总体一致性的同时,在不同时期、不同思想家的观念中是有差异的。这种差异性在文学领域的表现,就更是另外一番景象了。

在17世纪古典主义文学中,"理性"精神集中表现为"政治理性"及与之直接相关的"王权崇拜"意识,在文学创作上则表现为严整的艺术规则。启蒙文学在继承了这种政治理念和艺术理性精神的基础上,又突破了其中死板僵化的诗学理论。启蒙学者从理性原则出发反对神学教条的同时,也以之剖析封建专制对个体的人的轻视和压制的实质,否定了作为"人间上帝"的封建君主以及"王权崇拜",在伸张人类个体理性的口号与原则下,力图把人的个性与自我从封建专制和教会特权下解放出来,营造

---

① E.卡西勒:《启蒙哲学》,顾伟铭等译,济南:山东人民出版社,1988年,第11页。
② 同上书,第5页。
③ 熊敬忠:《启蒙现实主义形态研究》,北京:中国书籍出版社,2013年,第8页。

出了一股崇尚个人与自我的个性主义思潮。因此，18世纪的理性主义在文学和文化上表现为一种个性主义，它是文艺复兴时期人本主义的一种延伸和发展。如果说文艺复兴时期的人本主义侧重于人的感性欲望，那么，18世纪的个性主义侧重于强调人的理智和智性能力。正因此，笔者一直认为，文艺复兴发现的主要是"感性的人"，而18世纪启蒙运动发现的主要是"理性的人"，这是有一定道理的。正是在这种意义上，启蒙文学在诗学层面上对文艺复兴人文主义文学和17世纪古典主义文学都是有所突破和建树的，那就是审美的功利性及由此而生的文学之理性批判精神。卡西尔指出，"随着新的科学概念和哲学概念的出现，随着新的政治需要和社会需要的出现，人们体验到美学标准的变化。这个新的时代越来越强烈地要求有许多新的艺术。狄德罗用一种新的社会态度去反对古典戏剧的悲惨和英雄崇拜"①。由是，古典主义美学的原则和前提开始动摇，从而"导致了古典主义理论的瓦解和衰落"②。

启蒙思想家之所以把"理性"放在高于一切的位置，理性之所以有如此绝对的权威，那是因为它原本就是一种"自然法则"。因此，"自然"的概念在启蒙话语中的地位不断地凸显出来，扮演着人生导师的重要角色。③霍尔巴赫（Paul Henry Holbach）说："我们要向自然请教；我们要在自然本身中汲取它所包容的事物的真实观念。"④拉·梅特里（Julien Offroy de La Mettrie）说，在纯洁的自然状态中，凡夫俗子可以不理会别的声音而只听从自己内心的忠告，"只有这种忠告能够引导我们经由愉快的道德途径走向幸福"⑤。狄德罗则激情地呼唤着人们重新投向自然的怀抱："回到你已逃离的自然吧；她将抚慰你，驱散一切现在压迫你的恐惧。重新服从自然，服从人性；你将发现你自己的生活道路上处处鲜花盛开。"⑥启蒙学者几乎都属于自然法学派，都以"自然法"为武器，从自然法权论出发批判封建专制制度。所谓"自然法"，在启蒙思想家那里就是理智或理性法则。洛克说："'理性'也就是自然法。"⑦凡是自然赋予的秉性就是神圣的。在

---

① E.卡西勒：《启蒙哲学》，顾伟铭等译，济南：山东人民出版社，1988年，第291页。
② 同上书，第289页。
③ Alain Touraine, *Critique of Modernity*, Oxford: Blackwell, 1955, p.13.
④ 霍尔巴赫：《自然的体系》，见北京大学哲学系外国哲学史教研室编译：《十八世纪法国哲学》，北京：商务印书馆，1965年，第574页。
⑤ 拉·梅特里：《人是机器》，顾光涛译，北京：商务印书馆，1981年，第52页。
⑥ E.卡西勒：《启蒙哲学》，顾伟铭等译，济南：山东人民出版社，1988年，第131页。
⑦ 洛克：《政府论》（下篇），叶启芳、瞿菊农译，北京：商务印书馆，1964年，第6页。

此,"自然"是指固有的、本性的、天然的意思。理性的高贵不在于任何超自然的力量或者神的作用,而在于自然本身的造化。因此,凡是遵循自然法则、合乎自然法则的存在,就是合乎理性和体现理性原则的,因而也是合乎人性的。现存的宗教价值观、封建专制制度都违背了自然法则,侵犯了人的"自然权利",因而是不符合理性原则的,必须进行改造甚至废除,必须建立合乎自由法则的新的价值体系和社会政体。可见,在这种意义上,自然法则和理性近乎同义。因此,"回到自然",保持事物的自然状态,往往成了启蒙思想家们对"理性王国"追求的一种理想境界,而在文学艺术中,"自然"成了启蒙文学的一种基本审美原则与理想。

狄德罗是启蒙文学中最有代表性的美学理论家,他的美学论文《画论》第一句话就是:"大自然的产物没有一样是不得当的。"[①]他在《论戏剧诗》中又说:

> 诗人需要的是什么?是未经雕琢的自然,还是加工过的自然;是宁静的自然,还是动荡的自然?他喜欢纯静肃穆的白昼的美呢,还是狂风阵阵呼啸,远方传来低沉而连续的雷声,或闪电所照亮的上空黑夜的恐怖?他喜欢波平如镜的海景,还是汹涌的波涛?他喜欢宫殿的冷落静默,还是漫步在废墟之中……诗需要的是巨大的、野蛮的、粗犷的气魄。[②]

狄德罗的许多类似的话都告诉我们:文学与艺术要崇尚自然,摹仿自然。他还说:"我要不倦地向法国人高呼:要真实!要自然!"[③]朱光潜先生说,狄德罗在论及新剧种的理想时,"把他的理想剧种和新古典主义的戏剧作了一个对比,只要自然,宁可粗野一点,决不要虚伪腐朽的'文明'。他把这种新剧种的性质量定为'市民的、家庭的'……他力劝作家们深入生活,'要住到乡下去,住到茅棚里去,访问左邻右舍,最好是瞧一瞧他们的床铺、饮食、房屋、衣服等等'。"[④]狄德罗讲的"自然"显然是与"文明"相对而言的。在他看来,越是自然的东西,越是保持了自然人性,因而也就越是合乎理性原则,因此,文学与艺术,越是表现自然状态的世界,才能越有艺

[①] 狄德罗:《狄德罗美学论文选》,张冠尧、桂裕芳等译,北京:人民文学出版社,1984年,第363页。
[②] 同上书,第206页。
[③] 同上书,第289页。
[④] 朱光潜:《朱光潜全集》(第六卷),合肥:安徽教育出版社,1990年,第290页。

术震撼力,才是更美的。狄德罗说:"一般说来,一个民族愈文明,愈彬彬有礼,他们的风尚就愈缺乏诗意;一切都由于温和而失掉了力量",因而,作家的创作只有在保持原始自然状态时才能"为艺术提供范本"①,同理,艺术作品也只有描述与表现了世界之自然状态时才具有美感。启蒙文学力图体现"自然原则",其实也就是在描述自然状态的人,展示自然状态的人性,这在社会与政治理想上表达的是人的独立意识与自由观念。这无疑体现了启蒙理想和理性原则。

歌德也是启蒙主义美学的积极倡导者和实践者。他深受狄德罗和莱辛的影响。他认为文学艺术必须依照自然的规律,美就在自然之中。他说:"美就是自然规律的秘密的一种表现,如果自然不存在,则美也绝对不可能显示出来。"②他主张艺术家循着自然的原则展现自然,"在每一个场合,好像都只有通过生活,自然才和艺术取得联系。所以经过了我种种思考和努力,我回到了我的老主意,那就是研究身内身外的自然,让自然绝对通行无阻,用热情的心情摹仿自然,并在这种摹仿中跟随自然"③。他在《少年维特之烦恼》中借男主人公之口说,只有自然能造就伟大的艺术家。艺术上的规定和社会上的规定一样,维护它们的话可以说上许多……但是,任何规定,不管你怎么说,都容易破坏对自然的真正感受,妨碍真诚地去表现它。努力研究身内身外的自然并"让自然绝对通行无阻",是歌德在文学创作上对自己提出的要求,因而,"自然原则"是他在创作实践中遵循的重要原则之一。

17世纪的古典主义者也崇尚自然,但是,启蒙主义者和古典主义者对"自然"的理解是不一致的。朱光潜先生说,"新古典主义者所崇拜的'自然'是抽象化的'人性',是'方法化过的自然',是受过封建文化洗礼的自然"。他们是把"自然"和"公式"或"妥帖得体"的概念联系在一起的。野蛮粗犷的东西不会被他们看作自然,路易十四的宫廷生活对他们才是最高级的自然。布瓦洛曾说,"永远也不能和自然寸步相离",他教导人们要"好好地认识城市,好好地认识宫廷"。④ 所以,古典主义者更醉心的是

---

① 狄德罗:《论戏剧诗》,见《狄德罗美学论文选》,张冠尧、桂裕芳等译,北京:人民文学出版社,1984年,第205页。
② 歌德:《歌德艺术散论》,程代熙译,《光明日报》1962年6月28日。
③ 歌德:《诗与真》,林同济译,见伍蠡甫主编:《西方文论选》(上卷),上海:上海译文出版社,1979年,第447—448页。
④ 布瓦洛:《诗的艺术》,任典译,北京:人民文学出版社,1959年,第55、57页。

"文明""文雅""彬彬有礼","自然"只有在带上这些品格时才能引起他们的爱好和"摹仿"。启蒙学者之中只有伏尔泰在这点上还与古典主义者气味相投,而"就卢梭和狄德罗等人来说,这种与'野蛮'相对立而与'文明'相契合的自然恰恰是不自然,也恰恰是他们深深厌恶的腐朽的封建宫廷的生活习俗。他们所号召的'回到自然'里面有一个涵义就是'回到原始生活'。他们是把自然和近代腐朽文化对应起来,为了要离开这种腐朽文化,所以要'回到自然'"①。当然,启蒙学者的"回到自然"并不是说人应该倒退到原始状态的生活状态,而是指人性保持自然本真的状态,因为卢梭对资本主义现代文明的认识是矛盾的,换句话说,他对人的理性原则也是高度肯定的。

显然,启蒙主义者倡导的"自然",是与"文明"相对立的人和事物的自然纯真状态;他们要求艺术家在创作中遵循"自然"的原则,也即要描摹与表现人与事物的自然本性和天然状况,这种自然本性和天然状况是"自然法"的体现,也是"理性原则"的体现。因此,在启蒙文学与美学的领域里,理性不只是哲学范畴的人的知性或理智,也不同于17世纪笛卡尔的唯理论,而是一种体现人与自然之天然真相的内在法则。这种"天然本性"既包括了人的天然的知性或理性能力,也包括天然的感性能力。因此,在一些启蒙作家看来,一切发自人的内在本性的真诚、纯朴的情感与自然欲望,也都是合乎自然法则、合乎理性原则的,因而也是合理的。"百科全书派"的拉·梅特里针对宗教禁欲主义提出了"自然道德"。他认为禁欲主义是违反人性的,而与此对立的自然道德则是合乎人性的。"这是一种顺应自然欲望的道德,它肯定人的情欲以及一切感官享乐的自然本性和道德性。"②狄德罗则提出按照自然情感而生活,认为"人的自然感情使人追求感官的快乐,追求自然欲望特别是男女两性结合的自然欲望的满足,能给人带来快乐和幸福"③。卢梭则更是一个感性主义者,他声称:"可以从感情、感觉和心灵学到经验教训,学到理性靠心智活动所永远不能确定的真理,也是唯一能够为人类提供正确行动指导的真理……在18世纪中叶以后的启蒙运动第二阶段,卢梭的著作激励了一种感情的复活和对感情

---

① 朱光潜:《朱光潜全集》(第六卷),合肥:安徽教育出版社,1990年,第300页。
② 高九江:《启蒙推动下的欧洲文明》,北京:华夏出版社,2000年,第224页。
③ 同上。

的崇拜。"①理性作为一种"自然法则",它不仅仅指人的天然的知性与理智能力,也包括人的天然的感性能力与欲望,所以,虽然人的情感等感性欲望"与批判理性这一信念的关系是复杂的和混乱的,但它却充实而不是否定了启蒙运动的另一条信念——对自由的信念"②,而在文学创作中,对合乎自然法则的情感与欲望的自然展示,才使文学对人性的展示更全面而丰富,才使文学获得了强劲的艺术感染力,启蒙文学也才与启蒙哲学有鲜明的区别,从而拥有了自己的生命力。正是在这种意义上,启蒙文学体现了前所未有的对现实的理性审视和批判精神,体现了这个时代的文学之理性精神,而这既是19世纪现实主义文学理性精神的先声,又是浪漫主义文学情感主义的滥觞。这是一个值得研究者特别关注的问题。

18世纪的理性与科学对宗教世界观造成了致命打击之后,高视阔步地走向了19世纪,理性启蒙之花在19世纪的欧洲社会结出了空前丰硕的果实,然而,启蒙运动和启蒙思想是丰富而庞杂的,虽然绝大多数启蒙思想家都崇尚和肯定理性,"理性"成了18世纪的时代最强音,但也有一些启蒙思想家在寻求着多元的声音,甚至反思和抨击由于"理性的神格化"所造成的对人天性理解的狭隘,力图开启由此被"蒙蔽"了的人性内容③。"如伏尔泰、达朗贝和孔多塞,都相信艺术和科学的发展是人类达到这些目标(指人的和谐发展,引者注)最强大的武器,也是反对无知、迷信、空想、压迫和野蛮制度(它们束缚人类的努力,阻挠人们追求真理和理性的自我)的最锐利的武器。卢梭和马布利相信,文明的制度本身就是使人类腐败、脱离自然和内心单纯、脱离符合自然正义的人类感情的生活的一个主因;矫揉造作的人囚禁、奴役和败坏了自然人。"④卢梭在看到人的理性本质的同时,又十分重视情感、想象、感觉、体验、意志等感性内容,并致力于在文学作品中展示人性中的这些被理性所"蒙蔽"了的内容,从而滥觞了主情主义的浪漫派文学思潮。

---

① 阿伦·布洛克:《西方人文主义传统》,董乐山译,北京:生活·读书·新知三联书店,1997年,第98页。
② 同上书,第98页。
③ John Carroll, *The Wreck of Western Culture: Humanism Revisited*, Melbourne: Scribe Publications Pty Ltd.,2004, p.144.
④ 以赛亚·伯林:《反潮流:观念史论文集》,冯克利译,南京:译林出版社,2011年,第3—4页。

第四节　感性的"浪漫"与理性的"写实"

在启蒙时代,理性之所以被置于近乎至高无上的位置,那是因为,西方人从上帝的绝对控制中解脱出来后,惊喜地发现了人自身天然拥有的无穷智慧,他们凭借自己的理性力量就可以获得知识、拓宽视野、认识世界、征服自然、创造财富,理性使人的能力得到了空前的延展,人的自我的价值也有了不依靠外界神力而得到实现的可能。因此,在世界得以"祛魅"的同时,人的理性达成了对原有之上帝的"僭越"。理性不仅控制了自然科学和社会科学,还控制了感性为主的艺术和美学领域。在 18 世纪,"鲍姆加登在创建自己的美学体系的时候,虽然也把美学当作是研究感性知识的学科,但却仍然把这种研究置于理性和知性研究之下,艺术和审美被看作促进人类进一步认识世界和了解自我的某种进步的方式。在人类整个知识结构的系统中,审美问题只不过占据极小的相对次要的一部分,人们或者把审美活动看作理性活动的一个领域(如鲍姆加登、康德),或者看作理性活动的一个环节(如黑格尔),理性因此成为一切论证的出发点和依据。这首先为主体的分裂埋下了伏笔"[①]。由于人的本质属性毕竟不仅仅是理性,同时还有感性,因此随着社会的发展,理性与感性的分裂必将加深。到了 19 世纪,理性的力量一方面在社会实践中随处可见并硕果累累,另一方面,由于除理性本质之外的人的个性、本能、情感、直觉等感性内容被忽略和压抑,这加深了人的主体内涵——理性与感性的分裂,实质上就是加深了人的异化,理性的危机日渐显现。随着价值理性不断地向工具理性转化,人的自由与灵性日渐丧失,人们对理性规范和社会异化的反抗也与日俱增。"这种反抗依旧保留了主体内部二元两分的隐形结构,即用其感性的部分对抗理性的部分,用'审美人'来对抗'理性人',一切从理性出发变成了一切从感性出发。在这种感性思想的控制之下,文化、艺术、思维和日常生活的各个领域都出现了审美化热潮。"[②]这表现在文学领域里,就是浪漫主义倾向的文学思潮的产生。

18 世纪末、19 世纪初的浪漫主义不满于启蒙运动对科学与理性的崇

[①] 顾梅珑:《现代西方审美主义思潮与文学》,北京:中国社会科学出版社,2018 年,第 251—252 页。

[②] 同上书,第 252 页。

拜,把世界看成统一的有机体而不是机械的集合体,崇尚人的想象力、灵感、情感以及个体自我的创造力而不是人的理性禀赋、智性能力和探索自然规律的思维与研究能力。"浪漫主义对理性抽象的反叛时常表现为对非理性或非理性化行为的形式复原。这尤其适用于浪漫主义文学的经典主题。"①作为启蒙思想家,卢梭"早在1750年就提出了'理性腐蚀着我们'的观点,认为艺术和科学败坏了时间所有神圣的事物。他与众不同地将激情奉为崇拜的神祇,为了给笛卡尔以尖锐的回应,他提出'我感觉,故我存在'的言论"②。由是,从卢梭滥觞的浪漫主义的兴起,"西方文化从把理性奉若神明的这一端,跳跃到了把激情奉若神明的另一端"③。不过,这里的从"这一端"到"另一端"的表述,虽然对浪漫主义文学与文化之崇尚感性和激情的本质特征的揭示是相当准确的,但是,指认西方文学与文化由此就走向了崇尚情感与激情的所谓"另一端",那是不准确的,而且,指认此前的西方文学与文化仅仅是属于崇尚理性的"这一端",也同样是不准确的。不过,这一表述倒是准确地点明了浪漫主义倾向的文学萌发于崇尚理性的启蒙运动内部——虽然它在另外一些层面上又是反叛启蒙理性的,这反过来也说明了启蒙运动总体上属于理性主义范畴,而理性与情感则是启蒙思想之树结出的两个不同的果实。因此,从文学思潮演变的角度看,如果说浪漫主义是启蒙运动的果实之一——侧重于感性主义,那么,稍晚于它的19世纪现代现实主义同样是启蒙运动的果实——侧重于理性主义,因为现代现实主义十分直接地传续和张扬了启蒙思想的理性精神和批判精神。正因为如此,现代现实主义和浪漫主义虽然在发生和流行的时间节点以及各自的本质特征等方面有很大的差异,故而长期来被我国学界认为两者是完全不同甚至绝然相反和对立的文学思潮,但是,实际上两者却有同根同源性。而且,这个传统可以进一步往前追溯到文艺复兴时期甚至更早:"从内涵丰富的文艺复兴之母体孕育出了两种不同的文化源流,它们是西方思想所特有的看待人类生存的两种特性和基本态度。其一是在科学革命和启蒙运动中显现出来的,它崇尚理性、经验的科学并怀疑宗教,属于世俗主义;其二则与前者相反,又恰恰构

---

① Michael Lowy,"The Current of Critical Irrealism:'A moonlit enchanted night'", in Matthew Beaumont ed., *Adventures in Realism*, Oxford: Blackwell,2007,p.199.
② John Carroll, *The Wrech of Western Culture: Humanism Revisited*, Melbourne: Scribe Publications Pty Ltd. 2004, p.144.
③ Ibid.,p.144.

成了对前者的互补,它既扎根于古希腊—罗马文化和文艺复兴(包括宗教改革)的传统,又彰显被启蒙运动之理性主义精神强势所抑制了的人类的各种其他经验。"[1]这里的"其他经验"也就是人的感性与灵感方面的内容,指向于浪漫主义思潮,前者则指向于现代现实主义思潮,因此这两种文学思潮均有其共同的历史渊源,又有相反相成的不同指向。而正是18世纪末、19世纪初盛行的浪漫主义文学,一方面对启蒙运动造成的科学与理性崇拜予以反拨,另一方面又朝着张扬人的感性本质的方向发展,使启蒙时期自由主义和个性解放思想得以延伸与发展,而且还一直延续到唯美主义等19世纪末乃至20世纪初的现代主义文学思潮。这说明了理性主义并不是18、19世纪西方文化的唯一声音。

但是,尽管如此,启蒙思想家们在关于理性原则的根本看法上依然有广泛的一致性:只有遵循理性法则及其不变的规律,"人们才能够变得聪明、幸福和自由",因为"这些规律支配着无生命的自然,也支配着有生命的自然,支配着事实和事件、手段和目的、私生活和公共生活,支配着所有的社会、时代和文明;只要一背离它们,人类就会陷入犯罪、邪恶和悲惨的境地"[2]。这些都是启蒙思想家关于自然法则与理性的一些基本信条。因此,对19世纪这一特定历史阶段来说,它接纳了启蒙运动赐予西方社会的最大礼物:科学和理性,这两者在19世纪文学领域结出的最丰硕的果实就是现代现实主义文学;在西方文学史上,科学精神和理性精神在文学体现得最充分的就是19世纪现代现实主义(本著从第一章到第六章结合西方科学的发展,从"理性精神"和"现代性"禀赋的基点出发展开的论述和阐释,可谓是充分证明了现代现实主义是西方文学史上特别富于理性精神和现代性特征的文学思潮)。对此,不管此后"反传统"的现代派文学如何予以抗拒与排斥,都无法否认这种理性精神对现代现实主义文学特质之形成、发展与繁荣曾有的促进作用和历史价值,无法否认现代现实主义文学思潮正是因其理性精神的存在而深深扎根于丰厚的西方文化之土壤。至于绝对反理性的文学,则可能是完全脱离了西方文化传统的文学,这样的文学是否有可能存在,还是一个大问题。

就现代现实主义文学来说,它不仅源自启蒙运动,而且,一开始是以浪漫主义的名义问世的。因为浪漫主义是在与古典主义文学的激烈对抗

---

[1] Richard Tarnas: *The Passion of the Western Mind: Understanding the Ideas That Have Shaped Our World View*, New York: Harmony Books, 1991, p.366.
[2] 以赛亚·伯林:《反潮流:观念史论文集》,冯克利译,南京:译林出版社,2011年,第4页。

中生长出来的,而此时也正是现代现实主义的孕育期。18世纪末、19世纪初的欧洲文坛上,反对古典主义依然是最迫切的任务,日后走向现代现实主义的作家们如司汤达、巴尔扎克等在进行这种抗争与努力时,并没有立即抛弃自己的浪漫主义艺术立场,而是慢慢逸出当时火爆而时尚的浪漫主义运动大潮的裹挟,选择了远离"团伙"而个体创作的存在方式。在很大程度上,这可以解释较早从国外接触到浪漫主义理念并曾在19世纪20年代中叶积极参与浪漫主义与古典主义论战的大作家司汤达,为什么在当时的文坛上一直籍籍无名;也可以解释在1830年那个著名的《欧那尼》上演之夜曾狂热地为浪漫主义领袖维克多·雨果摇旗呐喊的青年巴尔扎克,为什么在此后漫长的岁月里一直不怎么被以雨果为核心的浪漫主义小团体所容纳。显然,司汤达和巴尔扎克这样的作家的存在,表明了在19世纪三四十年代前后,在浪漫主义文学运动渐趋尾声的时候,其内部自发地产生了一种自我修正。这种修正,在创作上的表现是,原先激进的浪漫主义作家转向作为西方文学传统的理性与写实精神之传承者的现代现实主义。由此,在刚刚进行了轰轰烈烈的浪漫主义文学革命但古典主义传统依然尾大不掉的法国,便有了司汤达、巴尔扎克这样的不无浪漫派气息,却又明显倾向于"写实"和"理性"的作家;在以理性之渐进式张扬见长,各种革命思潮最终均流于不温不火但在18世纪曾形成过强大写实文学传统(18世纪现实主义小说)的英国,便有了萨克雷、狄更斯等写实倾向的小说家。这些作家在19世纪中叶的西方文坛形成了一个松散的作家群,鉴于他们糅合了浪漫主义的时代精神与写实主义文学的理性精神,我们不妨将其称之为"浪漫写实主义"。不过,"区分现实主义(与浪漫主义)的两个最重要的界线分别是幻想和文字游戏",而事实上,"现实主义在大部分时段都处于反对各种幻想的状态"[①]。确实,富有写实精神和理性意识的现代现实主义正是在不断地奋力挤兑了浪漫派之浪漫的"幻想""游戏"等因素后,逐渐成长为"自己"并形成浩浩荡荡的新文学思潮的。

第五节 自然主义与理性的淡出

从文艺复兴到启蒙运动的欧洲社会,思想解放运动推进了文明的进

---

① Raymond Tallis, *In Defence of Realism*, London: Edward Arnold, 1988, p.191.

程。在思想文化领域,科学驱逐了神学意义上的上帝,张扬了人智意义上的人的理性,改变了人们的世界观,西方人在探索、把握和征服自然的旅程中节节胜利。他们看到了为人所主宰的世界的美好前景,他们感到人自己就是上帝。由此,他们又觉得,人类社会的事务也可以凭借自己的理性来安排——科学是人的理性力量的延伸,在自然和社会面前,理性在很大程度上成了新的"上帝"。这种理念在文学创作中的突出表现就是,从实证理性出发,在客观地分析与研究的基础上真实地再现与反映现实社会和人的生存状况,文学创作本身是一种通过"写实"的方法展开对社会和人的科学研究过程,19世纪的现代现实主义文学思潮集中表现了这种创作理念。可以说,现代现实主义作家们几乎无不雄心勃勃地力图通过自己的写实性作品以展现人及其赖以生存的世界之真实状况。对此,本著作的前几章已多有阐述,在此不赘述。不过,需要特别指出的是,现代现实主义的这种关于理性与写实的信念,在19世纪末的西方文学中受到了冲击,这种冲击,首先来自19世纪中后期的自然主义文学思潮。

"五四"前后,我国学界把19世纪现代现实主义与自然主义文学融混在一起,将其翻译成"写实主义";后来,又由于受苏联文学理论的影响——褒扬现实主义而贬抑自然主义,我国学界一直将现实主义看成是19世纪西方文学中占主导地位的、最重要的文学思潮,而把自然主义看成现实主义的延续,并且,评判自然主义作家的成就要看其创作在何种程度上达到了现实主义的高度,因此,现实主义也就成了衡量自然主义文学之成就的价值尺度和艺术标准。作为文学史上重要的文学现象,19世纪西方现实主义和自然主义是一种什么样的关系?这在本质上牵涉了如何认识与评价自然主义文学思潮的问题。

本著作在第四章第二节中曾经指出,"写实"乃是西方文学的悠久传统,但这一传统却并非一块晶莹剔透的模板。不同时代,人们对"写实"之"实"的内涵有着不同的理解,而且相应对"写实"之"写"的如何措置也总有着迥异的诉求。现代现实主义与自然主义固然在写实的追求上有共同的旨趣,都强调反映生活的客观真实性,但是,在如何写实、"写"什么样的"真实"等方面,是各不相同的。自然主义文学思潮的代表作家左拉曾说:"在当下,我承认荷马是一位自然主义的诗人;但毫无疑问,我们这些自然主义者已远不是他那种意义上的自然主义者。毕竟,当今的时代与荷马所处的时代相隔实在是过于遥远了。拒绝承认这一点,意味着一下子抹掉历史,意味着对人类精神持续的发展进化视而不见,只能导致绝对论。"① 在此,左拉告诉我们,荷马的史诗也有写实的成分,但是,这种写实与自然主义文学所说的"写实"已不可同日而语。为自然主义文学运动提供理论支持的实证主义美学家丹纳认为,艺术家"要以他个人所特有的方法认识现实。一个真正的创作者感到必须照他理解的那样去描绘事物"。② 在丹纳这里,不同作家认识现实的方法和对现实的理解不同,各自"描绘"的生活也不同,其间,作家的主观因素起到了至关重要的作用。丹纳的论断,后来在左拉那里形成了一个公式:艺术乃是通过艺术家的气质显现出来的现实。气质是一种主观化、个人化的东西,气质的差异,意味着对现实世界描绘的差异,所描绘的现实是主观化的。左拉说:"对当今的自然主义者而言,一部作品永远只是透过某种气质所见出的自然的一角。"③即便不去考究在文学－文化领域各种纷繁的语言学、叙事学理论的不断翻新,仅仅凭靠对具体文学文本的揣摩,人们也很容易发现西方现代叙事模式转换的大致轮廓。例如,就"叙事"的题材对象而言,从既往偏重宏大的社会－历史生活转向偏重琐细的个体－心理状态;就叙事的结构形态而言,从既往倚重线性历史时间转向侧重瞬时心理空间;就叙事的目的取向而言,从既往旨在传播真理揭示本质转向希冀呈现现象探求真相;就作者展开叙事的视角而言,从既往主要诉诸"类主体"的全知全能转向主要诉诸"个体主体"的有限观感;就作者叙事过程中的立场姿态而言,从既往"确信""确定"的主观介入转向"或然""或许"的客观中立……所有这些都表明,自然主义文学之主观"体验"基础上的"显现"式叙述,其实已经疏离了现代现实主义的实证理性基础上的写实性叙述,进而达成了一种接近于现代主义的非理性基础上的"显现"式叙述,理性精神趋于淡出。

现代现实主义与浪漫主义乃至整个西方传统文学的立足点,或在于理性观念或在于情感自我,而且两者在有时候会构成合流——19世纪中叶巴尔扎克、狄更斯等人所代表的文学创作大致即属于这种情形。但这

---

① Emile Zola, "Naturalism in the Theatre", in George J. Becker ed., *Documents of Modern Literary Realism*, Princeton: Princeton University Press, 1963, p.198.
② 诺维科夫:《泰纳的植物学美学》,冀刚译,见朱雯等编:《文学中的自然主义》,上海:上海文艺出版社,1992年,第68页。
③ Emile Zola, "Naturalism in the Theatre", in George J. Becker ed., *Documents of Modern Literary Realism*, Princeton: Princeton University Press, 1963, p.198.

种"合流",因其并非内在的融合而只是外部的叠加,因其始终难以摆脱宏大理性观念的内在统摄,并没有避免情感逸出生命本体而流于空泛、矫饰、泛滥乃至虚假;而一旦失却与本真生命的血肉联系,那种统辖叙事的观念也就只能流入粗疏、外在、干瘪乃至虚妄。自然主义的基本文学背景大抵如此,其作为文学运动与文学革命的历史使命也就在于达成这种现状的改变。相较于现代现实主义,自然主义的"写实"已抽去了相当部分的理性的骨架,从而与主观的和非理性的现代主义达成了血缘勾连。与之相仿,世纪末的唯美主义、象征主义等文学思潮,也大致在这样一种审美线路上既与浪漫主义的感性主义追溯了"前缘",又与未来现代主义的非理性主义接续了"后因"。也就是说,现代现实主义的理性精神和理性叙事,经由自然主义和19世纪末的诸文学思潮逐步淡出后,到了20世纪的现代主义文学就明显趋向了非理性一端。

此外,左拉小说"生物的人"的出现[①],标示了自古希腊到19世纪中期欧洲文学中理性的"人"的陨落,标志着20世纪流行于西方社会的非理性主义人文观念的萌芽。现代现实主义文学中普遍展开了道德善恶的灵魂质拷,表现了人的原欲与理性的冲突。[②] 现代现实主义作家大都从人的自然原欲会滋生邪恶的角度持性恶论或人性趋恶论观点,其实这两者常常是难以严格区别的。在理性与原欲之冲突的描写上,他们强调理性对原欲的贬抑与限制,并由此对人物作出道德评价。正是出于这一原因,现实主义作家一方面崇尚科学理性,强调用人智意义上的人的理性去研究人与社会,另一方面又崇尚基督教传统文化中宗教人本意识意义上的理性,也即道德"上帝",并以之去规约人的行为,扼制自然原欲,不使人性滑向原恶,就此而论,现代现实主义作家的"理性"是希伯来—基督教人本传统的延续,同时又有西方近代科学理性的渗透。这样一种理性意识,不把人的自然原欲简单地视作人的原恶,而是强调对其作道德规约,使之与人的原欲达成相对意义上的调和,这就比传统的宗教理性更富有生命意蕴与现代意味,从而避免了文艺复兴人本主义和浪漫主义"自我"曾有的那种个人主义偏颇。在这种人文内涵基础上形成的"人道主义",并不对人作简单的善恶划分,而是对"类"的意义上的人的生命存在给予了普遍

---

① 参阅蒋承勇:《西方文学"人"的母题研究》第八章第七节,上海:华东师范大学出版社,2018年,第392—402页。

② 参阅蒋承勇:《西方文学"人"的母题研究》第八章,上海:华东师范大学出版社,2018年,第326—405页。

的尊重、重视与同情,因而"人道主义"无论对感性意义上的人和理性意义上的人都给予了高度的同情与尊重,它比以往的世俗人本主义和宗教人本主义有了更大的包容性。现代现实主义作家也正是在这种意义上表达了既理性化又更富有人性内蕴的"人"的观念。在这些"人"身上,既有强烈的自然欲望和生命意识,追求着人性自由和解放,又始终受制于理性规约,灵魂深处蕴积着因灵与肉、善与恶的冲突而生的心理张力。

现代现实主义作家似乎个个都像有"嗜恶癖",以展示人之恶为快。其实不然。确实,他们不像浪漫主义者那一味地张扬个性自由,也极少抒写人性美的颂歌,而更多的是披露人性之恶。因为,在他们看来,在上帝不管人类道德事务的时代,个性的自由将会激活人的恶欲,19世纪的欧洲现实已然如此。然而,他们披露恶是为了消除恶进而保持天然人性之善与美,因而在追求人性之善上,他们与浪漫主义者是大致相仿的。然而,恰恰是现代现实主义作家的这种"嗜恶癖",使他们的小说展示了那个上帝退隐时代的人性真实之状况,于是,他们的创作也拥有了警世意义。在此,18世纪爱尔兰文学史、思想史学者伯克的一段话颇发人深思:

> 人们能够享受自由的程度取决于他们是否愿意对自己的欲望套上道德的枷锁;取决于他们对正义之爱是否胜过他们的贪婪;取决于他们正常周全的判断力是否胜过他们的虚荣和放肆;取决于他们要听智者和仁者的忠告而不是奸佞的谄媚。除非有一种对意志和欲望的约束力,否则社会就无法存在。内在的约束力越弱,外在的约束力就越强。事物命定的性质就是如此,不知克制者不得自由。他们的激情铸就了他们的镣铐。①

现代现实主义作家强调以理性与博爱去规约人和抑制人的原欲,表现的是人自己拯救自己的世俗式救赎意识。但是,在人欲横流的自由资本主义时代,理性与博爱对人的制约力量显得十分微弱,而被激活了的人的欲望就如巴尔扎克小说所描写的那样强悍而有力,托尔斯泰为之感到忧虑与困惑,陀思妥耶夫斯基也为之深感恐惧。他们作品中表现的人的惶恐与焦虑,表征了"上帝死了",理性与博爱难以帮助人类妥善料理世俗事务,更深重的信仰危机时代到来了。福楼拜式的悲观、冷漠与执着,预示着一种新的人生观、世界观、价值观的兴起。现实主义作家在对传统理性

---

① 转引自陆建德:《破碎思想体系的残编——英美文学与思想史论稿》,北京:北京大学出版社,2001年,第195页。

主义文化价值观念的承接与怀疑中走向了新的时代。总之,从古希腊到19世纪中期,在欧洲文学长河中,人们对自身的自然属性虽不时地有所觉察,"人"的形象也几经变幻,但始终在理性光环映照下,具有向上帝般圣洁的神话世界飞升的趋向。这种关于"人"的神话,在以非理性主义为文化内核的西方现代主义文学中已宣告破灭。左拉的创作则是这种"人"的神话破灭的先声。

左拉正好处在进化论等自然科学和哲学迅速发展的19世纪下半期,这种精神文化气候,使他在巴尔扎克等前辈作家们关于人的探索的基础上向前迈进了一大步。他的创作把"人"的形象从理性主义的神圣殿堂中拉回到了生物的世界中。左拉当时备受攻击,不为许多读者和批评家所接受,其原因正在于他的创作中出现了一反常例的"生物的人"以及由此造成的文化时差。我们当然应当看到左拉对"生物的人"的描写中存在的非道德化倾向,也要看到他的创作所达到的现实主义高度及其为欧洲19世纪现实主义文学所作出的贡献,但我们更应看到他创作中存在的那种文学时差。因为正是这种文化时差,表明了他的创作对传统理性主义文化的反拨和对现代非理性主义文化的催化。事实上我们无法否认左拉创作中的新文化观念对20世纪文学产生过深刻影响。这种影响不仅仅是指现代派文学对性本能、性心理、"恋母情结"、白痴、虐待狂、偏执狂、荒诞主题、病态精神、酒精中毒、色情狂的描写都和左拉的创作有渊源关系,更重要的是,左拉小说中表现的"生物的人"的思想,在他之后进入了世界各国的小说创作[①];这种"生物的人"的观念突破了理性主义文学对人的描写的既有领域,而扩展到了人的生理性区域。这种科学主义的认识路线和弗洛伊德与荣格的心理学是相关联的,他们是被同一条文化纽带所串联的。"生物的人"虽不同于现代主义文学热衷描写的"非理性的人",但已超越传统理性主义文化范畴而步入非理性主义文化的门槛。显然,左拉是传统理性主义文化与现代非理性主义文化链条上的中间环节,他的创作在文化观念上所具有的现实主义和现代主义两重性,正是他开创的自然主义文学思潮所具有的独特的文学与文化的价值之所在。

由此可见,19世纪西方现代现实主义文学思潮,明显处在由浪漫派所开启的西方现代性文学的历史区段上,其与浪漫主义、自然主义等文学思潮存在着复杂的关联。不过,与浪漫派作家不同,以反对浪漫主义的姿

---

① 阿尔芒·拉努:《左拉》,马中林译,郑州:黄河文艺出版社,1985年,第345页。

态步入文坛的现代现实主义作家,他们高扬西方文化传统中一度被浪漫主义遮蔽了的理性精神,偏重描绘社会现实生活的精确的图画,而不是直接抒发自己的主观理想和情感;他们反对突出作者的"自我",主张作家要像镜子那样如实地反映现实;他们的社会理想和道德激情往往是通过对生活的具体的、历史的真实描绘而自然地流露出来的,描绘的历史具体性和客观现实性正是现代现实主义文学的基本特征。就此而言,现代现实主义是逆浪漫主义而动,其基本文学观念与创作原则显然又回到了遭受浪漫主义否定的传统"摹仿说"和理性精神,由是,才会有西方学者将现代现实主义视为一种"新古典主义"。卫姆塞特和布鲁克斯在《西洋文学批评史》中就把现实主义阐释为19世纪中叶某些作家对浪漫主义所开启的西方现代文学进程的一种逆动/反动。不过需要指出的是,虽然现代现实主义是打着矫正步入极端后的浪漫主义的"虚幻性"旗号出场的,但在浪漫主义的高潮过后,司汤达、巴尔扎克等作家敏感地意识到了浪漫主义在反对古典主义的战斗中本身慢慢形成的一些弊病,尤其是想象的狂热以及由此衍生出来的过度夸张、滥情等等。于是,他们几乎本能地回望构成西方文学主流的写实传统和理性精神,并从中寻求精神力量与艺术资源,以弥补和克服浪漫主义之革命运动的激进给文学创作所带来的损害。他们在发展中逐步远离了主情主义的浪漫派文学,并在张扬了启蒙思想的理性精神之后,推动了独立而声势浩大的张扬理性的现代现实主义文学思潮,从而使启蒙文学的理性精神得到空前的弘扬。在这种意义上,浪漫主义和现代现实主义是启蒙运动结出的双重果实,它们共同具有现代性特征。

第六节 现代主义文学与非理性人本意识

20世纪西方文学是生长在现代非理性主义文化思潮的精神土壤中的,这种文化思潮酝酿于19世纪欧洲自由资本主义发展的历史过程中,在西方社会进入垄断资本主义后的19世纪末20世纪初普遍流行。它是对西方近代理性主义文化价值体系的反动,也是对整个资本主义现代文明的不满与反抗,其中凝结着现代人对自身的价值与命运的深刻思考。

一、物质的兴盛与非理性思潮

20世纪西方垄断资本主义是19世纪自由资本主义的发展,它们在本质上具有同一性与延续性。在垄断资本主义阶段,"19世纪习以为常的那些资本主义剥削方式差不多被淘汰,但是这并不能掩盖一个事实,即19世纪和20世纪的资本主义奠定在一个原则之上:人把人作为工具"①。随着时代的发展,人们不仅比以前更清楚地认识到了启蒙思想家那人性自由、人人平等的理想的虚幻性,而且,事实使人们看到,建立在私有制基础上的现代资本主义社会,不仅存在着不同社会集团的目的、权力、利益的矛盾与冲突,而且还把人的全部私欲、恶或内心的阴暗面激发出来,疯狂地追求自我的满足。人的这种"自由"追求常常是冲动的、进攻性的,它不仅表现为暴力行为,而且还表现为各种思想、情绪、意志等非理性的特征。从19世纪开始的"一切人反对一切人"的争夺演化为20世纪"国对国的战争"说明,人类自己追求和建立起来的"理性王国"陷入了可怕的非理性境地。"人道主义价值和希伯来—基督教价值,特别是其中个人的价值,因野蛮主义的恶性膨胀而受到了践踏。"②这是资本主义"理性王国"从19世纪到20世纪合规律的发展,这种非理性也是资本主义的本质特征在同一性和延续性基础上于新的历史条件下的进一步发展。19世纪浪漫主义和现实主义时代人们深感忧虑和恐惧的人性的邪恶及其破坏力,被20世纪的两次世界大战所充分地证实。因此,如果说19世纪上半期人们对人的理性力量、人性善的力量仅仅表示怀疑的话,到了20世纪,则变成了失望甚至绝望。

西方现当代的自然科学成就,也强化了人们的非理性意识,加深了人对自我力量评价时的悲观与失望。诚然,西方近代科学的发展,对于人们改造自然,洞察宇宙万物之本质,对于人们建立科学理性,破除宗教蒙昧主义,都起到了巨大作用;19世纪科学的巨大成就激励着人们对自然与社会的征服与研究,在文学上催生了富于理性精神的现代现实主义,但是,在20世纪的人们看来,科学并非万能,科学的发展无法完全解决人生的价值和意义问题;科学理论无法为人们提供人生价值判断的尺度。人不能根据科学事实去爱、去恨,从而解决精神的、情感的、道德的和信仰的

---

① 埃利希·弗洛姆:《健全的社会》,欧阳谦译,北京:中国文联出版公司,1988年,第91页。
② 罗洛·梅:《人寻找自己》,冯川、陈刚译,贵阳:贵州人民出版社,1991年,第35页。

种种矛盾和需求问题,因为人是具有灵魂和精神的动物,离开了对人的精神世界及对这个世界的理解、把握和认识,把科学理性当作唯一的人类知性,当作人类认识发展史的唯一真理性,也就成了荒谬的东西了。现代西方科学的发展,不仅没有解决人的信仰、价值观和精神、情感需求问题,相反还加重了这方面的危机感。现代心理学让人看到了隐藏在理性外壳后面的本能冲动,使人洞察了潜意识那一片"黑暗世界";生物学的"自然选择"击碎了启蒙学者的"人生而平等"的自然法则,也击碎了"自由、平等、博爱"的人道主义理想,使资本主义的"自由竞争"失去了传统理性原则的制约而走向尔虞我诈、为所欲为、巧取豪夺。可见,在20世纪,科学加深了人对自身内心宇宙复杂性的认识,科学理性摧毁了基督教宇宙观,也破坏了传统的理性主义文化价值体系,所谓"上帝死了"的根本含义也就在此。

"上帝"死了,意味着理性死了,而非理性则被唤醒了;"上帝"死了,也即旧的文化价值体系崩溃了,而新的文化价值体系却没成型。一个没有"上帝"的世界,是人为所欲为的世界;一个失去了理性制约的时代,是非理性泛滥的时代。非理性主义思潮就是在这样的情形下蔓延开来的。"上帝"死了,却没有救活人自己,人类似乎到了在劫难逃的世界末日,于是,一种比19世纪更深重的恐惧、焦虑、痛苦乃至绝望的情绪弥漫了20世纪西方社会。"20世纪的精神病比19世纪更为严重,尽管20世纪资本主义出现了物质的兴盛。"[①]

事实上,"物质的兴盛",也是催化非理性思潮、加重人的危机意识和异化感的重要因素。20世纪的西方社会由原先的生产型转化为消费型,人们饱享着一个多世纪来疯狂地向自然索取物质财富所获得的丰硕成果,社会的物质文明不断向前发展,然而,人的物化现象不仅未能消除,反而显得变本加厉,并呈现出新的形态。在消费型社会中,作为消费者的个人必须依靠金钱而存在,因而金钱依然是上帝。在现代资本主义经济联合体中,生产者不仅是机器的奴隶,而且是强大经济体的奴隶;机器不仅取代了人的肢体,而且取代了人的大脑,这意味着人不再是世界的主体。几个世纪来,西方人在科学理性的鼓舞与指引下,对自然施行强取豪夺,科学技术的新成就不断助长并实现向自然索取的欲望,但是,到了20世纪,自然也投之以空前的报复。正如日本当代文化人类学家岸根卓郎所

[①] 埃利希·弗洛姆:《健全的社会》,欧阳谦译,北京:中国文联出版公司,1988年,第101页。

说:"人类自笛卡尔以来不断追求'无神物质科学',直至今天,其结果,使现代科学技术取得了长足进步,甚至造出了核武器,然而,与此同时,'地球灭亡的危机'却愈加深刻化、现实化,对人类来说,幸福反而显得更加遥远了。"①在理性指导下的对物的疯狂追求从深层表现出了非理性特征;人自己创造的物质文明在有形无形中支配着人,这种支配又表现出神秘的非理性特征,文明成了人的对立面,使人变为非人——即人的主体性丧失、人的不存在、人化为虚无。在这种生存环境下,西方人深感人在自然和物质面前的渺小与软弱。人被物排挤了,人把地球送上了绞架,自己也就陷入了生存危机之中。所以,西方现代资本主义的物质文明给人们带来了更深重的异化感和危机感,也使人们更真切地领悟到了人类生存与发展中的非理性和荒诞感。在这种背景下,文学对人的生存现状的表现方式也发生了变化。"由于受到异化以及我们的自我与世界诸多形式的分离,我们在碎片化的生活中体验世界。资本主义社会关系阻碍我们成为完整的个体,现代艺术在重新弥补这些碎片的同时,制造了一面反映历史真实生活的镜子。从这个意义上说,这是一种现实的艺术。"②

二、现代主义与非理性人本意识

在20世纪这种新的精神文化氛围里,西方文学的人文观念表现出了与传统文学的重大差异。无论是现代主义还是现实主义倾向的文学,都更注重对人的内心世界作形而上的探索,并往往以荒诞的形式加以表现。而20世纪文学,特别是现代主义倾向的文学,则把传统文学业已表现的理智与情感、理性与本能欲望、灵与肉、善与恶等二元对立的母题推向深入甚至走向极端,视人的非理性为生命本体,人也就不再是"理性的动物",而是"非理性的动物",笛卡尔的"我思故我在"变成了"我要故我在"。人文主义的人是"宇宙的精华,万物的灵长"的神话破灭之后,"人"的形象失去了传统文学那种崇高美从而沦为"非英雄"或"反英雄"。20世纪文学,特别是现代主义倾向的文学,蕴含的是一种非理性人本意识,它是对传统的以理性为核心的人本意识的一种反拨,也显示了西方文学在人文

---

① 岸根卓郎:《文明论——文明兴衰的法则》,王冠明等译,北京:北京大学出版社,1992年,第96、158页。

② Estber Leslic,"Interrupted Dialogues of Realism and Modernism:'The fact of new forms of life, already born and active' ", in Matthew Beaumont ed., *Adventures in Realism*, Oxford: Blackwell,2007,p.126.

观念上的新发展。

19世纪浪漫主义文学在现代性的追求中取向于感性主体的审美现代性（文化现代性）面相，其间虽已露出了非理性的端倪，但还十分朦胧，且其深层依然未割断与自由、平等的理想和启蒙理性的联系。19世纪现实主义文学在现代性的追求中明显取向于理性主体的社会现代性，但是，它同时又与文化现代性不无勾连，从而表现出对资本主义现代化社会之合理性的怀疑、诘问与抨击。现代现实主义作家普遍对自由竞争中表现出来的人性中的破坏力深感忧虑，并开始怀疑理性对这种破坏力的制约能力，但最终都在人性复归、理性战胜恶欲冲动、美战胜恶的理性主义信念中找到了生存的勇气与力量。20世纪文学，特别是现代主义倾向的文学把浪漫主义沿着审美现代性道路对现代性的追求推向了非理性主义的极端，以非理性的"自由"去反抗现代文明，反抗宗教理性、科学理性、政治理性和经济理性，又把19世纪现实主义文学的人道主义理想与理性原则送上了非理性的审判台。而且，在20世纪现代主义文学中，对工具理性的资本主义物化理性的批判，泛化为对人的整个理性的批判，因此，"理性"拥有了更广泛的内涵，它往往指抑制人的生命意志（特别是非理性）的一切有形和无形的力量，它是荒诞的、不讲理的、总是与人作对的神秘力量。因此，现代主义倾向的文学便是一种理性精神消隐而非理性意识膨胀的文学。

卡夫卡在自己的创作中着力表现的是他对现实世界的那种特殊感受。他在充满压抑感、窒息感的生活经历中酝酿出他的人性的理想，也形成他感受和认识人生的独特角度——人性。从人性的独特角度，在人性理想的观照下，他感受和发现到人和人的生活是荒诞的，人创造了物，创造了社会，创造了庞大而精密的国家机器，人却遭受自己所创造的物和社会——人的异己力量的压迫。由于人性的脆弱，人被扭曲、被异化成非人，这种荒诞正是卡夫卡感受到的人的性格、处境和命运的最本质的真实。《变形记》里，推销员葛里高里变成大甲虫；《地洞》里，被不安全感死死追逐、为自己的处境命运焦虑不安而惶惶不可终日的人，居然幻化为一头不知名的大动物。是人，却又不是人；不是人，却偏偏又是人。人变成大甲虫的感觉，人和大动物混淆的感觉，正是卡夫卡感受到人被异化成非人的处境和命运的本来面目的集中、强化和夸张，也是卡夫卡赋予人被异化的荒诞本质面目的可感可捉摸的艺术形态。《城堡》中的土地测量员，为了能在城堡当局管辖下的村子里落个户口而进行了不懈努力，年复一年,毫无结局。最后在弥留之际,亲友们围在四周为他送终,城堡突然来了通知:你可以在村里住下……一个小小的愿望,让人奋斗了一生,在他需要时,无人来过问,而在他不需要时,却"满足"了他,这种满足已经不具备目的,失去了对象,成为"镜子照镜子",等于零。土地测量员显然是陷于一种反抗处罚的荒诞怪圈中不能自拔的现代戏人的象征,所表现的是抽象意义上的人类的现实处境和命运,揭示的是形而上的真。此外,海勒笔下的不讲理的"二十二条军规",萨特小说中导致人"恶心"又难以将其摆脱的现实存在,等等,都是"非理性"力量的具体表现形态。许多现代派作家都站在反理性的立场上描写神秘的非理性和潜意识冲动给人带来的自由感,"现代小说家竭力表现的都是工作、梦境、冥想、犹豫、自许以及陷于矛盾时的心理状态"[①]。"用放大镜仔细反观自我,捕捉稍纵即逝的印象,认识心灵与肉体之间的互动,体悟思想的非理性轨迹"[②]等等,这就是20世纪文学频频描写病态、畸形、歇斯底里、性冲动、死亡、梦境、幻觉、长篇独白、内心回忆、白日梦、痴人梦等内容的重要原因。因此,在20世纪文学,尤其是现代主义倾向的文学中,已很难直接听到关于和谐的人性之美的赞歌,这正是西方文学人文观念转型的表现。

在对待物质文明的态度上,20世纪现代主义的文学也表现出了更强烈的反抗性,但是这种反抗与现代现实主义站在理性与人道原则上的反抗绝然不同。在20世纪现代主义倾向的文学中,"物"被泛化为包括金钱、物质财富、科学技术、社会存在等多方面内容在内的整个物质世界,人与物的对立也泛化为人与除了精神世界之外的整个现代化物质文明的对立,人处在被文明普遍异化的状态之中。而且,现代现实主义文学在表现人与物、人与自然的关系时着重展示人对来自"物"的异化的抵御与不接受,人虽然被物质文明这一异己力量捉弄与吞噬,但依然相信人自身的理性力量,因而仍保留着几分乐观与浪漫。因此,现代现实主义作家一方面表现人被物异化的事实,另一方面又表现人对异化的抗拒。即使是倡导"返回自然"的浪漫主义作家,他们追求"天人合一"的境界,以期缓解人与文明、人与自然的对立关系,也并不意味着抹煞人与"物"之间的差别,并不意味着人丧失对物质世界的支配权进而丧失主体性,成为"物"的奴隶。与之显然不同,20世纪西方现代主义倾向的文学在表现人与物的关系

---

① Peter Gay, *Modernism: The Lure of Heresy: from Baudelaire to Beckett and Beyond*, New York & London: Norton & Company, 2010. p.190.

② Ibid., p.192.

时，着重表现人在物面前的无能为力和恐惧感，人已完全被物支配，物质世界已抛弃了人类，人处在一个难以理喻、无法把握和解释的陌生世界，人自己蜕变成了物，世界是荒诞的、非理性的，人类的生存失去了意义。奥尼尔《毛猿》中的扬克象征着物质文明挤压下痛苦地寻找自身归属的现代人。从"笼子"到"笼子"，这是《毛猿》这出戏的基本结构框架，它象征着现代戏人的悲剧命运。在文艺复兴时期的人文主义者看来，宇宙是个美好的花园；而在奥尼尔看来，社会处处是牢笼。现代西方的文明世界中，人丧失了自我，丧失了和大自然的一致性。社会愈发展、人类愈往前走，这种自我丧失越严重，和大自然的分裂越严重；所以，现代人对自己在世界中的位置是认识不清的。因此，在现代社会，寻找自己的价值，和自身的历史的斗争，也即人跟自己命运的斗争，是人的一项永恒的使命。扬克的抗争不被世人所理解，他自己最后也不知应走向何处，不能找到归宿。他只觉得自己"在天地之间"，挂在半空中。他无法向前走——走向更高度的文明社会，因为那意味着他将更深重地被异化，于是，他只好向后退——走向远古的时代，以便找到人的本源。他投向猩猩的怀抱，这正是后退行动的表现，然而他却被猩猩掐死在笼子里，"笼子"成了他的归宿。这说明，现代人在寻找自身价值和位置的过程中，始终伴随着失败和痛苦，因为他们永远挣不脱现代化社会的牢笼，永远无法和现代化社会的异己力量抗衡。此外，在艾略特的《荒原》中，物质世界使人的精神世界毁灭，世界也就成了生命死寂的"荒原"，人要找回自己就必须返回远古的神话时代。在尤奈斯库的《新房客》中，物威胁着人的生存，整个世界变成了物的奴仆。劳伦斯的小说描写现代文明破坏了人的天然属性，使人的两性关系变得畸形。品钦和冯内古特的小说揭示了科学技术导致人类自我毁灭的悲剧。

总之，20世纪文学表现出人在物面前的软弱与渺小，人的主体性、人的心灵被"物"挤占后成了"空心人"，人被自己创造的文明异化了。因此，20世纪西方现代主义倾向的文学表现的人与物质文明的矛盾，归根到底是人的生命本体与物质存在、科学理性之间的矛盾；人对物质文明与科学理性的反抗，就是对人的感性主体性的一种张扬，是对人性和谐的一种维护，其深层蕴含着非理性人本意识，表现了一种新的人道原则。出于非理性人本意识表达的实际需要，现代主义倾向的文学在艺术表现手段上，也对现代现实主义采取了"反叛"的态度，在文学形式和审美追求上以激进的实验性和先锋性，与现代现实主义拉开了漫长的距离，进而也表现出了非理性特征。

西方现代主义倾向的文学是特定社会和时代的产物,其反传统、非理性和实验性特征,一方面表现了20世纪西方社会的时代特征,这本身不失为一种对时代和社会的"写照",体现了文学表现现实的普遍性功能与特征;另一方面,现代派文学的这种反传统追求和文学实验,也体现了文学史自身的演变与发展,是一种对既定文学传统的激活与革新,其历史意义与价值也是无可否定的。人类文学史就是在不断的创新与变革中向前发展的。但是,20世纪西方文学的变革和反传统,并不意味着文学非理性的必然合理性,更不意味着其与现代现实主义文学的割裂。

第七节 理性之变奏

20世纪西方世界的非理性主义文化思潮和文学中的非理性人本意识的出现,是对西方现代文明和理性人本意识的反叛。当西方人从19世纪的幻想世界坠入梦魇般的20世纪时,当西方人面对着崭新的20世纪世界时,他们深感以旧的文明、旧的理性去适应新的世界与文明的困难,深感人被异化的痛苦。文学是人学,描写异化处境中的人,揭露和抨击异化现象也就成了这个时代文学的重要主题,非理性人本意识作为批判现代文明的武器也就有了它存在的合理性。也正是在这种意义上,20世纪西方文学的非理性主义、反现代文明的主题有其积极意义和存在的历史合理性。

然而,现代文明本身是人自己创造的,而人创造文明的目的是使自己生活得更美好;人的理性本质决定了人一旦选择了文明,也就无法再回到自然状态。因此,面对现代文明,人类在力图以非理性人本意识去抨击这种文明中反人性一面的同时,一味地肯定人的非理性,而抛弃人性中的理性本质,抛弃文明回到蒙昧的原始状态,显然是不现实并违背作为"理性的动物"的人之本质属性的。既然人是"理性的动物",既然人选择文明是合乎理性之本质的,是人对自我生命的一种认同与关爱,那么,现代人在面对不合理的现代文明时不应该将它彻底抛弃,而应该在人的理性的指导下,改造文明中的不合理成分,调节理性主体与感性主体之关系,寻找新的理性,重构新的文明,使这种文明更贴近人性,更合乎人的生存与发展的原则。从这个意义上看,20世纪的西方作家也并不都是非理性主义的拥戴者,即便是20世纪西方现代主义倾向的文学,也不都是以表现极端的非理性为己任的；或者说，理性在 20 世纪西方文学乃至西方现代派倾向的文学中依然还是存在的。"现代主义对现实主义的重新表述，与政治环境的改变所带来的可能性浪潮以及科技的变化息息相关，这意味着现实本身被重新构想和重新调和。"①因此，在一定程度上可以说，由于现实本身的变化，20 世纪西方文学包括现代主义倾向的文学，也以新的方式在重新表述现代现实主义的理性精神。也就是说，20 世纪西方文学并没有完全抛弃 19 世纪现实主义和传统的理性精神，而可能是以激进的先锋式实验重新塑造了现代现实主义的主题，其深层依然有其特定的理性精神。

首先，20 世纪现实主义倾向的作家，如罗曼·罗兰、高尔斯华绥、萧伯纳、威廉·戈尔丁、弗朗索瓦·莫利亚克、索尔·贝娄、海因里希·伯尔等等，他们有的原本就是 19 世纪现代现实主义文学的后继者，保留着传统理性主义的信念，有的在现代派文化语境中自觉地遵循着写实和理性传统，同时又拥有强烈的现代意识，有选择、有限度地接纳现代派文学的人文观念、审美意识和表现方法。他们从不同途径以开放的姿态创造性地发展着现代现实主义文学传统。这些作家在 20 世纪西方文学中依然占据着重要位置。尤其是 20 世纪后半期，他们中有的作家在两次世界大战之后的纷乱、迷惘的社会环境中思考和创作，更表现出一种对新的理性精神的追寻与呼唤。威廉·戈尔丁（William Golding）是英国当代著名小说家。戈尔丁所处的是第二次世界大战前后那个动荡的西方社会。他亲身经历了第二次世界大战，深感世界和社会中存在着严重的缺陷。他觉得人类是痛苦的，其原因在于人类天性的不完美；人的天性中存在着恶，恶是一个普遍的规律，"人制造恶犹如蜜蜂酿蜜"一样。戈尔丁企图通过小说来表达他对人类与社会的思考，"人心邪恶""人心黑暗"，也就成了他的作品的基本主题，《蝇王》探讨的正是这一问题。戈尔丁对人性问题的探讨是建立在对 20 世纪欧洲社会的深刻研究之上的。虽然，他认为人类是被败坏了的，所以，《蝇王》中正义的和善的力量最终敌不过恶的力量，其间不无悲观主义色彩，不过，戈尔丁没有把人写成"自己的地狱"，也没有把整个人类世界看成暗无天日的苦海。他力图想在人本身的缺陷中寻找社会制度的根源，通过文学作品使人们了解自己天性中的不足。他认

---

① Esther Leslic,"Interrupted Dialogues of Realism and Modernism:'The fact of new forms of life, already born and active' ", in Matthew Beaumont ed., *Adventures in Realism*, Oxford: Blackwell,2007,p. 139.

为恶是可以认识的,进而也是可以避免的。所以,他在小说中突出描写人性恶的同时,并没有赞美恶,他赞扬的正好是恶的反面——人性之善、文明之善。在他看来,人的高贵之处就是敢于正视现实,而不是对罪恶熟视无睹。所以,小说中主人公拉尔夫为代表的"善"和"文明"的一方虽然处于寡不敌众的劣势,但始终坚持维持象征文明的"烟火"而不让它熄灭,借此向岛外发出求救的信号,提振处在恐惧中的伙伴们的生存的信心,并最终让陷于绝境的这个集体得以获救。拉尔夫最后因发现人之天真与善良的泯灭、发现人心的黑暗而号啕大哭,体现出作者对人类理性与文明以及人性善的维护与渴求。戈尔丁通过小说要说明的并不是人非善必恶,而是人应该而且必须有理性和自知之明,从而避免弃善而从恶。他的《蝇王》就是要人们去认识自己,提醒人们要用理性与文明去抑制人类天性中的恶,使人类不至于重演以往两次世界大战这样的悲剧。海因里希·伯尔(Heinrich Böll)是德国著名小说家,1972年获诺贝尔文学奖,他为第二次世界大战失败后的德意志民族第一次获得了世界性的荣誉。长篇小说《莱尼与他们》是他的代表作,被誉为伯尔"小说创作的皇冠"。这部作品以第二次世界大战前后的欧洲与德国为背景,客观冷峻地描述了主人公莱尼与周围人的生活经历和不幸命运,揭示了人与人、人与社会之间潜在的矛盾冲突,真实描绘了战争与战后恢复时期德国普通人的生存状态,深刻地提出了对人的尊严的维护与人的自由生命的实现等问题。作品告诉人们,在濒临战火的社会中,基督教的"爱"看起来已无力拯救苦海中的生命。但是,主人公莱尼虽然像羔羊一样无声地承受着社会与身边的人施于她的种种磨难,她却还是以"爱"的胸怀去宽容社会与他人。小说一方面提出了发人深省的"人"的生存境遇和人的尊严何以才能得到保护的问题,另一方面也表达了对爱、善良和人的理性本质的坚守和呼唤——对新的理性的呼唤。作家索尔·贝娄被誉为西方"伟大思想和人性关怀的继承人"[①],他是典型的20世纪现代、后现代文化语境中的当代人理性精神的追寻者,从他20世纪40年代进入文坛,到2000年的"天鹅之作"出版,60多年的创作生涯中,他塑造了一系列小说人物。他的作品通常从正面展开对社会现实、历史文化、道德价值、存在意义的独特思考、批判与追问,其中有物欲的迷惘,更有对传统理性价值的坚守;有对现代性的深刻

---

① Malcolm Brodbury, *Saul Bellow* (Contemporary Writers), London and New York: Methuen, 1982, p. 87.

忧虑,也有对"荒原意识"的批判;有其对犹太种族的情感关怀,更有关于生死的形而上的沉思。他的代表作《洪堡的礼物》以主人公洪堡的"礼物"来隐喻一种"洪堡精神":善良与友爱,并用它们去拯救人的灵魂。"洪堡精神"要求每一个处在迷惘与焦虑中的人身体力行,自主而现实地爱己爱人,努力重建此岸的人类精神家园。这种愿望既有理想主义色彩,但在这个没有"上帝"的时代,作者以这种来自人性、发自人类良知的呼唤,力图唤醒人的理性并借以扼制人欲的泛滥。小说告诉人们,不管在何种情况下,不管人类文明发展到何种阶段,人对自由的追寻甚至对现有文明本身的反抗,仍得有道德的准绳和理性的规约,尤其是要倾听来自人的良知的呼声。

其次,即使是典型的现代主义倾向的作家,其创作之深层也依然有着对新的理性精神的追求,也就是说,理性精神和现实主义元素在现代主义倾向的作品中依然以不同的形态存在着。如前所述,非理性是20世纪西方社会的时代特征,20世纪西方文学表现的人和社会的非理性内容,在本质上又是对特定环境中人的荒诞的生存状态的真实揭示,体现了文学是对社会现实和时代精神的一种"反映"或"表现"。但"反映"或"表现"生活也并不等于完全地认同与接纳这种生活,而可能是恰恰相反。20世纪西方现代主义作家在反映人面临异化的生存状况,并以非理性方式反抗现代文明时,对非理性本身又常常表现出忧虑、恐惧甚至否定之态度,这也正是文学之现代性的内在矛盾性的表征。一些现代主义倾向的作家真切地体察到了人的非理性内容的存在并视其为人的生命的本体性内容,但对于回归原始状态、获得非理性意义上的"自由"的人,又充满忧虑。实际上,极少有作家将非理性支配下的混乱与无序的世界作为人生的理想境界去追求,而他们之所以表现这些内容,在深层意识上恰恰是对这种非理性的荒诞存在的抗拒与抵御,意在摆脱和超越这种荒诞与非理性,只是他们又往往找不到超越和抵御这种荒诞的存在的途径与方法而已。这正是20世纪西方现代主义倾向的文学之危机意识和悲观情绪产生的深层原因,但恰恰是在这种危机意识和悲观情绪中又包含着某种程度的理性意识和更高意义上的理想主义精神。因此,在20世纪文学非理性倾向的背后,有时又隐藏着作家们对人的处境及命运的理性思考。T.S.艾略特的《荒原》中,造成"荒原"的是丧失精神与理性的肉欲——非理性,而文明与理性依然是对"荒原"世界的评判尺度。卡夫卡描写的世界之荒诞的背后,有着对更高意义上的理性的追求:描写人被异化为"非人"(甲虫)的目的,是为了让人规避异化、走出异化的困境。荒诞派戏剧中对"戈多"的无休止的"等待",既表现现实中的荒诞的处境,又表达人在"等待"隐喻中对希望的执著,体现绝望中的人对新的"上帝"的期待,也即对新的理性的期待。塞林格(Jerome David Salinger)《麦田里的守望者》的"守望者"所要守护的就是人性的纯洁,也即人成其为人的理性原则。"最伟大的现代幻想小说《一九八四》[①]在写作过程中遵循一丝不苟的现实主义,其背景是想象出来的,它整体上是可想象到的,并且不需要读者搁置想象力或为了阅读而搁置体验的能力"[②],也就是说,乔治·奥威尔(George Orwell)的小说《一九八四》描写的人的荒诞的存在中也不乏理性精神。可见,20世纪西方现代主义文学追求"反传统""非理性"的更深之处,仍不同程度地蕴含着对理性精神的依恋与守望,传统的理性精神在经过否定之否定后,以一种潜在的和新形态存在于一些现代派倾向的作品之中。在这方面,萨特这位存在主义作家更值得我们做深入的讨论。

让-保罗·萨特是法国存在主义小说家和戏剧家。可以说,作为20世纪现代主义文学的流派之一,存在主义文学普遍表现的是关于人的一种不无荒诞的存在,但是,这种文学执意表现的"自由选择"和西西弗斯式的行动原则,表达了人在非理性的荒诞现实面前的高度的理性意识。萨特的长篇小说《恶心》借主人公洛根丁的"恶心"来表现世界的荒谬性,揭示资本主义社会的内部的矛盾性。随着西方资本主义制度的垄断化发展,人性的异化也不断加剧。20世纪两次世界大战,使西方世界发生了严重的精神危机。人们曾经坚定地相信过理性的力量,但现在被泛滥成灾的兽性所震慑,一切原先的秩序和条理像雪崩一样倒塌了,成了"不可推断的东西",而"荒诞"成了这种严峻现实的高度概括。正是这种悲惨的现实以及人们由此而产生的变态的心理,使人们虽然活着,却不能认识自己、认识他人、认识社会和自然,从而感到人生的孤寂、无聊和空虚,感到生活的毫无意义和荒谬性。这就是《恶心》的主人公洛根丁产生那种有哲学意味的"恶心"的外在原因。所以,萨特在小说中通过描写洛根丁"恶心"产生的过程和"恶心"难以解脱的事实,提示了现实世界本身的荒谬性,表现了作者对现实社会存在的愤慨与否定。然而,面对荒谬的世界,人是否就完全无能为力了呢?作者上升到存在主义哲学的高度作深度的

---

① 左翼作家乔治·奥威尔创作的政治长篇小说。作品通过对人的荒诞的生存环境的描写,表达了对荒诞本身的否定。

② Raymond Tallis, *In Defence of Realism*, London: Edward Arnold, 1988, p. 215.

阐释。洛根丁最后的选择便是对此所作的回答。在萨特看来，人虽然是孤立无援的，世界是荒谬的，但人又是"绝对自由"的，没有任何约束；人可以通过自我选择、自我超越达到"自由"境界。不过，在作出自我选择、自我超越之前，人必须意识到自己存在的含义；只有意识到现实世界的荒谬性和自我存在的无意义，人才会对自己的行为负责，自由地选择自己的本质，确定自己的价值，走上自由之路。所以，人对环境的"自由选择"并不是要改变环境，而是要使人的意识在想象中超越环境；存在本身是无法超越存在的，只有虚无（即主观意识）才能超越存在；人凭借天赋的想象力可以自外于事物，达到自我外化、自我超越或自我隐退、自我掩盖，这样就可以使自己从现实困扰中摆脱出来，达到自由的目的。"英雄是自己使自己成为英雄"，这是萨特的存在主义名言。正是人的自由选择的思想，决定了萨特的存在主义是一种行动的哲学，它指出现实的荒谬，却并不把人引入消极悲观的境界。小说描写的笔触冷漠而低沉，充满压抑忧郁的情绪，但是，小说强调人的"自由选择"，主张面对不合理的现实时不屈服于它，充分发挥人的主观能动性，不放弃自身的努力，不放弃对美好理想的追求，这在深度意义上坚守了人的理性精神，张扬了以理性精神为根基的乐观主义人生观。正因为如此，萨特的作品一度成了欧洲青年的精神食粮。此外，存在主义文学的叙述方式也更多地趋于或者说接纳了传统现实主义的理性叙述模式，所以有的批评家称存在主义为"存在主义现实主义"（existential realism）①。"存在主义现实主义提供了经验的满足而不带任何加以解释或改变的视角；然而作为一种叙述模式，它显然与旧式现实主义的经验现实并非不可分割，并且它不再是主观主义，而是与实验性的变奏曲和对过去或未来的另类定位完美地趋于一致。在多大程度上称这一叙述装置为现实主义仍然有用是一个个人或政治选择的问题，同时也是对未来结果进行估价的问题。"②可见，传统的现实主义理性化叙述模式是有其生命力的，或者说，现实主义全盛期的那些静态叙述，转化成了现代文学的众多共时性的文学内涵③，现代现实主义的理性精神，包括构成现代现实主义本质属性的基本元素，原本也存在于现代主义的文学之中。有的批评家认为，"事实上，几乎没有一种非现实主义的作品中不包含现

---

① Fredric Jameson, "A Note on Literary Realism in Conclusion", in Mattew Beaumont ed., *Adventures in Realism*, Oxford: Blackwell, 2007, p. 270.
② Ibid., pp. 270—271.
③ Ibid., pp. 266—267.

实主义元素",比如,卡夫卡的作品中就有现实主义①。"普鲁斯特的小说也是通过现实主义小说来抵达别的东西。我认为,它想要转化现实主义传统——这并不是说它抛弃了这种传统,而是相反,包含它并超越它。"②因此,在这些批评家和理论家看来,要"正确地认识反现实主义(指现代主义倾向的文学,引者注),它不是现实主义小说的继承者,而是其仆从,是深化现实主义小说的一种手段和对它的一种磨砺,是对现实主义小说接近现实的一种辅助"③;"在战后以及后现代时期,作为一种摹仿风格的艺术样式,现实主义仍然被视为一个不变的'常量'④"。

可见,现代现实主义的理性精神事实上被重构后以一种变奏的形态不同程度地在20世纪的文学中被延续着,即便是以反理性和非理性面目出现的现代主义文学,也未必与理性精神决裂,而往往是在深层意义上对表现出对新的理性精神的追寻。这无疑也说明了现代现实主义及理性精神本身也是有其无穷的现实意义与当代价值的,而文学与理性精神,则是一个既超越现代现实主义,又与之密切关联的文学本体论问题。

---

① Michael Lowy, "The Current of Critical Irrealism: 'A moonlit enchanted night'", in Matthew Beaumont ed., *Adventures in Realism*, Oxford: Blackwell, 2007, pp. 195—196.
② Peter Brooks, *Realist Vision*, New Haven and London: Yale University Press, 2005 p. 204.
③ Raymond Tallis, *In Defence of Realism*, London: Edward Arnold, 1988, p. 198.
④ Amy Holzapfel, *Art, Vision, and Nineteenth-Century Realist Drama*, New York: Routledge, 2014, pp. 4—5.

第八章
现代现实主义与
文学理性精神

有两种狂妄表现：排斥理性，或只承认理性。

——布里茨·帕斯卡尔

人性永恒不变，同样的情感和境遇在历史上一次次重现。因此，延续对于文学的意义远大于革新。

——彼得·巴里

如果有什么能使现代主义者达成统一——他们一方面是理性主义者和现实主义者，另一方面是理性主义的批判者、无意识的信奉者和文化悲观主义者——那便是他们彼此交战的强度。

——彼得·沃森

如果你认为现代作家和画家弃现实主义传统而去，因此便背弃了现实世界，这种想法是愚蠢的。尽管艺术的表现方法五花八门，但倘若不反映我们周围和内心的复杂世界，便很难令我们产生真正的兴趣。理解这一点，将有助于我们重新发现那些秉持现实主义传统的作家和艺术家……简而言之，我们已经能意识到，19、20世纪文学艺术发展的不同阶段其实是一脉相承的。

——莫里斯·迪克斯坦

从19世纪浪漫主义思潮第一次对西方现代文明的大规模反叛与"革命"，到20世纪现代主义文学的更大规模的反传统、反理性的"创新"与"实验"，人的感性与非理性之本质得以不断彰显，而人的理性之本质一再地遭遇贬抑与排斥，文学的理性精神持续式微，文学的理性书写也就没有现代主义的反逻辑、非理性书写那样风光独好，张扬理性精神的现代现实主义被张扬非理性的现代主义倾向的文学视为"过时"的老传统——虽然,事实上现代现实主义文学在现代性问题上与现代主义在某种层面上有共同的基点与目标,而且现实主义倾向的文学其生命力的存在亦已为文学史的发展所有力地证明。我们今天研究并肯定现代现实主义,无意于(本著实际上也没有)一味地褒扬其优长并且拔高其历史成就与价值,并狭隘地借以贬低现代主义倾向的文学,而旨在将其视为由于种种历史的和文化的原因尚未得以深入阐释与发掘的文学史资源,以新的视角与理念去探寻其生成与发展的表层与深层的原因,阐释其作为特定历史文化背景下之文学思潮的本原性特质,辨析其在传播、扩展过程中的多重"变体"及其不足,探究其在西方文学史发展链条上的前后"断裂"和深层"勾连",辨析其在西方文学史上的贡献及其某种历史局限,尤其对其理性内涵作一深度阐发,并由此去深入透析文学与人之理性本质和感性本质之关系。就此而论,如何看待和认识现代现实主义的问题,很大程度上已超越了对这一文学思潮的认识本身,而且还关涉浪漫主义、自然主义、现代主义等多个文学思潮,特别是关涉了对整个西方文学乃至人类文学的整体性特征的认识,因为现实主义文学(写实主义文学)是一个事关文学本质的核心概念,具有极大的辐射性、渗透性与关联性。与之相类似,现代现实主义文学与理性精神的问题,实际上也是关涉整个文学与理性之关系这样的具有文学本体论性质的综合性问题。这也正是本著几乎每一章都从西方文学与文化的纵横背景乃至世界文学的大背景,并从跨文化和跨学科比较的角度,联系中外文学史上的诸多文学现象展开具体问题探讨与阐释之重要原因。

第一节　在理性与感性的天平上

在西方近现代文明发展的历史进程中,科学成就促进了社会的进步,解放了人的思想,唤醒了人的理性;在西方科学从兴起到成长的过程中,"理性"不仅是一个贯彻始终的精神内核,而且也标志着西方人对自我认识的不断深化、人的信心与力量的不断增强。近现代西方文明发展史中,从人的理性精神的觉醒到对人类理性能力的承认、肯定与张扬,一定程度上反映了科学和文明发展的历史过程。然而,科学与现代文明的迅猛发展造成的人的理性与感性的分裂,具体表现为工具理性膨胀而价值理性衰微以及人的感性主体受压抑,这些导致了人性的扭曲和异化。尤其是到了 19 世纪,资本主义现代化发展本身所导致的现代性问题进一步凸显。19 世纪的浪漫主义思潮与 20 世纪现代主义思潮正是在这样的背景下产生与发展的,西方文学的审美现代性(文化现代性)思潮也正是出于对资本主义现代化负面效应的一种抗拒与反叛。在社会发展和文明演进的历史过程中,人的感性欲望和非理性本质无疑应该获得合理的实现与解放,因为只有这样,人性才能达成和谐,人也才能得以现实性地生存与发展。由此而论,西方文学中始于 19 世纪的审美现代性倾向的文学思潮无疑有其生成和发展的合理性,对资本主义现代化发展无疑在对抗中又有一种救赎作用。但是,不管怎么说,人在根本上是"理性的动物",离开了理性,人不成其为人,因为人的感性欲望之合理实现的前提必须是人的理性的存在和理性规约力的彰显,就像自由的前提是对"自由"的约束与规范一样,其间不能没有理性规约的力量。现代西方世界许多崇尚非理性和感性解放的理论,虽然是基于对资本主义现代文明之压抑人性的一种不满,基于对人性异化现象的反抗,但这种理论对人性的理解与把握却不无偏狭,其自身的矛盾性、复杂性与极端性也就在所难免。

在 19 世纪末,尼采感受到了现代文明和工具理性对人的感性世界造成的压抑,于是发出了上帝之死的呐喊,这有其深刻性的一面。但是,他由此便不无偏激地否定和排斥人的理性之本质,主张人性重归于代表原始欲望和非理性的"酒神精神",让被现代文明和理性压抑了的感性潜能充分泄放出来。尼采认为,"谁也别想摧毁我们正在来临的希腊精神复活的信念,因为凭借这信念,我们才有希望用音乐的圣火更新和净化德国精神。否则我们该指望什么东西,在今日文化凋敝荒芜之中,能够唤起对未来的任何令人欣慰的期待呢?"[①]尼采作为西方现代反传统思想的代表,他主张高扬一直被现代文明贬抑的酒神精神,把人的肉体和感性放到本体的位置,以一种极端的方式把理性与感性的关系颠倒了过来。他说:"我整个是肉体,而不是其他的什么;灵魂是肉体某一部分的名称。"[②]说到理智,他认为身体本身就是"大理智",而被传统称为"理智""精神""心灵"的东西,仅仅是身体这一大理智的工具。[③] 哈贝马斯认为,尼采告别

---

① 尼采:《悲剧的诞生》,周国平译,北京:生活·读书·新知三联书店,1986 年,第 88 页。
② 尼采:《查拉斯图拉如是说》,尹溟译,北京:文化艺术出版社,1987 年,第 31 页。
③ 同上书,第 31 页。

理性而转向艺术,"他抛弃了更新修正理性概念,告别了启蒙的辩证法"①。"尼采从理论和实践结合中继续着浪漫主义的审美纯粹化。"②由此哈贝马斯又认为,在尼采这里,"艺术开启了通向酒神之路的唯一代价乃是迷狂——是痛苦的不加区分,是限制个体,是内外融入混乱的自然"③。尼采这种回复到充满迷狂、激情和酒神精神之神话世界的思想,超越了文明人日常生活的常态和基本规范,这种理论一方面具有"革命性"意义,另一方面,在现实性上则走向了乌托邦式的狂想,因为人的理性本质决定了人是不可能也不应该完全回归非理性的酒神状态的。

弗洛伊德(Sigmund Freud)的精神分析学理论,也是一项革命性成果。但是,弗洛伊德对文明和理性采取了更为偏执的否定态度,他的这种理论对西方现代社会的负面影响也是无可否认的。马尔库塞认为:"弗洛伊德研究的一个特征是,坚持不懈地揭示文化的最高价值标准和最高成就中的压抑性内容……企图重新考察和揭示最终体现在爱欲和死欲关系的文明与野蛮、进步与苦难、自由与不幸之间的可怕的、必然的内在联系。"④弗洛伊德认为文明推进的过程就是不断地限制乃至压制人的本能和"快乐原则"的过程,"正是在这一点上,我们感到诧异的是,文明的进展和力比多的发展之间极为相似……最重要的一点便是,不可能忽略文明是建立在抛弃本能的基础之上的,也不可能忽略文明在很大程度上确实是以不满足强有力的本能(通过扼制、压抑或者其他手段)为条件的"⑤。也就是说,文明发展的过程就是不断地壮大代表理性的"超我",而不断地压制非理性的"本我"的过程,因此,文明的发展是以持续不断地征服人的本能为前提的,人的本能需要的自由和满足同文明社会是相抵牾的,因为文明进步的条件是克制和延迟这种满足。弗洛伊德通过揭露文明之超我及自我不断压抑本我及快乐原则的事实,将人性深刻的矛盾以及在现代化过程中尖锐的冲突展示出来,极力地为本我和快乐原则的合法合理性作辩护,从而最大程度地排斥了理性的合理性成分和作用。弗洛伊德的精神分析学固然开启了人对自我精神世界的新视野,但其理论上的偏执

---

① Jurgen Habermas, *The Philosophical Discourse of Modernity*, Cambridge: Polity, 1987, p. 86.
② Ibid., p. 93.
③ Ibid., p. 94.
④ 马尔库塞:《爱欲与文明》,黄勇、薛民译,上海:上海译文出版社,1987年,第8页。
⑤ Sigmund Freud, *Civilization and Its Discontent*, New York: Norton, 1961, pp. 51—52.

性和实践上的虚幻性也是显而易见的,其产生的负面效应也不可忽视。弗洛伊德一味地认同并张扬人的非理性本能而排斥理性,也即过于张扬人的感性主体性和非理性本质,而忽视乃至无视人的理性主体性和理性本质,其结果必然又导致人性的另一种异化。这正是此种非理性主义理论在"革命"与"创新"背后的局限之重要表现。

20世纪西方现代主义倾向的文学正是在此种既创新而又激进的非理性理论的基础上发展起来的。现代主义倾向的文学虽然也不乏理性精神,但其生成与发展的基点是反理性和张扬非理性,其审美现代性追求总体上高度肯定了人的感性主体性和非理性本质,从而在现代性的两翼中,社会现代性一翼弱化,而审美现代性一翼膨胀;这种对人性理解和表达上的偏执,也就导致了现代主义倾向的文学在人的理性主体性和感性主体性的双重面相的呈现上失之偏颇——过于张扬和凸显感性主体性和人的非理性本质。于是,现代主义倾向的文学就维护人的自由与解放、维护人性的和谐而言,又从自我救赎的初衷走向了反面——因为过于张扬感性和非理性,在偏执地销蚀了社会现代性而导致理性精神衰颓时,人性的自由与和谐也就无从谈起。从这个角度说,迄今为止,现代主义倾向的文学希冀于通过张扬审美现代性去纠正现代文明的弊病,一定程度上对消解功利主义、物质主义等现代化的矛盾有其积极作用与合理性,但以这种单面性的偏执去追求人性的整体性救赎的目标,又只不过是一种一厢情愿的现代性的乌托邦而已,百余年来的文学实践亦已证明了这一点。即便是20世纪后期走向"日常生活审美化""娱乐化"和所谓"大众化"的现代主义文学,也不过是一种追求感性愉悦为主的文学形态,在根本上是感性主体性和非理性主义的延续和"变体"。这种与商业化合流的文化消费性文学,在消解了前期现代主义的精英意识并模糊了艺术自律性的界限之后,更走向一种低层次的感性或者感官愉悦的境地,暴力、色情、媚俗也以"反文化"的姿态在纷乱中登场。这种文学非但没有实现对人的理性与感性的调节进而达成理性与感性相和谐的新境界,也没有强化文学的社会功能和价值理性,反而进一步凸显了文学之感性(感官)愉悦功能,因此,这种文学依旧因其理性精神的匮乏而迷失在非理性主义的精神文化荒原上。其实,20世纪后期"日常生活审美化"的"这类消遣性的东西与其说是反文化,还不如说是假文化"①。而且,"日常生活审美化"在消解了艺

---

① Daniel Bell, *The Culture Contradictions of Capitalism*, New York: Basic Books, 1978, p. xxvii.

术自律原则,模糊了艺术与生活的应有界限之后,市场、商品和交换逻辑便支配了传统的艺术活动。正如当代美学家沃尔夫冈·威尔什(Wolfgang Welsch)所说,当美的事物到处泛滥时,美也就失去了自身的神圣性和尊严,进而导致了"精神麻醉",或者"非审美化"了。[①] 这种文学在根本上丧失了文学艺术的精神引领作用,空前凸显出艺术娱乐化以及商业逻辑从而轻易地销蚀和淡化了艺术的社会功能,所谓的艺术"大众化"最终也就走向了对大众的放逐。作如此评判,当然不是要否定所有现代主义倾向的文学的历史贡献和既有的积极意义,而是为了在比较的思辨与分析中反观现代现实主义文学以及整个西方文学之理性精神的合理性和必要性。

从实践的意义上看,人性在理性与非理性的天平上也许永远不可能达成不偏不倚的中正与中庸境界,但这不等于说我们可以在理论上允许其一维的倾斜与沉落直至人性结构的扭曲与坍塌。我们可以并且应该抨击现代文明发展进程中工具理性、科学理性、物质主义和功利主义等种种不合理性及其可能衍生的对人的危害(比如人性异化),但是我们不能因此抛弃和排斥理性本身,不能由此丧失对理性之于人的积极意义和作用的应有的肯定与认同。如果说人的理性因素——尤其是工具理性、科学理性乃至宗教理性——曾经走向了反面,对人性曾经产生了异化,对人的生命存在带来了不同程度的戕害,那也不足以证明理性与文明在本质上和普遍意义上就是对人性与人的生命的桎梏,于是便失去了对理性之价值的信心,失去了改造文明、改造传统理性、寻找新的理性与文明的信念。即便到了今天,虽然我们依然无法确证这种"新理性""新文明"的具体而确切的内涵——因为它们永远处于变动不居的状态——但是我们永远不能失却对其寻找、呼唤、探究和等待的信念与信心。尤其是,我们有理由相信,这种"新理性"与"新文明"应该是在总体趋势上以不威胁与嘲弄人的生命、不否定人的现实生存为前提,或者说,这种"新理性"与"新文明"在根本上以关爱与呵护人的生命为旨归。对人的生存与发展来说,在任何时代和任何情况下,理性都是不可或缺的,尤其是在21世纪,在人类经历了20世纪两次非理性的世界大战导致的空前灾难,在科技与人文的矛盾日趋尖锐,人类拥有了毁灭自己居住的这个星球无数次的核力量,人类研发的人工智能、生物技术等可以反制人类自身的今天,理性和合乎人性

[①] Wolfgang Welsch, *Undoing Aesthetics*, London: Sage Publications, 1997, p. 25.

的文明无疑是人类生存和延续的必要前提和保证。唯有在这种理性的旗帜下，人的感性与非理性欲望才可能既有效而合理地彰显又得到合理而必要的规约与限制；唯有在一种相对地合乎人性的生存环境里，人才可能不至于像卡夫卡小说中的"甲虫"那样卑微而无奈，不至于像奥尼尔笔下的"毛猿"那么狂暴而结局悲哀，不至于像海勒笔下的军士们那么疯狂而变态……也就是说，人类文明的前途有赖于人的理性，而人的理性意味着对自己赖以生存的文明的改善与维护，而不是一味地视之为人性的桎梏并施之以无限的抗拒和毁坏。在未来这个网络化、文化多元化、文明冲突加剧的世界中，人类未必能保证不再发生 20 世纪发生过的那些灾难性悲剧，而预防和阻止这种悲剧的唯一希望就是让人类更趋于文明、更富于理性，以新的"理性"来调解人与人、人与文明以及不同的人类文明之间的冲突，用更赋予理性而又不构成或极少戕害人的感性和人的生命的"文明"，去达成人类文化的多元融合、和而不同，去构建人类命运共同体和人类审美共同体。

也正是在这种意义上，人类必须抛弃过往那种适者生存、优胜劣汰的强权理论，必须纠正以人的生物性本能和非理性本质的彻底解放来抵御所谓文明致人"异化"的极端化理论和观念（至少要对此种理论予以深刻的反思），必须纠正那种放弃文明和理性、回归所谓的非理性状态的理论。20 世纪的空前灾难亦已证明，那种任由人的非理性的充分乃至无度的解放进而返回原始的"自然状态"，无异于抛弃理性的规范、毁坏文明对人的自由的超度，把人类推向灾难的深渊。如此的所谓"人性解放"，其结果必然导致走向反面，让人类既有的"自由"得而复失进而走向新的异化直至自我毁灭。所以，必须严肃而理性地思考与认识我们与文明和理性的关系，重新确定我们应该追寻的目标，或者说，我们必须追寻与等待新的"理性"，重构文明进而走向"文明"的新境界。在这一点上，我们要看到，无论是现代现实主义文学还是现代主义倾向的文学，都试图寻找解决现代社会之弊病的方法与途径，都力图缓解乃至在根本上消除人性的异化现象，只是各自的价值取向不同而已，其结果既可能如愿以偿，也有可能事与愿违，而笔者更期待的是殊途同归——以新的理性与文明达成人性的和谐。从浪漫主义开始到现代主义倾向的文学对审美现代性的追求，也主要为了纠正工具理性和物质主义对人的感性主体和非理性本质的淹没，于是力图通过审美的救赎达成人性的和谐。正是在这种意义上，笔者认为现代主义倾向的文学在骨子里也不乏理性意识。不过，就本著所致力于阐释的是现代现实主义之理性精神张扬的历史合理性和现实必要性而言,现代主义倾向的文学无疑相对地陷入了非理性主义的极端,因此我们不能无视其在理论与实践上亦已存在种种缺陷与弊端,就像我们不能无视现代现实主义同样在一定程度上存在过于理性化所造成的某种局限一样。但是即便如此,我们仍然要肯定现代主义倾向的文学在人性的关怀和维护的愿望以及执著探索精神上的难能可贵,更要看到现代现实主义文学之理性精神的文学史价值与现实意义。就此而论,我们有必要在总结现代现实主义和现代主义各自的优长与弊病的基础上,深度研究文学如何把握理性主体性和感性主体性之关系的问题,促进文学最大限度地有助于人性的和谐。

第二节　追寻新的理性

寻找新的文明和理性,达成人与文明、理性与感性的新的和谐,永远是人类文明发展的历史使命,也是任何类型的文学存在与发展之使命。对此,马尔库塞的《爱欲与文明》中关于艺术与人的解放的论述似乎值得我们肯定和借鉴:

> 艺术对存在现实的控诉,以及艺术对解放的美景的呼唤,艺术的这种激进性质,的确是以更为基本的维度为基础的。艺术正是在这个更为基本的维度上超越其社会决定性,挣脱既存的领域和行为领域,同时又保持了它在这个世界中难以抵挡的显现。艺术正是在这个维度上创造了一个王国,在这里,艺术特有的对经验的颠覆成为可能的;艺术创造的世界被认作是一种在现存的现实中被压抑和扭曲了的现实……艺术作品从其内在的逻辑结论中,产生出另一种理性、另一种感性,这些理性和感性公开对抗着那些滋生在统治的社会制度中的理性和感性。①

马尔库塞在修正了弗洛伊德和尼采关于人与文明、理性与非理性的偏执化逻辑理路的基础上,讨论了探寻新的理性和感性的可能性的问题。马尔库塞尽管不认为文明必然与人的生命本能和感性主体性构成矛盾冲

---

① 马尔库塞:《爱欲与文明》,黄勇、薛民译,上海:上海译文出版社,1987年,第211—212页。

突,但还是认为人与文明始终存在着非和谐性,所以他寄希望于建立新的文明来调节、缓解和避免可能发生的冲突,这种文明所仰仗的依然是理性的力量。当然这是一种新的理性,是一种与感性和非理性达成一种新的共存关系的理性,或者说是对感性达成了新的规约的理性。在哈贝马斯那里,就是人通过学习的过程而重建的一种"交往理性"[1]。哈贝马斯认为交往理性有三个层面的基本内容:主体与世界的关系;主体之间的关系;主体与自身的关系。[2] 哈贝马斯竭力主张以一种主体间的平等的关系取代传统的主体理论:"纯粹的交往主体性是由我和你(我们和你们)、我和他(我们和他们)之间的对称关系决定的。对话角色的无限的可交换性,要求这些角色在演练时对任何一方都不能拥有特权,只有在言说和辩论、开启与遮蔽的分布中有一种完全的对称时,纯粹的交互主体性才会存在。"[3]哈贝马斯认为,通过学习的过程,重建交往理性是可能的,而通过对交往理性的构建,就可进入对起源于尼采的现代主义思潮的现代性批判。哈贝马斯的以交往理性为核心的现代性设计,以一种主体间性的哲学为基础,摆脱了工具理性的局限,通过交往达成了人与人之间的普遍的共识。哈贝马斯的理论表现了对人的理性的捍卫,从历史渊源上看,这种理论更倾向于黑格尔、马克思和韦伯。

其实,我们追溯到18世纪就可以看到,西方美学的创始人亚历山大·戈特利布·鲍姆加滕虽然强调"美学"(aesthetics)是对人的感性世界的研究,"美学作为自由艺术的理论、低级认识论、美的思维的艺术和与理性类似的思维的艺术是感性认识的科学"[4]。但是,他也不仅没有就此否定人的理性,而且是以"类似理性的思维"对"感性"的"美学"进行研究的。为此,伊格尔顿指出,美学是从理性管理感性这一观点产生出来的。当鲍姆加滕把美学定义为感性认识的完善时,就是要用理性去规训和完善混乱的感性世界;当夏夫兹伯里把美感定义为"内在感官"时,正是要用与德性相连的内在感官去规训容易被外物和欲望牵引的外在感官。[5] 显然,鲍姆加滕的理论主张远不至于像尼采、弗洛伊德和大部分现代主义倾

---

[1] 哈贝马斯:《交往行动理论》,洪佩郁、蔺青译,重庆:重庆出版社,1994年,第507页。
[2] 包亚明主编:《现代性的地平线:哈贝马斯访谈录》,严锋译,上海:上海人民出版社,1997年,第57页。
[3] Jürgen Habermas,"Social Analysis and Communicative", in Charles Lemert ed., *Social Theory*, Boulder:Westview,1993,p.416.
[4] 鲍姆加滕:《美学》,简明、王旭晓译,北京:文化艺术出版社,1987年,第13页。
[5] 伊格尔顿:《审美意识形态》,王杰等译,桂林:广西师范大学出版社,2001年,第3、31页。

向的作家那么走极端,他不是感性一元论者。与鲍姆加滕相仿,席勒倡导通过审美的中介以达成理性与感性和谐的审美论观点,他是理性与感性和谐论者。席勒认为,审美不过是让人回到自然本真状态的一种重要途径,"只有审美趣味能够给社会带来和谐,因为它在个人心中建立了和谐,一切其他方式的表象都使人分裂,因为它们不是单单根据人性的感性方面,便是单单根据精神方面;只有审美的表象能够使人成为整体,因为它要求这两种人性的彼此协调"①。在席勒看来,只有恢复感性应有的地位,对理性所造成的现代文明质疑和抗拒,才能使理性和感性达到一种新的和谐的境界。在此,需要指出的是,西方审美现代性和非理性主义思想的先驱人物尼采,偏执地张扬了席勒对感性的发现而忽略其对理性的肯定,在关于人的"身"和"心"也即肉体和灵魂、理性与感性的二元关系问题上,把笛卡尔的"以心统身"(也即理性控制感性)翻转为"以身统心"(以肉体或感性控制灵魂或者理性)。如前所述,尼采的思想在现代主义倾向的文学中以审美现代性之面相得到了充分的展示,也使这种文学表现为相当程度的偏执与走极端。但是,历史的发展总是在否定之否定的辩证规律中延展的,如果说,尼采针对笛卡尔思想占统治地位的理性主义时代,以反传统的姿态提出了以身统心这样的理论反题,而且这种理论还成了现代性理论的重要源头之一的话,那么,法国当代的哲学家、思想家梅洛-庞蒂(Maurice Merleau-Ponty)则从现象学的角度又对尼采的理论再次提出了反题——身心一体和人与世界一体理论。在梅洛-庞蒂看来,人具有统一的身和心,身体在世界关联中体现为一种"身体图式","身体的各个部分以一种独特的方式相互联系在一起,它们不是一部分展示在另一部分的旁边,而是一部分包含在另一部分之中"②。比如,言语活动首先是一种身体运行,整个身体生发出声音、运思以及与之相伴随的身体的内外活动,而且这一活动与相涉的人与物产生一种紧密的关联与互动。③ 从现代性理论的历史演变看,梅洛-庞蒂的理论是对笛卡尔和尼采理论的一种综合,它把现代性以来机器型的身体变成了生命型的身体,把尼采的身体和非理性对世界的征服转变成了身体与世界、感性与理性的互证和互显——身心合一。梅洛-庞蒂的理论在否定之否定的辩证中达成了人的理性与感性、肉体与精神的新境界,这也意味着人对新的理性和文明的追

---

① 席勒:《审美教育书简》,冯至等译,北京:北京大学出版社,1985年,第27—28页。
② 梅洛-庞蒂:《知觉现象学》,姜志辉译,北京:商务印书馆,2001年,第114页。
③ 同上书,第237页。

寻与期待。于是,梅洛-庞蒂与哈贝马斯、韦伯和马尔库塞又达成了对理性问题上的某种相似性和一致性。这种理论虽然也不无理想主义乃至乌托邦的色彩,但毕竟表现了人对新的理性与文明境界的一种执著追寻与等待。如前所述,对这种新的理性与文明境界的追寻,恰恰也是文学应该担负的特殊使命和责任,就像马尔库塞所说的,文学可以在一个不同于现实的"维度"上创造"一个王国",那就是一个艺术的世界,而且在那里可以"产生出另一种理性、另一种感性"。马尔库塞和许多理论家和作家一样,虽然没有也无法具体说明这种新的文明所捍卫的新的理性的内涵,但在一定程度上给我们提供了一种思路、一种方向、一种人的理性与感性获得新的调和的希望和可能性。尤其是,这种新的"理性"和"文明"虽然并不是一个指日可待、唾手可得的实存之物,而也许是像贝克特的戏剧《等待戈多》中的"戈多"一样可望而不可即,且其内涵总是云里雾里、语焉不详,但是我们必须坚信它的存在和可以等待。等待就是一种选择,等待就是一种行动,等待就是一种自信,等待就是一种对"希望"的希望。从某种程度上说,人的价值与意义就在等待中,人的希望也在等待中,于是,等待本身就意味着一种理性精神,是人的智性能力的一种体现。因为人如果丧失了"等待"与追求"希望"的能力和意志,也就失去了人之为人的理性根基。

第三节 文学不能没有理性

人的感性主体永远需要正当的存在与合理的实现,然而,人的感性又永远需要理性的规约与调控,于是也才有感性整体之正当存在与合理实现,在这个意义上,理性永远是人创造新文明的导航罗盘,而文明则永远是人赖以生存的精神家园。就文学创作来说,我们固然需要借鉴现代主义或者未来更新的某种"主义"的文学之实验与探索,从而为人类文学提供新理念、新方法、新技巧,但是却不应该重复或崇拜那种理性丧失而非理性膨胀时人的痛苦与疯狂的生命体验,也不应该崇尚那种非理性主导下的颠倒、错乱和畸形的"审丑"叙述——虽然"审丑"也是人类美学不可或缺的范畴之一——而应该借助理性与感性和谐的美的载体,超越世纪的创伤,步入文学艺术的崭新天地,这就需要重塑和重构文学的理性精神,或者说,寻找一种新的文学理性。就此而论,20世纪西方文学中蕴含的变奏和重构意义上的新理性精神,预示着文学对新的文明的期待与追寻。事实上，这种对理性精神的变奏与重构无时无刻不伴随在文学的创新追求之中，即便是崇尚"反传统""非理性"的现代派倾向的文学，其内容也未必是彻头彻尾的"非理性"，其文本深处也常常隐匿着不同形态的理性精神。从这个角度看，现代现实主义文学之理性精神在后续的文学文本中——包括现代主义倾向的文本中，仍以不同的形态延续并存在着。用历史的眼光看，现代现实主义文学的理性精神并不是尘封的过去和僵死的文物，而是一种鲜活的精神存在，也是当下和未来文学创新发展的资源与养料。固然，现代现实主义的实证精神和理性意识既有其历史性之优长与贡献，同时也不乏历史的局限性，未必能直接套用到当下所有的文学创作之中，但是，在这种实证精神和理性意识基础上生发出来的客观写实精神、社会批判功能、道德训谕作用、典型塑造原则、情节结构模式、理性叙述方法等等，它们作为文学尤其是叙事文学的基本要素、基本理念和基本方法，不仅创造了西方文学史上一座奇异的高峰，并且已经深深地融入人类的文学机体之中，并且更以一种开放的、鲜活的姿态面向未来，它们也一定将以新的形态继续存活于当下和未来新的文学机体之中。因为社会和生活本身也总是处于永恒的发展变化之中的，如何以一种真诚的写实态度表现变动不居的不同时期现实生活中人的生存状况和生命的不同形态，永远是摆在文学家面前的崭新的使命，文学也因此拥有了恒久的生命力。正因为如此，现代现实主义的理性精神与写实传统，将永远给未来的文学创作提供思想与审美的借鉴，这种理性精神和写实传统是任何成熟的和新形态的文学赖以生成与发展的思想土壤和审美根基。在这种意义上，文学之理性精神，不仅仅是现代现实主义的本质属性，也是整个人类文学的本质属性——文学不能没有理性。

不仅如此，文学现实主义作为一种古已有之的文学理念、审美观念和创作方法，正因为有19世纪现代现实主义在历史上的辉煌与灿烂以及在长期传播过程中彰显出来的强劲的生命活力，它也成了一种更加开放和言说不尽的文学形态。至于"对现实主义的敌意，很多都源自一个无聊的现象，那就是对19世纪现实主义者所倡导的技巧进行欠考虑的、简单的运用。原因是随后的20世纪以来，对这些技巧的运用已变得不那么重要，不那么熟练，也不那么有自觉意识，所以，某种特殊类型的现实主义变得退化"[①]。但是这不等于现代现实主义这一开放性文学思潮、审美观念

---

① Raymond Tallis, *In Defence of Realism*, London: Edward Arnold, 1988, pp. 195—196.

或创作方法本身生命力的匮乏。如前所述,实际上19世纪现代现实主义传统有被现代主义倾向的文学重构后以新形态再现的一面,而且新的形态的现实主义文学也依然在20世纪乃至21世纪西方文学中居于重要的位置,那么,现实主义的生命力不仅未曾匮乏,相反,在这种意义上也许可以说,"现实主义仍然处在舞台中心。受一种不依赖其称谓的坚定的彻底性所驱动,它以最直接、最简洁的方式接受所有文学艺术的挑战:去发现共同经验中的一种重要的秩序(或混乱);深化或强化我们的现实感;并且最终在我们所涉入的小事实和大事实之间进行调节——尽管我们并非偶然而且短暂,但我们要理解这个围绕着我们的世界"[①]。因为,20世纪现代主义事实上也未必就是一味地排斥现实主义,相反,它也以自己的方式接纳和改造着现实主义,于是现实主义以新的方式和资质存在于现代主义之中。这其实是一种互相融合、对话与共存的状态。"现代主义作品并没有彻底地让现实主义夭折其中,而是激进式地重新孕育了现实主义主题。纵然随后某些攻击艺术革新的流派——尤其是那些以利于观众和政治为口号的现实主义,打断、否认抑或遏制了现代主义同现实主义的交流,二者在诸多重要的语境中仍在保持着对话。"[②]因此,在20世纪后期乃至整个世纪以及21世纪的西方文学中,即便现实主义文学不居于"舞台中心",它依然以直接或间接的方式存在着,因为,不管在什么时候,"现实主义小说属于人类好奇心的工程,这是一种了解和模拟世界的方式"[③]。19世纪现代现实主义文学虽然仅仅是人类文学史的一部分,但是,由于人类永远拥有通过文学去模拟和复制现实世界的艺术创造之冲动,因此,这种写实的和张扬理性的文学毫无疑问会在将来以不同的形态继续下去,那么,理性精神也必将以不同的形态与文学长期共存。对此,剑桥大学教授J. P. 斯特恩(J. P. Stern)在其著名的《论现实主义》中的说法显然不无道理:文学现实主义是"一种永久的写作模式"[④]。当然,作为

---

① Raymond Tallis, *In Defence of Realism*, London: Edward Arnold, 1988, p. 215.

② Esther Leslic, "Interrupted Dialogues of Realism and Modernism:'The fact of new forms of life, already born and active'", in Matthew Beaumont ed., *Adventures in Realism*, Oxford: Blackwell, 2007, p. 125.

③ Peter Brooks, *Realist Vision*, New Haven and London: Yale University Press, 2005, pp. 227–228.

④ Qtd. in Richard Brinkman, "Afterthoughts on Realism", in Nicholas Boyle, Martin Swales eds., *Realism in European Literature: Essays in Honour of J. P. Stern*, Cambridge: Cambridge University Press, 1986, p. 184.

一种写作模式,现实主义必然也是不断发展和更新的。因为,"现实主义不是一项可以一劳永逸地完成的任务——其原因是,现实本身在不断发生变化,我们关于它的观念也随之改变。我们对于什么是真实的想法也会改变。在古代,神的干预似乎是可能的,但如今不再可能。但是,现实主义又一次成为推动这一变革的重要动力之一"①。中国首位"卡夫卡奖"获得者、对现实主义常有"微词"的当代著名作家阎连科说:"如同人穿衣吃饭,任何国度、任何制度下的文学创作,都不可能摆脱现实主义的存在和影响。现实主义是现代主义绘画中的素描和写实,没有这写实之童工,就难有毕加索和现代画。一个民族的文学,如果没有现实主义是不可思议的。"②

在此,笔者还要说:文学,如果没有理性,那也是不可思议的。

---

① Raymond Tallis, *In Defence of Realism*, London: Edward Arnold, 1988, p. 209.
② 阎连科:《发现小说》,北京:人民文学出版社,2014年,第48页。

余 论
"无边"的"现实主义"

本著作为国家社科基金重大招标项目的一个子课题——"19世纪西方现实主义文学思潮研究",行文至此似应收笔,但笔者又觉得意犹未尽、言有未了。这一方面是因为,限于自己的能力与水平,很难准确而详尽地表达我对19世纪现代现实主义文学思潮及有关现实主义问题的思考与理解,很难毫无遗憾地圆满完成课题研究的预期目标并达到更高的学术水准;另一方面也是因为,19世纪现代现实主义文学思潮和有关文学现实主义的问题,其内容实在是丰富而复杂,无法在有限的文字内穷尽其意义与内涵。事实上,本著上述章节的论述与阐释,只是部分地和粗略地表达了我对该课题研究的基本内容和主要观点,而且由于这个论题内容庞大,在行文过程中我不时地感到章节间难免顾此失彼、论题聚焦不足,内容失之庞杂。有鉴于此,笔者最后以"余论"的形式从十大方面对全书的核心内容和观点作一梳理、归纳、回顾和总结,同时也是某种程度对全书之阐释、思考与表达的一种提炼、深化与展望。

一、现代现实主义与自然科学

从西方文明发展史的角度看,19世纪可以说是"科学的世纪"。由于历史是流动的,特定时代的文化精神也不是一成不变的,因此,在特殊历史阶段形成的现代现实主义文学思潮属于19世纪这个巨大变革的时代,反之,19世纪现代现实主义也表征和铭刻了巨变的时代特殊印记。因此,这种具有现代特征的现实主义文学并不仅仅是既有文学传统的发扬光大,更有突破传统基础上的革新,因而它在当时便是一种极具先锋精神的文学样式;它不仅挑战和反叛了18世纪古典主义的"崇高""典雅""规范"等艺术清规,也挑战和反叛了强调"主观""创造""情感""想象"的浪漫主义文学原则,它也不同于此前所有摹仿、写实倾向的文学,——如18世纪英国的现实主义小说——在科学精神的浸润与牵引下,刻意追求"客观""现实""写实"与"理性",把西方文学推向了一个崭新而辉煌的高峰。这绝不是平庸地因袭传统文学的既定路线与方法所能实现的。所以,当我们今天认为"现实主义"是一个再平凡乃至俗套不过的称谓时,殊不知,它在19世纪作为一种独立的文学思潮而出现时,正如法国批评家爱德蒙·杜朗蒂所说,"这个可怕的术语'现实主义'是它所代表的流派的颠覆者。说'现实主义'是荒谬的,因为现实主义标示着个人性的坦率而完美的表达;成规、模仿以及任何流派正是它所反对的东西"[①]。可以说,此前任何时期的西方文学都未曾拥有如此强烈的科学精神和"求真"意识及由此带来的文学-小说文本的独特样式。

我们以往对19世纪现代现实主义的研究,虽然也曾经从科学发展的角度去寻找其创作方法形成的原因,但是,那远远尚未揭示这个时代科学对文学之发展与演变造成的巨大而深远的影响,尚未揭示科学与文学之内在关联的细枝末节,当然也尚未深度辨析自然科学对现实主义产生的正面效应之外可能存在的负效应。本著在这些方面都作了相对深入的探讨,剖析了科学对19世纪现代现实主义文学思潮生成与发展的直接原因,一定程度上揭示了现代现实主义文学之本原性特征与科学精神的内在关系。当然,如何从西方自然科学的发展与文学演变之关系出发,更深度而全面地阐释作为文学思潮的19世纪现代现实主义之产生、发展及其基本内质形成之缘由,依然有待于深入探讨,因而也依然是摆在我们面前的一个跨学科比较研究的重要课题。

二、现代现实主义与"现代性"

浪漫主义被认为是西方文化史上对现代文明的第一次反叛。正是在这种文化的和审美的逻辑理路上,20世纪的现代主义文学思潮是19世纪浪漫主义和19世纪末诸流派的后继者,学界也因此称现代主义为"新浪漫主义";而19世纪现代现实主义文学思潮则产生于对浪漫主义的"反叛",于是往往被认为是一种因袭和固守传统的文学思潮,因此后来又成了20世纪现代主义文学之"反叛"的对象,现代现实主义也被认为与"现

---

① 转引自达米安·格兰特:《现实主义》,周发祥译,北京:昆仑出版社,1989年,第29页。

代性"无缘。其实问题并非如此简单。

"现代性的历史就是社会存在与其文化之间的紧张对峙的历史。现代存在迫使它的文化站在自己的对立面。这种不和谐恰恰是现代性所需要的和谐。"①从历史发展的眼光看,"现代性"也是19世纪现代现实主义文学思潮的一种特质。现代现实主义和浪漫主义同属于"现代性"范畴,只不过在现代性的两个面相中既有交叉又有错位。尤其是,对西方资本主义社会之"现代化"的负面效应的现实表现,现代现实主义和浪漫主义几乎共同投之的抗拒和批判的态度——虽然这种批判的角度和内涵以及文化旨归仍然存在差异——于是,这两种文学思潮其实在一定程度上也都具有社会批判性。尤其是,现代现实主义对西方现代社会现代化之负面效应表现出了深度反思与强烈批判,让我们真切地窥见其在"社会现代性"内涵上的双重取向:既植根于传统理性的土壤并张扬科学理性,一定程度上接纳现代文明的"进步""功利"与"乐观",又反思和批判由理性与现代文明导致的结果、反抗理性与现代文明对人的异化。正是在这种双重取向的基点上,现代现实主义和浪漫主义达成了文化精神上的勾连,体现出两者对科学理性和资本主义现代文明几乎共同投之以抗拒和批判的态度,因此,这两种文学思潮其实在一定程度上都具有社会批判与文化批判之特性与功能,说明被称为"批判现实主义的"现代现实主义之"批判",并非仅仅局限于社会批判,更是一种文化批判。也是在这种意义上,现代现实主义和浪漫主义是"现代性"这棵大树上的两个枝杈,它们分别代表了作为人的主体性——理性主体和感性主体——的两个侧面;而正是现代现实主义之"社会现代性"内涵的双重取向,把现代现实主义和浪漫主义两大看似不同流向的文学思潮在精神的源头上连到了一起,从而证明了现代现实主义和浪漫主义两大文学思潮其实属于西方社会现代化进程的产物,两者均具"现代性"内涵。就此而论,对我国学界以往涉略甚少的19世纪现代现实主义之"现代性"问题的探讨,显然是本著的一个重要创新点。当然,鉴于"现代性"问题本身的复杂性,关于现代现实主义与现代性之关系的研究也有待于继续深入推进。

三、现代现实主义与文学之理性精神

19世纪现代现实主义文学思潮对理性的张扬,在西方文学史乃至世

---

① Zygmunt Bauman, *Modernity and Ambivalence*, Cambridge: Polity, 1991, p. 10.

界文学史上有什么深刻和深远的意义呢？我们今天研究并肯定19世纪现代现实主义,无意于一味地褒扬其优长并且拔高其历史成就与价值,借此狭隘地去贬低现代主义倾向的文学,而是旨在将其视为由于种种历史的和文化的原因尚未得以深入阐释与发掘的文学史资源,以新的视角与理念去探寻其生成与发展的表层与深层的原因,还其作为特定历史文化背景下之文学思潮的本原性特征。尤其是,对19世纪现代现实主义之理性内涵作深度阐发,可以由此去透析并揭示文学与人之理性本质和感性本质的关系。因为,现实主义(写实主义)是一个事关文学本质的核心概念之一,具有极大的辐射性、渗透性与关联性,由是,关于19世纪现代现实主义与理性精神的深度阐释,实际上也是关涉整个人类文学与理性之关系这一具有文学本体论性质的根本性问题;如何看待和认识19世纪现实主义文学思潮的理性精神,很大程度上已超越了对这一文学思潮的认识本身,而且关涉了对整个西方文学乃至人类文学的整体性特征的认识。

虽然笔者认为,文学,如果没有理性,那是不可思议的;但是笔者同时也认为,文学,如果唯有理性,那也是不可思议的。因此,本著对作为理性化的文学和文学理性化的典型代表的19世纪现代现实主义,从西方文学与文化的纵横背景乃至世界文学的大背景,从跨文化和跨学科比较的角度,联系中外文学史上的诸多文学现象,展开深度的探讨与阐释,既揭示理性之于现实主义与文学的积极效应,同时也指认其对现实主义与文学所产生的消极效应,从而深化了该课题的言说。

四、现代现实主义"写实"精神与"摹仿说"

19世纪现代现实主义文学的艺术表现方法之核心是"写实"。"文学中的现实主义指对生活的忠实描绘,它不关乎理想化和对事物的美化,一般说来,也不关乎表现异常的或超验之物。"[①]不过,写实是人类文学艺术中一个非常普泛的概念,不仅仅属于现实主义,更不仅仅属于19世纪西方现代现实主义。仅就西方文学而言,"写实"可以追溯到古希腊的"摹仿说"以及稍后的"再现说";"再现"之"写实",与"摹仿"之"写实"一样,有悠久传统。尤其是,19世纪现代现实主义的"写实"是以现代科学之实验理性与实证精神为思想与思维根基的,它是西方文化"现代性"发展的产物,

---

① J. A. Cuddon ed., *A Dictionary of Literary Terms and Literary Theory* (5th edition), Malden and Oxford: Wiley-Blackwell, 2013, p. 590.

其内涵断然不同于以往摹仿说意义上的"写实"。可见,在西方文学史上,无论是从理论还是创作实践层面看,"写实"之内涵并非一成不变,而总是处于变动不居的状态。也正因如此,"写实"这个"变数"拥有十分开放的包容与伸展的空间,也就为日后接纳20世纪现代派文学的另一种"写实"埋下了希望的种子。未来任何新形态的以"写实"精神问世的文学形态,它一方面对现代主义有不同程度的包容性接纳,但另一方面必然是对传统现实主义之写实精神的继承与弘扬,这也就意味着"写实"传统在博采众长中丰富自己的内涵后使"现实主义"永葆生命活力。在这种意义上,"现实主义作品把生活呈现为不同于我们所熟悉的那种现实,展现一种我们从未见过或梦见过的现实,或者营造一个之前也许看上去只会觉得怪异或无法传达而现在可以言说的现实,可以感动、愉悦或教育我们。现在是让现实主义回到文学批评之舞台中央的时候了"[1]。因此,本著深入考辨19世纪现代现实主义文学之"写实"内涵与"摹仿说"之历史勾连及当代价值,无疑是具有学术新意和价值的。当然我们的研究也不能就此止步。

五、现代现实主义"真实"观念之深层内涵

"真实"是一个历史的概念,在文学创作实践中又是一个动态实现的过程,它有其十分深广的内涵与意义,但是我们以往对其深度的发掘、把握和接受尚显不足。"五四"时期对"真实"的理解偏重从"为人生"的角度,强调展示人民大众的当下现实人生,注重作家对生活抱着诚实的态度,而在具体描写手法上,与19世纪西方的经典现实主义细致精确的手法还有相当的距离,因为当时文坛和学界理论上对"真实"以及"生活"的理解和研究仅仅是表层的和粗浅的。20世纪80年代,在纠正了文学中"瞒"与"骗"的不良倾向后,"文艺理论、文学批评中普遍地提出了真实与现实主义的问题,恢复了真实性是现实主义文学的生命的命题"[2]。但是,关于真实之内涵一直无人从理论与创作实践相结合的角度予以深入阐发。比如,现代现实主义强调文学描写的真实性,那么面对具体的文学作品,文学的真实和历史的真实到底如何区别对待?现代现实主义的"真实性"与20世纪现代主义的"真实性"有什么异同和传承关系?这里涉及

---

[1] Rachel Bowlby. "Foreword", in Matthew Beaumont ed., *Adventures in Realism*. Oxford: Blackwell, 2007, p. xviii.
[2] 钱中文、吴子林:《新中国文学理论六十年》(下),《社会科学战线》2010年第4期,第159页。

对文学的真实和虚构的深度解说和理论阐述。"虚构"乃是艺术之创造,亦是艺术"求真"之途,"虚构是最能呈现文学的艺术品质的元素"①;"求真"和"虚构"也是现代现实主义文学矛盾的统一。虽然,"现实主义者总是力图给我们展示一个未曾美化过的世界"②,但是,这并不意味着现代现实主义比现代主义形态的文学缺少虚构,似乎仅仅是机械、简单地"摹仿"而已。恰恰相反,现代现实主义的虚构表现得特别隐秘,"虚构"技术和手法的要求也更高(如福楼拜、契诃夫等)。在虚构的想象和抽象中提炼和结晶出逼真的效果,才是现代现实主义文学创作之艺术真谛;唯有达到逼真之效果的虚构才更显其艺术技巧之炉火纯青。现代现实主义追求镜子般的真实,也并非对生活的直陈;真正经典的现代现实主义文学文本,每每借助高水平的虚构技巧创造出一种合乎生活逻辑的逼真效果,让读者沉浸于"信以为真"的"真实性"情境中达成审美愉悦乃至"游戏"的效果。19世纪现代现实主义作家在这方面为后来者树立了榜样,其成功的经验至今仍未过时。因此,对19世纪现代现实主义的"求真"和"虚构"乃至"游戏""娱乐"之关系的深入阐发,可以深化我们对其"真实"之话语的深度理解,深化对该文学思潮的研究,进而也可以丰富文学理论话语,促进本土的文学创作。

六、现代现实主义与自然主义之异同

关于现实主义与自然主义,既不能笼统地用"写实主义"将两者一锅煮,也不能以现实主义的标尺削足适履地评价自然主义。但是,迄今为止,这两种情况依旧不同程度地存在。在"五四"时期,19世纪西方现实主义最初是和自然主义一起以"写实主义"名义被介绍到我国的。最早正式介绍现实主义的陈独秀,1915年在《通信》中从进化论的角度把现实主义和自然主义都看成相对先进的写实文学予以推介,主张中国今后的文学"当趋写实主义"③。茅盾推介的现实主义一开始明显取法于法国的自然主义,之后才接纳俄罗斯现实主义,但是他并没有区别两者内涵之差异。20年代文学研究会为了支撑"为人生的文学"的口号,就向西方关注现实、擅长社会批判的现实主义寻求支持,但是他们接纳与传播的现实主义也是掺混了自然主义的。当时谢六逸和胡愈之介绍西方现实主义的两

---

① 陈培浩:《想象与虚构的可能和限度》,《文艺报》2019年4月15日,第3版。
② Peter Brooks, *Realist Vision*, New Haven and London: Yale University Press, 2005, p.8.
③ 陈独秀:《陈独秀文选》,林文光选编,成都:四川文艺出版社,2009年,第175—177页。

篇文章:《自然派小说》和《近代文学上的写实主义》,都从"写实主义"角度,把自然主义当作现实主义予以介绍。事实上,迄今为止,两者依然没有完成这种区分,自然主义也一直与现实主义一起对中国的现实主义文学和理论产生着深远的影响。因此,仅就对 19 世纪现代现实主义的学术研究而言,如何更深入而清晰地甄别其与自然主义之异同,也依旧是文学思潮、文学理论和文学史研究中的一个重要课题。为此,本著在梳理现代现实主义和自然主义在本土被传播和研究之历史的基础上,尤其是在深入探析现代现实主义之本原性特征的基础上,对现代现实主义与自然主义之本质特征作了深度辨析。

笔者认为,在崇尚科学思维和实用理性这一方面,现代现实主义与自然主义有某种程度的同根同源性,因此它们对现实生活有共同的"写实"追求。不过,在理论上,自然主义作家强调体验的直接性与强烈性,主张经由"体验"这个载体让生活本身"进入"文本,而不是接受观念的统摄以文本"再现"生活,由此,自然主义完成了对西方文学传统中"再现"式"现实主义"的革命性改造,于是,自然主义也开拓出了一种崭新的"显现"文学观:"显"即现象直接的呈现,意在强调文学书写要基于现象的真实,要尊重现象的真实,不得轻易用武断的结论强暴真实;"现"即作家个人气质、趣味、创造性、艺术才能的表现。左拉曾就艺术再现的真实性问题发表看法,提出了其独到的"屏幕说"。左拉反复强调:"观察并不等于一切,还得要表现。因此,除了真实感以外,还要有作家的个性。一个伟大的小说家应该既有真实感,又有个性表现。"生活体验的主体,永远只能是作为个体而在生活中存在的人;而对任何个体的人来说,生命都是其最本己的存在,因而自然主义作家所强调的生活体验便首先表现为个体的生命体验。这种内在于"生活体验"建构中的"个体""生命"元素表明,自然主义文学事实上继承了上一个时期浪漫主义革命所建立起来的文学的"个体性原则",并在扬弃中接受了其"个人表现"的原则。自然主义的"显现"理论达成了对浪漫主义之"表现"与现实主义之"再现"的超越,也达成了自然主义对 20 世纪现代主义之"内倾性"风格的接续。①

七、现代现实主义与浪漫主义之"矛盾"与勾连

作为术语的现实主义和浪漫主义,主要来源于 19 世纪西方文学中的

---

① 参阅蒋承勇、曾繁亭:《"屏"之"显现"——自然主义与西方现代文学本体论的重构》,《外国文学》2019 年第 1 期。

现实主义和浪漫主义两大文学思潮。在这个语境中,追求"现实"与"写实"的现代现实主义确实是在反叛喜好"幻想"与"想象"的浪漫主义的过程中生成与发展起来的,因此,学界也习惯于把这两大思潮割裂开来甚至对立起来,把前者看成西方文学传统的承袭者与捍卫者,而后者则是传统的反叛者和革新者,具有"现代性""先锋性"。其实,问题并非如此简单。19世纪现实主义作为一种文学思潮,在时间上确实是继浪漫主义文学之后出现并成为一个时期内西方文学主潮的,而且在文学主张上,现实主义也确有与浪漫主义相抵牾之处。不过,这并不意味着两者的截然断裂和对立。"现实主义作为文学术语,是一个与浪漫主义一样清晰并且灵活多变的概念,并且碰巧的是它们是属于两个不同阵营的'主义'。"①正因为如此,我国学界通常把现实主义看成是对浪漫主义的"反动",把两者视为互不相容的对立的文学思潮。但是,现实主义与浪漫主义虽属"两个不同阵营的'主义'",但互相之间也有勾连与传承。

而且还特别值得注意的是,现代现实主义文学传承了浪漫主义的某些价值理念与美丑观念。就此而论,"浪漫"和"现实"两个术语互有相关性。因为,"浪漫"这一术语是首先具有这种所谓的"包容性"内涵的,这些原本"被禁忌"的题材、主题和审美取向,是浪漫派冲破古典主义的禁锢后出现的,在很大程度上,现代现实主义作家只不过是接纳了浪漫派与古典主义斗争的"胜利果实"并使之进一步开花结果、传承光大而已。所以,现实主义在文学观念上对浪漫主义的传承与弘扬,既说明了这两种不无对立与矛盾的文学思潮并非截然割裂,而是有某种程度的勾连;同时也说明现实主义在文学观念上与浪漫主义有共同的"先锋性"特质,在某种程度上,它们同属于审美现代性范畴。也是在这种历史逻辑中,19世纪现代现实主义与西方现代文学(包括现代主义文学)达成了千丝万缕的联系。

八、现代现实主义与现代主义之"断裂"与勾连

胡塞尔在《现象学的观念》中说:"世界既是物理领域又是心理领域"②,人类的社会生活是物理境与心理场的双重组合。虽然这两者处在不同的层面,但如果离开了任何一面,那都不是完整意义上的生活。因此,文学反映生活既应包括物理境——外部世界,揭示社会生活的广阔

---

① J. A. Cuddon ed., *A Dictionary of Literary Terms and Literary Theory* (5th edition), Malden and Oxford: Wiley-Blackwell, 2013, p.591.
② 胡塞尔:《现象学的观念》,倪梁康译,上海:上海译文出版社,1987年,第36页。

性、丰富性,又要表现心理场——内部世界,发掘人的心灵深处之奥秘,于是才达成了对完整意义上的"现实生活"的真实"反映"。而文学是通过心灵的创造活动产生出来的,那么,各个作家审美心理机制不同,他们在内部世界与外部世界的把握上就必然有所差异。19世纪现代现实主义文学总体上侧重于真实地摹写客观外部世界,但是,正是由于不同作家之审美心理机制的差异性,他们对现实生活的叙述方式各有差异。像司汤达、托尔斯泰、陀思妥耶夫斯基等具有内向型审美心理机制的作家既表现内部世界,又再现外部世界,但以表现内部世界为侧重点,其叙述方式是内倾型的;而像巴尔扎克、狄更斯这样具有外向型审美心理机制的作家,就以再现外部世界为侧重点,其叙述方式是外倾型的。内倾型叙述方式的现实主义作家是从表现心理场的宗旨出发观照物理境,外倾型叙述方式的现实主义作家是从再现物理境的角度折射心理场。前者在展示心灵世界上更具直接性、真实性和深刻性,而在再现外部社会形态上趋于主观性、宽泛性;后者则在再现外部社会形态上更具直观性、真实性和广阔性,而在表现心灵世界上则趋于间接性和粗略性。

作为两种不同倾向的艺术思维模式和叙述方式,它们各有特点、各有所长,并且都合乎艺术创作的规律,它们是互补统一的。某一作家在内倾型或外倾型方面有所侧重,并不就与另一方面割裂,而往往是不同程度地兼而有之。托尔斯泰在以内倾型叙述方式为主导的基础上又融合了外倾型特点,如果我们用论证巴尔扎克小说的方法去论证托尔斯泰小说展现社会外部形态之广阔性的话,也完全可以找到许多证据,反之亦然。因此,我们不能偏执于某一个侧面去界定现实主义文学的整体,而应该从不同的角度去把握不同特点的现实主义作家。托尔斯泰等内倾型作家始终是由内而外地描写外部社会、外部形态的,重心在内宇宙;巴尔扎克等外倾型叙述方式的作家则始终由外而内地描写人的心灵,重心在外宇宙。因此,我们一旦跳出19世纪现代现实主义文学的历史范畴,把视线往20世纪文学延伸,就会清晰地看到,托尔斯泰等内倾性作家同向内转的20世纪现实主义和现代主义有渊源关系,一些现代主义作家还把托氏等作家的内倾性传统引向了一个更新的境界,他们以精神分析学和现代心理学为理论依据,空前地强调人的主观性和非理性世界,致力于开掘人的潜意识"黑箱"。也就是说,现代主义文学其实是在现代现实主义文学之内倾性的基础上走向了一个新的境界或者新的极端,两者之间有着内在的血缘与勾连的关系。而巴尔扎克等外倾性作家则从另一个层面同20世纪的纪实文学、报告文学和刻求外形摹写之真的新小说派相沟通,他们的外倾性传统从另一流向走向了现代。

当然,19世纪现代现实主义与20世纪现代主义的联系绝不仅仅是上述所说的表现生活的内倾性与外倾性方面。因此,关于19世纪文学与20世纪文学之"断裂"中的"勾连",是一个值得继续高度关注和深度发掘的重要课题。

九、现代现实主义之审美价值

19世纪现代现实主义固然以其强烈的社会批判性和高度的社会认识价值而著称于世并已经对我国产生了较大的影响,但是我们不能因此忽视其审美功能和价值及其作为文学经典的当代意义。"五四"初期,当西方各种文艺思潮纷纷进入我国的时候,其实首先占主流地位的并不是现实主义,而是浪漫主义。当时,崇尚浪漫主义的创造社提出的"为艺术的文学"的口号,综合了浪漫主义、唯美主义和象征主义的总特征——追求文学之艺术价值与审美功能。这种倾向比文学研究会"为人生的文学"所追求的文学之社会认识价值和社会功能的倾向更显强势。本来,这两种倾向的追求共同构成了文学之社会认识功能与审美认识功能的辩证统一,但是,到了20世纪20年代末30年代初,更切合中国文化传统和现实国情,以体现社会功利性见长的现实主义逐步取代了浪漫主义并居于文坛的主导地位。从此,"为艺术的文学"就不再有多少传播和生长的空间与机会,文学的社会价值基本上成为对文学之价值衡量的主要标准,现实主义、社会主义现实主义乃至口号化的"革命现实主义"的一路高歌,使文学从理论到创作都对艺术和审美价值相对疏离。直到20世纪七八十年代现代派热潮的兴起,对文学之艺术性和审美价值的追求才在一个新的认知与接受平台上得以推进。从文学思潮与文学观念传播的角度看,我国学界对19世纪现代现实主义的接纳与研究也一直关注和倾向于其社会认识和社会批判价值,而忽视抑或轻视其艺术的和审美的价值,由此也在很大程度上造成了人们对现实主义的误解,以为它的文学史价值也就是社会认识与社会批判而已,缺乏审美价值。[①] 这种不无片面的评价与理解既误导了人们对现实主义的认识与判断,也影响了其文学史地位和

[①] 在今天看来,我们一直以来学习和推崇的"19世纪俄国现实主义文学以及'别车杜'的文学社会历史批评",在高扬启蒙理性的同时,事实上忽略了现代性的另外一极:审美现代性,从而阻断了"启蒙现代性与审美现代性的双重进路"。

人们对其作为文学经典的认可度。从文学研究的角度看,正如国内有的学者所说,要"在'美学的'和'历史的'标准之间寻找合适的界点"确实是比较难的;但是,"重视'艺术的'(美学的)追求,这既由艺术创作自身的性质所决定,同时也是艺术创作规律使然","对美学问题的重视程度常常是区分是否符合马克思主义文艺理论的重要因素"。① 19世纪现代现实主义确实在社会认识功能和批判功能方面达到了空前成熟的境界,这是其本质特征之一,它在社会批判的文化理路上达成了与浪漫主义一样的"现代性"意义——社会现代性(或启蒙现代性)意义。

不过,19世纪现代现实主义在文学史上的贡献和价值远远不止于社会批判的和历史认识的价值,而我们以往的研究却很大程度上津津乐道满足于此,对其美学意义上的价值的研究显得相对薄弱,这显然是一种缺憾。其实,"经典现实主义主要是一种美学实践,这基于对社会文化实践、工农阶层劳动和与之伴随的资产阶级的社会地位和权威的降低进行兼容性再现"②。19世纪现代现实主义作为一种文学经典,其美学的和艺术的成就与其社会批判、社会功能等"历史的"价值一样是彪炳史册的,我们有必要加强对其审美价值方面的发掘与研究。比如,就小说的故事"情节"与"结构"而言,它们作为西方叙事文学基本元素,在19世纪现代现实主义文学(尤其是小说)中发展得空前完美甚至达到了极致,是西方叙事文学走向成熟的重要标志,也是积淀深厚的西方审美文化之重要成果在现实主义形态的叙事文学中的集中呈现。"19世纪现实主义小说尽管是'现实主义的',但似乎充满了很重的情节意味,实际上,它的'细节主义'特征倒更加鲜明。"③因为,情节和结构不仅仅是文学形式本身,而且也是呈现复杂而深邃的人类社会与人的精神之真实生活的载体,而要展示极端复杂的社会关系和人的心理世界,"显然,这样一种表现方法只有和充满着曲折和变化的情节相结合才有可能实行"④。可以说,没有曲折动人的情节和完美的故事结构,就不可能有现实主义小说在世界文学史上的经典地位。西方现代现实主义小说的情节结构艺术作为人类文学的一种

---

① 丁国旗:《正确认识"美学和历史的"批评标准》,《中国社会科学报》2019年3月25日第4版。
② John Roberts,"Realism, Modernism, and Photography:'At last, at last the mask has been torn away'", in Matthew Beaumont ed., *Adventures in Realism*. Oxford:Blackwell,2007, p.173.
③ George Levine," Literary Realism Reconsidered:'The world in its length and breadth'", in Matthew Beaumont ed., *Adventures in Realism*, Oxford: Blackwell,2007, p.18.
④ 卢卡契(即卢卡奇):《卢卡契文学论文集》(二),北京:中国社会科学出版社,1981年,第358页。

遗产,对经历了现代主义之情节"淡化"与故事"解构"后的当今我国文学创作以及大众阅读来说,显得格外有研究与借鉴的价值。呼唤完美而精致的故事情节与结构,其实是在强调文学应深度关注现实人生,因为正如罗伯特·麦基(Robert McKee)所说:"故事并不是对现实的逃避,而是一种载体,承载着我们去追寻现实、尽最大的努力挖掘混乱人生的真谛。"①我们今天所期待的无论是宏大叙事还是微观叙事抑或是两者结合的文学创作,讲好信息时代关于人的生存状况的故事,提高文学的现实性与可读性,让文学更广泛地走进人民大众的文化生活,体现"为人民"的宗旨,都有必要在新的更高的意义上"回归"丰富的情节与精致完美的结构,对叙事文学来说,情节、结构和故事并不是可以任凭作家无限地"淡化""解构""消解"的可有可无的东西,而是其根基性元素,现实主义文学尤其如此。本著本着向经典学习和"重估经典"的理念,深入研究和阐发19世纪现代现实主义文学中包括情节、结构、叙事等在内的艺术的和美学的资源,深度发掘其审美价值,在一定程度上,也是对现实主义问题研究的一种深化与完善。

十、现代现实主义与马恩文艺思想

马克思、恩格斯的文艺思想是马克思主义理论的重要组成部分,对我国的文艺研究既具有指导意义也产生了深远而重大的影响。马克思主义理论诞生于19世纪40年代,时值西方资本主义矛盾与危机愈演愈烈的历史阶段。马克思、恩格斯和19世纪现代现实主义作家一样,都高度关注资本主义社会的现实问题,他们对现实主义倾向的作家的创作也格外关注。力图揭示资本主义矛盾之奥秘的马克思和恩格斯,与具有强烈社会批判性、致力于揭露资本主义社会矛盾的现实主义文学有一种价值观上的契合;换言之,现代现实主义具有强烈社会批判性的经典作品,有力地佐证了马克思、恩格斯对资本主义奥秘的揭示。因之,他们不仅频繁地引用19世纪现代现实主义作家的文学材料以旁证他们关于资本主义社会的分析与批判,而且大量地通过列举这些作家的创作来阐述文艺思想。比如,经济基础与上层建筑的关系、现实主义与细节真实、典型环境中的典型人物、情节与人物性格的关系、作者的思想倾向与情节描写的关系

---

① 罗伯特·麦基:《故事:材质、结构、风格和银幕剧作的原理》,周铁东译,北京:中国电影出版社,2001年,第11页。

等,都大量地通过对19世纪现代现实主义作家作品的分析得以阐述。因此,马克思、恩格斯关于19世纪现实主义作家的研究与论述,构成了马克思主义文艺思想的核心理论。笔者认为,在当今新时代,马克思、恩格斯的这些理论,不仅没有过时,而且还远远有待于更系统而深度地发掘与阐释。因此,本著深入研究19世纪西方现实主义文学思潮,并追寻其与马克思、恩格斯文艺思想之关系,深化了马克思、恩格斯文艺思想与19世纪现代现实主义之关系的研究,这对推进中国特色的文学理论学科体系、学术体系和话语体系建设,均具有重要的意义。

上述十个方面内容,当然仅仅是对本著主要内容与观点的简单归纳,也仅仅是本著关于19世纪现实主义发掘和阐释及关于文学现实主义问题讨论的一部分内容。不过,笔者由此进一步认为,关于19世纪现代现实主义文学思潮及与之相关的文学现实主义问题的研究,并不像往常人们所理解的那样已经十分深入、透彻,而是恰恰相反,尚需深入思考与发掘的问题还很多。这也再次提醒我们:对19世纪现代现实主义和文学现实主义问题的研究不应该总是停留于"过去时"状态,满足于一些一般性的乃至常识性的认识,满足于几十年前的研究成果,而应该拓宽视野与思路,更新观念与方法,始终使这种研究保持"进行时"状态,不断展开深度阐释。正是在这种意义上,19世纪现代现实主义是一片丰厚的文学土壤,尚蕴藏着丰富的亟待开发与运用的"矿藏"资源;"现实主义"无论在理论上还是创作实践上都未曾"过时"和"终结",它是一种无所不在的人类精神文化遗产,有其恒久的艺术价值与魅力。因此,就其存在的现实性与恒久性及其对后世文学之深远的影响而言,19世纪现代现实主义及其各种"变体"的现实主义,都有其"无边性"。在"网络化-信息化"的新时代,我们有必要借助各种新理念、新方法和新手段作深入的研究,并对其作出更全面、更合乎其本原特质的阐释,进而为建构有中国特色之外国文学和文学理论学科体系、学术体系和话语体系提供理论的和实践的支撑。

19世纪现代现实主义,因其所拥有之内涵的开放性与言说之"无边性",便有其艺术魅力之永久性。

参考文献

一、英文参考文献

Abercrombie, Lascelles, *Romanticism*, London: Martin Secker, 1926.

Abrams, M. H., *The Mirror and the Lamp*, New York: Oxford University Press, 1953.

——*Natural Supernaturalism*, New York: W. W. Norton, 1971.

——*A Glossary of Literary Terms*, Fortworth: Harcourt Brace Jovanovich College Publishers, 1993.

Adams, James Eli, *A History of Victorian Literature*, Chichester: Wiley-Blackwell, 2009.

Adorno, Theodre, *Negative Dialectics*, trans. E. Ashton, London: Routledge & Kegan Paul, 1973.

Ahnebrink, Lars, *The Beginnings of Naturalism in American Fiction: 1891—1903*, Cambridge: Harvard University Press, 1964.

Alexander, Meena, *Women in Romanticism*, Basingstoke & London: Macmillan, 1989.

Allott, Miriam, *Charlotte Bronte*, London: Macmillan, 1974.

Arac, Jonathan, Harriet Ritvo eds., *Macropolitics of Nineteenth-Century Literature: Nationalism, Exoticism, Imperialism*, Philadelohia: University of Pennsylvania Press, 1991.

Auerbach, Erich, *Mimesis: The Representation of Reality in Western Literature*, trans. Willard R. Trask, Princeton: Princeton University Press, 2003.

Babbit, Irving, *Rousseau and Romanticism*, Boston & New York: Riverside Press, 1919.

Baguley, David, *Naturalist Fiction: The Entropic Vision*, Cambridge: Cambridge University Press, 1990.

Barrish, Phillip J., *The Cambridge Introduction to American Literary Realism*. New York: Cambridge University Press, 2011.

Barthes, Roland, *Writing Degree Zero*, trans. Annette Lavers and Colin Smith, New

York: Hill and Wang, 1968.

Barzun, Jacques, *Classic, Romantic and Modern*, London: Secker & Warburg, 1961.

Bauman, Zygmunt, *Modernity and Ambivalence*, Cambridge: Polity, 1991.

Beardsley, Monroe C., *Aesthetics from Classical Greece to the Present: A Short History*, Tuscaloosa: The University of Alabama Press, 1966.

Beaumont, Matthew ed., *Adventures in Realism*, Oxford: Blackwell, 2007.

Becker, George J. ed., *Documents of Modern Literary Realism*, Princeton: Princeton University Press, 1963.

Behler, Ernst, *German Romantic Theory*, Cambridge: Cambridge University Press, 1993.

Beiser, Fredrick C., *The Romantic Imperative: The Concept of Early German Romanticism*, Cambridge and London: Harvard University Press, 2003.

Bell, David F., *Models of Power: Politics and Economics in Zola's Rougon-Macquart*, Lincoln and London: University of Nebraska Press, 1988.

Bell-Villada, Gene, *Art for art's sake and literary life: how politics and markets helped shape the ideology and culture of aestheticism*, Lincoln and London: University of Nebraska Press, 1996.

Bending, Stephen, Andrew Mcrace eds., *The Writing of Rural England 1500—1800*, Hampshire: Palgrave Macmillan, 2003.

Berlin, Isaiah ed., *The Age of Enlightenment: The Eighteenth Century Philosophers*, New York: Siget Classics, 1956.

Berman, Marshall, *All That is Solid Melts into Air: The Experience of Modernity*, New York: Penguin Books, 1982.

Berthoff, Warner, *The Ferment of Realism: American Literature, 1884—1919*, Cambridge: Cambridge University Press, 1965.

Blair, W., *The History of the World Literature*, Whitefish: Kessinger Publishing, 2012.

Blocker, Gene, *Philosophy of Art*, New York: Scribner, 1979.

Block, Haskell M., *Naturalistic Triptych: The Fictive and Real in Zola, Mann, and Dreiser*, New York: Random House, 1970.

Bloom, Harold, *Romantic and Consciousness: Essays in Criticism*, New York: W. W. Norton, 1970.

Boot, Winthrop H., *German Criticism of Zola: 1875—1893*, New York: Columbia University Press, 1931.

Bornstein, George, *Romantic and Modern*, Pittsburgh: University of Pittsburgh Press, 1977.

Bourke, Richard, *Romantic Discourse and Political Modernity*, New York: St. Martin's Press, 1993.

Bowra, C. M., *The Romantic Imagination*, London: Oxford University Press, 1950.

Brooks, Peter, *Realist Vision*, New Haven and London: Yale University Press, 2005.

Brown, Julia Prewitt, *Cosmopolitan Criticism: Oscar Wilde's Philosophy of Art*, Charlottesville and London: University Press of Virginia, 1997.

Brown, James M., *Dickens, Novelist in the Market-Place*, London: Macmillan, 1982.

Burgwinkle, William, Nicholas Hammond, and Emma Wilson, eds. *The Cambridge History of French Literature*, Cambridge: Cambridge University Press, 2011.

Bush, Harold K. Jr., *Mark Twain and the Spiritual Crisis of His Age*, Alabama: The University of Alabama Press, 2007.

Cahoone, Lawrence E., *The Dilemma of Modernity: Philosophy, Culture, and Anti-Culture*, Albany: SUNY Press, 1988.

Calinescu, Matei, *Five Faces of Modernity*, Durham: Duke University Press, 1987.

Carroll, John, *The Wreck of Western Culture Humanism Revisited*, Melbourne: Scribe Publications Pty Ltd., 2004.

Cave, Richard Allen, *A Study of the Novels of George Moore*, Gerrards Cross, Bucks: Colin Smythe, 1978.

Chai, Leon, *Aestheticism: The Religion of Art in Post-romantic Literature*, New York: Columbia University Press, 1990.

Child, Ruth C., *The Aesthetic of Walter Pater*, New York: Macmillan. 1940.

Charvet, P. E., *A Literary History of France: 1870—1940*, London: Benn, 1967.

Chapple, J. A. V., *Science and Literature in the Nineteenth Century*, London: Macmillan, 1986.

Clement, N. H., *Romanticism in France*, New York: Kraus Reprint Corporation, 1966.

Chiari, Joseph, *The Aesthetics of Modernism*, London: Vision Press, 1970.

Chisholm, R. M. ed., *Realism and the Background of Phenomenology*, Illinois: The Free Press of Glencoe, 1960.

Chitnis, Bernic, *Reflecting on Nana*, London and New York: Routledge. 1991.

Collins, Philip, *Dickens: Interview and Recollections*, Vol. II, London: Macmillan, 1989.

Colum, Mary M., *From These Roots: The Ideas That Have Made Modern Literature*, New York: Columbia University Press, 1937.

Conder, John J., *Naturalism in American Fiction: The Classic Phase*, Lexington: The University Press of Kentucky, 1984.

Conlon, John J., *Walter Pater and the French Tradition*, London and Toronto: Associated University Press, 1982.

Cornwell, Neil ed., *The Gothic-Fantastic in Nineteenth-Century Literature*, Amsterdam and Atlanta: Rodopi, 1999.

Cuddon, J. A. ed., *A Dictionary of Literary Terms and Literary Theory* (5th edition), Malden and Oxford: Wiley-Blackwell, 2013.

Curran, Stuart ed., *British Romanticism*, Cambridge: Cambridge University Press, 1993.

Day, Aidan, *Romanticism*, London: Routledge, 1996.

Delanty, Gerard, *Social Theory in a Changing World: Conceptions of Modernity*, Cambridge: Polity, 1999.

Dowden, Edward, *The French Revolution and the English Literature*, London: Kegan Paul, 1897.

Eichner, Hans ed., *"Romantic" and its Cognates: the European History of a Word*, Manchester: Manchester University Press, 1972.

Farrant, Tim, *An Introduction to Nineteenth-Century French Literature*, London: Duckworth, 2007.

Fennell, John ed., *Nineteenth-century Russian Literature: Studies of Ten Writers*, London: Faber and Faber, 1973.

Fishki, Shelley Fishern, *A Historical Guide to Mark Twain*, Oxford: Oxford University Press, 2002.

Flaubert, Gustave, *The Letters of Gustave Flaubert*, selected, edited, and translated by Francis Steegmuller, Massachusetts Cambridge and London: The Belknap Press of Harvard University Press, 1980.

Ford, Boris, *The Pelican Guide to English Literature: From Dickens to Hardy*, London: Penguin Books, 1958.

Frye, Northrop, *Fearful Symmetry*, Boston: Beacon, 1962.

——*Romanticism Reconsidered*, New York and London: Columbia University Press, 1963.

Furst, L. R., *Romanticism in Perspective*, London: Macmillan, 1969.

Gair, Christopher, *Complicity and Resistance in Jack London's Novels: From Naturalism to Nature*, Lewiston, Queenston, Lampeter: The Edwin Mellen Press, 1997.

Gal, Michalle, *Aestheticism: Deep Formalism and the Emergence of Modernist Aesthetics*, Bern: Peter Lang, 2015.

Gay, Peter, *Modernism: The Lure of Heresy: from Baudelaire to Beckett and Beyond*, New York & London: Norton & Company, 2010.

Gordon, John, *Physiology and the Literary Imagination: Romantic to Modern*, Gainesville: University Press of Florida, 2003.

Graham, Kenneth, *English Criticism of the Novel: 1865—1900*, Oxford: Clarendon Press, 1965.

Grant, Allan, *A Preface to Charles Dickens*, London: Longman, 1984.

Habib, M. A. R., *Literary Criticism from Plato to the Present: An Introduction*, Oxford: Wiley-Blackwell, 2005.

Habib, M. A. R. eds., *The Cambridge History of Literary Criticism*, Vol. 6: *The Nineteenth Century*, Cambridge: Cambridge University Press, 2013.

Hall, David D., *Culture of Print: Essays in the History of the Book*, Amherst: University of Massachusetts Press, 1996.

Halsted, J. B., *Romanticism*, London: Macmillan, 1969.

——*Romanticism: Problems and Definition, Explanation and Evaluation* Lexington, D. C. Heath, 1965.

Hamilton, Paul, *Coleridge's Poetics*, Oxford: Blackwell, 1983.

Hutchinson, Thomans ed., *Shelley: Poetical Works*, London: Oxford University, 1968.

Habermas, Jürgen, *The Philosophical Discourse of Modernity*, Cambridge: Polity, 1961.

Harris, Laurie Lanzen ed., *Nineteenth-Century Literature Criticism: Excerpts from Criticism of the Works of Novelists, Poets, Playwrights, Short Story Writers, and Other Creative Writers Who Lived Between 1800 and 1900, from the First Published Critical Appraisals to Current Evaluations*, Detroit: Gale Research, 1981.

Harvey, W. J., *Character and the Novel*, London: Chatto & Windus, 1965.

Hemmings, F. W. J. ed., *The Age of Realism*, Harmondsworth Penguin Books, 1974.

Henderson, John A., *The First Avant-garde: 1887—1894*, London: George G. Harrap, 1971.

Henkin, Leo J., *Darwinism in the English Novel: 1860—1910*, New York: Russell & Russell, 1963.

Herman, David, *Poverty of the Imagination: Nineteenth-Century Russian Literature about the Poor*, Evanston: Northwestern University Press, 2001.

Holzapfel, Amy, *Art, Vision, and Nineteenth-Century Realist Drama*, New York: Routledge, 2014.

Hough, Graham, *Image and Experience: Studies in a Literary Revolution*, Westport: Greenwood Press, 1960.

Howard, June, *Form and History in American Literary Naturalism*, Chapel Hill and London: The University of North Carolina Press, 1985.

Iser, Wolfgang, *Walter Pater: The Aesthetic Moment*, trans. David Henry Wilson. Cambridge and New York: Cambridge University Press, 1987.

Jameson, Fredric, *The Antinomies of Realism*, London: Verso, 2015.

Jameson, Fredric, *The Ideologies of Theory*, London: Verso, 2008.

Jasper, David, T. R. Wright eds., *The Critical Spirit and the Will to Believe: Essays in Nineteenth-Century Literature and Religion*, New York: St. Martin's Press, 1989.

Johnson, R. V., *Aestheticism*, London: Methuen, 1969.

Jones, H. M., *Revolution and Romanticism*, London: Oxford University Press, 1974.

Kaplan, Harold, *Power and Order: Henry Adams and the Naturalist Tradition in American Fiction*, Chicago and London: The University of Chicago Press, 1981.

Lehan, Richard, *A Dangerous Crossing: French Literary Existentialism and the Modern American Novel*, Carbondale and Edwardsville: Southern Illinois University Press, 1973.

Levenson, Michael, *Modernism and the Fate of Individuality: Character and Novelistic Form from Conrad to Woolf*, Cambridge: Cambridge University Press, 1991.

Levine, Caroline, Mario Ortiz-Robles eds., *Narrative Middles: Navigation the Nineteenth-Century British Novel*, Columbus: The Ohio State University Press, 2011.

Lefebvre, Henry, *Introduction to Modernity*, London: Verso, 1995.

Lethbridge, Robert, *Zola and the Craft of Fiction*, Leicester: Leicester University Press, 1990.

Levine, George. *Darwin and the Novelists*, Cambridge: Harvard University Press, 1988.

Levin, Harry, *The Gates of Horn: A Study of Five French Realists*, New York: Oxford University Press, 1963.

Levine, George ed., *Realism and Representation: Essays on the Problem of Realism in Relation to Science, Literature, and Culture*, Madison: The University of Wisconsin Press, 1993.

Lovejoy, A. O., *Essays in the History of Ideas*, Baltimore: The Johns Hopkins Press, 1948.

Lucas, F. L., *The Decline and Fall of Romantic Ideal*, Cambridge: Cambridge University Press, 1948.

Lukács, Georg, *Studies On European Realism*, New York: Grosset and Dunlap, 1964.

Lukes, Steven, *Individualism*, New York: Harper & Row, 1973.

Margot, Norris, *Beasts of the Modern Imagination: Darwin, Nietzsche, Kafka, Ernst, & Lawrence*, Baltimore: The Johns Hopkins University Press, 1985.

Masur, Gerhard, *Prophets of Yesterday: Studies in European Culture 1890—1914*, London: A. Wheaton, 1963.

Marcus, Steven, *Engels, Manchester and the Working Class*, New York: Random House, 1974.

Margot, Norris, *Beasts of the Modern Imagination: Darwin, Nietzsche, Kafka, Ernst, & Lawrence*, Baltimore: The Johns Hopkins University Press, 1985.

Martin Ronald E., *American Literature and the Universe of Force*, Durham: Duke University Press, 1981.

Martin, Travers, *An Introduction to Modern European Literature: From Romanticism to Postmodernism*, London: Macmillan, 1998.

McGann, Jerome J., *The Romantic Ideology*, Chicago and London: The University of Chicago Press, 1983.

McSweeney, Kerry, *The Realist Short Story of the Powerful Glimpse Chekhov to Carver*, Columbia: The University of South Carolina Press, 2007.

Mellor, Anne K., *English Romantic Irony*, Cambridge: Harvard University Press, 1980.

Merquior, J. G., *Liberalism: Old and New*, Boston: Twayne Publishers, 1991.

Miriam, Gegol, ed., *Theodore Dreiser: Beyond Naturalism*, New York and London: New York University Press, 1995.

Mitchell, Lee Clark, *Determined Fictions: American Literary Naturalism*, New York: Columbia University Press, 1989.

Moi, Toril, *Henrik Ibsen and the Birth of Modernism: Art, Theater, Philosophy*, Oxford: Oxford University Press, 2006.

Morton, A. L., *A People's History of England*, London: Lawrence & Wishart, 1979.

Morton, Peter, *The Vital Science: Biology and the Literary Imagination 1860—1900*, London: George Allen & Unwin, 1984.

Morse, David, *Romanticism: A Structural Analysis*, London: Macmilian, 1982.

Mosse, George L., *The Culture of Western Europe: The Nineteenth and Twentieth Centuries*, London: John Murray, 1961.

Nelson, Brian ed., *Naturalism in the European Novel*, Oxford: Berg Publishers, 1992.

Okker, Patricia, *Social Stories: The Magazine Novel in Nineteenth-Century America*, Charlottesville: University of Virginia Press, 2003.

Papke, Mary E ed., *Twisted from Ordinary: Essays on American Literary Naturalism*, Knoxville: The University of Tennessee Press, 2003.

Paroissien, David, *A Companion to Charles Dickens*, Chichester: Wiley-Blackwell, 2008.

Pater, Walter, *The Renaissance: Studies in Art and Poetry*, London: Macmillan, 1917.

—— *Plato and Platonism*, London: Macmillan, 1928.

—— *Greek Studies: A Series of Essays*. London: Macmillan, 1928.

—— *Imaginary Portraits*, London: Macmillan, 1928.

Persons, Stow ed., *Evolutionary Thought in America*, New Haven: Yale University Press, 1950.

Phelps, William Lyon, *Essays on Modern Novelists*, New York: The Macmillan Company, 1910.

Pierrot, Jean, *The Decadent Imagination, 1880—1900*, tran. Derek Coltman. Chicago:

The University of Chicago Press, 1981.

Pizer, Donald, *Twentieth-century American Literary Naturalism: An Interpretation*, Carbondale and Edwardsville: Southern Illinois University Press, 1982.

—— *The Theory and Practice of American Literary Naturalism: Selected Essays and Reviews*, Carbondale and Edwardsville: Southern Illinois University Press, 1993.

Phelps, William Lyon, *The Pure Gold of Nineteenth-Century Literature*, Philadelphia: Blakiston Press, 2013.

Poe, Edgar Allan, James A. Harrison ed., *The Complete Works of Edgar Allan Poe*, New York: T. Y. Crowell, 1902.

Praz, Mario, *The Romantic Agony*, trans. Angus Davidson, London: Oxford University Press, 1951.

Prickett, Stephen, *England and the French Revolution*, London: Macmillan, 1989.

Priestman, Martin, *Romantic Atheism*, Cambridge: Cambridge University Press, 1999.

Pizer, Donald, *Realism and Naturalism in Nineteenth-century American Literature*, Carbondale and Edwardsville: Southern Illinois University Press, 1984.

Pykett, Lyn, *Charles Dickens*, Houndmill, Basingstoke, Hampshire: Palgrave, 2002.

Raymond, Williams, *Culture and Society: 1780—1950*, London: Chatto & Windus, 1958.

Reed, Arden ed., *Romanticism and Language*, London: Methuen, 1984.

Richetti, John, *The Columbia History of the British Novel*, New York: Columbia University Press, 2002.

Roe, Nicolas, *Wordsworth and Coleridge: The Radical Years*, London: Oxford University Press, 1988.

Saurat, Denis, *Modern French Literature: 1870—1940*, Port Washington: Kennikat Press, 1947.

Schor, H., *Zola's Crowds*, Baltimore: The Johns Hopkins University Press, 1978.

Sinfield, Alan, *The Wilde Century: Effeminacy, Oscar Wilde, and the Queer Moment*, New York: Columbia University Press, 1994.

Schapiro, J. S., *Liberalism: Its Meaning and History*, Princeton: D. Van Nostrand Co., 1972.

Schenk, H. G., *The Mind of European Romantics*, London: Constable, 1966.

Simon, W. M., *European Positivism in the Nineteenth Century: An Essay in Intellectual History*, London: Kennikat Press, 1963.

Stein, S., ed. *Freud and the Crisis of Our Culture*, Boston: The Beacon Press, 1955.

Stern, J. P., *On Realism*. London & Boston: Routledge & Kegan Pall, 1973.

Stromberg, Roland N. ed., *Realism, Naturalism, and Symbolism: Modes of Thought* and Expression in Europe, 1848—1914, London: Macmillan, 1968.

Strinati, Dominic, *An Introduction to Theories of Popular Culture*, London: Routledge, 1998.

Sundquist, Eric J. ed., *American Realism: New Essays*, Baltimore: The Johns Hopkins University Press, 1982.

Terry, R. C., *Victorian popular fiction, 1860—80*, London: Macmillan, 1983.

Thorlby, A., *The Romantic Movement*, London: Longmans Green, 1966.

Travers, Martin, *An Introduction to Modern European Literature—from Romanticism to Postmodernism*, London: Macmillan, 1998.

Turnell, Martin, *The Art of French Fiction*, London: Hamish Hamilton, 1959.

Trollope, Anthony, *An Autobiography*, Oxford: Oxford University Press, 1980.

Walcutt, Charles C., *American Literary Naturalism, A Divided Stream*, Minneapolis: University of Minnesota Press, 1956.

Watson, Peter, *Ideas: A History from Fire to Freud*, New York: Harper Collins, 2009.

Watt, Ian, *The Rise of the Novel: Studies in Defoe, Rechardson and Fielding*, London: Chatto and Windus, 1963.

Weightman, John, *The Concept of the Avant-garde: Explorations in Modernism*, London: Alcove Press, 1973.

Weir, David, *Decadence and the Making of Modernism*. Amherst: University of Massachusetts Press, 1995.

Westbrook, Perry D., *Free Will and Determinism in American Literature*, Granburry: Associated University Presses, 1979.

Wilde, Oscar, Richard Ellmann ed., *The Artist as Critic: Critical Writings of Oscar Wilde*, London: W. H. Allen, 1970.

Willey, Basil, *Nineteenth-century Studies: Coleridge to Matthew Arnold*, Harmandsworth: Penguin Books in association with Chatto & Windus, 1949.

Williams, R., *Culture and Society: 1780—1950*, London: Chatto & Windus, 1958.

Wilson, James D., *The Romantic Heroic Ideal*, Baton Rouge: Louisiana State University Press, 1982.

Woodring, Carl, *Politics in English Romantic Poetry*, Cambridge: Harvard University Press, 1970.

二、中文参考文献

阿多诺:《美学理论》,王柯平译,四川人民出版社,1998年。

H. D. 阿金编著:《思想体系的时代》,王国良、李飞跃译,光明日报出版社,1989年。

奥利维耶·阿苏利:《审美资本主义:品味的工业化》,黄琰译,华东师范大学出版社,

2013年。

M.H.艾布拉姆斯:《镜与灯:浪漫主义文论及批评传统》,郦稚牛、张照进、童庆生译,北京大学出版社,2015年。

于尔根·奥斯特哈默:《世界的演变:19世纪史》(Ⅰ),强朝晖、刘风译,社会科学文献出版社,2016年。

巴特勒:《浪漫派、叛逆者及反动派》,黄梅、陆建德译,辽宁教育出版社,1998年。

柏克:《法国革命论》,何兆武等译,商务印书馆,1999年。

柏拉图:《文艺对话集》,朱光潜译,人民文学出版社,1963年。

丹尼尔·贝尔:《资本主义文化矛盾》,赵一凡、蒲隆、任晓晋译,生活·读书·新知三联书店,1989年。

让·贝西埃等主编:《诗学史》,史忠义译,百花文艺出版社,2002年。

瓦尔特·本雅明:《本雅明文选》,陈永国、马海良译,中国社会科学出版社,1999年。

彼得·比格尔:《先锋派理论》,高建平译,商务印书馆,2002年。

别林斯基:《别林斯基选集》(第一至三卷),满涛译,人民文学出版社,1958年。

波德莱尔:《1846年的沙龙:波德莱尔美学论文选》,郭宏安译,广西师范大学出版社,2002年。

波德莱尔:《波德莱尔美学论文选》,郭宏安译,人民文学出版社,1987年。

爱德华·麦克诺尔·伯恩斯、菲利普·李·拉尔夫:《世界文明史》(第二、三卷),罗经国、赵树濂、邹一民、朱传贤译,北京:商务印书馆,1995年。

以赛亚·伯林:《俄国思想家》,彭淮栋译,译林出版社,2001年。

以赛亚·伯林:《浪漫主义的根源》,吕梁、洪丽娟、孙易译,译林出版社,2008年。

伯林:《浪漫主义的根源》,译林出版社,吕梁、洪丽娟、孙易译,2011年。

勃兰兑斯:《十九世纪文学主流》(第一——六分册),张道真等译,人民文学出版社,1997年。

马·布雷德伯里等编:《现代主义》,胡家峦等译,上海外语教育出版社,1992年。

皮埃尔·布鲁奈尔等:《19世纪法国文学史》,郑克鲁、黄慧珍、何敬业、谢军瑞译,上海人民出版社,1997年。

H.G.布洛克:《美学新解》,滕守尧译,辽宁人民出版社,1987年。

阿伦·布洛克:《西方人文主义传统》,董乐山译,生活·读书·新知三联书店,1998年。

W.C.布斯:《小说修辞学》,华明、胡晓苏、周宪译,北京大学出版社,1987年。

查德威克:《象征主义》,花山文艺出版社,1989年。

车尔尼雪夫斯基:《美学论文选》,缪灵珠译,人民文学出版社,1957年。

车尔尼雪夫斯基:《艺术与现实的审美关系》,周扬译,人民文学出版社,1979年。

厨川白村:《西洋近代文艺思潮》,陈晓南译,志文出版社,1979年。

丹纳:《艺术哲学》,傅雷译,人民文学出版社,1963年。

W.C.丹皮尔:《科学史及其与哲学和宗教的关系》,李珩译,广西师范大学出版社,2001年。

狄更斯:《狄更斯演讲集》,丁建民、殷企平、徐伟彬译,浙江工商大学出版社,2012年。

保罗·梵·第根:《文艺复兴以来的欧美文学史》,谢钟湜译,人民出版社,2015年。
杜勃罗留波夫:《杜勃罗留波夫选集》(第二卷),辛未艾译,上海译文出版社,1959年。
米·杜夫海纳:《审美经验现象学》,韩树站译,文化艺术出版社,1996年。
杜威:《艺术即经验》,高建平译,商务印书馆,2005年。
戴维·芬克尔斯坦等:《书史导论》,何朝晖译,北京:商务印书馆,2012年。
锡德尼·芬克斯坦:《艺术中的现实主义》,赵澧译,上海文艺出版社,1985年。
弗洛伊德:《梦的解析》,赖其万、符传孝译,作家出版社,1986年。
利里安·R.弗斯特等:《自然主义》,任庆平译,昆仑出版社,1989年。
米歇尔·福柯:《知识考古学》,谢强、马月译,生活·读书·新知三联书店,1998年。
彼得·福克纳:《现代主义》,付礼军译,昆仑出版社,1989年。
冈布里奇:《艺术与幻觉:绘画再现艺术的心理研究》,周彦译,湖南人民出版社,1987年。
威廉·冈特:《美的历险》,肖聿、凌君译,江苏教育出版社,2005年。
泰奥菲尔·戈蒂耶:《回忆波德莱尔》,陈圣生译,上海译文出版社,2011年。
泰奥菲尔·戈蒂耶:《浪漫主义回忆》,赵克非译,人民文学出版社,2011年。
歌德:《歌德谈话录》,朱光潜译,人民文学出版社,1978年。
歌德:《歌德文集》(第十卷),范大灿、安书祉、黄燎宇等译,人民文学出版社,1999年。
丹缅·格兰特、莉莲·弗斯特:《现实主义·浪漫主义:艺术历程的追踪》,郑鸣放、邵小红、朱敬才译,陕西人民出版社,1989年。
达米安·格兰特:《现实主义》,周发祥译,昆仑出版社,1989年。
贡斯当:《古代人的自由与现代人的自由》,阎克文等译,商务印书馆,1999年。
哈贝马斯:《认识与兴趣》,郭官义等译,学林出版社,1999年。
哈伊:《意大利文艺复兴的历史背景》,李玉成译,生活·读书·新知三联书店,1988年。
海斯:《现代民族主义演进史》,帕米尔译,华东师范大学出版社,2005年。
黑格尔:《美学》(第一卷),朱光潜译,商务印书馆,1979年。
埃德蒙德·胡塞尔:《现象学的方法》,倪梁康译,上海译文出版社,1994年。
埃德蒙德·胡塞尔:《现象学的观念》,倪梁康译,上海译文出版社,1986年。
罗德·W.霍尔顿等:《欧洲文学的背景》,王光林译,重庆出版社,1991年。
霍勒:《浪漫主义艺术》,袁宪军译,上海三联书店,1992年。
吉列斯比:《欧洲小说的演化》,胡家峦、冯国忠译,生活·读书·新知三联书店,1987年。
罗杰·加洛蒂:《论无边的现实主义》,吴岳添译,上海文艺出版社,1988年。
马泰·卡林内斯库:《现代性的五副面孔》,顾爱彬、李瑞华译,商务印书馆,2002年。
约翰·卡洛尔:《西方文化的衰落》,叶安宁译,新星出版社,2007年。
卡西尔:《启蒙哲学》,顾伟铭等译,山东人民出版社,1988年。
恩斯特·卡西尔:《人论》,甘阳译,上海译文出版社,1985年。
马克·凯什岚斯基、帕特里克·吉尔里、帕特里夏·奥布赖恩:《西方文明史:延续不断的遗产》(第五版),孟广林等译,中国人民大学出版社,2014年。
罗宾·柯林伍德:《自然的观念》,吴国盛、柯映红译,华夏出版社,1999年。

科尔曼:《19世纪的生物学和人学》,严晴燕译,复旦大学出版社,2000年。
科林伍德:《艺术原理》,王至元等译,中国社会科学出版社,1985年。
克尔凯郭尔:《论反讽概念》,汤晨溪译,中国社会科学出版社,2005年。
贝尼季托·克罗齐:《美学的历史》,王天清译,中国社会科学出版社,1984年。
克罗齐:《美学纲要》,朱光潜、韩邦凯译,外国文学出版社,1983年。
克罗齐:《十九世纪欧洲史》,田时纲译,商务印书馆,2015年。
孔德:《论实证精神》,黄建华译,商务印书馆,1996年。
孔德:《实证哲学教程》,黄建华译,商务印书馆,1985年。
托马斯·库恩:《科学革命的结构》,金吾伦等译,北京大学出版社,2003年。
米兰·昆德拉:《小说的艺术》,孟湄译,生活·读书·新知三联书店,1992年。
圭多·德·拉吉罗:《欧洲自由主义史》,杨军译,吉林人民出版社,2001年。
李斯托威尔:《近代美学史评述》,蒋孔阳译,上海译文出版社,1980年。
F.R.利维斯:《伟大的传统》,袁伟译,生活·读书·新知三联书店,2002年。
卢那察尔斯基:《卢那察尔斯基论文学》,蒋路译,人民文学出版社,1964年。
戴维·罗伯兹:《英国史:1688年至今》,鲁光桓译,中山大学出版社,1990年。
史蒂文·罗杰·费希尔:《阅读的历史》,李瑞林、贺莺、杨晓华译,商务印书馆,2015年。
罗素:《西方的智慧》,温锡增译,商务印书馆,1999年。
罗素:《西方哲学史》(下卷),马元德译,商务印书馆,1976年。
卡尔·洛维特:《从黑格尔到尼采》,李秋零译,生活·读书·新知三联书店,2006年。
马尔库塞:《爱欲与文明》,黄勇、薛民译,上海译文出版社,1987年。
赫伯特·马尔库塞:《审美之维》,李小兵译,广西师范大学出版社,2001年。
R.马格欧纳:《文艺现象学》,王岳川、兰菲译,文化艺术出版社,1992年。
马赫:《感觉的分析》,洪谦、唐钺、梁志学译,商务印书馆,1997年。
马克思、恩格斯:《马克思恩格斯文集》(第一——十卷),人民出版社,2002年。
雅克·马利坦:《艺术与诗中的创造性直觉》,刘有元、罗选民等译,生活·读书·新知三联书店,1991年。
梅洛—庞蒂:《知觉现象学》,姜志辉译,商务印书馆,2001年。
托马斯·门罗:《走向科学的美学》,石天曙、滕守尧译,中国文联出版公司,1984年。
德·斯·米尔斯基:《俄国文学史》,刘文飞译,人民出版社,2013年。
安·莫洛亚:《狄更斯评传》,王人力译,上海译文出版社,1986年。
沃尔特·佩特:《文艺复兴》,李丽译,外语教学与研究出版社,2010年。
卡尔迪纳·普里勃:《他们研究了人》,孙恺祥译,生活·读书·新知三联书店,1991年。
伊里亚·普里戈金、伊·斯唐热:《从混沌到有序》,曾庆宏、沈小峰译,上海译文出版社,1987年。
塞尔登:《文学批评理论:从柏拉图到现在》,刘象愚译,北京大学出版社,2000年。
乔治·桑塔耶纳:《美感》,缪灵珠译,中国社会科学出版社,1982年。
F.施勒格尔:《雅典娜神殿断片集》,李伯杰译,生活·读书·新知三联书店,1996年。

叔本华:《作为意志和表象的世界》,石冲白译,商务印书馆,1994年。
曼弗雷德·B.斯蒂格:《全球化面面观》,丁兆国译,译林出版社,2013年。
杰克·斯佩克特:《艺术与精神分析》,高建平译,文化艺术出版社,1990年。
杰克逊·J.斯皮瓦格尔:《西方文明简史》,董仲瑜、施展、韩炯译,北京大学出版社,2010年。
罗兰·斯特龙伯格:《西方现代思想史》,刘北成、赵国新译,北京:中央编译出版社,2005年。
斯托洛维奇:《审美价值的本质》,凌继尧译,中国社会科学出版社,1984年。
理查德·塔纳斯:《西方思想史》,吴象婴、晏可佳、张广勇译,上海:上海社会科学院出版社,2007年。
瓦迪斯瓦夫·塔塔尔凯维奇:《西方六大美学观念史》,刘文潭译,上海译文出版社,2006年。
弗兰克·M.特纳:《从卢梭到尼采》,王玲译,北京大学出版社,2017年。
列夫·托尔斯泰:《论创作》,戴启篁译,漓江出版社,1982年。
陀思妥耶夫斯基:《陀思妥耶夫斯基书信选》,冯增义、徐振亚译,人民文学出版社,1986年。
奥斯卡·王尔德:《王尔德全集·评论随笔卷》,杨东霞、杨烈等译,中国文学出版社,2000年。
玛格丽特·威尔斯:《读书为上:五百年图书发现史》,康慨译,浙江大学出版社,2016年。
马科斯·韦伯:《新教伦理与资本主义精神》,黄晓京、彭强译,四川人民出版社,1986年。
雷纳·韦勒克:《近代文学批评史》(第一——八卷),杨自伍译,上海译文出版社,2009年。
勒内·韦勒克:《批评的诸种概念》,罗钢、王馨钵、杨德友译,上海人民出版社,2015年。
R.韦勒克:《文学思潮和文学运动的概念》,刘象愚选编,中国社会科学出版社,1989年。
格奥尔格·西美尔:《生命直观》,刁承俊译,生活·读书·新知三联书店,2003年。
席勒:《审美教育书简》,冯至等译,北京大学出版社,1985年。
伊夫·谢弗勒:《比较文学》,王炳东译,商务印书馆,2007年。
尤·谢列兹涅夫:《陀思妥耶夫斯基传》,徐昌翰译,黑龙江人民出版社,1992年。
亚理斯多德:《诗学》,罗念生译,人民文学出版社,1962年。
特里·伊格尔顿《现象学,阐释学,接受理论》,王逢振译,江苏教育出版社,2006年。
左拉:《左拉文学书简》,吴岳添译,安徽文艺出版社,1995年。

戴联斌:《从书籍史到阅读史》,新星出版社,2017年。
郭宏安:《波德莱尔诗论及其他》,同济大学出版社,2006年。
郭沫若:《郭沫若全集·文学编》(第一卷),人民出版社,1988年。
何西来:《新时期文学思潮论》,江苏文艺出版社,1985年。
黄晋凯等编:《象征主义·意象派》,中国人民大学出版社,1989年。
蒋承勇:《十九世纪现实主义文学的现代阐释》,中国社会科学出版社,2010年。

蒋承勇:《西方文学"人"的母题研究》,人民出版社,2005年。
蒋承勇等:《外国文学经典生成与传播研究》(第五卷),北京大学出版社,2019年。
蒋孔阳主编:《十九世纪西方美学名著选(英法美卷)》,复旦大学出版社,1990年。
蒋述卓主编:《批评的文化之路》,中国社会科学出版社,2003年。
李维屏:《英国小说艺术史》,上海外语教育出版社,2003年。
梁宗岱:《梁宗岱文集》,中央编译出版社,2003年。
刘建军:《西方长篇小说结构模式研究》,华东师范大学出版社,2017年。
刘小枫:《诗化哲学》,山东文艺出版社,1986年。
柳鸣九等:《法国文学史》(第二卷),人民文学出版社,2007年。
柳鸣九主编:《自然主义》,中国社会科学出版社,1988年。
龙文佩等编:《德莱塞评论集》,上海译文出版社,1989年。
陆建德:《破碎思想体系的残编:英国文学与思想史论稿》,北京大学出版社,2001年。
罗钢:《叙事学导论》,云南人民出版社,1994年。
罗经国编选:《狄更斯评论集》,上海译文出版社,1981年。
马奇编:《西方美学资料选编》(上卷),上海人民出版社,1987年。
茅盾:《茅盾文集》(第十八卷),人民文学出版社,1991年。
茅盾:《西洋文学通论》,书目文献出版社,1985年。
任卫东、刘慧儒、范大灿:《德国文学史》(第三卷),译林出版社,2007年。
申丹、韩加明、王丽亚:《英美小说叙事理论研究》,北京:北京大学出版社,2015年。
盛宁:《二十世纪美国文论》,北京大学出版社,1994年。
谭立德编选:《法国作家·批评家论左拉》,安徽文艺出版社,1994年。
王嘉良:《现代中国文学思潮史论》(上),上海文艺出版社,2011年。
王宁编:《全球化与文化:西方与中国》,北京大学出版社,2002年。
温儒敏:《中国现代文学批评史》,北京大学出版社,2005年。
伍蠡甫等编:《西方文论选》,上海译文出版社,1979年。
徐岱:《小说形态学》,杭州大学出版社,1993年。
许志英、丁帆主编:《中国新时期小说主潮》(上卷),人民文学出版社,2002年。
薛家宝:《唯美主义研究》,天津社会科学院出版社,1999年。
易丹:《断裂的世纪:论西方现代文学精神》,四川大学出版社,1992年。
袁可嘉:《欧美现代派文学概论》,上海文艺出版社,1993年。
张德祥:《现实主义当代流变史》,社会科学文献出版社,1997年。
张建主编:《全球化时代的世界文学与中国》,中国社会科学出版社,2010年。
张隆溪编:《比较文学译文集》,北京大学出版社,1982年。
张玉能、陆扬、张德兴等:《十九世纪美学》,北京师范大学出版社,2014年。
张志刚、常芳:《美国浪漫主义文学中个人主义思想研究》,吉林大学出版社,2010年。
赵澧等主编:《唯美主义》,中国人民大学出版社,1988年。
郑伯奇:《郑伯奇文集》,陕西人民出版社,1998年。

郑克鲁:《法国文学史》(上),上海外语教育出版社,2003年。
郑振铎:《郑振铎全集》(第十五卷),花山文艺出版社,1998年。
周宪:《现代性的张力》,首都师范大学出版社,2001年。
周小仪:《唯美主义与消费文化》,北京大学出版社,2002年。
周作人:《艺术与生活》,北京十月文艺出版社,2011年。
朱光潜:《西方美学史》,人民文学出版社,1979年。
朱立元、张德兴等:《西方美学通史》,上海文艺出版社,1999年。
朱雯等编选:《文学中的自然主义》,上海文艺出版社,1992年。

主要人物、术语、作品中外文对照表

主要人物

阿多诺 Theodor W. Adorno
阿奎那 Tomas Aquinas
马修·阿诺德 Matthew Arnold
阿普列尤乌斯 Lucius Apleius
艾布拉姆斯 Meyer Howard Abrams
乔治·艾略特 George Eliot
T. S. 艾略特 Thomas Stearns Eliot
爱尔维修 Claude Adrien Helvétius
安德烈耶夫 Leonid Andreyev
帕维尔·安年科夫 Pavel Annenkov
安徒生 Hans Christian Andersen
岸根卓郎 Kishine Takurou
埃里希·奥尔巴赫 Erich Auerbach
圣·奥古斯丁 Augustine of Hippo
奥利芬特夫人 Mrs Oliphant
尤金·奥尼尔 Eugene O'Neill
奥斯特洛夫斯基 Alexander Nikolaevich Ostrovsky
简·奥斯汀 Jane Austen
乔治·奥威尔 George Orwell
巴尔扎克 Honoré de Balzac
巴赫金 Mikhail Bakhtin
彼得·巴里 Peter Barry
巴里什 Phillip J. Barrish

菲利普·J.巴里谢 Phillip J. Barrish
巴斯德 Louis Pasteur
罗兰·巴特 Roland Barthes
巴特勒 Samuel Butler
柏格森 Henri Bergson
柏拉图 Plato
拜伦 George Gordon Byron
阿诺尔德·班奈特 Enoch Arnold Bennett
薄伽丘 Giovanni Boccaccio
齐格蒙特·鲍曼 Zygmunt Bauman
鲍姆加滕 Alexander Gottlieb Baumgarten
克莱夫·贝尔 Clive Bell
丹尼尔·贝尔 Daniel Bell
贝尔纳 Claude Bernard
G.J.贝克 George J. Becker
贝克特 Samuel Becket
贝朗瑞 Pierre-Jean de Béranger
索尔·贝娄 Saul Bellow
卡尔·倍克 Karl Beck
本雅明 Walter Benjamin
比昂斯滕·比昂松 Bjornstjerne Martinus Bjornson
门罗·比厄斯利 Monroe C. Beardsley
吉莉恩·比尔 Gillian Beer
毕加索 Pablo Picasso
格奥尔格·毕希纳 Georg Büchner
边沁 Jeremy Bentham
别林斯基 Vissarion Belinsky
波德莱尔 Charles Pierre Baudelaire
波隆斯基 Yakov Polonsky
海因里希·伯尔 Heinrich Böll
伯克 Edmund Burke
以赛亚·伯林 Isaiah Berlin
马歇尔·伯曼 Marshall Berman
格奥尔格·勃兰兑斯 Gerog Brandes
路易·勃朗 Louis Blanc
夏洛蒂·勃朗特 Charlotte Brontë
艾米莉·勃朗特 Emily Jane Brontë

博尔赫斯 Jorges Luis Borges
博马舍 Pierre-Augustin Caron de Beaumarchais
马特·博蒙特 Matthew Beaumont
康普顿-博尼 Ivy Compton-Burnet
布封 Buffon
雅各布·布克哈特 Jacob Christoph Burckhardt
雷·布莱伯利 Ray Bradbury
蒂莫西·C. W. 布莱宁 Timothy C. W. Blanning
贝尔托·布莱希特 Bertolt Brecht
伊丽莎白·巴雷特·布朗宁 Elizabeth Barrett Browning
布鲁克斯 Cleanth Brooks
彼得·布鲁克斯 Peter Brooks
哈罗德·布鲁姆 Harold Bloom
布吕纳介 Ferdinand Brunetière
皮埃尔·布吕奈尔 Pierre Brunel
小哈罗德·K. 布什 Harold K. Bush Jr
布瓦洛 Nicolas Boileau-Despréaux
车尔尼雪夫斯基 Nikolay Chernyshevsky
厨川白村 Kuriyagawa Hakuson
斯蒂芬·茨威格 Stefan Zweig
达尔文 Charles Robert Darwin
达朗贝 Jean le Rond d'Alembert
大仲马 Alexandre Dumas
丹纳 H. Taine
W. C. 丹皮尔 W. C. Dampier
但丁 Dante Alighieri
杰拉德·德兰蒂 Gerard Delanty
德里达 Jacques Derrida
狄德罗 Denis Diderot
狄更斯 Charles Dickens
莫里斯·迪克斯坦 Morris Dickstein
笛福 Daniel Defoe
笛卡尔 René Descartes
保罗·梵·第根 Paul Van Tieghem
阿尔封斯·都德 Alphonse Daudet
杜勃罗留波夫 Nikolay Dobrolyubov
杜朗蒂 Edmond Duranty

伊丽莎白·迪兹·厄马斯 Elizabeth Deeds Ermarth
恩格斯 Friedrich Engels
亨利·菲尔丁 Henry Fielding
费尔巴哈 Ludwig Feuerbach
费希尔 Friedrich Theodor Vischer
费希特 Johann Gottlieb Fichte
达·芬奇 Leonardo da Vinci
冯内古特 Kurt Vonnegut
台奥多·冯塔纳 Theodor Fontane
巴斯蒂安·科内利斯·范·弗拉森 Bas C. van Fraasen
罗杰·弗莱 Roger Fry
弗莱里格拉特 Freiligrath
约瑟夫·弗兰克 Josef Frank
弗洛伊德 Sigmund Freud
莉莲·弗斯特 Lilian Furst
伏尔泰 François-Marie Arouet
福柯 Michel Foucault
彼得·福克纳 Peter Faulkner
福楼拜 Gustave Flaubert
E. M. 福斯特 Edward Morgan Forster
谢利·福斯特 Shirley Foster
傅立叶 Charles Fourier
伽达默尔 Hans-Georg Gadamer
伽利略 Galileo Galilei
盖斯凯尔夫人 Elizabeth Gaskell
冈布里奇 Ernst Hans Josef Gombrich
冈察洛夫 Alexander Ivanovich Goncharov
高尔基 Maxim Gorky
约翰·高尔斯华绥 John Galsworthy
高乃依 Pierre Corneille
戈德曼 Lucein Goldman
戈蒂耶 Théophile Gautier
威廉·戈尔丁 William Golding
哥尔多尼 Carlo Goldoni
歌德 Wolfgang Goethe
罗布-格里耶 Alain Robbe-Grillet
葛德文 William Godwin

埃德蒙·德·龚古尔 Edmond De Goncourt
果戈理 Nikolay Vasilievich Gogol
哈贝马斯 Jürgen Habermas
哈比布 M. A. R. Habib
托马斯·哈代 Thomas Hardy
哈克奈斯 Margaret Harkness
布勒特·哈特 Bret Harte
哈维 William Harvey
海德格尔 Martin Heidegger
南希·凯瑟琳·海尔斯 N. Katherine Hayles
海勒 Joseph Heller
海明威 Ernest Miller Hemingway
海涅 Heinrich Heine
W. 海森伯 Werner Karl Heisenberg
欧文·豪 Irving Howe
斯图尔特·豪尔 Stuart Hall
威廉·狄恩·豪威尔斯 William Dean Howells
荷马 Homer
贺拉斯 Quintus Horatius Flaccus
赫尔岑 Alexander Herzen
赫尔姆霍茨 Hermann von Helmholtz
赫拉克利特 Heraclitus
赫胥黎 Thomas Henry Huxley
黑格尔 Georg Wilhelm Friedrich Hegel
欧·亨利 O. Henry
胡塞尔 Edmund Husserl
华兹华斯 William Wordsworth
怀特海 Alfred North Whitehead
托马斯·霍布斯 Thomas Hobbes
威廉·霍尔 William Hall
霍尔巴赫 Paul Henry Holbach
霍夫曼 E. T. A. Hoffmann
纳撒尼尔·霍桑 Nathaniel Hawthorne
乔治·吉辛 George Gissing
卡尔·济贝尔 Karl Siebel
罗杰·加洛蒂 Roger Garaudy
加缪 Albert Camus

金斯利 Charles Kingsley

J. A. 卡登 J. A. Cuddon

卡夫卡 Franz Kafka

威廉·卡克斯顿 William Caxton

托马斯·卡莱尔 Thomas Carlyle

马泰·卡林内斯库 Matei Calinescu

卡普菲格 Jean-Baptiste Capefigue

朱丽叶·卡万纳 Julia Kavanagh

卡西尔 Ernst Cassirer

戈特弗里德·凯勒 Gottfried Keller

罗伯特·凯洛格 Robert Kellogg

康德 Immanuel Kant

康拉德 Joseph Conrad

明娜·考茨基 Minna Kautsky

斯坦利·科金 Stanley Corkin

科林伍德 Robin George Collingwood

胡里奥·科塔萨尔 Julio Cortázar

黛娜·木洛克·可雷克 Dinah Mulock Craik

斯蒂芬·克莱恩 Stephen Crane

克罗齐 Benedetto Croce

孔德 Auguste Comte

孔狄亚克 Étienne Bonnot de Condillac

孔多塞 Marquis de Condorcet

库尔贝特 Courbet

库普林 Aleksandr Ivanovich Kuprin

米兰·昆德拉 Milan Kundera

拉伯雷 François Rabelais

劳拉·拉法格 Laura Lafargue

拉法格 Paul Lafargue

拉马丁 Alphonse de Lamartine

拉萨尔 Ferdinand Lassalle

拉什 Scott Lash

拉辛 Jean-Baptiste Racine

莱布尼茨 Gottfried Wilhelm Leibniz

莱蒙托夫 Mikhai Lermontov

哈利·莱文 Harry Levin

莱辛 Gotthold Ephraim Lessing

朗吉弩斯 Casius Longinus
朗松 Gustave Lanson
劳伦斯 David Herbert Lawrence
勒菲弗尔 Henri Lefebvre
勒梅特尔 Jules Lemaître
欧内斯特·勒南 Ernest Renan
亨利·雷马克 Henry H. H. Remak
大卫·李嘉图 David Ricardo
李斯托威尔 William Francis Hare Listowel
罗杰·里波尔 Roger Ripoll
理查逊 Samuel Richardson
佩斯利·利文斯顿 Paisley Livingston
列宾 Ilya Repin
亨利·列斐伏尔 Henry Lefebvre
乔治·列威尼 George Levine
乔治·亨利·刘易斯 George Henry Lewes
卢卡奇 Georg Lukács
卢那察尔斯基 Anatoly Lunacharsky
卢梭 Jean-Jacques Rousseau
杰克·伦敦 Jack London
布鲁斯·罗宾斯 Bruce Robbins
罗曼·罗兰 Romain Rolland
罗斯金 John Ruskin
洛克 John Locke
吕西安 Lucian
略萨 Mario Vargas Llosa
马布利 Gabriel Bonnot de Mably
华莱士·马丁 Wallace Martin
马丁·杜·加尔 Roger Martin du Gard
马尔库塞 Herbert Marcuse
托马斯·马尔萨斯 Thomas Robert Malthus
史蒂文·马库斯 Steven Marcus
马勒布朗士 Nicolas Malebranche
亚历山大·别斯图热夫·马林斯基 Aleksandr Bestuzhev-Marlinski
马奈 Édouard Manet
马雅可夫斯基 Vladimir Mayakovsky
罗伯特·麦基 Robert McKee

麦基翁 McKeon

梅尔茨 John Theodore Merz

普罗斯佩尔·梅里美 Prosper Mérimée

弗兰茨·梅林 Franz Mehring

梅洛—庞蒂 Maurice Merleau-Ponty

梅瑞迪斯 George Meredith

拉·梅特里 Julien Offroy de La Mettrie

托马斯·门罗 Thomas Munro

蒙尼埃 Monnier

蒙田 Michel de Montaigne

弥尔顿 John Milton

约翰·埃弗里特·米莱斯 John Everett Millais

摩尔根 Lewis Henry Morgan

乔治·莫尔 George Moore

戴维·莫尔斯 David Morse

莫里哀 Molière

弗朗索瓦·莫利亚克 François Mauriac

安德烈·莫洛亚 André Maurois

莫泊桑 Henri René Albert Guy de Maupassant

莫斯基 D. S. Mirsky

托里尔·莫依 Toril Moi

艾莉丝·默多克 Iris Murdoch

缪塞 Alfred de Musset

拿破仑 Napoléon Bonaparte

尼采 Friedrich Wilhelm Nietzsche

涅克拉索夫 Nikolay Alexeyevich Nekrasov

牛顿 Isaac Newton

弗兰克·诺里斯 Frank Norris

华盛顿·欧文 Washington Irving

帕沃能·路易斯·帕林顿 Vernon Louis Parrington

帕梅拉 Pamela

鲍里斯·帕斯捷尔纳克 Boris Pasternak

潘恩 Thomas Paine

培根 Francis Bacon

培理 Bliss Perry

圣琼·佩斯 Saint-John Perse

瓦尔特·佩特 Walter Horatio Pater

尤斯·佩特罗尼乌斯 Gaius Petronius Arbiter

皮亚杰 Jean Piaget

品钦 Thomas Ruggles Pynchon, Jr

蒲鲁东 Pierre-Joseph Proudhon

蒲宁 Ivan Bunin

马里奥·普拉兹 Mario Praz

哈里特·普雷斯特 Harriet Prescoutt

普里戈金 Ilya Prigogine

普鲁斯特 Marcel Proust

普罗泰戈拉 Protagoras

普希金 Aleksandr Pushkin

齐美尔 Georg Simmel

契诃夫 Anton Pavlovich Chekhov

詹姆斯·乔伊斯 James Joyce

保罗·蒙哥马利·丘奇兰德 Paul M. Churchland

米哈伊尔·叶夫格拉福维奇·萨尔蒂科夫 Mikhail Yevgrafovich Saltykov

萨克雷 William Makepeace Thackeray

萨特 Jean-Paul Sartre

萨义德 Edward Waefie Said

塞林格 Jerome David Salinger

克洛德·塞梭 Claude Seassau

塞万提斯 Miguel de Cervantes Saavedra

乔治·桑 George Sand

骚塞 Robert Southey

莎士比亚 William Shakespeare

尚夫勒里 Champfleury

什克洛夫斯基 Victor Shklovsky

查尔斯-奥古斯汀·圣-伯夫 Charles-Augustin Sainte-Beuve

圣西门 Claude Henri de Rouvroy, comte de Saint-Simon

弗里德里希·施勒格尔 Friedrich Schlegel

叔本华 Arthur Schopenhauer

舒茨 Alfred Schütz

司各特 Walter Scott

司汤达 Stendhal

斯宾诺莎 Baruch de Spinoza

斯宾塞 Herbert Spence

斯蒂文森 Louis Robert Stevenson

罗伯特·斯格尔斯 Robert Scholes
斯诺 C. P. Snow
J. P. 斯特恩 J. P. Stern
劳伦斯·斯特恩 Laurence Sterne
斯特林堡 August Strindberg
斯托夫人 Harriet Beecher Stowe
列昂尼德·斯托洛维奇 Leonid Stolovich
欧仁·苏 Eugène Sue
苏格拉底 Socrates
苏沃林 Suvorin
索洛古勃 Fyodor Sologub
索绪尔 Ferdinand de Saussure
雷蒙德·塔里斯 Raymond Taillis
雷蒙·塔里斯 Raymond Tallis
瓦迪斯瓦夫·塔塔尔凯维奇 Wladyslaw Tatarkiewicz
维克多·特拉斯 Victor Terras
特罗洛普 Anthony Trollope
屠格涅夫 Ivan Sergeyevich Turgenev
马克·吐温 Mark Twain
阿·托尔斯泰 Aleksey Nikolayevich Tolstoy
托尔斯泰 Leo Tolstoy
陀思妥耶夫斯基 Fyodor Mikhailovich Dostoevsky
伊恩·瓦特 Ian Watt
王尔德 Oscar Wilde
沃尔夫冈·威尔什 Wolfgang Welsch
威尔斯 H. G. Wells
威廉·霍尔曼·亨特 William Holman Hunt
雷蒙德·威廉姆斯 Raymond Williams
马克斯·韦伯 Max Weber
格奥尔格·韦尔特 Georg Weerth
R. 韦勒克 René Wellek
卡·维尔特 Karl Weerth
维柯 Giovanni Battista Vico
山姆·维勒 Sam Weller
维尼 Alfred de Vigny
卫姆塞特 William Kurtz Wimsatt Jr.
爱玛·沃波埃 Emma Warboise

霍勒斯·沃波尔 Horace Walpole
沃拉贝尔 Achille de Vaulabelle
沃隆斯基 Aleksandr Konstantinovich Voronsky
彼得·沃森 Peter Watson
伍尔夫 Adeline Virginia Woolf
西艾斯 Emmanuel Joseph Sieyès
克劳德·西蒙 Claude Simon
理查·希尔德烈斯 Richard Hildreth
吉尔·希格曼 Jill Sigman
希罗多德 Herodotus
席勒 Friedrich Schiller
夏多布里昂 François-René de Chateaubriand
夏尔·德·贝尔纳 Charles de Bernard
夏目漱石 Natsume Sōseki
现代性 modernity
萧伯纳 George Bernard Shaw
谢德林 Nikolai Shchedrin
伊夫·谢弗勒尔 Yves Chevrel
谢林 Friedrich Schelling
卡罗尔·辛格利 Carol J. Singley
埃尔温·薛定谔 Erwin Schrödinger
雪莱 Percy Bysshe Shelley
亚尔巴西德 Alcibiades
亚里斯多德 Aristotle
伊格尔顿 Terry Eagleton
玛丽·安·伊文斯 Mary Ann Evans
亨利克·易卜生 Henrik Ibsen
尤奈斯库 Eugene Ionesco
于斯曼 Joris-Karl Huysmans
雨果 Victor Hugo
亨利·詹姆斯 Henry James
弗雷德里克·詹姆逊 Fredric Jameson
尊本照雄 Tarumoto Teruo
左拉 Émile Zola

主要术语

摹仿说 mimesis

人文主义 humanism
"为艺术而艺术" Art for art's sake
文艺复兴 The Renaissance

主要作品

《阿尔格岛漫游记》 *A Journey on Foot from Holmen's Canal to the East Point of Amager.*

《阿尔芒斯》 *Armance*

《阿莫斯·巴顿牧师的不幸》 *The Sad Fortunes of the Reverend Amos Barton*

《阿塔·特罗尔,一个仲夏夜的梦》 *Atta Troll: A Midsummer Night's Dream*

《哀伤》 *Sorrow*

《埃米尔·左拉:象征的现实主义》 *Emile Zola, le réalisme symbolique*

《埃瑞璜》 *Erewhon*

《艾菲·布里斯特》 *Effi Briest*

《爱德温·德鲁特》 *Edwin Drood*

《爱弥儿》 *Emile, or On Education*

《爱塞尔贝妲的婚姻》 *The Hand of Ethelberta*

《爱欲与文明》 *Eros and Civilization*

《安娜·卡列尼娜》 *Anna Karenina*

《奥勃洛莫夫》 *Oblomov*

《奥德修纪》 *Odyssey*

《奥立佛·退斯特》 *Oliver Twist*

《奥利弗》 *Olive*

《奥罗拉·雷》 *Aurora Leigh*

《巴黎的秘密》 *The Mysteries of Paris*

《巴黎圣母院》 *The Hunchback of Notre-Dame*

《巴马修道院》 *The Charterhouse of Parma*

《白痴》 *The Idiot*

《白奴》 *The White Slave*

《白牙》 *White Fang*

《白夜》 *White Nights*

《白猿》 *The White Monkey*

《百万英镑》 *The Million Pound Bank Note*

《柏林之围》 *Le Siège de Berlin*

《败坏了哈德莱堡的人》 *The Man That Corrupted Hadleyburg*

《邦斯舅舅》 *Cousin Pons*

《包法利夫人》 *Madame Bovary*

《悲惨世界》Les Misérables
《贝姨》Cousin Bette
《被侮辱与被损害的》Humiliated and Insulted
《被遗忘的乡村》The Forgotten Village
《彼得堡的角落》St. Petersburg Corners
《变色龙》The Chameleon
《变形记》The Metamorphosis
《波兰印象记》Poland: A Study of the Land, People, and Literature
《博兹特写集》Sketches by Boz
《不愉快的戏剧》Plays Unpleasant
《草原》The Steppe
《忏悔录》A Confession
《城堡》The Castle
《城市姑娘》A City Girl
《出让》To Let
《出诊》A Doctor's Visit
《处女地》Virgin Soil
《纯粹理性批判》Critique of Pure Reason
《醋栗》Gooseberries
《达罗卫太太》Mrs Dalloway
《达芒戈》Tamango
《打火匣》The Tinderbox
《大雷雨》The Thunderstorm
《大卫·科波菲尔》David Copperfield
《大西洋月刊》The Atlantic Monthly
《带家具出租的房间》The Furnished Room
《黛莱丝·拉甘》Therese Raquin
《黛丝·米勒》Daisy Miller
《丹东之死》Danton's Death
《丹尼尔·狄隆达》Daniel Deronda
《当代英雄》A Hero of Our Time
《当我们死人醒来的时候》When We Dead Awaken
《到灯塔去》To the Lighthouse
《德伯家的苔丝》Tess of the d'Urbervilles
《德国，一个冬天的童话》Germany, A Winter's Tale
《德意志意识形态》The German Ideology
《地洞》The Burrow

《地下室手记》Notes from Underground
《等待戈多》Waiting For Godot
《底层》The Lower Depths
《第二十二条军规》Catch-22
《第六病室》Ward No. 6
《董贝父子》Dombey and Son
《对于绝对的探讨》The Quest of the Absolute
《俄狄浦斯王》Oedipus the King
《俄国文学史》A History of Russian Literature
《俄罗斯印象记》Impressions of Russia
《恶心》Nausea
《恩格斯、曼彻斯特和工人阶级的状况》Engels, Manchester and the Working Class
《法国语言史》Histoire de la Langue et de la Litterature Francaise
《法妮娜·法尼尼》Vanina Vanini
《菲菲小姐》Mademoiselle Fifi
《费利克斯·霍尔特》Felix Holt, the Radical,
《弗兰德公路》The Flanders Road
《弗洛斯河上的磨坊》The Mill on the Floss
《伏尔泰传》Voltaire
《福尔赛世家》The Forsyte Saga
《父与子》Fathers and Sons
《复活》Resurrection
《感伤的旅行》A Sentimental Journey Through France and Italy
《高布赛克》Gobseck
《高老头》Père Goriot
《高龙巴》Colomba
《戈洛夫廖夫老爷们》The Golovlyov Family
《哥萨克》The Cossacks
《鸽翼》The Wings of the Dove
《歌德传》Wolfgang Goethe
《共产党宣言》The Communist Manifesto
《古塞夫》Gusev
《古物陈列室》The Collection of Antiquities
《关于费尔巴哈的提纲》Theses on Feuerbach
《鳏夫的房产》Widowers' Houses
《贵妇人的肖像》The Portrait of a Lady
《贵族之家》Home of the Gentry

《国王》*The King*

《哈吉·穆特拉》*Hadji Murat*

《哈克贝利·费恩历险记》*Adventures of Huckleberry Finn*

《哈里·里奇曼历险记》*The Adventures of Harry Richmond*

《哈姆雷特》*Hamlet*

《哈泼氏新月刊》*Harper's New Monthly Magazine*

《还乡》*The Return of the Native*

《海的女儿》*The Little Mermaid*

《海顿、莫扎特和梅达斯泰斯的生平》*Vies de Haydn, Mozart et Métastase*

《海鸥》*The Seagull*

《海上夫人》*The Lady from the Sea*

《号兵长》*The Trumpet-Major*

《黑暗的势力》*The Power of Darkness*

《红色英勇勋章》*The Red Badge of Courage*

《红与黑》*The Red and the Black*

《红字》*The Scarlet Letter: A Romance*

《洪堡的礼物》*Humboldt's Gift*

《呼啸山庄》*Wuthering Heights*

《华伦夫人的职业》*Mrs Warren's Profession*

《幻灭》*Illusions perdues*

《幻想与声音》*Dreams and Sounds*

《荒凉山庄》*Bleak House*

《荒野的呼唤》*The Call of the Wild*

《荒原》*The Waste Land*

《皇帝的新装》*The Emperor's New Clothes*

《活尸》*The Living Corpse*

《基督山伯爵》*The Count of Monte Cristo*

《吉尔菲尔先生的恋爱史》*Mr. Gilfil's Love Story*

《即兴诗人》*The Improvisatore*

《计出无奈》*Desperate Remedies*

《嘉尔曼》*Carmen*

《艰难时世》*Hard Times*

《简·爱》*Jane Eyre*

《建筑师》*The Master Builder*

《讲给孩子们听的故事集》*Fairy Tales Told for Children*

《交际花兴衰记》*The Splendors and Miseries of Courtesans*

《教区生活场景》*Scenes of Clerical Life*

《教育的果实》The Fruits of Enlightenment

《街头女郎梅季》Maggie: A Girl of the Streets

《金驴记》The Golden Ass

《金碗》The Golden Bowl

《金玉良言》The Well-Meant Speeches

《进退维谷》In Chancery

《警察与赞美诗》The Cop and the Anthem

《警世典范小说集》Novelas ejemplares

《竞选州长》Running for Governor

《局外人》The Stranger

《巨人传》Gargantua and Pantagruel

《卡拉马佐夫兄弟》The Brothers Karamazov

《卡拉维拉斯县驰名的跳蛙》The Celebrated Jumping Frog of Calaveras County

《卡斯特桥市长》The Mayor of Casterbridge

《科学的未来》L'Avenir de la Science

《克拉丽莎》Clarissa

《克莱采奏鸣曲》The Kreutzer Sonata

《克伦威尔》Cromwell

《〈克伦威尔〉前言》Preface to Cromwell

《苦闷的象征》The Symbol of Agony

《苦恼》Misery

《狂人日记》Diary of a Madman

《窥视者》Le Voyeur

《拉辛与莎士比亚》Racine and Shakespeare

《莱尼与他们》Group Portrait with Lady

《浪漫派的痛苦》The Romantic Agony

《浪子回头和其他故事》A Changed Man and Other Tales

《老古玩店》The Old Curiosity Shop

《老人与海》The Old Man and the Sea

《老实人》Candide

《理想国》Republic

《利己主义者》The Egoist

《两个朋友》Two Friends

《列王》The Dynasts

《林地居民》The Woodlanders

《吝啬鬼》The Miser

《琉森》Lucerne

《柳树下的梦》Under Piletraet

《卢贡-马卡尔家族》Les Rougon-Macquart

《炉边蟋蟀》The Cricket on the Hearth

《鲁滨孙漂流记》Robinson Crusoe

《鲁滨孙漂流记》Robinson Crusoe

《论〈娜娜〉》NaNa

《论崇高》On the Sublime

《论无边的现实主义》Infinite Realism

《论现实主义》（福楼拜）On Realism

《论现实主义》（乔治·艾略特）On Realism

《论现实主义》（斯特恩）Afterthoughts on Realism

《论现实主义的虚假性》On the Falsity of Realism

《论自然主义》Le naturalisme

《罗马、那不勒斯、佛罗伦萨》Rome, Naples et Florence

《罗慕拉》Romola

《罗亭》Rudin

《吕西安·娄凡》Lucien Leuwen

《绿衣亨利》Der grüne Heinrich

《绿荫下》Under the Greenwood Tree

《马丁·伊登》Martin Eden

《马丁·朱述尔维特》Martin Chuzzlewit

《马纳比·拉奇》Barnaby Rudge

《玛丽·巴顿》Mary Barton

《麦琪的礼物》The Gift of the Magi

《麦田里的守望者》The Catcher in the Rye

《卖火柴的小女孩》The Little Match Girl

《毛猿》The Hairy Ape

《矛盾》Contradictions

《美学》The Philosophy of Fine Arts

《美学纲要》Aesthetic

《米德尔玛契》Middlemarch

《米开朗琪罗传》Michelangelo: his life, his times, his era

《名利场》Vanity Fair

《摹仿论：西方文学中现实的再现》Mimesis: The Representation of Reality in Western Literature

《〈莫班小姐〉序言》Preface to Mademoiselle de Maupin

《母亲》The Mother

《拇指姑娘》Thumbelina
《那么我们应该怎么办?》What Is to Be Done?
《娜塔莉》Nathalie
《尼古拉斯·尼克尔贝》Nicholas Nickleby
《纽克姆一家》The Newcomes
《纽沁根银行》The Firm of Nucingen
《农民》(巴尔扎克) The Peasants
《农民》(契诃夫) Peasants
《女房东》The Landlady
《欧也妮·葛朗台》Eugénie Grandet
《欧洲文学中的浪漫主义》Le Romantisme dans la littérature européenne
《欧洲现实主义研究》Studies On European Realism
《判断力批判》Critique of Judgment
《咆哮营的幸运儿》The Luck of Roaring Camp
《皮埃罗》Pierrot
《皮革马利翁》Pygmalion
《匹克威克外传》The Pickwick Papers
《漂亮朋友》Dear Friend
《漂亮朋友》Dear Friend
《评论季刊》Quarterly Review
《苹果车》The Apple Cart
《破产》The Bankrupt
《普里希别叶夫中士》Sergeant Prishibeyev
《奇特的婚姻》The Amazing Marriage
《弃儿汤姆·琼斯史》The History of Tom Jones, A Foundling
《前夜》On the Eve
《钦差大臣》The Government Inspector
《青年》Youth
《情爱论》De L'Amour
《情感教育》Sentimental Education
《穷人》Poor Folk
《群鬼》Ghosts
《群魔》Demons
《人间喜剧》La Comédie humaine
《人力难及》Beyond Human Power
《人论》An Essay on Man
《人民公敌》An Enemy of the People

《日瓦戈医生》Doctor Zhivago

《萨蒂利孔》Satyricon

《萨朗波》Salammbô

《塞查·皮罗多盛衰记》César Birotteau

《塞尔特维拉的人们》Die Leute von Seldwyla

《塞拉斯·拉帕姆的发迹》The Rise of Silas Lapham

《塞瓦斯托波尔故事》Sevastopol Sketches

《三故事》Three Tales

《三姐妹》Three Sisters

《桑尼克罗夫特府》Thorneycroft Hall

《傻瓜国外旅行记》The Innocents Abroad

《傻瓜威尔逊》Pudd'nhead Wilson

《伤心之家》Heartbreak House

《少年》Boyhood

《少年》(托尔斯泰) Boyhood

《少年》(陀思妥耶夫斯基) The Adolescent

《少年维特之烦恼》The Sorrows of Young Werther

《社会支柱》Pillars of Society

《社会主义者的现实主义》On Socialist Realism

《谁在俄罗斯能过好日子》Who Is Happy in Russia?

《什么是奥勃洛莫夫性格》What is Oblomovism?

《什么是第三等级》What Is the Third Estate?

《神曲》Divine Comedy

《审美教育书简》On the Aesthetic Education of Man in a Series of Letters

《生活琐事》Small Things in Life

《生命的战斗》The Battle of Life

《绳子》The Piece of String

《圣安东尼的诱惑》The Temptation of Saint Anthony

《圣诞故事集》Christmas Books

《圣诞欢歌》A Christmas Carol

《圣经》Bible

《圣女贞德》Saint Joan

《失乐园》Paradise Lost

《诗的艺术》L'Art poétique

《诗人与公民》The Poet and the Citizen

《诗学》Poetics

《诗艺》The Art of Poetry

《十九世纪欧洲思想史》History of European Thought in the Nineteenth Century
《十九世纪文学主流》Main Currents in Nineteenth Century Literature
《十日谈》The Decameron
《十字军骑士西格尔特》Sigurd Jorsalfar
《十字路口的戴安娜》Diana of the Crossways
《石匠》The Stone Breakers
《实践理性批判》Critique of Practical Reason
《实验小说论》The Experimental Novel
《实证哲学教程》Course of Positive Philosophy
《世界之战》The War of the Worlds
《双城记》A Tale of Two Cities
《双重人格》The Double
《死魂灵》Dead Souls
《死屋手记》Notes from a Dead House
《苏城舞会》The Ball at Sceaux
《苏黎世中篇小说集》Züricher Novellen
《她是一个废物》She Was Good for Nothing
《塔上的两个人》Two on a Tower: A Romance
《塔什干的老爷们》The Tashkenters Clique
《泰利埃公馆》The Tellier House
《汤姆·索亚历险记》The Adventures of Tom Sawyer
《汤姆大伯的小屋》Uncle Tom's Cabin
《堂·吉诃德》Don Quixote
《套中人》The Man in the Case
《特里斯丹和依瑟》Tristan und Isolde
《天鹅曲》Swan Song
《田纳西的新闻界》Journalism in Tennessee
《挑战的手套》A Gauntlet
《铁蹄》The Iron Heel
《童话集》Fables
《童年》Childhood
《外省散记》Provincial Sketches
《外套》The Overcoat
《豌豆上的公主》The Princess and the Pea
《玩偶之家》A Doll's House
《万卡》Vanka
《万尼亚舅舅》Uncle Vanya

《王子与贫儿》The Prince and the Pauper

《威尼斯商人》The Merchant of Venice

《威塞克斯诗集》Wessex Poems and Other Verses

《维多利亚女性小说：婚姻、自由和个人》Victorian Women's Fiction：Marriage, Freedom and the Individual

《为清教徒写的戏剧》Three Plays for Puritans

《为什么写作?》Why Write?

《未收割的田地》The Unreaped Field

《文学批评史：从柏拉图到现在》A History of Literary Criticism：From Plato to the Present

《文学研究中现实主义的概念》The Concept of Realism in Literary Scholarship

《文艺思潮论》Bungei shichō ron

《我的叔叔于勒》My Uncle Jules

《我的信仰是什么?》What I Believe

《我们共同的朋友》Our Mutual Friend

《无名的裘德》Jude the Obscure

《舞会之后》After the Ball

《物种起源》On the Origin of Species

《西格尔特恶王》Sigurd the Bad

《西里西亚纺织工人之歌》The Silesian Weavers

《西欧浪漫主义的定义和范围》West European Romanticism Definition and Scope

《西洋文学批评史》Literary Criticism：A Short History

《喜剧人的悲剧》The Tragic Comedians

《戏剧中的自然主义》Naturalism in the Theatre

《夏倍上校》Colonel Chabert

《现代人》Sovremennik

《现代喜剧》A Modern Comedy

《现代现实主义文学文献集》Documents of Modern Literary Realism

《现代性的五副面孔》Five Faces of Modernity

《现实主义》Le Réalisme

《现实主义的标准》Levels of Realism

《现实主义的冒险》Adventures in Realism

《现实主义的自相矛盾》The Antinomies of Realism

《现象学的观念》Die Idee der Phänomenologie

《乡村医生》The Country Doctor

《项狄传》Tristram Shandy

《项链》The Necklace

《小艾友夫》Little Eyolf
《小东西》Le Petit Chose
《小杜丽》Little Dorrit
《小公务员之死》The Death of a Government Clerk
《小癞子》Lazarillo de Tormes
《小说的兴起》The Rise of the Novel
《小说的艺术》The Art of Fiction
《小小报》Le Petit Journal
《写给好朋友的信和替好朋友写的信》Letters Written to and for Particular Friends
《谢尔盖神父》Father Sergius
《心爱的》The Well-Beloved: A Sketch of a Temperament
《新爱洛依丝》Julie; or, The New Heloise
《新财富的危害》A Hazard of New Fortunes
《新房客》The New Tenant
《新科学》New Science
《新批评与历史文集》Nouveaux essais de critique et dhistoire
《新时代》Novoe Vremya
《新体育杂志》New Sporting Magazine
《新之衰败》Decline of the New
《新制度》The New System
《幸运的贝尔》Lucky Peer
《虚构的真实：对五位法国现实主义小说家》The Gates of Horn: A Study of Five French Realists
《雅典的泰门》Timon of Athens
《雅典娜神庙》Athenaeum
《亚当·比德》Adam Bede
《烟》Smoke
《羊脂球》Butterball
《姚内奇》Ionych
《野鸭》The Wild Duck
《叶甫盖尼·奥涅金》Eugene Onegin
《叶廖穆什卡之歌》The Song for Yeryomushka
《一个城市的历史》The History of a Town
《一个地主的早晨》A Morning of a Landed Proprietor
《一个冷淡的女人》A Laodicean
《一个母亲的故事》The Story of a Mother
《一家人》En famille

《一件错综复杂的事件》A Complicated Affair
《一件恐怖时代之轶事》An Episode Under the Terror
《一九八四》Nineteen Eighty-Four
《一生》Une vie
《一双蓝眼睛》A Pair of Blue Eyes
《伊凡·伊里奇之死》The Death of Ivan Ilyich
《伊利昂纪》Iliad
《艺术与幻觉》Art and Illusion
《艺术与现实的审美关系》The Aesthetic Relation of Art to Reality
《意大利绘画史》Histoire de la peinture en Italie
《意大利文艺复兴时期的文化》The Civilization of the Renaissance in Italy
《意大利遗事》Italian Chroniques
《阴谋与爱情》Intrigue and Love
《银匙》The Silver Spoon
《英国佬的另一个岛》John Bull's Other Island
《英国文学史》Histoire de la littérature anglaise
《樱桃园》The Cherry Orchard
《蝇王》Lord of the Flies
《幽谷百合》The Lily of the Valley
《尤利西斯》Ulysses
《游美札记》American Notes for General Circulation
《有产业的人》The Man of Property
《愉快的戏剧》Plays Pleasant
《远大前程》Great Expectations
《远离尘嚣》Far from the Madding Crowd
《约瑟夫·安德罗德》The History of the Adventures of Joseph Andrews and of his Friend Mr. Abraham Adams
《月曜日的故事》Contes du lundi
《再现与现实主义：与现实主义相关的科学、文学、文化问题论文集》Realism and Representation: Essays on the Problem of Realism in Relation to Science, Literature, and Culture
《在旅途中》On the Road
《在尼古拉塔上的爱情》Love on St. Nicholas Church Tower
《在亚瑟王朝廷里的康涅狄克州美国人》A Connecticut Yankee in King Arthur's Court
《怎么办？》What Is to Be Done?
《战役之间》Between the Battles
《战争与和平》War and Peace

《章鱼》The Octopus: A Story of California
《珍妮特的忏悔》Janet's Repentance
《真实的小说》On True Novels
《〈政治经济学批判〉导言》Preface to A Contribution to the Critique of Political Economy
《织工马南》Silas Marner
《中国皇帝》The Emperor of China
《众生之路》The Way of All Flesh
《朱安党人》Les Chouans
《专使》The Ambassadors
《追忆似水年华》In Search of Lost Time
《资本论》Das Kapital
《祖国纪事》Otechestvenniye Zapiski
《最后一课》La Dernière Classe
《最后一片藤叶》The Last Leaf
《罪与罚》Crime and Punishment
《左拉与〈小酒店〉》Emile Zola and L'Assommoir
《左拉作品中的现实与神话》Réalité et mythe chez Zola

后　记

"说不尽"的"现实主义"！

作为国家社科基金重大招投标项目"19世纪西方文学思潮研究"的第二卷《现实主义》，经过六年多"寻寻觅觅"的思考与探索后，终于阶段性地"说尽"了，现在也通读、修整完近600页的厚厚一叠校样稿。不过，我内心依然还是觉得话犹未尽——既有自己觉得未能说清楚的内容，也有又发现的许多可以继续深入"说"下去的新的学术生长点。这实在是一个丰富复杂且极具重要学术价值的研究领域。所以，我要再一次地说：现实主义是永不过时且"说不尽"的话题。以后我也会继续"说"下去，现在也不过是暂告一段落而已。

在过去若干年里，为达到有效而高质量完成本卷研究任务的预设目标，我曾努力撰写了一系列论文，以支撑这部力求有原创性的著作。这些阶段性成果曾在诸多刊物先期发表，它们大致是《中国社会科学》《文学评论》《文艺研究》《外语教学与研究》《外国文学研究》《外国文学》《中国比较文学》《社会科学战线》《浙江社会科学》《浙江学刊》《学术研究》《社会科学》等。这些论文中10余篇被《新华文摘》《中国社会科学文摘》《高等学校文科学术文摘》《外国文学研究》《中国人民大学复印报刊资料》《社会科学文摘》等全文转载。在此，我要向上述所有刊物及其编辑朋友们表示衷心感谢。

感谢北京大学出版社张冰老师为本卷和整个六卷本丛书出版给予的大力支持和帮助，感谢刘爽老师为本丛书的立项出版等所做的具体工作，感谢责任编辑李哲老师为本卷书稿的编辑出版所付出的辛勤劳动。

蒋承勇

2022年6月22日于钱塘江畔